근대기 역사의 전개와 가사문학

근대기 역사의 전개와 가사문학

초 판 인 쇄 2021년 11월 05일
초 판 발 행 2021년 11월 15일

저   자 고 순 희
발 행 인 윤 석 현
발 행 처 도서출판 박문사
책 임 편 집 최 인 노
등 록 번 호 제2009-11호

우 편 주 소 서울시 도봉구 우이천로 353 성주빌딩
대 표 전 화 02) 992 / 3253
전   송 02) 991 / 1285
전 자 우 편 bakmunsa@hanmail.net

ⓒ 고순희, 2021 Printed in KOREA.

ISBN 979-11-89292-92-8   93810   정가 36,000원

근대기 역사의 전개와 가사문학

고순희 저

박문사

　이 책을 드디어 출간하게 되다니 기쁘다. 그 동안 필자가 연구해
온 논문 중에서 근대기 역사와 관련한 것들만 모아 수정하고 보완하
여 한 권의 책으로 엮었다. 기존의 논문에서 필요 없는 부분은 빼고
문장도 대폭 수정했으며, 특히 지나고나니 지나치게 극단적이었다
고 생각되는 작품에 대한 해석과 평가를 완화하여 수정했다. 논문을
모아 책을 출간할 때마다 보충이 많고 수정을 해야 해서 늘 부끄러웠
었는데, 이번에도 역시나 부끄러움을 감출 수가 없다.

　필자는 가사문학을 연구해오던 중 연구 방향의 기로에 선 적이 있
었다. 가사문학을 연구하다보면 가사문학 자료를 뒤질 수밖에 없는
경우가 있는데, 그때마다 필자는 엄청난 수의 필사본과 자료집 중에
서 찾고자 하는 이본이나 자료를 찾을 수가 있었다. 그러다가 어느
순간 필자는 상상한 것 이상으로 많은 가사문학 자료가 있는 것에 놀
랐으며, 그 자료 중에 그 동안 다루지 않았지만 의미 있는 작품도 많
이 들어 있다는 것을 알게 되었다. 그때 필자에게 다가온 느낌은 뭐
랄까, 한 마디로 찜찜함이었다. 이들 가사 자료를 무시한 채 연구를
계속하는 것이 온당치 못하다는 생각에서였다. 더 많은 필사본과 자
료집을 읽어 연구의 대상으로 정한 자료를 충실하게 확충해야 하지
않을까, 혹은 수많은 가사 자료 중에 의미 있는 가사문학 유형이나
작품이 있을 텐데 그것들을 발굴하여 연구해야 하지 않을까 하는 생
각이 필자를 사로잡았다. 필자는 고심 끝에 필사본을 포함한 가사문

학 자료를 읽어가는 쪽으로 연구 방향의 가닥을 잡게 되었다.

그런데 엄청난 수의 필사본 및 자료집을 무작정 읽어내려 간다는 것은 막막하여 도저히 엄두가 나지 않은 일이었다. 그리하여 필자는 연구의 주제와 범위를 역사·사회에 대응하여 창작한 가사에 한정하는 쪽으로 가닥을 잡았다. 그렇게 하다 보니 새로운 자료가 쌓이게 되고 찾은 자료를 바탕으로 요령껏 꼬리에 꼬리를 물고 관련 자료를 찾아내는 작업을 할 수 있게 되었다. 그렇게 해서 필자는 평생 가사문학 필사본 및 자료집을 읽는 것과 역사·사회에 대응해 창작한 가사 작품을 발굴하는 것, 이 두 가지를 화두로 하여 연구를 진행해왔다.

이 책의 1부에 실린 논문에서 다루고 있는 가사문학은 근대기 역사의 전개에 대응하여 창작한 가사문학으로 시기적으로 19세기 말에서 1920년대까지에 해당하는 것들이 중심을 이룬다. 갑오농민전쟁과 관련한 〈경난가〉, 의병전쟁과 관련한 윤희순의 의병가, 갑오개혁 및 도세저항운동과 관련한 〈심심가〉, 경술국치 후 1917년에 창작된 〈시절가〉, 경술국치의 충격으로 1910년대에 창작된 26편의 가사문학, 1920년대에 창작된 〈경탄가〉와 〈옥중가〉를 다루었으며, 개화기 여성문제와 관련하여 〈쳐사영결가〉와 신문게재 가사 및 4편의 가사도 다루었다. 필자가 애초부터 의도했던 것은 아니지만, 이 책을 통해 격변하는 근대기 역사의 중요한 국면마다 당대의 역사·사회 현실에 대응하여 의미 있는 가사문학이 꾸준하게 창작되었음이 구체적으로 드러나는 것같아 마음 한켠 뿌듯함도 있다.

이 책의 2부에서는 1부에서 논의의 대상으로 한 가사 자료를 실었다. 이 책에 실린 논문에서 본격적으로 다루고 있는 대상 작품은 35

편이 넘는다. 하지만 이것들을 모두 실을 수는 없었기 때문에 신자료를 중심으로만 실었다. 원텍스트를 그대로 옮겨 실었는데, 이본이 많으면서 각각의 이본이 심한 와전구를 지니고 있는 〈시절가〉는 어느 한 편을 싣기가 곤란하여 교합본을 실었다. 이 책에 실리지 않은 나머지 가사의 텍스트는 각 논문에서 자세하게 소재지를 밝혀 놓았으므로 그것을 참조하면 될 것으로 본다.

언제나 필자의 책을 선뜻 출판해주시는 박문사의 윤석현 사장님께 감사의 말씀을 드린다. 그리고 흠 잡을 데 없는 장인의 솜씨로 원고를 편집해주신 최인노 과장님께도 고맙고 대단하시다는 말씀을 드리고 싶다. 필자가 충실한 연구를 할 수 있도록 도움을 주신 분들이 많았다. 그 중에서도 필자가 텍스트나 관련 자료를 얻고자 할 때 수고를 아끼지 않고 도와주셨던 박학래의 후손 박종대님, 학봉가 김종성님, 정익환의 후손 정규재님과 정상범님, 남해문화원의 관계자님, 그리고 국문학박사 이주부님께 심심한 감사의 말씀을 드린다.

코로나 시국이지만 그래도 가을이 한창이다. 푸르른 창공의 깊이가 새삼 다가온다. 이 책의 출간과 함께 코로나로 인한 일상생활의 불안에서 벗어날 수 있게 되기를 기원해본다.

2021년 10월 26일
연구실에서
고순희

목차

제1부 연구편

제2부 자료편

제1부

연구편

제1장

동학농민군 지도자의
가사문학 〈경난가〉 연구

1. 머리말

필자는 예전에 한국가사문학관 필사본 자료를 조사하던 중 '박학초'가 쓴 〈경난가〉라는 가사를 읽게 되었는데, 그 가사는 동학전쟁과 관련하여 범상치 않은 내용을 지닌 것이었다. 하지만 '박학초'가 구체적으로 누구인지 알 수 없는 상황에서 작품의 창작 배경이나 작품 세계의 성격을 규명하기는 어려웠기 때문에 이 가사에 대한 연구를 일단 접어두고 있었다. 그런데 최근에 신자료로 〈鶴樵傳〉[1]이 학계에

---

1 동학농민혁명기념재단과 한국사연구회는 공동으로 2014년 8월에 동학농민혁명 120주년을 기념하여 〈새로운 자료를 통해본 경상도 북부지역 동학농민혁명〉이라는 주제로 상주문화회관에서 학술대회를 개최했다. 여기서 「〈학초전〉을 통해 살펴본 경상도 예천지역의 동학농민혁명」이라는 제목으로 신영우교수가 발표하고,

소개됨으로써 '박학초'가 학초 朴鶴來임이 밝혀지게 되었다. 박학래는 양반 출신으로 동학농민전쟁 당시 직곡 접장이자 모사대장으로 활약했던 인물이다.

〈학초전〉은 동학농민전쟁 시기의 역사 연구에 매우 귀중한 자료이다. 그러나 현재 〈학초전〉에 대해서는 이병규의 간단한 자료개관[2]만 나와 있을 뿐 사학계의 본격적인 연구 성과는 나오지 않고 있다. 반면 최근에 〈학초전〉을 문학적으로 접근한 연구 성과가 나와 작가 박학래의 자세한 생애, 작품세계, 작품의 문학적 성격, 작품의 문학적 의미와 문학사적 의의 등이 분석되고 규명되었다[3].

〈학초전〉을 통해 〈경난가〉를 쓴 '박학초'의 생애가 구체적으로 밝혀짐으로써 그 동안 〈경난가〉의 내용에서 의문점으로 남아 있었던 미해결 부분이 상당수 해결될 수 있었다. 그리고 가사 작품의 성격도 파악할 수 있는 근거가 마련되었다고 할 수 있다. 이 연구는 동학농민전쟁 당시 동학농민군 지도자로 활동했던 박학래가 창작한 가사문학인 〈경난가〉를 논의의 대상으로 하여 작품론을 전개하고자 한다.

먼저 작가의 생애와 텍스트의 정본 문제를 다룬다. 작가의 파란만장한 생애는 〈학초전〉을 다룬 연구에서 자세히 드러나 있으므로[4] 여

학초 박학래의 후손인 박종두(당시 대구송일초등학교 교장)씨가 토론자로 나서서 질의했다. 여기서 처음 〈학초전〉이 소개된 것이다.

2 이병규, 「경상도 북부지역 동학농민혁명 관련자료와 그 성격」, 『동학학보』제35호, 동학학회, 2015, 171~202면. 이 논문에서 〈학초전〉의 내용이 간단히 소개되었다(194~196면). 그리고 〈학초전〉이 다른 동학 관련 14개 자료와 달리 유일하게 동학농민군 자료로서의 성격을 지닌다는 점이 강조되었다.

3 〈학초전〉은 박학래가 자신의 생애를 쓴 한글산문기록이다. 고순희, 「근대기 국문실기 〈학초전〉 연구」, 『국어국문학』제176집, 국어국문학회, 2016, 341~369면.

4 앞의 논문, 343~348면.

기서는 〈경난가〉의 창작 배경에 중점을 두어 살핀다. 그리고 전하고 있는 두 이본 가운데 정본은 어느 것인지, 전하는 텍스트에서 어디까지가 〈경난가〉인지를 규명할 필요가 있다. 이어 〈경난가〉의 작품세계를 세 가지 측면에서 살핀다. 〈경난가〉는 4음보를 1구로 할 때 총 420여구가 넘는 장편으로 작가가 겪은 '경난사', 즉 '서울 왕복 노정과 유랑생활'을 중심으로 서술되었다. 그러면서 작가는 '갑오년 동학농민전쟁의 상황과 참상'에 끊임없는 시선을 보내고 있으며, '길에서 만난 민중의 사연'에도 관심을 기울였다. 마지막으로 앞서의 논의를 바탕으로 〈경난가〉의 문학적 의미와 문학사적 의의를 규명하고자 한다.

2. 가사의 창작 배경 및 텍스트의 정본 문제

1) 가사의 창작 배경

朴鶴來(1864~1943)[5]는 경북 예천군 우음동에서 몰락한 양반가문의 후예로 성장했다. 학초는 가정 형편이 매우 빈한했지만 동냥글을 배우는 처지에서도 열심히 공부하여 어려서부터 남다른 글재주와 인품을 인정받았다. 학초는 젊어서부터 조선의 가렴주구 현실과 민중의 현실에 관심을 두는 민중적 시각을 지니고 있었다. 20세 때에

---

5 〈학초전〉을 통해 학초의 출생부터 1902년 1월 초까지의 생애를 자세히 알 수 있다. 그 이후 학초의 생애는 『鶴樵小集』(계명대학교 도서관 소장)의 〈鶴樵年譜〉를 참고하면 알 수 있다. 여기서는 〈학초전〉에 서술된 학초의 생애를 중심으로 살펴본다.

는 富洞과 貧洞이 세금 문제로 대립할 때 빈동의 장두로 나서 수천 명이 참여한 관정에서 논리정연하게 주장을 펴 빈동의 세금 감면을 받아내 마을민의 신망을 얻었다. 젊어서부터 지닌 뛰어난 언변으로 이후 그의 생애는 크고 작은 송사사건에서 자신과 남을 위해 변론을 펴는 일에 종사하며 살게 되었다.

학초는 갑오년 봄에 진사에 급제하고, 그와 동시에 동학에 입도한 것으로 추정된다. 학초는 자신의 뜻과 부친의 명령에 따라 사족 4~5인과 함께 동학에 입도했다. 최맹순 휘하의 직곡 접장이 되어 휘하에 5772명을 거느리는 농민군 지도자가 되었다. 접장이 된 후 학초가 주로 한 일은 동학도인의 폭력을 엄단하고 기강을 바로 잡는 것이었다. 그리고 8월부터 동학농민군의 대규모 도회와 전투에 참여하는데, 8월 24일 화지동대도회에서 모사대장이 되고, 뛰어난 전략으로 관포군 50명을 생포해 입도하게 했다. 그런데 학초는 각기 군사를 철수하기로 관군과 합의하고 8월 28일에 휘하 부대를 이끌고 귀화했다.

학초는 관군에게서 귀화자를 처벌하지 않는다는 약속을 받았지만, 주변인의 무고로 9월 10일에 재산을 몰수당하고 말았다. 예천 수접장 최맹순 일가도 잡혀 죽고 학초는 도망자 신세가 되었다. 가족을 피신시키고 숨어 지내고 있던 학초는 빼앗긴 재산을 찾기 위해 노력했다. 당시 경상감사는 조병호[6]였다. 학초는 마침 조병호의 장조카인 조한국을 알고 있었던 듯, 조병호에게 전달할 조한국의 서신을

---

6 조병호는 당시 국왕인 고종의 사돈이었으며, 그의 형 조경호가 흥선대원군의 사위이면서 국왕 고종의 매부였다. 이렇게 당시 조병호는 강력한 비호권력을 지니고 있는 인물이었다. 신영우, 「경상감사 조병호와 갑오년의 경상도 상황」, 『동학학보』제35호, 동학학회, 2015, 81면.

받아내기 위해 갑오년 9월 20일 경에 서울로 올라갔다. 〈경난가〉는 바로 이 시점부터의 행적을 서술한 것이다.

서울로 간 학초는 서울에 사는 재종형의 주선으로 무사히 조한국의 편지를 받을 수 있었다. 편지를 받아든 학초는 다시 내려와 대구 감영의 경상감사에게 편지를 전했다. 경상감사는 갑오년 10월 15일 재산을 박학래에게 다시 돌려주라는 특별 훈령을 내렸다.

학초는 재산 문제로 대구를 오가며 갈 곳을 정하지 못하다가 갑오년 동짓달에 상주 주암동으로 가서 잠시 기거했다. 이 때 동학농민군이 상주대도회에 참석해줄 것을 권유했으나 귀화한 것을 번복할 수 없다며 거절함으로써 학초의 동학농민군 활동은 영원히 종지부를 찍게 되었다. 이듬해 1월 상주를 떠난 학초는 부모 형제와 상봉하고, 곧바로 남하하여 경주로 향했다. 2월에 경주 봉계에 도착하여 약방을 차렸지만, 5월에 안강읍 홍천동의 빈집으로, 다시 한 달도 못되어 근처로, 그리고 7월 20일에 안강읍 옥산리로 추정되는 곳으로 이주해 살았다. 학초는 이곳에서 살던 중 1896년 봄 청송 의병장이 소모대장을 맡아줄 것을 부탁했으나 거절하고 전투전략에 대한 조언만 해주었다. 〈경난가〉는 바로 이곳 안강읍 옥산리에서의 생활까지를 서술했다[7].

---

7 이후 작가는 1897년 2월 24일에 안강읍 구강으로, 1900년 2월 29일에 청송군 고적동으로, 1901년 8월 9일에 경주 봉계로 이사해 살았다. 특히 학초는 동학농민군이었던 과거 전력 때문에 여러 차례 곤욕을 치렀는데, 이럴 때마다 뛰어난 언변으로, 돈을 조금 주어 보내는 것으로, 관아에 고발하는 것으로, 인맥을 동원하는 것으로 무사히 곤욕에서 벗어날 수 있었다. 학초가 마지막으로 정착한 곳은 1902년 경에 이사한 영양군 지평동이었다. 이곳에서 학초는 말년을 보내다 1943년에 78세를 일기로 사망했다. 후손 박종두씨의 증언에 따르면 〈학초전〉은 학초의 나이 60세 때

이상에서 살펴본 바와 같이 〈경난가〉의 창작 배경에 갑오년 동학 농민군으로 활약했던 작가의 정체성이 중요하게 작용하고 있음을 알 수 있다. 〈경난가〉의 전반부에서 서술한 갑오년 가을·겨울의 서울 왕복은 동학농민군에 대한 관군의 재산 탈취로 인해 빼앗긴 재산을 되찾기 위해 당시 세력가의 서신을 구하기 위한 노정이었다. 그리고 후반부에서 서술한 유랑생활과 옥산리에서의 생활은 동학농민군으로 활약한 전력 때문에 고향에 살 수 없어 자신이 새로운 정착지로 정한 경주로 이주하는 여정이었다.

2) 〈경난가〉 텍스트의 정본 문제

〈경난가〉의 이본으로는 한국가사문학관본과 학초전본[8]이 있다. 먼저 한국가사문학관본에서 〈경난가〉의 내용이 어디까지인가 하는 문제를 해결할 필요가 있다. 『경난가』라는 가사집에 실려 있는 한국 가사문학관본은 "경난가"라는 제목 밑에 세필로 "박학초경난가"가 적혀 있고 이어 3단 귀글체 가사가 계속 적혀 있다. 필사본에 기재된 단락 구분을 그대로 적어 마지막 부분을 보기로 한다.

가) 쳔시가 불힝ㅎ야 갑오동난 익연이라 / 지물은 구름이라 바람예 붓쳐두고 / 소즁은 스람이라 심즁에 싱각ㅎ고 / 허다히 올나간뒤 유독

_____

인 1923년 경에 집필되었다고 한다.

8 한국가사문학관 홈페이지(www.gasa.go.kr)〉가사〉해제본〉경난가 ; 박종두 소장본 〈鶴樵傳〉. 박종두씨는 박학래의 후손이다. 필자는 박종두씨를 통해 〈학초전〉의 복사본을 구해 볼 수 있었다

히 나려와셔 / 산슈인물 다션곳딕 무슈고상 달기견딕 / <u>나)</u> 을미가을 딕구영에 잠간보고 도라올제 / 싸은질고 비갠날에 영천청통 곡개넘어 / 귀경흔나 드러보소 길가에 절문계집 / 펫쳐안즈 딕셩통곡 가련흔 너팔지을 / 불너가면 이통흔데 그겻틱 두스람은 / 말리업시 셧난지라 그저 갈길 젼이업셔 / 연괴잠간 무러본이 우듣소릭 긋치고셔 / 신세타령 흔는말이 귀천간 계집팔지 / 노름흔난 가장만닉 세상자미 젼히몰나 / 계집은 종누 북치듯흐고 살임은 히마다 업셔간이 / 스람에 밧는쳔딕 죽거몰나 작정일에

<u>다)</u> 경난가 박학초경난가

<u>라)</u> 차신이 무용ᄒ야 소업이 흔가ᄒ이 / 산슈간에 집을지여 지형을 기록ᄒ이 / 어릭산이 슈산으로 뒤로 릭용ᄒ고

가)에서 작가는 갑오년 동학난이 일어났음을 말했다. 그리고 재산 보다는 사람이 소중하다고 생각하여 서울로 올라갔다가 다시 내려온 사실을 서술했다. 이어 "산슈인물 다션곳딕 무슈고상 달기견딕" 라고 하여 고향을 떠나 낯선 경주에서 견디며 산 사실을 서술했다. 이렇게 가)는 〈경난가〉의 전체 내용을 종합적으로 기술한 것에 해당하여 〈경난가〉의 마감말로 적당한 구절이다. 그런데 나)를 덧붙인 후 빈칸이 남아 있음에도 불구하고 다음 장으로 넘어가 다)의 제목을 적고 라)로 시작하는 가사를 적었다. 여기서 다)의 제목이 앞서의 것과 동일한데 그러면 라)로 시작하는 가사를 〈경난가〉로 보아야 하느

냐 하는 문제가 등장한다. 그런데 라)는 통상적으로 가사의 서두에서 사용하는 구절로 이루어져 있다. 내용도 1897년 경주 구강으로 이사해 비교적 안정적으로 생활하는 은일가사의 성격을 지녀 〈경난가〉라는 제목과 이질적이다. 따라서 라)부터는 또 다른 한 편의 완결된 가사로 보는 것이 아무래도 합리적이라는 판단이다. 이 부분부터가 다른 가사였기 때문에 필사자는 행을 바꿔 새로 시작한 것이라고 할 수 있다. 따라서 〈경난가〉는 나)에서 끝나는 것으로 보아야 한다.

또다른 문제는 나)인데, 가)에 의해 가사가 마감하는 분위기였는데 갑자기 1년여 전에 길에서 만난 여인의 사연[9]을 적다가 중도에서 그치고 말았다. 현재로서는 정확한 사실 관계를 알 수 없지만, 일단은 기술된 형태를 존중하는 것이 좋을 듯하다. 나)에서 한 여인의 사연을 서술하고 다시 한 번 자신의 마감말을 덧붙이고자 했던 것으로 추정된다. 이렇게 나)까지를 〈경난가〉의 텍스트로 볼 때 〈경난가〉는 안강읍 옥산리에서 살던 1897년 초봄[10]에 창작된 것이다.

다음으로 한국가사문학관본과 학초전본의 관계 속에서 〈경난가〉 텍스트의 정본 문제를 살펴보도록 하겠다. 두 이본은 모두 귀글체 형식의 3단으로 기재되어 있다. 〈학초전〉에는 총 7 군데에 가사가 기재되어 있는데, 이 가운데 5번째까지가 〈경난가〉 부분이고, 6번째는 위

---

9 이 여인에 대한 사연은 『학초전』에 전혀 나타나지 않는다.
10 작가는 1895년 7월 20일에 안강읍 옥산리로 추정되는 곳에 도착하여 약방을 차렸다. 가사의 마지막 즈음에 "광디흔 천지간예 도처에 츈풍이라 / 처음에 셜약ᄒᆞ야 ᄎᆞᆾ광문 삼연간예"라는 구절이 나온다. '약방을 차린 지 삼년간'이라고 했으므로 1895년부터 햇수로 계산하면 1897의 상황을 읊은 것이다. 작가가 구강으로 이사를 간 것이 1897년 2월 24일(음력)이므로 〈경난가〉는 그 직전에 창작된 것이다.

에서 살펴본 라)의 은일가사이며, 7번째는 〈낙빈가〉라는 새로운 가 사이다. 한국가사문학관본①과 학초전본②의 서술을 비교해보도록 하겠다.

　① 차신이 불힝ㅎ야 망세예 싱쟝ㅎ이 / 등한이 보닌세월 갑오연 당 두ㅎ이 / 잇썻는 칠월이라 사방에 난이난이 / 동난이 봉기ㅎ야 쳔운이 약시년가 / 방빅슈영 씰쩍업소 양반상인 분별업다 / 가련흔 세월이라 이말잠간 드러보소 / 각처에 진을치고 각읍에 취군ㅎ이 / 부모처즈 서 로일코 원근에 길이막켜 / 간듸마다 젼쟝이라 살곳지 어듸민요 / 이도 쥭고 저도쥭고 쥭난건 스람이라 / 이몸즘간 싱각ㅎ이 즈신지계 하처년 고 / 영위계구 몸일망졍 무위우휴 쓰지잇셔 / 가) 셔울이라 치치달나 세상구경 ㅎ여보졔 / 쥭영에 길이막켜 츄풍영에 길이막켸 / 조영으로 작노흔이 문경이라 시원짜에

　② 잠시 유ㅎ야 약간 즈부을 츠려 일단포즈의 망혜쥭장으로 셔울노 향ㅎ고 써는이라. 노졍긔가ᄉ(路程記歌詞)에 ㅎ여시되(귀글이요)
　가) 셔울을 치치달나 세상구경 역역ㅎ시 / 쥭영(竹嶺)에 길이막켜 츄 풍영의 길이막켜 / 조령(鳥嶺)으로 작노흔이 문경군 시원짜의

위의 ①과 ②에서 가)는 동일하다. 그런데 ①에서는 가) 이전에 밑 줄 친 서두가 있다. 그러나 ②에서는 산문 기록의 뒤에 "노졍긔가ᄉ (路程記歌詞)에 ㅎ여시되(귀글이요)"라고 하면서 3단 귀글체 가사를 가)부터 적어 놓았다. ①의 밑줄 친 부분은 통상적인 가사의 서두에

해당한다. 따라서 작가가 〈학초전〉을 쓸 때 기술 내용에 맞게 이미 써 놓은 ①을 분절하여 기재했음을 알 수 있다.

① 가) 유련흔 여러날에 장안성즁 구경흐고 / 이목에 허다구경 다어 이 셩언할리 / 그즁에 스군친구 인정이 긔이토다 / 나) 날이만히 집싱각이 몽미예 잇지못히 / 판슈불너 문복흐이 가정소식 닉일노알지 / 그 명일 바릐솟티 손을잡아 하직흐고 / 다) 사평강을 건네셔셔 용인읍닉 다달른이 / 고향스람 황경천이 반계이 상봉흐이

② 가) 유련흔 열어날의 장안성즁 구경흐고 / 이목에 허다구경 다어 이 셩언흐리 / 그즁에 스군친구 인정이 긔이토다

나) 잇써 셔울은 정부(政府) 힝편이 ---중략---특별흔 조흔국으 편지을 어더가지고 경상감영 듸구로 향흐야 써날식 날이 만히 집싱각이 몽미근에 잇지 못히 판슈불너 문복흔이 가정소식 닉일노 안다 흐는지라 그명일 바릐 솟티 셔울을 써나 나러온난 노정긔가스에 긔록흔이

다) 사평강을 건너셔셔 용인읍닉 다달은이 / 고향스람 황경천이 반겨이 상봉흔이

①과 ②에서 가)와 다) 부분은 동일하다. 그런데 ①의 나) 부분이 ②의 나)에서는 가사에는 없는 내용을 포함하여 산문으로 기술되어 있다. 그리고 "셔울을 써나 나러온난 노정긔가스에 긔록흔이"라고 하면서 다)로 연결했다. 여기에서도 작가가 〈학초전〉을 기술할 때 이미 써 놓은 ①의 내용을 여럿으로 분절하여 실어 놓았음을 알 수 있

다. 따라서 학초전본②보다는 한국가사문학관본①을 〈경난가〉 텍스트의 정본으로 삼는 것이 바람직하다[11].

3. 〈경난가〉의 작품세계

1) 작가의 경난사 : 서울 왕복 노정과 유랑생활

〈경난가〉는 갑오년 9월부터 1897년 봄까지 작가가 겪은 일이 서술의 중심을 이룬다[12]. 이 연구는 작품을 처음 소개하는 자리이기도 하여 작품내용에 나오는 옛지명, 연도, 작가가 처한 상황 등을 고증하면서 작품세계를 살펴보도록 하겠다[13].

차신이 불힝ᄒ야 망세예 싱장ᄒ이 / 등한이 보닌세월 갑오연 당두
ᄒ이 / 잇씻는 칠월이라 사방에 난이난이 / 동난이 봉기ᄒ야 쳔운이 약
시년가 / 방빅슈영 씰쩍업꼬 양반상인 분별업다 / 가련ᄒ 세월이라 이

---

11 앞에서도 살펴본 바와 같이『학초전』을 쓸 당시 ①을 분절하여 ②로 적어 놓아서인
지 ①에는 있지만 ②에는 없는 부분이 많으며, 극히 일부이긴 하지만 ①에 없는 내
용이 ②에 있는 경우도 있다. 후자의 경우는 작가가 〈학초전〉을 쓸 당시 원래 가사
를 일부 개작한 것으로 보인다.
12 〈경난가〉의 서술단락은 다음과 같다. ①서두 : 1~13구 ②상경 : 14구~146구 ③귀로 :
147구~258구 ④떠돌이생활 : 259구~359구 ⑤경주 안강에서의 생활 : 360구~409구
⑥결구 : 410구~425구.
13 다음 연구자를 위해 번거롭지만 지명이나 특정장소 등을 가능하면 고증하고자 했
지만, 아직 고증하지 못한 곳이 몇 군데가 있다. 지명이나 특정장소의 고증은 주로
지자체의 홈페이지를 이용했는데 자세한 홈페이지 주소는 생략한다.

> 말잠간 드러보소 / 각처에 진을치고 각읍에 취군ᄒᆞ이 / 부모처ᄌᆞ 서로
> 일코 원근에 길이막켜 / 간듸마다 젼장이라 살곳지 어듸ᄆᆡ요 / 이도죽고
> 저도죽고 죽난건 ᄉᆞ람이라 / <u>이몸즘간 싱각ᄒᆞ이 ᄌᆞ신지계 하처넌고 /
> 영위계구 몸일망졍 무위우휴 ᄡᅳ지잇셔 / 셔울이라 치치달나 세상구경
> ᄒᆞ여보제</u> / 죽영에 길이막켜 츄풍영에 길이막쳬

위는 작품의 서두이다. 작가는 당시를 '망세'라고 생각했다. 탐관
오리의 백성 수탈과 일제의 노골적인 침탈로 대변되는 당대의 현실
을 나타낸 말이다. "잇셋는 칠월이라 사방에 난이난이"에서 7월은
경북 지역의 동학, 즉 자신의 직곡접이 활발하게 전투에 참가한 시점
에 해당한다. 방백수령이 쓸 데 없고 양반상인이 분별이 없어진 세상
을 가련한 세월이라고 한탄하여 탐관오리를 비판하고 신분제도의
철폐에 대한 감회를 표현했다. 이어 관군·민보군·동학군이 각각 진
을 치고 군사들을 모집하고 전쟁을 벌이니 부모처자가 서로 이별하
고 길도 막히고 죽어나가는 사람이 많다면서 당시 전쟁의 현실과 참
상을 서술했다.

이어 작가는 밑줄 친 부분에서 자신이 서울로 가는 이유를 다만
'나의 문제를 해결할 길이 어디인가?'라고만 짧게 서술하고, 자신의
서울행을 엉뚱하게도 '세상 구경'이라고 표현했다. 사실은 자신의
동학농민군 가담 전력 때문에 재산을 몰수당하여 그 재산을 되찾는
데 세력가의 서신이 필요해서 서울로 간 것인데, 작가는 가사에서
이 사실을 의도적으로 드러내지 않았다[14].

길을 나선 작가는 죽령과 추풍령 쪽 길이 모두 막히자 조령을 넘

어가기로 했다. 문경의 "신원"(新院, 문경시 마성면 신현리 신현마을)~"진장터"(문경시 마성면 남호리)~"마포원"(문경시 문경읍 마원리)을 지나 "이울영"과 "조영산성"으로 가는 갈림길에 도착했다. 작가는 조판서댁이 있는 목천을 들르기 위해 "이울영"(이화령)길을 택해 "요강원"(문경시 초곡면 각서리)에서 숙박한 후 이화령을 넘었다. "용바우"(괴산군 사리면 노송리)~"연풍읍"(괴산군 연풍면)~"칠성바우"(괴산군 칠성면 사은리)~"괴산읍"~"유목정"~"삼걸리"(증평군 도안면 화성리)~"우레바우"(증평군 도안면 화성리)~"구정베리[15]"~

---

14 뒤에 서술한 "寧爲鷄口勿爲牛後"는 평소 작가의 소신을 말하고 있는 것으로 보이는데, 맥락상 의미의 연결은 잘 되지 않는다.

15 새원은 1729년쯤 출장관리와 나그네들을 위해 설치되었다. '원'은 공사 여행자의 숙식을 제공하기도 하였으나 장사치나 일반여행자의 이용도 많아 각 지방의 산물이 거래되는 곳이기도 했다. 교통요충지였던 문경은 다른 지방에 비해 원의 수가 많았다. 문경지방에서 숙식을 해야 한낮에 새재의 험로를 넘을 수 있기 때문이다. 조령원 요광원, 관음원, 관갑원, 회연원, 개경원, 불정원, 보통원, 동화원, 견탄원 등이 그곳이다. 현재 신현리 151번지 일대가 주막거리유적으로 설정되어 있다. ; 진장터는 조선시대 때 형옥이 있었던 곳이다. ; 마포원은 조선시대에 군졸들이 말을 타고 훈련을 한 곳이다. 마원리는 고려 때부터 교통의 요지로 마포원은 마원, 마판 등으로도 불린다. ; 이울령은 이울리재, 伊火峴 등으로 불렸다. 고개가 가파르고 험하여 산짐승의 피해가 많으므로 전에는 여러 사람이 어울려서 함께 넘어갔다 하여 이유릿재라 하였다. 그 후에 고개 주위에 배나무가 많아서 이화령으로 불리게 되었다. 현재 문경새재도립공원입구에 있는 갈림길에서 새재를 넘은 길손과 이화령을 넘은 길손이 나뉘게 된다. ; 요광원(要光院)은 조선시대에 이울영을 넘는 길손들이 쉬던 곳이다. ; 칠성바우가 있는 사은리에 현재 괴산 산막이옛길이 있다. ; 삼걸리는 "하작, 아래작다리, 주막촌'으로 불리기도 했다. 이 삼거리는 괴산, 충주, 증평으로 이어지는 교통상의 요지로, 이곳에 각 장으로 가는 장꾼들이 쉬어가던 주막이 있어 '주막촌'이라고도 했다. ; 우레바우는 화성7리에 있는 행화촌의 옛이름이다. '鳴岩, 울어바우, 우레바우, 우레바위, 우르배'라고도 했다. 증평문화원 홈페이지에 화성2리에 있는 '행정, 행화정, 역전마을'의 옛이름이 '우레바위, 鳴岩'이라고 짧게 기록되어 있는데, 삼거리에서 10리를 간 곳이라면 화성7리의 마을이 맞는 것같다. ; 구정베리의 정확한 소재지를 아직 알 수 없었다. 황지에서 문곡동으로 내려가다 황지천물이 반원형으로 굽이치는 곳을 '구정배리, 구정벼리, 구진배리, 굼배리'라고 한다고 한다. 여기서의 "구정베리"도 황지 문곡동의 것과 같은 지형을

"오굉장터"~목천(천안시 동남구 목천읍)~"안늬장터"(아우내장터. 천안시 동남구 병천면 병천리)에 이르렀다. 이곳에서 "조판서[16]" 일 가와 종형이 서울로 피난을 떠났다는 말을 듣게 된다. 여기서 하루 밤을 묵은 작가는 "교촌"(천안시 동남구 목천읍 교촌리)에 사는 권 생원집에 잠간 들러 조반을 먹고 다시 길을 출발했다.

어느덧 시절은 완연한 가을이 되었다. "믜일직"~"숫청걸이"(술청 거리, 천안시 서북구 성거읍 저리)~"홍경솔밭"~"소사장터"(평택시 소사1동)~"칠언주막"(평택시 칠원동 칠원마을)~"감쥬걸리"(평택 시 도일동 사거리)~"개장거리"~"진의읍"(평택시 진위면)~"오미장 터"(오산시)~"쥼밋간"(오산시 내삼미동)~"듸한교"(대황교. 수원시 대황교동)~수원 남문, 북문~"사근늬"(沙斤乃, 사근내, 사드내. 의왕 시 고천동)~"갈밋"(가루개, 갈고개, 葛峴)~과천읍~남태령~"성방들" 을 지나 "동작강"(서울시 서초구 반포동)을 건넜다. 이어 "돌모운"과 남대문을 거쳐 목적지인 "북송현"(서울시 종로구 송현동 한국일보 사 앞)에 도착했다[17]. 작가는 이곳에서 종형을 만나 서울 구경도 하

지닌 곳인 것만은 분명하다.

16 "조판서"는 경상감사 조병호의 형인 조경호댁으로 보인다.

17 소사장터는 소사평야 끝자락에 있는 소사마을로 한양 갈 때 반드시 거쳐 갔던 보 행자를 위한 국영여관인 소사원이 있었다.; 칠언주막은 칠원주막, '葛院'이라고 한 다. 평택시를 가로 지르는 통복천변에 있는 주막이다. 현재 칠원1동 주변에 주막거 리가 있다.; 감쥬걸리는 감주거리. 도일동 사거리에 엄나무 성황목이 있는데 이 주 변을 감주거리라고 한다. 한양에서 지방으로 갈 때 가장 험한 큰흰치고개를 넘은 뒤 기진맥진한 상태에서 마신 술맛이 하도 좋아 '감주거리'라는 이름이 붙여졌다. ; 쥼밋간은 中彌峴, 중미고개로 중미의 옛이름이 "쥼밋"이다. 오산에서 수원으로 가기 위해서는 이 고개를 넘었다.; 갈밋은 안양시 관양동에서 과천시 갈현동으로 넘어가는 고개이다.; 북송현은 서울 한국일보사 앞의 솔재를 말한다. 고개 주위에 소나무가 울창하다 하여 솔재, 한자로는 松峴이라 했다.

며 며칠을 유했다.

작가의 귀로길은 상경길과는 달랐으며, 목적지가 대구 감영이었다. 서울 북송현에서 사평강(서울시 강남구)을 건넌 후 용인읍에서 고향사람 황경천을 만났다. 이어 죽산(안성시 죽산면)으로 내려갔는데, 이때는 이미 겨울이었다. 다시 "물안비"(충주시 수안보면)를 거쳐 "문경식직"를 넘어 "굴모웅이"(문경시 불정리 굴모리마을)를 지나니 비로소 작가가 상경길에 갔던 갈림길로 들어섰다. 여기서 "용궁영동"(예천군 용궁면)으로 내려와 가족의 소식을 듣기만 하고 대구를 향해 남하했다. "여의골"~"효령장터"(군위군 효령면 매곡리)~"의흥"(군위군 의흥면)~"다부원"(칠곡군 가산면 다부리)~"칠곡읍" 등을 거쳐 드디어 "대구개명 징청각"(澄淸閣. 대구 중구 경상감영공원)에 도착했다. 이곳에서 흉년이 들어 흉흉하지만 그래도 경주가 제일이라는 말[18]을 경주 친구로부터 듣게 되는데, 작가의 경주 이주는 이때 결심한 것으로 보인다.

이후 작가는 여기저기 살 곳을 찾아 유랑생활을 하게 된다.

세식이 박두흥이 가정싱각 절노난다 / 고향을 온난길에 상쥬달미 드러간이 / 일가에 흔집이셔 인정범빅 놀납더라 / 셧달 슈무날에 상쥬읍 졉젼흥이 / 각읍에 소동이야 잠옥홉도 허다흐고 / 슌흥이라 집을간이 피난군은 셔로오며 / 뉘기뉘기 죽근즁에 울리부모 평안흥이 / 불힝즁 다힝이라 허다경상 덥퍼녹코 / 경쥬로 나려올시 시뷘날 느지목이 /

---

18 "일엉절엉 세월가며 경쥬친구 드러본이 / 흉연에 다쩌나고 흉연험은 알건이와 / 집도헐코 싸도헐코 안졍흔건 경쥬요 / 자근직물 크게차려 경쥬가 제일이라"

남부어듸 온난길에 풍셜이 분분터라 / 삼빅여리 오자흥이 연노에 거동
보소 / 경쥬에 스람이면 구박이 조심ᄒ다 / 안동짜 셥밧쥬막 쥬인정희
슉소든이 / 경쥬스난 셩셔방이 졀문가슉 어린자식 / 봉누방에 흔틱드
러 구박모양 조세본이 / 쳐자으 소즁이야 스람마다 잇건만는 / 남여분
별 젼히업고 가련경상 못볼너라 / 풍셜이 장유흥이 하로갈길 여흘간다 /
잇씩는 을미이월이라 경쥬짜 긔계면에 / 치동에 초도ᄒ야 여간가듸 젼
장산이

작가는 갑오년 연말이 되자 "가졍"생각이 절로 났다[19]. 그리하여
고향을 향해 오는 길에 동학과의 접전이 한창인 "상쥬달미"(상주군
달미면 주암리)의 한 집에 들어가 잠시 기거하는데, 여기서 12월 20
일에 상주읍 접전 소식을 듣기도 한다. 이곳에서 해를 넘긴 작가는
드디어 순흥(영주시 순흥면)으로 가 피신해 있던 부모형제와 가족들
을 만났다. 그리고 곧바로 가족을 이끌고 경주를 향해 남하했다. 풍
셜이 자자하여 하루 갈 길을 열흘이나 걸려 왔다고 했다. 오는 길에
사람들한테 구박을 당하는 경주사람과 경주사람 성서방네 가족의
형상을 보고 감회에 젖기도 했다. 작가는 드디어 을미년(1895) 2월
에 "경쥬짜 긔계면 치동(포항시 북구 기계면 봉계리 치동)"에 도착
했다.

작가는 치동에 도착하여 약방을 차려 생계를 도모했다. 그리고 이
해 5월 24에 "홍천싯터 회계사(경주시 안강읍 홍천동)"에 빈 초가집

---

19 〈학초전〉에 의하면 이때 그는 부실인 강씨부인과 함께였다. 그렇기 때문에 그가 말
한 "가졍"은 순흥에 피신해 있던 부모형제, 정부인, 자식 등을 말한다.

을 얻어 갔지만 그곳 주인이 찾아와 비워달라고 하여 근처 "홍슈자"
의 머리방에 약방을 차리고 생활했다. 그러나 이곳도 비가 철철 새
고 아내의 불만도 있어 7월 20일에 안강읍 옥산리로 추정되는 곳으
로 또 다시 이사를 가게 되었다. 이곳에서의 생활과 자신의 감회를
길게 서술한 것으로 보아 작가는 이곳에서 비교적 안정을 찾은 것으
로 보인다. 자신은 평생 술, 담배, 잡기 세 가지를 하지 않기로 작정했
다는 것, 자신의 학업 과정, 의약서를 공부하여 약방을 차린 후 성실
하게 치료하여 3년 만에 치부까지 하게 된 일 등에 대해 장황하게 서
술했다.

이상에서 살펴본 바와 같이 〈경난가〉는 갑오년 9월 동학농민전쟁
이 한창이던 시기부터 1897년 봄까지 작가가 겪은 일, 즉 '경난사'을
자세히 서술했다. 작품 내용을 볼 때 제목의 '경난'은 '經難[어려운
일을 겪어내다]'과 '經亂[난을 겪어내다]' 두 가지의 의미를 동시에
지닌다고 할 수 있다. 작가는 서울에 가는 이유, 조한국의 편지를 받
은 사실, 대구 감영에 가는 이유와 그곳에서 벌어진 일, 유랑생활을
하는 이유 등에 관해서 전혀 서술하지 않았다. 그리하여 〈경난가〉는
작가의 행적을 모른 채 읽으면 기행, 유랑, 은일 등의 내용이 혼재되
어, 내용의 일관성이 없는 작품으로 보인다. 그러나 작가의 행적과
견주어 보면 이 작품의 내용은 매우 일관성을 지닌다. 전반부의 내용
은 기행가사적 성격을 지니지만 이 기행은 순수한 '세상 구경'이 아
니라 동학농민군 지도자로 활약한 바 있는 자신의 문제를 해결하기
위한 여정이었다. 그리고 후반부의 내용은 유랑생활 끝에 정착하여
사는 은일가사적 성격을 지니지만 동학농민군 지도자에서 귀화한

양반이 고향을 떠나 유랑생활로 전전하다 정착하는 여정이었다.

2) 갑오년 동학농민전쟁의 상황과 참상

작가는 서두에서부터 동학농민전쟁의 발발을 서술하고, 서울 왕복 노정 중 알게 되었거나 목도한 동학농민전쟁의 상항이나 참상을 서술했다. 목천읍 교촌에서는 곳곳마다 동학이요 사람마다 이사를 간다는 사실을, 소사장터에서는 청인·왜인이 싸운 전쟁터에 다 떨어진 의복과 사람의 죽은 피와 무덤이 펼쳐져 있는 광경을, 용인에서는 검문이 살벌하니 조심해서 가라는 고향 사람 황경천의 말을 듣고 길을 떠난 사실을, 다부원에서는 왜인들의 집 주변에 인동과 선산에서 모여든 취점군들이 나열해 있음을, 칠곡에서는 칠곡부사가 승전하고 들어오는 장면을, 대구감영 증청각에서는 각 지역의 전황 소식 등을 서술했다.

> 연노변 살피본이 창황억쉭 거동이야 / 불질은 빈터이며 스람업난 빈집이며 / 총민스람 오락가락 十軍五軍 유진흔이 / 민포에 가난스람 동학에 가난스람 / 허다봉칙 되우ᄒ기 활협인난 언권으로 / 민포에난 평민으로 되답ᄒ고 동학에난 동학으로 되답 / 민병에난 정부영을 아라 동학에난 동학이치 아라 / 되답에 슈단이야 언언이 위지로다

위는 학초본의 구절로 용인의 황경천과 이별하고 내려올 때 작가가 본 광경을 서술한 것이다. 길가의 집들은 불에 타 빈터만 남았고

살던 사람은 모두 달아났다. 길에는 총을 맨 사람들만 오락가락 하는데, 어떤 사람은 民包軍이고 어떤 사람은 동학군이라고 했다. 밑줄 친부분은 한국가사문학관본에는 없는 구절인데, 작가가 검문검색을 빠져나온 요령을 서술했다. 작가는 闊俠[일을 처리하는 주변이 좋음] 있는 언권으로 민포군이 검문하면 '평민이며 정부의 슈을 잘 알고 있다'고 대답하고, 동학군이 검문하면 '동학도인이며 동학의 이치를 알고 있다'고 대답했다고 했다. 이에 대해 작가는 말마다 거짓이었다고 스스로 양심 고백을 하고 있다.

> 허다봉칙 진닉셔셔 쥭슌에 다달른이 / 수빅명 병정드른 쥭산읍 유
> 히잇고 / 수빅명 동학군은 무긔장터 유진ㅎ고 / 물안비을 다달른이 식
> 볏날 간난길에 / 멀이업난 송장은 동복을 가초입고 / 길을막아 허다눈
> 딕 타너므면 싱각ㅎ이 / 모골이 소연ㅎ야 싸에발이 안이붓고 / 달리목
> 을 건네션이 허다흔 왜병정이 / 총집고 흔도초고 좌우에 벼려셧딕 / 스
> 람목을 너헐비여 악슉남걸 밋드라셔 / 각긔달아 흐른피는 비린닉음 승
> 천이라 / 얼푼보고 압만보며 천연이 진닉올졔 / 스람마음 목셕이 안이
> 여든 엇지하야 무심할리 / 문경싀직 상문온이 셩문을 구지닷고 / 문틈
> 으로 둘너본이 슈빅명 병정이 좌우에 버러션이 / 위염도 장할시고 진
> 닉갈이 그븰넌고 / 문을 쭈달이며 밥비열어 달나ㅎ이 / 그즁에 감토씬
> 지 ㅎ졸을 분부ㅎ야 / 셩문을 열여쥬며 스람을 인도ㅎ야 / 진즁에 안쳐
> 녹코 거쥬셩명이며 / 무신소간 어딕가시며 이목에 허다본일 / 무슈궁
> 문 흔난즁에 힝장이며 쥬먼지며 / 역역히도 뒤겨보고 딕답을 실칙업시
> 다ㅎ이 / 공연이 말유ㅎ면 못가게 말유흔다 / 장부으 간담이야 업쇼보

면 죽난게라 / 군졸달여 이른말이 아동지어 조션법에 / 법예는 일반이
라 군즁에도 볍이잇거든 / 도적을 살피보와 난세을 틱평코져 할진듼 /
쳘이허다 힝인을 무단집탈 자불진듼 / 평세예 난이 일노붓터 날빈라
이볍은 하법인다 / 그즁에 듸장이 ᄒ난말이 본늬라 양반이 분명ᄒ다 /
관계말고 쪄나시오 장ᄒ시요 양반임네 / 보는바 쳠이로소이다 ᄒ직ᄒ
고 쪄나션이 / 셩문너이 간듸마다 이거동 진늬난이 / 굴모웅이 진늬션
이 가든길 역게로다

위는 죽산을 거쳐 수안보를 지나온 노정을 서술한 것이다. 죽산에
이르니 관군은 죽산읍에, 동학군은 무기장터에 대치해 있었다. 이어
작가는 물안비(수안보)에 이르렀는데, 때는 이미 겨울이었다. 동복
을 입은 머리 없는 송장들이 땅에 즐비하여 길을 막았다. 이 송장을
타 넘자니 모골이 송연해지고 발이 땅에 내디뎌지지를 않았다고 했
다. "달리목"을 건너니 많은 일본병이 총과 칼을 차고 좌우에 도열해
있었다. 그리고 사람의 목을 베어 "악슈"나무에 매달아 놓아 흐르는
피의 비린내가 진동했다. 작가는 이것을 똑바로 볼 용기가 없어 얼핏
보고 앞만 보고 지나왔지만, 목석이 아닌 이상 여기에 무심할 수 없
었다. 이어 작가는 문경새재 상문(제3관문)에 이르렀다. 닫힌 성문을
두드려 들어가니 감투 쓴 자가 진중에 작가를 앉혀 놓고 국문을 했
다. 거주지와 성명, 무슨 일로 어디에 가는지, 오는 길에 본 일 등을
국문하고 행장과 주머니도 뒤졌다. 작가는 실책 없이 모두 대답을 했
으나 관군은 보내주지 않았다. 작가는 '난세를 태평하게 하려면 도
적을 잡아야지 수많은 행인을 무단으로 잡는다면 오히려 이것이 난

리가 아니냐. 이 법은 하법이다'라고 큰 소리를 쳤다. 그러자 이 말을 들은 대장이 양반이 분명하다고 하면서 오히려 치하하며 보내주었다고 했다. 그리고 이런 고초는 2문, 1문을 넘을 때마다 있었다.

이상에서 살펴본 바와 같이 작가가 오고간 지역은 치열한 전쟁의 현장이었다. 작가가 동학농민군 직곡 접장과 모사대장으로 동학농민전쟁에서 활약한 것은 갑오년 봄부터 최시형의 북접 2차 봉기 명령이 떨어진 갑오년 9월 18일 이전까지였다. 그리하여 〈경난가〉에서 서술한 전쟁터의 상황은 최시형의 2차 기포령이 떨어진 후 본격적으로 관군·일본군과 동학농민군이 치열하게 접전했던 현실을 반영한다[20].

작가는 동학농민군을 잡아 처형하는 현실에서 자신의 정체를 숨기고 길을 가야 했기 때문인지 전쟁의 상황에 촉각을 곤두세워 자신이 보고 듣고 겪은 인근의 전투 상황을 서술했다. 그리고 전쟁의 참상과 주요 길목의 행인 통제 상황을 노정의 사이사이에 서술했다. 작가는 작품에서 동학의 이념이나 동학농민군을 지지하는 내용을 직접적으로 서술하지는 않았다. 다만 당시 동학농민전쟁의 상황, 전란의 참상, 행인 통제 상황 등을 자신의 정체가 드러나지 않는 선에서 객관적인 입장을 견지하며 서술했다. 그럼에도 불구하고 그의 시선

---

20 당시 동학전쟁의 상황은 〈학초전〉을 처음 소개하고 발표한 신영우의 논문을 참조했다. 신영우, 「1894년 영남 예천의 농민군과 보수집강소」, 『동방학지』제44호, 연세대학교 국학연구원, 1984, 201~247면. ; 신영우, 「영남 북서부 보수 지배층의 민보군 결성 윤리와 주도층」, 『동방학지』제77~79호, 연세대학교 국학연구원, 1993, 629~658면. ; 신영우, 「경북지역 동학농민혁명의 전개와 의의」, 『동학학보』제12호, 동학학회, 2006, 7~46면. ; 신영우, 「1894년 영남의 동학농민군과 동남부 일대의 상황」, 『동학학보』제30호, 동학학회, 2014, 149~210면. ; 신영우, 「경상감사 조병호와 갑오년의 경상도 상황」, 앞의 논문, 81~138면.

은 전투에서 죽어간 동학농민군의 시체에 더 가 있었으며, 관군의 지나친 행인 통제 상황에 비판적 정서를 지니고 있는 것이었다.

3) 길에서 만난 민중의 사연

작가는 길에서 만난 사람들의 형상과 사연도 가사에서 서술했다. 요광원 숙소에서 우는 아이를 면박 주는 경주인 아빠의 사연, 진의읍에서 길 가는 작가에게 한 끼 밥을 챙겨준 부인의 일, 길에 나선 사람이 모두 경주 사람인데 사람들의 구박이 심한 사실, 처자를 구박하는 경주사람 성서방의 사연, 노름과 폭행을 일삼는 남편을 만나 고생하는 젊은 여인의 사연 등을 단편적이긴 해도 간간히 서술했다. 작가는 이러한 단편적인 민중의 형상 외에도 제법 핍진한 사연을 지닌 민중의 형상도 서술했다.

> 이날밤 줌을 자다가 소변보로 잠간깨여 / 문박게 나가션이 월식은 만정이요 / 야반인적 고요ᄒᆡ되 난듸업난 부여ᄒᆞ나 / 뒤으로 늬달나셔 쥬겨방황 ᄒᆞ난거동 / 나을보고 션듯ᄒᆞ야 연괴잠근 무러본직 / 천연이 듸답ᄒᆞ되 ᄒᆞ방에자든 여인이요 / 본듸경쥬 사옵던이 나ᄒᆞᆫ슈물 ᄒᆞᆫ살이요 / 흉연을 오연만늬 일례을 오는바에 / 가난곳젼 졍체업쏘 밋난바에 가장인듸 / 츌가ᄒᆞᆫ 육연거지 통심졍 ᄒᆞᆫ변못히 / 여자으 평싱소원 부모동싱 고장발여 / 민난바 ᄒᆞ나인듸 일부종사 ᄒᆞ자ᄒᆞ이 / 졍영ᄒᆞᆫ 오평ᄉᆞᆼ이라 그안이 이달ᄒᆞ오 / 마참일이 잠간바도 우연이 좃쏘시펴셔 / 비록 첩에 첩이되고 종에종이 되야도 / 수졍을 알고보면 싱젼에 원이옵고 /

오평싱이 안이될듯 열여정절 잇싸히도 / 정절이 허식라 그가장 좃소보면 / 고상도 씰썩업고 오평싱 할거신이 / 잠간보와도 평싱귀쳔이 흔변 보게 달려스온이 / 원을푸러 살여쥬오 그모양을 줌간보이 / 장부으 욕심이야 옥슈을 넛짓잡고 / 잠간슈작 약허휴에 호련자심 싱각흐이 / 사람으 흔평싱의 영욕은 다이슨이 / 여자마암 이실라 닉으졍든 사든부부 / 이마음이 이슬넌지 모놀개 스람일니라 / 잠간쌧쳐 일너왈 세상스람 흔평싱이 / 흔변궁곤언 여식라 스람마다 인난겟이 / 곤박할썩 별노싱각 일반삼인식 흐여셔도 / 츠휴에 세상보면 불상흔줄 셔로알고 / 옛말흐고 슨난이라 이를썩예 곤쳐가면 / 그만더 못흐믄 자연쳔도라 힝복 졍영 못할겐이 / 츠휴라도 그뜻마라 그마음이 닉닷거든 / 나을다시 싱각흐야 즈신명을 경계흐라 / 조심흐야 조심흐야 그맘부듸 닉지말나

위는 작가가 요광원에서 만난 한 여인과의 사연을 서술한 것이다. 달밤에 느닷없이 한 여인이 뒤로 오더니 주저하듯 작가를 보고 섰다. 연유를 물어보니 여인은 자신의 사연을 말하기 시작했다. '같은 방에 자던 나는 경주 사람이고 나이는 21세이다. 5년이나 흉년을 겪어 고향을 떠나 정처 없이 7일을 왔다. 가장은 시집 온 후 6년 동안 사사로운 정을 나눈 적이 없고 패악만 일삼았다. 일부종사를 소원했지만 나의 평생은 애달프기 짝이 없다. 우연히 당신을 보고 연분을 맺고 싶었다. 비록 첩이 되고 종이 되어도 좋으니 내 원을 풀어주면 좋겠다'는 말이었다. 이 말을 들은 작가는 손을 잡고 잠간 수작을 부리고 싶은 남자의 욕심이 났다고 했다. 그러나 이 생각을 떨쳐버리고 '곤궁할 때 가장을 버린다면 도리어 더 잘못되고 행복하지 못할 것이다.

부디 그런 마음을 내지 마라'고 여인을 타이르며 부탁을 거절했다.

　　　되구감영 나려갈시 여의골 다달른이 / 흔사람으 거동보소 이시간난
경쥬사람 / 손을잡고 통곡ㅎ이 통곡은 무삼일고 / 되답업시 통곡ㅎ이
보난사람 밀망ㅎ다 / 이소연으 거동보소 우든소릭 진졍ㅎ고 / 노방에
페쳐안즈 진졍ㅎ야 ㅎ는말이 / 경쥬산다 ㅎ온이 동향지인이요 / 소회
는 동이라 이시이시 가지마오 / 나도본되 스든모양 근근호구 걱졍업던
이 / 진작안즈 듯는말이 츙쳥상도 올나가며 / 흉연업고 밥존곳되 시초
홋코 인심좃타ㅎ야 / 가스을 진믹ㅎ야 경보로 짐을믿이 / 짐군은 둘니
요 소실른 셔인되 / 모친나흔 셜른셔인되 이심지경 쳥상이요 / 닉나홋
십팔이요 느자나흔 십구세라 / 열어빅이 올나간이 닉즈 발병나셔 / 촌
보도 갈길업쏘 히는셕양 운ㅎ야 / 쥬졈은 삼십이 갈참인되 절면쒸면
흔탄할졔 / 맛참만닉 빈말숟에 싹닷돈에 틱여갈시 / 칙을지여 간난거
동 이스모 저산모을 / 구름갓치 진닉간이 싸라갈길 졍이업셔 / 일모황
혼 저문날에 갈쥬막을 차자간이 / 간되업고 본이업셔 실쳐ㅎ고 도라션
이 / 뒤례오든 짐쑨보소 모친을 발려두고 / 먼여간다 차차오라ㅎ고 도
망을 쏘갓신이 / 차질길 졍이업셔 모자 셔로잡고 / 일장통곡 ㅎ고난이
밤은집혀 그스곡에 / 근쳐흔편 바릭본이 창에불이 보이건날 / 불을짜
라 츠자가셔 쥬인불너 간쳥ㅎ이 / 모친는 안에자고 나는 외당에자고 /
식볘날 개동초에 모친불너 가자ㅎ이 / 이런벤괴 어듸잇소 쥬인는 환부
라 / 열세히 쳥상모친 이날밤에 회졀ㅎ고 / 진졍으로 흔난말이 엇지할
슈 업난이라 / 나난임이 이집스람 되야신이 너는이곳 고공인나 사라 /
이말잠간 듯고난이 모친안식 쳔연ㅎ다 / 통곡이 졀노난다 사세을 싱각

ㅎ이 / 어제흔날 직물일코 고은안히 졍든모친 / 둘니모다 시집가고 닉 흔몸만 나마신이 / 산쳔인물 다션곳듸 도라셔른 흔몸이요 / 어보이시 가지마오 통곡을 다시ㅎ데 / 이구경을 잠간ㅎ이 부운갓탄 세상에 / 亽람으 변복이여 시각이 잠간일에

위는 작가가 여의골에서 만난 한 남자와의 사연을 서술한 것이다. 한 경주사람이 대뜸 작가의 손을 잡고 민망할 정도로 통곡을 했다. 겨우 진정한 그 남자는 자신의 사연을 말하기 시작했다. '동향의 경주사람이니 마음은 같다. 이사를 가지 마라. 나는 고향에서 근근히 입에 풀칠은 하고 살았다. 그런데 충청 이북은 흉년이 없어 좋은 밥도 먹고 인심이 좋다고 하여 가산을 다 팔아 짐을 메고 길을 나섰다. 짐꾼이 둘이고 딸린 식구는 33세 청상과부인 모친, 18세 나, 19세 아내 등 셋이었다. 수 백리를 올라와 날은 저물었는데 아내가 발병이 나서 한 발자국도 옮길 수가 없었다. 마침 빈 말꾼이 있어 아내를 태워 보냈다. 그러나 "갈쥬막"에 도착해 보니 있어야 할 아내는 없었다. 그런데다가 뒤에 오던 짐꾼이 모친을 두고 먼저 가 버려 급히 다시 돌아가 겨우 모친과 상봉할 수 있었다. 모친과 함께 근처 불빛을 따라 한 집에 들어가 하루밤을 잤다. 다음날 새벽에 길을 나서려는데 모친이 이미 집주인의 여자가 되었으니 그곳에서 같이 살자고 부탁했다. 단 하루만에 재물을 잃고 아내와 모친마저 다 잃어 내 한 몸만 남았다. 그러니 이사를 가지 마라'는 말이었다. 이 말을 들은 작가는 전쟁으로 인간성마저 피폐해진 현실을 한탄했다.

작가가 만난 사람들은 대부분 '흉년'에 고향을 떠난 것으로 서술

되어 있지만, 실은 동학농민전쟁의 난리통에 고향을 떠나 유랑길에
오른 사람들로 보인다. 그런데 주목할 만한 점은 작가가 서술한 민중
이 대부분 '경주사람'이라는 것이다. 그리고 작가가 서술한 민중은
여성과 어린아이에게 집중되어 있는 점도 눈에 띈다. 여의골에서 만
난 남자의 사연도 사실 두 여성의 사연이라고 할 수 있다. 작가는 관
군이나 동학농민군 어느 한 편의 입장에 서기보다는 전쟁의 비극적
현실 자체에 주목했다. 그리하여 전쟁의 가장 큰 피해자이자 약자인
여성과 어린아이의 문제를 보다 부각시킨 것이라고 할 수 있다. 특히
작가는 훼절한 여성에 대해 여성의 정절이라는 윤리적 평가를 내리
기보다는 전쟁으로 피폐해진 인간성의 문제로 보고자 했다. 어린아
이를 구박하는 남자를 바라보는 작가의 시선도 전쟁으로 피폐해진
인간성의 문제 쪽에 가 있는 것이었다.

4. 〈경난가〉의 문학적 의미와 문학사적 의의

1) 〈경난가〉의 문학적 의미

〈학초전〉에 의하면 작가 박학래는 양반, 동학농민군지도자, 귀화
인, 의약인, 변호인 등의 이력을 거쳐가며 파란만장한 생애를 살았
던 인물이다. 그런데 작가는 〈경난가〉에서 자신이 동학농민군 지도
자로서 활동한 사실, 귀화한 사실, 귀화한 데에 따른 심리적 갈등 등
을 전혀 서술하지 않았다. 물론 동학농민군 2차 봉기의 전쟁터를 지

나기는 했지만 이 싸움에 전혀 가담하지 않았다. 이러한 박학래의 인물 성격, 동학농민군지도자로서의 활동, 귀화에 대한 역사적 의미 등은 반드시 분석되고 평가될 필요가 있다[21]. 하지만 이 논문은 가사 〈경난가〉를 다루는 자리이므로 작품에 나타난 내용만을 중심으로 작가의 인물성격을 분석하고 〈경난가〉의 문학적 의미를 논하고자 한다.

작가는 서두에서 '양반과 상인의 구별이 없어져 가련한 세상이 되

---

21 〈경난가〉의 작가 박학래는 매우 입체적인 인물이다. 그는 양반이었지만 갑오년에 봄에 동학에 입도하여 8월까지 동학농민군 지도자로 활약했다. 그러나 그가 갑오년 동학농민군 2차 봉기가 한창이던 가을과 겨울에 서울을 왕복할 당시에는 이미 귀화를 한 신분이었다. 다음해 작가는 고향을 떠나 유랑인으로 전락하고, 한학을 공부한 선비로서 약방을 차린 의약인이 되어 있었다. 그리고 그는 뛰어난 언변을 지녀 평생을 각종 송사사건에서 자신과 남을 위해 변호해주는 일을 맡아 했다. 이렇게 작가는 양반으로서 매우 다양한 이력을 지닌 입체적인 인물이었다. 이렇게 작가 박학래의 인물 성격은 양반, 동학농민군지도자, 귀화인, 의약인, 변호인 등의 복합성을 지니므로 단순하게 평가할 수는 없는 지점이 있다.
그리고 그의 동학농민군지도자의 활동과 귀화가 지니는 의미도 복합적으로 고려해야 할 사항이 많은 것 같다. 그가 예천지역 1차 동학농민군 봉기의 끝에 귀화한 점은 양반의식의 한계로 평가될 가능성이 있다. 작가가 귀화한 것은 동학농민군에게 불리해진 전세에 대응해 휘하 동학농민군을 살리기 위한 최선의 방법이 귀화라고 생각했기 때문이다. 그리고 1차 동학농민군 봉기 때와 달리 2차 동학농민군 봉기 때 예천지역에서는 동학농민군의 활동이 미진했다. 그의 귀화가 지니는 의미를 규명함에 있어서 당시 예천지역 동학농민군의 상황이 고려될 필요가 있다. 한편 그는 생면부지의 경주까지 가 전전하며 사는 고단한 삶을 감내했다. 즉 작가가 타지에 전전하며 감내했던 인생의 무게가 만만치 않은 것이어서 작가의 유랑생활은 역설적으로 귀화한 작가의 심적 고통을 말해준다고 할 수 있다. 이렇게 작가가 고향 예천을 떠나 타지를 전전하며 새로운 직업으로 사는 고난을 자처해 겪은 것은 귀화한 자신의 행동에 책임을 지고자 한 양심적 선비의 행동으로도 보인다. 이렇게 작가는 배신의 낙인이나 일상적 안락 등에 연연해하지 않고 자신의 행동에 우직하게 책임을 지는 양심적인 선비의식을 지니고 있었다. 따라서 작가의 귀화 행위만 보고 작가가 지닌 양반의식의 한계를 지적하는 것은 작가가 지닌 양반의식의 의미를 지나치게 단선적으로 해석하는 것이 된다. 그의 귀화 행위가 지닌 의미는 다양한 요소를 고려해 종합적으로 평가해야 할 것으로 보인다.

었다'고 했다. 비록 짧은 구절에 불과하지만 작가의 양반의식이 드러나는 지점이다. 그러나 이 구절은 "가련한"의 주체를 작가 자신인 양반으로 하면 '양반과 상인의 구별이 없어져 양반들이 가련하게 되었다'라는 의미로도 해석될 여지가 있다. 그리고 문경새재 상문을 통과하면서 겪은 일을 서술할 때 작가는 은연중에 양반으로서의 자부심을 내비치기도 했다. 신분제가 철폐되었다고 해서 하루 아침에 양반이 자신의 정체성을 버리기란 상식적으로 쉽지 않은 일이다. 작가가 여전히 양반으로서의 정체성을 지닌 것은 어쩌면 자연스러운 일일 것이다.

그런데 〈경난가〉에 나타난 작품세계를 통해 볼 때 작가는 이미 귀화했음에도 불구하고 여전히 동학농민군 지도자로서의 정체성을 지니고 있었던 것으로 보인다. 작가는 서울을 왕복한 노정을 서술하면서 자신의 신분을 숨기려 해서인지 몰라도 동학농민전쟁을 객관적으로 서술하려 노력했다. 그리하여 전쟁의 비극적 현실 자체에 주목하여 전쟁으로 피폐해진 인간성의 문제적 현실을 서술했다. 그럼에도 불구하고 작가가 동학농민전쟁의 발발을 탐관오리에 대한 비판과 연결한 점, 동학농민전쟁이 한창인 전쟁터의 상황에 촉각을 곤두세운 점, 전쟁의 희생자 중에서 동학농민군의 시체에 더 시선을 두고 있는 점, 왜인에 대한 관심도 나타난다는 점, 혹독했던 검문검색을 상세히 기술한 점 등에서 알 수 있듯이 전체적으로 동학농민군의 시각에서 전쟁을 바라보고 있음이 드러난다.

특히 작가는 길에서 만난 민중의 사연을 많이 서술했는데, 작가가 유독 경주사람의 사연에 집착을 보이고 있는 것은 주목을 요하는 지

점이다. 작가와 우연히 한 방에서 숙박하게 된 경주여인은 방 밖으로
나온 작가에게 일부러 다가와 자신의 사연을 말하고 몸을 내맡기려
했다. 그리고 여의골에서 만난 남자는 작가를 보고 '동향의 경주사
람이니 마음은 같다'라고 하며 술술 자신의 내밀한 이야기를 다 말
해주었다. '동향의 경주사람'이라는 이 남자의 말은 박학래가 자신
의 고향에 대해 거짓말을 한 것이 아니라면 이상한 말이 된다. 여기
서 '경주사람'은 액면 그대로 경주인이 아니라 실은 '동학도인'을 감
추기 위해 쓴 것이 아닐까 추정할 수 있다. 이러한 추정이 가능한 이
유는 길에서 만난 사람들이 너무나 쉽게 작가에게 마음을 열고 있기
때문이다. 요광원에서 만난 여인이나 여의골에서 만난 남자는 양반
으로 동학농민군 지도자였던 작가의 정체성을 확인한 후 작가에게
정신적으로 의지를 했던 것이 아닌가 한다. '길에 나선 사람들이 모
두 경주 사람이고, 이들을 사람들이 심하게 구박했다'는 서술도 이
상하다. 동학농민전쟁 당시 피란길에 오른 사람이 경주사람만이 아
니었기 때문이다. 이것도 실은 구박을 당하는 '동학도인'에 대한 서
술을 암호처럼 표현한 것으로 볼 수 있지 않을까 한다. 이렇게 작가
는 서울 왕복 노정에서 계속 동학도인들을 만나 그들과 소통하며 다
닌 것을 알 수 있다.

한편 작가는 대구 경상감영에 있을 때 한 경주 친구가 '거듭된 흉
년에도 불구하고 그래도 사람 살기 좋은 곳이 경주다'라는 말을 듣
고 경주로 이주할 결심을 하게 된다. 그런데 여기서도 유독 '경주사
람'인 것이 이상하다. 앞서와 마찬가지로 '동학도인'이 '경주사람'이
라고 가정한다면 그는 동학도인의 말을 듣고 경주로 간 것이 된다.

따라서 작가가 액면 그대로 '경주가 그래도 살기 좋다'는 말을 믿어서 경주로 이주했다고는 보이지 않는다. 비약인지는 모르겠으나 작가가 하필 경주를 택한 가장 근본적인 이유는 동학의 창시자인 최제우의 고향 경주를 정신적인 고장으로 생각해서이지 않을까 추측해 본다. 어쩌면 작가는 비록 귀화는 했지만 동학의 정신적인 고장인 경주로 가서 동학의 정신을 이어나가며 살아가려는 개인적인 의지가 있었던 것이 아닌가 생각할 수 있다.

이와 같이 〈경난가〉의 작가는 동학농민군의 시각에서 전쟁을 바라본 점, 길을 갈 때 '경주사람(동학도인)'과 계속 소통을 하며 그들의 사연에 주목한 점, 고향을 떠나 '경주'에 살기로 한 점 등에서 알 수 있듯이 비록 귀화했지만 동학농민군지도자로서의 정체성을 여전히 지니고 있었다.

작가의 삶은 그 시대의 역동적이고도 극단적인 역사 현실이 마련해준 것이었지만 작가 스스로가 자신만의 방식으로 개척해 낸 것이기도 했다. 작가는 양반이었지만 과감하게 동학농민군 지도자로 변신을 시도했다. 양반인 작가가 민중의 성장하는 힘을 역사의 주체로 세우고자 한 근대기 역사의 변혁적 흐름에 능동적으로 대처했다고 할 수 있다. 그리고 그는 동학농민군 2차 봉기에 참전하지는 않았지만 동학농민군 지도자로서의 정체성을 여전히 지니고 있었으며, 세거지의 양반에서 변호사, 유랑인, 의약인 등으로의 신분 변화를 자연스럽게 겪어냈다. 이런 의미에서 작가는 근대기 역사의 변혁적 변화에 능동적으로 대처한 근대적 의식을 지닌 인물이라고 할 수 있다. 이와 같이 〈경난가〉는 갑오농민전쟁기라는 역동적 시기에 대응해 치열하게 자기의 삶을 개척해나간 한 양반 동학농민군 지도자의 삶과 의식을 반영하고 있다는 문학적 의미를 지닌다.

한편 〈경난가〉는 북접 동학농민군의 2차 봉기 당시 동학농민전쟁의 상황과 참상은 물론 당시 동학농민전쟁의 와중에서 고통 받는 민중의 사연도 생생하게 서술했다. 이렇게 〈경난가〉는 동학농민전쟁 당시 박학래라는 한 인물의 형상과 함께 당시 민중의 형상을 생생하게 증언하는 다큐멘터리로도 기능한다는 문학적 의미를 지닌다.

2) 〈경난가〉의 문학사적 의의

가사문학사에서 근대기는 가사문학의 창작과 향유가 폭발적으로 늘어난 시기이다. 가사문학은 19세기 중엽에 이르면 언문을 읽고 쓸 줄 아는 여성층이 대폭 증가함에 따라 주로 양반가의 남성과 여성을 중심으로 생활문학이 되어 있었다[22]. 양반가에서 창작한 가사문학은 유형가사의 관습적 틀 안에서 창작한 것도 많았지만 유형가사의 틀에 상관 없이 모든 것을 담을 수 있는 가사문학의 개방성을 적극 활용한 것도 많았다.

근대기는 일제의 강점 야욕이 노골화되면서 이에 대응해 동학 및 동학농민전쟁, 의병전쟁, 을사늑약반대운동, 독립운동이 전개된 시기였다. 동학의 창시자인 최제우의 영향을 받은 동학도인은 동학의 이념과 교리를 전파하기 위해 가사문학을 적극 활용했다. 당시 의병

---

22 고순희, 「19세기 중엽 상층 사대부의 가사 창작」, 『국어국문학』, 국어국문학회, 2008, 109~132면.

전쟁, 을사늑약반대운동, 초기 독립운동의 주담당층은 양반지식인 층이었는데, 바로 이들이 가사문학의 주담당층이기도 했다. 그리하여 변혁적 근대기에 이르러 가사문학은 역사적 현실에 대응하여 역사의 중요 국면을 가사에 수용하기 시작했다.

근대기에 창작된 가사문학은 근대기 변혁적 역사의 현실을 전면적이라기보다는 단편적으로 수용하는데 그친 것이 대부분이었다. 하지만 당시 창작된 가사문학 작품 가운데는 제법 근대의 역사적 현실을 전폭적으로 수용한 작품도 있게 되었다. 근대기 역사적 현실을 작품에 전면적으로 수용하여 유형을 이룬 대표적인 것으로는 동학가사, 의병가사, 개화가사, 만주망명가사 등이 있다. 그러나 이러한 유형에 속하지 않으면서도 근대기에 전개된 충격적인 역사 현실을 개탄하고, 이 현실을 벗어나기 위한 자신의 주장을 피력하고, 자신의 삶과 감회를 서술한 가사 작품들도 등장하게 되었다. 이렇게 근대기 이후 역사가 변혁적으로 전개됨에 따라 역사의 급박한 전개에 충격을 받은 가사문학의 담당층은 당대의 역사·사회 현실을 가사에 수용했다. 그리하여 가사문학사는 근대기에 이르러 '역사·사회 현실에 대응한 가사문학의 전개'라는 큰 흐름을 형성하게 되었다.

작가가 〈경난가〉를 창작할 수 있었던 요인으로는 동학에서 가사문학을 활발하게 창작했다는 점과, 작가가 가사문학의 창작과 향유 전통이 강한 경상북도 예천지역의 양반가에서 성장하고 살았던 점을 들 수 있다. 그런데 동학가사는 동학의 이념과 교리를 담아 대부분 교술적인 성격을 지닌 반면 〈경난가〉는 작가 개인의 경험과 감회를 담아 서정·서사적인 성격을 지닌다. 따라서 〈경난가〉는 동학의 가사

창작과 향유 전통보다는 경북지역 양반가의 가사 창작과 향유 전통
에서 더 많은 영향을 받아 창작된 것으로 보인다. 작가가〈경난가〉외
에 경주 구강에서의 삶을 서술한 은일가사 한 편, 〈낙빈가〉, 〈쳐사영
결가〉[23] 등 많은 가사 작품을 창작한 것은 가사를 창작하고 향유하는
전통이 매우 강했던 예천지역 양반가의 인물이기 때문이었다.

　동학이 창시된 이후 동학가사가 많이 창작되었지만 동학농민전쟁
을 직접적으로 작품세계 안에 수용한 작품은 없었다. 동학가사가 아
니라 하더라도 동학농민전쟁과 관련한 개인의 경험이나 감회를 비
교적 풍부하게 작품 안에 수용한 작품도 거의 없었다. 특히 관군이
아니라 동학농민군의 시각에서 동학농민전쟁을 바라본 가사 작품은
없었다. 그나마 동학농민전쟁과 관련한 내용을 담고 있는 몇 편 안되
는 가사 작품들도 전체 내용에서 동학농민전쟁과 관련한 내용이 차
지하는 비중이 지극히 적거나 동학농민전쟁을 부정적으로 보는 것
뿐이었다. 〈쳔륜ᄉ〉에서는 동학농민전쟁과 관련한 서술이 단 몇 구
절에 불과한데, 작가가 마침 동학농민전쟁 때 신행을 가게 되어 어려
움을 겪은 사실에서 잠깐 서술되었을 뿐이다[24]. 동학농민전쟁 당시
인 갑오년 섣달 그믐날에 창작된 가사문학으로〈석봉가〉가 있다. 이
가사는 갑오년 당시에 창작되어서인지 동학농민전쟁이 내용의 일
부분이긴 하지만 작품의 배경으로 작용하여 동학농민전쟁이 제법

---

23 〈경난가〉, 은일가사, 〈쳐사영결가〉 등은 한국가사문학관에 소장되어 있고, 〈낙빈
　　가〉는 〈학초전〉에 기재되어 있다.
24 〈쳔륜ᄉ〉에서 작가가 동학 난 때 신행을 가게 되었는데, 도로 중에 왕래하는 행인
　　들을 죄인 다루듯이 하여 다시 친정을 찾을 엄두를 내지 못했다고 했다. 임기중 편,
　　『역대가사문학전집』제17권, 여강출판사, 1994, 279~308면.

비중 있게 다루어졌다고 할 수 있다. 하지만 동학농민전쟁을 바라보는 작가의 시각은 관군의 입장에서 부정적으로 보는 것[25]이었다. 조금 후에 창작된 〈한양가〉에서도 동학농민전쟁 시기를 서술하고 있지만 동학농민전쟁을 바라보는 작가의 시각은 주로 관군의 입장에서 부정적으로 보는 것이었다.

〈경난가〉의 작품세계는 시기적으로 동학농민전쟁이 한창이던 시기와 그 직후의 시기를 반영한다. 그리고 동학농민군 지도자로 활동했던 작가의 이력이 문제가 되어 겪게 되었던 일을 담고 있다. 이렇게 〈경난가〉는 동학농민전쟁이 작품세계에 부분적으로가 아니라 전폭적으로 수용되어 있어 당대를 증언하는 다큐멘터리로 기능할 수 있을 정도이다. 그리고 〈경난가〉는 작가가 동학농민군지도자였던 탓에 당시 동학농민전쟁의 현실을 관군이 아니라 동학농민군의 시각에서 바라보고 있다. 이렇게 〈경난가〉는 동학농민전쟁 시기의 현실을 전폭적으로 작품세계에 수용하고 동학농민전쟁을 동학농민군의 시각에서 바라본 유일한 가사 작품이라는 가사문학사적 의의를 지닌다.

〈경난가〉는 유일하게 동학농민군의 삶과 의식을 반영하고 있다는 점에서 갑오농민전쟁 당시 '역사사회 현실에 대응한 가사문학'을 대

---

25 〈석봉가〉의 작가는 1894년 동학난을 피해 석봉암으로 피난하여 이 해 섣달 그믐날에 가사를 창작했다. 이 가사에서 작가는 동학농민군에 대해 짧게 서술하고 있지만, 그 시각은 부정적이었다. "論江兩浦 大都會예 放砲聲이 어인일고 / 旗幟槍劍 羅列ᄒ니 赤壁長坂 戰場인가 / 霧雨法軒 瑃準開南 萬古逆學 네안인가 / 上下平蕩 法이웁고 罪滿한놈 得勢로다 / 東學黨을 討罪하여 論山陣中 傳檄하고" 이천종, 「석봉가 연구」(충남대학교 교육대학원 석사학위논문, 2004, 62면)에서 재인용. 〈석봉가〉는『역대가사문학전집』제25권(임기중 편, 여강출판사, 1992, 34~59면)에 실려 있다.

표하는 가사 작품이라고 규정할 수 있다. 근대기 '역사사회 현실에 대응한 가사문학의 전개'에서 동학농민전쟁 시기에 직접적이고도 전폭적으로 대응해 창작된 가사문학 작품이 없었는데, 〈경난가〉가 그 빈 자리를 채워줄 수 있게 되었다. 이렇게 〈경난가〉는 동학농민군 지도자가 동학농민군의 시각에서 당대를 바라보아 역사·사회에 대응한 가사문학사적 흐름을 온전하게 형성할 수 있게 해준다.

5. 맺음말

이 연구는 〈경난가〉를 처음 소개하는 자리이기도 했다. 그리하여 작가의 생애 안에서 가사 창작의 배경을 살피고, 전하고 있는 이본의 상황도 점검해야 했다. 그리고 작품세계를 정리함에 있어서도 많은 고증이 필요했다. 서울 왕복 노정의 경우 엄청나게 많은 옛지명과 장소가 계속 서술되는데, 그곳이 어디인지, 어떤 곳이지를 모르는 채 범박하게 논의를 진행할 수는 없어 가능하면 고증을 하고자 했다. 이 고증으로 인해 밝혀진 사실들이 이 연구의 논지 전개에 그다지 영향을 끼치지 않았다 하더라도 다음 연구자의 일차적인 수고를 덜어주는 것이 작품을 소개하는 연구자의 임무라 생각했기 때문이다. 반면 작가의 서울 왕복 이유, 귀로의 목적지가 대구인 이유, 유랑생활의 과정 등은 작가의 생애와 관련하여 반드시 고증을 필요로 한 지점이었다.

그러다 보니 이 연구에서는 〈경난가〉의 작품세계를 살핀 후 그 문학적 의미와 문학사적 의의를 규정하는 데에만 중점을 두고 논의했다. 그리하여 작품이 지니고 있는 문학적 성격과 미학적 성취, 분석적이고 깊이 있는 작가의식 등에 관한 탐색이 충분하게 이루어지지 못했다. 추후 각 주제에 대한 후속 논의가 이어지기를 기대한다.

제2장

윤희순의 의병가와 가사

─여성주의적 성격을 중심으로─

1. 머리말

尹熙順은 시댁 어른 柳麟錫, 시아버지 柳弘錫, 夫君 柳濟遠, 아들 柳敦相 등 모두가 의병활동을 한 의병집안에 시집을 와서 국내·외에서 항일운동에 평생을 바쳐 산 독립운동가이다. 윤희순에 대한 주목은 사학계의 독립운동연구에서 먼저 이루어졌다. 박용옥은 의병 안사람으로서 윤희순의 의병활동을 고찰하고 의병 안사람의 활동이 '윤희순의 지도력과 그의 구국정신에 찬동하는 여성 자발의 구국운동'이었으며, '유교적 남녀질서의식이 이미 유생 사회 내에서 청산되어 가고 있었던' 것을 여실히 보여준다고 하였다. 그리고 박한설은 의병가 원문을 소개하고 작자와 작품연대 등을 간략히 다루었다[1].

국문학계에서 조동일은 '의병 투쟁을 위한 가사'와 '의병 투쟁을 되새긴 가사'에서 윤희순의 의병가사가 '기본 생각은 유홍석의 경우와 같았지만, 여자인지라 국문만 사용하고 수식이라고는 하지 않고 글을 말하듯이 쉽게 이끌어 나가 표현에서는 커다란 차이가 있다'고 하였다. 정의영과 박요순은 '근대기 여성가사'와 관련하여, 이태룡은 '고종시대 의병가'와 관련하여 윤희순의 의병문학을 살펴보았다. 이후 류연석의 『한국가사문학사』에 '우국계몽가사'로 윤희순의 의병가가 간단히 소개되었으며, 『한국고전여성작가연구』에서도 윤희순의 생애와 작품이 언급되었다[2].

윤희순의 의병가 및 가사는 주로 여성의 항일의병활동과 관련하여 그 역사적 의의를 인정받고, 어려운 한문투어가 아닌 쉬운 우리말 투어로 지은 점에서 그 문학적 의의를 평가 받아온 것으로 요약될 수 있겠다. 그리하여 연구의 축적으로 인해 윤희순의 작품들은 의병가사·근대여성가사 유형의 한 예로 자리매김하고, 윤희순은 고전여성 작가의 한 명으로 문학사에 자리하게 되었다고 할 수 있다. 그러나 윤희순의 의병가 및 가사에 대해서 국문학계의 관심이 많은 것은 아

---

1 박용옥, 『한국근대여성운동사연구』, 고려원, 1984, 148~154쪽. ; 박한설, 「윤희순 의병가 연구」, 『강원의병운동사』, 강원의병운동사연구회 편, 강원대학교 출판부, 1987, 281~293쪽.
2 조동일, 『한국문학통사 4』, 지식산업사, 1986, 180-182쪽, 188-189쪽. ; 정의영, 「여성가사에 나타난 의식 분석-개화기 이후 작품을 중심으로」, 『돈암어문학』6, 돈암어문학회, 1994, 79~93쪽. ; 박요순, 「근대문학기의 여류가사」, 『한국시가의 신조명』, 탐구당, 1994, 291~322쪽. ; 이태룡, 「고종시대 의병가 연구」, 경상대학교 박사학위 논문, 1998, 1~80쪽. ; 류연석, 『한국가사문학사』, 국학자료원, 1994, 371~372쪽. ; 이혜순 외, 『한국고전여성 작가연구』, 태학사, 1999. 147~149쪽.

니다. 그 기본적인 이유는 윤희순의 의병가 및 가사가 문학사적인 의의를 지닐 수 있을 만큼 문학적인 형상성을 갖추고 있지 않다는 데에 있는 것으로 보인다.

이 연구에서 윤희순의 의병가와 가사를 살펴보고자 하는 이유는 의병가의 장르 귀속과 여성주의적 해석이라는 측면에서 재고찰되어야 하는 문제가 있다고 보았기 때문이다. 먼저 국문학계에서는 윤희순의 의병가를 '歌辭'로 보고 의병가사나 여성가사로 다루어온 데에 전혀 이론의 여지가 없었는데, 과연 그럴까 하는 문제이다. '가사'로 다루어진 윤희순의 의병가의 실상을 면밀히 살펴보면 '가사'라는 한 가지 장르에 속할 수 없는 양상을 지니고 있음이 드러난다. 그리하여 윤희순의 작품과 관련한 자료를 개관하고 장르 귀속 문제를 먼저 해결할 필요가 있다.

다음으로 윤희순의 여성인식에 관한 문제이다. 윤희순의 일생과 문학 작품은 일제 강탈기라는 특수한 상황에서 생성된 것이었다. 의병 안사람으로서 일제에 저항하여 한평생을 보내고 고향에 돌아오지도 못하고 이역만리에서 생을 마감한 윤희순의 일생은 참으로 값진 것임에 틀림없다. 그리고 민족의 역사적 상황에 대한 현실적 대응을 내용으로 하는 윤희순의 인생은 곧 사회참여의 인생이라고 할 수 있는 것이었다. 그럼에도 불구하고 윤희순의 일생은 그 시대가 담보하고 있는 여성현실과 여성인식의 틀 안에서 이루어진 것이었다. 그런 의미에서 윤희순의 일생과 문학에 대한 평가는 조심스럽게 접근할 필요가 있다. 윤희순의 의병활동과 문학활동에 대한 긍정적 평가가 자칫 잘못하면 당시의 여성현실과 여성인식을 왜곡할 수 있기 때

문이다. 여성도 항일투쟁의 대열에 참여했다는 다소 센세이셔널한
관심에서 출발해 이것을 '유교적 남녀질서의식이 이미 유생 사회 내
에서 청산되어 가고 있었던' 것을 여실히 보여주는 것으로 파악하는
시각이 과연 온당한가 하는 것을 윤희순의 생애와 작품들을 통해서
면밀히 살펴볼 필요가 있다.

　이 연구의 논의 순서는 우선 2장에서 자료를 개관하고 장르 귀속
문제를 다룬다. 이어 3장에서는 의병가를 여성주의적 시각에서 살
핀다. 그리고 4장에서는 가사 〈신세타령〉을 여성주의적 시각에서 살
펴보고자 한다.

2. 자료개관과 장르 귀속 문제

1) 자료 개관

　윤희순의 의병가와 가사는 『역대가사문학전집』44권에 작품번호
2067~2078번으로 영인되어 있는 필사본 『義兵歌詞集』과 『畏堂先生三
世錄』의 제三 〈尹氏實錄〉에 실려 있다[3]. 『역대가사문학전집』과 『외당선

3　임기중 편, 『역대가사문학전집』44권, 아세아문화사, 1998, 156~175쪽. ; 박한설 편,
　『외당선생삼세록』, 강원일보사, 1983. 『외당선생삼세록』은 윤희순의 媤父인 畏堂
　柳弘錫, 夫君인 柳濟遠, 그리고 子인 柳敦相 三代에 걸친 문집 및 항일운동 자료집이
　다. 이 책은 후에 윤희순 여사의 유해를 한국으로 봉환하여 국립묘지에 안장한 후
　자료를 보충하여 『증보 외당선생삼세록』으로 다시 출간되었다(박한설 편, 애국
　선열윤희순여사 기념사업추진위원회 간, 1995).

생삼세록』에 실려 있는 작품들을 순서대로 적어 보면 다음과 같다.

〈바어중글를 국문우로 번역흔 글〉〈병정노릭〉〈으병군ㄱ〉〈으병군 ㄱ〉〈병정ㄱ〉〈안ㅅ름 으병ㄱ노릭〉〈경고흔ㄷ 오룡 키드릭기〉〈외놈 읍 ㅈ비들ㅇ〉〈은ㅅ름 으병노릭〉〈애둘푼 노릭〉〈금수들ㅇ ㅂ더보거ㄹ〉〈외놈ㄷㅣㅈ 보거ㄹ〉〈숙모전 상서〉(역)[4]

〈외놈ㄷㅣㅈ 보거ㄹ〉〈은ㅅ름 으병ㄱ〉〈이둘픈 노릭〉〈병 어ㅈ〉〈병정노 릭〉〈으병군ㄱ〉〈으병군ㄱ〉〈병정ㄱ〉〈은ㅅ름 으병ㄱ노릭〉〈오룡 키들ㄹ 경고흔ㄷ〉〈외놈압ㅈ비들ㅇ〉〈금수들ㅇ 바더보거ㄹ〉〈신시ㅌ령〉〈숙모 전 상서〉〈ㅈㅣ종 ㅈㅣ와ㅈ 서방임익기 올임〉〈성제선싱틱〉〈해주(海州) 윤 씨(尹氏) 일생록〉(외)

(역)에 실린 작품들은 모두 (외)에 실려 있으며, (외)에만 실린 작 품은 〈신시ㅌ령〉, 〈ㅈㅣ종 ㅈㅣ와ㅈ 서방임익기 올임〉, 〈성제선싱틱〉, 〈해 주(海州) 윤씨(尹氏) 일생록〉이다. 〈성제선싱틱〉은 '황골ㄷㅣ소닉 족손 모부'가 '성제선싱[省齋 柳重敎:필자 주]틱'에게 윤희순을 걱정하여 보내는 편지이므로 윤희순의 작품에서 제외된다. 그런데 (역)에 실 려 있는 〈은ㅅ름 으병노릭〉에서 '뭉처지면, ㄴㄹ읍시, 늠여ㄱ 분별흔 들' 등의 구절이 (외)에 실려 있는 동일 작품 〈은ㅅ름 으병ㄱ〉에서는 '뭉쳐지면, ㄴㄹ없이, 늠여ㄱ 유별흔들' 등과 같이 현대적 문법에 맞

---

4 『역대가사문학전집』은 (역)으로『외당선생삼세록』은 (외)로 약칭한다.

추거나 의미상 합리성을 갖추는 쪽으로 고쳐져 있다[5]. 그리고 (역)에 실려 있는 〈바어즁글를 국문우로 번역ᄒᆞᆫ 글〉의 경우, (외)에 실려 있는 동일 작품 〈병 어즁〉에 오면 자구가 비교적 많이 첨가되는 경향을 보인다[6]. 한편 (역)과 (외)의 기록 형태에서 흥미로운 점이 발견된다. 즉 윤희순의 의병가 중에서 (역)에 실려 있는 〈으병군ᄀᆞ〉, 〈으병군ᄀᆞ〉, 〈병정ᄀᆞ〉, 〈안ᄉᆞ름 으병ᄀᆞ노ᄅᆡ〉 등은 세로 한 줄에 3句씩 분절하여 기사가 되어 있고, 〈바어즁글를 국문우로 번역ᄒᆞᆫ 글〉, 〈병정노ᄅᆡ〉, 〈은ᄉᆞ름 으병노ᄅᆡ〉, 〈애들푼 노ᄅᆡ〉 등은 구에 관한 분절 의식이 없이 세로로 죽 써 내려가며 기사가 되어 있다. 그런데 이 표기형태가 (외)에 가서도 그대로 발현되어 있다. 다만 (역)에서 세로 한 줄에 3句씩 분절하여 기사가 되어 있던 가사들이 (외)에서는 세로 한 줄에 4구씩 분절하여 기사가 된 차이만 있을 뿐이다.

이러한 여러 점을 고려할 때 (역)이 (외)보다 늦게 출간되었으며 수록 작품도 적은 것이 사실이나 (외)보다 앞선 자료이며, (외)가 (역)의 필사본 『의병가사집』을 저본으로 하여 후대에 정리되었음을 알 수 있다[7]. 따라서 윤희순의 의병가로서 가장 원본에 가까운 일차

---

5 〈애들푼노ᄅᆡ〉의 경우, 『역대가사문학전집』44권의 '이런이리, 직인군을, 셩길소냐, 괴훈목씀' 등의 표현이 『외당선생문집』에서는 '이런일이, 제인군을, 섭길소냐, 제흔목숨' 등으로 고쳐져 있다.

6 '우리조선 청연들ᄋ 으병ᄒᆞ여 ᄂᆞᄅ촛ᄌᆞ'가 '우리조선 청연들ᄋ 으병ᄒᆞ러 ᄂᆞᄀᆞ보ᄉᆡ 으병ᄒᆞ여 ᄂᆞᄅ찾ᄌᆞ'로, '우리ᄂᆞᄅ 읍시 어늬고ᄉᆡ 슬ᄌᆞᄒᆞ며 이ᄂᆞᄅ외 슬ᄌᆞ면'이 '우리ᄂᆞᄅ 읍시 어이슬며 어느고ᄉᆡ서 ᄉᆞ든 믈인ᄀᆞ'로, '빨리ᄂᆞ와 으병ᄒᆞ여 ᄋᆡ국ᄒᆞ고 충신되ᄌᆞ'가 '뺄리ᄂᆞ와 으병ᄒᆞ고 으병ᄒᆞ여 ᄋᆡ국ᄒᆞ고 충신되ᄌᆞ'로, 'ᄂᆞᄀᆞ보ᄉᆡ 으병ᄒᆞ러'가 'ᄂᆞᄀᆞ보ᄉᆡ 으병ᄒᆞ러 ᄂᆞᄀᆞ보ᄉᆡ'로 구절이 첨가되어 있다.

7 박한설이 논문에서 소개한 윤희순의 의병가는 〈병정노ᄅᆡ〉 〈으병군ᄀᆞ〉 〈으병군ᄀᆞ〉 〈병정ᄀᆞ〉 〈은ᄉᆞ름 으병노ᄅᆡ〉 〈애들푼 노ᄅᆡ〉 〈방어중〉 〈안ᄉᆞ름 으병ᄀᆞ노ᄅᆡ〉 총 8편인데 소개된 원문, 관련 기록, 수록 순서가 일치하는 것으로 보아 (역)에 실린 필사본『

자료는 (역)의 필사본『의병가사집』이 되고, 그 외 〈신시탄령〉, 〈지종
지와즁 서방임이기 올임〉, 〈해주(海州) 윤씨(尹氏) 일생록〉 등은 (외)
의 자료가 일차 자료가 된다. 그럼에도 불구하고 이 연구에서는 윤희
순과 관련한 자료를 총정리하여 싣고 있는『외당선생삼세록』의 원
문을 인용하고자 한다.

『義兵歌詞集』의 기록에 의하면 의병가 중 〈병 어즁〉과 〈안스름 으병
ᄀ노릭〉는 윤희순이 아니라 시아버지인 외당 유홍석이 쓴 것으로 되
어 있다.

    ① 을미년 십이월 십구일 의당선생께서 방어를 지어 곳곳서 부치시
던 글를 닉ᄀ 써서 부쳐보고 내ᄀ 두시 지여 토부치던 들인이릭 윤히
순씀 〈바어즁글를 국문우로 번역흔 글〉
    ② 의당선싱 끼서 디여 부루시던 곡을 저거 보노릭 윤히순 (ᄌ주 일
거보거릭 외워 두거릭) 〈안스름 으병ᄀ노릭〉[8]

기록 ①에 의하면 〈병 어즁〉은 '원래 외당이 한문으로 청년들에게
의병참여를 권유하는 방문을 써부쳤던 것을 윤여사가 누구에게 번
역을 시키고 이를 다시 개작한 것'으로 한문 → 번역 → 다시 짓기의

의병가사집』을 보고 소개한 것으로 보인다. 한편 박한설은『외당선생삼세록』의
편저자이다. 박한설은 〈방어장〉과 〈안사람 의병가 노래〉를 7)~8)번째에 소개하고
있는데, 그 이유는 이것들이 엄격히 말하여 윤희순의 원작이 아니기 때문이었다.
그리고 박한설은 이 사실을 논문에서 밝히고 있다(박한설, 앞의 논문, 291쪽).
8 이 두 기록이『외당선생삼세록』에는 다음과 같이 되어 윤희순의 작품으로 완전히
탈바꿈하는 결과를 낳았다. ① '을미년 십이월 십구일 윤희순' ② '윤희순 즉 자주
일거보고 외워두고 ᄒ여릭'

과정을 거쳤으므로 윤희순의 작품이라고 하는 데에는 무리가 없을 것이다. 그런데 〈안ᄉ름 으병ᄀ노릭〉의 경우는 문제가 된다. '외당의 원작으로 보이나 외당의 기록에는 이것이 나타나지 않고 윤여사의 의병가집에 기록되어 있으므로 반은 윤여사의 노래[9]'라고 치고 윤희순의 의병가 논의에 포함하기에는 증언과 다름이 없는 윤희순 자신의 기록이 너무나 분명하기 때문이다. 따라서 〈안ᄉ름 으병ᄀ노릭〉는 윤희순의 시아버지인 유홍석의 작품으로 보아야 할 것이다. 그렇다고 할 때 유홍석의 가사 작품은 〈告兵丁歌辭〉와 〈안ᄉ름 으병ᄀ 노릭〉 두 편이 된다.

2) 의병가의 장르 귀속 문제

윤희순의 작품을 장르별로 분류하면 다음과 같다.

장르	작품
의병가	〈은ᄉ름 으병ᄀ〉〈이들픈 노릭〉〈ᄫ 어중〉〈병정노릭〉〈으병군ᄀ〉〈으병군ᄀ〉〈병정ᄀ〉
歌辭	〈신식ᄐ령〉
文	〈외놈ᄃᆡ중 보거릭〉〈오릉 키들릭 경고흔듸〉〈외놈압ᄌ비들으〉〈금수들으 바더보거릭〉
書翰	〈숙모전 상서〉〈지종 지와중 서방임익기 올임〉
一生錄	〈해주(海州) 윤씨(尹氏) 일생록〉

---

9 박한설, 앞의 논문, 291쪽.

위에서 장르 설정에서 문제가 되는 것은 의병가 7편이다. 1983년
에 송공호가 작성한 〈義兵歌序〉에서는 윤희순의 의병가를 '歌辭'라
하였다[10]. 사학계의 박용옥과 박한설은 논문에서 이들 7편을 '의병
가'라고만 언급했는데, 다만 박한설은 '의병가의 문장은 노래에 맞
추어 부르기 위한 것으로서 운문체로 되는 것이 원칙적으로 「四四조」
의 四句一絶을 기반으로 한 것이지만 이「四四조」와 「四句一絶」의 원
칙이 매우 불규칙한 상태로서 문학적으로 높이 평가할 것은 못된다'
고 하여 노래로서의 성격을 지적했다[11].

국문학계에서는 조동일이 '의병투쟁을 위한 가사'로 의병가를 '의
병투쟁을 되새긴 가사'로 〈신세타령〉을 다룸으로써[12] 윤희순의 의병
가가 본격적으로 '歌辭'로 다루어지게 되었다. 이후 국문학계의 연구
는 이들 7편을 모두 '歌辭'로 보는데 이의가 없어왔다. 그런데 이태룡
은 고종시대 의병가를 '노래체'와 '가사체'로 나누고, '작품의 분량
이 비교적 짧은 것은 토왜전에서 전투가로 불렀던 노래체인 것이 많
고 긴 것은 조선시대 전승되던 가사체가 대부분이다'[13]라고 했다. 이
렇게 이태룡은 노래체와 가사체를 구분하는 기준으로 작품의 분량
을 제시했음에도 불구하고 정작 윤희순의 의병가를 분류함에 있어
서는 길고 짧은 것에 상관 없이 '부른다'는 기록이 있거나 '노래'라는

10 "嘗設壇致誠하고 又作歌辭하여 風動衰茶하며 激起忠誠하여 使有適於情境處地而順
   於天道之流行하고 人心之趨向하여 而辨析忠逆之路하여 啓導于衆하니 於戱盛哉라.
   ── 作辭十餘篇에 其意가 惟在於忠國愛族則──"『외당선생삼세록』, 앞의 책, 239~240
   쪽.
11 박용옥, 앞의 책. ; 박한설, 앞의 논문, 293쪽.
12 조동일, 앞의 책, 180~182쪽, 188~189쪽.
13 이태룡, 앞의 논문, 16쪽.

歌名이 있는 〈안스람으병ᄀ 노ᄅᆡ〉〈애달푼 노ᄅᆡ〉〈병정노ᄅᆡ〉 등은 '의병노래'로, 가명에 '歌'로 되어 있거나 긴 것인 〈안스람 으병ᄀ〉〈으병군ᄀ〉〈병정ᄀ〉〈신세타령〉 등은 '의병가사'로 분류하여 자신이 제시한 분류의 근거와는 전혀 상관없는 분류를 하고 말았다.

이와같이 사학계와 국문학계에서는 윤희순의 의병가를 歌辭로 보는 것이 일반적이었다. 그러나 과연 윤희순의 의병가가 歌辭일까? 가사문학 가운데 의병가사가 많은 것은 사실이지만 어떤 노래가 의병과 관련한다고 해서 모두 歌辭인 것은 아니기 때문에 면밀한 검토를 필요로 한다. 우선 창작 당시의 상황을 살펴보기로 하겠다.

①그 일로 고싱이 마는건 몰ᄂᆡ 포고문 경고문 노래 이런거슬 ᄒᆞ진니 고싱이고 남정ᄂᆡ 모루개 하진니 근심이 만던이라 〈해주윤씨일생록〉

② 헌듸 더군ᄃᆞᄂᆞ 전역이고 ᄂᆞ지ᄂᆞ 봄 늦읍시 소리를 하는듸 부르는 소리ᄀ 외놈들리 드르면 주글 노ᄅᆡ소리믄 한니 걱정이로소이듸 실성ᄒᆞ는 스룸 갓사옵고 하던니 인젠 아이들까지도 그러하며 절문청년 ᄉᆞᆨ듸까지도 부르고 한니 걱정이 태산니로소이다 〈성제선싱듸〉

①에서 윤희순이 몰래 포고문·경고문·노래를 짓느라고 고생이었다고 했다. 여기서 '노래'란 의병가를 말함일 것이다. ②에서는 의병가를 부르는 상황이 구체적으로 전달된다. 글을 쓴 이는 윤희순과 의병들이 저녁이고 낮이고 '노래소리'를 하는데 왜놈들이 들으면 죽을 내용이었다고 했다. 노래를 얼마나 열심히 부르는지 '실성한 사람

같다'고 하면서 아이들, 젊은 청년, 새댁까지도 부르고 하여 왜놈들이 알까봐 걱정이 태산이라고 했다. 이와 같이 ①과 ②에 나타난 정황으로 볼 때 의병가는 '노래'였음이 분명하다.

작품명	분절형태
방어장	4444/444244/4344444/4444/4444/6444/3444/44 3444/4444/443434/4444342/42433/44 43533324/432424/2444/44/442 3234/3243234/44/4444/444525/2424/44
병정노릭	4444/3234/3444/4444/3423/4444/4444/434/2335/245334/ 4542/24
으병군ㄱ	4444/4444/4444/4444/44/444
으병군ㄱ	4444/44/4444/44444/4442/424
병정ㄱ	4444444/44444/44444/4444/4444/44/445
은스룸으병노릭	344/4444/3444/33444/3244/44/4444/44/4444/2325
애돌푼노릭	44/4444/44/4444/4444/4444/4444/4444/444444/444/4444

위의 표에서 드러나듯이 윤희순의 의병가 7편은 의미단락을 기준으로 구수를 분절해 볼 때 4음보 연속이라는 歌辭의 형식에 부합하지 않는다. 이로써 보건대 윤희순의 의병가는 '노래의 歌詞'로 창작되고 唱歌와 마찬가지로 가창되었음을 알 수 있다.

한편 〈방어장〉은 위의 표에서 드러나듯이 다른 것에 비해 길이가 두 배 이상이고, 관련 기록에 의하면 한문으로 된 榜文을 국문으로 번역한 후 다시 짓기를 한 것이라고 했으므로 노래되었는지를 확실하게는 알 수 없다. 다시 한 번 〈방어장〉의 분절 형태와 마지막 구절[밑줄 친 부분의 구절]을 살펴보면 다음과 같다.

4444/444244/4344444/4444/4444/6444/3444/<u>44</u>(빨리ᄂᆞ와 ᄋᆞ병ᄒ세)

3444/4444/443434/4444342/42433/<u>44</u>(빨리ᄂᆞ와 ᄋᆞ병ᄒ싀)

43533324/432424/2444/44/<u>442</u>(빨리ᄂᆞ와 ᄋᆞ병ᄒ여보싀)

3234/3243234/44/4444/444525/2424/<u>44</u>(ᄂᆞᄀ보싀 ᄋᆞ병ᄒ러)

위에서 알 수 있듯이 〈방어장〉은 4음보 연속의 형태로 나눌 수 없을
만큼 분절 형태가 불규칙하여 歌辭문학이라고 보기에는 무리가 있다.
더군다나 위에서 밑줄 친 부분인 '빨리 나와 의병하세'나 '나가 보세
의병하러'와 같은 구절은 거의 동일한 구절의 반복으로써 후렴의 역
할을 한 것으로 짐작된다. 한문 기록인 방문에 이와 같은 후렴이 있지
는 않았을 것이기 때문에 방문을 한글로 번역하여 윤희순이 이와 같
이 노래의 가사를 지을 때 노래에 적합하게 후렴을 삽입한 것이라고
할 수 있다. 따라서 〈방어장〉도 노래의 가사였음이 분명하다.

반면 윤희순이 만주에 있을 때(1923년) 창작한 〈신세한탄〉의 경우
4음보를 1구로 쳤을 때 총 55구가 되는데, 질서정연한 4음보 연속 형
태를 띠고 있어 歌辭임이 확실하다. 그렇다면 실제로 윤희순은 4음
보 연속인 가사문학을 창작하고 향유했던 사람으로 가사문학에 대
한 장르 인식을 분명하게 지니고 있었다고 할 수 있다. 가사문학에
대한 장르인식이 분명했던 윤희순이 4음보 연속의 형식에서 벗어난
의병가를 지은 것은 윤희순이 처음부터 의병가를 가사문학으로 짓
지 않았다는 것을 말해준다. 따라서 윤희순의 의병가는 모두 '노래
歌詞'이며 정작 歌辭는 〈신세타령〉 한 편뿐이라고 할 수 있다. 〈신세
타령〉이 윤희순의 개인적 술회로서 기록문학인 가사문학을 짓는다

는 인식 하에 창작된 것이라면 의병가는 의병투쟁 현장과 관련하여 의병집단의 군가로서 창작되고 기능한 '노래 가사'였다.

의병가가 '노래 가사'라고 할 때 장르적 귀속은 어떻게 해야 할까. 윤희순의 의병가가 지어진 1895, 6년에는 이미 唱歌가 나온 후였다. 그런데 창가는 서구의 악곡에 맞추어 제작된 노래 가사로서 대체적으로 문명개화사상을 기본내용으로 한다. 한편 김학길은『계몽기 시가집』에서 창가와는 별도로 '그 작자와 출처가 알려져 있지 않은' '구전가요 및 의병가요'를 설정하고 있는데, 의병대오에서 불려진 〈행보가〉는 서양식 행진곡의 군가인 반면 〈의병대가〉〈병정가〉〈길군악〉 등은 전통적인 민요조로 부른 의병들의 노래라고 하였다[14]. 당시 의병들이 의병가를 창가로도 부르고 민요로도 불렀음을 말해준다. 그리고 윤희순의 의병가가 의병대오에서 꽤 널리 불려졌지만, 이것들이 민요화했음을 보여주는 자료는 발견되지 않았다[15].

---

14 김학길,『계몽기시가집』, 한국문화사, 1990, 13~16쪽.

15 민요조의 의병가는 자연스럽게 민요화하기도 하였다.『開闢』36호의 〈경북의 민요〉로 채록된 '할미성 꼭대기 진을 치고 / 왜병정 오기만 기다린다'라는 민요는 '丙申年 義兵 때 난 소리'라고 한다(김시업,「近代民謠 아리랑의 성격 형성」,『전환기의 동아시아 문학』, 임형택·최원식 편, 창작과 비평사, 1985, 233쪽). 의병가 중에는 민요 곡조에 가사를 얹어 의병가로 부른 경우 이것이 일반에게까지 전승되어 민요화한 것이 있었음을 알 수 있다. 윤희순의 의병가는 제작 이후 윤희순이 살고 있는 춘천의 의병진에서 뿐만 아니라 유인석 의병대장이 지휘하고 있던 제천 의병진에서도 불려졌다고 한다. 제천에서 부른 〈의병군가〉는 바로 윤희순이 제작한 〈으병군ㄱ〉 두 편이다. 제천 의병진에서 불렀다고 하는 두 편의 〈의병군가〉는 다음과 같다. (1) '나라없이 살수없네 나라살려 살아보세 / 임금없이 살수없네 임금살려 살아보세 / 조상없이 살수없네 조상살려 살아보세 / 살수없다 한탄말고 나라찾아 살아보세 / 전진하여 왜놈잡자 만세만세 / 왜놈잡기 의병만세' (2) '각도열읍 병정들아 내집없이 서러워라 / 나라없이 서러워라 임금섬겨 나라찾아 / 행복하게 살아보세 왜놈잡아 임금앞에 / 꾸러앉혀 우리임금 분을푸세 우리조선 / 의병만세 만세만세 의기청년 의병만세만세'(유병용,「유인석 제천의병항쟁의 제한적 성격과 역

이상으로 살펴본 바에 의하면 윤희순의 의병가는 형식과 연행 면에서 장르를 어느 한 쪽에 귀속시키기에는 복잡한 사정을 지니고 있음을 알 수 있다. 일단 윤희순의 의병가는 형식 상 가사의 형식에서 너무 벗어나 있어 가사 장르에 귀속시킬 수는 없다. 그리고 창가가 담는 일반적인 내용의 성격이나 의병들이 의병가를 민요조로 많이 불렀다는 사실을 종합하면 윤희순의 의병가는 대부분 '민요의 노랫말'일 가능성이 많지만, 윤희순이라는 분명한 작가가 있는 이상 민요에도 귀속시킬 수는 없다. 그렇다고 각 작품별로 형식 상 4음보 연속의 분절이 비교적 가사에 가까우면 가사에, 창가로 부른 것은 창가로, 민요로 부른 것은 민요로 귀속시킬 수도 없는 문제이다. 이렇게 윤희순의 의병가는 가사, 창가, 민요 어디에도 속할 수 없는 과도기적 형태임을 알 수 있다. 따라서 윤희순의 의병가는 '의병가'라는 명칭으로 장르 귀속을 정리할 수밖에 없을 것이다.

3. 의병가의 여성주의적 성격

1) 의병활동 참여의 동인과 〈해주윤씨일생록〉 : 가문과 가정을 위한 일생

윤희순은 철종 11년(1860)에 한양에서 출생하여 16살에 춘천에 사는 恒齋 柳濟遠에게 시집을 왔다. 시아버지가 바로 당대 학자로 명

사적 의의」, 강원의병운동사연구회 편, 앞의 책, 252쪽).

성을 날린 畏堂 柳弘錫이며 유홍석의 再從兄은 의병대장 柳麟錫이었다. 윤희순이 시집을 온 해에 시아버지인 유홍석의 나이는 35세였고, 남편 유제원의 나이는 윤희순과 동갑인 16세였다. 시집 온 바로 다음 해에 개항이 되자 화서학파를 중심으로 한 50여명이 연명하여 斥和倭疏를 내는데, 시아버지도 그 50인의 한 사람이었다. 이렇게 윤희순은 '위정척사 정신으로 단단히 무장된 집안[16]'으로 시집을 와 집안 살림을 맡아하며 20년 즈음을 지냈다.

1895년 민비시해사건이 일어나고 일제에 의한 강제 단발령이 시행되자 지방유생들을 중심으로 거센 항일의병이 일어나고, 그 최초 대열에 시아버지인 유홍석도 출정하였다. 윤희순은 시아버지가 의병이 되어 떠나자 산에 올라 단을 쌓고 하루도 빠지지 않고 기도를 했다고 한다. 그러던 중 윤희순이 사는 동네에 의병대들이 찾아와 먹을 것을 요구하는데 거의 행패와 같은 것이었다. 그때 윤희순은 그 많은 의병들을 위해 저녁밥을 지어주게 됨으로써 의병활동에 직접 관여하게 되었다. 윤희순은 있는 곡식을 모두 내어 의병들을 위해 밥을 지어 주고는 그날 저녁에 턱골댁, 벌곡댁, 정문댁, 최골댁, 의암댁, 용문댁, 소리댁 등 동네의 안사람들을 모아 놓고 의병대를 도와주자고 설득했다. 동네 안사람들은 처음에는 반대하는 사람들도 있었으나 윤희순의 뜻을 받아들여 돈을 모아 이후 의병대가 오면 합심하여 도와주었다.

이렇게 윤희순은 의병활동에 참여하게 되자 뛰어난 지도력과 현실 대응력을 발휘했다. 마을 아낙네들을 모와 의병들을 도와주는데

---

16 박용옥, 앞의 책, 149쪽.

동참하도록 설득했을 뿐만 아니라 의병들의 뒷바라지를 위해 위험을 감수한 행동도 서슴지 않고 했다.

> 하루는 모여 숙덕숙덕 ᄒ더니 집좀ᄇ들ᄂ고 ᄒ던니 어린거슬 쐬처녹고 남복차림이 ᄂ스며 의얌틱 최골틱과 윤집이 제천장둠 성직틱글근지ᄀ 수이리 되도록 소식기 읍싸오니 근심이되와 올고ᄌ 하옵고 만약 거기이 익싸오면 잘타일너 보닉주시압키 ᄇ릭ᄂ이ᄃ 그리고 요ᄉ이는 윤희순이ᄀ 누구냐고 묻는 ᄉ롬이 만ᄋ지고 ᄒ니 조심ᄒ락고 ᄒ옵소서 걱정이 틱ᄉ끗싸온니 잘훈기ᄒ여 주소서 허ᄂ 저로서는 그 ᄉ롬드리 장하기도 ᄒ옴ᄂ이ᄃ 시국이 이럿드시 홀ᄂ중이 법도ᄀ 무슨 소용이 잇싸오리요 〈성제선싱틱〉

윤희순은 당시 젖먹이였던 장남도 떼어놓고 동네 아낙네들과 남복차림으로 나가 며칠씩이나 집을 비워두었다고 했다. 위의 기록만으로는 동네 여자들이 왜 유인석 의병대장이 지휘하고 있는 제천 의병진으로 갔는지 구체적으로 알 수 없다. 모은 군자금과 제작한 의병가를 전달하려는 것일 수도 있다. 어쨌든 윤희순이 누구냐고 묻는 사람이 많아졌을 정도로 윤희순은 지도력을 발휘하며 적극적으로 의병활동에 가담했음을 알 수 있다. 물론 이러한 윤희순의 활동 영역은 가정이라는 범위에서 그리 벗어나지 않은 제한적인 것일 수밖에 없었다. 그래도 한 여성의 잠재적인 능력이 발휘된 것임에는 틀림없다[17].

---

17 이후 윤희순은 1935년 일인에게 체포된 아들 돈상이 고문으로 죽은 지 10여일 후에 향년 76세로 일생을 마감할 때까지 항일투쟁의 삶을 살게 된다. 윤희순의 생애

윤희순이 의병 활동에 적극적으로 참여할 수 있었던 것은 집안이 의병집안이라는 환경적 요인이 크게 작용하였다. 화서학파 집안의 며느리이자 아내였던 윤희순이 의병대를 돕게 된 것은 어쩌면 당연한 것이었다. 본인 스스로가 집안의 분위기에 따라 항일구국의지를 키워 나갔겠지만 전장터에 있는 남편과 시아버지를 생각해서라도 의병을 돕는 활동에 가담할 수밖에 없었다. 그렇다고 해서 윤희순의 의병활동을 평가절하하는 것은 아니다. 부친, 형, 친지, 스승의 뜻과 영향에 따라 의병활동이나 독립운동에 투신한 예는 얼마든지 볼 수 있고 유인석, 유홍석, 유제원 모두도 이러한 배경 하에서 의병에 참여한 것이 되기 때문이다.

윤희순은 시아버지인 유홍석을 무척이나 따르고 존경하였던 듯하다. 의병에 나가신 시아버지를 위해 산에 단을 쌓고 수개월을 하루도 빠짐없이 밤에 나가 기도를 드린 것은 효도의 차원에서 할 일을 다하는 장한 며느리의 모습이었다. 시아버지인 유홍석은 물론 남편 유제원, 남편의 스승인 유중교, 그리고 집안의 웃어른이기도 한 의병대장 유인석은 모두 華西 李恒老의 제자이자 문인들로서 이들의 사상적 지향은 같았을 것으로 보인다. 그 가운데 유씨 집안의 정신적 지주였던 유인석의 남녀평등과 여학교에 대한 생각은 매우 봉건적인 것이었다.

  1) 사람도 임금과 신하, 아버지와 아들, 남편과 아내, 어른과 아이,

는 박한설과 박용옥의 논문과 책(앞의 논문, 앞의 책)에서 자세히 다루어 이곳에서는 필요한 것만 다루었다.

윗사람과 아랫사람, 존귀한 사람과 비천한 사람의 구분이 있고, 성인과 범인, 智人과 愚人의 다름이 있는데 어찌 평등하다고 하겠는가. ---평등이라 함은 질서가 없고, 질서가 없으면 어지러워지고, 자유라 함은 사양하지 않고, 사양하지 않으면 다투게 된다[18].

2) 여학교라는 것은 天地를 본받지 않아 금수와 같은 사람을 만들어 내는 곳이라 말하지 않을 수 없다. 옛 성인은 천지의 도를 근본으로 삼아 남녀의 성품에 따라 그 가르침을 달리 했던 것이다. 태어나서 노는 것이 다르고, 일곱 살에 이르면 함께 자리하지 않고 열 살에 이르면 밖에 나가 스승에게 배우고, 여자는 밖으로 나가지 않고 여선생의 가르침에 따라 여자의 할 일을 배우고 규방범절을 알아서 하여 柔順의 道나 閑靜의 德을 이룸으로써 마침내 자기 마음대로 처리하지 않고 남편과 아들을 공경하고 섬기게 된다. 이에 남자는 밖으로 바른 자리를 정하고 여자는 안으로 바른 자리를 정하여 남녀가 바르게 되면 천지의 대의를 얻게 된다. 오늘날 남녀는 마땅히 평등하고 각각 자유라 하면서, 남자도 학교가 있고 여자도 학교가 있어 남녀가 함께 거동하니, 이는 하늘과 땅이 높고 낮음이 없는 것과 같다[19].

유인석은 1)에서 오륜을 들어 남편과 아내에는 구분이 있다고 하였다. 그리고 이러한 구분이 없어져 평등이 주어지게 되면 질서가

---

18 서준섭·손승철·신종원·이애희 역, 『의암 유인석의 사상』, 각론 4「평등과 자유」, 종로서적, 1984, 35~37쪽.(손승철, 「의병장 유인석 사상의 역사적 의의」, 『강원의 병운동사』, 앞의 책, 231쪽에서 재인용)
19 앞의 책, 각론 10〈女學校〉, 48~49쪽.(손승철, 앞의 책, 232쪽에서 재인용)

무너지고 다툼이 있게 된다고 하여 남녀평등을 반대하였다. 그리고 유인석은 2)에서 남자와 여자는 태어날 때부터 다른데, 남자는 밖에 나가 스승에게 배우지만 여자는 안에서 여자가 할 일을 배워야 한다고 하였다. 그리하여 여자는 유순하고 고요한 미덕을 갖춰 자기 마음대로 일을 처리하지 않고 남편과 아들을 섬겨야 한다고 하였다. 그런데 오늘날에 와서 남녀가 평등하고 여자도 자유가 있어야 한다는 주장이 나오고 여자에게도 여학교를 다니게 하니, 이렇게 남녀가 함께 거동하는 것은 있어서는 안되는 일이라고 주장했다. 남자와 여자가 달라 하는 일이 다르다는 남녀유별적 사고가 곧 남녀평등을 반대하는 기본 논리로 작용하고 있음을 알 수 있다. 이러한 유인석의 여성에 대한 사상은 의병이 지니고 있는 사상적 한계를 대변한다고 할 수 있다.

윤희순의 적극적인 의병활동은 의병이 지니고 있는 사상적 한계를 고스란히 담보하며 이루어진 것이라고 할 수 있다. 윤희순의 적극적인 의병활동은 나라의 운명이 풍전등화의 지경인 국난에 즈음하여서 여자도 목숨을 아끼지 않고 구국의 대열에 참여해야 한다는 화서학파 의병들의 일반적인 사고에 기인한 것이지, '유교적 남녀질서의식이 이미 유생 사회 내에서 청산되어 가고 있었던' 데에서 기인한 것은 아니라고 할 수 있다.

물론 19세기 말에는 만민평등을 내세우는 동학사상이 일어나고, 개화지식인의 남녀평등론이 주장되고, 1886년에는 이화학당이 설립되어 사회 전반에 남녀평등의 사고가 배태되고 있었다. 그러나 이러한 움직임의 담당 주체는 동학단이나 외국인·신지식인으로 유생

사회가 아니었다. 19세기 말 남녀평등 사고를 바탕으로 하는 교육·
단체활동·저작활동·개인활동 등이 문명개화 바람을 타고 활발히 전
개된 것은 사실이지만 엄격한 의미에서 일반서민 즉 밑에서부터의,
혹은 밑에까지의 변화가 일어난 것은 아니었다. 당시까지도 우리사
회 구조는 향촌·가문·가정을 중심으로 하는 사회였다. 그런데 당시
남녀평등의 사고가 사회의 기층을 구성하는 향촌·가문·가정에까지
스며든 것은 아니었다. 적어도 윤희순의 의병활동은 의병가문과 가
정의 테두리 안에서 허락된 바 내조적인 활동이라는 성격이 강하며
여성의 사회 참여나 남녀평등 의식 하에서 비롯된 주체적인 여성 활
동은 아니었다고 하겠다.

이러한 점은 1935년 윤희순이 죽기 불과 몇 년 전에 기록한 〈해주
윤씨일생록〉에서도 잘 드러난다. '나의 일생 기록을 줄거리만 저거
보노라'라는 서두에 곧바로 다음의 글이 이어진다.

시집을 와본니 시아분님은 홀로 계시고 한듸서 살기된니 근신이로
ᄅ. 외당선싱(시아버지 : 필자 주)끼서는 나ᄅ ᄀ 어지러운니 근심이ᄅ
고 ᄒ시며 ᄂ ᄀ ᄉ시고 항재(남편 : 필자 주)끼서는 성재(柳重敎 : 필자
주)끼 가서 ᄉ시고 짝을 이른 두견식 신식 ᄀ 되ᄃ십피 슬ᄌ니 항상 쓸
쓸리 지닉오던 차

위의 기록이 윤희순이 시집을 온 후 본격적을 의병활동을 시작한
1896년까지 총20년 세월을 기록한 전부이다. 윤희순의 시어머니는
윤희순이 시집을 오기 전에 이미 세상을 떠나 윤희순은 시집을 오자

마자 전적으로 살림을 맡아해야만 했다. 시아버지는 시국과 관련하여 나가 계시는 일이 많았고, 동갑내기 남편도 학업을 마저 해야 해서 스승인 유중교 문하에 나가 살았기 때문에 윤희순은 홀로 있는 경우가 많아 쓸쓸했다고 했다. '짝을 잃은 두견새 신세가 되다시피 살았다'는 서술에서 윤희순이 홀로 살림을 도맡아하면서 얼마나 고단한 세월을 이어나갔는지 짐작할 수 있다. 그런데 윤희순은 시집을 오고 나서 근 20년이나 아이가 없다가 아들 柳敦相을 1894년에야 낳았다. 윤희순이 겪었을 그 동안의 마음고생을 충분히 짐작이 가고도 남는 일이지만, 정작 윤희순은 자신의 일생록에서 이에 관해 한 마디도 서술하지 않았다.

〈해주윤씨일생록〉을 읽어보면 시아버지와 남편 그리고 아들 三代에 걸친 항일 운동의 뒤에 윤희순이 버티고 있음이 잘 드러난다. 이 일생록은 의병이나 독립단의 눈물겨운 활동상을 간접적으로 알게 하고, 한 집안이 항일운동에 투신하여 어떻게 몰락해 갔는지를 보여주어 역사의 아이러니에 대해 생각하게 하기도 한다. 모진 고문 끝에 죽어가는 자식을 업고 나오는 대목에서는 어머니로서의 윤희순 개인의 심정이 술회되어 진한 감동을 받기도 한다. 그런데 특기할 만한 점은 위에서 보았듯이 윤희순의 일생록에는 오래도록 자식이 없었던 일이나 맏아들을 보았을 때의 감회 등과 같은 자신의 구체적인 일상이나 감회, 남편 이제원과의 일상이나 애정사 등이 전무하다시피 하다는 것이다. 반면 일생록에는 시아버지와 맏아들을 중심으로 한 의병·독립단의 활동에 관련한 기술이 거의 전부를 차지한다고 해도 과언이 아니다. 한 개인의 일생록에서 가장 중요한 주인공인 자신

과 남편에 관한 기록이 정작 빠져 있는 것이다. 윤희순이라고 하는
한 개인의 일생록이 아닌, 나는 없고 가문의 의병 및 독립활동만 있
는 항일활동 증언록이 된 것이다. 윤희순은 일생록을 기록하는 순간
에조차 가문의 명예를 드높이고자 하는 의식에 경도되었고, 자신의
삶의 가치가 가문의 명예를 드높였다는 측면에서 보장 받기를 원했
다고 할 수 있다.

2) 〈으ᄉ름 으병ᄀ〉와 남녀유별적 사고

〈으ᄉ름 으병ᄀ〉는 윤희순이 여성을 향하여 의병 참여를 호소한
노래라는 점에서 윤희순의 여성인식이 잘 드러나 있다. 윤희순의 여
성인식을 살펴보기 전에 먼저 윤희순의 시아버지이자 의병장인 유
홍석의 〈안ᄉ름 으병ᄀ노ᄅㅣ〉를 살펴보기로 한다.

> 우리ᄂᆞᄅ 으병들은 ᄂᆞ라츅키 심쓰는ᄃㅣ / 우리드른 무월홀까 으병들
> 를 도와주ᄉㅣ / ᄂㅣ집읍는 으병ᄃㅣ들 되바ᄅㆍ질 하여보ᄉㅣ / 우리들도 뭉쳐
> 지면 ᄂᆞᄅ착키 운동이요 외놈들를 줍는거니 / 이복버션 손ᄃㅣᆯᄒ여 ᄆㆍ져
> 주ᄉㅣ / 으병들이 오시거든 ᄯᆞ뜻ᄒ고 안늑ᄒ기 ᄆㆍ저주ᄉㅣ / 우리조선 으
> ᄂㆎᄂㅣ들도 ᄂᆞᄅ읍시 어이슬며 심을 모와 도와주ᄉㅣ / ᄆㆍᄉㅣᄆㆍᄉㅣ 만ᄆㆍᄉㅣ요
> 우리으병 ᄆㆍᄉㅣ로ᄃㆍ 〈안ᄉ름 으병ᄀ노ᄅㅣ〉

유홍석은 남자들이 나라를 찾기 위해 의병을 하는데 여자들도 의
병들을 도와주자고 하면서 여자들이 뭉쳐 의병을 도와주는 것이 나

라를 찾고 외놈을 잡는 운동이라고 했다. 그리하여 여자들이 할 일을 제시했는데, 바로 의병들의 '뒷바라지'로 집을 떠난 의병들을 위해 의복이나 버선을 손질해 주는 일, 의병들이 오면 따뜻하고 아늑하게 만져주는 일 등이었다. 전투 경험이 전혀 없고 집안일만 해왔으며, 실제 전투 상황에 투입되기에는 힘도 연약한 여성으로서는 할 일이 이것밖에는 없었을 것이다. 그런 의미에서 이와 같은 내용은 매우 현실적인 발언이며, 따라서 의병가로 노래되었을 때 현실적인 설득력이 있었을 것이다.

유홍석은 여성의 사회참여 몫으로 '뒷바라지'를 한정하여 제시함으로써 남녀의 역할분담이라는 인식을 너무나 명쾌하게 드러내고 있다. 이러한 사고는 앞서 유인석이 여학교에 대한 생각에서 밝힌 바 있듯이 남녀평등을 반대하는 논리인 남녀유별적 사고에 다름 아니다. 이렇게 여성의 사회참여 역할을 '뒷바라지'에 한정한 것은 여성의 사회참여를 보장하는 남녀평등적 사고와는 거리가 있는 것이라고 할 수 있다. 윤희순은 후손들에게 '이 노래는 의당선생께서 지어 부르던 곡이니 자주 읽고 외워 두라'고 당부한 만치 이 노래에서 드러난 여성인식에 아무런 거부감이 없었다고 할 수 있다. 다음으로 윤희순의 의병가를 살펴보기로 한다.

우무리 외놈들리 궁승흔들 우리들도 뭉처지면 외놈줍키 쇠울시르 / 우무리 여주인들 느르스룽 모룰손야 / 우무리 늠여구 분별흔들 느르읍시 소용인나 / 우리도 느구 으병허러 느구보서 으병디를 도와주서 / 금수에기 붓줍피면 외놈시정 밧들손야 우리으병 도와주서 / 우리느르 성

공ᄒᄆ면 우리나ᄅ 믄싀로ᄃ / 우리 은사롬 믄싀 믄믄싀로ᄃ〈은스롬 으
병ᄀ〉

  윤희순은 아무리 외놈들이 강성해도 여성들도 뭉쳐서 힘을 합치
면 왜놈 잡기가 쉬워진다고 하였다. '아무리 여자라도 나라 사랑은
모르지 않으며', '아무리 남녀가 유별하여도 나라 없이는 소용없다'
라는 그 다음 행은 역으로 뒤집어서 해석하면 그만큼 여성의 구국대
열에의 참여가 제한적이었음을, 여성은 집안일이고 남성은 나라사
랑을 포함한 바깥일이라는 남녀역할에 대한 분담 인식이 고정화되
어 있었음을 말해준다. 따라서 이 의병가에서 여성도 의병에 참여해
야 한다는 호소는 일단 비상시 국난 극복의 총화 단결을 호소하는 것
으로 이해될 수 있으며, 남녀평등적 사고로까지 이어진 것으로는 파
악되지 않는다. 특히 '아무리 남녀가 유별하여도 나라 없이는 소용
없다'는 구절은 윤희순의 사고가 어느 지점에 있는지 분명히 알 수
있게 한다. 이것은 남녀유별의 폐기처분 선언이 아니라 남녀유별의
역설적인 지지 선언에 해당한다. 평화시에는 남녀가 유별하여 남자
가 하는 일에 여자가 뛰어들 수 없는 것이나 지금은 비상시이므로
남자를 도와 여자라도 나라를 구하는 일에 뛰어들어야 한다는 극한
적 상황에서의 현실적용인 것이다. 그리고 다음 구절에서 주의를 끄
는 것은 '밧들손야'라는 구절이다. 한국남성을 받들어야 하는데 왜
놈남성을 받들수야 없지 않겠느냐라는 것은 결국 여성의 역할을 남
성을 받드는 존재로 한정하고 있는 발언이다.
  위의 의병가에서 윤희순은 '의병대를 도와주자'고 하는 데서 더 나

아가 '우리도 의병하러 나가보자'고까지 말했다. 윤희순은 분명 여성의 역할에 대해 '의병의 뒷바라지'에 한정했던 유홍석의 입장에서 더 나아가 적극적인 의병활동을 염두에 두고 있기는 했다. 그럼에도 불구하고 윤희순은 남녀평등에 입각한 주체적 인식에 근거하여 여성의 의병 참여를 호소한 것이라기보다는 남녀유별에 입각한 순종적 인식에 근거하여 여성의 의병 참여를 호소한 것이라고 할 수 있다.

3) 의병가의 제작·표현·형식의 현실성

윤희순의 여성인식이 남녀유별적 사고에 젖어 있고 남녀평등 인식으로까지 연결되어 있지 못함을 위에서 살펴보았다. 그럼에도 불구하고 윤희순의 의병 참여와 의병가 제작에는 의도했든 의도하지 않았든 간에 여성으로서의 잠재적 역량이 발휘되어 있음을 부정할 수 없다. 윤희순은 일단 의병들을 지원하면서부터 그 잠재적인 역량을 발휘하여 뛰어난 지도력을 발휘하고 안사람을 중심으로 하는 적극적인 활동들을 펼치게 되는데, 이렇게 잠재적인 역량을 발휘한 또 다른 예로 의병가의 제작과 포고문·회유문 등의 작성을 들 수 있다. 〈방어장〉의 '을미년(1895) 십이월 십구일'이라는 기록, 〈병정노릭〉의 '병신(1896년)춘작'이라는 기록, 〈외놈 운즈비들운〉의 '병신년 칠월 이십일 선비에 운희 윤희순'이라는 기록[20]은 윤희순이 의병활동에 참여한 초창기에 의병가와 포고문을 지었음을 알 수 있게 한다.

---

20 『역대가사문학전집』44권, 앞의 책, 157, 158, 167쪽.

윤희순은 의병활동에 참여하기 시작하면서부터 의병대열에서 필요한 것이 구체적·현실적으로 무엇인지를 본능적으로 알았던 것같다. 그것은 바로 의병대열에 참여하기를 호소하거나 의병들의 전투의지를 고취하는 노래의 제작이었다. 안사람들의 도움을 이끌어내기 위하여 앞서 인용한 〈안ㅅ람 으병노뤼〉가 필요하였고, 의병대열에 모여든 청년들에게는 전투의지를 고취하는 군가가 필요했던 것이다.

우리조선 청연들으 으병ㅎ여 ㄴ루촛ㅈ / 외놈들은 ㄱ승ㅎ뒤 우리ㄴ루 읍시 어닉고시 슬ㅈㅎ며 / 이닉루외 슬ㅈ면 원수ㄱ든 외놈들를 모러닉여 우리집을 지켜ㄱ시 / 우리인군 시도읍써 외놈들리 ㄱ승ㅎ니 / 빨리ㄴ와 으병ㅎ여 이국ㅎ고 충신되ㅈ / 우리조선 ㅅ람 농ㄴ ㅎ며 안ㅅ룸들 농ㄴ ㅎ고 / 민비를 사뤼ㅎ니 우리인들 살수인나 / 빨리ㄴ와 으병ㅎ세 〈붕어즁〉

위에서 윤희순은 원수 같은 왜놈들이 들어와 우리 조선사람을 농락하고 민비를 시해하였으니 빨리 나와 의병을 하자고 했다. 이 의병가가 의병이 궐기한 초창기에 지어진 것이라서 민비 시해가 의병 궐기의 명분으로 제시되었다. 당시에 의병대장이야 한문에 익숙한 한학자들이 많았지만 일반 의병의 경우 상민 혹은 동학 잔당이 대부분이었다. 그러므로 일반 의병들에게 필요한 것은 〈回心歌〉나 〈告兵丁歌辭〉[21]와 같이 어려운 가사가 아니라 대열을 뭉치게 하는 쉬운 군가

---

21 〈회심가〉는 1896년 8월에 관동의병장 閔龍鎬가 지은 歌辭이다. 〈告兵丁歌辭〉는 1897년 유홍석이 지은 歌辭이다. 의병 초창기에 지어진 이들 歌辭는 한문투어가 지

였다. 윤희순은 우선 당장 유홍석이 쓴 榜文을 참고로 하여 의병으로 참가한 청년들에게 부르기 좋게 〈방어장〉을 작사하였다. 말하는 듯 쉬운 우리말을 사용하여 치장이라고는 전혀 없이 직접적이고 적나라하게 노래를 만들었다. 이렇게 윤희순은 전투의 현장에서 노래가 필요함을 본능적으로 느끼자 과감하게 행동에 옮겨 의병가를 작사하여 노래하게 한 것이다.

의병 대열에 참여하게 하는 것만으로 군가의 역할은 끝나는 것이 아니고, 적을 섬멸하고자 하는 의지를 고취해야만 했다. 그리하여 윤희순은 〈병정노ᄅᆡ〉도 제작했다.

> 우리ᄂᆞᄅ ᄋᆞ병들은 ᄋᆞ국우로 뭉처쓰니 / 고훈니 된들 무워시 서러우랴 / ᄋᆞ이로 죽는거선 ᄃᆡ장부의 도리거늘 / 주금우로 뭉처쓰니 주금우로 충신되ᄌᆞ / 우리ᄂᆞᄅ 좀벌ᄂᆡ ᄀᆞ든 놈들라 / 어ᄃᆡᄀᆞ서 살수읍써 오랑키ᄀᆞ 좇든물인ᄀᆞ / 오ᄐᆡ 키를 줍ᄌᆞ훈이 ᄂᆡ사름을 줍기끈나 / 죽두ᄅᆡ도 서러워ᄒᆞ디 ᄆᆞᄅ / 우리ᄋᆞ병은 금수를 줍는거시ᄃᆞ / 우리 ᄋᆞ병들은 주거서ᄅᆞ도 / ᄂᆞ외괴 복수를 할커신이 / 그리ᄋᆞᆯ고 우리 인군을 괴롭피지 ᄆᆞᄅ / 원수 오랑키야 〈병정노ᄅᆡ〉

위에서 윤희순은 '병정'을 향한 경고로 의병가의 가사를 구성하였다. 여기에서 잠간 '병정'에 대한 설명을 하고자 한다. 1895~6년 당시에 '義兵'과 '兵丁'은 그 지칭 대상자가 달라서, 의병은 왜적토벌에 나

배적이다.

선 '討倭義兵'을 가르키고, '병정'은 왜놈에 붙어서 일본을 이롭게 하였던 '附倭兵丁'을 가르켰다. 즉 '의병'과 맞서서 싸우는 상대가 '왜병'과 '병정'이 되는 것이다[22]. 윤희순은 의병들의 사기와 전투력을 고취시키기 위해서 전투의 직접적인 상대자가 되는 '병정'에 대한 적개심과 섬멸 의지를 고취하는 것이 중요하다고 생각했다. 그리하여 위에서와 같이 점잖거나 그럴듯한 표현이라고는 하나도 없고 오히려 '좀벌레 같은 놈들아'라는 욕설도 직접적으로 표현한 의병가를 제작한 것이다. 이 전투적인 의병가는 의병 대오의 이탈을 막고 의병의 사기를 고취시켜 전투 의지를 북돋우는 데에 매우 효과적이었을 것이다.

그 외 〈으병군ㄱ〉라는 두 편의 의병가는 '의병'들을 향해 참여를 호소하거나 의병 만세를 부르짖는 내용이며, 〈병정ㄱ〉는 '왜병정'을 향해 살과 뼈를 갈아 조상 앞에 분을 풀어 살려두지 않을 것이라고 엄포를 놓는 내용이고, 〈이들픈 노릭〉는 의병과 병정 전체를 향하여 형제간, 부자간에 서로 싸움만 하고 있으니 애달프다고 하면서 의병 참여를 호소하는 내용이다[23]. 그리고 윤희순은 의병가와 유사한 말

---

22 여증동, 「고종시대 토왜의병 유홍석 지음 〈외당가사〉 연구」, 『낙은강전섭선생화갑기념논총 : 한국고전문학연구』, 1992, 181쪽.

23 '느릭읍시 슬수읍늬 느릭슬여 스러보식 / 인군읍시 슬수읍늬 인군슬여 스러보식 / 조숭읍시 슬수읍늬 조숭슬여 스러보식 / 슬수읍드 흔튼물고 느릭츠저 스러보식 / 전진ㅎ여 에놈줍즈 / 문식문식 에놈줍기 으병문식' 〈으병군ㄱ〉; '극도여릅 병정들ㄹ 늬집읍시 서러워릭 느릭읍시 서러워릭 / 인군성겨 느릭츠저 행복ㅎ기 슬러보식 / 외놈즈버 인군읍픠 꾸러운쳐 우리인군 분을푸식 / 우리조선 으병문식 문식문식여 / 으기청연 으병 문식문식' 〈으병군ㄱ〉; '우리조선 사름드른 느이드를 슬여보늬 주디은고 분을푸러 보늬리릭 / 느에놈들 오륭 키야 너주글컬 모루고서 외완는야 / 느외들를 우리디이 못자부면 후딕외도 못즈부랴 / 원수ㄱ든 외놈들ㅇ 느이놈들 즈버드ㄱ / 슬룰 굴고 뼈를ㄱ러 조숭임긔 분을푸식 / 우리으병 물너스랴 문식

과 표현으로 〈경고흐ᄃ 오릉 키ᄃ르기〉, 〈외놈 ᄋᄌ비들ᄋ〉, 〈금수들
ᄋ ᄇ더보거ᄅ〉, 〈외놈ᄃᄌ중 보거ᄅ〉 등과 같은 경고문, 포고문, 규탄
문, 회유문을 지어 붙여 적을 교란하였다. 동네 담벼락에 붙여졌을
법한 이 글월들은 모두 순우리말로 작성되어 누구나 읽을 수 있게 하
였다.

이와 같이 윤희순은 문학적 형상화라는 측면에서 보면 별로 내세
울 것이 없는 의병가와 글월을 지었다[24]. 윤희순은 사대부 집안의 며
느리이긴 하지만 언문을 겨우 깨우친 정도로의 배움 밖에는 없었고,
문학적 표현을 할 수 있을 만큼 여유 있는 문학체험을 한 경험도 없
는 일상적 생활인에 불과하였다. 하지만 윤희순은 한 집안의 안사람
으로서 모든 대소사를 주관하고 구체적 일상을 겪어 나간 생활인이
었기 때문에 생활에서 우러나온 현실적 감각을 잠재적으로 지니고
있었다. 이러한 현실적 감각은 윤희순 개인의 자질적 측면이기도 하
지만 여성 일반이 지닌 자질이기도 했다. 윤희순을 포함한 여성들이
모여 의병활동을 하는 중 이러한 의병가와 글월의 제작이 나온 것이
기 때문이다. 구체적인 일상이 주는 잠재적 능력, 즉 현실대응력은

ᄆᄉ ᄋ병ᄆᄉ ᄆᄉᄆ신시요' 〈병정ᄀ〉; '이달도ᄃ 이달도ᄃ / 형지ᄀᄋ ᄊᄋ음이요 부
자ᄀᄋ ᄊᄋ음이ᄅ / 이런이리 어ᄃ인ᄂ / 우리조선 빅셩들리 이릿타시 어두운ᄀ / 직
인군을 버리고서 ᄂᄋ인군 셩길손야 / 우리조선 버리고서 ᄂᄋᄂᄅ 셩길손야 / 이
달도ᄃ 이달도ᄃ 우리조선 이달도ᄃ / ᄌ기쳐를 버리고서 ᄂᄋ이쳐를 ᄉᄅ 흔니 / 분
흔 ᄆ음 볼수읍써ᄂᄀ슴을 두ᄃ린니 / ᄂᄀ슴ᄆ ᄋ풀소ᄅ / 괴흔목씀 ᄋ무ᄃᄂ 버
릴손야 / ᄂ도ᄂᄀ ᄋ병ᄒᄉ ᄋ병ᄃ를 도와주시' 〈애들픈노ᄅ〉)
24 너무나 직설적인 일상 언어로 이루어져 문학적 형상화의 측면에서 볼 때 내세울
것이 없다는 것이다. 그러나 현실성의 측면에서 볼 때 직설적인 언어가 지니는 효
과와 의미는 달리 규정될 수 있을 것이다. 그리고 만약 윤희순이 사대부 집안의 며
느리가 아닌 일반 서민의 여성이었다면 민요의 향유 경험에 의해 보다 문학적인
형상화가 가능하지 않았을까 하는 생각도 해본다.

우리 역사 상 전란이나 비상시에 그 시기를 대처해나간 여성의 생활력으로 많이 이야기되어 왔다. 윤희순이 의병가와 글월을 '의병의 아내 윤희순'의 이름으로 과감하게 제작하여 유포하였던 것은 현실적이고 구체적인 여성성의 잠재적 발로로서 뛰어난 현실대응력의 발휘라고 할 수 있는 것이다.

4. 가사 〈신세타령〉과 주체적 자아

의병가를 통해 알 수 있었듯이 중국으로 망명하기 이전 윤희순의 여성 인식 틀에서 드러난 여성상은 사회적 자아로서의 주체적인 여성상은 아니었다. 그런데 중국망명 이후 1923년 만년에 이르러 창작한 가사 〈신세타령〉에서는 윤희순의 주체적인 여성상이 드러난다.

〈신세타령〉은 '계히 정월 열닷신날 야경 신세타령 글'이라는 기록으로 보아 1923년 정월 대보름날 밤에 창작되었으며, 질서정연한 4·4조로서 4음보를 1구로 계산할 때 총 55구이다. '슬프고도 슬프도다 이내신세 슬프도다 이국만리 이내신세 슬프고도 슬프도다'로 시작하는 이 가사는 2음보 1구에 '슬프다', '서러움, 서럽다', '불쌍하다', '애닯도다'라는 어구를 섞어 쓴 구가 총 33구[25]나 되어 전체적인 정조가 비탄적이다. 이국만리 만주에서 망국의 서러움을 안고 살아가

---

25 '슬푸고도 슬푸도다'나 '이내신세 슬푸도다'와 같이 2음보 1구에 '슬프다'라는 용어가 들어간 구가 총 17구, '서러움, 서럽다'는 총 9구, '불쌍하다'는 총 4구, '애닯도다'는 총 3구 등 모두 33구이다.

는 윤희순의 가슴 복받치는 개인적 술회라고 할 수 있는데, 자신과 의병의 현실에 대한 신세한탄이 주류를 이룬다. 작품 전체는 크게 세 부분 즉, 가) 슬픈 자신의 신세(1구~11구), 나) 불쌍한 의병 신세(12구~27구), 다) 서러운 자신의 신세(28구~55구)로 나눌 수 있으나 확연하게 구분되는 것은 아니다.

가)에서 윤희순은 이국만리에서 고국을 생각하며 중국에 있는 자신의 슬픈 신세를 서술했다. 당시의 상황을 보이는 눈은 눈먼 소경이 되었고, 들리는 귀는 막혔으며, 말하는 입은 벙어리가 되었다고 하였다. 그리고 조선은 어디 가고 왜놈들이 득세하고, 우리 임금은 어디 가고 왜놈 대장이 활개치며, 의병은 어디 가고 왜놈 군대만 득세하니 어찌 할 줄을 모르겠다고도 했다. 그리하여 작가는 어디를 간들 오라고 하는 곳이 없어 가는 곳이 내 집과 땅이 되었다고 했다. 중국의 여기저기를 떠도는 자신과 떠나온 고국을 생각하는 화자 윤희순의 피맺힌 절규를 읽을 수 있다.

이어 나)에서는 자신의 신세도 슬프지만 의병들도 불쌍하다고 하였다. 의병들은 배가 고파도 먹을 것이 없어 먹을 수가 없고, 추워도 춥다고 할 수도 없으며, 내 땅이 없는 서러움에 걸어가는 발자국마다 가시밭길이라고 하면서 다음과 같이 서술했다.

이들도ᄃ 이들도ᄃ 우리으병 불숭ᄒᄃ / 이역말리 찬ᄇ름이 발작ᄆᄃ 어름이요 / 발꼿ᄆᄃ 빅서리ᄅ 눈솝ᄆᄃ 어름이ᄅ / 수염ᄆᄃ 고두ᄅ미 눈동ᄌ는 불빗치ᄅ / 부모처ᄌ 떳처녹꼬 나ᄅ찻ᄌ ᄒ는으병 / 불숭ᄒ고 불숭ᄒᄃ 물을이른 기러기ᄀ / 물을보고 차저ᄀ니 말근물이 흑

79

텅이요 / 까마기ㄱ 안즈꾸ᄂ 슬푸고도 슬푸도ᄃ

모처럼 쉬운 우리말로 얻어진 표현성이 돋보인다. 만주 벌판의 찬 바람에 의병이 걷는 발자국마다 어름이고 발끝마다 백서리라고 하고, 의병들 수염마다 고드름이 열렸으며 그들 눈동자에는 눈물인지 반짝이는 불빛이 비친다고 하였다. 여기에서 '불빛'은 대보름날을 맞이하여 놀던 쥐불놀이가 눈에 비친 것이라고 해석할 수도 있을 것이다. 부모처자를 떨쳐놓고 이역만리까지 와서 항일운동을 하는 의병들을 '물을 잃은 기러기'에 비유하여 기러기가 물을 찾아 앉고 보니 맑은 물이 흙탕물로 변해 하얀 기러기가 까마귀 같이 되어 버렸다고 하였다. 여기서 윤희순이 묘사한 의병은 일본병과 전투하는 영웅적인 모습이 아니라, 극한적인 추위와 배고픔에 시달리고 있는 인간적인 뒷모습이자 참모습이다.

다)에서는 다시 자신과 의병의 신세를 토로했다. 그저 생각나는 대로 두서 없이 서러움, 슬픔, 안타까움 등의 서정을 마구 쏟아 부었다. 자신의 곱던 얼굴은 주름살이 늘어만 가는데 언제나 고향에 가 성묘를 다녀올 수 있는지 반문했다. '죽은 고혼이 되어서나 가볼까'라거나 '이곳에 죽어 까마귀의 밥이 될까? 어느 짐승의 밥이 될까? 어느 사람이라도 내 주검을 만져줄까'라고 하여 이역에서 떠돌다 죽을 수밖에 없는 자신을 성찰했다. 그리고 불쌍한 의병을 생각하며 잠을 이루지 못하다가 동쪽 하늘이 밝아져 일어났지만 의병들을 먹일 조석꺼리가 없어 걱정이라고 했다. 마지막에서는 어리석은 백성들이 왜놈 종이 되어 있다, 자식 두고 죽을 수도 없다, 어느 때나 고향에 가서 옛말하고 살 건지 방울방울 눈물이 맺히며 슬프다고 하면서 끝을 맺었다.

〈신세타령〉은 이국만리 만주에서 항일운동을 하는 와중에 온몸으로 조국과 의병을 생각하는 윤희순의 서정을 서술했다. 비록 잘 짜여진 구성을 갖추지를 못하여 산만한 느낌을 주기는 하지만 여성 독립운동지도자로서의 체험을 바탕으로 의병과 조국에 대한 서정으로만 작품세계를 구성했다. 윤희순이 직면하고 있는 세계는 항일의 전선에서 의병과 함께 하는 세계였다. 그런데 윤희순이 마주하여 자신의 시각으로 바라본 세계는 암울하고 고달프기 짝이 없는 절망적인 세계로 드러났다. 윤희순은 의병들과 더불어 고향도 가지 못한 채 궁핍한 생활을 이어나가며 조석꺼리조차 걱정하는 지도자의 인간적인 고뇌를 〈신세타령〉에 고스란히 내비친 것이다. 이렇게 〈신세타령〉은 시아버지나 아들의 활동과 이들에 대한 시선을 전혀 드러내지 않은 채, 오직 윤희순 자신이 주체가 되어 자신이 처한 세계를 직면하고 있을 뿐이었다. 윤희순이 중년을 넘긴 나이에 모처럼 주체적 자아가 되어 자신이 직면한 세계를 바라보는 서정의 세계를 이룬 것이다.

5. 맺음말

이 연구에서는 윤희순의 문학작품 가운데 의병가와 가사를 대상으로 하여 이들 작품과 관련하여 문제로 드러난 점을 해결하는 것에 중심을 두고 논의를 진행했다. 논의된 내용의 핵심을 정리하면 다음과 같다.

먼저 의병가의 장르 귀속 문제를 규명하고자 했다. 윤희순의 의병가는 그 동안 '歌辭' 장르에 귀속시켜 논의해 왔다. 그러나 창작 당시의 상황이나 실제 작품의 행과 구의 분석을 통해 볼 때 의병가는 '가사' 장르에는 속할 수 없다고 보았다. 그런데 윤희순의 의병가는 가사, 창가, 민요 등 어디에도 분명하게 귀속시킬 수 없는 과도기적 형태로서 다만 의병가라는 명칭으로 사용할 수밖에 없다고 결론지었다.

다음으로 의병가와 가사 〈신세타령〉의 여성주의적 의미를 살펴보았다. 윤희순의 의병활동은 의병가문과 가정의 테두리 안에서 허락된 바 내조적인 활동이라는 성격이 강하여 여성의 사회참여나 남녀평등 의식 하에서 비롯된 주체적인 여성활동은 아니었다. 〈해주윤씨 일생록〉과 〈은ᄉᆞ름 ᄋᆞ병ᄀᆞ〉를 통해 이러한 윤희순의 여성 인식을 알 수 있었다. 그런데 의병가의 제작·표현·형식은 현실적이고 구체적인 여성 경험에서 축적된 현실대응력이 발휘된 것으로 다름 아닌 여성성의 발로라고 할 수 있다. 한편 만주망명 후 창작한 가사 〈신세타령〉은 중년을 넘긴 나이에 주체적 자아가 되어 조국과 의병을 바라보는 서정의 세계를 보여주었다.

제3장

근대전환기 도세저항운동과 가사문학
〈심심가〉

1. 머리말

현재 전하고 있는 수많은 가사 필사본 중에는 아직 읽혀지지 않거나 학문적으로 연구되지 않은 작품들이 많이 있다. 그런데 이렇게 읽혀지지 않은 가사 필사본의 대부분은 근대전환기 이후에 창작된 작품이다. 가사문학은 그 어느 장르보다도 역사적 변혁기인 근대기의 현실에 대응하여 작품을 왕성하게 생산해낸 것이다. 이들 필사본은 악필인 경우가 많아 읽고 내용을 파악하는 데 시간이 많이 걸린다. 그럴수록 하루 빨리 이들 필사본을 세밀하게 읽고 내용을 파악하여 작품의 시기적 배경을 확정해야 한다. 그런 후 의미 있는 작품이 발견되면 작품을 소개하여 작품이 지닌 가사문학사적 위상과 의의를 규명해야 한다.

〈尋心歌〉는 한국가사문학관에 소장되어 있는 필사본으로 온라인 상에 해제까지 되어 있는 자료이다. 〈심심가〉는 의미 맥락에 맞게 4음 보 전후를 1구로 하여 행을 나눌 때[1] 총 490여구가 넘는 장편가사이 다. 장편의 〈심심가〉는 갑오개혁 이후 진주목 관할 목장, 특히 창선목 장의 도세저항과 관련한 내용을 담고 있다. 이렇게 〈심심가〉는 근대 전환기 갑오개혁이라는 변혁적인 역사·사회의 현실에 대응하여 창 작된 가사로 학문적으로 연구될 필요가 있는 작품이다.

〈심심가〉는 이미 해제까지 있는데다가 근대전환기의 역사·사회에 대응한 범상치 않은 내용을 지니고 있음에도 불구하고 아직까지 학 문적으로 연구되지 못했다. 그 이유는 작품 내용에 작가 자신이 "뎡 익환"이라고 이름을 밝히고 있지만 그가 누구인지를 구체적으로 알 수 없었던 때문이기도 하고, 작품 내용이 난삽하여 내용의 정확한 사실 관계를 파악하는 것이 쉽지 않았기 때문이기도 했다.

그런데 작가 정익환은 그 동안 『경남인물지』, 『창선면사』, 『남해 군지』 등[2]에 '민중운동가 정익환'으로 그 활약상이 기록되어 있었다.

---

1 〈심심가〉의 필사본은 의미의 맥락을 따라 행을 나누다보면 4음보에 들어맞지 않 는 구가 많으며, 한 음보의 음수도 3·4를 벗어난 경우가 많아 혹시 산문이지 않을까 생각될 수도 있다. 하지만 음보와 음수가 정격에서 벗어나다가도 4음보 정격의 가 사 형식으로 되돌아오곤 하여 작가가 가사문학을 쓴다는 의식을 지니고 이 작품을 창작했음을 알 수 있다. 예를 들어 "계졔와 남히와 젹양과 창션새겡 사는 빅셩 / 무 신죄로 일반국토 일반국민예 / 창션목장싸예 미어던고 불상ᄒ고 불상ᄒ다"에서 와 같이 5음보, 3음보, 4음보로 진행되는데다가 한 음보의 글자수도 들쭉날쭉인 경 우가 많다. 그러나 "기지샤겡 되난자는 우리빅셩 졔로곤나 / 무지할샤 져위원나 니 다민곤 윈일인야"에서와 같이 4자를 기본으로 하는 4음보 연속의 형식으로 되돌 아오곤 한다.
2 이 책들은 거듭 증보출간되었다. 필자가 참고로 한 책의 서지사항은 다음과 같다.

하지만 이러한 기록 어디에서도 그가 가사문학 〈심심가〉를 창작했다
는 사실은 드러나 있지 않았다. 이렇게 정익환은 남해를 중심으로
한 지역사 문헌에만 기록되어 있었기 때문에 다른 지역에서는 정익
환을 잘 몰랐던 것이다. 그리고 필자가 정익환의 후손을 인터뷰하고
자 그의 고향인 남해군 창선면을 방문할 당시[3]에 그곳 주민들조차도
그에 대해서 아는 이가 많지 않았다. 이와 같이 남해 지역에서는 정
익환이 〈심심가〉를 창작한 사실을 전혀 모른 채 그의 민중운동가로
서의 스토리만 전해지고 있었고, 한국가사문학관에서는 구체적으로
누구인지 모르는 "뎡익환"이 지은 〈심심가〉만 있어왔기 때문에 〈심
심가〉의 작가가 창선면의 정익환이라는 사실이 더디게 밝혀졌다고
할 수 있다. 여기서는 〈심심가〉를 처음 연구하는 자리이므로 작가 정
익환의 생애에 대하여 소개할 필요가 있다.

창선면에서는 정익환을 창선목장의 조세저항을 주도한 민중운동
가로만 알고 있다. 하지만 〈심심가〉의 내용을 살펴보면 정익환은 창
선목장을 포함해 진주목 산하 전체 목장토의 도세저항운동을 주도
하고 있음이 드러난다. 〈심심가〉는 도세저항운동을 배경으로 당시
진주목 산하 목장에서 복잡하게 진행된 사연을 담고 있다. 그런데

경남인물지 편찬위원회, 『경남인물지』, 전국문화원연합회 경상남도지회, 2003,
653~664쪽. ; 창선면사 집필위원회, 『창선면사』, 창선면, 2007, 169~183쪽, 1250~
1265쪽. ; 남해군지 편찬위원회, 『남해군지 상권』, 남해군, 2010, 338~343쪽.

3 후손의 인터뷰는 2017년 1월 31일에 창선면에서 이루어졌다. 정익환의 직계 후손
은 모두 외지로 나가 살고 있다고 한다. 필자가 만난 정익환의 후손은 丁奎才(당시
79세)씨로 정익환의 큰형인 丁大俊의 손자이다. 경상남도 남해군 창선면 상죽리
에 거주한다. 그 외 정규재씨의 소개로 정익환의 고향마을인 식포마을에 살고 있
는 정상범 어르신(당시 90세)도 만나 관련 이야기를 들을 수 있었다. 현재 식포마
을에는 정익환의 생가터만 남아 있다.

〈심심가〉는 이러한 사연들이 산만하게 서술되어 각 사연의 실상을 온전하게 파악하는 것이 쉽지는 않다. 그러므로 복잡한 작품세계를 이해하려면 갑오개혁 이후 목장토에 대한 도세 부과와 저항운동 현실을 먼저 살펴볼 필요도 있다.

이 논문의 목적은 〈심심가〉의 작가 및 작품세계를 살피고, 그 역사적 의미와 가사문학사적인 의의를 규명하는 데 있다. 먼저 2장에서는 작가 정익환의 생애와 작품의 창작 배경인 '갑오개혁과 도세부과'를 살펴본다. 3장에서는 〈심심가〉의 작품세계를 '감관 및 관속의 비리 고발', '백성들을 향한 동참 호소와 그간의 노력', 그리고 '신관찰사를 향한 호소' 등 세 가지 측면에서 살펴본다. 장편인데다 작가의 중언부언이 심해 가능하면 요약적으로 정리하여 살펴본다. 그리고 4장에서는 앞서의 논의를 바탕으로 〈심심가〉의 역사적 의미와 가사문학사적 의의를 규명하고자 한다.

2. 작가와 작품의 창작 배경

1) 작가 麓溪 丁益煥(1848~1919)

〈심심가〉의 작가는 작품의 내용 중에 자신을 "뎡읙환"이라고 밝히고 있다. 특히 가사의 후반부는 작가가 신관찰사를 향해 호소하는 부분으로 이루어져 있는데, 이곳에서 작가는 자신을 창선도에 사는 "뎡읙환"이라고 거듭해서 말하고 있다.

① 비나이다 비나이다 진주창션 도중샤는 / 좃고만코 좃고만현 익환이가 죽기로뼈 비나이다 / 셩문고족 혈혈단신 익환이가 / 망샤ᄒ고 비나이다 달옴이 안니오라

② 살려주오 살려주오 명익환을 살려주오 / 니셰상예 슷놈 안니고야 / 불고져의 조상임과 부무임과 형제쳐자 ᄒ고 / 니원정을 기어이 지여올예 글리글리 납데잇가 / 집피집피 통촉ᄒ옵시셔 / 살려주오 살려주오 익환의 마음 글으겨든 / 겡각타살 가컨이와 글으덜 안니커든 / 명익환을 살려 주옵시고 / 만빅셩을 일시예 살려 주옵쇼셔

③ 좃고만코 좃고만현 희구창싱 명익환니 / 자토중예 들려안자 졔어니 / 어단셩장 고져을 알라씨며 / 샹ᄒ군펭 글자을 모로온니

위의 ①, ②, ③의 구절에서 알 수 있듯이 작가는 관찰사를 향한 호소여서인지 자신을 극도로 낮추어 3인칭으로 서술했다. ①에서 작가는 자신을 창선도에 사는 "좃고만코 좃고만현 익환"이라고 낮추면서도 "셩문고족"임을 드러냈다. ②에서 작가는 법을 밝히시는 조관찰사또를 향해 이 책(가사)을 낱낱이 읽으신 후 성내지 마시고 깊이 생각하라고 했다. 그리고 조상님·부모님·형제처자를 돌보지도 않고 이 원정을 기어이 지어 올린 "명익환"을 살려달라고 했다. 그리고 깊이 통촉하여 "익환"이 잘못했으면 즉시 죽이고, 그렇지 않다면 자신과 만백성을 살려달라고 호소했다. ③에서 작가는 자신을 "좃고만코 좃고만현 희구창싱 명익환"이라고 낮추고 동시에 자신이 쓴 諸言이

87

語短聲長 高低를 모르고 上下君주 글자도 모른다고 겸손하게 표현했다. 이렇게 〈심심가〉의 작가는 진주목 창선도에 사는 정익환이라는 인물임을 분명하게 알 수 있다.

그러면 정익환은 어떤 사람일까. 정익환은 『경남인물지』, 『창선면사』, 『남해군지』, 〈昌善牧賭稅鐲免丁公益煥事蹟碑〉 등에 기록되어 있다. 여기서는 이 기록들과 〈嘉善大夫金而厚追思碑〉[4], 족보, 진주목 공문서, 후손의 인터뷰 등을 종합적으로 참조하여 그의 생애를 소개하고자 한다[5].

정익환은 1848년 5월 11일[6]에 남해군 창선면 가인리 식포마을에

---

4 〈昌善牧賭稅鐲免丁公益煥事蹟碑〉는 남해군 창선면 상신리 노변에 소재한다. 정익환의 도세저항운동을 기리기 위해 1940년에 나주정씨문중에서 건립했다. ; 〈嘉善大夫金而厚追思碑〉는 남해군 창선면 오룡리 노변에 소재한다. 당시 정익환과 더불어 도세저항운동에 가담한 김이후의 행적을 기리기 위해 지역 士民이 건립했다.

5 위에서 열거한 정익환에 대한 기록은 도세저항운동에서의 활약상에 중점을 두고 기록하여 그의 전생애가 구체적으로 드러나지는 않는다. 그리고 기록마다 중복 진술이 많고, 경우에 따라서는 사실이 서로 다른 것도 있었다. 여기서는 모든 자료를 참조한 후 종합적으로 기술하고, 논의에 필요한 경우만 각주를 달고자 한다.

6 정익환의 출생연도는 기록마다 차이가 있으며, 사망연도는 모두 1919년으로 동일하다. 창선면에 거주하고 있는 후손이 소유하고 있는 두 권의 족보에는 그의 출생 연월일이 1935년 3월 15일로 되어 있다. 『나주정씨금성군파세보』(1988)에는 '生一八三五年三月十五日'으로, 『압해정씨대동보 17권지15 임오보』(2002)에는 '乙未三月十五日生'로 기록되어 있다. 두 족보 모두 최근에 만들어진 것인데, 후자의 것은 후손 정규재씨가 만든 전자의 것을 그대로 참고하여 만든 것으로 보인다. 그리고 이 족보를 참고하였을 것으로 보이는 『창선면사』에도 그의 출생년도가 1935년으로 기록되어 있다. 그런데 『경남인물지』와 『남해군지』에는 그의 출생 연월일을 1848년 5월 11일로 기록하고 있다. 보통은 후손이 지니고 있는 족보가 더 신빙성이 크다고 할 수 있지만, 이 경우는 다른 것 같다. 우선 후손이 지닌 족보에는 정익환의 부친과 아들들의 생년월일이 기재되어 있지 않은 가운데 정익환만 기재되어 있어 기록의 신빙성이 떨어진다. 그리고 무엇보다도 그의 출생연도가 1835년이라면 그가 도세항쟁을 본격적으로 전개하고 일경에게 체포되어 감옥생활을 한 당시의 나이가 70세가 넘는다. 게다가 1898년에 〈심심가〉를 지을 당시 그의 나이가 64세나 되지만 작품의 내용에 노년의 나이를 의식한 진술이 전혀 보이지 않는다. 따라서 그의 출생연도는 1848년으로 봄이 타당하다고 판단된다.

서 부친 丁眞教의 3남으로 태어났다. 본관은 나주로 익환은 휘명이고, 본명은 大烈이며, 호는 녹계이다. 나주정씨 30세손인 草菴公 允祐가 경북 예천으로 옮겨가 살았으며, 윤우의 7세손인 志飛·志江(36세손)公 형제가 창선군에 들어와 入昌善 시조가 되었다. 정익환은 나주정씨 40세손이다.

정익환은 일찍이 무과에 합격하여 젊은 한때 사천군 船津鎭에 파견대장 격으로 대리근무를 한 적이 있었다. 대장의 업무를 대신[代] 수행하였으므로 그를 '丁代將'이라고 불렀다. 그리고 그는 천성이 강직하고 남달리 담이 크고 통솔력이 뛰어나 앞으로 큰일을 할 사람이라는 칭송을 받았다.

후손의 증언에 의하면 그는 농사를 지었는데, 아들 셋에게 나누어 줄 정도의 땅이 있었던 중농으로 식포마을에서는 부자에 해당했다. 집에는 딸린 식구도 많았지만 늘 손님이 많이 찾아와 며느리 셋이 고생을 했다고 한다.

그에 관한 한 일화가 전한다. 정익환과 함께 길을 가던 어느 목관이 흙탕물로 범벅이 된 농부를 보고 "저런 것도 계집이 있느냐"며 막말을 내뱉었다. 그러자 정익환은 그 목관을 논으로 밀어 넣어 흙탕물을 뒤집어쓰게 했다. 정익환이 논에서 나오는 목관에게 "지금의 당신 꼴이나 저 사람들 꼴이나 다를 게 무엇이냐"라고 말하자 그제서야 목관은 사과를 했다고 한다.

1894년 개화파에 의해 갑오개혁이 단행되었다. 갑오개혁으로 창선목장의 농민들은 그 동안 내지 않았던 '賭稅'를 더 내게 되었다. 정익환은 도세의 부당함을 관아에 호소하며 도세저항운동에 나서기

시작했다. 도세저항운동을 함께 주도했던 오룡마을의 金而厚가 쓴
〈昌善歌〉에는 "병신년 이래 임인년까지 한 섬의 주민들은 도세 문제
에 시달리며 떠들썩하게 되었더라. 다음 해 계묘년 여름이 되어 어떤
일이 있었던가? 갑진년에 전답을 다 팔아 을사절사 놀아보자"라는
구절[7]이 나온다. 창선도민의 조세저항운동이 병신년(1896) 이래 지
속되어오다가 갑진년(1905)에 본격적으로 확산된 것으로 읊고 있다.
하지만 〈심심가〉에 의하면 작가의 도세저항은 1894년 갑오개혁 직후
부터 계속되었다. 〈심심가〉는 갑오개혁 직후부터 있어온 그의 도세
저항운동을 바탕으로 하여 1898년 초에 창작되었다.

그의 도세저항운동은 1905년 말경부터 본격적으로 거세졌다. 이
해 12월 23일에 민중회의를 개최하여 도민의 모임을 결성하고 종제
丁務根을 대표자로 선정했다. 제단을 쌓아 도세면세를 하늘에 기원
했으며, 〈斥盡賭稅草環歌〉[8]를 지어 부르게 했다. 정익환은 전답을 팔

---

7 "丙申來壬寅後 一島民老於賭 於譁壬寅더라 癸卯夏何以生고 甲申田畓다파라 乙巳絕
事노라보자 重하도다 重하도다 一土兩稅 重하도다 結稅ᄂ 올타만은 賭稅一款무삼
일고 等狀가세 等狀가세 나라님견 等狀가세 五十名숀을잡고 不遠千里놀나셔셔 아
모쪼록免稅後예 擊壤歌을和答하세"(『梅軒追悼詩稿』, 배주연 등편, 간행지 미상,
1941. 여기서는 『창선면사』 177쪽에 영인으로 실린 것을 재인용). 『창선면사』 부록
에 실린 〈昌善歌〉 전9장은 대부분 한문으로 되어 있다. 위에 인용한 것은 제8장의
일부분이다. 전9장이 모두 한문 기록이나, 이 부분만 한글 기록이 섞여 있다. 도세
저항운동 당시 정익환이 지어 노래로 부르게 한 〈척진도세초환가〉가 이것인지는
분명하지 않다.
8 김이후가 쓴 〈창선가〉 제8장에는 〈척진도세초환가〉의 내용을 짐작하게 하는 구절
이 있다. "국왕에게 바라기를 천리에 풀띠를 엮어 環(풀로 엮은 고리)을 만들고 주
민 만명이 섬을 에워 싸 풀 고리마다 마디마디 해마다 누적된 원망의 마음을 실었
고, 중첩된 도세를 굽이굽이 죽음으로 맹세하여 내지 않겠다는 뜻을 담았다" '척진
도세'는 '도세를 모두 배척한다'는 뜻이고, '초환'은 '풀 고리'라는 뜻이므로 이 노
래는 당시 주민들의 풀 고리 의식에서 지어진 것으로 짐작된다.

아 거사자금을 만드는 한편 산중에 초막을 짓고 그곳에 기거하면서 총지휘를 담당했다. 장정들은 새끼줄을 옆구리에 차고 다니면서 정익환을 체포하려고 하면 새끼줄을 서로 연결하여 인의 장막을 침으로써 정익환의 체포를 막았다. 이러한 투쟁은 6년간 지속되었다. 당시 신문에 정익환이 이끄는 창선도민의 투쟁을 부정적으로 적은 기사가 실리기도 했다[9].

그러나 1909년 음력 8월 1일에 정익환은 체포되었다. 일본헌병대 하동분견대가 야음을 틈타 섬에 들어와 정익환을 체포한 것이다. 이때 정익환의 체포 사실을 안 도민이 배로 가는 헌병들을 추격하자 헌병대는 총격을 발포하여 2인이 사망하고 2인이 중상을 입었다. 1909년 9월 16일에 작성된 공문서 〈폭도수괴 혐의자 인치에 관한 건〉은 '정익환이 폭도일 것이라고 생각하여 체포하자 창선도민 수 백명이 정익환은 폭도가 아니니 석방하라고 소동을 부려 총을 쏘았으며, 정익환을 하동분견소에 구금 중임'을 보고하고 있다[10]. 무차별 총격에 의한 도민 사망을 '폭도[의병]' 소탕으로 인해 벌어진 일이라고 변명하

---

9 당시 『황성신문』(1906년 12월 17일, 1907년 2월 15일, 1907년 4월 19일 자 신문)과 『대한매일신보』(1907년 5월 23일 자 신문)에 정익환을 '怪匪, 亂民'이라고 호칭하며 창선도민의 투쟁사를 다룬 기사가 실려 있다.

10 〈폭도수괴 혐의자 인치에 관한 건〉: 작성자는 경상남도 경찰부장 壹岐寬이고 수신자는 경무국장 松井茂이다. "本月 十六日 河東憲兵分遣所 憲兵伍長은 同補助員 三名과 共히 暴徒偵察로 道內 南海郡 昌善島에 赴하여 島民의 首領으로 指目되는 丁益煥(先軍李學薰一部의 首魁로 現下 昌善島中 金比의 勢力을 갖고 神과 如히 畏敬된다)이란 者 暴徒 二名을 自宅에 隱匿하고 있다는 說이 있으므로 同人도 暴徒의 一人일 것이리라고 逮捕引致하고자 하자 島民 數百名은 丁益煥은 暴徒가 아니다. 解放하라고 强迫 多數를 믿고 穩靜치 아니하여 憲兵의 一行은 二名을 銃殺하고 二名에게 重傷을 입히고 若干 退却하는 機에 乘하여 益煥을 引致 目下 河東 憲兵分遣所에 拘禁 中. 右 報告함"

고 있음을 알 수 있다[11].

정익환은 진주 감옥에서 3년 옥고를 치뤘다. 그가 옥고를 치룰 때 50대 이상의 창성면민 부녀자들은 매일 10여명씩 순번을 정하여 창선에서 진주까지 100리 길을 가 감영의 뜰에 연좌하여 정익환의 방면을 호소했다. 얼마 후 일본 관원은 민심을 감안하여 창선면민의 도세를 면제해주고 경지도 민유화해 주었다. 그러나 정익환만은 관명을 불수했다는 죄명으로 3년 옥고를 다 치르게 하고 석방했다.

창선면민은 석방되어 돌아온 그의 공로를 기리기 위해 매호 놋숟가락 한 개 씩을 걷어 송덕비를 건립하고자 했다. 그러나 이 일은 정익환의 반대로 무산되었다. 정익환은 고향에서 여생을 보내다가 1919년 2월 11일 향년 72세를 일기로 세상을 떠났다. 후손의 증언에 의하면 그는 유언으로 '비를 세우지 말고 이름도 밝히지 말라'는 말을 남겼다고 한다. 그리하여 그의 묘 앞에는 비석이 없다. 창선면에서는 그가 사망한지 한참이 지난 후인 1940년에 그의 송덕비인 〈창선목도세견면정공익환사적비〉를 상신리 노변에 건립했다.

2) 갑오개혁과 목장토의 도세 부과

정부는 말을 사육하고 관리하는 곳으로 대개 공한지를 선택했는

---

11 정익환은 이 공문서로 인하여 의병으로 오인되기도 했다. 『한국독립운동사자료 15 의병편』(국사편찬위원회 편, 탑구당, 1970, 467쪽)의 〈근대사연표〉에서는 이 공문서를 기반으로 하여 다음과 같이 적고 있다. "경남 남해군 창선도 거주 정익환이 의병가담 및 의병은닉 혐의로 하동헌병분견소에 피체됨(도민 수백명이 석방을 요구, 2명 순국)"

데, 말을 안전하게 방목할 수 있으면서 공한지인 곳은 대개 섬이었
다. 진주감목관 관할 하의 목장 13개 가운데 11개 목장이 남해·고성·
거제 등의 섬에 있었다. 말을 사육하고 관리하는 牧子는 말의 상납과
함께 주변의 땅을 개간하여 그 소출의 일정량을 司僕寺에 세금으로
바쳤다. 그런데 차츰 목장 주변에 원래 목장을 관리하는 元牧子 외에
假牧子가 많아지게 되었다. 가목자는 牧馬 부담은 지지 않으면서 목
장 주변의 땅을 개간하여 일정량의 布나 布價를 사복시에 상납하는
사람들을 말한다. 이들은 목장 내에 거주하며 땅을 개간하는 경우도
있었지만, 목장 밖 인근에 산재하며 땅을 개간하는 경우도 있었다[12].

그런데 갑오개혁으로 목장토를 포함한 둔토의 조세에 커다란 변
화가 있게 되었다. 원래 결세는 전답의 결에 따라 내는 세금이고, '都
租(賭稅)'는 남의 땅을 사용한 소작료에 해당한다. 갑오개혁 세력은
그 동안 왕실의 관할 하에 있던 둔토의 세금을 국가 재정으로 돌리고
싶어 했다. 그리하여 우선 감관을 파견하여 전국에 분포하고 있는 둔
토를 조사하고 지세대장에 등재[甲午升摠]하는 작업을 수행했다. 그
리고 이들 땅의 면세지 특권을 폐지하고 '都租(賭稅)'를 부과하기 시
작한 것이다.

대부분의 목장토 농민들은 그 동안 자신들의 땅이 면세지이자 사
유지로 생각하고 있었다. 그런데 갑자기 갑오승총으로 그 동안 내던
결세에다가 도세가 더 부과되자 목장토의 농민들은 이것을 '一土兩
稅'라 저항했다. 그리하여 목장토 농민의 도세저항운동이 전국적으

---

12 오인택, 「18·19세기 진주부 창선목장 목족의 직역 변동과 그 성격」, 『부산사학』제
    35집, 부산경남사학회, 1998, 71~76쪽.

로 일어나게 되었다. 특히 이 '일토양세' 논란은 이후 길고도 치열한 국가와 백성 간의 소유권 분쟁으로 이어지게 되었다. 이렇게 1894년을 기점으로 이전의 농민운동은 감사, 수령, 아전으로 이어지는 지방 지배층의 수탈현실을 문제 삼은 항세운동의 성격을 지닌 반면, 이후의 농민운동은 1차 갑오개혁으로 인해 부가된 '도세'를 거부하고 토지의 민유화를 주장하는 '도세저항운동'의 성격을 지니는 것이었다[13].

진주목 관할 목장토 농민들도 목장토가 왕실의 국유지여서 세금을 궁내부 사복시에 납부해왔지만, 세월이 흐르면서 자신의 땅을 상속과 매매가 자유로운 민유화한 면세지로 생각하고 있었다. 그런데 갑오개혁으로 파견된 두 명의 조사위원은 진주목 관할 목장토를 지세대장에 등재[甲午升摠]하고 도세를 부과했다. 그리하여 당시 조선의 여타 역·둔토 및 목장토 경작 농민과 마찬가지로 이들 목장토 농민들은 도세를 부과한 두 위원에게 강한 반감을 지니지 않을 수 없었다.

이렇게 〈심심가〉는 기본적으로 1차 갑오개혁으로 당대 들불처럼 번지고 있었던 '도세저항운동'을 배경으로 창작되었다. 그리하여

---

13 갑오개혁 이후 도세 문제는 다음의 논문을 참조하였다. 김성기, 「갑오개혁 이후 탁지부 파견 둔토감관 연구」, 『대동문화연구』제89집, 성균관대학교 대동문화연구원, 2015, 429~472쪽 ; 최희정, 「갑오·광무시기 징세체계의 변화와 경남 고성지역의 항세운동」, 『석당논총』제66집, 동아대학교 석당학술원, 2016, 355~386쪽. ; 정희찬, 「갑오개혁기(1894~96년) 상납 건체 문제와 공전의 환송」, 『한국사론』제57집, 서울대학교 국사학과, 2011, 255~316쪽. ; 신용하, 「1894년 갑오개혁의 사회사」, 『사회와 역사』제50권, 한국사회사학회, 1996, 11~67쪽. ; 박찬승, 「한말 역토·둔토에서의 지주 경영의 강화와 항조」, 『한국사론』제9집, 서울대학교 국사학과, 1983, 255~338쪽.

〈심심가〉에서 작가는 기본적으로 진주목 관할 목장토 농민, 즉 "겨계와 남히와 젹양창선"의 네 섬 및 "통령"에 사는 '四島五境의 백성'을 대변한다[14]. 四島五境의 목장은 진주목 관할 목장 중에서 남해안 섬(거제, 남해, 창선, 적양)과 반도(통영)지역에 분포하는 곳으로 작가가 속한 창선목장과 같은 조건에 있는 곳들이다. 그래서 작가는 작품의 후반부에서 백성들을 살려달라는 호소를 4도오경 목장토를 관할하는 진주관찰사에게 하고 있는 것이다.

그런데 〈심심가〉는 1차적으로 갑오개혁 이후의 도세저항운동을 배경으로 창작되었지만, 작가가 문제 삼고 있는 것은 도세에만 한정하지 않았다. 작가는 도세를 거두는 두 조사위원과 관속들에 대해 강한 반감을 지니고 있었으므로 〈심심가〉에서 도세 문제 외에도 그들의 탐학과 비리를 총체적으로 고발했다. 한편 작가가 살고 있던 창선목장은 그 지역만의 또다른 문제가 있어 지역민의 부담이 훨씬 무거웠다. 창선목장의 정익환이 도세저항운동에 적극적으로 나선 것은 두 위원과 관속들의 진주목 관할 목장토에 대한 탐학과 비리에다가 창선목장만의 문제가 중첩되었기 때문이라고 할 수 있다.

---

14 "가련ᄒ고 가련ᄒ다 창선목장 되엿던 / 겨계와 남히와 젹양과 창선새경 사ᄂᆞ빅셩 / 무신죄로 일반국토 일반국민예 / 창선목장짜예 미어던고 불상ᄒ고 불상ᄒ다" 이 구절에서 설명을 요하는 부분이 있다. 이 구절을 글자 그대로 해석하면 '거제, 남해, 적양, 창선 등 사경에 사는 백성'이 창선목장 땅에 매인 것이 된다. 그런데 사실 네 곳에는 각각 목장이 있었기 때문에 이 구절에 나오는 두 번의 '창선목장'은 '목장'으로 하는 것이 맞다. 그리고 이 구절은 〈심심가〉에 거듭해서 나오는데 통영 한 군데가 추가되어 '오경'으로 된 곳도 많다.

3. 〈심심가〉의 작품세계

작가 정익환은 가사의 구성을 탄탄하게 짜 놓고 내용을 서술하지는 못했다. 내용 전개의 큰 틀은 대략 세 부분의 서술단락으로 구분할 수 있다.

(1) 전반부 : 감관 및 관속의 비리 고발
(2) 중반부 : 백성들을 향한 동참 호소와 그간의 노력
(3) 후반부 : 신관찰사를 향한 호소

〈심심가〉는 위와 같이 큰 틀에서 세 서술단락으로 구성되어 있지만, (1)의 내용이 (2)와 (3)에서 다시 거론되곤 하여 내용이 산만한 편이다. 〈심심가〉의 작품세계를 서술단락의 순서대로 살펴보도록 한다.

1) 감관 및 관속의 비리 고발

당시 진주목 관할 목장토의 조사위원으로 문씨위원과 조씨위원이 내려왔다. 작가는 이 두 위원과 이들을 도와 일을 처리하던 관속의 비리를 고발했다. 매우 흥분한 어조로 그간 이들이 자행한 일들을 하나하나 거론해가며 고발했는데, 지면의 한계 상 그 내용을 일일이 살펴보는 것은 무리가 있으므로 다음과 같이 정리하여 살펴보고자 한다.

해당 인물	내용
문씨위원	① 한정 없는 도세로 理多民困과 浚民膏澤을 한다.
	② 오륙십명 육방관속을 두니 인심이 소동한다.
	③ 도서기를 시켜 諸吏分房을 하니 理多民困을 모른다.
조씨위원	④ 한정 없는 도세로 사도오경 백성을 다 죽인다.
	⑤ 육방나졸을 배설하고 삽십명의 서기를 두었다.
	⑥ 계사·갑오 두 해의 창선목장 米太 상납을 偸竊했다.
	⑦ 창선면의 목관관행 세금을 민중에게 不日督捧 매겼다.
	⑧ 死馬까지 팔아 마피를 챙겼다.
배득중	⑨ 가마와 작도 豫納을 當納으로 백성에게 받아냈다.
	⑩ 백성 聚會하는 사람을 요놈조놈한다.
병방 관속	⑪ 청장년 남자에게 연간 한 량 닷돈씩을 받아 챙겼다.
기타	⑫ 官舍·衙舍·庫舍가 사사집이 되었다.

먼저 문씨위원에 관한 ①·②를 살펴본다.

무지할샤 져위원나 니다민곤 윈일인야 / 말랴말랴 계발말랴 준민고택
계발말랴 / 준민고틱 몰리겨든 위원안자 싱각흐오 / 좃고만현 위원으로
가) 근삼십명 관쇽이 윈일이며 / 육방관쇽 빅설이 윈일이요 / **나)** 셩덕할
샤 탁지아문 봉셰홀령 / 민곌예 젼틱동을 삼심양식 바든휴의 / 빅셩을
돌보앗고 렬닷양은 상납되고 / 렬닷냥은 관원관리 임니되여 민간침칙
업셔난듸 / 무상할사 궁닉부난 어니흐야 도셰봉상 / 한졍업시 위원닉
여 니다민곤 하단말고

작가는 조사위원들의 理多民困과 浚民膏澤을 통렬하게 비판했는
데, 작가가 문제 삼고 있는 것의 핵심은 밑줄 친 나)에 나타난다. 이

97

전 탁지아문에서는 봉세를 결당 대동전[15] 30냥을 받아 15냥은 상납
하고 15냥은 관원관리에게 상납하여 그 외 民間에게 강요[侵責]하는
것이 없었는데, 궁내부에서는 도세를 '한정 없이' 부과했다고 했다.
결당 내는 결세는 마땅하지만, 그 동안 내지 않았던 도세는 부당하다
고 강한 거부감을 나타낸 것이다.

그런데 도세가 한정 없이 부과된 것은 가) 때문이기도 했다. 원래
감관은 산하에 6방 관속을 두었다. 그런데 두 위원은 근 삼십명 관
속을 두었을 뿐만 아니라 많은 육방관속을 배설했기 때문에 이들
의 운영에 필요한 충당금도 내야 했던 것이다. 그리하여 작가는 위
에 나타나 있지는 않지만 가사의 뒤에서 '창선적양에서 한 명, 남해
양장에서 한 명, 거제칠장에서 이삼 명, 도합 오륙 명만 두고 나머
지를 다 없애면 그 돈으로 濟世民間을 할 수 있을 것이다'라고 주장
한 것이다.

그런데 밑줄 친 나)에서 작가는 이전 탁지아문의 처사와 지금 궁
내부의 처사를 비교하며 궁내부의 처사가 옳지 않음을 강조했다. 갑
오개혁 이후 둔토나 목장토의 관리는 탁지아문[16]으로 이속되었다가,
1895년부터는 궁내부와 탁지부가 나누어 관리했다. 당시 탁지아문
이나 궁내부는 목장토의 면세지를 승총하여 도세를 거두는 일을 했
으므로 작가가 탁지아문은 옳고 궁내부는 그르다고 한 것은 정확한

---

15 전티동은 大東錢으로 생각된다. 대동전은 은으로 제작된 우리나라 최초의 근대식
    화폐로 1882년 7월에 발행했다가 1883년에 사라진 동전이다. 그리고 1891년에 신
    식화폐조례제정에서 1냥과 5냥이 은화로 제작되었다. 여기서 전대동은 은화 동전
    을 말하는 것으로 보인다.
16 탁지아문은 1894년 6월 28일에 설치되어 이후 탁지부로 개편되었다.

판단은 아니라고 할 수 있다.

　문씨위원에 관한 ③의 내용은 위원이 제리분방, 특히 근로분방을 직접 하지 않고 도서기를 시켜서 하니 백성의 곤란한 지경을 전혀 알지 못한다는 것이다.

　다음으로 조씨위원의 ④·⑤는 문씨위원의 ①·②와 동일한 내용[17]이다. 그리고 조씨위원 ⑥과 ⑦의 내용은 특별히 창선목장의 문제와 관련하는데, 다음과 같다.

　　가) 계샤갑오 양련 미티상납 이무 / 죠위원과 김호방 화션의 입으로 / 튜졀이 낫겨곤나 어니ᄒ야 튜졀니 낫단말가 / 차쇼위 쳔위신조 그안니며 / 쳔작얼은 유가위언이와 자작디얼은 / 불가활리랴 말삼 일리두고 일옴이졔 / 나) 죠위원의 욕심보쇼 갑오 칠월일의 / 목관펴지 되여잇고 십월일의 가츙목관 되어와 / 미틱간의 관힝이랴 자츙ᄒ고 / 삼빅어셕과 진임자와 목화근슈 / 상동갓치 묵어시면 족차족이 될터인듸 / 민간 초조 지판되여 근본업는 팔십셕을 / 차지랏고 들려기로 우리빅셩 / 그

17　조씨위원의 서술에서 동일한 부분은 다음과 같다. "원통할샤 궁니부는 졋고만코 졋고만현 / 죠위원의 말만듯고 일반국토 일반국민예 / <u>조션이십샤목 업셰시면</u> 민곌차로 승총예로 / 미곌예 젼티동을 삼십양슉 봉셰ᄂ 올컨이와 / 졋고만현 죠위원과 관쇽의 말만 듯죠시고 / 도세봉상 홀령닐젹 ᄒ졍업고 분간업시 / 우리빅셩 다죽인다 어니ᄒ야 ᄒ졍이 업단말고 / ᄒ졍이 잇고보면 육방나졸 빅셜ᄒ며 / 삼십몡 셔긔 잇단말가 / 마효마효 위원마효 리다민곤 글리마효 / 원통할샤 궁니부는 ᄒ졍업시 도세봉상 홀령니여 / 리다민곤 시길줄만 알랴 계시겻쳬 / 우리빅셩 기지새경 도탄중예 드난줄을 아단말가" 밑줄 친 "조션이십샤목 업셰시면"은 갑오1차개혁으로 지방제도가 재편된 것을, "민곌차로 승총예로"는 목장토지를 조사하여 세금대장에 올린 것(升摠)을 말한다. 작가는 궁내부가 조씨위원의 조사만 믿고 승총을 하여 세금을 부과했다고 했다. 결세는 국민으로서 마땅히 내야 하는 것이므로 결당 30량씩 내는 것은 옳지만, 그 동안 민유화한 토지로 면세되었던 목장토에 갑자기 한정 없는 도세를 내라고 하는 것은 부당하다고 한 것이다.

련유을 장정ᄒᆞ니 제음ᄂᆡ예 ᄒᆞ야시되 / 계샤상납 쳥졍휴의 분간ᄒᆞ자 낫
겨곤나

위에서 가)는 ⑥의 내용을 서술한 것이다. 1893(계사)년과 1894년
(갑오) 두 해의 米太上納[18]이 모두 조위원과 김호방의 입으로 偸竊이
났다고 했다. 그리하여 '하늘이 내린 재앙은 피할 수 있으나 스스로
만든 재앙에서는 살아날 수 없다는 말은 이를 두고 한 말이다(天作孼
猶可違 自作孼不可活 此之謂也)'라고 하며 개탄한 것이다.

창선면에서는 이 사건의 내막을 이렇게 알고 있다. 창선면에서는
매년 조세를 거두어 조운선에 싣고 서해안을 거슬러 마포에 있는 제
조부에 상납해왔다. 갑오년에도 호방 김화선이 두 해의 세금을 싣고
상경했다. 그런데 갑오개혁으로 그 동안 세금을 상납해온 제조부가
폐지되어 상납할 곳이 애매했다. 그러자 김호방은 이 세금을 들고 잠
적해버림으로써 진주목 관할 목장토의 세금이 미상납된 사태가 벌
어진 것이다[19].

---

18 이 당시 싣고 간 세금의 구체적인 내용은 다음의 밑줄 친 부분에서 서술하고 있다.
"계샤갑오 양련 미틱상납 쳔유여셕 / 목화상납 구빅여근 진임자 상납 육칠셤과 /
겨닷미 빅유여셕 모화미 이빅샤십여셕 / 겍여미틱 삼빅유여셕과 대상납되젼 빅유
여금 / 양련 미상납이 낫낫치 죠위원의 입예 / 튜졀ᄂ네 어니ᄒᆞ야 튜졀이 낫단말
고"

19 『창선면사』, 앞의 책, 169쪽. 창선면에 살았던 고 박장린옹이 창선면지 창간 소식
을 듣고 창선목장에 대한 사실을 기억을 더듬어 친필로 적은 글이 있다. 이 친필 기
록에서 이 사건에 대해 다음과 같이 기술하고 있다. "그런데 昌善牧場에서 每年 白
米 一千石을 서울 濟漕部에 上納하였음으로 當時 牧場戸房 金化善은 甲午年度 上納
白米 壹千石을 실고 乙未年에 上京하여 漢江 埠頭에 漕運船을 碇泊하고 濟漕部를 尋
訪하니 上年 東學黨革命 高喊 소래에 痕迹을 감춘 濟漕部를 차질 수 있이야. 三虞祭
後의 處方文이다. 舊式 韓國政府 末葉의 處乃란 當罰相半도 못되는 그 不忘腐敗 形言
있으랴. 金戸房은 上納 白米 壹千石에 一升一合도 上陸할 必要없이 漢江을 떠나 回還

지금까지도 창선면에서는 당시 진주목 관할 목장토의 계사갑오년 미태상납을 김호방이 혼자 착복한 것으로 알고 있다. 그런데 〈심심가〉에서 작가는 김호방과 조씨위원이 공모하여 착복한 것으로 보고 고발하고 있는 것이다. 갑오개혁으로 관제가 개편되고 재정 관할이 이곳저곳으로 이관하는 와중에 세금의 증발 사건도 발생했던 당시의 혼란상을 잘 보여준다.

위에서 나)는 ⑦의 내용을 서술한 것이다. "갑오 칠월일의 / 목관 펴지 되여잇고 십월일의 가층목관 되어와"는 갑오개혁으로 7월에 지방제도가 개편되고 10월에 조씨위원이 목장토 조사위원으로 내려온 것을 말한다. 이어서 갑오년 10월에 米太上納을 받았는데, 그 가운데 '牧官官行[20]' 명목으로 쌀, 콩, 목화, 진임자 등을 창선목장민에게 독촉하여 받아낸 사실을 서술했다. "상동갓치"에서 '上同'이라고 한 것은 앞에서 이 사실을 서술한 적이 있기 때문이다[21]. 그런데 조씨위원은 이것을 받아 먹었으면 만족할만도 한데, 팔십석을 더 먹으려고 백성을 찾아왔다. 그리하여 억울한 백성들이 소장을 올리자[呈狀] "계샤상납 청정휴의 분간ᄒ자"는 題音이 내려왔다고 했다. 위원이 증발해버린 '계사년 상납 건'을 먼저 해결한 후에 팔십석 문제를 다루자고 한 것이다. 그리고 ⑧은 조씨위원이 말을 팔러 목장에

· 하기 되었다. --- 地方 某某處에 連絡을 取하여 白米 一千石 去處는 雲霧中에 사라지고 마랏다."(앞의 책, 1258~1259쪽)

20 정확하게는 모르겠으나 목관의 관업무에 소요되었던 비용의 찬조금인 듯하다.

21 "갑오십월일의 자층목관 일너놋코 / 미틱상납 바다곤나 미틱상납 바든중예 / 목관 관힝미 이빅여셕 틱일빅 육십여셕 / 목화육빅 구십여근 진임자 넉섬여슈 / 낫낫치 우리민중 불일독봉 무겨곤나"

왔는데, 生馬만 팔아야 하는데 死馬까지 팔아 馬皮를 챙겼다[22]는 것이다.

⑨~⑫는 두 위원을 도와 일을 처리하던 관속들의 비리와 기타 비리를 고발한 것이다. 도서기 배득중은 자신이 豫納할 '가민흔 치 작도흔 낫'을 백성에게 당장 물렸으며(⑨), '우리빅셩 돌볼나 흔난샤람'의 출입을 막으라는 문위원의 글을 핑계로 백성을 모아 聚會하는 작가를 요놈조놈하고 하대하며 나댔다(⑩)[23]고 했다. 병방관속은 또다른 민간결렴으로 청장년 남자에게 연간 한 냥 닷 돈씩을 받아 챙기기도 했다(⑪). 그리고 官舍衙舍 및 각 庫舍를 사도오경 백성들의 結斂戶斂으로 지으니 감당할 수가 없다(⑫)고 했다.

---

22 "민마차로 들려곤나 민마차로 들려시면 / 싱마팔기는 올컨이와 샤마팔기 윈일인야 / 무지흐고 야속흐다 져관리야 / 우리 불상흐고 불상흔 빅셩의게 / 글리글리 야슉흐나 양련 미팅상납 / 분슥흐면 그만인듸 샤마싱즁 윈일인야 / 샤마싱즁 흐난줄을 관쇽안자 싱각할랴 / 금련이 무술졍월일랴 지금가지 / 쌀고즁예든 마피가 윈일인야 / 셰상이 일려흐니 불상흐고 불상흔 우리빅셩 / 그여니 샬기을 발릐이요" 목장은 파는 말에 따라 세금이 부과되기도 한 것같다. 생마뿐만 아니라 사마까지 팔면 판 말에 대해 세금이 부과되었다. 그렇게 될 때 그 차액은 목장토 민중이 부담해야 했으므로 이러한 비리에 대해 고발한 것으로 보인다. 그리고 관속들이 사마의 고기를 팔고 그 남은 마피를 챙겼던 것을 말하는 것같다.

23 "문씨위원 글조와랴 샤문의 글을뼈셔 / 우리빅셩 돌볼나 흔난샤람 / 출입말나 흐난위원 알랴시며 / 위원의 샤문밧게 빅셩취회 흔다흐고 / 요놈조놈흐는 도셔기놈을 닉어니 아단말가 / 좃고만현 빅득즁아 네듯겨랴 단문인즁 승천샤요 / 리다민곤 우리빅셩 도탄즁을 네알랴나 / 네는 일시 도셔기되고 나는 일시 빅셩되여곤나 / 네는 일시 도셔기로 민곤차로 리다흐니 / 네는등등 위풍남자되고 나는 일시 빅셩으로 / 너의관쇽 계샤갑오 미팅상납 귀졍시계 / 우리빅셩 돌볼얏고 일리졀리 납데신니 / 녹녹광인 닉로곤나" 작가가 백성을 모아 향회를 가지자 문씨위원은 문서를 통해 작가의 관아 출입을 막았다. 그러자 도서기는 향회를 주도하고 관아에 출입하려는 작가에게 '요놈조놈'하며 막말을 한 것이다. 이에 대해 작가는 '네는등등 위풍남자되고 나는 일시 빅셩으로"라고 빈정거림으로써 양반으로서의 자의식을 드러내고 있다.

2) 백성들을 향한 동참 호소와 그간의 노력

작가는 조사위원과 관속의 비리를 고발한 후 백성들이 투쟁에 동
참해줄 것을 호소했다. 자신이 사도오경의 문제에 대해 아무리 자세
히 알려주어도 백성 가운데 같이 투쟁할 남자가 나서주지를 않아 마
치 '獨掌難鳴'의 형국이다, 그러니 이 〈심심가〉를 읽고 옳다고 생각
한다면 한 곳에 모여 공론을 한 후에 관찰사도에게 상소를 하자[24]
고 했다. 그리고 작가는 백성들의 동참을 호소하기 위해 그간 관아
와 싸웠던 자신의 노력과 그 과정에서 밝혀진 사실들을 알려주기
도 했다.

가) 찬조곌렴 독봉차로 창션리회 붓쳬곤나 / 관힝찬조 창션만 되단
말가 / 우리겨계와 남희와 젹양창션 샤곙이하몬 / ㅎ야겻졔 창션만 되
단말가 / 샤셰 글려할가 졀려할가 집피집피 싱각ㅎ오 / 의환의 슷놈보
쇼 왈칵쑤여 나안지며 / 일온말리 요보효 요보효 니집강 요보호 / 왼말
이요 왼말이요 이겨시 왼말이요 / 위원의 졔음 졀려ㅎ듸 / 졔샤상납쳥

24 "우리오경 샤ᄂᆞᆫ빅셩 로쇼 쳠원간의 / 니글을 보고보와 상ㅎ샤셰 집피집피 / 글려
할가 안니할가 싱각ㅎ와 / 말삼덜 ㅎ야 보옵시고 희자파담 ㅎ야감셔 / 니셜음과 니
고샹을 집피집피 싱각ㅎ와 / 샤셰 글려할덧 ㅎ옵겨든 / 우리 오계빅셩 일쳐로 회좌
ㅎ야 / 난상공의 ㅎ야감셔 우리셜음 풀려보쇼 / 아모리야 쟈셰 알이고 셰알이도 /
독장난몡 되여기로 우리창션 / 남자샤람 잇고보면 니일져일 발키ᄂᆡ여 / 겨계와 통
령과 남희와 젹양샤곙 샤난빅셩 / 동무좌슈 어인지공이 나시길가 발ᄅᆡ던니 / 우리
도즁 샤ᄂᆞᆫ 남자샤람 업샤와랴 / 니일을 셩샤할슈 젼이업셔 / 니글을 ᄃᆡ강셜파 지여
면면장ᄂᆡ 올니온니 / 글리알랴 쳐분덜 ㅎ옵쇼셔" ; "풍파우파회과 올커덜낭 그만
두고 / 글려텰 안니커든 우리 오곙빅셩 / 샹통문자 ㅎ야감셔 일쳐로 모와안자 / 공
론휴의 우리 관챨샤도 젼예 / 니련유을 샹쇼ㅎ와 득졔을 ㅎ온휴의"

졍 훈말도 못ᄒ고셔 / 곌렴효렴쇼리 되단말가 ᄒ고난니 / 그졔야 빅셩 마음 일편이 되어곤나 / **나)** 일편이 되여기로 통일차로 남양문션을 갓겨곤나 / 남양무션 가셔본니 창션관쇽 쇠을보호 / 문씨위원 보나야셔 죠씨위원 창션으로 / 모셰 왓겨곤나 읔환의 겨동보쇼 / 계샤갑오 미틔 상납 귀졍차로 / 각동빅셩 달리고셔 죠씨위원젼 갓겨곤나 / 계샤갑오 상납 말물은니 죠씨위원 얼닉보쇼 / 계샤갑오양련 미틔상납 일션칙예 실어놋코 / 량이방과 량가샤람 흔낫 김가샤람 흔낫 삼아시계 / 쳘리겡 셩 보닌휴의 나도올나 / 샤복시 졔죠틴감씨 젼예 상납흔말 분몡ᄒ고 / 김효방 화션불너 상납분몡 말물은니 / 화션의 얼닉보쇼 어물어물 ᄒᄂ 말리 / 갑오승총 상납직촉니 분몡키로 / 상납을 ᄒ여닷고 말을ᄒ니 / 죠위원과 두리 말리 부동ᄒ니 그안니 튜셜이며 / 곽호방 긔상납일을 두고보쇼 / 계샤상납 칙문이 분몡ᄒ고 보겨더면 / 그어니 ᄒ야 창션민 간 임션자 / 젼환 츄심차로 리중민장 이셔시며 / 진주관찰 샷도젼예 민 장이 이셔시며 / 본주군슈 샷도젼예 득졔흔 민장이 이단 말리요 / 글려 커럼 일너와도 못듯고 / 몰나 계시겨든 가만안자 / 리중졔음 관찰샷도 졔음 군슈샷도졔음 / 삼졔음을 낫낫치 들려보와 / 샤셰 글려할가 안니 할가 / 파혹덜 ᄒ옵시고 니졔음 들려보오

위에서 가)는 '목관관행' 세금 문제를 두고 관아와 실랑이를 벌였 던 사건을 서술한 것이다. 4도5경 가운데 창선목장에만 '목관관행' 세금이 매겨졌다. 그리고 李首執綱이 이 세금을 독촉하기 위해 창선 리회를 소집했다. 작가는 이 里會가 열린 것을 참을 수가 없었다. 그 래서 작가는 왈칵 뛰어 나와 "읔환의 숫놈보쇼"] '이 보오, 이집강.

이 문제는 이미 계사 상납 문제를 해결 한 후 논의하자는 제음을 받아낸 것이다. 계사상납 문제가 해결되지도 않았는데, 결렴이니 호렴이니 하는 것이 말이 되느냐'며 이치를 따졌다. 앞서 ⑦에서 살펴본 바와 같이 창선면민이 '목관관행'으로 걷는 세금이 부당하다 하여 정장을 올리자 위원이 '계사 상납 문제를 해결 한 후 논의하자'는 제음을 내린 바 있었기 때문이다. 여기서 작가는 그 사실을 말하고 있는 것이다. 그러자 백성들이 작가의 말이 옳다고 여겨 그제서야 백성들의 마음이 한 편이 되었다고 했다.

나)는 한 마음이 된 백성들이 계사년 미상납 세금 문제를 따지기 위해 모두 남양문선에 갔을 때 벌어진 사건을 서술한 것이다. 백성들이 몰려오자 관속들은 꾀를 내어 조씨위원을 모셔왔다. 계사갑오 상납 문제를 물으니 조씨위원은 '곡식을 배 한척에 싣고 양이방과 양가샤람 흔낫 김가샤람 흔낫을 시켜 경성으로 보낸 후 자신도 서울로 올라가 사복시 提調大監에게 상납했다'고 말했다. 이 때 "양이방"은 곽호방과 김호방을 말한다. 이어 김화선[김호방]에게 물으니 어물어물 하면서 '갑오년에 승총된 세금을 상납하라는 독촉이 하도 심해서 상납했다'고 했다. 조씨위원은 계사갑오 세금을 상납했다고 한 것이고 김호방은 갑오년 목장토 조사 후 승총된 세금을 상납했다고 한 것이다. 작가는 이렇게 두 사람의 말이 서로 다르니 투설이 분명하다고 했다. 이어 작가는 곽호방의 기상납일을 보더라도, 창선리장·남해군수·진주관찰사 등에 소장을 올려 받은 제음을 보더라도 중간에서 착복이 있었던 것이 분명하다고 주장했다. 그리하여 작가는 다시 한 번 문제의 해결을 위해 백성들이 투쟁의 대열에 동참해줄 것을 다음과 같이 호소했다.

> 니샤도 오경샤는 빅셩동무 / 일시예 동심육역 발기ᄒ야 / 니일져일
> 낫낫치 발키닉여 / 우리빅셩 살리닉셰 우리 빅셩동무 살리자몬 / 그중
> 예 의기남자 잇고 이셔야만 할텨인니 / 그중예 아모랴도 니글을 보고
> 보와 / 샤셰 글려할덧 ᄒ옵겨든 / 동명과 셩씨와 몡자을 / 차차졔명 책
> 포ᄒ야 주옵시면 / 일휴의 종차 만닐날리 잇쇼온니 / 글리알랴 졔명칙
> 포 ᄒ옵쇼셔 / 졔명칙표 ᄒ옵시되 니일을 ᄒ야보고 / 안되겨든 죽기로
> 씸을뼈셔 / 우리 셩상전예 올나가셔 니원정을 올리닉여 / 우리 오경샤
> 는 빅셩동무 아무쏘록 살려닉여 / 죽벽졔명 ᄒ야쏘코 만셰무량 살랴보
> 고 / 글리도 졀리도 못ᄒ겨든 죽기로 씸을뼈셔

위에서 작가는 사도오경에 사는 백성들이 일시에 같은 마음으로
일어나 그간 벌어진 일들을 낱낱이 밝혀 내 백성들을 살려내야 한다,
그러기 위해서는 의기 있는 남자들이 나서주어야 한다, 아무라도 이
글을 보고 옳다고 생각한다면 洞名과 姓名을 연명해 달라, 그러면 장
차 같이 만나 논의할 날이 있을 것이라고 했다. 이어 "우리 오경샤는
빅셩동무"들이 성상께 올라가 원정을 알리고, 그도 저도 안되면 죽
음을 각오하고 힘을 쓰자고 했다.

이와 같이 작가는 백성을 향해 투쟁의 대열에 참여해줄 것을 계속
해서 호소했다. 이러한 점에서 가사의 제목이 '尋心歌'인 이유를 짐
작할 수 있는데, '尋心'은 '투쟁의 대열에 함께 할 마음을 찾는다'는
의미에서 붙여진 것으로 보인다.

3) 신관찰사를 향한 호소

〈심심가〉는 장장 200여구에 달하는 가사의 후반부를 신관찰사[曺始永, 1843~1912]를 향한 작가의 호소로 채웠다. 작가가 서술한 내용을 순서대로 요약하면 4도5경의 백성도 경상도 백성이니 골고루 살펴달라, 자신이 아무리 백성을 위해 "납데고 납데셔도" 백성이 따르지를 않는다, 상소를 하려해도 관속이 모두 한통속이라 탐문을 할 수 없다, 경성은 천리라 너무 먼데다가 자신만 혈혈단신으로 투쟁한다, 백성들은 입은 있지만 구천객이 될까싶어 말도 못한다, 조상·부모·형제·처자도 돌보지 않고 기어이 글을 지어 올려 "납데는" 자신을 살려달라, "전등관찰 니씨[李恒儀]" 같이 위원에게만 일을 맡기지 말고 직접 백성들을 관찰해라, 조위원과 각제리를 붙잡아 공정하게 조사해라 등등이었다. 이렇게 작가는 장황한 호소를 마친 후 다음과 같이 서술했다.

> 우리 빅셩덜과 혈혈단신 명의환을 / 살예줄나 ㅎ옵시겨든 불상ㅎ고 불상ㅎ / 잔명 의환을낭 옥중으로 ㄴ리와 가두쇼셔 / 어니ㅎ야 옥중예 갓치기을 / 자원자청 ㅎ올잇가만은 달옴이 안니오라 / 져위원과 져관리덜리 일시예 달려들려 / 타살ㅎ면 그만이요 글려털 안니ㅎ야도 / 우리 빅셩의 원정을 말을ㅎ면 / 타살을 ㅎ랏고 달려드는 관리 이셔겨든 / ㅎ물며 니칙과 니원정을 우리 명법ㅎ시는 / 관찰샷도 임젼과 주샤임젼예 올리고보면 / 그어니 타살리 업시이요 / 글로알라 올리온니 집피집피 싱각ㅎ옵시셔

위에서 작가는 신관찰사에게 백성과 자신을 살려주려 하거든 자

신을 잡아 옥에 가두어 달라고 했다. 이렇게 옥에 가두어 달라고 자청한 이유는 위원과 관리들이 일시에 달려들어 자신을 죽일 수 있기 때문이라고 했다. 그러지 않아도 자신이 백성의 怨情을 말했을 때 죽이려고 달려드는 관리가 있었는데, 하물며 관찰사또 앞에 이 글을 올리기까지 했으니 반드시 자신을 죽이려들지 않겠느냐는 것이다. 위에서 알 수 있듯이 작가는 "혈혈단신 명의환"이나 "불상ᄒ고 불상ᄒ 잔명 의환"과 같이 자신은 낮추고, "우리 명법ᄒ시ᄂ 관찰샷도"와 같이 관찰사는 높이는 태도와 표현을 서술단락 (3)에서 줄곧 나타냈다.

이어서 작가는 자신은 죽으면 그만이지만 권속들이 걱정이다, 이 일을 하자하니 권속들이 고생할 것이고 안하자니 장부 마음이 허사되고 백성들이 죽을 지경이다, 5경에서 몇 명씩만 백성들을 모아도 亂民이라 할 터인데 걱정이다, 성상께 도세가 부당하다고 상소를 올려달라, 궁내부 대신께 갑오 이전의 세금을 거두지 말아달라고 상소를 올려달라, 조위원의 첩보만 듣지 말고 백성의 하소연을 들어라, 백성을 살려낼 사람은 당신뿐이다 등등을 계속해서 호소했다. 그리고 마지막에 이 말이 새나가면 사세가 위태하여 글을 지어 올렸으며 나머지 일은 후록기를 지어 올리겠다는 것으로 끝을 맺었다.

4. 〈심심가〉의 역사적 의미와 가사문학사적 의의

〈심심가〉는 갑오개혁 이후 진주목 관할 목장, 특히 창선목장에서 벌어진 도세저항운동의 초창기 현실을 반영한다. 진주에 파견된 조사위원들은 관속들을 동원하여 도세를 부과했다. 백성들은 그 동안 내지 않았던 도세와 이러저러한 세금을 더 내야 하는 현실에 직면하게 되었다. 창선목장 주민은 계사년 미상납과 목관관행 세금문제도 있어 더 심각한 현실에 처하게 되었다. 이때 창선면에 살던 정익환이라는 양반이 억울한 백성들을 대변하고 나섰다. 그는 적극적으로 관아에 억울함을 호소하는 소장을 올리고 부당함을 따지기도 했다. 그래서 관아에서는 그의 출입을 금하기도 하고 하대와 욕설을 퍼부으며 죽이려고까지 했다. 백성들은 한때 그의 말이 옳다고 여겨 같이 관아에 몰려가 따지기도 했으나 관아의 보복이 두려워 도세저항운동에 적극적으로 가담하지 못했다. 이렇게 혼자 힘으로 문제 해결을 위해 동분서주하던 정익환은 백성들의 동참이 절실하다고 여겼다. 그리하여 정익환은 가사 〈심심가〉를 창작해 도세의 부당함을 주장하며 조사위원 및 관속의 비리를 고발함으로써 백성들의 동참과 관찰사의 선정을 호소하게 된 것이다.

도세저항운동의 주동자인 정익환은 창선목장토의 경작자이자 소유주였던 것으로 보인다. 그는 창선도에서 어느 정도의 땅을 소유하고 농사를 지어 경제적으로는 그리 궁핍하지 않았다. 그는 작품에서 스스로에 대해 "셩문고족"이라고 말한 바와 같이 명문 나주정씨 가문의 일원이었다. 하지만 무과에 급제한 후 잠시 직책을 대신한 것 외에는 별 다른 직책을 맡지 않은 한미한 양반이었다. 그렇지만 그는 양반으로서의 자의식을 유지하여 어느 정도의 학식도 갖추고 있었다. 그리고 부임해오는 목관과 교유할 정도로 향촌사회 내에서 지도적인 위치를 지니고 있었던 향촌지식인이었다.

정익환이 도세저항운동에 나선 것은 백성의 문제가 자신의 문제이기도 했기 때문이었다. 그러나 무엇보다도 그가 백성을 위한 일에 먼저 나서서 죽음을 불사하고 투쟁한 것은 평소 그가 지닌 민중적 사고에서 비롯된 것이라고 할 수 있다. 막말을 하는 목관을 깨우치기 위해 논에 밀어 넣은 일화에서 알 수 있듯이 평소 그는 애민의식을 바탕으로 하는 민중적 인식을 자신의 신념으로 지니고 있었다. 그리고 이 신념을 실천하고자 하는 의지와 실천에 따른 위험을 당당하게 감수하려는 기개도 지니고 있었다. 말하자면 비록 오지인 창선도에 거주한 한미한 양반이었지만 백성을 위해 자신을 희생할 줄 아는 노블레스 오블리주를 실천한 인물이었다.

그러면 〈심심가〉의 작품세계가 보여주는 역사적 의미는 무엇일까. 〈심심가〉 전체를 통해 주목할 만한 점 하나는 정익환이 관찰사를 향해 호소할 때뿐만 아니라 백성을 향해 호소할 때도 자신을 극도로 낮추는 태도를 견지하고 있다는 점이다. 관찰사를 향해서 자신을 '작고, 불쌍하고, 어린' 사람으로 낮춘 것과 마찬가지로 백성들을 향해 호소할 때도 자신을 '놈'이나 '숫놈'으로 낮추었다[25]. 관찰사를 향해서 자신을 낮추는 것은 그렇다 치더라도 백성들을 향해서도 자신을 낮추었는데, 이들을 향한 호소가 궁상맞게 푸념하는 면모까지 보여주었다. 백성에 대한 이와 같은 정익환의 태도는 향촌 내 지도자로서

---

25 전자의 예로는 "니놈을 밋쳐다 말읍시고 / 윗덜도 말읍시고 집피집피 싱각ᄒ와 / 샤셰 글려할가 안이할가 말삼딜 ᄒ야보오", "의환의 숫놈보쇼 왈칵쑤여 나안지며" 등이 있다 ; 후자의 예로는 "좃고만코 좃고만현 의환이가 죽기로뻐 비나이다", "불상ᄒ고 불상ᄒ 의환을 살려주오", "어리고 얼인 의환의 마음이여" 등이 있다.

의 위엄을 벗어던질 때 나올 수 있는 것이다. 정익환이 사족층이었음
에도 불구하고 백성과 연대함으로써 백성과 자신을 동일시하고 있
었음을 알 수 있다.

정익환이 당시 갑오개혁으로 둔토 및 목장토에 대해 도세가 부과
되자 그에 따른 저항이 전국적으로 벌어지고 있었던 것을 알고 있었
는지는 분명하지 않다. 다만 그는 목장토를 승총하고 도세를 거두어
들인 진주목의 두 위원과 관속에게 강한 반감을 지니고 그들의 비리
를 고발하는 데 역점을 두었을 뿐이었다. 그리고 탁지아문은 옳고 궁
내부는 그르다고 한 데서는 갑오개혁으로 급변하는 사회의 변화를
정확하게 인지하지 못한 점도 드러난다. 그러나 이러한 정익환의 현
실 인식을 두고 범박하게 현실 인식의 한계로 지적할 수는 없다고 본
다. 당시는 지방자치 통치체제가 유지되고 있었으며, 지방간 네트워
크도 지금처럼 쉽게 이루어지지 않은 때였다. 지방의 문제를 해결하
는 최선의 방식은 중앙과 지방의 소통 라인이었던 관찰사를 통해,
아니면 왕께 직접 소장을 올리는 방식을 통하는 것뿐이었다.

〈심심가〉의 작품세계에서 주목할 점은 작가가 그동안 진주와 창선
면의 문제를 해결하기 위해 다각도의 시도를 했음에도 불구하고 문
제가 해결되지 않자, 결국은 백성들의 단결된 투쟁만이 문제 해결의
열쇠가 된다는 점을 인식하기에 이르렀다는 것이다. 작품에서 작가
는 백성들이 모이면 '亂'을 일으키는 것으로 오해할까봐 걱정하고
있기도 했다. 하지만 그는 백성들의 모임이 난이 아니고 백성의 권리
를 정당하게 요구하는 모임임을 관찰사에게 항변했다. 이렇게 작가
는 백성의 문제를 해결하기 위해서는 백성이 전면에 나서야 한다는

현실인식을 지니고 있었다.

정익환은 애민의식을 기반으로 하는 민중적 사고를 지닌 사족층이었다. 그리고 양반임에도 불구하고 민중과 자신을 동일시한 민중적 생활방식을 지니고 있었다. 그러한 그가 노블레스 오블리주를 실천하여 백성을 위한 도세저항운동에 뛰어 들었다. 그리고 그는 백성의 문제에 백성이 전면화하여 나서지 않으면 문제가 해결되지 않는다는 인식을 지니고 있었다. 이렇게 〈심심가〉의 작품세계는 역사적 주체로서 민중의 성장하는 힘을 인정하고 민중과 하나가 되어 민중을 전면에 내세우고자 하는 작가의 현실인식을 보여주었다. 근대전환기에 동학농민전쟁은 민중을 역사의 전면에 내세움으로써 근대의 시발을 알린 사건이었다. 동시대를 살아간 정익환이 지닌 현실인식은 동학농민전쟁의 것과 그 궤를 같이 하는 것이라고 할 수 있다. 그런 의미에서 〈심심가〉의 작품세계는 근대의식을 지니고 있다는 역사적 의미를 지닌다.

한편 〈심심가〉에서 특징적으로 드러나는 점 가운데 하나는 작가의 어조가 매우 격앙되고 흥분되었다는 것이다. 이러한 작가의 흥분 때문인지 몰라도 〈심심가〉는 동일한 구절이나 내용의 반복이 심하게 나타나 절제되지 못한 표현성을 이룬다[26]. 그리고 작가는 어려운 한

---

26 예를 들어 "겨계와 남희와 통령과 창션과 젹양 오경샤는 빅셩"은 8번, "흐자흐니 샤람흐낫 업셔잇고 안이흐자 흐니 기지샤경 되난쟈는 우리빅셩 제로곤나"는 4번, "샤셰 글려할가 안니할가 집피집피 싱각흐와"는 13번, "또흔 말삼 알로이다"는 4번, "지극황송하오나"는 5번, "그리알랴 쳐분하옵고"는 7번이나 나온다. 그리고 "마효마효 글리마효 문씨위원 죠위원과갓치 글리마효"와 같은 **AABA**형은 17번이나 나온다.

자어를 심심치 않게 쓰고 있는 가운데서도 남해 지방의 방언을 소리
나는 대로 그대로 적기도 했다. 음보도 4음보 연속의 정격에서 벗어
나는 경우가 많았다. 그리하여 〈심심가〉는 전체적으로 볼 때 가사의
글쓰기 면에서는 미숙함을 드러냈다.

　〈심심가〉가 가사 글쓰기의 면에서 미숙함을 보이고 있는 이유는 남
해 지역에서 가사의 창작과 향유가 그리 활발하지 않았기 때문이라고
생각된다. 전통적으로 경남지역에서는 다른 지역에 비해 가사문학의
창작이 그리 활발하지 않았다. 19세기 들어 경남지역에서 창작된 가
사문학 작품으로 확인된 것을 거론하면 文道甲의 〈金陵別曲〉(1832, 김
해), 무명씨의 〈거창가〉(1841, 거창), 무명씨의 〈민탄가〉(1859, 진주),
金殷厚의 〈車城歌〉(1860, 기장), 정현덕의 〈蓬萊別曲, 부산〉(1869), 양
재일·양추호의 〈농부가〉 외 14편(1909년 이전, 김해) 정도가 있을 뿐
이다. 이렇게 경남지역에서 창작된 가사 작품의 수는 전체 가사문학
작품 수에 비하면 매우 미미한 양이다. 더군다나 남해에서 창작된 가
사 작품은 그 동안 한 편도 확인 된 것이 없었다. 이렇게 정익환이 가
사문학의 창작과 향유가 활발하지 않았던 경남 지역, 특히 남해 지역
에서 살았기 때문에 가사 글쓰기에 미숙할 수밖에 없었을 것으로 보
인다. 어쨌든 정익환의 장편가사 〈심심가〉는 우선 가사문학의 창작
전통이 거의 없었던 경남지역에서 창작되어 이 지역 가사문학을 조
금이나마 풍부하게 해주었다는 점에서 가사문학사적 의의를 지닌
다고 하겠다.

　〈심심가〉는 갑오개혁 직후부터 창선목장을 중심으로 벌어진 도세
저항운동의 현실을 생생하게 증언하고 있다. 그리고 백성들을 위해

도세저항운동을 이끌며 고군분투하는 정익환이라는 한 인물의 형상
도 생생하게 증언하고 있다. 따라서 〈심심가〉는 근대전환기에 창선
목장을 중심으로 전개된 도세저항운동의 현실과 민중운동가 정익
환이라는 인물의 형상을 생생하게 보여주는 다큐멘터리로 기능한
다는 문학적 의미를 지닌다.

일반적으로 가사문학은 근대기에 이르러 그 생명력을 다한 것으
로 알려져 있지만, 일제강점기까지 가사문학은 활발하게 창작되었
다. 특히 1894년부터 1910년대까지 근대전환기에도 가사문학은 활
발하게 창작되었다. 근대전환기는 갑오농민전쟁, 갑오개혁, 민비시
해, 의병전쟁, 을사늑약, 병술국치 등 충격적인 역사적 사건이 계속
하여 이어진 변혁기였다. 더군다나 이 시기는 일제 강점이 노골화되
던 시기였다. 가사문학의 전통적인 담당층이었던 양반가 남성과 여
성은 변혁적인 근대전환기의 역사적 전개와 일제의 강점 야욕에 충
격을 받았다. 그리하여 이들 가사문학 담당층은 이러한 역사적 충격
을 가사문학 글쓰기를 통해 표현했다.

근대전환기의 역사·사회 현실에 대응해 창작된 가사문학은 많이
전한다. 생각나는 것만 적어보면 척사왜정을 외친 최제우의 동학가
사, 동학농민전쟁의 2차 봉기 현실을 담은 박학래의 〈경난가〉[27], 의병
가사인 〈고병정가사〉(유홍석)·〈회심가〉(민용호)·〈격가〉(전수용)·〈격
중가〉(이석용), 19세기말의 시국을 한탄한 무명씨의 〈시절가〉, 『대한
매일신보』와 같은 신문매체에 게재된 애국계몽가사, 을사늑약의 충

---

27 이 책에 실린 「동학농민군 지도자의 가사문학 〈경난가〉 연구」를 참고하기 바란다.

격으로 창작한 윤정하의 〈일본유학가〉, 병술국치 후 만주로 망명하여 창작한 만주망명가사 〈원별가라〉〈위모사〉〈간운사〉〈조손별서〉[28] 등 수없이 많다고 할 수 있다.

그런데 가사문학사에서 아직까지 갑오개혁에 대응하여 창작된 가사문학 작품은 없었다. 〈심심가〉는 현재까지 근대전환기 갑오개혁이라는 역사적 사건에 대응하여 창작된 유일한 가사 작품이다. 개화파에 의한 갑오개혁은 의외의 곳에서 커다란 반향을 불러 일으켰다. 즉 전국 각지의 목장토를 포함한 둔토에 도세를 부과함으로써 도세저항운동이 전국적으로 벌어지게 되었던 것이다. 1898년에 창작된 〈심심가〉는 도세저항운동의 초기 현실을 반영하고 있어 갑오개혁의 충격을 직접적으로 담고 있는 가사 작품이라고 할 수 있다. 이렇게 갑오개혁의 충격을 담고 있는 〈심심가〉는 근대전환기 역사·사회에 대응한 가사문학의 흐름을 온전하게 채워준다는 가사문학사적인 의의를 지닌다.

특히 〈심심가〉는 현실비판가사의 전통을 이은 작품이다. 현실비판가사는 주로 삼정의 문란이라는 역사·사회적 현실에 대응하여 민중의 삶을 중심에 놓고 지배층의 탐학과 백성의 참상을 서술한 가사문학 유형이다. 18세기 최말에 〈갑민가〉와 〈합강정가〉, 19세기 전반기에 〈향산별곡〉, 1841년에 〈거창가〉, 1859년에 〈민탄가〉[29], 그리고 19세

---

28 고순희, 『만주망명과 가사문학 연구』, 박문사, 2014. ; 고순희, 『만주망명과 가사문학 자료』, 박문사, 2014.
29 고순희, 「진주농민항쟁과 현실비판가사 〈민탄가〉」, 『우리어문연구』 제60집, 우리어문학회, 2018, 215~246쪽.

기 이후 임술민란기까지에 실전 현실비판가사 〈장연가〉, 〈풍덕가〉, 〈진주가〉 등이 창작되었다. 〈심심가〉에서 작가는 남해 향민의 삶을 중심에 놓고 '도세'와 관련하여 조사위원과 관속들의 비리를 비판하고 그로 인한 남해 향민의 참상을 서술함으로써 현실비판가사의 내용과 주제를 잇고 있다. 따라서 〈심심가〉는 현실비판가사의 맥을 근대전환기까지 이어준 가사 작품이라는 가사문학사적 의의를 아울러 지닌다.

5. 맺음말

이 논문에서는 〈심심가〉의 작가, 창작 배경, 작품세계, 역사적 의미, 가사문학사적인 의의 등을 살펴보았다. 작가가 서술하고 있는 여러 문제는 매우 복잡한 사연을 지니고 있어 작품세계를 이해하기 위해서는 우선적으로 서술한 내용의 구체적인 사실 관계를 파악하는 것이 선결되어야 했다. 그런데 장편의 〈심심가〉를 처음 연구하며 작품론을 전개하다보니 작품세계를 정리해서 소개할 수밖에 없었다. 그리하여 작품에서 작가가 서술한 내용의 자세한 사실 고증은 부분적으로만 이루어졌다.

사실 필자는 아직까지도 〈심심가〉에서 서술한 내용의 사실 관계를 정확하게 파악하지 못한 부분이 있다. 갑오개혁 이후 도세저항을 다룬 각론적 차원의 사학계 논문은 많이 나와 있는 편이다. 하지만 진주목 산하 목장이나 창선목장의 도세저항을 자세하게 다룬 논문은 과문한 탓인지는 몰라도 아직 읽어보지 못했다. 그렇기 때문에 매우 복잡한 사연을 지니고 있는 여러 문제에 대한 구체적인 사실 관계를 파악하는 것이 쉽지 않았다. 추후 이 지역 도세저항운동에 대한 사학계의 구체적인 연구가 이루어져 〈심심가〉에서 서술한 내용의 사실 관계를 명확하게 알게 되고, 작품세계를 보다 충실하게 이해할 수 있게 되기를 기대한다.

근대기 역사의 전개와
가사문학

제4장

근대전환기 한 양반의 첩에 대한 인식과 그 의미

-박학래의 〈학초전〉과 〈쳐사영결가〉를 중심으로-

1. 머리말

남성 중심의 가부장제를 가장 잘 보여주고 있는 것은 축첩제이다. 지금도 남성 중심의 가부장제가 공고한 일부 국가에서는 축첩이 공공연하게 이루어지고 있다. 우리나라의 경우 근대전환기에 축첩제의 폐지 담론이 대두되었지만 실제로 남성의 축첩은 이후 일제강점기를 거치는 몇십년 동안 꾸준하게 이루어졌다. 축첩의 폐지는 제도의 변화로 끝나는 것이 아니라 인식의 완벽한 변화가 뒤따를 때 완성될 수 있기 때문이었다. 근대전환기 축첩제의 폐지 주장은 남녀동등론과 마찬가지로 선언적 주장이었으므로, 실제로 축첩에 대한 남성의 전근대적인 인식이 근대적인 인식으로 이행해 가는 과정을 각론적 차원에서 추적할 필요가 있다.

최근 鶴樵 朴鶴來(1864~1943)의 〈鶴樵傳〉이 학계에 소개되었다. 〈학초전〉은 1923년경에 환갑 즈음의 박학래가 자신의 일생을 뒤돌아보고 적은 국문실기이다. 박학래는 예천의 몰락한 양반으로 젊어서부터 민중적 시각을 지니고 있었다. 그는 평생 뛰어난 언변으로 자신 및 억울한 民의 각종 송사를 도맡아 해 말하자면 민변으로 활약했는데, 〈학초전〉에서 기술한 행적의 대부분은 각종 송사 사건과 관련한 것이었다. 특히 학초는 양반이지만 갑오년에 동학에 입도하여 직곡 접장이 된 후 이해 8월부터는 모사대장이 되어 본격적으로 대도회와 전투에 참여하다가 돌연 귀화한 독특한 이력을 지녔다. 이렇게 박학래는 근대전환기를 역동적으로 살아감으로써 근대전환기 역사·사회의 한 단면을 여실히 반영하고 있어 주목할 만한 인물이다[1].

조선후기사회에서 축첩제에는 일정한 규범이 있었다. 특히 양반가에서는 정실이 사망하더라도 첩을 정실로 올리기보다는 가문을 중심으로 또다른 정실을 새로 맞이했다. 그리고 서얼차별을 통해 정

---

1 〈학초전〉은 총 3책 중 2책만 남아 전한다. 2책 4권으로 이루어진 〈학초전〉은 1권(1책 1~80면)에서는 학초의 출생부터 20세까지의 행적을, 2권(1책 82~241면)에서는 갑오년 당시 동학에 입도한 학초의 행적을, 3권(2책 1~105면)에서는 1895년부터 1899년까지 학초가 고향을 떠나 경주에 이주하는 과정과 동학농민군 가담 전력 때문에 곤욕을 치른 행적을, 4권(2책 107~210면)에서는 1899년에서 1902년 1월까지 학초의 행적을 서술했다. 학초 박학래의 자세한 생애는 고순희의 「근대기 국문실기 〈학초전〉 연구」(『국어국문학』제176집, 국어국문학회, 2016, 341~369면)을 참조하기 바란다.

실과 부실의 위계질서를 엄격하게 세웠다. 양반 남성은 가정 내에서 정실보다 부실에게 남자로서의 애정과 인간적인 호감을 가졌다 하더라도 가정 내 위계질서 안에서 정실의 위상은 반드시 지키고자 했다. 그리하여 양반 남성이 공식적인 글쓰기를 통해 가정 내 부실에 대한 애정을 드러내어 표현한 경우는 그리 많지 않았다.

그런데 박학래는 국문실기 〈학초전〉과 가사문학 〈처사영결가〉[2] 라는 공식적인 글쓰기 안에서 부실 강씨에 대한 남자로서의 애정과 인간적인 호감을 당당하게 표현했다. 박학래는 정실 최씨와 결혼 생활을 유지하면서, 환갑 즈음까지 평생 강씨, 정씨, 이씨 등 세 명의 첩을 두었다. 박학래는 세 명의 첩 가운데 강씨를 가장 사랑했다. 그리하여 1901년에 부실 강씨가 사망하자 그녀를 추억하며 죽음을 애통해하는 弔歌를 236구의 가사인 〈처사영결가〉에 담았다. 그리고 한참이 지나 환갑 즈음에 쓴 〈학초전〉에서는 정실 부인, 부실 강씨, 부실 정씨, 이씨 부인 등 여성들과의 결혼 및 만남을 서술했지만, 이들 가운데 특별히 사람됨에 대해 장황하게 서술하고 칭찬한 여성은 부실 강씨가 유일했다. 이와 같이 박학래는 부실 강씨야말로 일시적으로 사랑했던 여성이 아니라 일생을 통틀어 가장 사랑한 여인이었음을 작정하고 드러낸 것이다. 이러한 박학래의 부실 강씨에 대한 인식은 축첩에 대한 전근대적 인식이 근대적 인식으로 이행해 가는 과정에서 있게 된 한 양상으로 그 의미가 무엇

---

2 박학래가 쓴 가사문학으로는 〈경난가〉, 〈처사영결가〉, 제목이 없는 낙빈가류 작품 등이 있다. 이 책에 실린 「동학농민군 지도자의 가사문학 〈경난가〉 연구」를 참고하기 바란다.

인지 밝힐 필요가 있다.

이 논문은 근대전환기 박학래라는 한 양반의 첩에 대한 인식을 살
피고 그 의미를 규명하는 데 목적을 둔다. 먼저 2장에서는 〈학초전〉
과 〈쳐사영결가〉를 통해 박학래가 평생에 걸쳐서 한 축첩의 양상과
박학래가 생각한 부실 정씨의 형상을 객관적으로 살펴본다. 〈쳐사영
결가〉가 먼저 창작되고 한참 뒤에 〈학초전〉이 창작된 것이지만, 논
의의 순서는 〈학초전〉을 먼저 살펴본다. 왜냐하면 먼저 박학래의 전
생애에 걸친 축첩의 양상을 객관적으로 살펴볼 필요가 있다고 판단
했기 때문이다. 3장에서는 앞서의 논의를 바탕으로 박학래의 축첩
과 부실에 대한 인식을 정리하고 그것이 지니는 의미를 규명하고자
한다.

이 논문에서 논의의 대상으로 한 〈학초전〉은 박학래의 후손이 소
장하고 있는 필사본 자료이며, 〈쳐사영결가〉는 한국가사문학관의 사
진영상 필사본 자료이다[3].

---

3 박학래의 후손이 소장하고 있는 〈학초전〉은 한 면을 기준으로 할 때 상단에 필사본
의 영인을 싣고 하단에 그것을 현대어로 읽은 것(원문에 한자어가 많아 괄호 안에
간단한 주석도 붙였다)을 실었다. ; 〈쳐사영결가〉는 한국가사문학관 홈페이지
(www.gasa.go.kr)에 jpg 사진파일로 필사본이 올려져 있다. 그리고 원문 그대로와
현대역 두 가지 버전으로 DB화한 것도 올려져 있다. 그런데 한국가사문학관 DB
자료에서는 이 가사의 제목을 〈쳐사영결가〉로 읽고 있다. 그런데 jpg 사진파일로
된 필사본을 자세히 살펴보면 "쳐시"에서 '시'는 '시'가 아니라 '사'로 나타난다. 실
제로 필자는 '쳐시'의 의미를 파악하려고 노력해 보았으나 정확한 의미로 확정되
지 않았다. 따라서 이 가사의 제목을 한자로 옮기면 〈處士永訣歌〉가 된다.

2. 박학래의 축첩과 부실 강씨

1) 〈학초전〉에 나타난 박학래의 축첩과 부실 강씨

박학래는 13세에 5살 연상인 해주 최씨와 결혼했다. 박학래가 결혼한 다음해에 처가를 방문했을 때의 일화가 있다. 마침 정초라 마을 입구의 우물에 젊은 부녀들이 물을 길으러 와 있었다. 박학래는 이 부녀들을 쳐다보지 않고 앞만 보고 걸어 처가집으로 들어왔다. 마침 이 장면을 높은 곳에서 지켜보던 그의 장인은 그를 높이 칭찬했다. 그리고는 다음과 같이 그에게 부탁했다.

> "니가 너으게 긴절이 부탁할 말이 이슨이 아직은 어린 마암에 쯧박그로 아리라만는 머지 안이흔 일이라. 속셜에 장부가 열 계집 안이 버린단 말도 잇고, 부모를 보와도 휴손을 괄세 못ᄒᆞ는 일도 이슨이, 타일에 너가 일쳐로 늘글 ᄉᆞ람이 안이라. 一妻二妾(일쳐이쳡)은 丈夫(장부)으 宜當事(의당ᄉᆞ)라. 다슈에 처실을 두드라도 나으 여식(女息)을 벼리ᄂᆞ는 지경은 말기 ᄒᆞ여라. 비우미 젼허 업고 빅모에 ᄒᆞ나도 취할 게 업슨나 유약무로 두고 양실(兩室)을 둘지라도 빅험을 용서하라."

박학래의 장인은 젊은 여자들에게 눈길을 주지 않는 사위가 탐탁했다[4]. 그리하여 내친 김에 사위의 여성 관계에 대해 충고의 말을 던

---

4 박학래의 장인이 축첩은 허용하면서도 여자들에게 눈길을 주지 않은 사위를 탐탁하게 여긴 것은 이율배반적인 것처럼 보인다. 장인이 여자에게 눈길을 주지 않는

졌다. 장인은 '열 계집 마다하는 사내 없다'는 속설을 들면서 '너도 일처(一妻)로 늙을 사람은 아니다'라고 못박으며, '일처이첩(一妻二妾)은 장부(丈夫)의 의당사(宜當事)'라고 인정했다. 그리고는 후일 다수의 첩실을 두게 되더라도 자신의 딸을 버리지 말아 달라고 부탁했다. 박학래의 장인은 사위의 축첩을 용인함으로써 사위와의 상호교감을 꾀하고, 그 교감 하에서 딸의 가정 내 안전한 위상을 부탁한 것이다. 19세기 말 축첩이 공공연하게 이루어진 가부장제의 현실을 단적으로 보여주는 사위와 장인 사이의 일화라고 할 수 있다.

과연 장인의 말대로 박학래는 1893년(작가 나이 30세)에 안동 법전에 살던 23세의 강씨를 부실로 들였다[5]. 〈쳐사영결가〉에는 "스라인난 그듸군모 지셩낙누 통곡ᄒ이"라는 구절이 나온다. 君母는 '아버지의 正室'을 의미하므로 부실 강씨는 서녀였다. 강씨가 박학래의 부실로 들어온 이유는 강씨가 서녀 신분이기 때문이었음을 충분히 짐작할 수 있다. 박학래는 부실 강씨가 사망한 1901년 5월 8일[음력]까지 그녀와 함께 9년간을 살았다.

박학래는 부실 강씨를 들인 다음해인 1894년에 동학에 입도하고 예천지역 동학농민전쟁의 지도자로 활약했다. 그는 농민군을 이끌고 귀화했지만 이후 재산을 몰수당하고 관군의 체포를 피해 도망을

사위를 탐탁하게 여긴 것은 함부로 욕망을 드러내지 않는 것을 모범으로 삼는 양반의 修身的 차원의 품위와 관련하여 사위의 품위가 탐탁했기 때문이다. 장인이 여성에게 눈길을 주지 않는 사위를 칭찬한 것과 사위의 축첩을 허용한 것은 별개의 문제이다.

5 "五百二年癸巳(三十年 三十歲) 正月 娶副室晉州姜氏(芳年二十三 安東法典 前及第駿漉之女 二月二十一日甲戌(子時) 子炳一生"『鶴樵小集』〈鶴樵年譜〉, 계명대학교 도서관 소장.

다녀야 했다. 그리고 재산을 찾고난 후에는 낯선 땅 경주로 이주해 몇 년 간은 어려운 시절을 보내야 했다. 박학래가 도망을 다닐 때 부모·형제·처자도 모두 뿔뿔이 집을 떠나 피신을 해야 했는데, 이때 작가와 동행을 하며 가장 많이 함께 지낸 사람은 부실 강씨였다[6].

이후 박학래는 1897년 경주 구강에서 의약국으로 치부를 하여 안정된 생활로 접어들었다. 그러자 박학래는 〈학초전〉에서 특별히 부실 강씨에 대해 다음과 같이 기술했다.

> 가) 실인 강(姜)씨으 쥬괴 되야 ① 치산ᄒᄂᆞᆫ 범절이 안빈에 규모가 이셔 업셔도 걱정 근심을 말ᄒᄌᆞ 은이ᄒᆞ고 잇난 거션 소즁으로 사랑ᄒᆞ야 넘칠가 업실까 귀즁을 직키고 청방(廳房)을 날노 쇄소ᄒᆞ야 심지어 근근으로 발판 록코 집 연목(椽木)을 걸늬질 ᄒᆞ며 가근 빅물을 노코 언난 거시 나고 든 거시 업시 규묘에 변경이 업꼬 흐른 곡셕과 발핀 등걸이 업시며 원장에 치젼(茶田)은 심경이루 쎵을 ᄎᆞᄌᆞ셔 ᄌᆞ조 민이 세우 일셕(細雨一夕)에 화초(花草)로 보이고 ② 불시예 손이 오면 ᄉᆞ람 보와 딕졉 범절 통기 업시 곳 ᄒᆞ여 두엇던 거 ᄀᆞ치 드러오며 남ᄌᆞ가 되야 근혹 말 못할 시장할 쩨가 이스면 엇지 그리 용키 아라 양도에 허비 업시 부지즁 별식이 긔이ᄒᆞᆫ 쎵가 만코 친고와 종유(從遊)타가 밤이 깁퍼 도라와셔 침방 ᄉᆞ쳐 누어시면 손을 ᄭᅳ어 딕인 곳지 암암 즁 별식이며

125

③ 일이 이셔 츌타 ᄒ면 밤듕마다 졍결 목욕ᄒ고 식물 길너 반에 밧촤 녹코 울이 가부가 만수여의틱평으로 ᄒ여 달나 ᄒ날게 심츅을 ᄒ 변도 안이 할 썩 업고 엇지 그러ᄒ던지 츠시에 학초가 마암 닉여 츌타ᄒ본 ᄂ 일이 안이 되야 본 일이 업고 ④ 학초 싱니로 관직(官災)가 만ᄒ야 영읍간(營邑間)에 가셔 근심으로 진니다가 만일 야몽(夜夢)에 강씨(姜氏)가 밤듕 젼에 보이면 그 익일 오젼에 영낙업시 되고 밤듕 휴 식빅 젼에 몽견ᄒ면 그 익일 오휴에 영낙업시 일이 되고 ⑤ 근근이 사라가ᄂ 졍도에 시(柴)와 양(糧)을 외쥬(外主)가 쥬션히 쥬난 거설 외쥬으 요량보다 닉쥬가 항상 여지가 이슨이 그 여지예 져츅은 쥬식잡기 은이 ᄒ ᄂ 남ᄌ야 불가불 젼지을 ᄉ서 부윤옥(富閏屋)이 되ᄂ 빅라 ⑥ 여혹 아지 못ᄒᄂ 일에 학초가 걱졍ᄒ면 언온실지(言溫實旨)로 딕답ᄒ며 잘못 흠을 겸히 언온으로 우셔 딕답ᄒ이 만졍 화긔는 ᄌ직긔듕 안이 될 슈 업고 ⑦ 가부으 명영이라면 못ᄒ다 말을 드러보지 못ᄒ고 ⑧ 셕을 ᄎᄌ셔 ᄌ식 병일이 글 익거라 지셩 권유은 긔츌에도 더할 슈 업고 ᄎᄌ 업시면 린리에 불너 손을 익글고 드러오며 독셔ᄒ라 경계가 <u>나) 옛날 ᄉ젹 상 모범 부인의 못할 빅 업시며</u>

위의 인용문에서 알 수 있듯이 박학래가 서술한 부실 강씨의 미덕은 일일이 열거할 수 없을 정도로 많다[7]. 일단 ①~⑧을 요약해보면 治産하는 범절에 규모가 있고(①), 음식 수발에 빈틈이 없으며

---

7 박학래는 위의 인용문에 이어서 부실 정씨에 관한 일화를 적고 있다. 땔감을 대는 전정국이라는 사람이 부실 정씨가 규모 있게 불을 때는 것을 보고 칭찬한 일화인데, 오고간 대화조차 장황하게 기술하여 이 자리에서는 인용을 생략한다.

(②), 박학래의 안위를 위해 특별히 지극 정성의 발원도 했으며(③), 꿈에 보이는 정도에 따라 일의 성사가 갈릴 정도로 박학래가 부실을 의지했으며(④), 박학래가 주는 생활자금을 알뜰하게 저축하여 부를 축적하는 데 기여했으며(⑤), 박학래에게 言溫實旨로 대해 和氣가 있으며(⑥), 家夫의 명령을 어긴 적이 없으며(⑦), 마치 제가 낳은 자식에게처럼 아들 병일이의 교육에 열성을 다했다(⑧)는 것이다.

①~⑧의 미덕을 지닌 부실 강씨의 집안 내 위상과 박학래의 부실 강씨에 대한 인식은 밑줄 친 가)와 나)에 핵심적으로 드러난다. 부실 강씨는 집안의 치산, 가장을 위한 내조, 자식 교육 등 모든 집안의 대소사를 '주관'했다. 그리하여 박학래의 눈에 비친 부실 강씨는 '모범 부인'이었던 것이다. 이렇게 부실 정씨는 모든 가정사를 주관하는 아내의 역할을 수행한 것으로 나타나는데, 박학래가 부실 강씨의 위상과 정체성을 정실부인과 같은 것으로 생각하고 있음이 드러난다. 박학래는 ⑤의 서술에 나타나듯이 자신을 '외주(外主)'로 부실 강씨를 '내주(內主)'로 당당하게 표현하고 있기도 하다.

그러나 박학래가 가장 사랑하고 의지했던 부실 강씨는 1901년에 사망했다. 그런데 놀라운 점은 이러한 부실 강씨가 사망하자마자 박학래는 또다른 부실인 정씨를 구하여 맞이했다는 것이다. 부실 강씨가 사망하자 "가정에셔 울올 심회을 자미 붓칠 곳지" 없었던 박학래는 집안 사람들에게 부실을 구해달라고 요청했다. 부실 강씨가 사망한 지 불과 한 달 남짓 된 즈음이었다. 박학래는 이때 형제가 살고 있는 경주군 봉계로 이주하기로 결정하고 새 부실을 이곳으로 먼저 가 있게 했다[8].

　그런데 부실 정씨를 구한 직후 나이가 이십 남직하고 아름다운 班家 여인[9]이 찾아와 자신의 사연을 말하면서 박학래에게 몸을 의탁하는 사건이 벌어졌다. 이 이씨 여인은 박학래가 이미 부실을 구한 줄을 모르고 스스로 찾아온 것이었다. 이씨 여인은 신행 전에 喪夫한 청상과부였는데 청송군 官奴인 함봉악이라는 자에게 겁탈을 당하여 할 수 없이 그의 계집이 되어 있으니 자기를 부실로 받아들여 구해달라고 호소했다[10]. 박학래는 여인의 사연을 듣고 이미 부실을 구했으므로 '一男三室'은 부당하다고 거절했다. 그러나 이씨 여인은 '종의 종이나 첩의 첩이 되어도 좋으니' 자신을 거두어 달라고 호소했다. 그리하여 박학래는 이씨 여인과 7개월을 동거하기까지 했지만 결국 '일남삼실'은 부당하다는 이유를 다시 내세워 이 여인을 돌려보내고 말았다[11].

---

8 "잇써 경즈연 오월 팔일에 학초으 실인 강씨 붕누(崩漏)에 병으로 스망ᄒ고 가정에셔 울울 심회을 자미 붓칠 곳지 업셔 부실을 광구ᄒ이 약간에 각쳐 친고가 전ᄒ야 각기 왈 가훔이라 ᄒ며 십삼 쳐에셔 된 모양 즁에 경쥬군 노곡동 경권봉(鄭權奉) 즈손에 ᄒ 집이 흥희군(興海郡) 등명동(嶝明洞)이셔 마참 적당ᄒ 그 정씨에 결정 성혼이 되야 양가 부모가 ᄋ라 친영을 ᄒ야 경쥬군 봉계동 집에 싴로 우귀ᄒ야 두고 청송셔 장ᄎ 경쥬군 봉계동으로 형제 접인으로 반이을 작정ᄒ고 아직 이시되 정씨으 성혼ᄒ던 역부스실은 쳔정이라 다 말할 슈 업ᄆ"

9 "청송 스람은 아직 남으 가정스을 다 몰나 혹이 아직 구혼으로 알 듯 ᄒ든 ᄎ 일일에 엇더ᄒ 신부여가 물옴을 씨고 의가(醫家)에 문약(問藥) 힝싴으로 외당 와 딕좌ᄒ야 ᄂᄃᆡ 나흔 이십(二十) 남직ᄒ고 화용셜부가 누가 보와도 밋지 안이ᄒᄃᆡ 의복 딧씨와 안ᄂ 거동이 은은슈틱 즁 반가(班家)에 스람인 듯 ᄒᄃᆡ"

10 작가는〈학초전〉에서 이씨 여인이 찾아와 사연을 말하고 같이 동거하게 된 사실을 자세히 서술했다. 작가와 이씨 여인 사이에 오고간 대화의 내용이 길어 여기에서는 생략한다.

11 "학초 왈, ᄂᆡ가 본ᄂᆡ 양실을 두어짜가 연소ᄒ 집이 금연에 쥭고 부실속현을 구ᄒ다가 다힝ᄒ 인연을 어더 경쥬에 두어 구히ᄂᆫᄃᆡ 일남즈삼부인(一男子三婦人)이 부당

박학래가 경주군 봉계로 보내놓은 새 부실인 정씨를 찾아 신행을 한 것이 이해 8월 9일이었다. 그러므로 박학래는 경주 봉계로 이주해서 몇 개월 동안은 정실 최씨, 부실 정씨, 이씨 여인 등 세 여성과 함께 살았음을 알 수 있다. 이와 같이 박학래는 평생 정실 최씨와 살면서도 자신이 주도하여 부실을 들이고 살았던 축첩의 실현자였다.

2) 〈쳐사영결가〉에 나타난 부실 강씨

〈쳐사영결가〉는 4음보를 1구로 할 때 총 236구이다. 작품세계를 지배하는 것은 부실의 죽음을 애통해하고 부실을 그리워하는 서정적 세계이다. 그리하여 작품의 곳곳에 "어이ᄒᆞ여 말이업노(다시볼고·못볼넌고·어듸간노), 이거시 웬일인고(무삼일고), 늬마암 오작할니(이질손가), (실푸다·익싁ᄒᆞ다) 늬일이야, 통곡ᄒᆞ이(통곡이라), 언제 다시 살라볼고(구경할고·나가볼고·듸히볼고), 통곡흔들(이통곡이·통곡셩이), 익달고 원통ᄒᆞ다, 이다지 미몰흔가, 잠이드러(무심ᄒᆞ여) 모로난가, 실상몰나(무졍ᄒᆞ여) 말이업나" 등과 같은 표현을 거듭해서 서술한 전형적인 조가이다.

흔이 할 슈 업ᄂᆞᆫ ᄉᆞ실이요. 답 왈, 이 갓치 된 신세가 종에 종이 되던지 첩에 첩이 되야도 소원이옵고 관로으 계집은 되기 지원극통이온이 의탁을 바릭온이 만일 영졀노 말ᄒᆞ오면 오날 날 ᄉᆡ로 죽기ᄂᆞᆫ 줄 싱각ᄒᆞ개ᄂᆞ이다. 학초 부득이 ᄒᆞ야 이 날 밤붓터 연침ᄒᆞ야 칠삭을 동거ᄒᆞ다가 그 ᄉᆞ람으 익운을 다시 말이 주연 업서건이와 가졍으로 말힉도 일남 삼여 투기인이 무어신이 문난지ᄉᆞᆫ 업셔시되 학초 즁량의 일남삼실이 부당홈을 확졍ᄒᆞ야 다시 곤치여 젼젼이 서로 젼졍을 활염ᄒᆞ야 올슨 등지예 ᄉᆞ라인ᄂᆞᆫ이라"

이렇게 〈쳐사영결가〉는 사망한 부실에 대한 애통한 서정을 과잉으로 표출하고 두서가 없기 때문에 서술 구조가 뚜렷하게 드러나지는 않는다. 그러나 박학래는 이미 몇 편의 가사문학 작품을 쓴 가사 작가답게 두서가 없는 가운데서도 전체적인 서술의 흐름을 형성해 가사를 썼다. 작품세계는 크게 보아 가) 부실의 부음과 마지막 모습 → 나) 생전의 부실을 추억하는 가운데서의 애통함 → 다) 다시는 보지 못할 부실에 대한 애통함 순으로 전개되었다. 〈쳐사영결가〉가 일반적인 조가보다 작품의 길이가 긴 것은 나)의 구절이 많기 때문이다. 작품세계는 서정적 세계를 기반으로 하면서 주로 가)와 나)의 곳곳에 부실 강씨의 형상을 서술함으로써 서사적 세계도 아울러 지닌다. 이 자리에서는 가)와 나)를 중심으로 작가가 생각한 부실 정씨의 형상을 살펴본다.

부실 강씨는 작가가 대구에 일이 있어 떠난 지 열흘만에 사망했으며, 작가는 부실 강씨가 사망한 지 열흘만에 집에 도착했다. 〈쳐사영결가〉는 부실의 임종을 하지 못한 작가가 부음을 듣고 달려와 강씨의 마지막 모습을 회상하는 것으로 시작한다. 서두에서 작가는 대구로 떠날 때 강씨가 '밥한 술을 더 뜨고 가라, 길에 나서 시장한 것 참지 마라, 돈을 너무 아끼지 마라, 부디 축 없이 다녀오라'고 한 마지막 모습을 회상했는데, 여기서 작가를 세심하게 아끼며 내조하던 부실 정씨의 형상이 잘 드러난다.

작가는 나)를 중심으로 살아 생전의 강씨를 거듭해서 추억했는데, 대부분 2.1)의 인용문에서 열거한 ①~⑧의 내용들과 일치한다. 그리고 경주 구강에서 자신이 병이 들었을 때 수 개월이나 지극한 병수발

로 작가를 살려낸 것도 서술했다⑨¹². 여기서는 가능하면 〈학초전〉에
나타나지 않은 새로운 내용을 중심으로 살펴보고자 한다. 꼭 들어맞
는 것은 아니지만 편의 상 앞에 나온 ⑨에 이어 ⑩부터로 번호를 매
기기로 한다.

　　⑩ 갑오연 날례난 / 천희가 틱동지환이라 환난도 갓치젹고 / 경쥬홍
쳔 우젼ᄒ야 긔구고상 갓치젹고 / 병신졍유에 의병난을 구경피란 갓치
ᄒ고 / 궁곤ᄒᆫ 살임살이 빗골키도 갓치ᄒ고 / ᄎ츠호구 근근득에 조박
셕쥭 갓치ᄒ고 / 고장슌쳔 다발니고 나을짜라 경쥬오고 / 젼빈휴부 소
즁ᄒᆫ이 닉엇지 이질손가

　⑩에서는 작가가 부실 강씨와 같이 겪은 고생을 서술했다. 작가는
부실 강씨와 갑오동학농민전쟁 당시 환란을 같이 겪었고, 동학농민

---

12 "긔희연 구강이셔 닉병드러 슈삼삭에 / 죤병에 효ᄌ업다 옛말에 일너건날 / 닉슈
발 한난돌리 흔날에 흔시갓치 / 믹일에 슈다흔약과 믹일에 슈다흔미음을 / 밤이나
낫진나 흔변도 실시업고 / 아몰이 실타히도 은근지셩 권흔모량 / 열변권희 열슐이
요 빅변권희 빅슐이라 / 하믈며 골문틱죵 입으로 날로쌀제 / 지극지셩 감쳔ᄒ야 닉
몸이 사라신이 / 목하에 벌어건날 어이ᄒ여 다시볼고" ; 〈학초전〉에도 이 사실에 대
한 서술이 나온다. "차시예 학초 병 나셔 누음으로붓터 실인 강씨 밤믜다 졍결히 모
욕ᄒ고 우물에 물 싀로 길너 밤즁 휴원에 밧쳐녹코 가부으 병이 속히 나ᄒ 달나 ᄒ
날에 츅슈을 불피풍우ᄒ고 하로라도 쌔지지 은이ᄒ고 파죵된 창공을 날로 입으로
쌔라닉이 롱집이 흔 입식 바타 놋키을 흔이 틱져 이 병이 무신 병인지 쌔ᄂᆫ 스람 강
씨으 입의 독이 쌔쳐 부풀어 입이 모양 흉ᄒᆫ지라 말(言)은 혈미을 입으로 쌧다 ᄒ면
쉽거이와 부모 형제 닉외간이나 날노 입을 쎡고 지셩으로 쌜기 졍말 어려운 셩심
이 안이라 할 슈 업고 음식을 젼폐ᄒ고 누어 일어나지 못ᄒᆫ히 각항 음식 미음등
속을 시 맛촤 가지고 지셩으로 권ᄒᆫ 셩역이 권ᄒᆫ 셩심을 보와 흔 변에 흔 슐식
이라도 열 번에 열 슐이요 빅 변에 믹양 빅 슐이라 인명이 병즁에 구료ᄒᆫ 스람으
영역에 죤망이 업다 할 슈도 업고 졍말 스람미ᄃ 못할 일이라"

군 지도자로 활약한 전력 때문에 고향을 떠나 경주에 정착하는 과정에서 고생을 같이 했으며, 병신년과 정유년의 의병전쟁도 같이 겪었다고 했다. 그리고 곤궁한 살림에 배도 같이 곯았으며, 근근히 얻은 헐한 끼니도 같이 먹었다고 했다. 작가는 이러한 부실과의 경험을 가사의 뒤에서 다시 한 번 적고 있는데[13], 그만큼 박학래가 가난 끝에 부유하게 된 과정을 함께 겪은 부실을 소중하게 생각하고 있음이 드러난다. 이렇게 박학래가 서술한 부실 강씨는 어려운 시기를 함께 겪은 동지나 조강지처의 형상으로 나타난다.

⑪ 남디도록 금실인나 실속엇지 갓들니요 / 세상이 알건이와 셋닉외 사자흐이 / 일호투기 업서신이 스람마다 쉬울손가 / 적쇼도 활달심이 이안이 크단말가 / 삼싱가약 집푼언약 울이셔이 작정흐기 / 둘이흔맘 나을셤겨 닉마음 둘을갓치 / 싱젼경계 희온말이 마암편코 몸편키을 / 싱젼에 작졍턴이 이거시 원일인고 / 익달다 익달다 이거시 원일인고 / ⑫ 닉외간 슘문졍이 어혹몸을 갓가흐면 / 졀이가소 졀이가소 은근이 흐난말이 / 화락흔 그쓰지야 이안이 깁풀손가 / 빅연기약 흐여던이 이거시 무삼일고

⑪에서는 작가가 부인 및 부실과 함께 산 삶을 말했다. 작가는 자신, 부인, 그리고 부실을 '세 내외'라 칭했다. 세 내외 사이에 투기가 한 번도 없었으니 이것은 쉬운 일이 아니라고 하면서, 부실의 '활달

---

13 "을미졍월 동난시예 남딕골 쭈립박골 / 고상도 흐여시며 경쥬올찍 빙판길에 / 나을위희 짜르던이 언제나 다시볼고"

심'을 칭찬하여 그 공을 부실에게 돌렸다. 여기서 작가는 세 내외의 안정된 삶은 애초 자신이 공고하게 두 여성에게 경계한 '삼생[자신, 부인, 부실 등 세 사람이 함께 사는 삶]가약'이 있었기에 가능했다고 하여 가정 내 안정된 삶을 자신이 주도했음을 분명히 했다. 부인과 부실이 한 마음으로 자신을 섬기면 두 여성을 같이 대해주겠다, 그리고 이렇게 하여 서로 마음 편하고 몸 편하게 살자고 자신이 두 여성에게 경계를 했기 때문에 이러한 삶이 완성될 수 있었다는 것이다. 이렇게 박학래는 자신의 결혼 생활이 정부인과의 결혼 생활이 아니라 세 사람과의 결혼 생활이라는 점을 분명히 했다.

⑫에서는 작가가 추억하는 부실 강씨와의 애정을 서술했다. 작가는 자신과 부실을 '내외'라 칭하면서 둘 사이의 '숨은 정'을 서술했다. 혹 작가가 육체적으로 다가가면 부실은 '저리 가라'며 은근하게 말을 하곤 했으니 '화락한 그 뜻'이 깊지 않냐고 했다. 어떤 장면을 표현한 것인지 충분히 상상이 갈 정도로 숨은 정 → 은근 → 화락으로 이어지는 작가의 애두르는 표현이 능숙하게 펼쳐졌다. 당시 사회적으로 허용된 수준에서 남녀 간의 육체적인 관계를 표현한 것인데, 이와 같이 작가에게 부실 강씨는 화락한 육체적인 파트너이기도 했다.

한편 가사의 후반부에 "영결할씩 젼흔말이 큰어먼이 슈고슈발 ㅎ여신이 향복ㅎ소 향복ㅎ소"라는 구절이 나오는데, "영결할씩 젼흔말이"는 부실 강씨가 죽을 때 작가가 없었으므로 강씨가 임종하기 직전에 작가에게 전해 달라고 한 말이 있었다는 것이다. 작가가 대구에 일이 있어 떠날 때 이미 부실 강씨는 약을 달여 먹고 있었다. 부실 강씨의 투병생활이 얼마나 지속된 것인지는 알 수 없지만 이때 정실 최씨가 강씨의 병수발을 한 것으로 보인다. 부실 강씨가 이러한 정실 최씨의 간호를 감사하게 여겨 죽음 직전에 작가와 정실 최씨 부부의 행복을 빌어준 것이다. 이 구절 또한 작가가 '세 내외'의 이상적인 삶이 가능했던 부실 강씨의 품성을 보여주기 위해 서술한 것이라고 할 수 있다.

부실 강씨는 9년간을 살면서 작가와의 사이에 소생이 없었다. 반면 부인이 낳은 딸들과 아들 만수가 있었다.

⑬ 여아가 만츠ᄒᆡ 기츌갓치 경겨ᄒᆞ면 / 얼이다 아희덜이 그본졍을 못바든이 / 약간거졍 불안타가 밤ᄌᆞ면 싀졍나고 / 실푸게 연연ᄒᆞᆫ모량 목ᄒᆞ에 벌어거날 / 말이야 쉽건만난 사람마다 어렵서라 / ⑭ 만슈야 글일너라 만슈야 글일너라 / 허다이 ᄒᆞ던모량 목ᄒᆞ에 벌어거날 / ᄒᆞ낫ᄌᆞ식 울이만슈 영화을 볼야ᄒᆞ고 / 일싱글이 ᄒᆞ던모량 어이ᄒᆞ여 어ᄃᆡ간노 / 그ᄃᆡ온휴 만슈나셔 시연이 구세라 / 인역나이 쳥츈인ᄃᆡ 어거시 무삼일고 / 항상만슈 사랑턴이 이제쩌지 길너ᄂᆡ여 / 셩취을 못보고셔 이거시 무삼일고 / 인역기츌 안알망졍 쌀ᄌᆞ식 열어잇셔 / 실흔나 조흔나 허다이 거되ᄂᆡ여 / 츌가ᄒᆡ여 셩취휴에 ᄂᆡ왕졍반 못보고셔 / 이다지 허ᄉᆞ넌가

⑬에서 알 수 있듯이 정실 부인이 낳은 딸들은 부실 강씨를 그리 좋아하지 않았던 것으로 보인다. 부실 강씨는 자신이 낳은 자식에게 하듯이 딸들에게 잔소리[경계의 말]를 하곤 했지만, 딸들은 부실 강씨의 본심을 받아들이지 못했다. 그러나 부실 강씨는 잠시 불안해하

다가도 잠을 자고 나면 언제 그랬냐는 듯이 다시 그 딸들을 제 자식 마냥 새 정으로 대하며 연연해했다는 것이다.

반면 ⑭에 의하면 아들 만수의 사정은 딸들과는 달랐다. "그듸온 휴 만슈나셔 시연이 구세라"에서 알 수 있듯이 아들 만수는 부실 강씨가 이 집에 들어오자마자 태어났다. 그리고 부실 강씨는 아들 만수를 실제적으로 양육했던 것으로 보인다. 아들 만수는 갓 태어났을 때부터 부실 강씨가 자기를 양육했으므로 어쩌면 부실 강씨를 친어머니와 같이 생각했을 수도 있다. 작가는 아들의 미래를 위해 '글을 읽으라'며 교육에 열성을 보였던 부실 강씨의 아들 사랑을 칭송했다. 그리고 작가는 부실 강씨가 이 자식들이 성취하여 집안에 내왕하는 것을 보지 못하고 죽었으니 애통하다고 했다. 작가는 부실 강씨가 열과 성을 다하여 자식들을 키우고 교육했으므로 이들을 성취시킨 후 어머니로서의 기쁨도 누려야 마땅하다고 본 것이다.

3. 근대전환기 한 양반의 첩에 대한 인식과 그 의미

1) 박학래의 부실 강씨에 대한 인식

박학래는 13세라는 어린 나이에 5년 연상의 여성과 결혼을 한 조혼자였다. 그리고 이미 어린 나이 때부터 축첩이 남자의 당연사라는 말을 다른 사람도 아닌 장인으로부터 들으며 결혼생활을 영위했다. 그리하여 그는 집안의 공식적인 지원을 받아 부실을 정식으로 맞아

들였다. 한편 그는 부실이 있음에도 불구하고 자신의 의지대로 또다른 첩과의 동거도 서슴치 않았다. 다만 '일남삼실'은 부당하다는 양심을 지닌 나름 합리적인 축첩자였다. 물론 조강지처는 버리지 않는다는 당대의 규범을 지켜 정실 부인과는 부인이 사망한 1923년까지 해로했다[14]. 이와 같이 박학래는 조선후기사회의 종법제에 입각한 가부장적 가족제도 안에서 평생 축첩을 당연한 것으로 여기며 축첩을 안정적으로 실현한 인물이었다.

앞서 〈쳐사영결가〉의 인용문 ⑪에서 드러나듯이 작가는 우리에게는 매우 생소하고 차마 입 밖에 낼 수 없을 것 같은 '세 내외'나 '삼생[작가, 정실, 그리고 부실이 함께 하는 삶]가약'이라는 용어를 매우 자연스럽게 사용했다. 그만큼 박학래가 축첩을 당연시하고 안주해 있었음을 말해준다. 그리고 박학래는 자신의 '삼생가약' 때문에 '세 내외'의 삶이 매우 이상적으로 운영된 것에 대한 강한 자부심을 표출했다. 박학래는 축첩의 안정적인 실현자로서 이 기회에 가부장제 사회에서 가부장적 남성이 주도하는 이상적인 축첩 가정의 형상을 드러내어 축첩의 정당성을 우회적으로 말하고 있는 것이다.

사실 '세 내외'가 사는 삶에는 처첩 간의 갈등이 있게 마련이다. 조선후기 축첩제 사회에서 처첩 간에는 '은폐된 갈등과 전략적 화해'의 진실[15]이 숨겨져 있었다. 박학래의 정실 최씨와 부실 강씨 사이에

---

14 "十二年癸亥(六十歲) --- 三月十日(巳時) 妻崔氏死亡(壽六十五) 十五日葬于私設墓所" 『鶴樵小集』(鶴樵年譜), 계명대학교 도서관 소장.
15 황수연, 「조선후기 첩과 아내-은폐된 갈등과 전략적 화해」, 『한국고전여성문학연구』제12집, 한국고전여성문학회, 2006, 349~380면.

도 이러한 처첩 간의 진실이 숨겨져 있었을 것이다. 그러나 박학래는 '세 내외'가 서로 투기 없이 사는 것이 '쉽지 않다'는 것을 알면서도, '세 내외'의 삶을 조화롭고 이상적인 삶으로만 서술함으로써 '세 내외'의 삶에 숨겨져 있는 처첩 간의 진실은 철저하게 외면했다. 축첩을 주도하고 있는 남성의 입장에서는 처첩 간에 숨겨진 진실을 덮어버리는 가장 합리적인 방식은 처첩의 관계를 미화시키는 것이었을 것이다. '세 내외'의 삶을 이상적으로 미화한 박학래의 시각에서 남성 중심적인 시각이 강하게 느껴진다.

다음으로 박학래가 생각한 부실 강씨의 형상을 살펴본다. 부실 강씨의 형상은 박학래라는 한 남성의 입장에서 서술된 것이다. 그리고 죽은 여성을 위해 쓴 조가에 나타난 형상이므로 미화되고 결과적으로 그 위상이 높게 나타날 수밖에 없었다. 이렇게 부실 강씨의 형상은 어디까지나 박학래에 의해 타자화된 형상임은 분명하다. 여기서는 일단 박학래가 생각한 부실 강씨의 형상에만 초점을 두고 살펴보기로 한다.

박학래의 30대는 동학농민군 지도자로 전쟁에의 참여, 도망자의 신세, 타향으로의 이주와 고생, 의약인으로서의 생활, 변호사로서 각종 송사 사건에의 참여 등 다채로운 삶을 겪어 자신의 일생에서 가장 역동적인 시기였다. 이 역동적인 인생의 시기에 박학래의 반려자는 부실 강씨였다. 그래서인지 박학래는 부실 강씨를 가장 사랑하고 믿고 의지했다.

박학래는 두 글쓰기를 통해 부실 강씨에 대한 자신의 사랑과 믿음을 과감하게 서술했다. 두 글쓰기에 나타난 바 박학래에게 부실 강씨는 화락한 육체적 관계의 파트너였으며, 도망을 같이 다니거나 미지의 정착지를 향해 엄동설한의 길을 함께 걸어간 동지였다. 한편 비교적 안정된 삶을 누리게 되면서부터 부실 강씨는 집안의 대소사를 모두 주관한 아내이기도 했다. 치산을 알뜰하게 수행하여 부를 축적함으로써 집안을 일으키는 데 기여했으며, 음식 수발, 병 수발, 가장의 안전을 비는 기도 행위 등 가장을 지극 정성으로 내조했으며, 정실부인의 자식들을 마치 자신이 낳은 자식처럼 열성으로 교육했던 모범부인이었다. 이렇게 박학래의 부실 강씨에 대한 인식은 여자이자 동지로 출발하여 아내로까지 확장되어 나타난다.

이렇게 박학래는 두 글쓰기에서 부실 강씨에 대한 애틋한 애정을 바탕으로 부실 강씨를 부실과 정실의 형상을 합친 완벽한 여성의 형상으로 서술했다. 박학래가 서술한 바를 종합해보면 실제로도 부실 강씨가 가정 내에서 차지한 위상이 매우 높았던 것을 알 수 있다. 박학래가 자신, 정실, 부실을 '세 내외'라 하거나 자신과 부실을 '내외'라고 표현한 데에서도 박학래가 부실 강씨의 위상을 정실과 동등한 것으로 생각하고 있었음을 알 수 있다. 이렇게 박학래가 두 글쓰기를 통해 부실 강씨를 여자, 동지, 그리고 아내로서의 자질을 갖춘 완벽한 여성의 형상으로 서술한 것은 강씨의 가정 내 위상을 정실의 반열로 끌어 올리고자 한 박학래의 의도에서 비롯된 것이 아닌가 한다. 박학래의 부실에 대한 인식은 부실이라는 신분적 한계에도 불구하고 가정 내에서 정실과 차별을 두지 않고 정실의 반열에 끌어 올려 놓으려 한 것이었다.

2) 근대전환기 한 양반의 첩에 대한 인식과 그 의미

박학래는 19세기 중엽에 태어나 20세기 전반까지 살았던 인물로 축첩제에 대한 인식의 기반은 조선후기사회에 있었다. 그런데 〈쳐사영결가〉를 창작했을 즈음에는 신문매체를 통해 개화지식인의 축첩제 폐지 담론이 전개되기 시작했으며, 〈학초전〉을 창작할 즈음에는 이미 축첩제의 폐지 담론이 한창 전개되어 사회의 보편적 담론으로 확산되었다. 이렇게 〈쳐사열결가〉와 〈학초전〉이 창작된 시기는 축첩에 관한 신구의 가치관과 이념이 교차하는 근대전환기였다. 박학래가 지닌 축첩과 부실에 대한 인식이 자리하고 있는 지점을 정확히 파악하기 위해 조선후기사회와 근대전환기의 축첩제에 대한 인식을 간략하게 살펴보도록 하겠다.

주지하다시피 조선후기사회에서는 축첩제가 허용되었다. '양반 남성은 가문이 결합된 정치혼인의 문제와 불만을 애정 혼인을 통해 충족시키고자' 했다[16]. 축첩제를 통해 '남성의 성적 욕망'을 '제도적으로 관철'[17]시킨 것이다. 이처럼 조선후기사회에서 첩은 일차적으로 남성 가부장의 성적 욕망을 채우기 위한 존재였지만[18], 축첩제가 운영되면서 첩은 가부장의 성적 욕망만을 채우기 위한 존재로만 있

---

16 황수연, 앞의 논문, 352~356면.
17 강명관, 「조선시대의 성담론과 性」, 『한국한문학연구』제42집, 한국한문학회, 2008, 32면.
18 조선후기사회에서 특히 양반 남성의 결혼은 대부분 조혼으로 가문 중심의 혼반 관계 속에서 자신보다 나이가 많은 여성과 혼인을 했다. 이렇게 나이 면에서 男低女高의 조혼은 생물학적인 가계 계승에는 유리하게 작용했지만 남성의 성적 욕망을 충족시키는 데는 불리하게 작용했다.

지는 않고 '현실적이고 감정적인' 내조자로 역할이 진화했다[19]. 한 편 양반 남성은 축첩제의 원활한 실현을 위해 종법제의 가족제도도 완성했다. 공고한 종법제의 가족제도[20] 하에서 정실과 첩 중 가정 내 우월적 지위는 정실에게 독점되었다. 조선후기 사회에서 여성에 대 한 제문이나 묘표는 대부분 정실을 위해 쓰여졌다. 간혹 '첩이 자식 을 낳았거나 집안을 위해 봉사한 공로가 있을 경우 집안의 후세에 의해 제사가 거행되는 경우가 드물지만 있었고, 첩을 위한 제문이나 묘표가 작성되기도 했다.' 그러나 대부분의 첩에 관한 글은 '사대부 여성의 덕성과 인격을 기리기 위해 필요한 수단으로 이용'되는 것이 었으며, '첩을 독립된 존재로 인정하고 그를 대상으로 한 글이 지어 진 경우는 그리 흔히 발견되지 않는다.'[21]

그런데 19세기 말과 20세기 초의 근대기전환기에 이르면 축첩제

---

19 '正妻는 가문간의 관계와 사회적 지위를 고려한 합의에 의해 선택된 존재'였던 반 면, 첩은 '가계의 지속성의 이념적 요인과는 무관한, 현실적이고 감정적인' 존재였 다. '현실적이고 감정적인' 대상으로서의 첩은 가정 내에 들어와 사는 첩과 임시적 인 기생첩이 있었다. 부실, 측실, 소실이라는 이름의 첩은 가정 내에 들어와 살면서 가부장과 성적인 결합을 유지하면서 정실이 해야 할 일정 정도의 '현실적인' 내조 나 집안일을 보좌했다. 이러한 부실의 삶은 가부장, 정실, 첩의 인품이나 상호간의 역학 관계에 따라 정실의 삶에 근접한 경우도 있었지만, 대부분은 정실의 부림을 받는 종의 삶과 유사한 경우가 많았다. 그리고 남성이 지방의 임지에 부임해 만난 임시적인 형태의 기생첩도 부임자의 '현실적이고 감정적인' 대상으로서 내조와 성적 결합의 역할을 담당했다. 문숙자, 「조선후기 양반의 일상과 가족내외의 남녀 관계-노상추의 〈일기(1763~1829)〉를 중심으로」, 『고문서연구』제28호, 한국고문 서학회, 2006, 209~210면.

20 양반 남성은 축첩제가 사회질서를 훼손하지 않고 무리 없이 실현될 수 있도록 종 법제의 가족제도도 완성했다. 서얼 차별을 공식화하여 실상 첩의 자식으로 가계 계승을 이루지 못하게 했다. 종법제의 가족제도를 통해 '현실적이고 감정적인' 존 재인 첩의 가정 내 위상을 엄격하게 제한한 것이다.

21 황수연, 앞의 논문, 356~365면.

에 대한 새로운 담론이 전개되기 시작했다. 개화 지식인들은 일부이 첩을 대장부의 당연한 일로 여겨 아침밥과 저녁죽을 먹을 만한 사람 이라면 첩을 두고 있는 당시의 만연한 축첩의 실상을 비난했다. 그리 하여 축첩제는 그릇된 것이고 남성의 작첩을 묵인하는 일상의 관습 은 근절되어야 한다고 계몽했다[22]. 그런데 개화 지식인은 축첩제의 폐지담론 안에서 "첩을 얻는 사람이나 첩으로 가는 사람은 모두가 세상에서 제일 천한 사람으로 대접받아 마땅하다는 생각을 드러[23]" 냈다. 첩의 삶이 천한 인생이라는 것을 대중에게 자각시킴으로써 축 첩의 풍속을 근절시키려한 논리를 펼친 것이라고 할 수 있다. 이러한 개화 지식인의 생각은 축첩제를 사회구조적인 맥락에서 접근하는 것이 아니라 개인적인 도덕성의 부재로 말미암은 문제로 귀결시킨 것이었다. 따라서 당시 전개된 축첩제 담론 안에서 첩은 그 이전보다 더욱 비천한 것으로 규정되었다[24]. 요컨대 근대전환기 축첩제의 폐 지 담론이 전개되면서 첩은 일부일처제를 근간으로 한 건전한 가정 을 구축하는데 최대의 장애물 즉, '야만의 표상'으로 인식되기에 이

---

22 전미경, 「개화기 축첩제 담론 분석 : 신문과 신소설을 중심으로」, 『한국가정관리학 회지』제19권 2호, 한국가정관리학회, 2001, 72면.

23 김영민, 「한국 근대 초기 여성담론의 생성과 변모-근대 초기 신문을 중심으로」, 『대 동문화연구』제95집, 성균관대학교 대동문화연구원, 2016, 231면. 여기서 김영민 은 『독립신문』1896년 6월 16일자에 실린 축첩제도를 다룬 다음과 같은 「논설」구 절을 인용했다. "계집이 되야 늄의 첩이 된다듬지 늄의 사나희를 음힝에 범ᄒ게 ᄒ 는 인싱들은 다만 이 세상에만 천홀뿐 아니라 후싱에 그 사나희를 ᄀᆺ치 더옥에 갈 터이요 이런 사름의 ᄌᆞ식들도 이 세샹에 천디를 밧을 터이니 ᄌᆞ식을 ᄉᆞ랑ᄒᆞ는 녀 편네들은 늄의 첩 되는거슬 분히 넉이고 엇던 사나희가 첩이더라 홀 디경이면 그 사나희가 큰 실례를 ᄒᆞ는 거시니 그 째는 그 사나희를 ᄭᅮ짓고 ᄲᅢᆷ을 쳐려 쫓차야 올 흔 일이니라."

24 전미경, 「개화기 축첩제 담론 분석 : 신문과 신소설을 중심으로」, 앞의 논문, 75~78면.

르렀다[25].

박학래의 첩에 대한 인식이 자리하고 있는 지점은 어디일까? 박학래는 부실이 사망하자마자 또다른 부실을 들일 정도로 축첩의 실현자였다. 아무리 축첩제에 관한 제도적·인식적 철폐 노력이 전개되고 있었다 하더라도 박학래는 당시까지 남성이 기득권으로 누리고 있었던 축첩을 포기하지 않은 것이다[26]. 이렇게 박학래의 첩에 대한 인식은 당대 개화지식인의 첩에 대한 인식과는 확연히 차별적인 것이었다.

그런데 박학래는 전근대사회의 축첩제를 적극적으로 실현했음에도 불구하고 첩에 대한 전근대적 가치관을 그대로 따르지는 않았다. 전근대사회의 사회적 규범에서는 정실과 부실을 엄격하게 구분한 반면, 박학래는 부실의 위상을 정실의 반열로 올리고 부실과 정실의 차별을 없애고자 했다. 박학래의 첩에 대한 인식에서 부실을 정실의 지위로 격상시키고자 한 점은 전근대사회의 것과 차별성을 지니는 지점이었다.

그러면 가정 내 첩의 위상을 격상시켜 정실과 부실의 차별을 없애려 한 박학래의 첩에 대한 인식은 어디에서 연유하며 그 의미는 무엇일까. 박학래가 지닌 첩에 대한 인식의 기반으로 우선 생각할 수 있

---

25 박애경, 「야만의 표상으로서의 여성 소수자들-제국신문에 나타난 첩, 무녀, 기생 담론을 중심으로」, 『여성문학연구』제19집, 한국여성문학회, 2008, 103~138면.
26 박학래의 축첩이 향촌사회에 거주한다는 지리적 환경 때문에 신문매체를 통해 전개되고 있는 새로운 담론을 전혀 접하지 못한 탓이라고 보기는 어렵다. 그는 수많은 송사 사건에서 변호의 일을 맡아 했으며, 양반임에도 불구하고 동학에 입도하기까지 했다. 이러한 그의 생애를 두고 볼 때 그는 사회의 변화상을 누구보다도 잘 알고 있었을 것으로 생각된다.

는 것은 박학래가 갑오년 당시에 심취했던 동학사상이다[27]. 동학에
서 축첩제를 어떻게 인식했는지 밝혀진 바는 없지만, 박학래의 생애
를 통해 유추해보자면 갑오년 당시에는 축첩에 대한 교리적 제제를
별다르게 하지 않은 것으로 보인다. 한편 동학에서는 만민평등사상
을 기반으로 하여 여성도 존중해야 함을 가르쳤다. 그리하여 동학의
여성관은 여성의 위치를 이전 시기의 것보다 끌어올린 것은 사실이
었다. 하지만 동학의 여성관은 부부관계에서 여필종부를 내세우거
나 여성에 대한 남자의 너그러움을 주장함으로써 본질적으로 남성
의 우월성에 기반을 둔 것이었다. 따라서 동학의 여성관은 아직 근대
적 의미의 남녀평등론과는 거리가 있는 것으로 유교의 윤리관에 입
각한 가르침에서 그리 벗어나지 못한 것이었다고 할 수 있다[28]. 즉
동학사상에서는 여성을 이전 시기보다 존중하여 인간 이해의 폭을
넓힘으로써 근대적 사고에 조금 다가서긴 했으나 가부장제적 남성
중심의 사고는 여전히 유지하고 있었다고 할 수 있다.

그러면 박학래가 동학의 만민평등사상, 즉 모든 사람은 평등하다
는 사상의 영향을 받아 한 여성인 부실을 존중하는 방향으로 나아가
정실과 부실의 차별을 없애려 한 것일까. 그 동안 가정 내에서 소외
만 당하던 부실의 위상을 격상시켜 정실과 부실의 차별을 없애려 한
것은 언뜻 보면 부실에 대한 인간 이해의 폭을 넓힌 것으로 볼 수 있

---

27 사실 그의 동학 활동은 어릴 적부터 지니고 있었던 민중 지향적 사고를 수렴하여
   역사적으로 실천한 것이기도 했다.
28 김경애, 「동학의 여성관에 대한 재고찰」, 『한국사상사학』제20집, 한국사상사학
   회, 2003, 83~111면. ; 김미정, 「동학·천도교의 여성관의 변화」, 『한국사학보』제25
   호, 고려사학회, 2006, 357~390면.

다. 그러나 이것은 남성의 입장에서 볼 때 그렇고 여성 전체의 입장에서 보면 문제가 달라지게 된다. 첩에 대한 인식에서 반드시 고려해야 할 것은 정실 및 가족구성원과의 관계이기 때문이다.

여기서 한 가지 주목할만한 점은 박학래가 〈학초전〉과 〈쳐사영결가〉의 글쓰기에서 정실 최씨를 거의 투명 인간으로 취급하고 있다는 것이다. 부실 강씨에 대한 조가이므로 〈쳐사영결가〉는 그렇다 치더라도 뒤에 자신의 평생을 술회하는 〈학초전〉에서도 부실 강씨만 있고 정실 최씨의 존재는 매우 미미하게 나타난다. 그야말로 정실 최씨는 그의 장인이 말한대로 '유약무(有若無)'의 존재였다. 박학래가 의도한 부실의 격상에는 정실의 배타가 담보될 수밖에 없었던 것이다. 이렇게 박학래의 첩에 대한 인식은 부실의 위상을 격상시킴으로써 정실과 부실의 차별을 없앤 것뿐만 아니라 정실의 존재감마저 사라지게 하고 있기 때문에 인간 이해의 폭을 넓힌 근대적 사고로의 진전이라고 보기에는 무리가 있어 보인다.

더군다나 두 글쓰기에서 박학래는 처첩 간의 갈등에는 전혀 관심을 두지 않았다. 박학래는 '세 내외'가 사는 삶을 이상적으로 기술하고 '처첩 간의 은폐된 진실'에는 전혀 관심을 두려 하지 않았다. 아예 '자기가 그렇다고 하면 그런 것이다'라는 식의 가부장제적인 환상과 최면만 있었다고 할 수 있다. 두 글쓰기에서 부실과 관련한 갈등이라고 하는 것은 딸들과의 갈등이 잠깐 기술되었을 뿐인데, 그것도 부실 강씨의 슬기로운 형상을 높이는 에피소드로 기능하여 갈등 자체가 묻혀버렸다. 박학래는 자기중심적인 시각으로 '세 내외'가 살았던 삶을 이상적으로만 그렸고, 자기중심적인 시각의 연장선상에서 부실에게만 편향적으로 시선을 둔 것이다. 따라서 박학래의 부실에 대한 인식을 두고 인간 이해의 폭이 넓어졌다고 보기는 어렵다.

박학래가 정실과 부실의 차별을 없애려 한 것은 부실 정씨에 대해서만 노골적으로 시선을 둔 것으로 다름 아닌 가부장제적 남성 중심의 사고에서 비롯된 것이라고 할 수 있다. 순전히 박학래 개인의 시선으로만 집안의 여성을 들여다보기로 하자. 그렇다고 할 때 박학래의 눈에 비친 가정 내 여성들 가운데 나이가 많은 정실보다 나이가 적은 부실이 훨씬 사랑스러웠을 것이다. 이렇게 부실을 정실의 반열에 올려놓고자 한 의식의 이면에는 가부장제적 남성 중심의 사고가 강하게 자리하고 있었던 것이라고 할 수 있다.

근대전환기에 축첩제 폐지 담론이 대두되었기는 하지만 남성의 축첩은 하루아침에 없어지지는 않았다. 그러나 근대전환기에 여전히 축첩이 이루어지는 가운데서도 신구 가치관과 이념이 교차하면서 남성의 첩에 대한 인식은 서서히 기존의 인식에서 벗어나 변화하지 않을 수 없었다. 그런데 그 변화의 방향은 단선적이지 않고 매우 중층적이었다. 박학래의 첩에 대한 인식은 당대 첩에 대한 인식이 매우 중층적으로 변화해나갔음을 보여주는 한 사례이다.

박학래는 근대전환기에도 전근대적인 축첩을 실현했다. 그럼에도 불구하고 그는 전근대적 사회의 규범에서 일탈하여 애정을 바탕으로 부실의 지위를 격상시키는 개인의 의지를 관철하고자 했다. 애정을 중시하는 개인의 의지를 강화하여 축첩제의 변형된 형태를 기도한 것이라고 할 수 있는데, 이때 애정을 중시하는 개인의 의지는 '가부장제적 남성 중심의 사고'에서 비롯된 것이다. 이와 같이 박학래의 첩에 대한 인식은 근대전환기에 전근대적인 축첩제를 적극적으로 실현하면서 축첩제 하에서 합의되어 지켜온 사회적 규범조차 남성 개인의 의지에 따라서는 지키지 않을 수 있다는 사례, 즉 가부장제적 남성 중심의 사고를 적극적으로 관철시킨 한 사례를 반영한다는 의미를 지닌다고 하겠다.

4. 맺음말

이 논문에서는 박학래의 첩에 대한 인식을 살피고 그 의미를 규명하는 데에 중점을 두고 논의했다. 그런데 박학래가 지닌 첩에 대한 인식에 대해서 여성학적인 의미를 규명하는 것과는 별도로 그의 여성사와 관련한 글쓰기에 대한 문학적인 평가가 내려져야 할 것으로 보인다.

앞서 살펴본 바와 같이 박학래는 자신이 사랑하는 부실에 대해 당당하게 서술했다. 그리고 스스로 찾아온 이씨 부인의 미모에 호감을 가졌음을 그대로 표현했다. 이 자리에서 다루지는 않았으나 가사문학 〈경난가〉에서도 박학래는 이씨 부인과 마찬가지로 자신에게 사연을 말하면서 몸을 의탁하려는 여인을 만나게 되는데, 이때 그 여인과 잠간 수작을 하고 싶은 자신의 욕망을 숨김없이 표현하기도 했다. 소설과 같은 허구 장르에서가 아니라 자신의 이야기를 쓰는 실기류 장르에서 자신의 여성사에 대해 솔직하게 기술한 것은 전근대사회는 물론 근대사회에서 이루어진 글쓰기에서 흔히 찾아볼 수 없는 것이다. 이렇게 박학래가 사실 그대로를 쓰는 국문실기와 가사문학과 같은 공식적인 글쓰기에서 자신의 여성사를 솔직하고 당당하게 서술한 점은 문학적으로 의미가 있다고 할 수 있다.

한편 〈쳐사영결가〉는 이 논문에서 학문적으로 처음 다루는 자료이기도 했다. 가사문학사에서 아내의 죽음을 애통해 하는 작품, 죽은 아내를 그리워하는 작품, 임시적인 첩에 해당하는 기생첩에 대한 사랑을 표현한 작품 등은 종종 있었다. 그러나 가정 내에서 정실과 함께 살았던 부실의 죽음을 애통해하거나 그녀의 미덕을 칭송한 작품은 아직 없었다. 따라서 〈쳐사영결가〉는 가정 내 부실의 존재를 당당하게 드러내고 그녀에 대한 서정을 표현했다는 점 자체만으로도 가사문학사적인 의의를 찾을 수 있는 작품이다.

근대기 역사의 전개와
가사문학

제5장

개화기 가사를 통해본 여성담론의 전개양상과 특성

1. 머리말

개화기는 역사, 정치, 사회, 문화 등 제반 부분에서 역동적이고 획기적인 변화를 겪은 시기이다. 여성문제도 마찬가지였는데 우선 갑오경장으로 인해 재가금지가 공식적으로 폐지되었으며[1], 무엇보다도 뚜렷한 변화는 개화지식인들에 의해 남녀동등론이 주장된 것이었다. 물론 이 시기의 남녀동등론은 그 구체적인 실질이 보장되지 않은 선언적 의미를 띠는 것이었지만, 여성문제를 인식하는 데에 전환

---

1 갑오경장은 사회·경제의 면에서 혁신적인 조처들을 시행하였다. 여성과 관련한 것으로는 과부의 재가가 허락된 것, 조혼을 금하여 남자 20세, 여자 16세 이상으로 결혼을 허한 것, 처첩이 다같이 아들이 없을 때에 비로소 양자를 허한 것, 인신매매를 금하는 것 등의 조처를 시행했다.

점을 제공해준 것은 사실이었다.

남녀동등론의 대두는 이를 중심으로 하는 새로운 여성담론, 즉 여성교육, 신여성, 새로운 세태, 이혼 등과 같은 다양한 여성담론을 생성하였다. 그리하여 개화기에 창작된 가사문학, 특히 규방가사는 이렇게 새롭게 생성된 당대의 여성담론을 반영하기 시작했다. 이 연구는 여성문제의 인식에서 획기적인 전환점을 제공해준 개화기 남녀동등론의 대두에 따라서 새롭게 형성된 여성담론이 개화기 가사문학에 어떻게 전개되어 나타나는지 그 양상과 특성을 살피는데 목적이 있다.

개화기에 창작된 가사문학에 관한 초창기 연구의 관심은 주로『독립신문』,『대한매일신문』등 신문 소재 개화가사에 집중되었다. 그런데 최근에 이르러서 문학사를 여성주의적 시각으로 새롭게 바라보고자 하는 연구 풍토에 힘입어 규방가사로 확장되었다. 개화기에 창작된 규방가사에 대한 관심은 규방가사가 이 시기에 엄청나게 창작되었다는 객관적인 사실과 여성담론과 관련한 중요한 화두를 다양하게 담보하고 있다는 사실에 의해 촉발된 것이다.

여성이 창작한 규방가사에 대한 연구는 개별 작품을 소개하거나 여성주의적인 관점으로 심도 있게 분석한 논의가 주를 이루며 그 성과도 상당히 축적되었다. 그리고 개화기에 창작된 규방가사 전반을 대상으로 한 여성담론적 측면에서의 종합적인 연구성과도 나오게 되었다[2]. 이 가운데 전미경의 논문은 여성 현실의 핵심이라고 할 수

---

2 전미경, 「개화기 규방가사에 나타난 여성의 시대인식에 관한 연구」,『한국가족관계학회지』제6권 1호, 한국가족관계학회, 2001, 85~108면. ; 전미경, 「개화기 규방

있는 '여성의 일상'을 문제로 삼아 개화기 규방가사의 구도를 확인하고 연구의 지평을 넓혔다는 점에서, 서영숙의 논문은 여성과 남성의 균형 잡힌 시각에서 개화기 가사문학에 나타난 여성담론의 구도를 명확히 하고자 했다는 점에서 연구사적 의의를 지닌다고 하겠다.

그런데 개화기에 창작된 규방가사 전반을 대상으로 한 여성담론적 측면에서의 종합적인 연구는 규방가사의 여성담론적 구도에 치중하여 개별 작품의 세계가 파편화됨을 면하기 어려웠으며, 개별 작품에 대한 여성담론적 분석과 평가가 현재적 관점 안에서 규명되지 못한 한계도 드러냈다. 그리고 여성담론과 관련한 중요한 가사 작품을 미처 다루지 못하여 여성담론의 총체적인 양상이라고 볼 수 없는 지점도 드러냈다. 개화기에 창작된 규방가사 중 여성담론을 담보하고 있는 작품을 총체적으로 조사한 후 전형적인 작품을 선정하여 여성담론의 전개 양상과 특성을 규명할 필요가 있다. 그리고 현재적 관점에서 개별 작품의 문학세계에 대한 분석이 이루어져야 할 필요도 있다.

개화기에 창작된 규방가사 작품은 수적으로 엄청나게 많다[3]. 이

___

가사에 나타난 여성의 일상에 대한 여성의 시각」, 『가족과 문화』제14집 제1호, 한국가족학회, 2002, 97~123면. ; 서영숙, 「근대전환기 가사에 나타난 여성의 삶과 인식」, 『어문연구』제38집, 어문연구학회, 2002, 205~231면.

3 창작 연대가 알려진 작품으로 〈강릉화전가〉(이귀자 작, 1896년), 〈홍씨부인계녀사〉(남양홍씨 작, 1896년), 〈상사별곡〉(1897년 이후 작), 〈낙치가〉(이진용 작, 1902년), 〈애련가〉(진보이씨부인 작, 조영애씨 모), 〈노환가라〉〈춘몽가〉〈비창가〉〈연년가〉〈탄속가라〉〈탄인가〉(이용목 작, 1898년), 〈용문가〉(유주보의 딸 작, 1907), 〈내범교훈가〉(이철영 작, 1911년) 등등이 있다. 〈덴동어미화전가〉나 〈시골색시설운사정〉도 개화기에 창작되었으며, 최송설당 작 가사 작품들도 1921년 전에 창작된 것으로 추정된다.

연구는 개화기에 창작된 종교가사를 포함한 모든 가사 작품들을 대
상으로 하지는 않았다. 남녀동등론의 대두에 따라 새롭게 형성된 여
성담론을 비중 있게 담고 있는 작품들 가운데서 전형적인 작품을 선
정하여 여성담론의 전개양상과 특성을 규명하는 데 중점을 두고 논
의하고자 한다.

2. 개화기 남녀동등론의 대두와 그 성격

개화기 애국계몽담론의 특성은 국가주의를 지향하는 데 있었다[4].
남녀동등론도 외세 침탈에 맞서 나라를 지키는 것이 최종 목표로 설
정된 애국계몽담론의 자장 안에서 주장되었다. 따라서 이 시기 남녀
동등론은 나라를 지키는 데는 남녀가 구분이 없다는 것과, 개화를
위해 교육이 필요한데 거기에 남녀가 구분이 없다는 것으로 집약되
었다. 1890년대『독립신문』의 사설에서는 남녀평등은 신 앞의 평등
이므로 인간에 의한 불평등은 배격되어야 한다는 서두의 말과 함께

---

4 고은지는 개화기 애국담론의 특성으로 '국가주의의 지향'을 들고 남녀동등론도
  그 최종 목표가 국가임을 말하였다. "남녀동등과 자유는 근대적인 가치이다. 중세
  의 질곡에서 벗어난 인간 주체성의 독립을 주장하는 표어이다. 하지만 윗글에서
  최종적인 지향점은 국가에 놓여 있다. 남녀 무론하고 성적 차별에서 해방되는 인
  간으로 동등한 위치를 확보하는 것이 남녀평등론에서 기대되는 일반적인 결론이
  다. 하지만 국가의 유지가 무엇보다 중요했던 한국의 개항기에서 남녀평등론의
  실질에는 국가가 최종 목표로 자리했다. 그리하여 남녀평등은 남녀 모두 모름지
  기 나라를 위한 사업에 종사하는 것으로 규정되었던 것이다."(「개항기 계몽담론
  의 특성과 계몽가사의 주제 표출양상」,『우리어문연구』제18집, 우리어문학회,
  2002. 240면)

여자에게도 남자와 마찬가지의 동등한 교육기회가 주어져야 한다고 주장하였다. 여성도 가정에만 얽매이지 않고 교육을 통하여 국가와 사회의 성원으로서 국가 사회에 기여해야 한다는 것이다. 1900년대 『대한매일신보』에 실린 금화산인의 남녀동등에 관한 글에서는 '남녀가 동등으로 ᄉ업을 삼아 츙군익국ᄒᄂ 일심으로 사ᄅᆷ마다 긔유ᄒ고'[5]라 하여 남녀가 동등하게 나라를 위한 사업에 종사해야 함을 주장하였다.

이렇게 남녀동등론은 구국과 여성교육을 위해 원칙적으로 제시되었던 선언이었기 때문에 구체적인 실질이 주체적인 여성의 사회적 자아를 인정하는 선에까지 미치는 것은 아니었다. 당대 남녀동등론을 주장한 개화지식인이 여성교육이 필요하다고 한 실제적인 이유는 '계집아이는 자라면 이 사람들(개화지식인)의 아내가 될 터이니, 그 아내가 남편만큼 학문이 있으면 집안일이 잘 될 터이요'[6]라는 기사에서 알 수 있듯이 남성을 내조하고 집안일을 잘 할 수 있게 하기 위함이었다. 즉 당대 여성교육은 국권회복과 국익의 담당자, 현모양처, 아동교육의 담당자를 길러내기 위한 것이었다[7].

그런데 '이제는 남녀동등이다'라는 구호는 실제 당사자인 여성들

---

5 『독립신문』, 1896년 9월 5일. ; 『대한매일신보』, 1907년 7월 9일.
6 『독립신문』, 1896년 5월 12일.
7 이항재, 「개화기의 여성교육」, 『인문과학논총』제1권 1호, 순천향대학교, 1995, 237~314면. 개화기에 관학, 사학, 그리고 민간출자에 의한 학교 모두가 남녀동등에 바탕을 둔 여성교육의 필요성에 의해 설립되었다. 그러나 여기서 행해진 여성교육은 현모양처, 아동교육의 담당자, 그리고 국권회복과 국익의 담당자를 길러내는 데 목적이 있었다. 교육을 통해 진정한 내조로 가정생활에 능한 여성, 아동을 인재로 키워낼 수 있는 여성, 근검절약할 수 있는 여성을 길러내고자 한 것이다.

에게는 강력한 메시지로 전달되었다. 사실 여성들은 이미 오랫동안 자신들이 남자와는 달리 구속받으며 살고 있다는 인식을 지니며 살고 있었다. 그러므로 이런 여성들에게 남녀동등론은 논리이자 감성으로 전달되었다. 남녀동등론이 대두한 개화기에 일부 여성에 국한한 것이기는 했지만 여성현실에 대한 자각과, 남녀가 평등한 새로운 세계에 대한 기대감의 토로가 가히 파격적으로 이루어지기도 하였다.

> 세상에 남녀가 다를 것이 없거늘 어찌 남자의 벌어다 주는 것만 먹고 심규에 앉아 남의 압제만 받으리요. 문명한 나라에서들은 여자가 어려서부터 학교에 다니며 각종 학문을 배워 학문이 남자만 못하지 않은 고로 남녀가 동등권이 있으되 슬프다 우리는 그렇지 못하여 세상 형편을 모르고 병신 모양으로 지냈으니 유지하신 통포 형제들은 우리 새로 설립하는 학교에 보내어 각 항 학문을 공부시키라[8].

위는 양반집 여성들이 학교를 설립하고자 돌린 통문글이다. '남녀가 다를 것이 없는데, 어찌 남자가 벌어다 주는 것만 먹고 규방에만 앉아 남의 압제만 받을 것이냐'라는 발언은 여성의 현실에 대한 근대적인 자각을 바탕으로 한 것으로서 제국신문의 논설자도 부인네들이 이런 말을 한 것에 대해 놀라움을 표하였다고 한다[9]. 여성도 교

---

8 〈논설〉, 『제국신문』, 1898년 9월 13일. 이상경의 「여성의 근대적 자기 표현의 역사와 의의」(『한국근대여성문학사론』, 소명출판, 2002, 37면)에서 재인용하였다.
9 이상경, 앞의 논문, 37~38면.

육을 받으면 스스로 경제능력이 생기고 남성의 압제를 받지 않아 남
녀동등권을 갖게 될 것이라는 생각은 '병신 모양'으로 지낸 자신들
의 정체성에 대한 자각에서 비롯한다. 물론 당시에 이러한 파격적인
사고를 표현할 정도의 남녀동등 의식을 지닌 여성은 극히 일부에 불
과하였다. 그리고 이러한 파격적인 인식을 지녔던 여성이라 하더라
도 남녀동등론이 대두한 개화기 이후 남녀동등론을 현실에 적용해
가는 과정에서 인식의 조정 국면을 거칠 수밖에 없었을 것이다. 위의
글은 남녀동등론이 대두한 개화기에 여성 자신들이 남녀가 동등한
세계상에 대해 지녔던 장밋빛 기대감을 잘 대변해준다.

　이렇게 남성과 여성은 남녀동등론에 입각해 여성교육의 필요성
을 주장한 것은 같았지만, 남녀동등론의 구체적인 실질에 대한 생각
은 사뭇 달랐다. 남성의 생각이 내조에 국한한 여성상을 상정한 반
면 여성의 생각은 주체적인 여성상을 상정한 것이었다.

　당시 남녀동등론의 구심점은 여성교육이었다. 그런데 남녀동등
론을 대전제로 하여 설립하게 된 여학교라 하더라도 그 교육목표는
모두 현모양처를 길러내는 데 있었다. 1906년 설립한 숙명고등여학
교의 교육목표는 '현모양처'의 배양에 있었으며, 1908년 설립한 한
성고등여학교의 교육목표도 '여자는 嫁하여 夫를 익고 嫁를 理하
며 자녀를 扶育하는 책임을 지닌 항상 가정의 중심이 되어 일가의 행
복을 증진하고'라고 하여 현모양처를 길러 나라의 인재를 양성하는
데에 두었다. 1908년에 설립한 동덕여학교의 교육목표는 국권 회복
을 위해 여성교육이 필요함을 강력히 주장하면서 '여자교육은 어디
까지나 여자를 만드는 교육이요, 그것이 가정을 만들고 국가를 만드

는 것이다'라고 하여 가정 안의 여자교육에 두고 있었다[10]. 이렇게 근대 전환기 남녀동등론에 입각한 여성교육은 여성을 가정이라는 사교육의 장에서 학교라고 하는 공교육의 장으로 끌어낸 성과를 이루었지만, 그 실질적인 내용 면에서는 바람직한 현모양처를 배양하고자 한 전통적인 여성교육과 크게 달라지지 않은 것이었다[11].

이렇게 개화기 남녀동등론은 여성을 구국의 대열에 능동적으로 보조하게 하고, 공교육의 현장으로 끌어내려는 기획 하에 내세운 원칙론적이고 선언적인 주장에 불과하였다. 일부 여성의 주체적인 여성상에 대한 인식은 구체적인 실질이 아직 실현화하지는 못한 것이었다. 남녀동등의 실질적인 내용이 어떤 것인가에 대한 고민이나 탐색이 없는 가운데 국가와 교육의 현장, 특히 교육현장이 여성을 필요로 했기에 외친 선언적인 것에 불과하였다.

3. 여성담론의 전개양상과 특성

1) 신문 게재 개화가사의 여성담론 : 남성의 시각

(1) 여성교육을 위한 남녀동등론 : 『독립신문』 가사

독립신문은 논설을 통해서 남녀동등론을 주장하였음에도 불구하고 신문 소재의 가사 작품 중에는 남녀동등론의 내용성을 담고 있는

---

10 이항재, 앞의 논문, 237~314면.
11 서영숙, 앞의 논문, 226면.

작품은 없다. 다만 잡보에 실린 23편의 작품¹² 가운데 두 편만이 남녀
가 구분 없이 교육을 받아야 함을 말했을 뿐이다. 그것도 '남녀업시
입학ㅎ야 세계학식 빗화보자'¹³라는 것과 같이 매우 짧게 언급하는
정도에 불과하였다. 남녀동등론을 적극적으로 주장하던 신문의 논
설자와는 달리 잡보에 실린 가사의 창작자들은 남녀동등론을 중요
하게 생각하지 않았거나 아직 내면화하지 않았던 것이 아닌가 한다.

(2) 부정적 여성상에 대한 여론화 : 『대한매일신보』가사¹⁴

『대한매일신보』는 1905년 가사를 싣기 시작한 이래, 남녀동등이
나 여성교육에 대한 시각을 드러낸 작품을 싣지는 않았다. 그러다가
1906년에 이르러 6월 5일에 평양여도의 가사를, 7월 21일에는 寿
洞寓大丘女史의 가사를 실었는데, 전자는 여학교에 다니는 여학생의
교육열을, 후자는 여성의 우국충정을 토로한 작품이다. 그리고 1907년
이후에 가면 비록 전체 작품 수에 비해 그 비율이 높은 것은 아니지
만 '녀ᄌ들을 교육ㅎ야 남녀동등이 되야 될 것〈거누구타령(속)〉
(1907년 7월 14일)', '남녀동등도 여긔 잇고 만국동등도 여긔 잇소〈학
교가〉(1907년 9월 7일)' 등과 같이 남녀가 구분 없이 교육을 받고 구

---

12 『한국개화기시가집』(김근수 편, 태학사, 1985, 1~8면) 소재 23편만을 대상으로 하
 였다.
13 『독립신문』, 1896년 5월 9일. 또 다른 작품은 1896년 7월 18일자에 실린 작품으로
 '남ᄌ녀ᄌ 교휵ᄒ여 고등학ᄉ ᄒ여보셰 / 우리형뎨 남녀간에 셩덕을 츅슈ᄒ셰'라
 는 구절로 표현되었다.
14 이 연구에서 인용한 『대한매일신보』소재 가사 작품은 『근대계몽기 시가 자료집
 ⅠⅡⅢ』(강명관, 고미숙 편, 성균관대학교 대동문화연구원, 2000년)에 실린 것을
 대상으로 하였다.

국도 해야 한다는 취지의 구절들이 간혹 나타났다. 교육과 구국에 남녀가 구분이 없어야 한다는 『독립신문』의 시각이 그대로 연장되어 나타난 양상이다.

그런데 1908년에 이르러 가사가 시사평론으로 실리게 되면서 여성담론을 드러낸 가사가 다른 양상으로 전개되기 시작했다. 그 다른 양상이란 부정적인 여성상에 대한 비판담론이 나오기 시작했다는 것이다. 그 시작이 되는 가사는 2월 15일자에 실린 〈月朝一評〉으로 '賣淫女가 洋服 입고 開明婦女 效響ᄒ야 街道上에 앗들거려 眩人耳目ᄒᄂ고나 豪蕩男子 追逐ᄒ야 暗裏醜行 狼藉ᄒ니 져 女子가 可憎이오'라 하여 신여성을 호탕남자의 마음을 흐리게 하는 매음녀로 비판하는 내용을 담았다. 급기야 5월 1일자 시사평론에서는 '규중에셔 침션ᄒ던 젼일구습 폐지ᄒ고 외국졔도 의방ᄒ야 남녀동등 교육ᄒ니 대한풍쇽 변힛고나 봄이 가면 여름 온다'라 하여 남녀동등에 의한 여성교육 자체를 비판하기도 했다. 이후 부정적인 여성상에 대한 비판이 더욱 신랄하게 행해지는 현상이 일어나게 되는데, 그 비판의 대상은 주로 기생, 창녀, 첩, 신여성 등이었다.

> 녀ᄌ이라 ᄒᄂ 것은 유한정졍 홀쑨더러 / 힝동거지 웅용ᄒ고 언어슈작 졍당후에 / 현슉ᄒ다 ᄒ겟ᄂ딕 / 찬란의복 극샤치로 기명힛다 ᄌ칭ᄒ고 / 부인회에 츌몰ᄒ나 연희쟝에 종ᄉᄒ니 / 녀ᄌ즁의 요괴물은 란계비취 뎨일이오[15]

---

15 『대한매일신보』, 1909년 3월 14일.

위는 가사 〈四大妖物〉의 일부분이다. 작가는 대신, 관찰, 여자, 소설 등 4대 요물을 비판하는 가운데 위에서와 같이 부인회를 조직하여 사회활동을 하는 여자들을 원색적으로 비판했다. 모름지기 여자는 행동거지와 언어행동이 현숙해야 하는데, 부인회에 나오고 연회장이나 드나든다고 비판한 것이다. 작가는 사회활동을 하는 여자들을 사치스러운 접대부 정도로 매도했는데, '개명했다고 자칭하는 여자'에 대해 '찬란의복 극사치'라는 반사회적 가치를 내세워 비판함으로써 주장의 합당성을 교묘하게 꾀하였다. 사회활동을 하는 여성들이 추구하는 내용성은 전혀 거론하지 않으면서, 단순히 그들의 외모와 언어행동을 문제화하여 이들을 대상화한 것이다. 이러한 작가의 시각은 사회활동을 하는 여성에 대한 당대 사회의 반감을 반영한다고 하겠다.

개화지식인이 남녀평등의 구호를 외침에 따라 신식교육을 받거나 사회활동에 참여하는 신여성이 차츰 모습을 나타냈다. 그러자 신여성에 대한 사회담론은 그들의 구체적인 형상에 대해 부정적으로 바라보는 양상으로 전개되었다. 겉으로는 남녀동등이나 여성교육을 주장하면서 전통적인 가치관을 그대로 고수함으로써 신구 가치관의 착종을 보이는[16] 현상이 나타난 것이라고 할 수 있다. 이들 가사가 남녀평등에 대해 정면으로 비판한 것은 아니지만 신여성의 부정적인 형상에 대한 우려를 봇물 터지듯이 여론화함으로써 결과적으로 남녀동등론에 대한 반감을 조장한 것이다.

---

16 서영숙, 앞의 논문, 224면.

2) 규방가사의 여성담론 : 여성의 시각

(1) 계몽적 남녀동등론 : 〈여자해방가〉

당시 여성들에게 다가간 남녀동등론은 본능적으로 존재론적인 인식의 전환으로까지 연결되는 것이었다. 이러한 양상을 보여주는 대표적 작품으로 〈여자해방가〉가 있다.

> 어와 울리 여성들라 나의말삼 들려보소 / 태극조판 하온후의 음양오행 졍괴바다 / 울리인싱 삼겨슨니 칙임도 듕할시고 / 만물듕의 영장이라 가련할ᄉ 여성들라 / 사람은 일반이라 이목구비 다름업고 / 오장육부 갓치잇셔 인의예지 본셩이요 / 총명지각 차등업다 지공하신 쳔지조화 / 남녀귀쳔 분간업시 공졍하게 늬엿건만 / 남녀칠시 부동셕은 야심가의 헌법이라 / 자유을 물시하고 인권을 유린한니 / 가련하다 울리 여즈 이시상 쳐음날셔[17]

위의 구절을 요약하면 '만물이 생겨난 이후 사람은 모두 같아야 하는데, 그 동안 여성의 자유가 감시 당하고 인권이 유린되었다'는 것이다. 이와 같은 파격적인 인간 선언으로 시작한 〈여자해방가〉는 딸이라고 구박을 받고 살다가 시집을 가서도 학대를 받고 사는 여자의 인생을 읊은 다음[18], 여자들이 오백년 동안이나 이와 같이 살아왔

---

17 임기중 편, 『역대가사문학전집』 41권, 아세아문화사, 1998, 592~599면. 이 책에 작품번호 1946번인 〈여자혜랑가〉가 〈여자해방가〉이다. 책에 실린 제목의 '혜랑'은 '해방'을 잘못 읽은 것이다.

18 "사랑하신 부모님도 여식이라 말을하며 / 조금도 희식업시 이마살을 찌푸리고 /

으나 이제는 시대가 변하였으니 악마와도 같은 구도덕에 매이지 말고 잠을 깨고 눈을 떠서 자유종을 경성에다 높이 달고 전국에서 남녀평등을 부르짖자고 하였다. 그러면서 다음과 같은 구절로 가사를 마감하였다.

> 씨가왓늬 씨가왓늬 남존여비 업셔지고 / 칠야 깁히든잠 / 날신둘 몰르고셔 잠곳딀을 씨지말고 / 어셔밧비 꿈을씌여 사람노릇 하여보식 / 남녀평등 된다헤도 자연으로 되올손가 / 지식이나 얼논이나 남자와 갓고보면 / 딕장부요 아댱부라 억지하리 뉘잇스리 / 농속든 식와갓치 날고날근 구도덕의 / 일신을 담겨놋코 헹복을 꿈쑤든가 / 모든용긔 다하여셔 이사회을 긔억할딕 / 마음이 열열한들 모로면 소용업다 / 어와울리 여ᄌ님늬 배울학자 명심하여 / 가삼속의 삭여두고 학문주을 츠자가식 / 이식이 충분하면 모든문지 헤결이라

위에서 작가는 이제는 남존여비가 없는 세상이 왔으니 잠과 꿈에서 깨어나 남녀평등의 세상에서 사람노릇을 해보자고 하였다. 남녀평등의 세상이 도래한 줄도 모르고 사는 여성들을 향한 계몽적 의도가 강하게 드러나고 있다. 이어 작가는 남녀평등은 자연적으로 되지

낙망하는 그외안식 첫인ᄉ가 셥셥하다 / 팔구식 겨우되면 외인상딕 안니하고 / 지옥갓흔 규문안늬 유예집횡 죄인갓치 / 육칠년 고싱타가 여필종부 법을츠ᄌ / 당ᄉ자는 물겻업시 부모님의 자단으로 / 아무려나 출가하니 시부모의 엄명이며 / 가군의 ᄀ속이라 일동일싱 자유업고 / 일언일구 조심이라 날리 식면 음식지졀 / 밤이되면 침셩방직 한시도 유가업시 / 진심갈력 하건마넌 식졍업는 남셩들은 / 포악이 자심하다 언어힝동 조심업고 / 음식지졀 무지하다 식식으로 괴홍하며 / 닌졍사졍 조금업시 견아갓치 학딕한니"

않는다고 하면서, 구도덕에 젖어 있으면서 행복을 꿈꾸는 것은 새장 속에 갇힌 새가 날기를 꿈꾸는 것과 같으니 용기를 내어 벗어나려는 노력을 해야 한다고 하였다. 마지막으로 작가는 모든 문제를 해결하려면 교육을 반드시 받아야 함을 강조하며 끝을 맺었다.

〈여자해방가〉는 화자의 어투나 '자유종, 경성' 등의 용어로 보아서 1910년대 지도자적 위치에 있었던 한 신여성의 작품이 아닌가 추정된다. 여기서 작가는 여성의 정체성과 관련하여 남녀평등을 깊이 있게 성찰했다. 지난 5백년 간 여자라는 이유만으로 날 때부터 구박을 당하고 구속받으며 살아온 여자의 일생을 조망함으로써 남녀평등의 의미를 규정하고 그 역사성을 확보하였다. 남녀평등의 세상에서 사람 노릇을 해보자는 비전을 제시하며, 그러한 세상의 실현을 위해서 여성 스스로가 노력하고 교육을 받아야 함을 강조하였다. 이러한 언술 구조 안에서 작가가 생각하는 여성교육의 실질이란 여성의 주체적인 삶이 보장되도록 하는 것임은 분명하다. 많은 규방가사에도 자유가 없이 구속을 당하며 사는 여성의 일생에 대한 유감이 서술되어 있다. 하지만 대부분의 규방가사는 결국 이러한 여성의 삶을 받아들이고 최선을 다해 살아야 한다는 쪽으로 나아갔다. 이에 비해 〈여자해방가〉는 그러니까 벗어나서 살아야 한다는 쪽으로 나아간 것이다. 여성의 삶이 학대를 받고 사는 것임을 분명히 인식하고 앞으로 여성이 살아갈 세상은 이러한 삶을 벗어나는 세상이어야 한다는 방향성을 제시하였다. 이렇게 신여성이 받아들인 남녀평등의 실질은 여성의 정체성에 대한 인식이나 존재론적 성찰을 포함하는 것이었다.

〈여자해방가〉는 여성의 삶에 대한 인식론적 기반 하에 여성의 주
체성을 선언하고 앞으로의 세상이 어떠해야 하는가에 대한 비전을
제시하여 현실성을 지닌다. 그런데 '남녀평등 된다헤도 자연으로 되
는손가'라 하여 여성해방의 길로 나아가는 것이 어려운 일임을 인식
하고는 있지만 교육으로 문제가 해결될 수 있다고 보아 지나치게 낙
관적인 시각을 노정하기도 했다. 실제로 당대에 행해졌던 여성교육
의 현장에서는 작가가 꿈꾸는 세상을 위한 여성교육이 이루어지지
않았기 때문이다. 특히 작가는 남녀칠세부동석에 대한 반발, 본인의
의사와 상관없이 행해지는 결혼에 대한 반발, 구속에 대한 반발 등과
겹쳐 '구속과 자유'라고 하는 것에 의식이 상당히 견인되어 있다. 그
래서 제목도 '평등'이 아니라 '해방'이다. 당대에 신식교육을 받은 신
여성들은 특별히 자유 결혼과 자유 연애를 주장했었는데, 그러한 당
대의 시대분위기가 감지되는 부분이다. 교육에 대한 맹신과 자유에
대한 추구는 이 시대 남녀평등론에 유도되었던 여성들의 추구점이
어디에 있었는지를 반영한다.

(2) 착종적 남녀동등론 : 〈경계사라〉

여성들은 본질적으로 남녀평등에 대해 전폭적인 지지를 보낼 수
밖에 없다. 그런데 남녀평등의 실질적인 진행이 여성교육 쪽에 나가
있었으므로 학교에 가지 못하고 가정에서 집안일만 해야 했던 대다
수 여성들은 여성 교육에서 진행하고 있는 교육목표의 구체적인 실
질을 전혀 알 수 없었다. 당시 개화기 서양인의 눈에 비친 한국 여성
은 열악한 환경과 지위 속에서 고달픈 삶을 살아가는 모습뿐이었는

데, 아직은 인식 전환이나 실제 일상생활의 변화가 전혀 일어나지 못
하였기 때문이다[19]. 남녀평등론의 주장에도 불구하고 여성이 직면한
현실은 전혀 변화하지 않는 현실이 계속되자 남녀평등에 관한 사고
가 착종되어 나타나게 되는데 〈경계사라〉가 그 양상을 잘 보여준다.

> 어와녀자 아해들아 이한말 들어보자 / 서럽고 원통하다 여자된몸
> 더욱설따 / 남날때 낫것만은 남자몸이 못되고서 / 여자몸이 듸엿난고
> 분하고도 원통하다 / 한탄한들 무엇하며 서러운들 엇지하랴 / 애들원
> 통 하다하나 금세로 따져보면 / 남자여자 동권이라 무엇을 지탄하랴 /
> 행신범백 잘하면은 남자만 못할손야 / 선도자가 되어보자 모범인물 되
> 어보세 / 부모임이 나으시서 남녀구분 별노업시 / 훈게교육 잘식히사
> 남에찬성 밧기한다 / 무정세월 여류하여 성년에 가까웟다 / 성년이 되
> 고본니 여자된몸 더옥설따 / 녀자라 하는몸이 출가하면 외인이라 / 사
> 사이 생각한니 한심하고 애들하다 / 출가년명 듸얏슨니 정한례법 면할
> 손가 / 거룩하신 우리부모 저으혼인 실시찬코 / 조흔인연 조흔가문 각
> 처로 벌이구해 / 출가를 식히난니 삼종지도 말삼한다 / --- / 이리저리
> 생각한니 녀자된몸 분하도다 / 차세에는 녀자이나 후세에 다시나서 /
> 녀화위남 하여보새 평생원한 풀어보자 / 한지무궁 한탄한들 쓸대업고
> 허사로다 / 이것저것 다바리고 사람노릇 하여보자 / 부모봉양 극진하
> 고 봉제사 접빈객을[20]

---

19 이배용,「개화기 서양인 저술에 나타난 한국여성에 대한 인식」,『한국사상사학』제
    19집, 한국사상사학회, 2002년, 539~569면.
20 고전자료편찬실,『규방가사 I』, 한국정신문화연구원, 1979, 72~79면.

위에서 인용한 구절의 앞에서 작가는 남녀 아이들에게 삼강오륜과 효도를 강조했다. 이어서 작가는 특별히 여자 아이들에게 이를 말이 있다고 하면서 위와 같이 서술한 것이다. 작가는 여자로 태어나서 분하고 원통하다는 말로 시작했다. 그리고 지금 세상은 남녀동권이 있다고 하니 행실만 올바르게 하면 남자와 동등하게 될 수 있다고 했다. 부모님으로부터 혼인할 즈음에 '삼종지도'라는 것을 듣게 되었는데, 여자로 태어난 것에 분한 마음이 일고 후세에는 남자로 태어나 그 한을 풀어보겠다고도 하였다.

삼종지도는 여성의 예속적 지위와 구실을 표시한 규범의 하나[21]로 가부장제적 전통사회에서 여성 통제이데올로기의 핵심이었다. 여성은 혼인할 나이가 되면 남성에게 영원히 종속되는 삼종지도를 듣고 배우게 되면서 자기 정체성에 매우 큰 혼란을 겪게 된다. 하지만 대부분의 여성은 그것을 내면화하게 되는데, 그렇다 하더라도 여자로 태어난 것에 대한 분하고 서러운 정서는 여전히 남아 있게 된다. 삼종지도는 인위적으로 남성에게 종속을 강요하는 것이기 때문에 아무리 전통사회의 여성일지라도 삼종지도를 남자와 다른 여성의 현실, 평등하지 못한 여성의 정체성을 나타내는 사회적 코드로 인식했다.

---

21 삼종지도의 근원은 『儀禮』(상복편)에서 공자가 "부인은 남편에게 잘 복종할 것이다. 이런 까닭으로 오로지 결정하는 것이 없고, 세 가지의 따르는 도리가 있으니, 친가에 있을 때는 아버지를 따르고, 시집 가면 남편을 따르고, 남편이 죽으면 아들을 따라서, 감히 스스로의 뜻대로 이루는 것이 없어 그 敎令이 문밖으로 나가지 아니하고, 하는 일이 제사 지내는 음식물이나 식사를 마련하는 일일 따름이다"라고 한 데서 연유한다.

위에서 밑줄 친 '어와녀자 아해들아 이한말 들어보자'에서부터 '이것저것 다바리고 사람노릇 하여보자'까지 총 41구(4음보를 1구로 계산)는 여자가 된 것이 서럽고 분하다는 내용으로 채워져 있다. 여기서 평등하지 못한 여자의 삶에 대한 서술이 만만치 않은 양이어서 이 부분의 인식이 작가의 여성 인식에서 차지하고 있는 부분이 결코 작지 않았음을 알 수 있다. 그리고 화자는 '애들원통 하다하나 금세로 따져보면 / 남자여자 동권이라 무엇을 지탄하랴'라는 구절에서 남녀동등에 대한 막연한 기대를 표출하고 있기도 했다. 당시 새롭게 대두한 남녀동등론이 화자가 지니고 있었던 여자로 태어나 서럽다는 생각에 파장을 불러일으킨 것이 분명하다.[22]

그런데 작가는 갑자기 이런 생각이 모두 쓸 데가 없으니 사람 노릇이나 잘 해 보자고 화제를 전환하여, 여자의 여러 할 일들을 나열하고 잘 배우라고 했다. 작가는 자신이 예전에 걸었던 여자의 길에 대해 한탄을 쏟아 내었으면서도 어린 여자아이들에게 그러한 길을 순종하며 가라는 경계의 말을 한 것이다. 사실 이 작품의 작가는 우리의 할머니라고 할 수 있다. 세상이 변해 남녀가 동등하다고 말들은 하지만 대다수 여성들은 여전히 가정에 묶여 있었고, 그간 해왔던 일들을 고스란히 해야 했다. 남녀동등이니 자유니 하는 것이 일상에서 전혀 체감되지 않았기 때문에, '그렇긴 한데 여자의 일은 어떻게 할 것인가, 우선은 잘 해야 하지 않은가'하는 쪽으로 생각이 흐르게 된

---

22 화자가 지닌 분하고 원통한 심정은 일차적으로 친정 부모를 모시지 못하는 데서 기인한다. 전통적으로 여성으로서의 삶이 남자의 삶과 다르다는 인식의 전형적인 표지는 친정 부모를 모시지 못한다는 사실이었다. 이렇게 친정부모를 모시지 못한다는 것은 전통시대 여성이 지닌 정체성과 관련하는 중대한 문제였다.

것이다. 이러한 사고는 매우 현실적인 것이라고 할 수 있다. 성역할에 대한 사회적 고정관념이 그대로 존속하는 한 남녀평등론의 실제적인 구현은 착종된 형태로 있을 수밖에 없는 것이었다. 이렇게 〈경계사라〉는 당시 대다수 여성이 지니고 있었던 착종된 남녀동등의식을 반영한다.

(3) 비판적 남녀동등론 : 〈생조감구가〉

〈생조감구가〉는 안동의 의병장이었던 이중린의 딸 이사호가 1930년에 쓴 장편가사이다[23]. 작가는 위정척사의 입장에서 항일의병활동의 선봉에 섰던 영남유림문중의 일원이었던 탓에 일제와 함께 들어온 개화문명, 개화담론, 개화 지식인 등을 못마땅해 했다. 남녀가 구분 없이 학교에 다니는 것, 자유연애, 개화남성, 개화여성 등 개화문명으로 인해 변화한 갖가지 세태와 그 주체에 대해 전통적인 가치관의 입장에서 신랄하게 비판했다. 작가는 개화 남성과 개화 여성의 파렴치한 행위들에 대해 목청을 돋우어 비판한 후 개화지식인이 주장하는 남녀동등론을 다음과 같이 대놓고 비판했다.

무지무식 신수인수 남녀동등 자유말은 / 제입으로 하면서도 여주하세 더하더라 / 상경여빈 그시되난 존중한계 여주로다 / --- / 우미한 주

---

23 〈생조감구가〉에 대한 소개는 이상택의 논문(「개화기 서사가사시고-생조감구가를 중심으로」, 『진단학보』제39호, 진단학회, 1975, 141~160면)에서 이루어졌다. ; 〈생조감구가〉의 작가 규명은 장인진·남상권의 논문(「〈생조감구가〉의 작가 고증과 작가 가문의 항일운동」, 『반교어문연구』제20집, 반교어문학회, 2006, 141~188면)에서 이루어졌다.

> 녀들아 남녀동등 밋지마라 / 천존지비 분명ᄒ니 남존여비 업실손가 /
> 자유자유 해건마ᄂ 자유권을 뉘쥬던고[24]

위의 인용구에 앞서 작가는 개화 남성이 멋만 부리고 교제나 하고
다니면서 조강지처를 구박하고 이혼이나 하자고 한다고 했다. 그렇
기 때문에 작가는 개화 지식인 남성들이 남녀동등이니 자유니 하는
말을 입으로는 말하지만 실은 여자를 하대하는 것에 있어서는 더한
면이 있다고 하였다. 그래서 작가가 보기에 개화 지식인은 '무지무
식 신사인사'일 뿐이었다. 여기서 한 발 나아가 작가는 남녀동등이
라는 말이 나오기 이전의 시대에 여자를 더 존중해주었다고 하였다.
그리고 작가는 지금 유행처럼 번지고 있는 남녀동등을 믿지 말라고
하면서 남존여비가 없어지지 않았는데 누가 여성에게 자유권을 주
겠느냐고 어린 여성들에게 다시 한번 강조해 말했다.

작가가 연로한 양반가 여성이어서인지 남존여비는 없어지지 않
으니 남녀동등을 절대로 믿지 말라고 주장하는 태도가 매우 당당하
다. 이 가사가 창작된 1930년은 이미 남녀동등론에 뒤따르는 여러 세
태가 인구에 회자되었던 시기였다. 그러므로 작가도 남녀동등론과
관련하여 여기저기서 말하는 갖가지 세태를 익히 들어 알고 있었을
것이다. 그런데 여기서 작가가 남녀동등론을 바라보는 시각은 철저

---

24 〈생조감구가〉가 실려 있는 곳을 소개하면 다음과 같다. 이화여대 한국어문학연구
회, 「내방가사자료」, 『한국문화연구원논총』제15집, 이화여자대학교 한국문화연
구원, 1970, 410~423면. ; 임기중 편, 『역대가사문학전집』13권, 여강출판사, 1992,
91~125면. ; 임기중 편, 『역대가사문학전집』24권, 여강출판사, 1992, 561~601면.
여기에서는 「내방가사자료」에 실린 것을 인용했다.

히 전통적이고 보수적인 것이었다. 특히 옛날이 더 여자를 존중했다는 것은 양반 여성의 일원인 작가의 경험값만이 투영된 것이라고 할 수 있다. 객관적으로 볼 때 대다수 여성은 그렇지 못하였기 때문에 아무래도 작가의 시각은 여성 전체의 일반적인 현실을 고려하지 못한 편향적인 시각임은 분명하다.

그런데 여기서 당대 여성의 현실적인 상황이 제시된 점은 주목을 요한다. 작가가 개화남성과 개화여성을 부정적으로 대상화하여 바라보고 있는 것은 분명하다. 그럼에도 불구하고 작가는 당시 여성의 삶과 관련해서는 매우 현실적으로 그 실질과 본질을 직시하고 있었다. 작가는 남녀평등이 그야말로 유명무실한 것에 지나지 않아 실질적인 여성의 현실은 예전과 비교하여 나아진 것이 없음을 지적했다. 그리고 작가는 당시 남녀동등을 주장하던 개화 지식인 남성이 과연 부인을 부려먹지 않고 동등하게 대해줄까에 의문을 품었다. 당시의 남녀동등론은 선언적인 의미만을 지녔을뿐, 구체적인 실질은 전혀 마련하지 못한 상태였기 때문에 작가의 발언은 당시의 현실을 매우 적확하게 지적한 현실성을 지닌다[25]. 이렇게 〈생조감구가〉는 당대 남녀동등이라는 말이 유행처럼 번지고 있는 상황에서 남녀동등에 대해 비판적인 인식세계를 드러내고 있음에도 불구하고, 여성의 삶이

---

25 여성은 아무리 보수층일지라도 여성이 처한 현실적 토대 위에서 여성의 문제에 본질적으로 접근한다. 그러나 남성은 여성이 처한 현실적 토대가 아닌 남성 중심적인 인식의 토대 위에서 여성의 문제에 접근한다. 『대한매일신문』소재 가사에서 신여성을 대상화하여 바라보기만 하여 표피성을 면치 못한 반면 이 가사에서 대상화가 이루어졌음에도 불구하고 나름의 현실성을 담보하고 있는 이유는 바로 여성과 남성의 인식적 토대에서 차이가 나기 때문이라고 할 수 있다.

이전에 비해 하등 달라지지 않았고 오히려 여성이 이중으로 핍박을 당하는 현실이 벌어지고 있음을 노인의 통찰력을 통해 전해주고 있다.[26]

(4) 이혼담론의 형성 : 〈싀골색씨 설은타령〉

남녀동등의 실질적 내용에 대한 합의가 전혀 구체화하지 못한 단계에서 남녀동등과 관련한 사회담론의 대세는 여성의 학교 교육 쪽으로 흘렀다. 정작 여성이 교육을 받는다 하더라도 그 실질적 내용은 이전과 별반 다를 바가 없는 현모양처의 양성에 있었음에도 불구하고 사회적으로는 학교 교육을 받으면 남녀동등이 현실화하는 것으로 뭉뚱그려져 있었다. 그런데 교육을 받은 신여성들이 사회적 실체로서 부류를 형성하게 되었지만 대부분의 일반 여성은 교육의 기회를 거의 얻지 못했다. 학교 교육 자체가 경제적인 기반을 바탕으로 하는 것이었기 때문에 도회지의 상류층 여성에게만 교육의 기회가 주어지는 것이 보통이었다.

교육을 받지 못한 대부분의 여성들은 남녀동등론이나 여성교육을 바람직한 새로운 현실로 받아들였다. '이제는 남녀평등이란다. 그래

---

26 이상택(앞의 논문)은 〈생조감구가〉에 나타난 개화남성과 개화여성에 대한 비판을 '민족적 자주의식의 강조임과 동시에 일체의 반윤리적 반인도적인 것에의 저항으로 풀이될 수 있다'고 하였다. 실제로 작가가 개화남성과 개화여성의 행각으로 나열하고 비판한 것들은 모두 비판 받아 마땅한 것들이어서 이러한 비판은 일견 타당하다고 할 수 있다. 그러나 작가가 위정척사의 신념에 지나치게 견인되어 그 반대 쪽 노선의 주체자들인 개화남성과 여성을 부정적인 시각으로만 바라보았기 때문에 작가의 비판이 균형 잡힌 시각 하에서 이루어졌다고 보기는 어렵다. '반윤리적 반인도적 것에의 저항'이 목표였던 것이 아니라 '개화' 그 자체에 대한 저항이 목표였기 때문으로 풀이할 수 있다.

서 여자도 학교에 간단다'라는 사회담론이 퍼지고 있는 자장 안에서 도회지나 시골에 사는 일반 여성들은 '교육을 받은 여성들은 남녀동 등의 대접을 받는다'는 환상과 '그에 비해 교육을 받지 못한 우리들 은 동등한 대접을 받지 못한다'라는 오해를 갖게 되는 결과를 낳았 다. 그리하여 교육을 받지 못한 여성들은 교육을 받은 여성들과 비교 하여 상대적인 박탈감을 느끼거나 교육을 받은 여성을 염두에 두고 피해의식을 지니게 되는 현실이 전개되기도 했다. 이러한 상황의 전 형을 보여주고 있는 작품으로 〈싀골색씨 설은타령〉을 들 수 있다.

> 구곡간장 깁흔흔을 말흔마디 못아뢰고 / 어설픈흔 식벽빗이 어느듯 층에비쳐 / 쑴이양 춤인양 청천벽녁 나리는듯 / 이혼이란 무슨변고 이 혼이란 무슨일고 / 싀집온후 칠팔연간 흔히두히 허다세월 / 씨나다나 흔말엄시 누를위히 기두렷소 / 춘풍도리 곳필썬와 추우음풍 입질썬이 / 눈물로 벗즐수마 압흔가슴 싴여왓늬 / 어서어서 세월가서 슴연이란 세월가면 / 우리집 졸업맛고 싸스가정 흐렷더니 / 늬가슴이 그리든쑴 아츰플이 이슬늬고 / 뜻아니기 오월비숭 연화곳의 이윈일고 / 나도어 려 남과가치 학교가여 배웟드면 / 이런변고 업슬거슬 후회흔들 슬곳잇 나 / 베플썬는 지나갓늬 어릴썬는 지나갓늬 / 썬가고 넘버리니 나의팔 즈 어이할고 / 가련니 쑥흐도다 님을써나 어이가며 / 가라니 원통하다 이집써나 어듸가노 / 불경이부 가르침은 쌔에새겨 못잇겟네[27]

---

27 『규방가사 I』, 앞의 책, 112~117면. 이 작품의 이본은 매우 많은데, 『역대가사문학 전집』에 실린 것만 소개하면 다음과 같다. 임기중 편, 『역대가사문학전집』25권, 여 강출판사, 1992, 415~435면. ; 임기중 편, 『역대가사문학전집』41권, 아세아문화사, 1998, 144~163면. 41권에는 두 편의 이본이 연달아 실려 있다.

위는 서울에 가서 공부하던 작가의 남편이 집에 온 다음 날 새벽에 벌어진 일을 서술한 것이다. 작가는 모처럼 집에 돌아온 남편과 쌓인 회포를 풀고 싶었다. 하지만 남편은 피곤한지 그냥 잠이 들고 말았다. 그런데 다음날 새벽에 남편은 작가에게 이혼하자는 청천벽력과도 같은 말을 했다. 시집을 온 후 칠팔년간이나 매운 시집살이를 하면서도 서울에 가서 공부하는 남편을 그리워하며 그가 졸업하고 올 날만 기다리고 있던 작가였다. 그런데 주목할 만한 점은 작가가 남편의 갑작스러운 이혼 통고를 받은 순간에 밑줄 친 부분에서와 같이 자신이 교육을 받지 않은 것을 후회한다는 것이다. 남편이 제시한 정확한 이혼의 사유는 알 수 없지만 전후의 사정으로 보아서 아마도 남편에게 교육을 받은 새로운 신여성이 생긴 것으로 보인다. 작가가 자기도 학교에 가서 교육을 받았더라면 이런 변고가 없었을 것이라고 하고 있기 때문이다.

〈싀골색씨 설은타령〉에 남녀평등이라는 용어는 등장하지 않는다. 그런데 작가는 '나의천싱 무슨죄로 여주몸이 되엿던고 / 주저안주 울어볼가 울기조추 주유업늬 / 불합한 이한가졍 싀집슬이 괴로워라'라고 하여 남편도 없이 고된 시집살이를 살아야 했던 자신의 삶이 부당한 삶임을 주저하지 않고 나타내었다.[28] 보통의 규방가사에서 여자로 태어나 남자의 삶을 부러워하면서도 시댁식구에 대한 불만이나 그 안에서 살아가는 삶의 고달픔을 드러내지 않는 것과는 차이가

---

28 "두려워라 디아부지 귀중소부 신분으로 / 외출흔다 걱정일세 싀어머니 저녁밥이 / 느졌다고 화를치면 야단일세 / 우리난 너의시졀 책짐지고 결간가셔 / 두달석달 잇다와도 져른꼴 아니햇다 / 나의천싱 무슨죄로 여주몸이 되엿던고 / 주저안주 울어볼가 울기조추 주유업늬 / 불합한 이한가졍 싀집슬이 괴로워라"

난다. 작가가 부당한 여성의 삶에 대한 인식 하에서 교육을 받지 못한 것을 후회함으로써 남녀동등 혹은 여성교육에 대한 믿음을 지니고 있었음을 알 수 있다. 그러므로 이 작품에서 작가가 '새로운 것-개화'에 대해 거부[29]한 것이 아니고 여성 교육에 대한 믿음과 환상을 지니고 있었다는 것을 분명히 해둘 필요가 있다.

〈싀골색씨 설은타령〉에서 작가는 분명 개화 현실의 피해자였다. 작가의 남편은 일방적으로 작가에게 이혼을 통고했다. 개화 지식인이 개화된 방식으로 작가의 권리를 짓밟는 폭력을 가한 것이다. 전통사회에서 남편이 외지로 나가 공부하는 일은 흔하였다. 그리고 〈진주남강〉에서와 같이 기생첩을 끼고 돌아온다든지 하는 배신의 현실이 이어진 것도 사실이었다.[30] 그런데 전통사회에서는 조강지처는 버리지 않는다는 남성의 이율배반적인 논리가 있어서 부인은 보호받는 측면이 있었다. 그러나 전통적인 가치관이 붕괴된 개화 현실에서는 이혼이라는 새로운 삶의 방식이 대두되어 부인이 보호받지 못하게 된 것이다.

〈싀골색씨 설은타령〉의 작가는 남편의 이혼 요구에 완강하게 저항을 표했다. 부당하게 살아온 자신의 시댁살이를 서술하고 남편을 향

---

29 서영숙, 「개화기 규방가사의 한 연구 - '싀골색씨 설은타령'을 중심으로」, 『어문연구』제14집, 어문연구학회, 1985, 297~314면.
30 외지에 나갔던 남편이 돌아 왔으나 다른 여성의 존재를 데리고 돌아왔다는 모티브는 민요 〈진주남강〉의 모티브를 계승한 것이라고 할 수 있다. 〈진주남강〉에서는 실제의 기생을 집으로 끌어들여 술판을 벌이고 그녀와 즐기지만 여기서는 실제의 인물은 데려 오지 않고 이혼을 요구한 것, 〈진주남강〉에서는 화자가 자살을 하는 것으로 끝을 맺지만 여기서는 절대로 물러설 수 없는 의지를 표현하는 것 등이 차이가 난다. 모티브를 계승하면서도 당대의 현실을 반영하여 현대적인 변용을 꾀한 셈이다.

한 사랑의 감정을 표출하는 것으로서 말이다. 작품의 전편에서 작가
는 〈상사별곡〉류의 사설을 동원하여 일부종사의 사랑을 표현했다.[31]
그런데 '안히되여 남편에게 ᄉ랑ᄒ번 맛못보고 / 사라서 무엇ᄒ노
익달도다 닉신셰야'라고 하는 절규에 가까운 진술에서 드러나듯이
작가가 꿈꾸는 삶은 남편의 사랑을 받으며 사는 삶이었다. 그리하여
작가의 남편에 대한 사랑은 개화기 세태와 작가가 처한 이혼 상황과
맞물려서 생각해 볼 때 전통적인 의미의 사랑이 아니라 현대적인 의
미의 사랑이 된다. 이렇게 작가의 삶에 '사랑'이 본질적인 계기로 작
용한다는 점에서 이 작품의 현대성이 존재한다. 가사의 마지막에서
작가는 다시 서울로 떠나버린 남편을 만나서 죽든 살든 최후의 하소
연을 해보겠다고 하여 헤어질 수 없다는 의지를 다짐하는데, 과연 작
가와 남편의 결말이 어찌될 지는 미지수이다.

〈싀골색씨 설은타령〉은 당대 남녀동등의 구체적인 실체로 떠올랐
던 신여성으로부터 한 여성이 받은 피해 사례를 담고 있다. 구여성이
신여성으로부터 받은 이러한 피해 사례가 얼마나 되는가 하는 절대
적인 숫자와는 상관없이 이러한 상황의 이혼 문제는 당시 사회문제
의 하나로 인구에 회자되었던 것같다. 이 작품은 교육을 받지 못해
이혼에 직면한 여성의 현실을 전형적으로 반영한다.

---

31 위에 인용한 맨마지막 구절인 '가라니 원통하다 이집써나 어딕가노 / 불경이부 가
르침은 쌔에새겨 못잇겟네'에서는 '불경이부'의 실천자로서의 작가를 발견하게
된다. '불경이부'라는 것은 자신의 입지를 보호할 수 있다고 생각하여 표면적으로
내세운 것으로 보인다. 작가는 고달픈 시댁 생활을 끊임없는 남편 생각으로 극복
하였으며, 이혼 통고를 받은 그때에도 남편과 이 집을 떠나 살아갈 수 없음을 분명
히 했다.

〈싀골색씨 설은타령〉은 새롭게 등장한 이혼 문제를 최초로 담고 있는 가사이다. 이후 이혼을 일방적으로 당하는 여성의 현실은 지속적으로 발생하였을 것이다. 이 가사를 읽는(화자의 사연을 은밀히 엿보는) 당대의 여성 독자들은 대부분 화자의 처지에 동정을 보내거나 공감하면서 그 남편을 욕하는 수준에서만 감상하였을 것이다. 그런데 이 가사를 자세히 읽어 보면 정작 작가는 자신이 직면한 이혼의 상황에서 문제의 당사자인 남편이나 신여성을 비난하기보다는 사랑하는 남편과 자신의 존재를 성찰하는 데로 나아갔다. 당대 개화지식인 사이에서는 사랑이 없는 결혼은 무의미하다는 담론이 풍미해 있었다. 그러면 배우지 못해 먼저 배운 남성이 추구하는 '사랑'에서 불리할 수밖에 없었던 대다수 여성이 이혼을 강요 받는 처지에 온다면 어떻게 할 것인가? 이 작품은 사랑과 결혼제도의 주체에서 철저하게 소외당한 여성이 이혼 통보에 즈음하여 '결혼생활에의 헌신'과 '사랑'을 내세움으로써 이혼에 대한 새로운 문제의식을 던져준다. 이렇게 〈싀골색씨 설은타령〉은 개화기 남녀동등론이 대두되고 전개됨에 따라서 발생한 이혼이라는 문제를 정면으로 형상화하여, 이후 이혼 담론에 관한 새로운 문제의식을 제기하고 있다.

4. 가사문학사적 의의 : 맺음말

이상으로 개화기 가사를 통해 본 여성담론의 전개 양상과 그 특성을 살펴보았다. 남녀동등론의 주장이 나오게 됨에 따라 새롭게 형성된 여성담론과 관련하여 가사문학의 대응이 어떤 양상으로 전개되었으며, 그 본질과 성격은 어떤 것이었는지를 남성의 시각과 여성의 시각으로 크게 나누어 살펴보았다.

개화기 가사문학에서 남성이 펼친 여성담론은 양적인 면에서 그리 큰 비중을 차지하지는 못했다. 당시 급변하게 전개된 개화기 역사 현실에서 남성은 상대적으로 여성담론에 관심이 적을 수밖에 없었다. 남성은 교육과 구국의 장, 특히 교육의 현장으로 여성을 끌어들이려는 기획 하에 남녀동등론을 주장했다. 그러나 차츰 부정적인 여성상에 대한 매도에 가까운 비판을 쏟아냄으로써 남녀동등에 대한 부정적인 여론을 형성했다. 전체 신문 소재 개화가사에서 이러한 내용을 담은 가사가 차지하는 비중은 그리 크지는 않았지만, 신문을 통해 여론을 주도하였다는 점에서 그 사회적 위력은 클 수밖에 없었다.

반면 개화기 가사문학에서 여성의 여성담론은 다양한 양상으로 전개되었다. 남녀동등론을 계몽적으로 주장하기도 하고, 남녀가 동등하다고는 하지만 전통적인 여성의 삶을 살아가도록 강요하는 착종된 남녀동등론을 보이기도 하고, 남녀동등론의 허실을 살펴 남녀동등론에 대해 비판적이기도 하고, 이혼 문제에 관한 새로운 여성담론을 보여주기도 하였다. 가사문학에서 여성의 여성담론은 신여성, 연로한 보수 양반여성층, 젊은 일반 여성층 등 다양한 연령과 계층에서 폭넓게 전개되었다. 그리고 남녀동등론, 여성교육, 신여성, 개화세태, 이혼문제 등과 같이 다양한 여성담론을 담았다.

이렇게 개화기 가사에 나타난 남성과 여성의 여성담론은 당대 다양한 계층의 구체적인 문제의식과 여성인식을 충실히 반영하고 있다는 점에서 가사문학사적인 의의를 지닌다고 하겠다.

남녀평등이 함의하는 실질적인 내용은 매우 중층적인 것으로 법적·제도적·사회적·가정적 제반 부문에서의 변화와 인식의 전환을 요구한다. 〈여자해방가〉는 새로운 담론인 여성해방을 작품 전체를 관통하는 주제로 삼아 정면으로 가사화하였다는 점에서 의의를 지닌다. 교육 받은 신여성이 여성을 향해 남녀평등을 주장하고 계몽한 유일무이한 가사 작품이면서 신식 교육을 받았을 신여성이 전통장르인 가사문학을 택한 것이 이채롭기까지 한 작품이다. 한편 남녀평등의 실질적인 내용에서 가장 중요한 것인데도 변화의 속도가 늦은 것은 여성의 일상성 부문이다. 그런 의미에서 〈경계사라〉는 여성의 일상성이라고 하는 현실적인 문제와 남녀평등의 관계에 대한 본질적인 숙제를 담고 있다는 점에서 의의를 지닌다. 〈싀골색씨 설은타령〉은 신여성에게 피해를 받은 여성의 작품으로 당대 새로운 세태로 인구에 회자되었던 이혼 문제를 정면으로 형상화함으로써 현재적인 의미를 지닌다는 의의를 지닌다. 언뜻 보아 당시 세태의 한 일면을 서술한 것처럼 보이지만, 실은 소외받는 일반 여성의 이혼 문제라는 현대적인 여성담론을 제기하고 있는 작품이다.

근대기 역사의 전개와
가사문학

제6장

일제강점기 〈시절가〉 연구

1. 머리말

일반적으로 가사문학은 20세기 초에 그 생명력을 잃은 것으로 알려져 있다. 그러나 일제강점기에도 가사문학은 활발하게 창작되었다. 일제강점기에 창작된 가사문학은 기존의 가사문학 유형을 그대로 답습한 작품세계를 지닌 것도 많다. 하지만 일제강점이라는 역사적 사건은 당시 한국인에게 커다란 충격으로 다가왔으며, 개인의 삶을 굴곡지게 하기도 했다. 그리하여 일제강점기에 창작된 가사문학 작품 중에는 일제강점의 충격이나 일제강점에 의해 굴곡진 개인의 삶을 수용함으로써 역사·사회적 현실에 대응한 의미 있는 작품도 많이 있게 되었다.

이 논문에서는 일제강점기의 역사·사회적 현실에 대응한 가사 작품으로 〈시절가〉를 주목했다. 필자는 필사본을 읽어 가던 중 400여구가 넘는 무명씨의 〈시절가〉가 매우 많이 필사되었다는 사실을 알게 되었다. 필자는 〈시절가〉가 일제강점기를 거치면서 많은 이본을 남길만큼 사람들에게 활발하게 향유된 데에는 이유가 있는 것은 아닐까?라는 의문을 품게 되었다. 이 의문에서 출발하여 작품을 정독하니 〈시절가〉가 따로 작품론을 전개해야 할 필요성이 있을만큼 의미 있는 작품이라는 판단이 들었다.

무명씨의 〈시절가〉는 내용이 산만한데다가 팔승지나 피신지를 장황하게 나열한 부분도 있어서인지 별반 의미가 없는 작품으로 생각되어 거의 연구가 되지 않고 방치되어 있었다. 다만 이재수와 권영철이 간단하게 언급[1]한 적이 있었고, 최근에 가사문학 필사본의 DB 작업에서 이 작품에 대한 간단한 해제가 이루어졌을 뿐이다. 그런데 무명씨의 〈시절가〉는 어구의 와전이 많아 내용을 파악하는 것 자체가 쉽지 않았기 때문에 작가, 창작 시기, 작품 내용 등의 파악에서 많은 혼란이 있었던 것이 사실이다.

이 논문은 〈시절가〉의 작품론을 목적으로 한다. 2장에서는 〈시절가〉를 학문적으로 처음 다루는 자리인 만큼 〈시절가〉에 대한 기본적인 사항을 정리한다. 먼저 현재 유통되는 〈시절가〉의 이본을 모두 확

---

1 이재수, 『내방가사연구』, 형설출판사, 1976, 28쪽. 여기서 이재수는 '탄식류' 가사 중 '시절형'의 하나로 〈시절가〉를 언급했다. 언급한 전문을 인용하면 다음과 같다. "〈시절가〉는 임인(1902년)부터 정사(1917년)까지의 일제의 잔학상과 인륜도덕의 타락을 개탄하고 은연 중 우리나라의 독립을 고취한 것이며"; 권영철, 『규방가사 연구』, 이우, 1980, 153쪽. 권영철은 '개세적인 모티브' 가사 중 '우국적인 것'의 하나로 〈시절가〉를 언급했다. 언급한 전문을 인용하면 다음과 같다. "또 다음에 소개하려는 〈시절가〉가 있다. 이는 국운이 쇠잔하고 도덕이 무너져 가고 있을 때에 충신열사의 배출을 갈망, 권장하여 지은 것이다. (〈시절가〉 서두 3행 인용은 생략)"

인할 필요가 있었다. 왜냐하면 〈시절가〉는 각 편마다 어구의 와전이 심해 각 이본을 참조하여 최선본인 교합본을 만들어야 했기 때문이다. 다음으로 작품의 창작시기를 확정하고 무명씨인 작가에 대한 정보를 추적해본다. 3장에서는 〈시절가〉의 작품세계를 분석한다. 〈시절가〉는 은유적 표현이 많아 내용 파악에 어려움이 많은 작품이다. 작가가 가사에서 말하고자 한 것이 무엇인지를 정확하게 파악하기 위해서는 작품세계를 면밀하게 분석해 살펴볼 필요가 있다. 그리하여 이 3장의 논의에 지면을 다소 많이 할애할 수밖에 없었다. 마지막으로 4장에서는 앞서의 논의를 바탕으로 〈시절가〉의 역사적 성격과 가사문학사적 의의를 규명하고자 한다.

이 논문에서 인용하는 〈시절가〉는 20개 이본을 참조한 교합본이다. 그리고 이 논문에서는 당시의 우리나라를 지칭하는 명칭으로 '대한'이라는 용어를 사용하고자 한다[2].

2. 〈시절가〉의 이본 및 작가 추정

1) 〈시절가〉의 이본

〈시절가〉의 이본으로 확인된 것은 총 20편이다. 『역대가사문학전

---

2 일제강점기에 창작된 많은 가사 작품에서는 당시의 우리나라를 여전히 '조선'으로 명칭하고 있다. 하지만 1897년부터 공식적으로 우리나라의 국호는 '대한제국'으로 변경되었다. 경술국치 후에도 '대한독립만세'에서와 같이 '대한'이 일본에 대응하는 명칭으로 계속 쓰였으므로 당시 우리나라의 명칭으로 '대한'이 적절하다고 본다.

집』에 영인되어 있는 이본은 역대가사문학전집본이라고 명명한
다[3]. 한국가사문학관 홈페이지에는 〈시절가〉가 JPG파일의 필사본
원문과 그것을 그대로 읽은 DB파일 형태로 올려져 있는데, 이들 이
본은 한국가사문학관본이라고 명명한다[4]. 한국학중앙연구원 홈페
이지에는 〈시절가〉가 원문 이미지는 없이 DB로만 올라와 있는데,
이들 이본은 경북내방가사본이라고 명명한다[5]. 이외에 『안동의 가
사』에 1편이, 「내방가사자료」에 1편이 활자본으로 실려 있는데[6], 이
들 이본은 각각 안동의가사본과 내방가사자료본이라고 명명한다.
한편 『국문학연구자료 2』에 영인된 〈시절가〉[7]는 『역대가사문학전집』
에 영인된 719번 〈시절가〉와 동일한 것이라서 따로 이본으로 잡지
않았다. 이상으로 현재까지 확인된 총 20편의 〈시절가〉를 정리하면
다음과 같다.

---

3 임기중편, 『역대가사문학전집』 14권, 여강출판사, 1994, 29~70쪽(역대가사문학전
   집본1). ; 임기중편, 『역대가사문학전집』 14권, 여강출판사, 1994, 72~91쪽(역대가
   사문학전집본2). ; 임기중편, 『역대가사문학전집』 25권, 여강출판사, 1992, 440~481쪽
   (역대가사문학전집본3). ; 임기중편, 『역대가사문학전집』 25권, 여강출판사, 1992,
   482~515쪽(역대가사문학전집본4). ; 임기중편, 『역대가사문학전집』 41권, 아세아
   문화사, 1998, 164~184쪽(역대가사문학전집본5). ; 임기중편, 『역대가사문학전집』
   41권, 아세아문화사, 1998, 185~211쪽(역대가사문학전집본6). ; 임기중편, 『역대
   가사문학전집』 41권, 아세아문화사, 1998, 212~247쪽(역대가사문학전집본7).
4 한국가사문학관 홈페이지(http://www.gasa.go.kr)
5 한국학중앙연구원 홈페이지(http://www.aks.ac.kr) 〉 한국학진흥사업(단) 〉 성과
   포털 〉 경상북도 내방가사 조사 정리 및 DB 구축 검색 〉 연구결과보고서
6 이대준, 『안동의 가사』, 안동문화원, 1995, 358~389쪽. ; 이화여자대학교 한국어문
   학연구회, 『한국문화연구원논총』 제15집, 이화여자대학교 한국문화연구원, 1970,
   382~387쪽.
7 조동일, 『국문학연구자료 2』, 박이정, 1999, 91~108쪽.

	이본명	자료 형태	제목	표기 형태
1	역대가사문학전집본1	원문 영인본	시절가	순한글
2	역대가사문학전집본2	원문 영인본	時節歌시절가	순한글
3	역대가사문학전집본3	원문 영인본	시절가라	순한글
4	역대가사문학전집본4	원문 영인본	時節歌시절가	순한글
5	역대가사문학전집본5	원문 영인본	시절가	국한문혼용
6	역대가사문학전집본6	원문 영인본	時節歌	국한문혼용
7	역대가사문학전집본7	원문 영인본	시절가서초	순한글
8	한국가사문학관본1	JPG파일, 원문 DB	시절가	순한글
9	한국가사문학관본2	JPG파일, 원문 DB	시절가	순한글
10	한국가사문학관본3	JPG파일, 원문 DB	시절가	순한글
11	한국가사문학관본4	JPG파일, 원문 DB	시절가	순한글
12	한국가사문학관본5	JPG파일, 원문 DB	무두무미노릭	순한글
13	한국가사문학관본6	JPG파일, 원문 DB	상원별곡	순한글
14	경북내방가사본1	원문 DB	시절가라	순한글
15	경북내방가사본2	원문 DB	시절가라	순한글
16	경북내방가사본3	원문 DB	사친가라	순한글
17	경북내방가사본4	원문 DB	시절가	순한글
18	경북내방가사본5	원문 DB	시절가	순한글
19	안동의가사본	활자본	時節歌	국한문혼용
20	내방가사자료본	활자본	시절가	순한글

위의 표에서 알 수 있듯이 총 20편의 이본은 그 제목이 대부분 〈시절가〉이며, 다른 것은 세 편뿐이다. 〈무두무미노릭〉는 한자로 '無頭無尾노래'이다. 가사의 서두와 말미의 구절이 약간 없어졌기[8] 때문에

---

8 〈무두무미노릭〉의 서두는 "삼공륙판 조흔꽃은 풍두이산 되단말가"로 시작하여 서두의 24구 정도가 결여되어 있다. 그리고 마지막은 "꼿치사 조큰마은 내사실타 보기실타 / 좌근낙화 탄식한들 셩동도리 딕단말가"에 이어 필사자 나름의 결구인 "이글보난 저군임닉 선현마음 지닉가소 / 유산즈 교만말고 무산자 한탄마오 / 고

제목을 '앞과 뒤가 없는 노래'라고 붙였다. 〈상원별곡〉은 한자로 '上元別曲'인 것 같다. 이본 가운데 필사연도가 기재되어 있는 것은 총 7편인데, 그 가운데 元月에 필사된 것이 4편이나 된다[9]. 이 가사를 왜 굳이 정월에 필사했는지는 정확하게 알 수 없지만 특별히 그해를 시작하는 정월에 일제강점기의 시국을 한탄하는 내용의 〈시절가〉를 필사하여 공감을 표한 것이 아닌가 한다. 한편 〈사친가라〉라는 제목은 원문 이미지가 없어 확인하지는 못했으나 DB화 과정에서 잘못된 것으로 추정된다.

이본 중 한국가사문학관본1·6과 경북내방가사본4 등 세 이본은 중간에 필사를 그만 두거나 내용을 축약해서 필사해 길이가 비교적 짧다. 그 외 나머지 이본들은 대부분 길이가 4음보를 1구로 계산하여 400구~420여구이다. 그리고 각 이본은 가사의 마지막에서 필사자 혹은 향유자마다 구절을 변개하여 덧붙여 쓰거나[10], 이와 유사한

진감녀은 홍진비릭로다/ 삼천리 이강산니 몃만연 지닉간들/ 변할이가 이실손야 시호시호 부재래라"를 덧붙이고 있다. 필사자자가 지니고 있었던 원텍스트가 "꼿치 사 조큰마은 내사실타 보기실타/ 좌로낙화 탄식한들 성동도리 닉단말가"로 끝나고 있는 셈인데 일반적인 〈시절가〉의 결구와 비교할 때 23구 정도가 결여되어 있는 것이다.

9 "병술 정월 십구일 종서라"(한국가사문학관본2) ; "병오 원월이 초뉵일--"(경북내방가사본2) ; "四二九一年 一月九日"(경북내방가사본3) ; "壬申元月 二十五日 筆書하노라"(안동의가사본)

10 "오호통지 가련하다/ 막비천운 이러한가 막의준슈 이러하가/ 억조충싱 가련하다 오호라 즁천이야/ 익들하고 익들하다 부유갓튼 인싱드라/ 초로갓치 씨러지면 어난쩌에 다시볼고/ 오호통지 가련하다 불민한 인싱드라/ 이칙보고 명심호소 어질고 착한 스람/ 후천지에 스라나면 틱평건곤 다시보고/ 영화알락 조흘시고 셰틱천손 하오리다"(역대가사문학전집본1) ; "정졍기봉 하실젹의 함께가셔 참예하셰/ 書農二案 힘을써라 곤궁하다 생각말고/ 不遠하온 太平셰月 萬代유젼 하야볼가"(역대가사문학전집본6) ; "억조창생 가련하다 오호라 져청천아/ 애달하고 애달하다 부유갓튼 인생들아/ 초록갖이 쓰려진내 어나때 다시볼고/ 오호통제 가련하다 부

내용을 산문체로 덧붙여 기재했다[11].

〈시절가〉의 이본은 대부분 순한글로 표기되어 있는 가운데, 어구
의 와전이 심하다. 국한문 혼용으로 표기된 두 이본도 올바르지 못
한 한자어구가 많아 오히려 순한글본보다 의미가 통하지 않는 곳이
많다. 그리하여 〈시절가〉는 한 편의 이본만을 읽으면 의미 파악이 쉽
지 않은 부분이 많다. 〈시절가〉에서 어구의 와전이 어느 정도로 일어
났는지 세 이본만을 인용하여 알아본다.

① 南山의 줄뽕나무 鬱鬱총총 密密하고 / 三公大卿 宰相들이 서유가
를 실어내니 / 계지도펴 난장호에 놀기좋다 선유로다 / 가일엽지 편주
혜예 놀기좋다 북평이라(안동의가사본)

② 남산이 줄봉농건 울울총총 밀밀ᄒ다 / 승공육경 지슝들은 선유ᄀ
를 지어니이 / 거지도혜 ᄂᆫ즁을수 놀기조타 선유소리 / 가일엽지 편주
혜여 놀기조타 부럽더냐(역대가사문학접집본1)

린한 인생들아 / 이첵보고 맹서하소 어지고 착한사람 / 후천지에 사라나면 태평건
곤 다시보고 / 만물창생 다시보리 새대전손 하오리라 / 위면천수 가련이라 태평포
한 어나덕착"(한국가사문학관본2) ; "이글보난 저군임니 선현마음 지니가소 / 유
산ᄌᆞ 교만말고 무산자 한탄마오 / 고진감니은 흥진비리로다 / 삼천리 이강산니 몃
만연 지니간들 / 변할이가 이실손야 시호시호 부재래랴"(한국가사문학관본5)
11 "병오원월이 초뉵일 변한 것 오ᄌᆞ 낙셔 괴〃하나 너의들 듕히 알고 어미 슈젹을 간
슈ᄒᆞ며 이체 쏀 밧지 말고 축심 공부하여 빅힝을 구비하여라 여이 결기와 힝동을
아릿답게 하며 친구 붐의계 효봉이 주진하고 승슌군ᄌᆞ하내 ᄌᆞ손만당이 부지겸견
하여 어미 셜치하고 조선 독입 만세를 천만연을 용감시리 불너다고 이만"(경북내
방가사본2) ; "壬申元月 二十五日 筆書하노라. 이걸 보고 피난하여 같이 살아나면
만세계라, 남녀노소 보는 사람 눌러보고 비소 말고 눌고 묵상 하읍소서"(안동의가
사본)

③ 남산뫼에 줄쏭나무는 울울창창 말말하다 / 삼공육공 자상들은 선
유가을 지어닌이 / <u>개지도혀 난장으로</u> 놀기좃타 부평이야(한국가사문
학관본4)

'줄뽕나무'는 ②에서 '줄봉농건'으로, '鬱鬱蒼蒼'은 ①과 ②에서 '울
울총총'으로, '密密하다'는 ③에서 '말말하다'로, '三公六卿'은 ①과 ③
에서 각각 '三公大卿'과 '삼공육공'으로, '宰相'은 ③에서 '자상'으로,
'선유가'는 ①에서 '서유가'로, '부평이야'는 ①과 ②에서 각각 '북평
이라'와 '부럽더냐'로 와전되어 있다.

이렇게 〈시절가〉의 각 이본은 구절의 와전이 심하여 와전된 부분
에 오면 의미를 파악하기가 쉽지 않다. 특히 위에서 밑줄 친 구절은
이본에 따라 구절의 와전이 심하여 그 의미를 파악하기가 쉽지 않다.
이 구는 〈前赤壁賦〉에 나오는 "桂櫂兮蘭槳兮 駕一葉之扁舟"라는 구절
을 기술한 것이다. 향유자가 이 시의 구절을 모르는 경우 짐작으로
글자를 읽고 적을 수밖에 없었으므로 각각 와전이 발생한 것이다. 한
편 ①~③의 마지막 구절은 "북평이라, 부럽더냐, 부평이야" 등과 같
이 제각각인데 맥락이 닿는 어구를 재구성하기가 쉽지 않다. 이렇게
재구성하기가 힘든 어구는 이본들에서 가장 많이 쓰고 있는 어구를
채택하여 교합할 수밖에 없었다. 이 부분을 교합하여 서술하면 다음
과 같다.

남산의 줄뽕나무 울울창창 密密하고 / 三公六卿 宰相들은 선유가를
지어내니 / 桂櫂兮여 蘭槳兮여 놀기좋다 선유로다 / 駕一葉之 扁舟兮여

놀기좋다 부평이라(교합본)

이 논문에서는 20편의 이본을 참조하여 재구성한 교합본을 인용
했다. 그런데 20편이나 되는 이본이 있음에도 불구하고 어구의 와전
이 워낙 심하여 본래의 어구를 완전하게 재구성하지 못한 부분도 있
음을 일러둔다.

2) 〈시절가〉의 창작 시기와 작가

〈시절가〉의 창작 시기를 이재수는 '1917년 이후'로, 권영철은 '국
운이 쇠잔해가고 있을 때"로 추정[12]한 바 있다. 이후 〈시절가〉 필사본
의 DB 작업에서는 창작시기가 제각각으로 추정되었다. 역대가사문
학접집본1의 제목 밑에는 필사본의 필사체와 다른 필체로 "一九一七
年所作 作者未詳"라는 기록이 기재되어 있는데, 이 필사본을 본 어떤
연구자가 따로 기재한 것으로 보인다. 이렇게 〈시절가〉의 창작 시기
는 '해방이전', '1932년 경', '1917년(이후)', '구한말에 조선이 멸망하
게 되는 시기', '고종(광무 황제) 때' 등과 같이 구한말에서 1930년대
까지 다양하게 추정되어 왔다.

그런데 〈시절가〉의 창작시기는 1917년경으로 추정된다. 첫 번째
추정의 근거로 작가가 대한에서 이미 벌어진 일을 연도별로 서술할
때 정사년(1917년)까지 서술한 점을 들 수 있다. 두 번째 추정의 근거

---

12 주 1)번 참조.

로 작가가 고종의 존재를 인식하고 있었다는 점을 들 수 있다. 〈시절가〉에서 작가는 고종을 '삼각산중 옥의인'이나 '혈혈단신 이화꽃'으로 상징하여 표현함으로써 아직 생존해 있는 고종[1919년 사망]을 인식하고 있음이 드러난다. 이 두 가지 근거를 종합해 볼 때 〈시절가〉의 창작시기는 1917년경으로 추정된다.

다음으로 작가는 어떤 사람일까? 현재 작가를 알 수 없기 때문에 작가에 관한 정보는 작품 자체를 분석함으로써 얻어질 수밖에 없다[13]. 일단 작가가 남성인지 여성인지를 추정해보고자 한다. 결론부터 말하면 작가는 남성일 것으로 추정된다. 이 추정의 근거로 〈시절가〉의 작품세계가 남성 지향적인 세계를 보인다는 점을 들 수 있다. 〈시절가〉의 작품세계는 일제에 강점된 대한의 현실을 한탄하는 것으로 일관하여 작가 개인의 삶이 전혀 노출되지 않았다. 일반적으로 작가 자신의 삶은 노출하지 않은 채 시국 자체에만 관심을 두고 서술한 작품세계는 남성의 가사 작품에서 보인다. 반면 시국에 관심을 두더라도 어떤 식으로든 작가 자신의 삶을 내용에 노출하는 작품세계는 여성의 가사 작품에서 보인다. 그리고 〈시절가〉에 서술된 정감록이나 풍수지리와 관련한 내용은 아무래도 남성의 관심사나 남성의 직업과 연관한다고 할 수 있다. 한편 작가가 '동류'를 향해 권고하는 내용성이 남성의 영역에 해당한다고 할 수 있다. "몽매하온 저동류야

---

13 이본의 필사본을 DB화하면서 적어놓은 간단한 해제의 글에서 '원문 첫 장에 나와 있는 용각동이라는 말에서 경상북도 안동군 일직면 용각동에 살고 있던 작자'나 '제목을 보아서는 시절의 변화를 읊은 부녀'로 추정하기도 했다. 그러나 이러한 추정은 향유자 내지 필사자와 관련한 사항을 작가와 관련한다고 오인한 데서 비롯한 것이다.

十勝地를 찾지마소"나 "유주하고 무주한데 쓸데없이 가는사람 / 명명천지 밝은날에 눈을뜨고 잘못가네"에서 알 수 있듯이 작가가 호명하는 '동류'는 고향을 떠나는 문제를 주체적으로 결정할 수 있는 남성으로 보아야 한다. 여성 작가가 남성을 대상으로 서술했다기보다는 남성 작가가 남성을 대상으로 서술했을 개연성이 훨씬 크다고 할 수 있다.

한편 작가는 유교적 도덕이 해이해진 대한의 현실을 서술하는 가운데 상하분별이 없어지고 下賤平等이 된 현실도 문제 현실로 파악하고 이에 대해 강한 반감을 표했다[14]. 따라서 작가는 양반 가문의 일원으로 보인다. 한편 〈시절가〉에서는 영남지역의 지명을 중심으로 피신지가 나열되었다. 이상의 논의를 종합해볼 때 작가는 영남지역에 거주했던 양반가의 남성일 것으로 추정된다.

3. 〈시절가〉의 작품세계

〈시절가〉는 대한의 현실을 한탄하는 것이 작품세계의 중심을 이루며, 작품 전체에 걸쳐 은유적 표현을 많이 사용한 것이 특징이다. 4음보를 1구로 계산하여 교합본의 서술구조를 나누어 보면 다음과 같다.

---

14 "우리신세 돌아보고 고국사를 생각하소 / 군신유의 멀어지고 부자유친 끊어져서 / 상하분별 간데없고 시서백가 간곳없다 / 공회형제 불화하고 부부유별 갈라져서 / 삼강오륜 간데없다 인의예지 끊어져서 / 下賤平等 무슨일고 三家九族 쓸데없다"
(교합본)

189

서사 : (1~3구)

본사1 : 대한에서 벌어진 일에 대한 한탄과 권고(4~178구)

본사2 : 정감록·주역·풍수를 통한 한탄과 권고(179~330구)

본사3 : 독립운동가의 활동과 한탄(331~379구)

결사 : 대한의 현실에 대한 한탄(380~414구)

〈시절가〉의 작품세계를 셋으로 나누어서 살펴보고자 한다. 〈시절가〉의 서사는 단 3구[15]에 불과하기 때문에 본사1과 합쳐 대단락1에서, 결사는 본사3의 호명 방식과 마찬가지로 호명 방식으로 시작하기 때문에 본사3과 합쳐 대단락3에서 논의한다.

1) 대한에서 벌어진 일에 대한 한탄과 권고

대단락1에서는 총 178구에 걸쳐 11가지나 되는 다양한 화소를 서술했다. 이들 화소의 내용은 대한에서 벌어진 일들을 한탄하고 동류를 향해 권고하는 것이 중심을 이룬다. 서술한 내용을 소단락으로 정리하면 다음과 같다.

---

15 "여보소 동류님네 바랜소문 들어보소 / 남문열고 바라보니 계명산이 밝아오네 / 가면가고 말면말지 시절구경 가자서라"(교합본)

대단락		구수	소단락
1	대한에서 벌어진 일에 대한 한탄과 권고	1~178 (178구)	32 ① 옛시절의 왕국과 현시절의 왕궁
			13 ② 해이해진 도덕과 대한의 현실
			18 ③ 求人求穀하라는 권고
			16 ④ 을사조약과 대한의 현실
			22 ⑤ 단발하고 양복을 입은 개화인의 모습
			8 ⑥ 대한의 현실과 의병과 독립군
			15 ⑦ 부자에 대한 권고
			17 ⑧ 대한의 현실
			5 ⑨ 상투 보전 권고
			21 ⑩ 대한의 변화 현실
			11 ⑪ 장자방과 제갈량의 고사

①에서는 옛시절 한양의 번영을 읊은 다음, "억만장안 검은구름" 이 "뭉게뭉게 피어나서", 결국 나라를 잃게된 현실을 은유적으로 서술했다. 그리고 "公子王孫 有遺村"에 "雨雪風霜"이 진 나라의 현실을 "虛築防胡 만리성"을 쌓고 "亡秦者"로 남은 "綠水秦京 二世황제"였던 胡海와 연결하여 서술했다. ②에서는 삼강오륜이 무너진 나라의 현실을 서술하고 "수수백발 너의부모 座而待死 어이할고 / 망망대해 급한풍파 천리만리 멀어졌네 / 先人墳墓 古今塚은 이산저산 묵어있고 / 팔도강산 周遊村에 이집저집 허사로다"라고 한탄했다. 이어 ③에서는 "사해팔방 그물前에" 死生이 달려 있는 대한 국민을 향해 "求人求穀"을 속히 하라고 권고했다. "驚砲擅有 夜泊時[외적이 포를 쏘며 야밤에 정박해 무단으로 땅을 점유할 때]에" "錢귀하고 穀귀하"니 "重賈주고" "萬石토지"를 사지 말고 곡식을 아끼라는 것이다.

작가는 서술의 중간중간에 "여보소 동류님네 시절구경 이러하다 /

191

탁해상 검은비에 살기를 바라서라", "여보소 동류님네 세상구경 이러하다", "삼산봉에 해가지고 계산봉에 달이뜬다", "불상하다 창생들아 死生間에 들어보소" 등을 군말처럼 계속하여 서술했다. 이러한 군말은 나라를 잃은 시절에 어떻게 하든 죽지 말고 살아나 대한독립을 맞이하자는 것으로 작가가 〈시절가〉에서 말하고자 한 핵심적인 주제에 해당한다.

> 동양천지 검은비에 음풍불어 무너지고 / 濁海만리 저문날에 광풍불어 쓰러지고 / 분분울울 험한세계 甲辰乙巳 겪어보소 / 매국하는 오역적은 사직종묘 어이할고 / 무지하다 너희들이 오조약은 무슨일고 / 일이났네 일이났네 이화촌에 일이났네 / 삼각산 백운대에 백학이 높이떴네 / 사대문 팔십리에 화륜거 높이떴네 / 五軍門 날랜군사 삼천칠백 높이떴네 / 육조제신 좋은관복 내사싫다 높이떴네 / 팔자좋은 정벌장은 二十八宿 높이떴네 / 구중심처 백학동에 開明소리 높이떴네 / 범같은 五大將은 천운화도 높이떴네 / 여보소 동류님네 사는사가 이러하다 / 반석같이 노던세월 沙汰같이 무너지네 / 삼천리라 좋은강산 한붓끝에 원통하다

위는 소단락 ④의 전문이다. 은유적 표현이 많은데, 일제에게 강점을 당한 나라의 현실을 "동양천지 검은비에 음풍불어 무너지고"나 "濁海만리 저문날에 광풍불어 쓰러지고"라는 표현으로 나타냈다. 그리고 매국 오역적의 "한붓끝"으로 을사조약이 체결되어 "삼천리라 좋은강산"의 "반석같이 노던세월"이 "沙汰같이 무너"졌다고 했다.

이어 '~ㅆ네'의 반복 구절은 을사조약 이후 왕실과 조정의 상황을 서술한 것이다. '이화촌'은 왕실과 조정을, 그리고 '백학'은 고고함과 비상을 상징하므로 '삼각산 백운대에 백학이 높이 떴다'는 것은 을사조약 이후 고종의 구국 의지를 말한다. 이러한 고종의 뜻에 맞추어 오군문의 군사, 정벌장, 오대장 등이 저항 활동을 개시하고, 조정대신들 가운데는 조약에 항거하여 자결하는 신하도 있어("좋은관복 내사싫다 높이떴네") 민족의식을 일깨워주었음을 서술했다. 그리고 궁중에 개화문명이 들어오고 한양에 자동차("화륜거")도 다니게 되었음을 서술했다.

⑤에서는 단발하고 양복을 입은 개화인의 모습을 서술하며 한탄했다. "감태같이 검은머리"를 "비수같이 드는칼로" "일조일석"에 끊어버려 "둥글둥글 모양새"가 되니 "보국안민 보기싫고 開明소리 듣기싫다"고 한탄했다. 그리고 양복은 "남대흑사 검은신에" "발버선"을 신고 "목도리"를 둘러 온통 검은 색이었기 때문에 "黑衣長體"의 모습이 "非僧非俗"이라고 빈정거렸다.

　　수령방백 놀던곳에 이국인물 범탄말가 / 세상인심 변커니와 산천조차 같을소냐 / 초한시절 만났던가 팔년풍진 무슨일고 / 삼국시절 당했던가 三分世界 무슨일고 / 四海進兵 처량한데 어느사람 도피하리 / 우룩주룩 가는비에 상문방에 모였던가 / 양사왜청 양단포에 霜刃같이 빛난칼로 / 面面村村 일어나며 방방곡곡 일어난다

위는 소단락 ⑥의 전문이다. 작가는 "수령방백 놀던곳에 이국인물

범탄말가"라고 하며 일제가 대한의 방방곡곡에까지 점령해 들어온 현실을 한탄했다. 그리하여 대한이 마치 초한시절이나 삼국시절처럼 전쟁터로 변해 병사들이 일어났는데 처량하기 짝이 없었다고 했다. 비가 내리는데도 불구하고 '상문방'에 사람들이 모였다고 했는데, "양단포"와 "빛난칼"로 무장하고 방방곡곡에서 일어났다고 했으므로 의병의 활동을 말하고 있는 것으로 보인다.

⑦에서는 부자를 향한 권고를 서술했다. "부디먹고 남은재물 / 봉제하고 접빈하고 유리걸식 생각하소"로 시작하여 '사랑으로 온 손님을 拒客하지 말고', '비복을 구박하지 말고', "여러 會中에 出班[16]하지 말고" 등 여러 항목을 나열해 권고했다. ⑧에서는 다시 대한의 현실을 한탄했다. 고종을 짧게 생각한 후 "南隣北村"의 동류들이 "無名악질 독한병에" 걸려 "閉門哭聲"을 하고 있다고 하고, "芝草오매"를 구해다가 "소주한잔"에 "煎服하면" "백에하나 살겠손야"라고 반문하여 약도 없음을 한탄했다. 이어 "陶唐시, 成湯시, 한고조"등의 중국고사와 연결하여 대한의 상황을 "九年大水, 田地水敗, 七年大旱, 放砲소리" 등으로 서술했다. ⑨에서는 동류를 향해 상투를 보전하라고 권고했다. 머리를 깎는 것은 섶을 지고 불로 드는 것과 같다고 하면서 "座而不拒"하면 어찌할 것인가라고 한탄했다.

여보소 동류님네 동서남북 보와서라 / 가) 개가짖네 개가짖네 북삼도의 개가짖네 / 鐵騎三千 날랜군사 일등명장 오인일세 / 북적북적 괴

---

16 出班: 出班奏의 준말. 여러 사람이 모인 자리에서 어떤 일에 대하여 맨먼저 말을 꺼냄.

는술이 淸酒사 몃건마는 / 母酒막지 탁한술에 남정인들 안취할까 / 나)
火가났네 火가났네 삼남삼도 火가났네 / 兩山通道 철로길의 기계준비
재촉하네 / 뭉글뭉글 타는불이 연기사 몃건마는 / 雷火같은 급한불에
玉石인들 아니타랴 / 다) 변괴났네 변괴났네 인천제물 변괴났네 / 번들
번들 창금날에 깃발이사 몃건마는 / 夜泊擅有 십만대병 개가짖고 달려
드네 / 라) 물이넘네 물이넘네 해동조선 물이넘네 / 울렁출렁 검은비에
남조선은 몃건마는 / 春風三月 좋다마소 동해인민 가련하다 / 삼대같
이 쓰러지고 쑥대같이 자빠진다 / 구월풍상 낙엽같이 三春風雨 낙화같
이 / 高家垣墻 무너지듯 앞산모래 沙汰같이 / 饑死하고 自死하니 일망타
진 가이없다 / 불상하다 동류님네 來頭事를 생각하소 / 도탄중에 있는
백성 뉘라서 건져주리

위는 소단락 ⑩의 전문이다. 가)~라)는 서두에 민요의 AABA형의
문체를 사용해 조선팔도의 상황을 서술했는데, 위 인용구의 밑줄친
구절에서 말한 "동서남북"의 구체적인 실례에 해당한다. 먼저 가)에
서는 동서남북 중 북쪽의 일을 서술했다. 북삼도에서 "鐵騎三千 날랜
군사"와 "일등명장 오인"의 활동을 '개가 짖는다'고 표현했다. 개의
속성이 집을 지키다 낯선 이가 오면 짖는 것이므로 일제의 침략에 맞
서 북삼도에서 무장 저항운동이 일어난 것을 말하는 듯하다. 하지만
뒤 이어 나오는 '탁한 술에 남정인들 취하지 않을 수 없다'는 구절이
구체적으로 무엇을 말하는 것인지는 미상이다. 나)는 남쪽 삼남도의
일을 서술했다. '火가 났다'는 것은 "兩山通道 철로길"을 지나는 기차
의 증기기관에 불을 땐 것을 말한다. "전화 같은 급한 불"에 '옥석도

타버릴 것이다'라고 하여 갑작스러운 기차 문명에 의해 민족의 소중한 유산[옥석]이 없어질 것을 우려했다.

다)는 서쪽인 인천 제물포에서 벌어진 일을 서술했다. 밤에 몰래 정박해 마음대로 남의 땅을 점유한("夜泊擅有") 십만대병을 향해 개가 짖고 달려든다고 했다. 이 사건은 1883년부터 1884년까지 조선 정부가 인천의 개항장 내에 조계를 설정하기 위해 체약국 대표들과 조인한 '仁川租界條約' 이후 열강의 군대가 인천에 주둔하게 된 것을 말하는 것으로 보인다. 실제로 이때 인천에 주둔한 열강의 군대 수가 '십만대병'은 아니었지만 갑자기 들어온 외국 군대에 당시 대한인이 강한 저항감을 가지고 있었기 때문에 '개가 짖고 달려든다'라고 표현한 것이다.

라)는 동쪽인 동해에서 벌어진 일을 서술했다. '물이 넘네'는 해동 조선에 일제가 강점해 들어온 것을 재앙으로 판단하여 은유적으로 표현한 것이다. 그리고 '울렁출렁 검은비에 남조선은 떴지만 동해인민은 가련하다'고 했다. 여기서 해석 상 '남조선이 떴다'라는 문구가 가장 문제가 된다. '남조선'은 『鄭鑑錄』 및 민족종교와 관련한다. 『정감록』에서 '남도 진인 출현'이나 남쪽 지역의 십승지 등으로 남조선이라는 의미가 상정될 가능성이 충분했는데, 『격암유록』에 이르러 진인출현사상과 '남조선'을 뚜렷하게 연결했다. 근대에 이르러서는 동학과 증산교에 남조선이라는 용어가 등장하고 고종 때 여러 기록에서도 남조선이라는 용어가 등장했다[17]. 이러한 기록 중 하나에 1900년 4월 경

---

17 '남조선신앙'과 『鄭鑑錄』 및 민족종교와의 관련성에 대한 것은 다음의 논저를 참조했다. 김철수, 「19세기 민족종교의 형성과 남조선 사상」, 『동양사회사상』제22

소백산맥 동쪽에 반외세운동조직이 일어나 전략수립과정에서 체포된 일이 있었는데, 이들의 대장기에 남조선이라고 적혀 있었다고 한다[18]. 따라서 "울렁출렁 검은비에 남조선은 떴건마는 / 春風三月 좋다마소 동해인민 가련하다"라는 구절은 '동해 쪽에 남조선이라는 깃발을 든 저항세력이 떴지만 체포되고 말아 동해인민이 가련하다'는 의미로 해석할 수 있다. 이어 서술한 "삼대같이 쓰러지고 쑥대같이 자빠진다", "饑死하고 自死하니 일망타진 가이없다"라는 구절은 동해 쪽 저항세력이 일망타진되었다는 의미로 해석할 수 있다[19].

⑪에서는 탁월한 지략과 전략으로 전쟁을 승리로 이끈 장자방과 제갈량의 고사를 서술했다. 나라의 위기 현실을 타개할 만한 인물을 간절히 바라는 마음에서 이들을 서술한 것으로 보인다.

2) 정감록·주역·풍수를 통한 한탄과 권고

대단락2에서는 총 152구를 할애하여 정감록, 주역, 풍수와 관련한 내용을 나열적으로 서술하면서 대한의 현실을 한탄하고 동류들에게 권고했다. 서술한 내용을 소단락으로 정리하면 다음과 같다.

집, 동양사회사상학회, 2010, 5~47쪽.; 김탁, 『정감록 – 새 세상을 꿈꾸는 민중들의 예언서』, 살림, 2005, 211~213쪽.

18　김탁, 『정감록 – 새 세상을 꿈꾸는 민중들의 예언서』, 앞의 책, 213쪽.

19　그런데 이 사건은 주모자들이 전략수립과정에서 체포되었기 때문에 일반인에게 잘 알려지지 않았다. 따라서 이 구절은 일반적인 의미로 해석할 수도 있다. '일제의 강점으로 인해 사람들 사이에 피난처로 남조선이 떴으므로 남조선이 아닌 동해 쪽 사람들은 가련하다'는 의미로 해석할 수 있고, 이어 서술한 구절은 일제 강점으로 피폐해진 동해 쪽 사람들의 삶을 일반화하여 서술한 것으로 해석할 수 있다.

대단락			구수	소단락
2	정감록·주역·풍수를 통한 한탄과 권고	179~330 (152구)	33	① 연도별 벌어진 일
			11	② 동학과 권고
			10	③ 정감록과 권고
			23	④ 십승지의 나열과 권고
			27	⑤ 지명의 나열과 권고
			13	⑥ 동류에 대한 권고
			35	⑦ 주역과 풍수의 나열

①에서는 1902년부터 1917년까지 연도별로 나열하여 그간에 벌어진 일을 서술했다. 『정감록』에서 연도별로 예언을 서술한 방식과 동일한데, 여기서는 이미 벌어진 일을 서술했다. "甲辰年을 다다르니 <u>값진</u>저분 어디갔노 / 정신없이 앉았다가 外國水賊 어이할고"에서와 같이 "甲辰"을 "값진"으로 치환하는 어희적 서술도 활용하면서 각 연도의 나라 상황을 서술했다.

②에서는 동류를 향한 권고를 서술하며 동학도 언급했다. 동류를 향해 '죽지 않고 살아나려'면 '길인'을 구해야 하는데, 그 길인은 益者三友나 損者三友가 아니라 "知心동무 동지"라고 했다. 그런데 甲午乙未년 동학농민전쟁 때 참여한 농민군들은 "携手同志"였지만 그들은 "그릇" 간 것이라고 했다. 작가는 동학군을 "知心동무 동지"와 연결하여 동학군을 무조건적으로 적대시하지는 않았다. 그리고 "耳目 두고 聾盲되어 총명없이 잘못갔나 / 무슨일로 저리되어 지식없이 쫓겼구나 / 千兩乞人 萬兩乞人 중도참에 모였든가"라는 서술에서는 실패한 동학농민전쟁에 대한 안타까움을 넌지시 드러내기도 했다.

崑崙一支 백두봉은 이전주인 만날적에 / 동국산천 그려내여 각국秘
訣 구해다가 / 弓弓乙乙 둘러치니 身入穴이 분명하다 / 무지한 동류님
네 궁궁이수 찾지마소 / 초진명을 지어내니 活我者가 누구런고 / 도이
지를 생각하면 彼地此地 분명하다 / 화우이수 생각하면 야외계변 막을
세라 / 小頭無足 어이할고 三人一夕 좋을시고 / 寺畓七斗 落지고 兩百二
水 분명하다 / 石鼎곤지 기탁하니 精脫其右 분명하다

위는 소단락 ③의 전문이다. 여기서 작가는 '무지하게 궁궁이수를
찾지말라'고 권고하면서도 『정감록』의 구절을 언급했다. "弓弓乙乙"
은 『정감록』에 등장한 이후, 동학과 원불교 등 민족 종교의 중요한
가르침으로 자리매김한 것이다. 처음에 작가는 '곤륜일지 백두산에
서 이전 주인을 만나 각국 비결을 가져다가 弓弓乙乙을 둘러쳐 身入
穴[窮의 파자]을 말했다'고 했다. 이 구절에서 깨달음을 얻은 지명으
로 백두산을 언급했는데, 민족종교 가운데 백두산에서 깨달음을 얻
어 종교를 연 것은 나철의 대종교이다. 그러나 이 구절이 구체적으로
대종교를 말하는 것인지는 좀 더 생각해봐야 할 것같다. 다음에 작가
는 "活我者, 小頭無足[삭발한 왜인을 지칭하는 倭], 三人一夕[합자하면
修], 寺畓七斗, 兩百二水[先後天地], 石鼎곤지, 精脫其右[精자에서 오른
편을 없애면 米]" 등[20] 정감록의 다양한 비결에 나오는 어구를 연결

---

20 다음의 비결 구절을 참조했으나 해설서에서도 그 정확한 뜻을 해석하지 않고 넘어
간 어구가 많았다. "弓弓非難, 利在石鼎, 石鼎非難, 寺畓七斗, 寺畓非難, 精脫其右"(弓
弓은 어렵지 않으니 이로운 것이 석정에 있다. 석정은 어렵지 않으니 사답칠두에
있다. 사답이 어렵지 않으니 정탈기우[精자에서 오른편을 없애면 米이다). ; "殺我
者誰 小頭無足, 活我者貧 穴下弓身"(나를 죽이는 것은 무엇인가? 소두무족이다. 나

하여 서술했다. 필자는 비결에 나오는 이러한 어구의 정확한 의미를 해석할 수 있는 역량이 없다. 다만 전체적인 의미만을 개략적으로 알 수 있을 뿐이다. 소두무족인 왜가 강점했으니, 活我者가 따로 있지 않고 此地彼地 마찬가지이다, 그러니 가난(身入穴, 窮)한 가운데 자신을 닦는 修(三人一夕)와 시련기를 버틸 쌀(精脫其右)이 중요하다고 한 것이다.

> 몽매하온 저동류야 十勝地를 찾지마소 / 이이미미 어디메뇨 천장지방 광활한데 / 六月飛霜 어이할고 문전걸식 당할소냐 / 壬癸年에 오합졸이 십승지를 찾아갈제 / 풍기땅을 다다르니 금계촌이 어디메뇨 ---

위는 소단락 ④의 서두 구절이다. 먼저 작가는 '十勝地를 찾지말라'고 단호하게 권고했다. 그런데 "六月飛霜"과 같은 시절을 당하여 문전걸식을 할 수는 없다고 하면서, 오합졸이 "壬癸年"에 찾아간 십승지를 나열하여 서술했다. 여기서 "임계년"은 비결에 "임신년과 계미년에 궁궐에까지 해독이 미치는 큰 재화가 일어난다"[21]는 구절과 관련한 것으로 보인다. 십승지를 찾는 것은 안되지만, 시절이 시절인

를 살리는 것은 가난이니 窮이다) ; "殺我者小頭無足, 活我者三人一夕"(나를 죽이는 것은 소두무족[黨·默·削 등으로 풀이하는데, 삭발한 왜인을 지칭하는 삭으로 보는 견해가 우세하다]이고, 나를 살리는 것은 삼인일석[合字하면 修]이다). ; "兩百兩百何兩百 先後天地是兩百"(양백 양백 하는데 양백이 무엇인가. 先天地와 後天地가 양백이다). 정다운, 『정감록』, 밀알, 1986, 1~376쪽.

21 "水水西南毒及宮闕"(서남쪽의 물과 물이 궁궐에까지 그 독을 미친다 : 水水는 북쪽인 壬癸이고, 西南은 未申이니 水水西南은 임신년과 계미년을 의미한다. 임신년과 계미년에 궁궐에까지 해독이 미치는 큰 재화가 일어난다는 뜻이다). 정다운, 앞의 책, 238~239쪽.

만큼 걸식하는 신세로 전락하지 않으려면 비결서에 나라의 위기 상황이 올 때 찾아갈 십승지가 있으므로 그것을 나열해본 것이다.

⑤에서는 "有主하고 無主한데 쓸데없이 가는사람 / 명명천지 밝은 날에 눈을뜨고 잘못가네 / 불상하다 창생들아 살기를 바라서라"라고 하면서 여러 피신지를 나열해 서술했다. 그런데 작가는 이곳들에 대해 "도적자가 과반이요, 積尸如山 몇곳인고, 남의목숨 代命가네, 不意之變 뉘가알리" 등과 같이 서술했다. 조선팔도에 피신지가 따로 없을 만큼 모든 곳이 사람이 살 수 없을 지경이라고 한탄한 것이다. ⑥에서는 동류를 향한 권고를 서술했다. '잘 먹고 잘 노는' 연변칠읍 사람들에게는 잘 생각하며 살라고 하고, '잘 입고 잘 사는' 영동사읍 사람들에게는 친구와 정을 나누며 살라고 했다. 그리고 鰥寡孤獨들을 잘 대해주며, 남의 인사 묻지 말며, 팔도 인심을 자세히 들으라는 등의 권고를 나열적으로 서술했다. ⑦에서는 주역의 九宮法과 풍수지리의 길방수를 나열적으로 서술했다. 작가가 이 화소를 서술한 의도는 마지막 구절인 "살아나면 만세계라 피신하기 괴이하다"에서 짐작할 수 있다. 워낙 시절이 좋지 않기 때문에 구궁법이나 길방수를 써서라도 어떻게든 살아남으라는 메시지를 대한인에게 전달하기 위해 쓴 것이다.

3) 독립운동가의 활동 및 대한의 현실에 대한 한탄

대단락3에서는 총 84구를 할애하여 독립운동가의 활동 및 대한의 현실을 은유적으로 표현하고 한탄했다. 서술한 내용을 소단락으로 정리하면 다음과 같다.

대단락		구수	소단락
3	독립운동가의 활동 및 대한의 현실에 대한 한탄	331~414 (84구)	① 까마귀를 향한 발언 (20)
			② 청조새를 향한 발언 (17)
			③ 요동개를 향한 발언 (13)
			④ 이화꽃에 대한 한탄 (34)

①~③에서는 '~야 ~야'와 같은 호명식의 민요적 문체를 사용하여 까마귀, 청조새, 그리고 요동개에 대해 서술했다. 대단락3은 "피신하기 분주마소 다른동류 알고보면 / 불청객이 自來로다"라는 구절로 시작해 곧바로 ①~③을 서술했다. 따라서 ①~③에서 서술한 까마귀, 청조새, 요동개 등은 "다른 동류"이면서 "스스로 온 불청객"으로 볼 수 있다.

① 귀야귀야 까마귀야 복색이사 검다마는 / 북방자래 갈가마귀 두만 강을 어이날고 / 烏수효사 많건마는 일당백을 어이할고 / 月明星希 南 飛夜에 趙孟德을 찾아왔나 / --- / 귀야귀야 까마귀야 이농사 짓건마는 / 구월추수 당해보면 서산나귀 실러오네 / 십년공부 아미타불 남의농사 짓단말가 / 귀야귀야 까마귀야 대마도를 언제볼고 / 旗幟槍劍 저문날 에 투덕투덕 나려진다 / 새벽서리 찬바람에 다리목에 얼어죽네

② 새야새야 청조새야 청천낙수 나려왔나 / 나래사 좋건마는 일춘부 생 여기로다 / 약간재주 믿지마라 나래위에 발이있다 / --- / 해동청산 보라매가 청천백일 높이떴네 / 예서번듯 후리소리 제서덜렁 鳴禽소리 / 사면팔방 일어나니 昇天入地 비할소냐 / 번개같이 날래날아 承允甲冑

털쳐입고 / 三尺匕首 드는발톱 이리차면 살해나네 / 화살같은 엄발끝이 저리차면 죽음나네 / 새야새야 청조새야 고국사를 이별하고 / 금의환향 하려더니 해동보래 차여간다

③ 개야개야 요동개야 압록강을 건너왔나 / --- / 고월비문 장관보고 북삼도를 찾아왔나 / 망국인물 도회청에 썩는냄새 맡고왔나 / 개야개야 짖지마라 잠든맹호 일어난다 / 조선산수 험한곳에 너의용맹 쓸데없다 / 용산석벽 반석위에 백호한쌍 웅크린다 / 천근망치 쐐방망이 이리치면 두통이야 / 번개같이 벼락주먹 저리치면 복통이라 / 개야개야 불상하다 신체전장 어디할고 / 개야개야 승승터니 제산백호 지쳐가네

①에서는 두만강을 넘어 북방에서 自來한 까마귀를 서술했다. 까마귀는 우리나라에 날아와 논에 떨어진 낱알을 먹는다. '이 농사를 짓지만 구월추수 때 서산나귀가 와서 다 실어가 남의 농사를 지은 것과 같다'는 구절은 날아든 까마귀에게 일제의 수탈로 우리나라의 산하에 먹을 것이 남아 있지 못해 굶어 죽을 것이라는 사실을 말하고자 한 것으로 보인다. 이어 까마귀가 "旗幟槍劍"에 "투덕투덕 나려"지고, "새벽서리 찬바람에" "얼어죽"는다고 했다. 따라서 두만강을 넘어온 까마귀는 당시 독립운동의 본거지였던 서간도에서 활동하던 독립군을 은유한다. 이러한 까마귀가 일본의 수탈에 의해 먹을 것이 없어 얼어 죽고 일제의 "旗幟槍劍(총칼)"에 의해 투덕투덕 땅에 떨어져 죽어, 대마도까지 날아가지 못할 것이기 때문에 '대마도를 언제

볼 것인가'라고 한 것이다.

②의 청조새와 ③의 요동개도 ①의 까마귀나 마찬가지로 북쪽인 청천강과 압록강 쪽에서 우리 대한으로 넘어 왔다. 청조새는 "고국 사를 어이할고 / 금의환향 하려더니"라고 서술한 것에서 알 수 있듯이 조국의 독립을 위해 서간도로 망명한 독립운동가를 의미한다. 한 편 요동개는 "망국인물 도회청에 썩는냄새 맡고왔나"라는 서술에서 알 수 있듯이 '나라를 팔아 먹어 썩는 냄새가 진동하는 인물'들을 처단하기 위해 그들의 모임 장소에 들이닥친 독립운동가를 은유한다.

경술국치 후 수많은 애국지사들은 가족과 마을민을 거느리고 서간도로 망명하여 독립운동을 했다. 따라서 ①~③에서 두만강, 청천강, 그리고 압록강을 건너 들어온 까마귀, 청조새, 그리고 요동개는 스스로 서간도로 망명하여 끊임없이 조국의 독립을 위해 활동한 독립운동가를 은유한다. 작가가 독립운동가의 활동을 부각시키고 이에 대한 일제의 탄압을 강조하고자 까마귀, 청조새, 요동개 등으로 거듭해서 서술한 것이라고 할 수 있다.

작가는 ①에서 까마귀가 '旗幟槍劍에 맞아 떨어진다고 하고', ②에서는 청조새가 '해동 보라매의 날카로운 발톱에 죽는다'고 하고, 그리고 ③에서는 요동개가 '백호 한 쌍의 쇠방망이와 벼락주먹에 의해 신체전장이 남아나지 않을 것이다'라고 했다. 따라서 기치창검, 해동보라매, 백호 한 쌍 등은 독립군을 소탕하는 일제를 은유한다.

마지막으로 소단락 ④에서는 이화꽃을 민요식 문체로 호명하며 왕과 대한의 현실을 한탄했다. ④에서 이화꽃을 호명하는 부분을 뽑아 오면 다음과 같다.

　가) 꽃아꽃아 梨花꽃아 망국화친 이화꽃아 / 꽃이사 좋건마는 녹음
방초 어이할고
　나) 꽃아꽃아 이화꽃아 사천년 이화꽃아 / 꽃이지면 풀이피네 적세
건곤 높이오네
　다) 혈혈단신 梨桃花야 紛紛白雪 보기싫다 / 불상하다 이화꽃아 孤守
金城 어이할고

　이화는 대한제국을 상징하는 꽃으로 여기서는 고종과 대한을 모
두 상징한다. 가)의 "망국화친 이화꽃"과 나)의 "사천년 이화꽃"에서
이화꽃은 대한을 상징한다. 다)의 "혈혈단신 梨桃花"와 "불상하다 이
화꽃"에서 이화꽃은 고종을 상징한다. 앞서 ①~③에서 독립운동가
가 일제의 탄압으로 좌절 당하는 현실이 계속되었으므로, 고종이
"혈혈단신"으로 "孤守金城"을 하고 있다고 서술했으며, 이화꽃이 지
는 것을 나라의 상황으로 인식하여 '분분백설이 보기 싫다'고 표현
했다.
　한편 가)에서 '이화꽃은 좋지만 녹음방초는 어이 할 건가'라고 하
고, 나)에서 '꽃이 지면 풀이 피고 적세건곤이 높이 온다'고 했다. 이
소단락에서는 이화꽃과 더불어 '풀'이 자주 등장하는데 전체적인 문
맥으로 보아 녹음방초와 풀은 나라의 국민을 의미하는 것으로 해석
할 수 있다. '이화꽃이 지면 지천으로 풀이 피어난다'는 것은 나라를
잃기는 했지만, 대한의 국민들은 여전히 한반도를 지키고 있다는 의
미이다. 작가가 대한의 국민에게 희망을 품고 있음을 알 수 있다.

　　가) 녹음방초 勝花時에 만산백화 일어난다 / 나) 한라산에 畜草하고 구월산에 花煎간다 / 속리산에 풀이피고 태백산에 백이나네 / 지리산에 불이나고 금강산에 물이끓네 / 다) 天子之頃 하신일을 이화꽃이 당할쏘냐 / 형제동기 거동보소 유혈창생 가련하다 / 誰怨誰咎 하단말가 라) 오호통재 가련하다 / 꽃이지고 늙어지니 탁해세월 가련하다

　위는 대부분의 이본에 나타나는 마지막 부분이다. 가)에서 녹음방초 승화시에 만산에 온갖 꽃이 일어난다고 했다. 녹음방초의 꽃이 만발한다는 것은 대한 국민의 항일민족의식이 꽃을 피울 정도로 성숙해 있다는 것을 은유적으로 표현한 것이다. 그리하여 나)는 그 구체적인 사례를 역시 은유적으로 표현했다. 한라산에서부터 금강산에 이르기까지 "풀이 피고, 불이 나고, 물이 끓는다[22]"는 것이다. 이것은 다)의 "형제동기 거동보소 유혈창생 가련하다"와 연결하여 볼 때 대한국민의 일제에 대한 저항의 물결이 전국적으로 일어난 것을 은유적으로 표현한 것이다. 그리고 작가는 다)에서 다시 "천자지탈[하늘이 저지른 갑작스러운 변, 즉 일제의 강점]"을 이화꽃이 당할 수 없었고, 현재 항일의 기치를 든 형제동기들이 피를 흘리고 있으니 가련하다고 했다. 이어 작가는 라)에서 현재 나라를 잃은 현실을 다시한

22　"한라산에 畜草하고 구월산에 花煎간다"에서 '축초'는 풀이 무성하다는 뜻이고, '화전간다'는 꽃이 만발하여 화전놀이를 간다는 뜻인 것같다. 그리고 "태백산에 백이나네"에서 '백이'는 여러 이본에서 '백이(伯夷)'로 적고 있다. 그런데 나)의 서술이 주로 꽃, 풀, 물, 불 등과 같은 자연 상관물로 서술이 이루어진 점을 감안하면 중국 고사에 나오는 인물인 '백이'는 아무래도 어색한 것같다. 한 이본에서 '빛'이라고 적고 있는데, 아마도 '백이'는 '빛이'가 와전된 것이 아닐까 생각되지만 일단 가장 많은 이본에서 적고 있는 어구를 이곳에 적었다.

번 한탄하는 것으로 가사를 마감했다.

4. 〈시절가〉의 역사적 성격과 가사문학사적 의의

〈시절가〉의 대단락1은 시기적으로 경술국치 이전의 역사적 사건에 보다 집중해 서술했다. 그리고 대단락2는 과거의 예로 동학도를 들어 서술하기도 했지만 시기적으로 1917년 당시의 시점에서 내용을 서술했다. 이어 대단락3은 1917년 당시의 시점에서 독립운동가의 활동 및 대한의 현실을 서술하고 대한국민의 일제에 대한 저항의 물결도 서술하여 시기적으로 미래를 포함했다. 이렇게 〈시절가〉의 서술구조는 시기적으로 구한말의 과거에서 시작하여 일제강점의 현재를 거쳐 대한독립의 미래를 향하는 것으로 진행되었다.

대한인은 일제의 강점 야욕이 날로 노골화되는 것은 알았지만 그렇게 속절없이 을사늑약이 체결되고 급기야 경술국치로 나라를 잃게 될 줄은 몰랐다. 작가의 끊임없는 현실 개탄은 이러한 당시 대한인의 엄청난 충격을 반영한다. 그리고 작가는 그간 대한에서 있을 수 없는 일이 실제로 벌어졌으므로 이미 벌어진 일들을 하나하나 복기하면서 역사적인 반성의 기회로 삼고자 했다. 무엇보다도 작가는 일제의 핍박에 시달리면서도 일제에 저항하던 대한국민의 민족적 정서를 〈시절가〉에 담고자 했다. 일제의 핍박에 저항하는 민족정신을 다잡으면서, 독립의 희망을 잃지 않게 하려 한 것이다.

그런데 〈시절가〉는 민족종교나 『정감록』과 관련한 내용을 서술했다. 〈시절가〉에 나오는 "륵륵乙乙"이라는 어구는 『정감록』에 등장한 이후 민족종교의 중요한 가르침으로 자리매김한 것이다. 천도교(동학), 正易사상에 근거한 종교, 증산교, 대종교, 원불교 등의 민족종교는 19세기 말부터 형성되어 20세기 초에 기반을 잡았다. 이들 민족종교에 나타난 "공통적 특징은 후천개벽사상, 종교회통사상, 민족주체사상, 인본위사상, 사회개혁사상 등으로 요약할 수 있는데,[23]" 이러한 민족종교의 사상을 관통하고 있는 핵심적인 화두는 '우리 민족'이었다. 민족종교는 일제의 노골적인 강점 야욕과 조국 상실을 맞닥뜨린 대한인의 충격을 기반으로 형성되어 발전한 것이라고 할 수 있다.

한편 〈시절가〉에서 작가는 십승지나 피신지로 가지 말라고 하면서도 그것들을 나열해 서술했다. 따라서 작가는 최소한 『정감록』에 친숙했던 것만은 분명하다. 『정감록』의 三絶運數說에 의하면 경술국치는 임진왜란과 병자호란에 이은 세 번째 나라의 위기였다. 그리하여 『정감록』에 대한 신봉 여부를 떠나 대한인은 이전에 있었던 나라의 위기를 극복했듯이 일제의 강점이라는 세 번째 위기도 민족적 역량을 총동원하면 극복할 수 있다는 믿음을 가졌다. 또한 『정감록』의 진인이 출현하여 이상사회를 펼칠 것이라는 신앙은 '일제강점기라는 민족사 최대의 수난기에 빛을 발하여' 대중들 사이에 급속히 퍼져나갔으며, '조국과 민족의 해방을 고취시키고 일제의 침략에 대항하고 저항할 강력한 정신적 원동력을 제공했다.' 실제로 '민족해방운

---

23 유병덕·김홍철·김낙필·양은용, 「한국 근세 종교의 민중사상 연구」, 『한국종교』 제14집, 원광대학교 종교문제연구소, 1989, 90쪽.

동을 체계적이고 역동적으로 수행해나갈 역량이 부족하거나 적절한 방법을 찾지 못했던 당시 민중들에게 진인의 존재와 새로운 왕조의 건설이라는 기쁜 소식은 나라를 되찾는 일에 자발적으로 참여할 수 있는 거의 유일한 기회[24]로 다가왔던 것이다.

이렇게 당시 풍미했던 민족종교나 정감록 사상은 '위기에 처한 민족'과 '민중'을 기반으로 성장한 것이었다. 작가는 나라의 위기 상황에서 '우리 민족'을 중심에 두고 교리를 펼쳤던 대종교와 같은 민족종교의 사상을 배척하지 않고 오히려 인정하거나, 당시 대한인에게 빠르게 흡수되고 있던 정감록적 사상을 여유롭게 수용하는 자세를 지녔다[25]. 작가는 나라가 절대절명의 위기 상황에 처하게 되자 유학적 사고에만 머무르지 않고 당시 대한인의 대중적인 인식까지 수용하는 데로 나아가게 된 것이다. 이렇게 1917년에 창작된 〈시절가〉는 나라를 잃은 대한인의 충격과 항일민족정신을 담고 있으면서 유학적인 사고에만 머무르지 않고 당시 대중적으로 풍미해 있던 정감록적 사고도 수용하고 있다는 역사적 성격을 지닌다.

〈시절가〉는 어려운 한자어가 심심찮게 등장한다. "桂櫂兮여 蘭槳兮여", "虛築防胡", "驚砲擅有 夜泊時", "決勝千里" 등의 어려운 한자성어나 "身入穴", "小頭無足", "寺畓七斗", "精脫其右" 등의 이해하기 쉽지

---

24 김탁, 『정감록 새 세상을 꿈꾸는 민중들의 예언서』, 앞의 책, 241~243쪽.
25 이러한 작가의 대중적인 인식은 가사가 유통되면서 다시 향유자에게 영향을 미쳤을 것으로 보인다. 향유자마다 변개해 덧붙인 마지막 구절 중에는 "후천지에 스라나면 틔평건곤 다시보고"(역대가사문학전집본 1, 한국가사문학관본 2)라는 구절이 들어 있기도 한데, 작가의 정감록적 사고가 역으로 향유자에게 영향을 미쳤기 때문에 나온 구절이라고 할 수 있다.

않은『정감록』의 용어가 등장한다. 이러한 한자어구는 가사문학에서 통용되던 한자어구의 범주를 넘어서는 것들이다. 이본마다 일어난 어구의 와전은 바로 이러한 한자어구에서부터 시작하여 연쇄적으로 이 어구와 연결된 서술어에까지 일어난 것이라고 할 수 있다.

이렇게 〈시절가〉가 어구의 와전이 심하게 일어날 정도로 어려운 한문어구를 마구 사용했음에도 불구하고 당대인에게 활발하게 향유되며 대중성을 획득할 수 있었던 이유는 무엇일까? 우선 생각할 수 있는 이유로는 〈시절가〉가 경술국치의 충격과 항일민족정신을 담아 당시 대한인의 망국의 아픔과 일제에 대한 저항의식을 대변했다는 점을 들 수 있다.

그러나 〈시절가〉의 대중성은 전적으로 이 한 가지 이유만으로 획득될 수 있는 것은 아니었다. 이 외에도 〈시절가〉는 은유적 표현성과 민요적 문체로 인해 대중성을 확보할 수 있었던 것으로 보인다. 우선 〈시절가〉가 대중성을 획득할 수 있었던 데에는 대부분의 서술이 은유적 표현으로 이루어진 점이 한 몫을 담당했을 것이다[26]. 〈시절가〉의 은유적 표현이 일제강점기의 향유자에게 내용을 이해하는데 방

---

26 이렇게 작가가 〈시절가〉에서 대한의 현실을 줄곧 은유적으로 서술한 이유는 무엇일까? 첫 번째 이유로 작가가 온통 은유적 표현으로 이루어진『정감록』적인 서술에 영향을 받은 점을 들 수 있다. 작가는 가사에서 십승지를 서술하고,『정감록』에서 예언을 연도별로 서술하는 방식을 따라 1902년부터 1917년까지 연도별로 벌어진 일을 서술하기도 했다. 이렇게『정감록』을 잘 알고 있었던 작가가『정감록』의 은유적 표현도 따라 했을 가능성이 많다. 두 번째 이유로는 작가가 〈시절가〉를 통해 끊임없이 일제의 강점 현실을 개탄하고 있으므로 만약 있을지 모르는 일제의 검열을 의식하지 않을 수 없었다는 점을 들 수 있다. 작가는 애초 〈시절가〉를 지을 때부터 익명으로 써서 대한인에게 광범위하게 유포하려는 의도를 지녔던 것같다. 그러나 작가는 자신을 익명으로 처리한다고 해도 향유자를 배려해야 했으므로 문학적 표현을 총동원하여 은유적으로 서술하는 방식을 택한 것이라고 할 수 있다.

해가 되는 요인으로 작용했기보다는 오히려 대중적으로 다가갈 수 있는 비밀 병기로 작용하여 향유의 폭을 대폭 넓히는 데 기여했던 것으로 보인다. 당시 대한인은 나라를 잃은 현실에 대한 한탄이라는 커다란 공감대 안에서 은유적 표현으로 이루어진 구절을 충분히 이해하고 해석할 수 있었다고 보여진다.

한편 〈시절가〉는 쉽고 친숙한 민요적 문체를 자주 사용하여 대중에게 다가가기가 쉬웠을 것이다. "일이났네 일이났네 이화촌에 일이났네"와 같은 AABA형의 문체, "개야개야 검둥개야"와 같은 호명식 문체, 그리고 '한 장면에서 동일 구문의 나열식 문체' 등의 민요적 문체를 자주 사용했다[27]. 특히 〈시절가〉의 서술어미는 가사문학에서 사용하는 "~이라, ~구나, ~로다" 등도 많이 사용했지만, 민요 서술어미의 문체적 특징 중 하나인 '~네' 또한 많이 사용하여 일반적인 가사문학의 것과 구별되는 특징을 보였다[28]. 이와 같이 〈시절가〉는 AABA형의 문체, 호명식 문체, 동일 구문의 나열식 문체, 그리고 서술어미 '~네' 등의 민요적 문체를 자주 사용함으로써 쉽고 친숙하며 생동감 있는 문체를 이루었다.

---

27 AABA형의 문체로는 다음과 같은 것이 있다. "보전하소 보전하소 上冠상투 보전하소"; "개가짖네 개가짖네 북삼도의 개가짖네"; "火가났네 火가났네 삼남삼도 火가났네"; "변괴났네 변괴났네 인천제물 변괴났네"; "물이넘네 물이넘네 해동조선 물이넘네" 호명식 문체로는 다음과 같은 것이 있다. "귀야귀야 까마귀야"; "새야새야 청조새야"; "개야개야 요동개야" AABA형과 호명식을 합친 문체로는 다음과 같은 것이 있다. "꽃아꽃아 이화꽃아 망국화친 이화꽃아"; "꽃아꽃아 梨花꽃아 사천년 이화꽃아" 동일 구문의 열거식 문체로는 대단락2에서 서술한 십승지, 피신지, 구궁법 등을 대표적으로 들 수 있다.

28 고순희, 「민요 문체의 특징-어미부 형태를 중심으로」, 『고전 詩·歌·謠의 시학과 활용』, 박문사, 2017, 15~50쪽.

실제로 〈시절가〉의 향유는 매우 광범위했다. 현재 20편이나 되는 이본 가운데 필사연대가 표기된 이본의 필사 시기는 1950년대까지로 나타난다[29]. 이러한 필사연대는 〈시절가〉가 일제강점기에 활발하게 향유됨으로써 나타난 결과라고 할 수 있다. 특히 이본 가운데 경북내방가사본1~5와 내방가사자료본은 〈시절가〉가 양반가 여성에게도 활발하게 향유되었음을 알려준다. 한편 〈시절가〉가 이본이 많은 가운데 어구의 와전이 심하여 의미의 파악조차 힘들게 된 것은 〈시절가〉가 전통적인 가사문학의 향유층인 양반가의 남성과 여성을 넘어서서 당시 대한의 일반인에게까지 향유되었음을 반증한다. 작가의 의도대로 〈시절가〉가 일제강점기를 거치면서 작가의 가문과 양반가를 넘어서서 대한의 많은 일반국민에게도 향유되었던 것이다. 〈시절가〉는 애초 국한문 혼용 표기로 창작되었을 것이다. 그런데 어느 순간 〈시절가〉의 표기가 쉬운 순한글로 바뀌어 구절의 와전을 발생하며 오래 유통되었을 것이다. 그러던 중 와전된 구절이 많은 순한글 필사본을 받아든 어느 향유자가 자기가 아는 한자 실력을 총동원하여 나름대로 와전구를 고쳐 읽어 유통시킴으로써 어구의 와전을 더욱 심화시켰을 것으로 보인다.

가사문학은 일제강점기에도 활발하게 창작되었다. 그 가운데 일제강점기의 역사·사회 현실에 대응한 가사 작품도 많이 창작되었다. 그런데 이들 가사의 대부분은 양반 가문의 범주 안에서 향유되는 경

---

29 "병술(1946년) 정월 십구일 종서라"(한국가사문학관본2) ; "병신(1956년) 구월 이십 삼일"(한국가사문학관본4) ; "신유(1921년) 3월 13일"(경북내방가사본1) ; "병오(1966년)원월이 초늭일"(경북내방가사본2) ; "四二九一年(1958년) 一月九日"(경북내방가사본3) ; "壬申(1932년)元月 二十五日 筆書하노라"(안동의가사본)

향을 보였다. 〈한양가〉가 장편임에도 불구하고 많은 향유를 거치며 계속적으로 필사되었지만, 어구의 와전이 그리 심하지 않은 것은 양반가문 내에서 향유되었기 때문이라고 할 수 있다. 반면 〈시절가〉는 양반가문의 범주를 넘어서서 당시 일반 대한인에게도 광범위하게 향유되었던 것으로 보인다. 이렇게 〈시절가〉는 1910년대에 경술국치의 충격으로 창작된 가사문학 작품의 하나로 일제강점기에 가장 대중적인 사랑을 받은 가사 작품이라는 의의를 지닌다.

한편 가사문학사에서는 역사·사회에 대응한 가사 문학 작품이 꾸준하게 창작되어 하나의 맥을 형성하고 있었다. 19세기 삼정문란기에 대응한 〈갑민가〉, 〈합강정가〉, 〈향산별곡〉, 〈거창가〉 등의 현실비판 가사, 임술농민전쟁에 대응한 〈민탄가〉, 일제의 노골적인 침략 야욕에 대응한 동학가사와 의병가사, 동학농민전쟁에 대응한 〈경난가〉, 개화문명과 일제의 강점에 대응한 개화가사, 갑오개혁에 대응한 〈심심가〉, 1910년대 경술국치에 대응한 가사 작품들 등이 꾸준하게 창작되어 가사문학사에서 하나의 커다란 흐름을 형성했다. 그런데 이 가운데 '민중의 삶'에 보다 주목하여 서술한 가사 작품은 현실비판 가사, 〈민탄가〉, 〈경난가〉, 〈심심가〉 등 얼마 되지 않는다. 〈시절가〉에서 작가가 무엇보다도 중요하게 생각한 것은 대한인의 안위였다. 이렇게 〈시절가〉는 역사·사회에 대응해 창작된 작품 중에서 '민중'에 주목한 작품세계를 보여준다.

이와 같이 〈시절가〉는 1910년대에 경술국치의 충격으로 창작된 가사 작품의 하나로, 일제강점기에 가장 대중적인 사랑을 받은 가사 작품이라는 가사문학사적 의의를 지닌다. 아울러 〈시절가〉는 역사·

사회에 대응해 작품을 창작하는 가사문학사의 큰 흐름을 일제강점기 초에 계승하고 있으면서, '민중'에 주목한 계열의 가사 작품의 계보도 잇고 있다는 가사문학사적인 의의를 지닌다.

5. 맺음말

이 논문에서는 〈시절가〉의 작품세계를 살펴볼 때 이본 20편을 참조하여 만든 교합본을 인용했다. 교합본은 의미의 정확성을 기하기 위해 한자어구가 포함된 국한문혼용 표기를 택했다. 그런데 작품세계를 논의하는 자리에서 인용구를 해석하거나 소단락의 작품세계를 소개할 때 우리말로 쉽게 풀어서 해석해주는 것이 좋았겠지만, 교합본의 내용을 있는 그대로 드러내주기 위해 교합본의 한자어구를 노출하여 해석할 수밖에 없었다. 〈시절가〉의 정확한 어구와 내용 전달을 위한 궁여지책이라고 이해해 주길 바란다.

한편 이 논문에서는 매우 복잡한 내용과 표현으로 이루어진 〈시절가〉의 작품세계를 충실하게 전달하려고 노력했지만, 지면의 한계로 논의가 개략적인 수준에 머물고만 한계가 있었음을 부인할 수 없다. 이러한 점은 추후의 논의에서 보완되기를 기대한다.

경술국치의 충격을 담은 1910년대 가사문학의 전개 양상과 가사문학사적 의의

1. 머리말

가사문학은 당대의 역사·사회 현실에 대응한 작품을 꾸준하게 창작해온 전통이 있었다. 19세기 중엽 이후 한반도는 일제의 강점 야욕이 날로 커져만 가고 급기야 을사늑약의 체결로 일제의 강점이 현실화되었으며, 결국 경술국치로 나라를 잃고 말았다. 경술국치라는 역사적 사건은 가사문학의 전통적인 창작층인 양반가의 구성원에게 엄청난 충격으로 다가왔다. 그리하여 가사문학의 작가들은 당대의 역사·사회 현실을 적극적으로 작품에 수용하는 가사문학의 전통을 계승하여 경술국치의 충격과 일제강점의 현실을 담은 가사 작품들을 쏟아내게 되었다. 이러한 가사 작품들은 가사의 관습적인 글쓰기의 틀 안에서 창작되었지만 당대의 역사·사회 현실에 대응한 의미 있는 내용을 담았다.

일제강점기에 창작된 수많은 가사 필사본은 내용, 작가, 창작시기가 분명하게 밝혀지지 못하고 있다. 가사 필사본은 구체적인 작가는 알 수 없다 해도 내용을 면밀하게 읽으면 창작시기를 알 수 있는 경우가 있다. 그런데 현재 이루어지고 있는 가사 필사본의 DB화 작업은 창작시기를 범박하게 '일제강점기의 작'이라고만 하는 경향이 있다. 이러한 경향은 대강의 내용만을 파악하고 더 이상의 면밀한 검토를 하지 않기 때문에 나타난 것이다. 그런데 일제강점기는 경술국치, 문화정치기, 황국신민화정치기, 만주사변·태평양전쟁으로 인한 징용·징병기 등과 같이 역사·사회적 현실이 급변한 시기였다. 따라서 일제강점기에 창작된 작품이라 하더라도 그 창작시기를 세밀하게 구체화하여 작품의 의미를 새롭게 이해할 필요가 있다.

필자는 그 동안 매체 게재 가사를 제외하고 가사 필사본이나 가사 모음집에 수록된 가사를 읽어 가며 역사·사회 현실에 대응한 가사 작품을 조사해왔다. 그 결과 경술국치 직후인 1910년대에 경술국치의 충격을 담아 창작된 가사가 확인된 것만 26편이나 될 정도로 매우 많다는 것을 알게 되었다. 26편의 가사 중에 이미 소개된 작품의 경우 각 가사가 파편적으로 있어왔을 뿐이어서 1910년대라는 역사적 산출환경과 연결하여 통합적인 논의가 이루어지지는 않았다. 한편 26편의 가사 중에는 아직 소개되거나 연구되지 않은 가사도 많았다. 따라서 경술국치의 충격을 담아 1910년대에 창작된 가사문학을 다룸에 있어서 소개된 것과 아직 소개되지 않은 것을 모두 포괄하여 논의할 필요가 있다. 그리고 이 논문에서 제시하는 1910년대에 창작된 26편의 가사 작품들은 일제강점기 가사문학, 혹은 1910년대 가사문학을 논의하는 기초 자료로도 활용할 수 있을 것이다.

이 논문에서 시기를 1910년대로 한정한 이유는 이 시기에 관련 작품이 가장 많이 창작된 때문이기도 하지만, 무엇보다 이 시기 가사문학의 양상이 일제강점기 가사문학의 위상을 재정립하는 데에 기여할 것으로 보이기 때문이다. 일제강점기에 창작된 가사문학은 관습적인 글쓰기로 인해 언뜻 보면 천편일률적인 내용을 담은 것이 많다. 그리하여 오랫동안 일제강점기의 가사문학을 '가사문학의 쇠퇴기'로 보는 것이 가사문학사의 일반적인 시각이었다. 그러나 이렇게 단 10년 동안에 당대의 역사·사회 현실에 대응해 창작된 가사가 26편이나 된다는 것은 가사문학사를 바라보는 시각에 시사하는 점이 있다고 생각된다. 그리하여 이 연구는 경술국치의 충격을 담아 1910년대에 창작된 가사문학의 전개 양상을 살핀 후 그 전개 양상의 의미와 가사문학사적 의의를 규명하는 데에 목적이 있다.

연구의 목적을 위해 먼저 2장에서는 경술국치의 충격을 담은 1910년대 가사문학의 전개 양상을 객관적으로 살핀다. 작품 수가 많아 지면의 한계 상 모든 작품의 세계를 자세하게 다루지는 못한다. 다만 작품의 출처, 기존 연구, 작가, 창작 시기, 내용 등은 정확하게 제시하고자 한다. 기존에 충분히 논의가 된 작품은 작품세계를 간략하게 정리하고, 새롭게 다루는 작품은 상대적으로 작품세계를 자세히 논의하는 방식으로 진행한다. 3장에서는 2장에서 살핀 바를 종합하여 전개 양상의 의미와 가사문학사적 의의를 규명하고자 한다.

그리고 이 논문에서 말하는 구수는 4음보를 1구로 계산한 것임을 일러둔다.

2. 작품세계의 전개양상

경술국치의 충격을 담은 1910년대 가사문학의 작품 양상은 매우 다양하다. 그리하여 그 전개 양상을 경술국치의 충격으로 작가가 택한 삶의 방식에 따라 나누어 살펴보고자 한다. 즉 1) 고향을 떠나 은거를 택한 '은거', 2) 만주로의 망명을 택한 '만주망명', 그리고 3) 고향을 떠나지 않고 살았던 '고향 기반'의 유형으로 나누어 살핀다. '만주망명인을 둔 고국인의 가사'는 작가가 고향에 남아 있는 경우이지만 작품의 창작 계기가 '만주망명'과 관련하므로 만주망명에 합쳐서 논의한다. 한편 3) '고향 기반'의 유형은 다시 작품세계에 따라 '현실 개탄과 경계'와 '역사 서술'의 유형으로 나누어 살핀다.

1) 은거

경술국치 후 나라를 잃고도 이전처럼 세거지에서 편안하게 살 수 없다고 생각하여 고향을 떠나 은거를 택한 사람들이 있다. 이렇게 은거를 택한 작가가 1910년대에 창작한 가사로는 〈은사가〉(1912), 〈입산가〉(1911), 〈慨世歌〉(1910~1919), 〈노졍긔라〉(1912) 등이 있다.

이 가운데 일제강점기에 가장 대중적인 인기를 누린 가사는 〈은사가》(《경술국치가》)인데, 필자가 확인한 이본만 해도 10편이나 된다[1]. 〈은사가〉는 총 195구(이본① 기준)이며, 작가는 서울에 세거하던 명문대가의 일원인 '리참봉'으로 작품을 지을 당시 나이는 70세였다. 내용이나 말미의 기록을 종합해 볼 때 〈은사가〉의 창작시기는 1912년경으로 추정된다[2].

〈은사가〉는 경술국치 후 작가가 수십인의 가족을 이끌고 서울을 떠나 '태백산 만경대 금선동'으로 이주하여 생활한 것을 서술했다. 전반부는 조선의 건국과 제도문물의 정비, 자신의 가문, 경술국치, 피난 결심, 이주 준비와 행색, 친구와의 작별과 서울 출발, 노정의 어려움, 금선동 도착 등을 서술했다.

천운이 불행하여 경술년 추칠월에 / 난대없난 서북풍이 한양서울

---

1 확인된 이본은 다음과 같다. ① 〈庚戌國恥歌〉, 임기중편, 『역대가사문학전집』제6권, 동서문화원, 1987, 199~235면. 이 이본은 KRPIA(http://www.krpia.co.kr)에 DB화되어 올라와 있는 『한국역대가사문학집성』(임기중저, 2005)에도 실려 있다. ; ② 〈은사가〉, 임기중편, 『역대가사문학전집』제44권, 아세아문화사, 1998, 87~100면. 이 이본은 조동일의 『국문학연구자료 Ⅰ』(박이정, 1999, 532~542면)에 올라와 있는 것과 같은 것이다. ; ③ 〈隱士歌〉, 「은사가(隱士歌) 관견(管見)」, 임헌도, 『논문집』제18집, 공주사범대, 1980, 5~18면. KRPia의 『한국역대가사문학집성』에 실려 있는 이본이다. ; ④~⑥ 〈은사가〉, 한국가사문학관 홈페이지(http://www.gasa.go.kr/) ; ⑦ 〈은삭가〉, 한국가사문학관 홈페이지(http://www.gasa.go.kr/) ; ⑧ 〈은사가(隱士歌)〉, 이대준, 『낭송가사집』, 세종출판사, 1998, 39~49면. ; ⑨ 〈은사가〉, 이정옥, 『영남내방가사』제4권, 국학자료원, 2003, 16~32면. ; ⑩ 〈은ㅅ가〉, 「경상북도 내방가사 조사, 정리 및 DB 구축」, 한국학중앙연구원 홈페이지(http://www.aks.ac.kr) 〉 한국학진흥사업(단) 〉 성과포털)

2 작품 말미의 기록은 다음과 같다. "임인년"(이본①, 1912년) ; "이 가사는 경술년 합방일 말에 충신이 한을 머금고 지은 가사다"(이본⑩) ; "글 지은자 산중농부 초죽감자 썩먹고 베곱파 지음. 신축연 하육월 초삼일에 은사 지은 자 정실한 초막 속에 지음"(이본⑦) 이 기록의 신축년을 액면 그대로 받아들이면 1961년이 된다. 따라서 신축년은 신해년 즉 1911년의 오기로 보인다. ; "을미정월 초오일"(이본⑥, 1955년)

불어든다 / 놀라울사 놀라울사 천리호풍 놀라울사 / 백만장안 우리백
성 물끓듯 하난고야 / 아까울사 리화일지 준색이 처량하다 / 통곡성중
둘러보니 풍진이 자옥하다 / 삼십육계 좋은꾀가 주위상책 아닐런가 /
가자서라 가자서라 피란길로 가자서라 / 불고전후 가난사람 그무었을
애낄소냐 / 사모관대 다뜨더서 불에여허 다태우고 / 은영총탕 다뜨더
서 한강물에 다던지고 / 가장지물 다버리고 구명도생 가난사람 / 이것
저것 생각하랴 가첩적어 품에품고 / 자식손자 앞세우고 세데삿갓 수껴
쓰고 / 죽장망혜 신들메고 불원천리 가자셔라 / 망문투지 가자셔라 피
란길로 가자하니 / 남부여대 업고지고 동조정에 노든친구 / 손잡고 이
른말이 새세상이 되거덜랑 / 다시보자 작별하고[3]

　위는 전반부의 한 대목이다. 경술년 7월에 '난데없는 서북풍'과
'千里胡風'이 불었다. 그리하여 백성들의 분노와 동요가 물이 끓듯
하고 성중은 통곡소리로 가득하고 風塵이 자옥했으며 李花[왕실을
상징한다] 한 가지는 처량하기만 했다. 경술국치 후 대한의 상황을
은유적으로 표현했는데, 이러한 은유적 표현은 일제의 감시 하에 있
던 당시에 창작된 가사문학의 일반적인 표현법이었다. 이어 작가는
'삼십육계'가 상책이라고 판단하여 '피난'을 가기로 결심했다. 명문
가의 상징이었던 '사모관대'와 '은영총탕'은 물론 가장지물을 다 버
리고 대신 '삿갓'과 '죽장망혜'로 대표되는 방랑자의 몸차림으로 길
을 나섰다. 그리고 친구들과는 '새 세상이 되거들랑 다시 보자'고 하

---

　3 주1)에서 소개한 이본 가운데 ①번 이본을 인용한다.

며 작별했다. 이 작별의 말은 '새 세상이 오지 않으면 고향에 돌아오지 않겠다'는 것으로, 작가의 은거가 일제강점에 대한 비폭력 저항 행위임을 알 수 있게 한다.

중반부는 '은거지에서의 생활'을 서술했다. 작가는 금선동에 도착한 즉시 신령님께 제사를 지내고 초옥삼간을 지어 정착했는데, 이웃들과 술도 마시며 농사를 지어 포식하니 만사태평이었다. 후반부는 '세상 근심과 후손을 향한 권고'를 서술했다. 작가는 만경대에 올라 국파국망을 생각하며 통곡하고, 일제강점의 현실을 개탄했다. 이어 자손들에게 주경야독을 권유하며 '천운이 순환하여 새 세상이 오거든 입신양명을 할 것이니 피란하여 살아나자'고 하며 끝을 맺었다.

조선이 적다해도 모신맹장 많건마는 / 시모르고 때몰라서 은신하고 못나서니 / 육도삼약 나난장수 용무지지 없을소냐 / 억죠창생 저백성이 도탄중에 다빠저서 / 오오한 저모양이 일시가 급건마는 / 어천만셰 사직종묘 보국안민 어이할고 / 삼천리 저강산이 임자없이 되단말가 / 오백년 의관문물 피발좌임 되단말가 / 츄로동방 군자국이 한심코 가련하다 / 삼강이 끊쳐지고 오륜이 없어지니 / 군신유의 그뉘알며 부자유친 그뉘아리 / 두천죽지 허다인생 온세상에 둘너보니 / 사람하나 못만내서 산금야수 뿐이로다 / 예전법을 다폐하고 개화법을 새로배와 / 아까울사 소중화가 합방하여 일보되니

위는 후반부의 한 대목이다. 먼저 대한인이 도탄 중에 빠져 소리치는[嗷嗷] 지경인데, 군사를 써서 싸움을 할 만한 곳[用武之地]이 없는

221

것도 아닌데도 모신맹장이 나서지 못하고 있으니 나라를 구할 장수의 출현이 한시가 급하다고 한탄했다. 그리고 오백년의 의관문물이 미개한 나라의 풍속[被髮左衽]으로 바뀌어버린 나라의 현실을 개탄했다. 이어 나라에 삼강오륜이 끊어져 세상을 둘러봐도 나라를 구할 사람은 없이 다만 금수뿐이고, 예전의 법을 다 폐하고 개화법을 새로 배웠기 때문에 소중화 조선이 일본에 합방되었다고 했다. 이렇게 작가는 일제의 강점 현실과 개화법을 동시에 개탄했다.

〈입산가〉는 총 90구로 의병장 李中麟(1838~1917)이 경술국치 직후에 썼다[4]. 이중린은 퇴계의 직계손으로 1895년 12월부터 이듬해 4월까지 의병에 가담했다. 경술국치 후 일제의 은사금을 거부하고 〈입산가〉를 지은 후 천부산과 속리산 일대에서 은거생활을 하다가 생애를 마감했다.

〈입산가〉의 전반부는 경술국치로 '앞뒤산 구미호'와 '좌우편 도까비'가 판을 치자, 마침 천부산이 딱 '옛날 조선'이어서 은거지로 결정한 것을 서술했다. 중반부는 '현실 개탄과 은거 이유'를 서술했다. 작가 자신의 은거 이유를 '세상을 바꾸지 못하면 죽는 것이 옳은 것이지만 의리에 합당하지 않고, 그렇다고 살자 하니 죽은 것만도 못하고, 모든 소문과 벌어지는 꼴을 보기 싫어서'라고 밝혔다. 후반부는

---

4 이중린의 생애, 사상, 의병 활동에 대해서는 장인진의 「운포 이중린의 척사정신과 의병항쟁」(『영남학』제9권, 경북대학교 영남문화연구원, 2006년, 245~293면)을 참조했다. 장인진은 이 논문에서 〈입산가〉를 간단하게 다루었으며, 〈입산가〉의 이본, 즉 이대본과 가장본을 소개하며 두 편을 대교하였다. 〈입산가〉의 이대본은 이화여대 한국어문학연구회의「내방가사 자료」(『한국문학연구원논총』제15집, 이화여대 한국문화연구원, 1970, 423~424면)에 실려 있는 것이다.

'은거지에서의 생활과 기약'을 서술했다. 농사를 지으며 학동을 교육하다가 "홍수가 물러나고 칠야가 다시밝아 예의지속"이 되는 태평세계가 오면 식구들을 데리고 나와 살겠다고 한 것이다.

《慨世歌》는 총 34구의 짧은 가사로 남원 사람 南谷 蘇學燮(1856~1919)이 썼다. 소학섭은 송병선의 제자이다. 고종의 사망 소식을 접하고 당산에 들어가 절식하다가 10여일만에 당년 64세로 타계했다. 창작시기는 전체적인 가사의 내용과 고종의 사망 사실이 서술되지 않은 점으로 보아 경술국치 직후일 가능성이 높다[5].

《慨世歌》는 경술국치 후 나라의 현실에 대한 개탄만을 서술하고 경계의 말은 서술하지 않았다. 한문어구를 빈번하게 사용하면서도 **AABA**의 민요 문체를 중간중간 섞어가며 작가의 참담한 심정을 서술했다.

宇宙에 비겨서셔 一場太息 支離ㅎ고 / 楚水吳山 질을너머 獨樂園中 차자가니 / 自古雲林 是非업다 / 箕山을 바릭보니 巢父許由 간듸업고 / 三更明月 홀로쓰고 首陽을 불너보니 / 伯夷叔齊 어듸가고 萬古淸風 나마분다 / 어이ㅎ리 어이ㅎ리 悵望千秋 一灑淚요 / 蕭條異代 不同時라 말씨어다 말씨어다 / 悠悠蒼天아 此何人哉오 獨樂園이 조타ㅎ나 / 너무과이 孤寂ㅎ다 不如太平 同樂地라 / 仰天痛哭 一問兮여 堯舜孔孟 언졔볼게

위는 〈개세가〉의 마지막 부분이다. 작가는 한탄만 하다가 험한 길[楚水吳山]을 넘어 심산궁곡의 독락원[司馬溫公이 은거한 곳]을 찾아

---

5 『南谷遺稿』에 수록되어 있는 원문이 한국가사문학관 홈페이지(http://www.gasa.go.kr/)에 jpg 파일로 올라와 있다.

가 세상의 시비에서 멀어지려 했다. 하지만 그곳은 기산, 소부허유, 수양산, 백이숙제 등이 기리는 의미를 지니지 못했다. 그리하여 작가는 중국고사의 시절과 지금 시절이 다르다[蕭條異代 不同時]는 사실을 깨닫게 되었다. 그리고 "말씨어다 말씨어다 / 悠悠蒼天아 此何人哉오"라는 절규를 통해 국망으로 은거지에 들어와 있는 작가의 참담하고 막막한 심정을 서술했다. 이렇게 작가는 나라를 잃은 슬픔으로 인해 은거지에서의 생활에도 안주하지 못했다[6].

마지막으로 〈노졍긔라〉[7]는 총 176구로 39세의 양반가 여성[8]이 썼다. "신해납월 이십뉵일"에 대전에 도착하여 다음날 새벽에 성전촌에 이른 것으로 가사를 끝맺었으므로 창작시기는 1912년 2월 15일(양력)에서 그리 오래 지나지 않은 때이다.

〈노졍긔라〉는 "이십여명 너문소솔"과 함께 시댁인 "일량"(영덕군 창수면 인량리)을 떠나 "성전촌"(대전시 유성구 학하동)으로 이주하는 노정을 서술했다. 전반부는 떠날 날짜를 정했으나 시동생의 병환

---

6 작가의 행장에는 갑오년의 행적을 기록한 후 곧바로 고종의 승하와 작가의 사망을 기록했다. 『남곡유고(南谷遺稿)』권지사 부록 〈行狀〉 "公自甲午國政大亂, 以後歛跡自晦, 慣時憂國之志形於詩文者多矣, 嗚呼異學邪說紛紜, 天下道傷俗敗, 憂道憂國之心溢於言辭. 因草上疏一章總若干語, 而未及上聽. 雖在巾衍之中, 其忠節可知也. 戊午十二月聞高宗賓天, 嘆國祚己去, 與其兄葛山公登堂山, 望哭失聲痛哭, 時則臘月晦夜. 因以成病絕食十餘日而卒, 卽己未正月十四日也" 갑오년 이후부터 작가의 행적은 알려져 있지 않아 경술국치 후 그의 은거 여부는 알 수 없다. 하지만 〈개세가〉의 내용에 의하면 그가 경술국치 후 남원을 멀리 떠나 심산궁곡으로 들어간 것만은 분명하다.
7 임기중 편, 『역대가사문학전집』제35권, 아세아문화사, 1998, 415~433면.
8 인량은 '팔종가'로 유명할 만큼 전통적으로 양반가가 많이 살았던 곳이고, 작가는 친정인 원구촌에 대해 '번화제족이 많다'고 했다. 그리고 '노속 사오인'을 거느리고 대구까지 가마와 마차를 타고 간 것으로 보아 경제적으로도 여유가 있었던 양반가 여성임을 알 수 있다.

과 사망으로 발행이 연기되었음을 서술했다. 중반부는 인량을 출발하여 "중구봉화⁹ 원구촌"(영덕군 창수면 원구리)의 친정어머니와 작별하는 것을 서술했다. 후반부는 영덕, 포항, 경주, 영천 등을 지나 대구에서 기차에 승차한 후 대전에 내려 밤새 30리를 걸어서 새벽에야 성전촌에 도착한 것을 서술했다.

〈노정긔라〉는 작가가 이주하는 이유를 서술하지 않았기 때문에 피상적으로만 보면 단순한 노정기(기행가사)로 보인다. 그런데 작품을 자세히 읽으면 작가의 이주 동기가 경술국치로 인한 은거임이 드러난다.

① 어와친척 고국내야 이내소회 드러보소 / 새상에 풍진난새 온천하가 일체로다 / 이엇지 관게데랴 오날형새 이러할가 / 일평생에 먹은써지 타도타관 원하랴고 / 조코조흔 원구일량 실은다시 마다하고 / 고딕광실 조흔집을 포진천물 메메하고 / 허다한 가진세간 허산바산 헛처부고 / 원근친척 다바리고 백발노모 원별하고 / 이어데로 가잔말고 어마어마 우리어마 / 오날날 나애행지 참괴하고 해참하다

② 슬푸다 오날이야 / 기구과관 우리행지 우습고도 가소롭다 / 풍진세게 이럿커든 장네만복 축원이로다 / 집이라 차자든이 삼칸초옥 쎠적문에 / 벡가지 구비하다 어와지척 고국네야 / 어나쎄나 다시볼고 새월이 무궁하니 / 다시만나 반깁시다 전후전말 이가사을 / 자서히 살피시

---

9 "중구봉화"는 '중구봉하'의 오기로, 원구촌 마을의 주봉인 '중구봉 아래'라는 뜻이다.

고 청풍명월 호시절과 / 세세연연 노달기예 날본다시 반기시오

①은 〈노정긔라〉의 서두, 그리고 ②는 마지막 부분이다. 작가는 ①
과 ②에서 '고국네'를 청자로 끌어들임으로써 이 이주가 단순한 것
이 아님을 암시했다. 그리고 작가는 ①에서 "세상의 풍진난세가 아
니라면 오늘 우리의 이주가 있었겠는가"라고 쓰고 있다. 여기서 '풍
진난세'는 일제의 식민지가 된 현실을 말하는 것이다. ②에서도 작가
는 성전촌에 도착하여 '장내 만복을 축원'하기 전에 "풍진세계 이럿
커든"라는 말을 다시 썼다. 나라를 잃은 풍진세계에서 장래의 복을
비는 것이 어울리지 않았기 때문에 쓴 대비적 표현이라고 할 수 있
다. 한편 작가는 은거지로 가는 내내 한탄의 말을 계속 쏟아내었다.
작품 전체에서 가는 곳이 성전촌으로 정해져 있었음에도 불구하고
①에 나오는 "이어데로 가잔말고"라는 한탄을 세 번이나, 그리고 ②
에 나오는 "슬푸다 오날이야"라는 한탄을 두 번이나 서술했다. 그리
고 ①에 나오는 "오날날 나애행지 참괴하고 해참하다"나 ②에 나오
는 "기구과관 우리행지 우숩고도 가소롭다"라는 구절 등으로 참담
한 심정을 서술하곤 했는데, 경술국치로 인한 은거이기에 나올 수 있
는 표현이라고 할 수 있다.

이외 작가의 노정이 경술국치로 인한 은거임은 포항에서의 서술
에서도 드러난다. 작가는 "사방에 외인들"이 "압뒤골목 동태소래 우
룩쑬룩 위엽하고" 있어 "촌양은 흥흥하나 잠시유키 어렵도다"라고
적었다. 사방에 깔린 왜순사에 대한 경계심을 드러내고 있는데, 이러
한 경계심은 일제에 대한 작가의 저항심에서 비롯된 것이다.

2) 만주망명

경술국치 후 만주로의 망명을 선택한 사람들이 있다. 이러한 작가들이 1910년대에 창작한 만주망명가사로는 〈분통가〉(1913)·〈히도교거ᄉ〉(1911)·〈정화가〉(1912)·〈간운사〉(1914)·〈조손별서〉(1913~4)·〈정화답가〉(1912~3)·〈위모사〉(1912)·〈원별가라〉(1916) 등이 있다. 한편 고국에 있는 여성이 만주망명자를 그리워하며 1910년대에 창작한 '만주망명인을 둔 고국인의 가사'로는 〈송교행〉(1912)·〈답사친가〉(1914)·〈감회가〉(1913)·〈별한가〉(1915) 등이 있다. 이들 가사에 대해서는 기존에 활발하게 연구가 진행되었으므로 여기에서는 기존 연구를 참조하여 간략하게만 소개하고자 한다[10].

이 중 유일한 남성작인 〈분통가〉는 독립운동가 김대락이 썼다. 망국의 현실에 대한 개탄, 망명 결심과 서간도 도착 과정, 충신열사의 회고, 노장의 적섬멸 의지, 독립 후의 세상 기원, 청년학도에 대한 권고 등을 서술했다.

〈히도교거ᄉ〉·〈정화가〉·〈간운사〉·〈조손별서〉는 독립운동가 김우락이 썼다. 〈히도교거ᄉ〉는 결혼과 친정나들이, 아들의 결혼, 갑오년 동학과 피난, 딸의 결혼과 우귀, 남편의 경무청 조사, 경술국치와 만

---

10 '만주망명가사'와 '만주명명인을 둔 고국인의 가사'에 대해서는 고순희의 『만주망명가사연구』(박문사, 2014)에서 집중적으로 다루었으며, 이들 가사의 자료 및 이본은 고순희의 『만주망명가사 자료』(박문사, 2014)에 실려 있다. 한편 〈히도교거ᄉ〉·〈정화가〉·〈정화답가〉는 최근에 성호경·서해란의 「만주 망명 여성가사 〈히도교거ᄉ〉·〈정화가〉와 〈정화답가〉」(『한국시가연구』제46집, 한국시가학회, 2019, 165~205면)에서 소개되었다.

주로의 망명노정, 항도촌 도착과 생활, 통화현 도착과 문중인과의 만남, 경계의 말 등을 서술했다. 〈정화가〉는 독립운동가인 오빠 김대락의 방문, 통화현의 오빠집 방문과 친정식구와의 회포, 통화현 부중에 사는 동기친척과의 만남, 딸의 집 방문과 귀가 등을 서술했다. 〈간운사〉는 고국의 형제를 그리워하며 쓴 가사로, 결혼과 이별, 갑오년 이후의 삶과 만주망명, 만주에서의 생활, 재회 다짐 등을 서술했다. 〈조손별서〉는 하회마을의 맏손녀에게 쓴 가사로 손녀의 결혼, 남편의 망명결심과 손녀와의 이별, 손녀에게 망명을 권유한 사연, 만주 가족의 손녀 생각, 경계의 말과 덕담, 아들의 귀향과 고향인에 대한 고마움 등을 서술했다.

〈정화답가〉는 〈정화가〉에 대한 답가로 김우락의 올케 영양남씨가 썼다. 김우락과의 인연, 망명과 통화현 정착과정, 김대락 방문과 김우락과의 만남, 김우락의 험담에 대한 반박, 감회 등을 서술했다.

〈위모사〉와 〈원별가라〉는 젊은 여성이 썼다. 〈위모사〉는 김대락 문중의 며느리인 이호성이 썼다. 조선의 역사와 일제강점의 현실, 난세의 이주 사례, 서간도의 살기 좋음, 남녀평등의 시대, 고국과의 이별가, 통화현 도착과정 등을 서술했다. 남녀평등론을 주장하며 만주에서 당당하게 독립운동가로 활약하려는 의지를 드러냈다. 〈원별가라〉는 독립운동가 황만영 문중의 며느리가 썼다. 성장 및 결혼, 경술국치 후의 현실, 만주망명 결정, 시댁 출발, 친정과의 이별, 만주 도착 여정, 만주생활 등을 서술했다. 만주로의 여정 중에 자신의 자아 정체성을 독립운동가로 확립해나감을 보여주었다.

'만주망명인을 둔 고국인의 가사' 중 〈송교행〉은 만주로 떠나는 딸

《〈위모사〉의 작가)을 향해 그 어머니인 안동권씨가 썼다. 딸의 결혼을 서술한 후 딸을 향한 이별사를 서술했다. 〈감회가〉와 〈별한가〉는 독립운동가 이승희의 부인인 전의이씨가 썼다. 두 가사는 모두 계절의 순환에 따라 거듭거듭 만주에서 독립운동을 하고 있는 남편과 아들을 그리워하고 자신의 신세를 한탄함으로써 일제강점의 현실을 간접적으로 드러냈다. 〈답사친가〉는 만주망명가사 〈조손별서〉에 대한 화답가로 김우락의 맏손녀인 고성이씨(유실이)가 썼다. 일제강점의 현실, 조부의 망명과 친정식구와의 이별, 결혼과 부모 이별, 숙모와 부모에 대한 그리움, 부친 이별, 조모와 남동생 기원, 독립 기원 등을 서술했다.

'만주망명' 유형에 여성 작가가 많은 것은 독립운동가 남성과 만주로 동반망명한 여성들이 규방가사의 창작 전통을 만주에서도 계속 이어나갔기 때문이다. 만주로 간 여성들은 자신의 만주망명 경험과 그 과정에서 느낀 서정을 고향에서 늘 하던 것처럼 가사를 통해 봇물 터지듯이 토해낸 것이다. 만주로 망명한 남성은 초창기 독립투쟁의 기반 마련과 현장 참여에 여념이 없어 상대적으로 고국에서의 가사 창작 전통을 이어나갈 수 없었던 것으로 보인다.

3) 고향 기반

(1) 현실 개탄과 경계

경술국치 후 은거나 망명을 택하는 사람이 있었지만, 그보다 더 많은 사람들이 고향이나 고향 인근에 계속 사는 것을 택했다. 이들

229

중에 망국의 현실을 개탄하고 경계의 말을 서술한 '현실 개탄과 경계'의 가사를 창작한 작가가 있었다. 이 유형으로는 〈고국가라〉(1911)·〈경세가〉(1912)·〈시절가〉(1917)·〈대한복수가〉(1918)·〈인산가〉(1919)·〈ᄌ심운수가〉(1916년 이전)·〈이자가라〉(1919년 이전) 등이 있다.

이 중 일제강점기에 가장 대중적인 인기를 누린 가사는 〈시절가〉로 총 400여구가 넘는 장편가사이지만 확인된 이본만 20편이나 된다. 작가는 영남지역에 거주한 양반가의 남성일 것으로 추정되며, 창작시기는 1917년경이다[11].

〈시절가〉의 전반부는 일제의 강점 야욕·을사늑약·경술국치 등으로 이어진 지나간 역사, 변화된 사회상, 동류를 향한 권고 등을 서술했다. 중반부는 조선의 연도별 사건, 정감록과 권고, 십승지의 나열과 권고, 피신지의 나열과 권고, 주역과 풍수의 나열 등을 서술했다. 당시 민족사 최대의 수난기에 진인출현설이나 십승지 등이 대중들 사이에 급속히 퍼져 나갔는데, 작가는 이것들을 믿지 말라고 하면서도 장황하게 서술했다. 후반부는 까마귀·청조새·요동개를 호명하며 독립운동가의 활동과 일제의 탄압 현실을 서술하고 마지막에 이화꽃을 호명하며 고종과 대한인이 처한 현실을 개탄했다.

〈시절가〉는 한자성어 및 중국고사, 정감록과 비결의 용어, 그리고 은유적 표현이 많아 내용을 이해하기가 쉽지 않다. 그럼에도 불구하고 당대에 대중적인 인기를 누린 것은 당대 독자들이 작가의 현실 인

---

11 〈시절가〉에 대한 이본, 작가 추정, 내용, 가사문학사적 의의 등은 이 책에 실린 「일제강점 〈시절가〉 연구」에서 자세하게 논의했으므로 여기서는 이 논문을 참조해 간략하게 정리했다.

식에 공감했다는 점, 정감록과 비결이 국권을 잃은 대한인에게 하나의 희망으로 널리 퍼져 있었다는 점, AABA형·호명·동일구문의 나열 등의 민요적 문체가 대중에게 친숙하게 다가간 점 등이 종합적으로 작용한 결과라고 할 수 있다.

〈고국가라〉는 총 59구의 짧은 가사로[12] "태백산중의 인양초당"에 살고 있는 인물이 썼다. 내용 중에 고종이 생존해 있고, 주로 경술국치 직전의 항일인물을 서술했으며, "신정"에 가사를 지은 점 등으로 보아 창작시기는 경술국치 직후인 1911년 1월 1일로 추정된다.

〈고국가라〉는 제목에 '고국'을 써서 이 가사가 망국 현실에 대한 개탄가임을 분명하게 드러냈다. 일제강점으로 개화된 문명과 변화한 제도를 개탄하고, 이어 "가자서라 가자서라 고국차자 가자서라"라고 하며 독립운동을 고취하고 중국의 절의지사와 항일충열지사를 서술했다.

> 가자서라 가자서라 어자개방 가잔말고 / 사면에 화망이요 동청애 함정이라 / 서안국을 가자하니 길방이 어대련고 / 우주에 비겨서서 고드름 바래보나 / 막막한 지구상애 갈길이 아득하다 / 태백산중 유발승이 고백회 업훈후애 / 인양초당 놉히누워 신정애 천고여한 / 대령가 화답하니 한관루애 다시볼가

위는 〈고국가라〉의 마지막 부분으로 필사에 오기가 많지만 대강의

---

12 원문이 한국가사문학관 홈페이지(http://www.gasa.go.kr/)에 jpg 파일로 올라와 있다.

의미는 파악할 수 있다. 앞서 작가는 '고국을 찾으러 가자'고 한 바 있지만 '사면에 화망이요 동청(?)에 함정'이 있었기 때문에 어디로 가야할 지를 몰랐다. 서안국(?)을 가자고 해도 吉方을 알 수 없어 갈 수 없었다[13]. 결국 작가는 한겨울에 고드름을 바라보며 막막하고 아득한 심정의 나락으로 떨어지고 말았다. 일제가 강점한 현실을 개탄하면서도 어떻게 이 위기를 타개해야 할지 모르는 무기력한 작가의 정서 상태를 보여준다.

〈경세가〉는 총 221구이며, 애국계몽사상에 투철한 개화파 지식인이 썼고, 창작시기는 1912년 봄이다[14].

〈경세가〉는 경술국치와 나라의 현실, 수구당에 대한 비난, 문명개화사상의 권고, 구시대 여성의 처지와 개탄, 개명 못해 망한 나라와 경계, 외국 개화인의 업적, 독립운동 권고와 외국의 예, 여성에 대한 권고, 독립군 조직의 권고 등을 서술했다. 작가는 경술국치를 수구당의 탓으로 돌리면서 독립을 위한 문명개화를 주장했는데, 특히 남녀평등을 주장하면서 여성도 구국의 대열에 참여할 것을 권고했다. 세계의 여러 나라와 인물에 대한 지식을 장황하게 설파하면서 문명개화와 독립운동을 호소한 것이다.

---

13 西安國은 『대당서역기』에 의하면 중국에서 인도로 가는 길에 있는 나라 중 하나인 伐地國을 말한다. 그러나 문맥상 '서안국'은 경술국치 후 가장 많은 애국지사들이 향한 '서간도'가 아닐까 한다. '길방'은 당시 대한국민이 신봉했던 비결에서 말하는 '길한 곳'을 의미한다.

14 원문은 『규방가사 I 』(한국정신문화연구원 고전자료편찬실, 한국정신문화연구원, 1979, 623~631면)에 실려 전한다. 권영철은 『규방가사각론』(형설출판사, 1986)에서 〈경세가〉를 다루었다. 「신변탄식류」에서 '우국개세탄'과 '세상의 물정을 탄식한 것' 항목에서 간단하게 언급했으며(87~88면), 「영사류」에서도 내용을 간략하게 요약했다(370면).

어화일국에 남녀노소 수구악습 다든지고 / 노예성질 버서뿌고 민주주의 연구하세 / 일국에 남녀노소 일심으로 단체하야 / 우리나라 차즌후에 우리한번 살아보세 / 자위신모 하지말고 애국사상 진작하야 / 세계일층 무데상에 우리한번 노라보세 / 학교사읍 견메한이 지식이 유치하고 / 노예성질 배양하야 자유평등 없었은이 / 외국인물 한번보며 두말도 못하면서 / 집에앉아 데답하되 이적이니 금소로다 / 깁흔공화 민주정치 등급없다 기롱하고 / 광공화확 실이학을 조금도 모러면서 / 수구가 좃타하야 수구당이 투입한이

위에서 작가는 수구악습을 버리고 개화문명사상을 받아들여 나라를 되찾자고 주장했다. 수구악습의 노예성질을 버리고 민주주의를 받아들이자, 일심으로 단결하여 나라를 되찾자, 자신만을 생각하지 말고 애국사상을 키워 세계의 무대에서 놀아보자고 했다. 그리고 이전에는 학교가 없어 지식이 유치하고 노예성질만 많았으며 자유평등이 없었다고 했다. 이어 수구당은 외국인을 금수로만 여기며 공화민주정치를 비웃기만 하고 '광공화학'과 '실리학'을 모른다고 통렬하게 비판했다.

〈大韓復讐歌〉는 총 109구로 澗愚 金斗滿(1872~1918)이 1918년에 썼다[15]. 김두만은 경북 영천 사람으로 김흥락과 이만도의 제자이다. 경술국치 후에는 청송으로 이주해 서당을 열고 후학을 가르쳤다.

---

15 작품 원문은 홍재휴 교주로 『(國譯)澗愚逸稿』(권지삼, 穎溪澗愚逸稿刊行所, 1986, 1~13면)에 실려 있다. 홍재휴의 「大韓復讐歌攷」도 앞의 책(부록, 16~53면)에 실려 있다.

어려운 한문구를 많이 섞어 쓴 〈대한복수가〉의 작품세계는 의외로
단순하다. 나라의 현실에 대한 소회, 창의궐기, 의병·열사·순절자 등
을 서술한 후, 후반부에서는 각도 의병이 남북으로 진격해 한성의 총
독을 잡고 황제를 복위시킨 것을 서술했다. 후반부에서 거론한 의병
중 이강년·민긍호·조성길·장승원 등은 이 가사를 창작할 당시에는
이미 사망한 인물이기 때문에 후반부는 일제에 복수하는 꿈을 가상
으로 서술한 것임을 알 수 있다.

〈因山歌〉는 총 74구로 小巖 金永燦(1866~1933)이 1919년에 썼다[16].
김영찬은 경북 영양 사람으로 일정한 거처 없이 떠돌아 다녔으며 서
당을 열어 학동을 가르치기도 했다. 의병대장 김도현을 중심으로 친
족 40여인이 모두 의병에 참여한 문중의 영향으로 의병에도 참여했다.

〈인산가〉는 망국의 한을 인산에 집약시켜 서술했다. 중간중간에
고종의 등극, 덕수궁으로의 이전, 고종의 인산행렬 등을 서술하면서
고종을 잃은 슬픔과 나라의 현실에 대한 개탄을 서술했다. 확인된 이
본이 5편이나 되는 〈인산가〉는 경북지역에서 비교적 활발하게 향유
되었다[17]. 일제강점의 현실에 분노하고 고종의 승하를 슬퍼하는 〈인

---

16 홍재휴, 「소암가사연구」, 『연구논문집』제36집, 대구효성가톨릭대학교, 1988, 9~
   38면.
17 가사 전문이 확인된 것은 다음과 같다. ①〈因山歌〉 - 홍재휴, 앞의 논문. 이 논문에는
   권씨가장본이 실려 있다. ; ②〈인산가(因山歌)〉 - 홍경표·장성진·권영철·박혜숙,
   「영사류가사 연구」, 『여성문제연구』제14집, 대구가톨릭대학교 사회과학연구소,
   1985, 9~153면(〈인산가〉는 47~49면에 실려 있다. 이 논문은 권영철의 『규방가사각
   론』(형설출판사, 1986, 293~506면)에도 실려 있다. ; ③〈인산가〉 - 이화여대 한국어
   문학연구회, 「내방가사자료-영주·봉화지역을 중심으로 한」, 『한국문화연구원논
   총』제15집, 이화여대 한국문화연구원, 1970, 397~398면. ; ④〈인산별곡〉 - 이정옥,
   『영남내방가사 제1권』, 국학자료원, 2003, 212~217면. 이 이본은 『경상북도 내방
   가사 조사, 정리 및 DB 구축」(한국학중앙연구원 홈페이지(http://www.aks.ac.kr)

산가)가 경술국치를 당한데다가 마지막 황제마저 승하하여 큰 충격에 빠진 대한인에게 많은 공감을 불러일으킨 것이다.

〈이자가라〉(1919년 이전)[18]는 당시 신문매체 가사의 영향을 받은 분연체 가사이다. 총 8연으로, 각 연은 서두에 "금자동아 옥자동아"에 이어 3구를 서술한 후 3구의 마지막을 "어화둥둥 닌아달"로 끝맺어 '아이 어르는 민요'의 형식을 차용했다. 매국적은 되지말자, 타인노예 되지말자, 지식발달 하여보자, 공익사업 다수하자, 위국헌신하여보자, 노예학은 배우지 말자, 대한독립 하는 날에 태극기를 높이 들자 등의 경계의 말을 서술했다[19].

〈즈심운수가〉는 총 158구로 16세의 '강소저'라는 미혼 여성이 썼다[20]. "병딘삼월십칠"에 필사를 마쳤다는 기록, 명문대가의 망명 사실에 대한 언급 등으로 볼 때 창작시기는 1911년에서 1916년 사이일 것으로 추정된다. 가사의 전체 내용에서 나라를 잃은 현실이 제법 비중 있게 서술되어 이 자리에서 같이 다룬다.

〈즈심운수가〉의 전반부는 '자탄가'로 부친의 사망과 신세 한탄, 오빠의 결혼과 찬양, 여자된 한탄, 화전노름의 흥취 등을 서술했다.

한국학진흥사업(단)〉 성과포털)에 실린 것과 같은 것이다.; ⑤〈인슌가〉, 한국가사문학관 홈페이지(http://www.gasa.go.kr/)

18 가사 필사본이 한국가사문학관 홈페이지(http://www.gasa.go.kr/)에 jpg 파일로 올라와 있다. 가사의 마지막에 "기미이월 초십일 등본이라"라고 기록되어 있어 창작시기는 1919년 이전이다.

19 경계의 말을 반복적으로 서술한 것으로 보아 작가는 남성일 가능성이 높다고 본다.

20 가사 필사본이 한국가사문학관 홈페이지(http://www.gasa.go.kr/)에 jpg 파일로 올라와 있다. 작품 말미의 기록에 "이 가스난 봉딘 강소졔 십육세 방신으로 ---"라 했다. '小姐'란 '아가씨'를 말하며, 작품의 내용에도 작가 자신의 결혼을 서술하지 않았다.

후반부는 '시절가'로 나라의 현실과 세태, 은거 생각과 불안, 오빠 축원 등을 서술했다. 후반부 중 나라의 현실을 서술한 부분을 인용해본다.

> ① 틱평세게 우리나라 왕운이 불길턴가 / 쳔운이 막비턴가 무지흔 강국이니 / 슘쳘이랄 업혀시니 억조충싱 만은인민 / 어나뉘가 건져닐고 영웅호걸 명현달ᄉ / 시간이 다못츤가 무죄홀사 우리동포 / 앗가울사 목슘이여 츄풍낙엽 되단말가 / --- / ② 명현문 틱가ᄌ손 망명도쥬 거동보소 / 고틱광실 조흔ᄀᄉ 남젼북답 너른젼지 / 고국산쳔 이별ᄒ고 말이타국 쩌나갈졔 / 일가친쳑 게분묘랄 마음틱로 젼송ᄒ니 / 그도 ᄎ역 통곡쳬오 명문쳥가 일틱소연 / 슈신졔가 젼폐ᄒ고 단발기명 윈일이며 / 상ᄒ분별 기쳔디고 무법쳔지 어이할고 / --- / ③ 십승지 차ᄌ가셔 싱할곳 보고오나 / 빅슈노친 자별동긔 긔무잇계 밀셔다가 / 편켸뉘화 ᄒ로희희 잘잇다가 평은셰계 만나거든 / 고향순쳔 도라와셔 격양가나 불너보싴 / 이리져리 구망ᄒ여 아모리 싱각히도 / 슘남틱로 읍즁가의 완젼여구 잇다가난 / 일진광픙 당두ᄒ야 억만군슈 기격즁 / 발펴쥭지 아니홀가 망망틱히 깁픈물의 / 슈즁고혼 아닐넌가 여광흔 이심ᄉ가 / 아모리 실승히도 유익이 젼혀업닉

①에서는 일제가 삼천리강산을 엎어 버렸음에도 불구하고 대한인을 건져 낼 영웅호걸은 아직 준비가 되지 않은 것인지 나타나지 않는다고 하고, 동포들의 목숨이 추풍낙엽과 같이 되었다고 했다. ②에서는 명문가의 자손들이 '망명도주'를 할 때 "일가친척 게분묘"를 마음

대로 전송(?)한 일과 명문가 소년의 단발개명을 비난하고, 상하분별
이 없어지고[棄天地] 무법천지가 된 세태를 개탄했다. 여기서 당시
대한인 사이에 명문가의 만주망명이 '도주'로 왜곡, 이해되기도 했
던 사정을 엿볼 수 있다. ③에서는 먼저 어지러운 세상을 피해 십승
지로 들어가 살다가 '평안세계'가 오면 고향에서 살고자 하는 마음
을 서술했다. 그러나 은거지로의 避禍가 여의치 않았으므로 '읍중에
예전대로 있다가는 군사들에게 밟혀 죽거나 망망대해에 빠져 죽을
지 모른다'고 하여 불안감에 휩싸인 심정을 드러냈다.

이상으로 1910년대에 나라의 현실을 정면으로 문제 삼아 개탄한
가사들을 살펴보았다. 이 외에도 이 당시 창작된 가사 작품 중에는
부분적으로나마 나라를 잃은 현실을 통탄하거나 암울한 시대 분위
기를 서술한 작품이 많아 잠깐 살펴보도록 하겠다. 예를 들어 〈유산
일록〉(1911)은 춘유가계 가사이지만, '일제의 탄압으로 인한 안동지
역 가문들의 해체와 만주망명과 같은 시대적 상황'을 가사에 담았
다. 여정의 곳곳에 울울한 심사를 드러내고, 만주로 망명한 친정식
구들을 생각하며 비통해 하기도 하고, 망국의 슬픔에 잠을 설치기도
한 것을 서술했다[21]. 그리고 〈노탄소회록〉(1920)은 80세의 여성이 나
홀로 늙어감을 한탄한 가사이지만, "슬푸다 아동방 예의지국 엇지
타 / 초경의 니러는고 봉닉오운 스라지니 / 무쥬빅셩 가련ᄒ다 돗탄
즁의 쌔진창싱 / 어ᄂ 셩군 건져닐고 닉비록 암실즁 아녀진ᄂ / 국망
지스 싱각ᄒ면 울울분분 통탄커든"이라고 하여 나라의 현실을 통탄

21 김윤희, 「안동의 여성 독립운동가 김락의 가사 〈유산일록〉에 대한 고찰」, 『한국문
학과 예술』제22집, 숭실대학교 한국문학과 예술 연구소, 2017, 93~117면.

하기도 했다.

(2) 역사서술

경술국치 후 고향이나 고향 근처에 머물며 사는 길을 택한 사람 중에서 지나간 역사를 기록한 작가들도 있다. '역사 서술' 가사로는 〈한양가〉(1913)·〈문소김씨세덕가〉(1911)·〈신의관창의가〉(1913) 등이 있다.

이 중 가장 대중적인 인기를 누린 가사는 확인된 이본만 26편[22]이 나 되는 〈한양가〉로 司空橡(1846~1925)가 썼다. 사공수는 군위 출생 으로 빈한한 가정에서 학문에 정진했으며 집을 떠나 유랑하며 살았 다. 상주에서 학동을 가르치던 1913년 정월에 〈한양가〉를 완성했으 며, 문경에서 후생을 가르치다가 생을 마감했다. 〈한양가〉의 창작시 기는 1913년이며, 창작 당시 작가의 나이는 68세였다[23].

〈한양가〉는 조선왕조 오백년의 역사를 기록한 장편가사로 경술 국치 이후의 서술만 해도 그 분량이 상당하다. 경술국치 이후의 부 분은 경술국치 후 순절한 열사, 왕궁의 사정, 국파군망의 현실 개 탄, 1911년 9월 서울의 광경, 조선의 인군과 왕비 및 단군조선부터 조선중기까지의 역사, 붕당·적서제도·신분제도의 폐해 등을 서술 했다.

---

22 정영문, 「이본 대조를 통한〈한양가〉의 텍스트 확정 문제 – 박순호본〈한양오백년 가〉를 중심으로」, 『한국 문학과 예술』제10집, 숭실대학교 한국 문학과 예술 연구 소, 2012, 61~97면.
23 최강현, 「왕조 한양가의 이본에 대하여」, 『국어국문학』제32집, 국어국문학회, 1966, 81~90면.

임자연 섯달부터 기축연 정월까지 / 날마다 지여는이 그공역이 오
작할가 / 장수을 도합하니 一百의 두장이요 / 귀수을 회계한즉 三千예
순 아홉귀 / ㅈㅈ 분한마음 자자이 원통한일 / 무어시 분하오며 무어시
원통한가 / 한양이 망한후의 망국빅성 듸난거시 / 그거시 분한기요 글
공부 하여다가 / 八十이 다듸도록 진사한장 못ㅎ온이 / 그거시 원통하
다 그中의 생각하니 / 八道의 억조창생 日本百姓 되단말가 / ㅈ다가도
생각하니 칼을물고 죽고저라 / 조약시의 쥬것던지 合邦시의 쥬것든
지 / 그른젹이 죽엇던들 일흠이나 잇실거설 / 지금언 죽드릭도 아모듸
도 실쳑업다 / 충황하고 지리하니 그만져만 그치보식[24]

위는 나산처사본 〈한양가〉의 마지막 부분이다. 작가는 먼저 〈한양
가〉를 1912년 12월부터 시작하여 이듬해 1월에 완성했는데, 102장에
3069구가 된다고 했다. 그리고 자신이 망국의 백성이 된 것과 진사
조차 되지 못한 것이 분하고 원통한 일이지만, 그 중에서도 일본의
백성이 된 것이 가장 원통하다고 했다. 이 생각만 하면 자다가도 칼
을 물고 죽고 싶다고 하면서, 을사늑약이나 경술국치 때 순절했으면
명성이라도 남았을 테지만 지금 죽으면 아무 소용이 없다고 하여 순
절하지 못한 자의 죄의식을 토로했다.

〈문소김씨세덕가〉는 총 333구로 井山 金祚植(1873~1950)이 썼다.
김조식은 김대락의 조카로 만주로 망명하여 독립운동을 했다. 김조
식은 만주에서 활동하다가 아들 김문로에게 모든 것을 맡기고 미국

---

24 권영철, 『규방가사각론』, 형설출판사, 1986, 313~314면.

으로 떠나 그곳에서 대조선독립단의 박용만장군과 사탕수수밭을 경작하며 수입의 일부를 독립운동자금으로 보냈다고 한다[25].

세덕가는 대부분 1910년에서 1950년 사이에 창작되었는데, 작가의 상당수가 독립운동가인 점에서 단순히 가문의 역사를 기록한 것이 아니라 '일제침략에 저항하고 일본에의 동화를 거부하는 민족주체의식'에서 창작된 것이다[26]. 〈문소김씨세덕가〉는 이러한 세덕가의 시초가 되는 작품이다.

〈문소김씨세덕가〉의 내용은 매우 단순하여 안동 천전김씨문중의 내력과 주요 인물을 연대순으로 서술했다. 작가는 가사의 서두에서 창작동기를 '왜국이 나라를 훔쳐 종묘가 공원으로 전락하고 말았다. 교목세신이 피로 얼굴을 씻고 눈물을 삼키는데도 조상의 분묘에 쓰인 휘함도 모를까봐'라고 밝혀 놓았다. '나라의 묘인 종묘'와 '문중의 묘'를 우리의 역사로 동일시하여 후손들이 이것들을 잊지 않고 기억하도록 가사를 창작한 것이다.

〈申議官倡義歌〉는 총 628구의 장편가사로 문경 사람 島庵 申泰植(1864~1932)이 쓴 의병가사이다[27]. 신태식은 부유한 집안 출신으로

---

25 〈오마이뉴스〉 2013년 8월 15일자. 사회면. 최근에 중국에 살다가 60세가 넘어 한국 국적을 회복한 손자와의 인터뷰에 의하면 김조식의 아들 김문로는 중국에서 항일운동을 계속하다 해방 후 고국으로 돌아오지 못하고 중국에 살던 중 1969년 친일파로 몰려 고문 끝에 사망했다. 중국에서 출생한 손자는 부친의 유언에 따라 2001년에 한국 국적을 회복하고 한국에 돌아왔지만 셋집을 전전하다 겨우 임대주택에 살고 있다.

26 김인구, 「세덕가계 가사에 대한 고찰」, 『국어국문학』제84집, 국어국문학회, 1980, 256~265면. 김인구는 이 논문에서 가사의 창작시기를 1912년으로 기술했다. 그런데 필자가 천전김씨 문중에서 얻은 활자본 소책자 〈문소김씨세덕가〉(비매품)에 실린 작가의 손자 김시항의 〈정리를 마치며〉에서는 1911년으로 적고 있다. 김조식이 만주로 망명하기 직전에 이 가사를 쓴 것으로 보인다.

중추원 議官으로 일했지만 1906년 문경에서 의병에 가담한 후 1908년 12월에 체포되어 옥살이를 했다. 출옥한 후에도 독립운동 활동에 가담했다. 신태식은 의병활동으로 10년형을 선고받았으나 4~5년의 감옥생활 후 1912년 12월에 특사로 풀려났다[28]. 따라서 창작시기는 1913년이며, 가사를 지을 당시 작가의 나이는 50세였다.

〈신의관창의가〉의 전반부에서는 조선의 흥성과 을사늑약에 대한 개탄을 짤막하게 서술한 후 문경에서부터 시작한 '의병활동'을 자세히 기록했다. 후반부에서는 체포, 서울압송, 투옥, 일인의 심문, 선고 및 4~5년의 감옥살이, 특사방면, 방면 후 집 도착과정 등을 서술했다. 이렇게 〈신의관창의가〉는 후반부에서 작가 개인의 경험을 서술하기도 했지만, 총 628구중에 427구나 할애하여 의병전투를 서술함으로써 의병 전체의 기록이 될 수 있었다. 죽음과 고통을 불사한 항일의병활동의 역사를 기록하고 기억함으로써 식민지 하의 후손과 대한인에게 독립운동의지를 고취시키고자 한 것이다.

---

27 김용직, 「항일저항시 〈신의관창의가〉」, 『한국현대시연구』, 일지사, 1974, 390~432
   면. 이 논문의 405~432면에 작품이 활자본 형태로 실려 있다.

28 "재판소서 호출터니 삼등감(三等減)헤 십년(十年)이라 / 사오년(四五年) 고적(孤
   寂)함은 구불가(苟不可) 형언(形言)일래 / 좋을시고 임자칠월(壬子七月) 목인(睦仁)
   이가 절명(絶命)이라 / 우리가기 바쁘잖다 일본운수 다되거늘 / 주소(晝宵)로 왕축
   타가 소원성취(所願成就) 되었으니 / 이아니 즐거우며 어찌아니 쾌락할까 / 십이월
   십팔일에 본감에서 호출왔네 / 전옥실(典獄室) 들어가니 교호사(敎護師) 연설이라
   / 특사장(特赦狀) 내어주며 방면(放免)이라 칭찬허네"

3. 전개양상의 의미와 가사문학사적 의의

1) 전개 양상의 의미

앞장에서 '경술국치의 충격을 담아 창작된 1910년대 가사'의 전개 양상을 살펴보았다. 이 제 앞장의 논의를 종합하여 전개 양상의 의미와 가사문학사적 의의를 정리해보고자 한다.

'은거' 유형은 안락한 세거지를 버리고 궁핍한 은거지로 이주하는 과정과 은거지에서의 생활을 서술했다. 이들 가사는 나라의 현실과 일제강점에 대한 개탄적·비판적 서술이 없었다면 단순한 은일가사, 기행가사, 혹은 이 둘의 혼합유형으로 보인다. 〈은사가〉와 〈입산가〉에서 작가는 은거생활에 만족하고 있음을, 〈개세가〉와 〈노졍긔라〉에서는 울분과 불안감으로 은거생활에 안주하지 못함을 서술했다. 하지만 이들의 은거는 애써 만족을 표현하든 있는 그대로의 울분과 불안감을 표현하든 모두 일제가 강점한 현실에서 편안하게 사는 스스로를 용납하지 못한 데서 비롯한 것이었다. 즉 이들의 은거는 순국과 마찬가지로 '自淨的' 행위의 하나였다. 이 유형의 가사는 경술국치 후 은거라는 비폭력 저항행위로 일제의 강점을 거부했던 당대인의 존재와 그들의 삶을 여실히 보여준다.

'만주망명' 유형은 만주 독립운동을 배경으로 창작된 것으로 작가는 〈분통가〉를 제외하고 모두 여성이다. 만주망명가사는 사친가·원별가·신변탄식가·기행가사·현실개탄가 등의 유형을 혼합한 형태를 지닌다. 이들 가사는 대부분 만주 망명 이전의 삶, 경술국치로 인한 나라의 현실에 대한 개탄, 만주로의 망명 노정, 고국의 육친을 그리는 심정 등을 서술했다. 이들 가사의 여성 작가는 남편과 동반하여 만주로 망명한 것이었지만, 남성이 지닌 것과 조금도 다르지 않은 독립운동의지를 지니고 있음이 드러난다. 한편 만주망명인을 둔 고국인의 가사는 원별가와 신변탄식류가사를 혼합한 형태를 지닌다. 일제의 강점 현실을 직접적으로 개탄한 작품도 있지만, 대부분은 끊임없는 그리움과 신세한탄을 통해 망국의 부당함과 독립에의 갈망을 간접적으로 나타냈다. '만주망명' 유형의 가사는 경술국치 후 혁신 유림 문중에서 얼마나 많은 문중인이 만주로 망명해 독립운동에 투신했는지, 전혀 알려지지 않았지만 만주 독립운동의 현장에 얼마나 많은 여성이 함께 있었는지, 경술국치가 얼마나 많은 대한인을 이산의 고통에 빠뜨렸는지 등을 증언한다.

한편 경술국치 후 은거나 망명을 택하는 대신 '고향 기반'으로 살면서 '현실 개탄과 경계'와 '역사서술' 유형의 가사를 창작한 작가도 있었다. '현실 개탄과 경계'의 가사는 수구파를 비판하며 문명개화를 주장한 작품이 있기는 하지만, 대부분은 일제 강점의 현실을 끊임없이 개탄하는 가운데 나라를 구할 영웅을 구하고 일제에 의해 변화된 개화세상을 비판하며 유교적 가치관의 회복을 주장했다. '역사서술'의 가사는 지난날의 역사를 기억하여 궁극적으로 독립의지를 고취시키려는 의도로 조선·가문·의병전투의 역사를 서술했다. '고향 기반' 유형의 가사는 향촌사회 곳곳에 살고 있었던 당대의 대한인 대부분이 경술국치의 충격으로 고통 받고 있었음을 증언한다.

이렇게 경술국치의 충격을 담아 1910년대에 창작된 가사는 다양한 유형으로 전개되면서도 공통적으로 나라를 잃은 현실을 개탄하고 독립의지를 다지는 내용을 담고 있다. 이들 26편의 가사문학은 경술국치 후 1910년대를 살아간 대한인이 선택했던 다양한 삶의 방식, 망국민의 처절한 슬픔과 고통, 일제에 대한 저항의식, 당시 대한인의 민족의식과 현실인식 등을 반영하는 다큐멘터리로 기능한다는 문학적 의미를 지닌다.

한편 경술국치의 충격을 담아 1910년대에 창작된 가사의 작가는 안동의 명문대가인 내앞김씨·진성이씨·풍산류씨·안동권씨·고성이씨문중에서 가장 많이 배출되었다. 특히 8명이나 되는 작가가 김대락의 내앞김씨문중과 연관되어 있다. 안동 이외의 경북지역 작가는 울진(원별가라), 성주(감회가·별한가), 영덕(노정긔라), 영천(대한복수가), 영양(인산가), 태백산중(고국가라), 군위(한양가), 문경(신의관창의가), 영남지역(시절가) 등 지역의 출신이었다. 그 외 지역은 서울(은사가), 남원(개세가), 그리고 알 수 없는 지역(ᄌ심운수가·경세가·이자가라) 등이 있을 뿐이다.

그리고 작가의 상당수가 독립운동과 관련하는 것으로 나타났다. 작가 중에서 공식적으로 독립운동가로 추서된 사람은 〈입산가〉의 이중린, 〈분통가〉의 김대락, 〈신의관창의가〉의 신태식, 그리고 아주 최근에 추서된 〈희도교거ᄉ〉·〈정화가〉·〈간운사〉·〈조손별서〉의 김우락이다[29]. 한편 독립운동의 현장에 있었거나 그 현장과 관련한 작가는

---

29 김우락 여사는 2019년 3월 1일에 독립운동가(애족장)로 추서되었다. 공훈전자사료관의 독립유공자 공적조서에 실려 있는 공적 개요는 다음과 같다. "1911년 2월 경북 안동에서 가족과 함께 만주로 망명한 뒤 '해도교거사', '간운사' 등을 지어 독립운동 참여를 다짐하는 등, 1932년 귀국할 때까지 경학사, 부민단, 신흥무관학교,

〈문소김씨세덕가〉의 김조식, 〈인산가〉의 김영찬, 만주망명가사의 여성 작가 3명, 만주망명자를 둔 여성 작가 3명 등이다. 이렇게 독립운동과 관련한 작가는 모두 안동을 중심으로 하는 경북 지역의 인물로 나타났다.

이렇게 1910년대 경술국치의 충격을 담은 가사가 대부분 안동을 중심으로 하는 경북지역에서 창작되었고, 작가의 대부분이 독립운동과 관련한 것은 당시 이 지역에서 혁신유림을 중심으로 의병활동과 독립운동이 가장 활발하게 이루어졌다는 점과 이 지역이 가사 창작의 중심지였다는 점이 동시에 작동한 결과이다[30]. 이와 같이 경술국치의 충격을 담아 1910년대에 창작된 가사는 안동을 중심으로 하는 경북지역의 지역적 정체성을 단적으로 드러내고 있다는 의미를 지닌다.

경술국치의 충격을 담아 1910년대에 창작된 가사는 대부분 조선시대의 문물과 제도를 기리면서 단발개명으로 대표되는 일제의 제도를 강력하게 비판했다. 그리고 개화문명으로 인해 변화한 세태를 비판하고 삼강오륜과 義와 같은 유학적 가치관의 붕괴를 개탄했다.

서로군정서 등을 이끌었던 남편 이상룡을 도와 독립운동을 지원함" 김우락여사의 공적 평가에 4편의 가사가 큰 역할을 했음을 알 수 있다.

30 근대기에 이르러 안동을 중심으로 하는 경북지역의 명문대가에서 의병활동, 애국계몽운동, 그리고 독립운동으로 이어지는 행보를 거친 혁신유림이 가장 많이 배출되었다. 특히 안동은 의병의 최초 발상지로 공식적으로 추서된 독립운동가가 제일 많이 배출된 지역이다. 근대기에 이르러 전통적으로 공고하게 유지되어 왔던 유림문중 내, 혹은 유림문중 간의 결속력이 일제에 저항하는 동력으로 작용하여 가장 많은 독립운동가를 배출하게 된 것이다. 한편 19세기에 이르러 전통적으로 양반가가 많은 안동을 중심으로 한 경북지역이 가사 창작의 중심지가 되기에 이른다. 양반가 여성이 19세기에 창작한 것으로 추정되는 규방가사 필사본의 대부분이 이 지역에서 발견되고 있는 사실이 이를 입증해준다.

심지어 극히 일부이긴 하지만 상하분별이 없어진 세태를 비판하기
도 하고(〈주심운수가〉), 일본의 노예가 되는 서양학문을 배우지 말자
는 국수주의적 태도를 보이기도 했다(〈의자가라〉). 이들 가사의 작가
가 국권을 상실한 현실을 바라보며 펼친 논리는 '군자국인 대한이
삼강오륜이 끊어져 세상을 둘러봐도 나라를 구할 사람이 하나도 없
고 금수와 같은 사람뿐이다'나 '예전의 법을 다 폐하고 개화법을 새
로 배워 소중화 조선이 일본에 합방이 되었다'라는 것이었다. 전자
는 유교적 가치관을 상실함으로써 매국노도 생기고 나라를 구하는
이가 없게 되었다고 보는 논리이며, 후자는 일제의 강점과 동시에 개
화문명의 전개 및 개화사상의 주장이 펼쳐졌기 때문에 형성된 논리
이다.

　20세기 들어 일제의 강점 야욕이 더욱 노골화함과 동시에 일제에
의한 개화문명이 물밀듯이 한반도에 들어오고 개화사상이 주장됨에
따라 유학적 지식인은 더욱 유학적 가치관으로 무장하여 일제에 대
한 저항의지를 키우고 있었다[31]. 당시는 나라의 운명이 풍전등화의
상황에 처해 있어 일제에 대한 저항에 민족적 역량을 총집결해야 하
는 시점이었기 때문에 민족적 역량을 항일에 집결시키기 위해 일제

31　근대기는 일제강점에 맞서 유학에 의한 국권수호의 의지가 광범위하고 강력하게
　　펼쳐졌던 시기였다. 19세기 말에 이르러 유학계에서 크게 주목할 만한 현상은 학
　　파의 계보를 초월하여 공통적으로 主理論을 주장했다는 사실이다. 主理에 철저하
　　려는 의식은 그만큼 철저히 선을 위하려는 의지와 상통하고, 선을 추구하려는 바
　　로 이 점에 실천성, 즉 행위지향의 실제적 성격이 자리하게 된다. 그리하여 19세기
　　말 일제의 강점 야욕이 노골화되고 민족의 위기상황이 점차 분명하게 노정되자 주
　　리파의 현실관 및 실천관은 국권수호의 자주의식 방향으로 구체화되기에 이르렀
　　다.(고순희,『만주망명가사연구』, 앞의 책, 197~198면)

에 저항하는 논리의 선명성을 부각해야 하는 절박성이 있었다. 그리하여 당시의 유학적 지식인은 일제에 대한 저항의 연장선상에서 일제와 같이 들어온 개화문명과 개화사상을 강하게 비판하게 된 것이 아닌가 한다. 일제에 대한 저항으로 개화문명을 비판하는 인식은 사실 신작로, 공장, 기차 등으로 삶의 터전을 빼앗긴 뼈아픈 정서를 표현한 민요에서도 발견된다. 어쩌면 당시에는 대한인 전체가 일제에 대한 저항심이 사무쳐 일제와 개화문명·개화사상을 구분하여 생각할 여유가 없었던 것이라고 할 수 있다.

이와 같이 경술국치의 충격을 담아 창작된 1910년대 가사는 국망의 현실을 직면한 당시 유학적 지식인이 지니고 있었던 전형적인 항일 저항논리와 현실인식을 보여준다는 의미를 지닌다.

그런데 개화문명사상을 주장한 작가도 있었다. 〈경세가〉의 개화파 지식인은 나라가 망한 것은 유학적 사고만을 고집하는 수구파 때문이라고 하면서 여성해방을 포함한 개화사상과 개화문명의 도입을 강력하게 주장했다. 그리고 〈위모사〉의 젊은 여성 작가는 남녀평등 사상을 주장하기도 했다. 이렇게 비록 소수에 불과하지만 문명개화 사상을 주장한 젊은 작가가 가사문학의 작가층으로 편입된 것은 주목할만 점이다. 가사문학 장르가 현실의 다양한 사고를 흡수할 수 있는 시가 형식으로 존재할 수 있는 가능성을 열어주었다는 의미를 지니기 때문이다. 하지만 이후 창작된 가사문학의 작품세계를 조망해볼 때 이 가능성이 실현화하지는 못한 것으로 나타난다.

한편 경술국치의 충격을 담아 1910년대에 창작된 가사문학의 작품세계에서 한 가지 짚고 넘어가야 할 점은 유교적 가치관의 회복을 주장하면서도 정감록이나 비결에서 말하고 있는 피난처로서의 '십승지'를 거론한 작품이 꽤 된다는 것이다. 가장 대표적인 작품은 〈시절가〉이다. 〈시절가〉는 민족종교, 정감록, 비결 등의 용어를 빌어 나라의 위기 국면에서 살아남을 방도를 서술하거나 십승지, 피신지, 풍수 등을 장황하게 나열하여 서술했다. 사실 작가는 가사의 내용 중에 이런 것이 아무 소용이 없다고 서술하기는 했다. 그렇기 때문에 작가는 대한인에게 '어떻게든 살아남아 독립을 보자'는 것을 알리려는 의도로 이것들을 서술한 것으로 보인다. 어쨌든 작가가 당시 정감록이나 십승지 등에 경도되어 있었던 것은 분명해 보인다.

〈노정긔라〉에서도 작가 일행이 들어간 성전촌은 조선시대 우암 송시열을 비롯한 유명한 학자들이 많이 살았던 마을로, 예로부터 兵火가 들어오지 못하는 곳이라고 하여 도참설에서 지목되는 마을이었다. 전해지는 구결에 '五山五溪之中 可活萬人之地'라 했는데, 성전을 중심으로 뒤에 '오산', 앞에 '오계'가 있었기 때문에 오래 전부터 비결을 신봉한 사람들이 찾아 들어온 곳이었다. 도선국사도 이곳을 '攝星落地(북극성이 비추는 곳)'라 했던 곳이다. 그리고 〈은사가〉에서는 "십승지지 못밧거던 풍긔봉화 어이알며"라고 했으며, 〈ᄌ심운수가〉에서는 "십승지 차ᄌ가셔 싱할곳 보고오나"라고 하여 십승지를 거론했다. 이와 같이 경술국치의 충격을 담아 1910년대에 창작된 가사 중에는 나라가 망한 세상을 피해 들어가 살만한 은거지와 관련하여 십승지나 피신지를 거론하는 작품이 꽤 있는 것으로 나타난다.

정감록적 사상의 영향을 받은 천도교(동학), 正易사상에 근거한 종교, 증산교, 대종교, 원불교 등의 민족종교는 19세기 말부터 형성되어 20세기 초에 기반을 잡았다. 이러한 민족종교의 사상과 교리를 관통하고 있는 핵심적인 화두는 '우리 민족'이었다. 이렇게 당시의 민족종교는 일제의 노골적인 강점 야욕을 맞닥뜨린 대한국민의 충격을 기반으로 형성되어 발전한 것이었다. 『정감록』에서 말하는 三 絶運數說에 의하면 경술국치는 임진왜란과 병자호란에 이은 세 번째 나라의 위기였다. 당대의 대한인은 『정감록』을 신봉하든 신봉하지 않든 일제강점기라는 민족사 최대의 수난기를 맞이해 이것을 심정적으로 받아들였다. 그리하여 이전 시기에 두 번이나 나라의 위기를 극복했듯이 나라를 잃은 이 위기도 민족적 역량을 총동원하면 극복할 수 있다는 믿음을 가졌다. 그리고 이 당시 『정감록』에서 말하고 있는 진인출현 신앙도 대중들 사이에 급속히 퍼져 나갔다. 이러한 정감록적 사상은 '조국과 민족의 해방을 고취시키고 일제의 침략에 대항하고 저항할 강력한 정신적 원동력을 제공'했는데, 실제로 '민족해방운동을 체계적이고 역동적으로 수행해나갈 역량이 부족하거나 적절한 방법을 찾지 못했던 당시 민중들에게 진인의 존재와 새로운 왕조의 건설이라는 기쁜 소식은 나라를 되찾는 일에 자발적으로 참여할 수 있는 거의 유일한 기회로 다가왔다'[32].

이렇게 이들 가사의 작가 대부분은 유학적 사고를 투철하게 지니고 있음에도 불구하고 위기에 처한 민족과 민중을 기반으로 성장하여 당시 대한인 사이에서 풍미해 있었던 정감록과 민족종교의 사상을 수용했다. 이와 같이 경술국치의 충격을 담아 1910년대에 창작된

---

32 이 책에 실린 「일제강점기〈시절가〉 연구」를 참고하기 바란다.

가사는 당대 민족의 위기 현실에서 정감록 사상과 민족종교가 대한
인 사이에 만연해 있었던 사회상을 반영하고 있다는 의미도 아울러
지닌다.

2) 가사문학사적 의의

가사문학은 역사·사회에 대응하여 꾸준히 작품을 생산하여 왔다.
조선후기 〈갑민가〉, 〈합강정가〉, 〈향산별곡〉, 〈거창가〉, 〈민탄가〉 등의
현실비판가사는 삼정문란기와 진주민란을 배경으로 하여 민중의
처참한 생활상을 서술하고 지배층의 가렴주구를 비판했다. 이들 가
사중 〈거창가〉는 특정 향촌사회를 배경으로 창작되었지만 엄청난
이본을 지니며 각지로 유포되어 광범위하게 향유되기도 했다. 근대
기에 들어서는 최제우의 용담유사 가사를 비롯한 동학가사가 새로
운 세계관을 담으면서 일제의 침략 야욕을 강하게 비판했다. 동학
농민군의 지도자로 참여했던 박학래가 쓴 〈경난가〉(1897)는 2차 동
학농민전쟁의 와중에 서울을 다녀온 후 경주로 이주하여 안착하기
까지의 과정을 서술하면서 동학농민전쟁의 상황, 동학농민군의 참
상, 당시 민중의 참상 등을 내용 가운데 수용했다. 남해 창선목장의
민중지도자인 정익환이 쓴 〈심심가〉(1898)는 갑오개혁으로 전개
된 도세저항운동을 배경으로 하여 감관의 가렴주구를 고발하고, 민
중에게 도세저항운동에 동참해주기를, 그리고 신관찰사에게 도세
의 해결을 호소했다. 유홍석의 〈고병정가사〉(1896). 민용호의 〈회심
가〉(1896), 전수용의 〈격가〉(1910년 전), 정용기의 창의가사 3편(1905,

1906, 1907), 이석용의 〈격중가〉(1907) 등의 의병가사는 일제 타도를 주장하며 의병전쟁에의 참여를 촉구했다. 그리고 경술국치 직전에는 〈경세가〉나 〈고국가〉 등의 가사가 일제의 강점 현실을 통렬하게 문제 삼았다.

한편 근대기에는 대한매일신보와 같은 매체에 게재된 개화기가사가 활발하게 창작되었다. 이들 가사는 당대의 역사·사회 현실에 적극적으로 대응하여 항일 의지를 고취시키면서 유교적 질서의 회복이나 문명개화사상을 주장했다. 이들 가사는 4음보 연속의 정통 가사는 아니었고, 매체 환경에 맞도록 한 연의 길이를 짧게 한 연작 형태의 변형가사가 대부분이었다.

매체게재 개화기가사는 가사문학사에서 전례 없는 역사적 기능을 수행했다. 그런데 문제는 매체게재 개화기가사가 지닌 형식에 있었다. 매체게재 개화기가사가 가사의 정통형식을 변형하여 마지막 기능을 수행하고 이로 인해 가사는 생명력을 잃고 말았다는 시각을 만들었기 때문이다. 변형된 형식의 가사는 '신문학의 갈래로서 인정되지 못하고 밀려 났으며, 1900년대 가사의 놀라운 성과도 잊혀졌다'거나 '가사는 계속 이어지되 규방가사를 기반으로 해서 필사본으로 창작되고 유통되었을 따름이다'라는 시각을 낳았으며[33], 급기야 '상당수의 가사 작품이 창작되었지만, 형식과 내용 면에서 가사의 전통적·본질적 성격이 많이 쇠퇴하였기 때문에' 갑오경장 이후 현대까지를 통틀어 '쇠퇴기의 가사문학'으로 설정하는 데에 이르렀다[34].

---

33 조동일, 『한국문학통사 4』, 지식산업사, 1986, 278면.
34 류연석, 『한국가사문학사』, 국학자료원, 1994, 329면.

형식을 변형해서라도 가사가 당시의 역사·사회 현실에 적극적으로 대응했지만, 결국 형식의 와해와 변형을 끝으로 가사문학이 생명력을 잃고 말았다는 시각을 형성한 것이다.

이러한 시각은 일견 타당하다고 받아들여졌던 때가 있었다. 일제강점기에 창작된 필사본 형태의 가사들이 언뜻 보면 내용의 천편일률성을 띠는 것이 많았기 때문이다. 그런데 일제강점기에 창작된 가사 필사본을 면밀하게 읽으면 당대의 역사·사회 현실에 대응해 새로운 경험을 담아 의미 있는 작품세계를 지닌 것이 많다는 사실을 발견하게 된다. 따라서 '쇠퇴기'로 보는 일제강점기 가사문학에 대한 기존의 시각은 재고될 필요가 있다.

앞서 살펴본 바와 같이 경술국치 후 1910년대에 역사·사회 현실에 대응하여 창작된 가사는 26편이나 되면서 다양한 양상으로 전개되었다. 불과 10년 동안에 역사·사회 현실에 대응해 창작한 가사가 이렇게 많은 것은 이 시기에 가사문학이 여전히 살아 있는 장르로 기능하였다는 점을 말해준다. 따라서 이 점은 적어도 일제강점기에 들어가면서 가사문학이 쇠퇴기에 접어든 것이 아니라는 것을 시사한다. 오히려 민족의 위기 상황에서 가사문학의 창작이 보다 활성화되어 의미 있는 작품을 보다 많이 생산하기에 이르렀다는 사실을 시사한다. 민족사의 최대 비극인 경술국치를 당하자 가사문학 작가들은 즉각적으로 가사문학의 역사·사회 현실에 대응하는 전통을 극대화하여 발현함으로써 26편이나 되는 가사 작품을 남기게 된 것이라고 할 수 있다.

1910년대에 경술국치의 충격을 담아 창작된 가사문학은 일제강점기에 상당한 향유를 거친 것으로 나타나는데, 특히 〈은사가〉(〈경술국치가〉), 〈시절가〉, 〈인산가〉, 〈한양가〉 등의 가사가 대중적인 인기를 누렸다. 〈시절가〉와 〈한양가〉는 확인된 이본만 해도 20편이 넘어 가사문학사를 통틀어 가장 활발한 향유가 이루어진 작품에 속한다. 이와 같이 경술국치의 충격을 담아 1910년대에 창작된 가사문학은 민족의 최대 위기상황인 일제강점기를 거치면서 당시 대한인의 정서를 대변하고 대한인을 결집하는 하나의 매개체로 기능하면서, 가사문학 창작의 확대재생산에도 기여했을 것으로 보인다.

경술국치의 충격을 담아 1910년대에 창작된 가사의 작가를 나이로 살펴보면 추정치까지 합하면 중·노년층이 총 14명이며, 20~30대 젊은층은 7명 정도로 정리할 수 있다. 가사문학사를 통틀어 볼 때 일반적으로 작가는 중년층 이상이 가장 많다. 경술국치의 충격을 담아 1910년대에 창작된 가사의 작가가 중·노년층이 많은 것은 가사문학사의 일반적인 현상을 반영한 것이라고 할 수 있다. 그런데 젊은 층의 작가가 7명이나 되는 사실은 주목할 만하다. 이 사실은 당시 나이를 초월하여 대한인 모두가 경술국치의 충격에 휩싸였다는 것을 보여주는 것이지만, 가사문학사의 전개라는 측면에서 볼 때 가사문학의 창작과 향유 전통이 이들 젊은층을 중심으로 계속 이어나갈 수 있다는 것을 말해준다.

실제로 1910년대 이후 일제강점기에도 역사·사회 현실에 대응한 가사문학의 창작은 계속 이어졌다. 일제의 탄압정치는 날로 가혹해져 식민지 국민인 대한인의 삶을 송두리째 바꾸어버리자 이런 현실을 직면한 가사문학의 작가들은 그에 대응한 가사 작품을 계속 창작했다. 모두 조사를 마친 것은 아니지만 1920년대에는 한 독립운동가가 옥중에서 쓴 〈옥중가〉를 비롯하여 〈망월가〉·〈이갱슈포한가라〉·〈자탄가〉·〈몽유가〉·〈산촌향가〉·〈일월산가〉·〈세덕가〉·〈인곡가〉·〈장탄곡〉 등이 창작되었다. 1930년대에는 〈명륜가〉·〈생조감구가〉·〈현생비극가〉·〈망월사친가〉·〈을해춘가〉·〈조부인귀정회고가〉 등이 창작되는 가운데, 유학이나 돈을 벌기 위해 일본으로 가는 사람이 많아짐에 따라 〈사향곡〉·〈망향가〉·〈사향가〉·〈원별회곡이라〉·〈부녀자탄가〉 등이 창작되었다. 일제강점기 말인 1940년대에는 태평양전쟁과 징병으로 착취당하는 대한인의 현실을 정면으로 문제 삼은 〈만주가〉가 창작되었으며, 징병의 현실과 관련하여 〈망부가〉·〈사제곡〉·〈원망가〉·〈자탄가〉·〈춘풍감회록〉·〈신세자탄가〉 등이 창작되었다.

이와 같이 1910년대 경술국치의 충격을 담은 가사문학은 역사·사회 현실에 대응하여 창작하는 가사문학의 전통을 극대화하여 발현함으로써 일제강점기가 계속될 때까지 그 전통을 이어주는 결정적인 가교 역할을 했다는 가사문학사적 의의를 지닌다. 그리고 일제강점기가 가사 창작의 쇠퇴기가 아님을 보여주는 구체적이고 실증적인 자료가 된다는 가사문학사적 의의도 지닌다. 그런데 앞서 살펴보았듯이 1910년대 경술국치의 충격을 담은 가사문학은 안동을 중심으로 하는 경북지역에서 주로 창작됨으로써 가사문학의 창작과 향유에 있어서 지역적 한정성을 더욱 고착화하는 계기를 마련했다는 가사문학사적 의의도 지닌다고 하겠다.

4. 맺음말

이 논문에서는 경술국치의 충격을 담아 1910년대에 창작된 가사문학의 전개 양상을 살펴보고 그 전개양상의 의미와 가사문학사적 의의를 규명했다.

경술국치의 충격을 담아 1910년대에 창작된 가사의 작가는 남성이 더 많지만 여성이 9명이나 된다[35]. 그리하여 이들 가사는 성별에 따라 글쓰기 방식에서 차이를 드러내고 있다. 큰 틀에서 볼 때 남성의 가사는 경술국치의 충격을 담되 나라의 객관적인 현실 자체를 서술의 중심에 놓아 개인의 삶은 상대적으로 덜 나타나거나 아예 드러나지 않는 경향을 보인다. 반면 여성의 가사는 개인의 삶을 서술의 중심에 놓고 자신의 삶과 관련하여 나라의 현실을 수용하는 경향을 보인다. 그리고 이에 따라 남성과 여성의 가사는 관습적인 서술구조가 달리 나타나고 사용하는 문체가 달리 나타나기도 한다. 이 논문에서는 논의의 주제를 집약화하기 위해, 또 지면의 한계 상 이러한 남성과 여성의 가사 글쓰기에 대한 문제는 전혀 다루지를 못했다. 추후이 주제에 대한 논의가 이어지기를 기대한다.

---

35 경술국치의 충격을 담은 가사의 작가를 성별로 나누어 보면, 은거가 남 3명과 여성 1명, 만주망명은 남 1명과 여 7명, 현실개탄과 경계가 남 6명과 여 1,명 역사서술이 남 3명 등으로 총 남 13명과 여 9명으로 나타난다.

근대기 역사의 전개와
가사문학

제8장

일제강점기 〈경탄가〉 연구
-한 명문대가 후예의 봉건적 지식담론과 가문의식-

1. 머리말

일제강점기에 창작된 가사 작품의 담당층은 대부분 가사 장르의
전통적인 담당층이었던 양반가 남성과 여성이다. 19세기 말에서 20
세기 초에 이르는 근대계몽기는 군주제의 틀을 유지하면서도 일제의
침략 야욕이 노골화되고, 근대의 문명·제도·문화와 관련한 근대담론
이 전진적으로 전개되던 역사적 변혁기였다. 이후 경술국치로 인해
일제의 식민지 지배가 현실화되었고, 근대의 문명·제도·문화로의 진
전은 보다 가속화되었다. 이러한 역사적 변혁기와 근대문명사회에
직면하여 양반가 남성의 현실인식과 그에 따른 행보는 다기한 분화
과정을 겪게 되었다. 양반가 남성의 현실인식과 그에 따른 행보는 근

대담론이 펼쳐지던 공론의 장과는 별도로 한문장, 한시, 가사문학과 같은 사적인 담론의 장을 통해서도 알 수 있다. 일제강점기에 창작된 남성의 가사문학은 양반으로서 신분적 정체성과 자의식은 물론 새롭게 재편된 일제강점기 폭압적 정치구도와 강력한 근대문명사회로의 진전에 대응한 현실인식을 추적하는 데 유용한 자료가 된다.

일제강점기에 창작된 가사 작품은 규방가사가 주를 이루지만 남성 작 가사도 상당하다. 남성 작 가사문학은 규방가사와 마찬가지로 일제강점기의 현실에 대응하여 다양한 양상으로 전개되었다. 그런데 일제강점기 규방가사에 대한 연구는 비교적 활발한 반면 남성작 가사문학에 대한 연구는 그렇지 못한 편이다. 일제강점기에 창작된 남성 작 가사문학은 아직도 그 필사본이 읽혀지지 않은 작품도 있고 소개는 되었으나 전혀 학계의 주목을 받지 못한 작품이 존재하여 연구의 필요성이 절실한 실정이다.

〈경탄가〉는 일제강점기인 1922년에 창작되었다. 작가는 일롱거사 李義鏄(1875~ ?)으로 조선후기 성리학자 息山 李萬敷의 8세손이다[1].

---

1 9대조 李沃은 가사 〈淸淮別曲〉의 작가이다. 이상보, 「이옥의 〈청회별곡〉 연구」, 『어문학논총』제2집, 국민대학교 어문학연구소, 1982, 41~55면. : 김정석, 「17세기 은일가사 연구」, 고려대학교 박사학위논문, 2002, 1~153면.
8대조 이만부에 대한 문학 관련 연구업적 중 단행본 및 박사학위논문과 최근의 연구성과만을 제시하면 다음과 같다. 권태을, 『식산 이만부의 문학 연구』, 오성출판사, 1990, 1~225면. : 김남형, 「조선후기 기호실학파의 예술론 연구-이만부, 이익, 정약용을 중심으로」, 고려대학교 박사학위논문, 1988, 1~137면. : 신두환, 『(남인 사림의 거장) 식산 이만부』, 한국국학진흥원, 2007, 1~246면. : 김주부, 「식산 이만부의 산수기행문학 연구-〈지행록〉과 〈누항록〉을 중심으로」, 성균관대학교 박사학위논문, 2010, 1~211면. : 이경수, 「식산 이만부의 청년기 시에 있어서의 은일 지향」, 『한국한시작가연구』제13집, 한국한시학회, 2009, 213~235면. : 정은진, 「18세기 서화제발 연구(2)-숙종, 경종시대 : 식산 이만부와 동계 조구명을 중심으로」, 『한국한문학연구』제44집, 한국한문학회, 2009, 323~377면. : 김주부, 「이만부의 〈남

명문대가로 유명한 연안이씨 문중의 후손인 작가는 근대계몽기를 거쳐 일제의 가혹한 식민지배가 가속화되던 때를 살았다. 〈경탄가〉의 작품세계를 분석하여 한 명문대가의 후예가 지니고 있는 현실인식의 실체를 파악할 필요성이 있다.

〈경탄가〉는 작가 스스로가 "귀로히면 쳔여귀요 자로히면 이만직라"라고 기술한 바와 같이 4음보를 1구로 계산하여 총1738구에 달하는 순한글체 장편가사이다. 〈일동장유가〉, 〈연행가〉, 〈박학사포쇄일기〉, 〈유일록〉, 〈한양오백년가〉 등의 장편가사에 대한 연구는 비교적 왕성하게 이루어져 작품마다 적어도 한두 편의 작품론은 나와 있다. 반면 〈경탄가〉는 작품이 소개된 후 본격적인 작품 연구는 전혀 이루어지지 않았다. 이 가사에 대한 소개는 김기탁에 의해서 이루어졌는데, 작가의 가계와 개략적 내용을 설명하고, 작품의 전문을 영인하여 실었다. 그리고 김기탁의 작품 소개를 바탕으로 류연석이 가사문학사를 서술하면서 이 가사를 잠깐 언급했을 뿐이다.[2]

그 동안 〈경탄가〉에 대한 연구가 이루어지지 않은 이유는 이 가사가 상대적으로 가사문학사적 의의를 적게 두는 시기인 1922년에 창작되었다는 점, 순한글 표기지만 어려운 한문구와 고증이 필요한 인물이 많아 작품의 이해가 번거롭다는 점, 언뜻 보아 작품을 관통하는

풍)에 나타난 영남사인의 역사인식」, 『동양한문학연구』제32집, 동양한문학회, 2011, 207~248면. : 신승훈, 「식산 이만부의 〈세민전〉 연구」, 『한국한문학연구』제56집, 한국한문학회, 2014, 267~316면.
　최근 6대조 이승연의 문학에 대한 연구성과도 나왔다. 김주부, 「이승연의 생애와 〈영대〉에 나타난 영남인식」, 『대동한문학』제37집, 대동한문학회, 2012, 253~285면.
2　김기탁, 「새 자료 소개」, 『서경가사연구』, 학문사, 1989, 203~290면. : 류연석, 『한국가사문학사』, 국학자료원, 1994, 340면, 399면.

주제를 찾기 어려울 정도로 잡다한 작품세계를 지닌다는 점, 특히 전반부의 작품세계가 조선왕조와 관련한 제반 사실의 기술에 집중하여 문학적 의미성을 찾기가 힘들다는 점 등에서 찾을 수 있다. 그런데 가사문학사의 거시적 흐름을 파악하기 위해서는 일제강점기에 창작된 개별 가사 작품들에 대한 적극적이고 심도 깊은 연구가 필요하다. 그리고 고증을 통해 구절을 이해하는 노력을 기울인다면 작품세계를 파악할 수 있을 것이며, 작품을 관통하는 주제와 의미도 규명할 수 있을 것으로 본다.

이 연구의 목적은 〈경탄가〉의 텍스트 분석을 통해 작가가 지닌 현실인식의 실체를 정확하게 규명하는 데 있다. 우선 〈경탄가〉의 작품세계를 객관적으로 분석할 것이다. 〈경탄가〉의 작품세계를 객관적으로 드러내되 작가의 현실인식과 관련한 양상을 드러내는 데 중점을 둔다. '조선왕조와 관련한 제반 상식'을 기록한 전반부의 작품세계와 '선조사와 작가의 생애사'를 서술한 후반부의 작품세계를 분석한다. 이러한 텍스트 분석을 바탕으로 3장에서는 한 명문대가 후예가 지닌 현실인식의 실체와 성격을 규명하고자 한다.

2. 〈경탄가〉의 작품세계

1) 조선왕조와 관련한 제반 상식의 기록

전반부의 작품세계는 "왕도릉소 션원세계 닉외관방 픔질이며 /

성현션비 허다싀목 츙신효자 렬녀ᄉ" 즉, 조선왕조와 관련한 제반 사실을 나열·기술하는 것이 주를 이룬다. 전반부의 내용을 요약하여 정리하면 다음과 같다.

단락	구(총구수)	내용	상세내용
①	1~32 (33)	조선의 건국	삼강오상의 마련, 한양의 지세와 도읍, 궁·전·문
②	33~96 (64)	선원세계	역대 왕과 왕후, 왕릉과 소재지
③	97~455 (359)	조선의 작위반열	중앙관직, 팔도의 지방관제, 품계
④	456~600 (145)	조선의 붕당사	동인과 서인의 성립, 붕당 과정
⑤	601~671 (71)	조선의 명현 및 명문가	8문장가, 대령이남 5현, 3노집, 8리집, 3의반, 계미3찬, 15사화, 소양·근암서원 5현, 남중4대선생, 3대가, 소현세자·효종대왕 배종 8장사, 옥천군 6군자, 경종조 노·소론 8신, 영남 3걸
⑥	672~986 (315)	조선의 충효열자	사육신과 생육신, 임진왜란 : 의병장 3장사, 14의사, 북관의 7의3걸, 6의승, 기생 계월향·논개, 병자호란 : 3학사, 련봉대 12정문, 휴당집 15정문, 용암집 13순절인, 강화도 강화시 순절인, 기사환국 3諫臣, 홍경래난 : 순절인 정로 부자, 7의사, 신미양요 강도순절인, 임오군란 관원 4인, 갑신정변 6경

①단락에서는 조선의 건국을 찬양하고 조선의 宮, 展, 門을 차례로 나열하여 왕조의 기틀이 마련되었음을 서술했다. ②단락에서는 조선왕실의 역대 왕, 왕후, 능의 소재지 등을 나열해 서술했다. 조선왕

조의 족보에 해당하는 '선원세계(璿源世系)'³를 기술한 것이다. ③단
락에서는 무려 359구에 걸쳐 조선의 당상·당하 중앙관직, 8도의 지
방관제, 정일품에서 종구품까지의 품계 등을 차례로 나열, 기술했다.
④단락에서는 조선시대 붕당의 역사를 서술했다. 붕당에 대한 평가
와 개략을 서술하고 최초 동인과 서인의 성립과정, 각 당의 붕당 과
정, 정조대 노론의 시·벽당 분화 및 병산서원과 호계서원의 병호시
비까지를 서술했다. 각 당의 대표 인물과 명명 이유 등을 자세히 기
술하면서도 각 당에 대한 시시비비를 가리지 않고 사실을 나열하여
서술하는 데에 중점을 두었다.

⑤단락에서는 조선의 명현과 명문대가를 서술했다. 8문장가, 대령
이남 5현, 영남 3걸 등과 같이 숫자로 묶여 칭송되는 인물과 문중을
중점적으로 서술했다. ⑥단락에서는 조선의 忠孝烈者를 기록했다.
세조조의 사육신과 생육신에서부터 시작하여 임진왜란, 병자호란,
기사환국(1689년), 홍경래난(1811년), 신미양요(1871년), 임오군란
(1882년), 갑신정변(1884년)에 이르기까지 시간 순으로 나라의 위기
상황에서 죽음을 불사하고 항전했거나 항전하는 남편이나 부친을
따라 같이 순절한 충효열자를 차례로 서술했다. ⑤와 마찬가지로 숫
자로 묶여 칭송되는 인물들을 중심으로 기술했다.

이와 같이 〈경탄가〉의 전반부 작품세계는 조선왕조와 관련한 제반
사실들을 다양하게 선별하여 서술한 것이 중심을 이룬다. 각각의 문헌
에 기록되어 있는 사실들을 한 가사에 종합적으로 기술하여 조선왕조

---

3 "형뎨분과 슉질분이 틱수쟈라 례승ᄒ니 / 션원세계 분명ᄒ고 입팔틱왕 완연ᄒ다"

에 관한 기본 상식서로 삼고자 했음을 알 수 있다. 특히 작가는 조선의 명현, 명문가, 충효열자에 대한 서술에서 역사적 사건의 주체적 인물·영웅·문중을 택하지 않고 숫자로 묶이는 인물과 문중을 택하여 서술했다. 조선왕조와 관련하여 쉽게 기억할 수 있는 상식을 전달하고자 한 작가의 서술의도를 알 수 있다. ⑥의 계미삼찬에 대한 서술이 끝난 후 갑자기 인물에 대한 서술에서 벗어나 15사화를 열거한다든가, 악형을 당하는 박태보를 서술하는 대목에서 '형문, 압슬, 화형'의 실시 방법을 구체적으로 설명[4]하고 다시 박태보에 대한 서술로 돌아온다든가 하는 등 본래의 서술에서 벗어나 샛길로 샌 서술이 많은 것도 작가가 조선조와 관련한 여러 상식을 기록한다는 의식이 앞섰기 때문에 가능했다.

이렇게 전반부의 작품세계는 조선왕조와 관련한 사실을 충실하게 기술하는 데 집중하여 작가의 목소리가 매우 절제되어 있다. 작가의 목소리는 ①, ④, ⑥단락을 기술함에 앞서 쓴 도입부[5]나 ⑥단락에

---

4 "형문숨츳 압슬이츳 화형이츳 당힛구나 / 형문이라 ᄒ난거선 형틀우의 올녀 / 단단이 동혀밀고 압장깅이 육단씨게 / 라장이를 단속ᄒ되 기기고찰 ᄒ렷다 / 하시난 분 부를뫼운 좌우의 잇난ᄉ람 / 바람나게 거힝ᄒ여 쌰려라 소릭를 / 일쩨이 병챵ᄒ되 혈장은 쎅트리고 / 밍장만 계산ᄒ여 숨십도가 한칙이요 / 압슬이라 하난거선 나무 판쎅기우의 / 날카운 ᄉ긔를폐고 그우의 쑬녀안친후 / 쏘ᄉ긔 가로를 두다리 ᄉ이예 / 무수이 넛코 다시 널반지로 / 두무릅 우를딉퍼 상하판을 단단밀고 / 건장한 라쟝이 오륙인이 일쩨이 / 소릭하며 발바 누르난 형벌이요 / 화형이라 하난거선 포락형이 분명쿠나 / 검탄 두어셤으로 불을피와 화염이 / 창만한 후의 쏘각쇠 두기를 / 불속의 무더달과 번가라가멘서 살을 / 지지난 형벌인데 열세번이 한차렐네"

5 예를 들어 조선의 붕당사를 서술한 ④의 서두 부분은 조선조 붕당에 대한 작가의 종합적 평가에 해당한다. 중국에서 대성인이신 공자("문선왕")가 萬世之宗이 되어 顔曾思孟을 거쳐 唐宋元대까지 이어졌으며 우리나라에도 일찍이 전해져 수많은 명현들을 배출했다. 역사를 살펴보면 붕당은 어디에나 있었으나 우리나라가 더욱 심했다. 서로 붕당을 지어 권력을 쥐고 물러날 때마다 서로 살육을 일삼은 것이 참혹했다고 했다. 이건창의 『당의통략』이 1910년에 신활자본으로 간행될 정도로 조선조 역사에 대한 이해를 위해서는 붕당사에 대한 이해가 필수적으로 요구되

서 기술한 충효열자에 대한 찬양사[6]에서 드러난다. 이러한 도입부와 찬양사는 조선시대 양반 지식인이 답습적으로 내세웠던 유교적 개념에 충실한 서술이 대부분이다.

그런데 ⑤와 ⑥단락의 서술내용을 살펴보면 작가의 선조와 관련한 사실을 적지 않게 기술하고 있음이 발견된다. ⑤단락에서는 상주 도남서원에 배향된 대령이남 5현, 영남지역의 3의반, 문경에 있는 소양서원과 근암서원에 각각 배향된 5현, 영남3걸 등 영남 지역 및 자신이 거주하는 문경의 인물과 명문대가를 상대적으로 많이 기술했다. 소양서원과 근암서원에 각각 배향된 오현 가운데는 작가의 11대조 稼隱 李樗과 8대조 息山 李萬敷[7]가 있다. 그리고 선조에게 상소를 올렸다가 유배당한 癸未三竄을 서술하면서 자신의 13대조인 盆峯公 李澍도 이들을 도왔다가 외직으로 쫓겨난 일[8]을 곁들여 서술했다.

었기 때문에 장황하게 기술한 것으로 보인다.

6 예를 들어 "명명특립 그충절은 만죠신중 두각일세 / 장ᄒ고 아름답다"는 병자호란 시 삼학사에 대한 서술 후에 쓴 구절이다. "혁혁ᄒ고 굉장한달 아나니가 그뉘던고 / 즈손이 침체틴가 문호가 쇠식던가 / 셰샹의셔 몰나주니 원통ᄒ고 졀통ᄒ다 / 에럽고도 드믈도다"는 병자호란시 충효열 15정문을 이룬 진주정씨 휴당집에 대한 서술 후에 쓴 구절이다.

7 11대조 稼隱 李樗에 대해서는 "일셰마의 리가은과"으로, 8대조 息山 李萬敷에 대해서는 "일별뎨예 리식산은"으로 기술되어 있다.

8 "슈젼의 박공이요 간쟝의 송공이며 / 뎐한의 허공이라 이세분이 동심으로 / 독소합계 수슴츤의 리률곡을 몰다가셔 / 판셰도 달닐박게 군츙이 쟝ᄒ시미 / 수미셩이 쳑츌ᄒ니 게미슴챤 이시롤셰 / 우리선조 분봉공도 그시언관 졍언으로 / 합계중의 론난타가 미안쳐분 무루시와 / 가산군슈 외보ᄒ미 졸불듸용 구쎄신에"; 癸未三竄은 1583년(선조 16)에 동인 계열의 朴謹元·宋應漑·許篈 등이 李珥를 몰아내려다 모두 유배된 사건을 말한다. 이때 작가의 선조인 盆峯公 李澍(1534~1584)는 사간원 정언으로 조정의 공론이 동인·서인으로 갈라지자, 동인의 입장에서 이이와 성혼을 논박하는 데 앞장섰다. 이 일로 예조로 좌천되었다가 형조 정랑으로 옮겨졌으며, 겨울에는 외직으로 나가 가산군수가 되었으나 이곳에서 사망했다(『한국민족문화대백과사전 18』, 한국정신문화연구원, 1991, 239~240면).

⑥단락에서는 자신과 중시조가 같은 연안이씨 연봉댁(蓮峯 李基高 문중)의 6대에 걸친 12정문에 대해 극찬하며 서술했다[9]. 작가는 연안 이씨 삼척공파이지만 모두 태자첨사공파에서 갈린 것이므로 장령공 파인 연봉댁을 "우리연리"라고 자랑스럽게 표현했다. 4대에 걸쳐 효 자·열녀·충신·절의가 8명이나 배출되어 유명해진 '연안이씨 8홍문' 에다가 4인을 덧붙여 6대에 걸쳐 12정문이 난 사실을 기술한 것이 다[10]. 그리고 기사환국 때 민비폐출에 반대한 三諫臣을 서술하면서 끝머리에 작가의 선조 정희공, 그의 조카 오산공, 그리고 오산공의 삼종질 연릉군이 삼간신과 함께 직언극간을 올린 사실을 서술하고 이들을 칭송했다[11]. 이렇게 작가는 연안이씨 문중의 일을 강조해 서

---

9 "쟝ᄒ고 아롬답다 우리연리 련봉ᄯᆨ은 / 종가지손 륙ᄃᆡ만의 정문이 열둘일네 / 맛 ᄌᆞ뎨 일쥭공과 둘쩌ᄌᆞ뎨 만ᄉ공언 / 강도셩함 슌졀되민 증직증시 나리와셔 / 졍츙 빗ᄉ ᄉ제문의 광취일시 혁혁ᄒ고 / ᄃᆡ인공 영응ᄌ며 공으형뎨 쳐ᄌᆞ민씨 / 녯ᄌᆞ 뎨 셋ᄌᆡ손ᄌ 일쑥공으 녯ᄌᆞᄌᆞ뎨 / 효힝으로 졍려되니 증직참판 공이롤세 / 왕ᄃᆡ부 인 광릉안씨 ᄃᆡ부인 동ᄅᆡ졍씨 / 맛ᄌ부 광산김씨 셋ᄌᆞ부 젼쥬리씨 / 졀녈노 졍려 되니 거록하고 빗나도다 / 츙졍이 두리되고 효졍이 여서시며 / 졀졍렬졍 너일녀라 굿ᄶᆡ광경 료량하면 / 샹변이 이러하니 가ᄉ인들 온젼하랴 / 지금까지 젼ᄒᆡᆨ언셜 팔 홍문ᄶᆸ 팔홍문ᄶᆸ / 쟈쟈하고 유명하다 ᄉ환은 고ᄉ하고 / 츙효렬노 이를ᄶᆞᆫᄃᆡ 우리 나라 뎨일일세 / 모모ᄃᆡ가 모모명문 압셔리가 뉘엿던가"

10 '8홍문'은 연봉 이기설과 함께 부모인 李至男("대인공 영응")과 동래정씨("ᄃᆡ부인 동ᄅᆡ졍씨"), 형 李基稷("ᄃᆡ인공 영응ᄌ며 공으형뎨")과 여형제 이씨("공으형뎨 쳐 ᄌᆞ민씨"), 아들 李惇五("맛ᄌᆞ뎨 일쥭공")와 李惇敍("둘쩌ᄌᆞ뎨 만ᄉ공"), 맏며느리 광산김씨("맛ᄌ부 광산김씨") 등 8인의 행적과 관련하는데, 이 가운데 병자호란시 강화도에서 순절한 인물은 연봉의 두 아들 일쥭공 이돈오와 만사공 이돈서, 그 리고 이돈오의 부인 광산김씨이다. 여기에 연봉의 조모 광릉안씨("왕ᄃᆡ부인 광릉안 씨"), 셋째 며느리 전주이씨("셋ᄌᆞ부 젼쥬리씨"), 두 손자("녯ᄌᆞ뎨 셋ᄌᆞ손ᄌ" 와 "일쑥공[이돈오]으 녯ᄌᆞᄌᆞ뎨") 등 4명을 합하면 6대에 걸쳐 12정문이 된다.

11 三諫臣은 朴泰輔, 李世華, 吳斗寅이다. "그즁의도 박명진난 표이츌지 하신셩심 / 리 조판셔 츄증ᄒ와 문렬시호 더옥쟝타 / 긔ᄉ년 삼간신이 이세분이 아니시냐 / 이빅 여년 도얏스되 려향간의 우밍들도 / 박아모의 당근질을 모르나가 읍셧스니 / 쳔츄 만ᄃᆡ 류젼키난 박공박게 ᄯᅩ잇던가 / 그시로 말할ᄶᆞᆫᄃᆡ 우리션조 정희공이 / 팔슌로

술하거나 덧붙여 서술함으로써 자신의 가문이 대대로 이어온 명문대가라는 것을 스스로 확인하고 가족에게도 전달하고 싶어했다.

품계를 서술한 후 작가는 평생 벼슬을 하지 못한 자신의 처지에 대한 의중을 내비치기도 했다.

> 픔지고하 계지존비 자세력량 못하것네 / 문필이 유여히도 과수가 읍시메난 / 참예하기 어려우니 문필노도 아니가고 / 전직가 요부히도 환복이 읍시메난 / 도모하기 쉬울손냐 전직로도 아니되니 / 락척함도 제팔직라 한탄할거 읍시나마 / 굉장하고 찬란하다 아조의 작위반렬 / 남틴와 문음무의 닉슴천 외팔빅은 / 관방도 칠칠ᄒ고 계예도 층층이라 / 금지옥엽 종친척과 고가세족 ᄉ틴부며 / 한반미반 한산잔반 벌열도 우렬잇네

작가는 정일품에서 종구품까지의 품계를 자세히 기술했음에도 불구하고 품계의 고하와 존비를 자세히 기록하지 못했다고 하면서, 그 이유는 자신이 벼슬을 하지 않았기 때문이라고 했다. 문필이 아무리 유려해도 녹봉을 받는 科앞[12]가 없으면 품계에 참여하기 어렵고 그렇다고 재물이 많으면 되냐면 그것도 아니어서 宦福이 없으면 벼슬에 나가기 어렵다고 하면서, 낙척함도 자기 팔자니 한탄할 것이 없

퇴 즁신으로 삼간신을 구ᄒ랴고 / 샹소일장 극간타가 텬위진텹 엄지나려 / 신자례면 황송하와 문외틴죄 슘일만의 / 셩노가 쇼계되고 츙직을 표힛스며 / 공으함씨 오산공은 시임응교 단여싯고 / 틴종쎅의 연릉군은 오산공으 삼죵질노 / 헌랍베살 입번타가 동시어젼 입시ᄒ와 / 페틴비 마시라고 직언극간 고굉타가 / 도보이간 두어 말의 샹노가 틴촉도야 / 청동화로 닙다치미 툐미마자 락디힛네 / 응교공은 샥츌되고 헌납공은 원찬하니 / 이으런데 츙셩인들 삼간신만 못할손가"
12 과수는 관원이 등급에 따라 나라로부터 논밭이나 녹봉을 받는 것을 말한다.

다고 스스로를 위로했다. 여기에서 작가가 벼슬을 하지 못한 자신의 처지에 관해 심정적인 위축감을 지니고 있음이 드러난다. 그러나 작가는 다시 심기일전하여 양반 안에서도 엄연히 신분의 고하가 존재함을 강조함으로써 명문대가의 후예라는 자의식을 회복하여 심정적 위축감을 털어내는 방향으로 나아가고 있다.

한편 작가가 충효열자로 선별한 인물 중에서 근대기 사건에서 거론한 인물은 주목을 요한다.

> 가) 홍인군의 리최응과 견긔빅의 김보현이 / 션혜뎨조 민겸호며 젼
> 참판의 민챵식은 / 임오류월 군란즁의 우히하든 亽관이요 / 나) 보국으
> 로 증령샹의 민틔호 죠녕하며 / 리판으로 증령샹의 민영목과 영亽로
> 서 / 증찬셩의 한규직과 리조연 윤틔쥰은 / 갑신년 오홍란의 피화하든
> 륙경일세 / 두워라 허다亽긔 유루읍시 다할소냐

가)에서는 1882년 임오군란 당시 훈련도감에 소속된 구식 군인들에게 해를 입은 이최응, 김보현, 민겸호, 조영하 등 四官員을 서술했다. 그리고 나)에서는 1884년 갑신정변 당시 개화파인 "오홍"에게 화를 입었던 민태호, 조영하, 민영목, 한규직, 이조연, 윤태준 등 六官員을 서술했다. 이미 작가는 홍경래난 당시 관군의 입장에서 가산군수로 순절한 鄭魯 부자에 대해 칭송한 바 있다. 여기에서도 작가는 임오군란과 갑신정변을 홍경래난이나 마찬가지로 변란으로 생각하여 홍경래난 당시 관인이었던 정로 부자가 충렬자인 것처럼 당시 난과 정변을 주동했던 이들에게 죽임을 당하거나 해를 입은 관원을 나라를 위한 충렬자로 파악

했다. 작가는 임오군란이나 갑신정변이 발생한 근본적인 이유는 불문하고 다만 왕이 마련해 놓은 기존의 체제와 질서를 무너뜨린 변란으로만 인식한 것이다. 이와같이 작가는 왕을 정점으로 하는 봉건적 기존 질서와 체제를 무조건적으로 옹호하는 수구적인 입장을 견지하고 있었기 때문에 근대기에 전개된 정치·사회의 제반 변화상황을 역사적으로 인식하는 넓은 사고의 지평은 지니지 못했던 것이라고 할 수 있다.

2) 선조사와 자신의 생애사 서술

후반부는 "가간ㅅ적 세ㅅㅈ탄 ㅈ녀훈ㅅ" 즉, 선조사[13], 자신의 인생사, 그리고 경계사를 서술했다. 후반부의 내용을 요약하여 정리하면 다음과 같다.

단락	구(총구수)	내용	상세내용
⑦	987~1100 (114)	先祖事	통덕공의 부인 강릉김씨, 처사부군의 부인 경주김씨
⑧	1101~1581 (481)	자신의 인생사	학문생활, 부친의 사망, 조부·부친·자신의 승품과정, 모친 영양남씨, 첫부인 화순최씨의 사망, 둘째부인 진양정씨의 사망, 큰아들의 사망
⑨	1582~1738 (157)	警戒辭	큰며느리 대한 경계, 8자녀에 대한 경계

---

13 작가의 가문에 대한 고증은 연안이씨 삼척공파 인터넷 족보(http://cafe.daum.net/yunanlee1)를 참조했다.

⑦단락에서 서술한 선조사는 자신이 속한 연안이씨 삼척공파의
世系는 아니다. 이곳에서는 특별히 두 선조대의 후사 잇기 과정을 서
술했다. 후사 없이 사망한 방칠대조 통덕공의 부인 강릉김씨는 몸이
약하여 150일만에 하종하고 말았다. 당시 둘째 시동생(작가의 7대
조고 李之彬)은 중부댁(작가의 8대 조고 이만부)에 이미 입후되어 있
었다. 그런데 셋째 시동생(수찬공 李之樸)마저 자식이 없자 작가의 6
대 조고 강제공 李承延의 아우인 반룡공 李秉延을 입후하여 대를 이
었다. 말하자면 은암공(통덕공의 부친)댁의 아들이 중부댁으로 입후
되었다가 입후된 자의 아들이 다시 은암공댁으로 입후되어 '환귀본
종'을 하게 된 것이다. 그런데 이 서술의 대상 주체는 통덕공의 부인
강릉김씨이다. 작가는 이 부인이 150일만에 하종한 데다가 통덕공
이 사망한 후 곧바로 재종질이나 삼종질에서 양자를 들이지 않고 시
동생인 수찬공으로 대를 이은 것, 즉 "형망뎨급(兄亡弟及)"[14]을 한 사

---

14 "둘쳐 싀동싱은 즁부쎡의 입후하와 / 식산션싱 봉수하니 우리칠딗 조고실셰 / 셋
지 싀동싱은 입삼츈츄 불힝하미 / 역시 무자뎨로 우리 륙딗조고 / 강지공으 단별게
씨 반룡지공 솔양하미 / 은암공 봉수하니 환귀본종 도엿스나 / 쟉고도 션후지요 양
자도 경즁게라 / 당신으로 말삼ᄒ면 쟝파이요 션하셰예 / 소즁은 의호진데 웃지ᄒ
여 당신일은 / 뒤가지고 게파의셔 먼여된일 모호하다 / 그거난 그러하나 모를일이
쏘잇구나 / 지죵질의 삼죵질의 여러분이 되시난딗 / 합당치가 못하던가 빈부를 가
리던가 / 무삼리유 인연하여 죵릭립후 못하고셔 / 형망뎨급 윗일인고 죵졀지최 모
로깃네 / 션딗의셔 하신난일 잘하시고 못하신걸 / 후셰예 자손드리 왈가왈부 말하
난기 / 도리난 아니나마 괴이하고 알슈읍네 / 이러하신 졀힝으로 졍표지면 못무룸
도 / 흠졀이 될터인딗 그즁의도 무후된일 / 더구나 원통하나 후인공담 소용읍네";
형망제급이란 형이 아들이 없이 죽었을 때 아우가 후사를 잇는 것을 말한다. 조선
중기부터 기혼장자가 父보다 먼저 사망하고 그에게 적자가 없을 때 死後養子를 하
는 것이 기본이었다. 다만 입양을 하지 않은 경우에 한하여 次子가 형망제급을 했
다. 즉, 아들이 없는 기혼장자를 위해서는 반드시 사후양자를 해야 하며 차적자손
을 봉사손으로 세우려면 반드시 입양의 방법을 따르도록 했다.

실을 들어 비난하고 있는 것이다.

한편 후사 없이 사망한 오대조고 처사부군 李行儒의 부인 경주김 씨는 3년 시묘를 마쳤다. 그런데 종상날에 시모가 사망하여 이번에 도 극진하게 치상절차를 치뤘다. 그 당시 하나밖에 없는 시삼촌 반롱 공은 통덕공에 입후되어 없었고 시아버지(이승연)는 살림에 등한했 으며 시동생 림하공은 겨우 12세였다. 이후 새시어머니를 들였으나 본인이 살림을 주장했으며, 여필종부를 내세우고 수절하며 집안일 과 시부봉양을 극진히 했다. 그런데 키운 시동생이 결혼한 후 아들을 얻지 못하자 심와공의 아들 현문공(李建基)을 입후하여 집안을 다시 일으켰다. 작가는 경주김씨의 수절, 부모 봉양, 입후 등을 서술하고 "우리들 금일보존 이할만님 덕분"이라고 찬양한 것이다[15]. 이와같이 ⑦단락에서 작가는 두 선조사를 들어 가문의 대가 끊길 상황에서 어

---

15 "오디조고 쳐스부군 십구쳥년 하셰하니 / 그부인 경쥬김씨 오디조비 아니신가 / --- / 삼년늬 빈소궤젼 톄인할맘 젼혜읍고 / 궁봉시죵 불틱하미 비이가 한갈갓다 / 셰월이 더지읍셔 죵상날을 당하오미 / 죤고씨 슉부인이 우감미양 미류타가 / 졍 지스년 하셰하니 화불단힝 하릴읍네 / 치상졀츠 거상범졀 긔묘년과 갓치하미 / 훼 쳑한 그용의와 쳐량한 그형상은 / 린리힝로 보난자도 읍하쳠금 하엿구나 / 잇쩌로 의론히면 가스더옥 밍랑하다 / 죤구씨 강직공은 졍지니년 츈츄로셔 / 일짠쳥빅 집 의와와 산림군식 등한하고 / 시삼촌 반롱공은 분산원거 하겟스며 / 시동싱 림하공 은 굿쩌게오 십이셰라 / 미면동치 어리시여 무워셜 아르시리 / 윌스년 갑신년의 계 고씨 슉부인 / 인쳔채씨 들오시니 당신보담 이년히라 / 년셰도 젹으시고 가지로 오 셋스니 / 으런디위 거힛스나 쥬장은 당신일셰 / --- / 녀필죵부 당연한즉 / 소텬이 묻허지면 하죵이 쩟쩟하니 / 토목갓한 이닉완쳔 일스난 비난이나 / --- / 친집방젹 힘을씨며 바나질 품을파라 / 죤구씨 빅셰의복 져저이 류렵힛네 / 시동싱 얼는키 와 셩취싱자 하게드면 / 죵통킹쇽 쟉명하고 무익양육 극진터니 / 손셰가 귀하던가 문운이 비식던가 / 젼후취예 여려남미 일쯧불육 무슴일고 / 죵스난 느겨가고 년셰 난 만아진다 / 스셰부득 도리읍고 쥬야스탁 하릴읍셔 / 스촌수슉 심와공으 단벌자 졔 솔양하여 / 십삼셰 계오되미 셩혼씨겨 솔부하니 / 가도가 킹명하고 문운이 부회 롤셰"

떻게 대를 이어가게 되었는지 두 부인을 중심에 놓고 서술했다. 짧게 시묘를 마친 데다가 입후를 잘못한 강릉김씨를 비난한 반면, 수절하며 입후를 성공적으로 마친 경주김씨를 찬양함으로써 가문의 영속에서 여성의 행실과 처분이 얼마나 중요한지를 강조한 것이다.

⑧단락에서는 482여구에 걸쳐 작가의 일생사를 서술했다. 성장기와 젊은 시절에 해당하는 자신의 학문생활, 1902년 부친(李雋寧)의 사망, 1904년에서 1908년 사이에 이루어진 3~5대조고 및 조부·부친·자신의 승품 과정, 살아계신 모친, 1891년 첫부인 화순최씨의 사망, 1918년 둘째부인 진양정씨의 사망, 1921년 큰아들의 사망 등을 서술하여 이것들을 종합하면 작가의 일생사를 재구성할 수 있다.

먼저 자신의 학문생활에 대한 서술은 후회와 자책이 주를 이룬다. 작가는 4세 때부터 조부(杞圃 李炳尙)에게 수학했다. 자신의 총명만 믿고 학문을 가소롭게 알아 뜻도 모르면서 외우기만 하고 방랑과 장난을 일삼았다. 그런데 이런 것을 모르는 어른들과 동무들은 "금세상의 직동"이라 불렀다. 이렇게 허송세월을 하다 보니 글쓰기도 못하고 글씨도 졸필이 되고 말았다. 그리고 나라가 불행하여 좋은 일은 없고 슬픈 일 뿐이라 '일롱거사'라는 호를 짓고 탄식하며 지내게 되었다고 했다. 이렇게 작가는 자신의 학문생활에 대하여 자책과 후회를 서술했는데, 이 부분은 자신의 학식에 대한 겸손함의 서술로도 받아들일 수 있다.

작가는 48세까지 살아오면서 부친, 두 아내, 그리고 맏아들의 죽음을 지켜봐야 했다. 허송세월하며 지내던 작가에게 부친의 사망은 충격으로 다가왔다. 키워주신 은덕과 효도하지 못함을 한탄하고 "크

271

다근 그산림을 웃지하여 직켜내며 / 듸로네린 그가셩을 웃지하여 이어닐고 / 칙임이 뉘게잇노 담당이 젹잔쿠나"라고 하여 장손으로서 대대로 이어온 명문대가집을 혼자 이끌고 가야하는 책임감과 중압감을 토로했다.

특히 작가는 두 아내를 모두 잃었는데, 그 사연을 매우 핍진하게 서술했다. 작가는 명문가 여식인 4살 연상의 화순최씨와 1891년 봄에 혼인했다. 부인은 혼인 전에 얻은 병이 도져 "무지한 돌파리들"의 치료가 소용이 없었다. 그리하여 7월 초에 부인을 집으로 데려와 온 집안 식구가 극진히 간호했다. 그러나 부인은 임종 전날에 작가를 불러 유언을 하고[16] 8월 5일에 사망했다. 진양정씨에 대해서는 154구에 걸쳐 더욱 핍진하게 서술했다. 작가는 화순최씨가 사망한 그 이듬해인 1892년 봄에 진양정씨와 재혼했다. 17세의 나이로 작가와 결혼한 진양정씨는 1895년부터 시작하여 작가와의 사이에 총 9자녀를 출산했다[17]. 1910년에 산후조리를 못하여 동풍이 걸렸을 때 "듸강듸

---

16 "민졍ᄒ다 날갓한이 무심ᄒ다 날갓한이 / 층층시ᄒ 인ᄉ나마 틈탈여가 읍섯던가 / 으련근심 깁프시나 범연간과 ᄒ엿기로 / 젹월병셕 위와즁와 문병한번 읍섯더니 / 듸명이 당두ᄒ면 심동이 되나부다 / 임종젼날 승셕쎄예 보와지라 원ᄒ기로 / 그ᄉ졍을 촌탁ᄒ니 그런상도 바를박게 / ᄂᆡ마암도 후회되미 ᄌ연이 측은ᄒ여 / 비로소 드러가니 병즁의 근력으로 / 졍식하고 듸칙망이 언언졀졀 올혼지라 / 유구무언 발명할가 인과ᄌ복 졀노난다 / 그젼의난 손을잡고 락루ᄒ며 ᄒ난말이 / 텬명이 이러ᄒ니 편쟉인들 소용잇소 / 나난인지 쥭깃스니 로력비지 그만ᄒ고 / 슈용비싁 부듸 말며 안심진졍 식로ᄒ여 / 다른가문 직취드러 현철안히 다시마ᄌ / 금실노 버졀빗고 죵고로 락을삼아 / 부모봉양 진셩ᄒ고 유ᄌ싱손 만슬ᄒ와 / 남의읍난 복록이며 남의읍난 영화로셔 / 쳔츄만세 기리눌녀 무양보즁 ᄒ압시고 / 쳐가츌입 ᄰᅵ치말고 부듸ᄌ로 단이시와 / 의졀노 아지말고 그젼갓치 지닉시오 / 이박게 셰쇄부탁 미미기셜 못ᄒ깃소"

17 작가는 〈경탄가〉를 지을 당시 8자녀를 두었다("을미싱하 신튝이며 신튝싱하 을ᄉ로다 / 을ᄉ싱하 무신이요 무신싱하 경술일세 / 경술싱하 임자이며 임자싱하 갑인

강 치료"를 하고 만 것이 화근이 되어 무오년(1918년) 4월에 이 병이
재발하고 말았다. 부인은 병에 효험이 있다는 "공성룡흥 양곳명천"
에 가기를 청했다. 이곳을 다녀온 부인은 어느날 밤에 자신이 죽을
징조를 보았다[18]고 말하고, 작가는 이런 부인을 안심시켰다. 아내는
결국 그해 8월 그믐날에 사망했다.

작가는 18세 맏아들의 사망으로 크나큰 충격을 받았다. 〈경탄가〉
를 짓게 된 직접적인 계기도 맏아들의 사망으로 인한 심적 고통을
덜어보려 한 것이었다[19]. 작가는 "사셰종통"이 무너진 것에 대한 애
달픔과 한탄을 서술했다.

한편 작가는 1902년 부친이 사망하고 난 이후 3~5대조고 및 조부·
부친·자신의 승품 과정을 서술했다. 1904년 조부에게 정3품 통정가
자가, 자신에게는 정6품 승훈랑이 제수되었다. 이듬해에는 조부에
게 종2품인 가선가자가 제수되어 조모가 貞夫人이 되었다. 그리고
특지가 다시 내려와 증왕고(3대조 李敍九)는 종2품인 규장각 제학으
로, 고왕고(4대조 李建基)는 정3품인 사간원 대간으로, 5대조고(李行

이라 / 갑인싱하 병진하니 슈미합게 팔간지로 / 여덜아히 츌싱년을 차례긔록 하여
보니"). 여기에 사망한 맏아들을 합치면 총 9명이다.

18 "오월념간 당도하미 한날밤은 수식으로 / 나를딕히 이른말이 일젼의 소솔의복 /
견천사장 너렷던니 바람한졈 읍섯난듸 / 다른의복 쌋닥읍고 모자분웃 두가지만 /
공즁의 감흘감을 놉피쎠서 올낫다가 / 오릿만의 나려지고 졍침의 딕들쏜가 / 잇틀
밤을 울엇신즉 오날밤의 또울쎠라 / 안잣다가 보라하고 경겁모양 보이기로 / 흡다
분담 오릴녀니 밤즁의 이르러셔 / 과연 딕들보가 세번이나 련명하미 / 닉역시 쳐챵
하고 송구지심 드난지라 / 그젼의난 하난말이 이아니 직변이요 / 분명이 나죽을 증
조로다 하며 / 비창하고 불락커닐 조흔말노 긔유키를"

19 "이 가사난 다름이 안이라 닉가 무죄한 사람으로 천만 쯧박게 역지통을 당하미 모
진 리 목슘이 하로 잇틀 죽지 못하고 근근이 인세예 붓쳐 잇스나 웃지 인사를 차릴
수며 싱세지락이 잇다 하랴"

儒)는 정5품인 홍문관 교리로 삼대가 추증되고, 부인들은 각각 정부인, 숙인, 공인[20]이 가자되었다. 이 일이 있은 후 작가는 내친 김에 자신과 부친의 승품을 위해 노력하는데, 이 사연을 서술한 부분을 인용해 본다.

> 월ᄉ년 무신츈의 츌세를 하려하여 / 모몰렴치 불고하고 미두몰신
> 나서보니 / 시셰도 틀닐박게 셰틱죠차 다르도다 / 셔셜경미 수쟉만의
> 무면도강 하릴읍셔 / 비셔원을 드럽피미 실품당샹 승급하니 / 고인의
> 이른말노 금의환향 힛다할가 / 갑오년젼 관쟉의다 비유ᄒ여 볼작시
> 면 / 씩씩할슈 읍시나마 이시딕로 말ᄒ여도 / 우리군ᄉ 분명ᄒ니 못할
> 거시 무워시냐 / ᄉ람마다 쉬울텐가 집집마다 에러우리 / 이달도다 우
> 리션군 오십년 일포의라 / 싱견ᄉ후 일쳐ᄉ로 통덕랑이 가자신가 / 우
> 미한 이닉마암 일쟌포원 ᄌ심되여 / 일기증직 무루랴고 일구월심 골똘
> 하미 / 쥬션한지 일망간의 과여소망 슌셩되니 / 희무비혜 이아니며 경
> 막딕언 쏘잇난가 / 그직함이 무워신고 슘젼반이 덕실토다 / 유릭로 오
> 년ᄉ를 력력히 싱각히면 / 텬은이 망극하고 션령이 음조롤세 / 쟝용ᄉ
> 쟉 읍섯스나 제용싱록 못할손가 / 싱젼영위 못할망졍 젼가보텹 일쏘롤
> 세 / ᄉ당고유 츄후라가 국파셰란 미황이나 / 텬도슌환 원명리니 무왕
> 불복 아니될가 / 데딕릭두 호풍하니 이왕무관 막셜하나 / 악가올ᄉ 미
> 진음덕 쟝릭ᄌ운 깅챵할가

20 품계에 대한 고증은 『알기 쉽게 풀이한 우리의 전통예절』(율곡원구원(구 율곡학회), 1977, 175~189면)에 수록된 〈조선왕조 품계표〉를 참조했다. 정·종 2품을 받은 자의 부인은 정부인, 정·종3품을 받은 자의 부인은 淑人, 그리고 정·종5품을 받은 자의 부인은 恭人이 된다.

작가는 "출세를 하려하여" 염치불구하고 1908년 봄에 한양으로 올라갔다. 그런데 세상이 많이 달라져 있어서 성과도 없이 몇 달 만에 한강을 넘어 고향으로 내려갈 뻔했다[21]. 하지만 작가는 굴하지 않고 "비셔원을 드럽피미" "실픔당상"으로 승급할 수 있었다. "비셔원을 드럽피미"라는 구절은 아마도 비서원의 승지가 품계 상 정3품 당상이므로 작가가 정6품 승훈랑에서 비서원 승지인 정3품 당상으로 어렵사리 승급된 일을 자조적으로 생각하여 나온 표현으로 보인다. 어쨌든 작가는 금의환향하여 이것을 매우 자랑스럽게 여겼다.

그런데 오십년 포의로 있던 선친은 겨우 정5품 통덕랑에 가자되었을 뿐이었다. 그래서 작가는 일구월심으로 노력하여 주선한 지 한 달만에 부친의 일개증직, 즉 정5품에서 종4품으로의 승직을 성사시켰다. 그리하여 선대에 이어 조부, 선친, 자신도 각각 종2품, 정3품, 종4품으로 "습견반"을 이루게 되었다고 했다. 이렇게 작가는 몇 년에 걸쳐 집요하게 자신과 부친의 승품에 매달린 사연을 자세히 서술했다. 작가는 명문대가의 후예로서 자신이 명문가의 명성을 이어나가는 소임을 충실히 수행했다는 것을 자녀들에게 알리고 싶었던 것이다.

가사의 마지막인 ⑨단락에서는 먼저 84구에 걸쳐 남편의 죽음을 맞은 며느리에 대해 서술하고 경계사를 서술했다. 맏아들과 며느리 연일정씨는 1917년에 결혼했다. 황간읍내 "정감역집 인심도 슌후하고 가픔도 온자타고" 소문이 자자했는데 이런 집 자손인 며느리의

---

21 "셔셜경미 수삭만의 무면도강 하릴읍셔"를 해석한 것이다. "셔셜경미"가 '첫눈이 아직 내리기 전'인지 그 뜻을 분명하게 해독하지는 못했다.

행실은 작가의 마음에 흡족할 정도로 훌륭했다. 그런데 뜻밖으로 아들이 사망하자, 작가는 초췌한 며느리의 모습을 차마 볼 수가 없다고 하면서 며느리에 대한 경계사를 서술했다. "오가문호 보존키난 네쳐분의 달녀잇"다는 것을 강조해서 훈계한 것이다. 며느리에 대한 이와 같은 경계사는 앞서 ⑦단락에서 대를 이어간 두 선조대의 일을 강릉김씨와 경주김씨의 행실과 처분을 중심으로 서술한 이유를 알 수 있게 한다. 며느리의 후사 잇기와 올바른 행실 및 처분에 가문의 흥망성쇠가 달려 있음을 알리기 위한 것이었다. 이어 8자녀의 출생연도와 결혼 여부를 간략하게 기록한 후 자녀들을 향한 유교적 덕목의 경계사를 조목조목 서술했다.

3. 한 명문대가 후예의 현실인식 : 봉건적 지식담론과 가문의식에의 함몰

〈경탄가〉는 전반부에서는 조선왕조와 관련한 제반 사실을, 후반부에서는 선조사. 개인사, 그리고 경계사를 서술하여 조선왕조-가문-자신-경계로 이어지는 점층적 서술구조를 지니고 있음이 드러난다. 작가는 조선왕조와 관련한 제반 사실, 유교적 가치, 유구하게 이어져온 선대의 자랑스러운 가문사, 자신의 파란만장한 생애와 가문을 위한 노력 등을 자녀들에게 전달하려 노력했다. 특히 두 선대 부인의 행실과 가문의 영속을 위한 처분을 서술함으로써 며느리가 가문을 위해 올바른 행실과 처분을 행하기를 기도했다.

작가는 자신의 학문생활을 후회와 자책을 중심으로 서술할 정도
로 한학자로서의 자의식을 강하게 지니고 있었다. 조선후기 명문거
족을 거론할 때 "延李光金", 즉 연안이씨와 광산김씨를 말할 정도로
연안이씨는 명문대가였다. 특히 그의 8대조고는 조선후기 철학자로
이름 높은 식산 이만부였다. 작가는 선대의 가풍에 따라 어려서부터
조부에게 수학하며 한학문에 정진함으로써 연안이씨문중의 명망을
이어나가고자 했다. 〈경탄가〉에서 작가는 어려운 한문구나 유교적
구절 등을 통해 한학자로서 자신의 정체성을 유감없이 발휘할 수 있
었다.

한학자로서 작가의 정체성은 〈경탄가〉의 전반부 작품세계에서도
유감없이 발휘되었다. 작가가 집요하리만치 장황하게 서술한 조선
왕조와 관련한 제반 사실들은 작가가 한학자로서 익힌 지식들로 남
성만이 지닐 수 있는 남성중심적인 지식이었으며, 봉건시대 '통치
권력의 중심이었던 조정 담론[22]'의 영향력에서 전혀 벗어나지 못한
것이었다. 작가는 며느리와 8자녀에게 이 가사를 날마다 잊지 말고
보라고 함으로써[23], 며느리와 자녀를 향해 남성의 지식 권력을 행사
하고 있는 것이다. 이와 같이 작가는 새로운 지식인 근대적 계몽 담
론이 활발하게 펼쳐지던 당대에 한학자의 자부심을 가지고 봉건적

---

22 이형대, 「근대계몽기 시가의 역사의미론적 이해」, 『한국시가연구』제37집, 한국시
  가학회, 2014, 12면.
23 "경자난 경지긔경자녀요 탄자난 탄자긔신세얘나 / 경계와 탄식이 지리하미 씰딘
  읍난 말이 기럿스나 / 일쎌심 일쎌노 지엿스니 날마다 잇지말고 보와셔 / 아모쪼록
  쏀바다 힝하면 남으게 기름이 읍실소냐 / 즁언부언 경계하나게니 수다타 말고 힘
  씰지어다"

지식 담론으로 자신의 지식권력을 유감없이 발휘한 것이다.

한편 작가는 비록 벼슬을 하지 못한 처지였지만 작품 전편을 통해 명문대가의 후예라는 자부심과 가문의식에 집요하게 매달렸다. 작품의 전반부에서는 선조와 관련한 사실을 적지 않게 서술하여 명문대가의 후예인 자신의 정체성을 확인했으며, 후반부에서는 아들의 사망으로 선조대에 어렵게 이어온 문중의 종통이 끊어지게 되었음을 애달파 하면서 며느리에 대한 훈계로 이어져 서술의 큰 축을 가문의 영속에 두었다. 그리고 모친, 두 아내, 며느리 등 타성받이 여성의 가문에 대한 자세한 기록에서도 그의 가문의식은 발로되었다. 특히 작가는 1904년에서 1908년에 이르기까지 자신과 부친의 승품을 기어코 따내고 이것을 자랑스럽게 생각했다. 작가는 자신이 벼슬을 하지 못했으므로 가문의 명성에 걸맞게 자신과 부친의 승품만은 이루어져야 한다고 믿었던 것같다. 대대로 이어온 명문대가의 후예라는 가문의식이 긍지나 책임감이라는 정신적인 차원을 넘어서서 관직과 품계라는 외양적인 차원으로까지 나아간 것이다. 작가가 〈경탄가〉를 창작할 당시에는 이미 왕을 중심으로 통치권력이 유지되던 대한제국도 사라진 상황이었다. 그러나 작가는 이전에 이룩한 승품이 가문의 사회적 신분과 지위를 유지하는 데 유용할 것이라고 확신할 정도로 가문의식에 집착한 것이다.

작가의 집요한 가문의식은 여성을 대하는 시각과 입장에서 그대로 연장되어 나타난다. 사실 후반부 서술의 대부분은 여성에 대한 것이다. 두 선조의 부인, 자신의 두 부인, 살아계신 모친, 그리고 며느리에 대한 서술이 후반부 서술의 대부분을 차지한다. 이러한 여성에 대한 서술에서 작가가 꾸준하게 견지하고 있는 것은 후사 잇기, 규모 있는 살림, 시부모 공양, 수절 등과 같은 전통적인 여성상이 요구하는 미덕들이다. 1894년 갑오경장으로 '과부 개가 허용'이 통과하면서 더 이상 수절을 요구하지 않는 세상이 되었지만 작가는 며느리에게 은근히 수절을 강요했다. 작가는 며느리에게 전통적인 가족윤리와 봉건적인 여성 통제이데올로기를 강조함으로써 가문의 영속을 꾀하려 한 철저한 가문의식의 소유자였다.

작가는 조선왕조에서 성장하여 대한제국을 거쳐 일제 식민지 시대를 살아가던 인물이었다. 19세기 말에서 20세기 초에는 민비시해, 단발령, 을사늑약과 같이 일제의 침략야욕이 노골적으로 드러나는 사건이 전개되면서 의병의 항일활동이 전국적으로 확산되고, 애국계몽운동을 통한 항일 전선의 구축도 이루어졌다. 급기야 1910년에는 일제의 식민지 지배가 현실화되기에 이르러, 당시 향촌사회의 지도자 역할을 수행하던 수많은 명문대가의 후예들은 위기에 처한 나라를 구하기 위해 독립운동에 매진하는 행보를 보였다. 그리고 몇 년 후에는 온민족이 들고 일어나 3·1만세운동으로 일제에 항거했다. 이와 같이 작가가 살았던 19세기 말에서 작품이 창작될 당시까지는 일제의 침략 야욕과 강제 식민지 점령에 대항하여 민족적 역량을 항일 구국 의지로 집결하고 있던 때였다.

이렇게 작가는 온민족이 일제의 침략 야욕과 강제 점령에 공분하고 저항하던 시기를 살았지만 〈경탄가〉에서 자신이 몸 담았던 시대의 아픔을 거의 서술하지 않고 있음이 드러난다. 다만 자신이 은거를 택할 때 "일월마다 보난것과 죠셕으로 듯난거시 / 호ᄉ쾌담 바이읍

고 가외가비 샨니로다 / 입이잇셔 말을히며 귀가잇셔 드를소냐 / 슈
쥭을 못놀니니 신톄들 동쟉하랴"[24]라고 서술하거나 승품을 이루고
서 사당에 고유한 후 "국파세란 미황이나 텬도슌환 원명리니 무왕불
복 아니될가"[25]라고 서술한 것이 전부라고 할 수 있다. 근대기에 창
작된 수많은 가사문학에서는 자신이 살아온 삶이나 자신이 처한 상
황을 서술할 때 당시 나라의 현실에 대한 개탄이나 일제의 탄압에
대한 고발을 서술했다. 그에 반해 〈경탄가〉는 작가의 생애를 서술할
때 나라의 현실에 대한 개탄이나 일제의 탄압에 대한 고발을 끼워 서
술할 개연성이 많았음에도 불구하고 철저하게 이것들에서 벗어나
개인사의 서술에만 집중했다.

〈경탄가〉에는 전통과 서구, 보수와 개혁이 혼재하던 시기인 근대
계몽기를 거쳐 일제의 식민지배 현실이 고착화된 1920년대를 살았
던 작가의 현실인식이 드러난다. 작가는 치열하게 전개되었던 당시
의 일제에 대한 저항 현실에는 전혀 관심을 두지 않았다. 다만 유교

---

24 "방국이 불힝하니 헌충지셩 바이읍고 / 호텬이 망극하니 진효지도 고지읍네 / 금
　　실루 단하니이 화슌지례 츠려볼가 / 쳑령이 고단하니 우이지졍 베풀소냐 / 운진조
　　단 하엿스니 흥복구방 가망읍고 / 긔모이쳑 읍섯스니 광졔챵싱 하릴읍다 / 텬지탁
　　란 가한들 말킬도리 잇슬소냐 / 일월이 회명한들 발킬도리 잇슬소냐 / 간부근챡 미
　　관직이 속졀읍시 써것구나 / 립신양명 무로하니 광현문호 긔필할가 / 일월마다 보
　　난것과 죠셕으로 듯난거시 / 호ᄉ쾌담 바이읍고 가외가비 샨니로다 / 입이잇셔 말
　　을히며 귀가잇셔 드를소냐 / 슈쥭을 못놀니니 신톄들 동쟉하랴 / 아롬답다 아롱이
　　ᄯ 금셰샹의 묘결이라 / 이럼으로 말무얌아 일롱거스 즈호하여 / 이릭지비 쇼이년
　　을 셕화광음 슌식간의 / 안락길챵 모로고셔 우환샹쳑 골몰하믹 / 흔한셰계 못보고
　　셔 부지불각 다늘그니 / 한슘이 졀노나고 탄식도 그지읍네"
25 "국파세란 미황이나 텬도슌환 원명리니 무왕불복 아니될가" "無往不復"이라고 했
　　는데, 작가가 나라의 독립을 곧 조선왕조의 회복이라고 생각한 것인지는 알 수 없
　　다. 이 짧은 구절로 그의 현실인식을 짚어내기에는 무리가 있지만, 작가가 일제강
　　점의 암울한 현실과 일정 정도의 거리를 두고 있는 것만은 분명한 것 같다.

적 이념에 입각하여 왕이 마련해 놓은 봉건적 체제와 질서 안에서 당대의 현실을 바라다 볼 뿐이었다. 근대담론의 전개나 일제강점의 현실 속에서 작가가 집요하게 추구한 것은 두 가지였다. 하나는 조선시대와 관련한 봉건적 지식 담론의 전달이다. 근대 학문인 '신학'이 날로 증대되는 현실이었지만 새로운 지식에 대한 성찰을 스스로 차단하고 한학자의 특권인 봉건적 지식을 자녀에게 전달하면서 지식권력을 발휘했다. 또 하나는 명문대가의 후예라는 가문의식이다. 작가의 가문의식은 승품을 따내고, 명문대가의 후예라는 인식을 가족에게 심어주고, 여성통제 이데올로기의 강조를 통해 가문의 영속을 기도한 것 등에서 잘 드러난다. 작가는 대내외적 혼란이 극심했던 격변기를 살아가며 직면한 자신의 문제를 가문의식으로 극복하고자 한 것이다. 이와 같이 〈경탄가〉의 작가가 지닌 현실인식은 근대담론이나 일제강점의 현실에 대한 시선을 차단한 채 봉건적 지식담론과 가문의식 그 자체에 함몰되어 있는 것으로 나타난다.

작가가 근대담론이나 일제강점의 현실에 대한 시선을 차단하고 봉건적 지식담론과 가문의식에 매달린 배경이나 이유는 무엇일까? 당대 상당수 명문대가의 후예는 나라의 현실에 정면으로 대응하여 항일구국운동에 뛰어들었으며, 또 상당수 명문대가의 후예는 소극적 방식의 저항 행위인 은거를 택하여 삶을 살아갔다. 작가는 이미 젊은 시절에 은거의 방식을 선택했는데, 그의 은거가 일제에 대해 저항하기 위한 것은 아니었다고 보여진다. 따라서 작품에서 나라의 현실에 대한 시선이 드러나지 않은 것은 작가가 은거의 삶을 살아가면서 의도적으로 외부 현실에 대한 시선을 차단했기 때문이라고 할 수

있다. 그리하여 작가는 왕이 마련해 놓은 기존의 체제와 질서를 최우
선으로 생각하는 수구적인 입장에서 더 나아가지 못한 채 자신이 잘
알고 있는 봉건적 지식담론만을 전달하는 데 심혈을 기울였던 것으
로 볼 수 있다.

한편 작가가 가문의식에 매달린 배경에는 작가의 개인적인 사정
이 있었다. 식산가의 특징은 한 대를 걸러서 적손이 요절하는 경우
가 많아 그때마다 양자를 들였다는 것이다. 〈경탄가〉에 의하면 작가
는 식산 이만부의 직계 손으로 되어 있다. 하지만 실은 작가는 서손
의 후손인데 작가의 조부 이병상이 3대조고의 서자였기 때문이다.
작가의 후손인 이원희옹의 증언에 따르면 작가의 조부는 서자였는
데 양자로 들어온 적손과 혈통시비가 있었고, 그리하여 적손과 사이
가 좋지 않아 내왕도 하지 않았다고 한다[26]. 작가는 자신이 서손이라
는 사실을 작품에서 전혀 서술하지 않을 정도로 서손인 자신의 정체
성을 매우 의식했던 것 같다. 작가가 승품을 완성하는 데에 집착했던
것은 선조가 이룩해놓은 명문대가의 명성을 이어나간 사람이 서손
인 바로 자신이라는 점을 확인시키고자 했기 때문으로 보인다. 그리
하여 작가는 가문의 적통을 바로 세우고 가문의 영광을 위해 노력하
는 것을 통해 서손이라는 자신의 정체성보다 명문대가의 후예라는
자의식을 우위에 놓을 수 있었다.

〈경탄가〉의 작가가 보여준 현실인식은 당대 독립운동에 투신한 양

---

26 지금은 양자로 들어온 적손이 봉제사를 하고 있다고 한다. 이원희옹(대구시 수성
구 황금 1동 245-1 신천지하이츠 303동 601호에 거주)과의 인터뷰는 1910년 8월 27
일에 필자를 대신하여 식산 이만부를 전공하는 국문학자인 이주부선생께서 대신
해 주었다. 이주부 선생님께 감사를 드린다.

반가 후예의 것과 구별되는데, 동시에 전통적 사고를 고수하던 도학파의 것과도 구별된다. 당대 도학파는 일제강점의 현실이 근대담론과 맞물리는 것에 주목하고 역사적 위기의식에서 벗어나려는 실천 의지의 하나로 근대담론에 맞서 유교 질서를 재정립하고자 했다. 반면 〈경탄가〉의 작가는 근대담론과 일제강점의 현실 모두로부터 이탈하여, 다만 봉건적 지식담론과 가문의식에 몰두한 것이라고 할 수 있다. 이렇게 〈경탄가〉는 일제강점기의 역사적 변혁기와 근대문명사회에 직면하여 명문대가 후예가 보여준 다기한 현실인식 가운데 근대담론과 일제강점의 현실 모두로부터 이탈된 극단적인 한 양상을 보여주고 있다 하겠다.

4. 맺음말

〈경탄가〉의 후반부는 전반부와 달리 자신의 학문생활에 대한 후회와 자책, 부친·아내·맏아들의 죽음을 맞이한 애통함 등을 절절히 서술함으로써 서정적 진술이 두드러지며, 사연마다 구체적으로 기술하여 서사적 진술도 함께 드러난다. 특히 후반부의 두 부인에 대해서는 부인의 가문, 부인과의 결혼, 부인의 사람 됨됨이, 부인의 발병, 부인의 투병 과정, 임종 전 나눈 대화나 일화, 부인의 사망과 작가의 슬픔, 망자에 대한 기억 등을 매우 핍진하게 서술했다. 전반부의 나열식 사실의 서술이나 유교적 언술에서는 볼 수 없었던 작가의 인간미가 짙게 드러나며, 당대 양반가의 일상생활이나 풍속사도 알 수 있게 한다. 그리고 서정적 · 서사적 진술이 교차되는 가운데 당시의 정황을 대화체를 통해서 서술하기도 하여 문체적 생동감마저 획득하고 있다. 당시의 일상생활이 마련해준 문체적 성과라고 할 수 있다. 이 연구에서는 작품세계에 드러난 작가의 현실인식을 규명하는 데 중점을 두어 후반부 서술에서 드러나는 진술양식과 문체적 특성에 대해서는 논의하지 못했다. 이 부분은 별도의 논문에서 다루어져야 할 문제로 후고를 기대한다.

제9장

일제강점기 〈옥중가〉 연구

1. 머리말

일제강점기에도 안동을 중심으로 한 경북지역에서는 가사를 창작하고 향유하는 전통을 계속 이어나갔다. 이 지역에서 최근까지 발굴되는 가사 필사본은 대부분 일제강점기에 창작된 것들이라고 할 수 있다. 일제강점기에 창작된 가사문학 작품 중에는 일제강점기의 역사·사회적 현실에 대응한 의미 있는 작품이 많이 있다. 일제강점기 가사문학의 전개 양상을 온전하게 파악하기 위해서는 현재 전하고 있는 필사본을 세밀하게 읽고 의미 있는 작품을 선별해내어 우선적으로 작품의 창작시기를 확정하고, 작품의 양상에 따라 유형 연구나 개별 작품론을 진행할 필요가 있다.

이 논문에서는 일제강점기의 역사·사회적 현실에 대응하여 창작된

〈옥중가〉에 주목했다. 〈옥중가〉의 원텍스트는 한국가사문학관 홈페이지에 jpg 파일로 올라와 있어 누구나 열람할 수 있으며, 원텍스트의 DB 파일과 해석본도 올라와 있다[1]. 이 가사는 필사본에 제목이 쓰여 있지 않아 한국가사문학관 홈페이지에 '무제'로 올라와 있다. 그런데 이 작품은 한 독립운동가의 감옥 생활과 감옥에서의 서정을 서술하고 있으므로 이 논문에서는 이 작품의 제목을 〈옥중가〉로 명명하고자 한다.

한국가사문학관에 올라와 있는 해석본은 그 해석이 비교적 쉽고 일반적인 한자어구에 국한해서 이루어졌을 뿐이다. 〈옥중가〉는 내용 가운데 매우 많은 중국 고사, 중국 한시, 한자어구 등이 나오므로 이러한 것들을 하나하나 조사하여 내용을 해석해야 한다. 그런데 이것들의 국문 표기 자체가 와전된 것이 많아 자구의 해석이 여간 어려운 것이 아니다. 특히 국문으로 적은 한시 구절은 어떤 시인의 시구절인지가 파악되어야 그 내용을 해석할 수가 있는데, 한시에 대한 필자의 능력은 이것들을 수행하기에는 턱없이 모자랐다. 필자가 〈옥중가〉의 전체적인 내용을 파악했음에도 불구하고 아직까지 작품론을 쓰지 못한 것은 작품 전체에 걸쳐 해독하지 못한 부분이 마치 지뢰밭처럼 널려 있기 때문이었다.

이렇게 해석 상 아직 해결하지 못한 구절이 있음에도 불구하고 필자는 〈옥중가〉의 작품론을 감히 시도해보고자 한다. 〈옥중가〉가 일제강점기인 1920년대의 역사·사회 현실에 대응한 매우 의미 있는 작품이기 때문이다. 〈옥중가〉는 440구나 되는 장편으로 한 독립운동가가

---

1 〈무제〉, 한국가사문학관 홈페이지(http://www.gasa.go.kr)

독립운동을 한 죄로 일제에 의해 투옥된 후 감옥에서의 생활과 서정을 서술했다. 〈옥중가〉는 가사문학이 일제강점기에도 활발하게 창작되었다는 사실과 가사문학이 일제강점기에 일제의 압제 현실에 적극적인 대응 장르로 기능했다는 사실을 잘 드러내고 있는 작품이다.

이 논문의 목적은 〈옥중가〉의 작가를 추정하고 작품세계를 살핀 후 가사문학사적인 의의를 규명하는 데 있다. 먼저 2장에서는 〈옥중가〉의 작가를 추정한다. 그리고 3장에서는 〈옥중가〉의 작품세계를 살핀다. 일반적으로 작품세계는 가능하면 쉽게 풀어서 논의하는 것이 좋지만, 여기에서는 오히려 한자어구를 첨부하여 해석하는 방식을 택할 수밖에 없었다[2]. 〈옥중가〉가 한글로 표기된 어려운 한자어구를 많이 사용하여 실제 한자를 써 줄 때 그 의미가 더욱 분명해진다고 판단했기 때문이다. 마지막으로 4장에서는 앞서의 논의를 바탕으로 〈옥중가〉의 가사문학사적인 의의를 규명하고자 한다.

2. 〈옥중가〉의 작가 추정

〈옥중가〉는 작가가 1922년 10월 보름 경[음력]에 체포되어 다음해

---

2 〈옥중가〉는 원텍스트의 해독이 어려운 작품이다. 이 논문에서 원텍스트의 해독은 작품세계를 논의하는 자리에서 소단락의 요약과 인용문에 한정하여 행할 수밖에 없었다. 이 논문에서 인용하는 구절은 원텍스트의 한글 표기를 그대로 옮겨 적었다. 만약 필자의 해석에 오류가 있다면 뒤의 연구자가 밝혀주기를 기대해서이다. 한편 인용 구절에 나오는 중국 고사, 중국 시구절, 한자어구에 대해 그때그때 주를 달지 않고 한 문단 단위로 통합하여 주를 달고 그 의미를 적었다.

춘하추동을 지내고 그 이듬해 봄을 맞이한 것까지를 담았다. 따라서 〈옥중가〉의 창작 시기는 1924년 봄이며, 창작지는 옥중이다.

〈옥중가〉의 작가는 알 수 없다. 그렇기 때문에 작품에 서술되어 있는 작가에 대한 단편적인 정보를 종합하여 작가를 추정해 볼 수밖에 없다. 특히 서술단락② '항일투쟁의 생애'와 서술단락③ '1922년 체포'에 작가에 관한 정보가 집중적으로 나타난다.

> 가) 차홉다 부유인셰 사싱고락 츈몽이라 / 문노니 슴긔평싱 다소역사 무엇인고 / 사천연 예의동방 오빅연릭 문치로셔 / 츄로지향 틱여나니 사듸부지 원림이라 / 츙군뎨장 웃듬이오 입신양명 의당식라 / 시화셰풍 죽마시뎔 당구풍월 읍퍼올뎨 / 녹슈진경 뎌길우에 압선사람 그누긔냐 / 금관죠복 게나도라 당듕물노 자랑터니

> 나) 덤덤슈운 구름밧게 뎨비흔쌍 나라간다 / 나라가는 뎌뎨비야 너 어듸로 나라가나 / 화산고국 들가든 옥듕소식 뎐히다고

가)에서 작가는 자신이 "사듸부"의 "원림"인 "츄로지향"에서 태어났다고 했다. 그의 문중인은 입신양명을 계속하여 金冠朝服조차 掌中物로 여길 정도였다. 이런 가문에서 성장한 작가는 자신의 가문을 매우 자랑스러워하며, 죽마시절부터 배움의 길에 나갔다. 보통 '추로지향'은 퇴계의 고향인 안동을 가리킨다. 작가의 고향이 안동임은 나)에서 보다 확실해진다. 작가는 날아가는 제비를 향해 '화산고국에 들어가거든 자신의 옥중 소식을 전해 달라'고 했다. 여기서

"화산"은 안동의 옛이름이다. 따라서 작가는 안동의 명문가 출신의 인물임을 알 수 있다.

> 셰강쇽말 어언간에 츈당뒤하 셕양이라 / 학셔불검 거들치니 이팔광음 허시로다 / 초당춘수 느짓씌니 다다위리 신셰게라 / 슌지도난 쳔당부오 쳑지도가 상등이라 / 무면천지 소영웅은 션각자의 말일런가 / 쓴공듕에 누른금은 질둑자의 션득이라 / 희인의긔 아니거든 도듀슴치 못할손냐 / 십년활게 헛당담이 가도사벽 우습고나 / 그나마 십년풍파 창낭자취 이아닌가 / 거목산하 달낫으니 왕실여희 잇쩌로다 / 뉵임지년 민친원수 골수에 깁헛고나 / 오듸역이 탁난할데 을수묘약 통분ᄒᆞ다 / 승상사당 푸른듸는 엽엽히 호쇼ᄒᆞ고 / 희아로 오는소식 천고렬ᄉᆞ 빗그렷네 / 합이빈두 벽역불에 자든눈을 번쩍씌니 / 국사무쌍 간곳엽고 슈운쳡쳡 이러난다 / 경슐년 칠월장마 방방곡곡 홍수로다 / 이인싱지 다간혜여 무거천지 망망이라 / 불분심쳔 험ᄒᆞᆫ씰을 천방지축 무산일고 / 구년지슈 도량업셔 과문불립 ᄒᆞᆫ단말가 / 빅발북당 뎌바리고 강호낭뎍 부지렵다 / 흔괴쳐즈 다던지고 포식난의 싱각겟나 / 객ᄉᆞ풍상 다격겻다 쵹도란어 상쳔ᄒᆞ니 / 검슈도산 곳곳지라 흔거름이 자차런들 / 천잉 깅감 몃몃번고

위는 서술단락②의 한 부분으로 구한말부터 전개된 시국과 당시를 살아간 작가의 삶을 서술했다. 작가의 나이가 16세가 되던 때에 일제의 강점 야욕이 노골화되어 조선의 운명이 "츈당뒤하 셕양"의 상황으로 치닫게 되었다. 그리고 너도나도 이익을 쫓는[孳孳爲利] 신

세계가 도래했다. 이런 無錢天地에서 선각자는 개화사상을 부르짖고, 공중에 뜬 금덩이가 있는 곳에서는 빨리 달려 가 집는 자[疾足者]가 임자가 되었다. 그리하여 작가는 학문을 그만 두고[學書不近] 고향을 떠나 십년[十年風波]을 방랑하기에 이르러[逃走散置], 집안은 네 벽만 남을 정도로 어렵게 되었다[家徒四壁]. 급기야 을사오적[五大逆]으로 인해 을사조약이 체결되었다. 헤이그로 파견된 이준 열사는 할복자살하고("히아로 오는소식 천고렬수 비그럿네"), 안중근의사는 하얼빈역에서 이토 히로부미를 저격했다. 그러나 나라의 훌륭한 선비[國士無雙]는 더 이상 나오지 않고 나라의 상황은 점점 더 어두워져갔다[3].

결국 경술국치를 당하고 마니 작가는 자신의 고달픈 인생이 슬프고[哀人生之多艱兮] 어디로 가야할지 몰라 아득했다[無居天地 茫茫]. 그리고 오랜 홍수[九年之水]에 허덕이는 이 험한 때를 천방지축 다니느라 집에는 한번도 들르지 못했다[過門不入]. 백발의 부모와 처자식을 버리고 여기저기를 떠다니다 보니[江湖浪跡], 飽食暖衣는 생각지도 못하고 온갖 풍상을 겪으며 살았다. 푸른 하늘을 오르는 것보다 어려운 촉도의 길[蜀道難於上天]을 가는 것처럼 작가가 가는 길에는 지옥길[劍樹刀山]이 놓여 있어 한 걸음만 자칫 잘못 디디면 거듭하여

---

3 "댜댜위리 신세계라 / 슌지도난 천댱부오 척지도가 상등이라"는 『맹자』의 "雞鳴起, 孳孳爲善, 舜之徒也, 孳孳爲利, 跖之徒也.(닭이 울기 시작할 때 부지런하게 선을 위하는 것은 순임금의 무리이고, 닭이 울기 시작할 때 이익을 좇는 자는 척의 무리이다)"라는 구절에서 따온 것으로 여기서는 약간 의미를 비틀었다. 그 뜻은 너도나도 이익을 좇는 신세계에서 선을 좇는 순임금의 무리는 죽어나가고[천댱부], 이익을 좇는 척의 무리가 최고[상등]가 되었다는 것이다.

지옥길이 나타나 가슴을 쓸어내려야 했다[海仍更感]고 했다⁴.

〈옥중가〉는 정확하게 시간적인 순서를 밟아가며 서술했다. 그런데 위의 인용구에서 "십년활게 헛당담이 가도사벽 우습고나 / 그나마 십년풍파 창낭자취 이아닌가"에서 "십년풍파"의 기준점이 문제가 된다. 신세계가 도래하여 작가가 학문을 폐한 후 고향을 등지고 여지저기를 방랑했다고 한 것은 의병 활동을 말하고 있는 것으로 추정된다. 작가는 을사늑약이 체결되기 전후에 의병으로 활동했던 것으로 보이고, '십년'은 경술국치를 기준으로 계산한 것으로 추정된다. 그리고 작가는 경술국치 이후에도 집에 들어가지 못하고 검수도산의 길을 걸어왔다고 했으므로 독립운동에 가담한 것으로 보인다. 안동은 명문대가를 중심으로 의병활동에 이어 경술국치 후 독립운동 활동을 가장 활발하게 전개했던 지역이다. 이렇게 작가는 안동 명문대가의 후예로 의병 활동과 독립운동에 적극적으로 가담한 인물이라고 할 수 있다.

> 쳔신만고 부득ᄒ야 / 십싱구사 잇쩌로다 잇쩌는 어느쩍냐 / 익운이 임슐이라 즁일월지 긔ᄒ련고 / 시셰시월 망간이라 평슈상봉 짝을지어

---

4 애인생지다간혜(哀人生之多艱兮)는 屈原의 〈遠遊〉에 나오는 "哀人生之長勤(인생의 기나긴 고생을 애닳아하다)"라는 구절에서 따온 것이다. ; 구년지수(九年之水)는 오랫동안 계속되는 큰 홍수로 중국 요나라 때 9년 동안이나 계속되었다는 큰 홍수에서 유래한 말이다. ; 촉도란어상천(蜀道難於上天)은 이백의 〈蜀道難〉에 나오는 "蜀道之難難于上靑天(험난한 촉도의 길이 푸른 하늘 오르는 것보다 어렵구나)"라는 구절에서 따온 것이다. ; 검슈도산(劍樹刀山)은 불교지옥으로, 劍樹는 칼로 된 숲속을 헤매다 잘리고 베이는 고통의 칼숲이며, 刀山은 칼이 빽빽이 들어차서 칼에 베이는 고통이 끊임없는 곳이다. ; 천잉갱감(海仍更感)은 거듭하여 잇달아 그때마다 감회에 젖는다는 뜻이다.

/ 딕동강상 션유흔후 흔강으로 놀을뎌어 / 금오강두 돗지우고 팔공산 덤은날에 / 달성공원 올나셔니 비풍은 슬슬흐고 / 낙목은 소소흔데 인 영이 지지어를 / 앙견흐니 명월이라 쳘리향회 못익이여 / 힝가상답 건 이더니 난데업는 우리소회 / 일진광풍 일어난다 동변셔홀 번기괴운 / 사람이냐 귀신이냐 불문곡직 덜이치니 / 뎌셩츠사 네아니냐 쳔지망아 무가네라

위는 서술단락③의 전문이다. 작가가 체포되는 과정을 서술했는 데, 사건과 상황을 은유적으로 서술했다. 때는 임술년(1922년) 10월 15일 경이었다. 작가는 우연히 만난 친구들[萍水相逢]과 대동강을 선 유한 후 한강으로 노를 저어 대구 금오강에 돛을 지우고 내려 달성공 원으로 갔다. 작가 일행은 사람 그림자가 땅에 드리운 가운데 하늘의 명월을 올려다보며 함께 노래하고 화답하며[人影在地 仰見明月 -- 行 歌相答] 즐기고 있었다. 그런데 갑자기 우레소리, 일진광풍, 번개 등 이 요란하더니 귀신인지 사람인지가 들이 닥쳐 작가 일행을 저승차 사처럼 잡아가니 어찌할 수가 없이 체포되고 말았다고 했다.[5]

위의 서술단락③에서 작가가 서술한 사건은 무엇을 말하는 것일 까? 가장 유력하게 거론할 수 있는 것은 1922년 초겨울에 대구에서

---

5 평슈상봉(萍水相逢)은 부평초와 물이 서로 만난다는 뜻으로 여행 중에 우연히 벗 을 만남을 비유적으로 이르는 말이다. ; "인영이 지지어를 / 앙견흐니 명월이라 쳘 리향회 못익이여 / 힝가상답 건이더니"는 蘇軾의 《後赤壁賦》에 나오는 "人影在地 仰 見明月 顧而樂之 行歌相答(사람의 그림자가 땅에 보이기에 하늘을 쳐올려보니 밝 은 달이라. 옆에 손님들을 쳐다보면서 함께 즐거워서 노래하면서 서로 화답을 하 였다)"라는 구절을 따온 것이다.

발생한 조선독립운동후원 의용단사건이다. 당시 해외에 임시정부가
수립되자 국내에서는 임시정부에 군자금을 지원하기 위한 단체들이
출신지역에 따라 조직되었다. 안동인사들이 참여한 대표적인 단체
로는 의용단·주비단 등이 있는데, 그 중 의용단은 한말 의병에 이어
조선국권회복단·대동단·대한광복회로 계승된 항일 인맥을 망라하
여 조직된 단체였다. 의용단은 1920년 9월에 결성되어 1922년 12월
까지 활동했다. 의용단은 만주지역 독립군과 연결되어 있었으며, 특
히 서로군정서와 긴밀하게 연결되어 있었다. 당시 서로군정서의 독
판은 이상룡이고 참모장은 김동삼이었기 때문에 이들과 혈연·지연
관계로 얽혀 있는 안동의 인사들이 대거 의용단에 참여하게 된 것이
다. 이들은 인근의 각지를 순회하며 독립운동 자금을 모집하여 서로
군정서에 올려 보내는 일을 맡아 했다. 그런데 1922년 11월 말에 이
대기, 김사묵 등 4명이 일경에 체포된 후 100여명이 붙잡혀 총 42명
이 대구지방법원 검사국에 넘겨져 각각 재판을 받았다[6].

   위의 서술단락③에서 서술한 사건은 대구에서 '임술년 시월 망간
(음력)'에 일어났다고 했으므로 1922년 초겨울에 대구에서 발생한
조선독립운동후원 의용단사건일 가능성이 많다. 그렇다면 작가는

---

6 1922년 대구에서 체포된 조선독립운동후원의용단의 결성, 성격, 활동에 대해서
   는 심상훈의 「1920년대 초 조선독립운동후원의용단의 활동과 이념」(『안동사학』
   제8집, 안동사학회, 2003, 241~270쪽)을 주로 참조했다. 그 외 참조한 논저는 다음
   과 같다. 정휘창·광복회 대구경북연합지구, 『항일독립운동사』, 경상북도, 1991,
   211~214쪽. ; 안동대학교 안동문화연구소, 『경북독립운동사V-1920~40년대 국
   내 항일투쟁』, 경상북도, 2014, 183~189쪽. ; 독립운동사편찬위원회편, 『독립운동
   사자료집 10-독립군전투사자료집』, 독립유공자사업기금운용위원회, 1971, 747~
   751쪽.

이 사건으로 체포되어 재판에 넘겨진 총 42명 가운데 한 사람으로 추정할 수 있다. 〈옥중가〉에서 서술한 작가에 관한 단서에 따르면 작가는 다음의 조건을 충족하는 인물이다. 1)안동의 명문가 출신이다. 2)주로 국내에서 10년 정도의 의병 활동을 하고 경술국치 후 독립운동 활동을 한 인물이다. 3)자신을 "불노불소 반평생"이라고 했으므로 아무래도 나이는 30대이다. 4)작가의 모친은 3월 27일이 기일이고, 부친은 70세로 생일이 4월 30일이며 1923년에 작가를 면회하러 왔으므로 당시까지 생존해 있었다.

일단 이 조건에 따라 당시 체포된 인물 가운데 안동 출신 인물을 걸러보면 김시현·김용환·김응섭·김규헌·이종국·이대(태)기 등이 작가 후보로 떠오르게 된다. 김시현과 김응섭은 안동 풍산 출신이며, 김용환과 김규헌은 학봉 김성일의 후손으로 안동 서후면에서 출생하였고[7], 이종국과 이대기는 안동 출신으로 이상룡과 같은 집안사람이다. 이 가운데 30대의 나이를 추려보면 김시현(체포 당시 41세)과 김응섭(45세)은 제외된다. 한편 의병활동을 한 적이 있는 이력으로 걸러보면, 이종국(35세)과 이대기(35세)는 독립운동가 공훈록에 의병으로 활동한 기록이 없어 제외된다.

남은 인물은 김용환과 김규헌이다. 학봉의 종손인 김용환은 족보를 확인한 결과 부모의 생몰연월이 가사에서 서술한 사실과 맞지 않았다. 마지막으로 학봉 김성일가의 집성촌인 안동 서후면에서 출생

---

7 김규헌의 체포 기록에는 본적이 '경상북도 상주군 화북면 상오리'로 되어 있다. 그러나 김규헌은 '안동시 서후면 성곡리 510'에서 출생하고 성장했으며, 다만 체포되기 전에 상주군으로 이사를 가 살았다고 한다. 독립유공자 서훈기록에는 본적이 '안동시 서후면'으로 기록되어 있다.

하여 의병 활동에 투신하다 1922년 체포된 김규헌(1886년생)은 〈옥
중가〉의 작가로 가장 가능성이 높은 인물이다[8]. 그러나 김규헌도 족
보를 확인한 결과 부모에 관한 사실이 가사에서 서술한 사실과 약간
씩 다르게 나타났다.

그리하여 현재로서는 〈옥중가〉의 작가로 어느 한 인물을 특정할
수 없는 실정이다. 가사에서 서술한 사실이 작가의 의도든 아니면
어떤 식으로든 사실과 다르게 쓰였을 수 있기 때문에 작품에서 서술
한 사건이 1922년에 일어난 대구 조선독립운동후원 의용단사건이
아닐 가능성을 배제할 수 없다. 그리고 조사해본 각 인물의 족보 자
체가 잘못 기재되었거나 불완전하게 기재되었을 가능성도 있다[9]. 어
쨌든 〈옥중가〉에서 서술한 사건이 여기에서 조사해본 대구 조선독립
운동후원 의용단사건이 아닐 가능성과 대구 조선독립운동후원 의용

---

8 보훈처 공훈전자사료관(http://e-gonghun.mpva.go.kr)의 독립유공자정보와 디지
  털안동문화대전(http://andong.grandculture.net)의 인물정보를 참조하여 김규헌
  에 대해 적어보면 다음과 같다. 김규헌은 대한제국기에 이강년 의진에 참여하여
  의병 활동을 펼쳤다. 그리고 1921년에 의용단에 참여하여 군자금 모집 활동을 전
  개하였다. 1922년 4월에 도산면 옥계동의 이중면과 영덕의 박재인·박세찬 등에게
  독립자금을 요구하다가 일본 경찰에 체포되어, 1923년 12월 22일에 대구지방법원
  에서 징역 1년을 언도받고 옥고를 치렀다. 이후 1926년 9월 12일에 대구복심법원
  에서 재판에 항의하다가 공무집행방해죄로 징역 10월형을 언도받고 다시 옥고를
  치렀다. 1986년에 대통령표창이, 1990년에 건국훈장 애족장이 추서되었다.
9 김규헌의 부친에 대한 기록은 『의성김씨문충공파보 권하』에는 "聲煥 字明淑生乙
  卯九月十日-- 配延安李氏父進士鉉懋生丙辰卒三月二十五日--"로, 『의성김씨대동보
  권지삼』에는 "聲煥 字明淑生乙卯卒辛酉九月十四日-- 配延安李氏父進士鉉懋生丙辰
  忌三月二十五日--"로 되어 있다. 전자와 후자의 기록에 차이가 있는데, 전자의 기
  록에서 부친에 대한 일정 부분이 실수로 누락된 것으로 보인다. 이들 족보에 따르
  면 김규헌의 부친은 신유년(1921년)에 사망했으므로 1923년에 면회를 올 수 없으
  며, 모친의 기일도 2일이 차이가 난다. 족보가 잘못 기재되었을 수 있는 일이고, 아
  니면 작가가 부모의 나이 및 기일을 일부러 다르게 서술했을 수도 있는 일이다. 그
  리하여 아직도 김규헌이 작가일 가능성은 남아 있다고 할 수 있다.

단사건과 관련한 인물 중 한 사람일 가능성을 모두 열어두고 작가를 좀더 조사해보아야 할 것으로 보인다.

3. 〈옥중가〉의 작품세계

〈옥중가〉의 서술구조는 크게 네 부분으로 대별할 수 있다. 여기에서 구수는 4음보를 1구로 계산한 것이며, 소수점 이하는 半句에 걸쳐 있는 경우이다.

서사 : 중국 인물의 소회와 옥중타령(1~25구)
본사1 : 항일 투쟁의 생애와 투옥(26~141.5구)
본사2 : 계절의 변화에 따른 감옥생활과 서정(141.5~430구)
결사 : 자유의 갈망과 자살 결심(431~440구)

여기에서는 〈옥중가〉의 작품세계를 두 항목으로 나누어 살펴보고자 한다. 서사와 본사1을 합쳐서 '1) 항일 투쟁의 생애와 투옥'으로, 본사2와 결사를 합쳐서 '2) 계절의 변화에 따른 감옥 생활과 서정'으로 살펴본다.

1) 항일 투쟁의 생애와 투옥

서사와 본사1의 서술단락을 표로 정리하면 다음과 같다.

대단락	구수	소단락	구수
서사	1~25구	① 중국인물의 소회와 옥중타령	25
본사1: 항일 투쟁의 생애와 투옥	26 ~141.5구	② 항일 투쟁의 생애	32.5
		③ 1922년 체포	12.5
		④ 투옥	13
		⑤ 심문	14
		⑥ 단발	11.5
		⑦ 감옥 광경	11
		⑧ 감옥 규칙	13
		⑨ 감옥 음식	9

서사는 알 수 없는 1구에 이어 "○○○헤 긔기셰로 쳔지망망 무가네라"로 시작한다. 이후 초패왕, 백이숙제, 한무제, 소자첨, 이태백, 도연명 등 여러 중국 인물의 '天地茫茫 無可奈'의 심정을 서술했다. 그리고 "그남아 허다쇼회 넷곡됴라 자미업다 / 가쇼가비 쳔틱만상 옥듕타령 에잇노라"라는 구절과 함께 작가는 자신의 사연을 펼치기 시작했다.

소단락 ②와 ③은 앞서 작가 추정에서 구절을 인용하여 자세히 살펴보았으므로 여기에서는 생략한다.

한곳을 당도ᄒ니 고등게라 셋글자가 / 두렷이 짝엿고나 심심옥문 드러셔셔 / 좌우빈렬 살펴보니 의관인물 싱수할샨 / 셩음듯차 토월이라 이귁저귁 칼총이오 / 와룩좌룩 형구로다 의긔등등 푸린셔슬 / 딕호잡는 형상이라 연연약질 이일신을 / 곱게곱게 자랏더니 구지박지 오날날에 / 반분인들 사뎡잇나 철창철갑 물논이오 / 독쇄항쇄 가튜엇다 멸

297

협납치 무엇이냐 / 경상얼둑 다뎌치고 지둑차둑 무형악벌 / 골멸이 다 녹는다 쳔쪽만쪽 쪄진옷깃 / 혈흔이 반반ᄒ고 혼비빅산 빈덩치난 / 누수에 잠겨잇다 싱지사지 고만도라

위는 소단락④의 전문이다. 작가는 체포되어 고등계로 끌려갔다. 옥문에 들어서서 살펴보니 좌우에 배열한 일인 경찰은 의관과 목소리가 모두 생소했으며, 서슬이 퍼런 것이 호랑이를 잡는 형상이었다. 일인 경찰이 찬 칼총과 널려 있는 형구는 "이귁저귁", "와룩좌룩" 소리를 내어 공포감을 조성했다. 일제는 약질로 곱게 자란 작가의 사정을 봐줄 리가 어림 반 푼 어치도 없었다. 철창의 철갑 속에 족쇄와 항쇄를 채워 작가를 가두니, 그야말로 節俠拉致와 같은 것이었다. 일제는 情狀을 閱讀하지도 않고 모진 고문을 작가에게 해대니 작가의 골절이 다 녹을 정도였다. 천쪽만쪽으로 째진 작가의 옷에는 핏자국이 얼룩졌으며, 고문에 혼비백산한 작가의 몸둥이는 감옥에 내쳐졌다[累囚]. 그리하여 작가는 자신의 생과 사를 도무지 알 수 없다[生之死之固莫圖]고 했다.

소단락⑤에서는 일제 경찰의 심문을 서술했다. 작가의 죄명은 "덥흘공사(?) 치안방희"였다. 일제 경찰의 심문은 일제 경찰과 작가 사이에 오고간 문답을 그대로 적은 문답체 형식으로 서술했다. 그런데 이 부분의 서술은 실제로 오고간 말을 그대로 적은 것은 아니고, 작가가 그것들을 정리하여 은유적으로 서술한 것으로 보인다. 묻고 답하는 내용을 구분하기가 쉽지는 않은데, 정리를 해본다면 다음과 같을 것이다.

　　가) 십지경영 직업업시 불고가사 바로하라 / 별간예를 다ᄒ나보 강산인물 류람힛지

　　나) 오ᄆᆡ불망 죤쥬의리 노련명을 싱각ᄒ지 / 도동희의 졀긔업서

　　다) 지빅지신 뒤를ᄯᅡ라 복어교ᄒ 꾀를힛지 / 칠신위죄 아니거든 복교힝긱 뭇엇신고

　　라) 손빈갓흔 황홀수단 마릉빅셔 분병ᄒ지 / 일기복명 쥰비업셔 빅이셔지 만무ᄒ다

　　마) 박낭사등 비밀게교 창희역ᄉ 보로갓지 / 반근철퇴 업는힝장 역ᄉ본들 무엇ᄒ나

　　바) ᄒ상무의 음모로셔 됴말등단 권ᄒ엿지 / 척비업는 빈듀먹이 무얼주어 권할손가

　　가)에서 일제는 십년이나 직업도 없이 가사를 돌보지도 않으면서 무엇을 했는지를 물었다. 그러자 작가는 별 간섭을 다한다, 그저 강산인물을 구경했다고 답변했다. 나)에서는 답변의 2음보가 유실된 것으로 보는 편이 좋을 듯하다. 일제는 魯連名[魯仲連]처럼 오매불망 尊主 의리를 생각하지 않았느냐고 물었다. 그러자 작가는 진나라가 칭제한다면 동해에 빠져 죽을 것이라고 한 노중련의 절개[到東海의 節槪]가 자신에게는 없다고 답변했다. 다)에서 일제는 智伯의 신하였던 豫讓을 본받아 다리 아래에 숨어[伏於橋下] 복수를 꿈꾸지 않았느냐고 물었다. 그러자 작가는 해골에 옻칠을 한 죄[漆身爲罪]도 아닌데 伏橋 행각이라니 무슨 말이냐라고 반문했다[10].

　　라)에서 일제는 馬稜에서 백서를 쓴 손빈처럼 수단을 부린 것이 아

299

니냐고 물었다. 그러자 작가는 일개 초야의 선비로 임금께 復命할 준비도 없는 사람이라 백서를 쓴 적이 없다고 답변했다. 마)에서 일제는 박랑사에서 진시황을 습격했던 滄海力士를 보러 가지 않았느냐고 물었다. 그러자 작가는 반근 철퇴도 없는데 力士를 만난들 무슨 소용이 있겠느냐고 답변했다. 바)에서 일제는 흔상무(?)가 조말에게 단에 올라가 비수로 환공을 죽이라고[曹沫登壇] 한 것처럼 음모를 꾸미지 않았느냐고 물었다. 그러자 작가는 찌를 칼[刺匕]도 없는 빈주먹인데 무엇을 주어 권하겠느냐고 답변했다.[11]

---

10 "노련명을 싱각ᄒ지 / 도동희의 절기업서"는 제나라 사람 노중련과 관련한다. 노중련이 趙나라에 머무를 적에 위나라에서 진나라 왕을 황제로 추대하여 조나라에 있던 진나라의 군대를 철수시키려 하자 노중련이 평원군에게 진나라가 칭제한다면 자신은 동해에 빠져 죽을 것이라고 하여 중지시켰다. ; "지븩지신 뒤를싸라 복어교ᄒ 쇠를힛지 / 칠신위쥐 아니거든"은 智伯之臣 豫讓과 관련한다. 趙襄子가 지백의 해골에 옷칠을 하여 물을 마시는 그릇으로 사용했다(漆智伯之頭爲器). 이에 예양이 복수하고자 다리 아래 숨어 있었는데(伏於橋下), 양자가 이르자 말이 놀라거늘 수색을 하여 예양을 붙잡아 죽였다. 여기서 "漆身爲罪"는 "漆身爲器"를 염두에 두고 쓴 말이다.

11 "손빈갓흔 황홀수단 마릉빅셔 분병ᄒ지 / 일기복명 쥰비업셔 빅이어서지 만무ᄒ다"는 탁월한 군사이론과 실천으로 유명한 제나라 孫臏과 관련한다. 손빈이 위나라 군대를 마릉에서 매복하여서 무찔렀다. 이때 '방연이 이 나무 아래에서 죽는다'라고 큰 나무에 써 놓았다. ; "박낭사듕 비밀게교 창희역ᄉ 보로갓지 / 반근철퇴 업는 힝장"은 진시황을 박랑사에서 습격하였던 滄海力士와 관련한다. 강릉 남대천에 큰 두레박이 떠내려가는 것을 발견하고 그것을 건져다 열어 보니 얼굴이 검은 한 아이가 있었는데, 그 아이가 곧 창해역사이다. 창해역사는 힘이 천하장사였는데, 장자방이 진시황을 제거하려고 천하를 두루 다니며 힘 센 사람을 찾다가, 강릉에 이르러 창해역사를 만나 진시황을 없애 달라고 당부를 했다. 창해역사는 천근짜리 철퇴를 들고 진시황이 행차하는 길목에 숨어 있다가 진시황이 탄 가장 화려한 수레를 공격하였는데, 진시황은 다른 수레에 타고 있었기에 죽음을 모면하였다. ; "흔상무의 음모로셔 됴말등단 권ᄒ 엿지"는 제나라 환공 및 조말과 관련한다. 제나라 환공이 노나라를 쳤는데 노나라 장공이 화평을 청하자 허락했다. 노나라 장공이 맹세를 하려 하자 노나라 장군 조말이 단 위로 올라가 비수로 환공을 협박했다. 조말의 말을 들은 이후 환공은 관중의 중재로 조말을 살려주고 노나라의 땅을 돌려주었다. 이 소식을 들은 제후들은 더욱 제나라에 의지하려고 하였다.

일제 경찰은 그 동안 일어났던 독립운동과 관련한 사건과 작가를 엮기 위해 사건을 하나하나 거론해 가며 작가를 심문했던 것같다. 그리고 이에 대해 작가는 자신은 그런 활동을 할 인물이 못된다는 식으로 계속해서 발뺌을 하는 답변을 한 것으로 보인다. 그런데 위에서 살펴본 바와 같이 작가는 독립운동과 관련한 사건을 주로 주군을 위해 원수를 갚거나 폭군에 저항한 중국 고사로 은유하여 서술했다. 이러한 은유적인 표현은 일제에 항거하여 벌인 독립운동의 현장을 구체적으로 밝히지 않으려 한 작가의 의도가 작용한 결과라고 할 수 있다.

소단락⑥에서는 단발할 때의 서정을 서술했다. "이이부모 구로지퇵[哀哀父母 劬勞之澤]"으로 얻은 머리털이 한 터럭이라도 소중한데 무슨 일로 단발하는 지경에 이르렀는지를 俯仰天地하며 호소하고 非僧非俗이 된 자신이 가련하다고 했다.[12] 소단락⑦에서는 감옥방을 서술했다. 아무 것도 보이지 않는 깜깜한 밤중에 봉사처럼 걸어 여러 겹의 문으로 둘러친 천간 집에 이르니 마치 염라국과 같았다. 여러 개 열쇄를 푸니 검은 삽작문이 털컥하며 열렸는데, 깜깜 지옥의 감옥이 실감났다. 서너 丈 크기의 빈 우리는 상하사방이 판목으로 되어 있었고, 이틈 저틈으로 들어온 바람은 怒氣를 띄었으며, 여기저기 쇠광창에는 서리꽃이 피어 있었다. 인간 자취가 없어 그림자도 드리우지 않았으며, 뚝뚝 흐른 피의 흔적이 먼지 속에 어리어 있었다. 寢席과 금침 한 개가 각각 중간과 동쪽 벽에 놓여 있었으며, 슈승비승(?)

---

12 "이이부모 구로지퇵"은 『시경』 小雅편 〈蓼莪〉에 나오는 "哀哀父母生我劬勞(슬프도다 우리부모 날 낳고 고생 많으셨지)"라는 구절에서 따온 것이다.

목통 안에는 표주박 하나가 떠 있었다고 했다. 작가가 보이는대로 자세히 감옥방을 묘사했으므로 생동감 있는 표현을 이루었다.

소단락⑧에서는 통제 일변도인 감옥의 규칙을 서술했다. 두서너 장으로 된 규칙 책은 자유와 권리를 모두 없앤 것으로 규칙을 어길 시에는 依律施行한다고 했다. "식미갓흔 감독간수"는 "방난창에 붓 허셔셔 눈한번만 자춧ㅎ면 벼락불이" 내려졌다. "호흘간에(?)" 앉았다가 들키면 큰일나고, 기침소리라도 내면 괴상한 운동체조를 시켰다고 했다. 소단락⑨에서는 감옥의 음식을 서술했다. 돌이 섞인 太半粟半을 半生半熟하여 두어 덩이 주는데, 따뜻한 기운[煙火氣]은 전혀 없고 얼음 갈기가 어려 있었다. 飢渴이 甘食으로 먹으니, 지금 먹는 음식에 비하면 예전에 앙살 피우며 먹던 보잘 것 없는 음식[麥飯葱湯]은 최고의 음식[善美]이었다. 흉노에 붙잡혀 살던 소식[十年窩窟 蘇中郎]은 방석 틸[毛氈]이라도 먹었는데, 이곳에는 牛馬도 꺼리는 틸기 없는 방석밖에 없다고 한탄했다.[13]

2) 계절의 순환에 따른 감옥 생활과 서정

본사2와 결사의 서술단락을 표로 정리하면 다음과 같다.

---

13 "믹반총탕 앙상의는 이뎨싱각 션미런가"에서 麥飯葱湯은 보리밥에 팟국이라는 뜻으로, 보잘것없는 음식을 이르는 말이다. "앙상의"는 "앙살"인 것 같다. 앙살은 엄살을 부리며 버티고 겨루는 짓으로 '앙살을 부린다'나 '앙살 피우다' 등으로 쓴다. ; "십년와굴 소듕낭은 모뎐이나 먹어건만"은 蘇中郎 즉 蘇武과 관련한다. 한나라 소식은 흉노에 붙잡혀 굴욕을 받아 가면서도 절조를 굽히지 않았는데, 그는 굶을 적에 毛氈(방석 틸)을 삼켰다고 한다.

대단락	구수	소단락	구수
본사2: 계절의 순환에 따른 감옥 생활과 서정	141.5 ~430구	⑩ 첫겨울의 추위	9
		⑪ 除夜의 서정	31.5
		⑫ 설날의 서정과 臥病	23
		⑬ 暮春의 서정	28
		⑭ 모친 생각	13.5
		⑮ 부친 생각	22
		⑯ 단오날의 서정	6
		⑰ 三伏炎蒸의 서정	11
		⑱ 가을날의 서정	64.5
		⑲ 간수 비판	12
		⑳ 부친의 면회	8
		㉑ 공진회의 관람패	38
		㉒ 再逢春의 서정	13
		㉓강제 處役	10
결사	431 ~440구	㉔ 자유의 갈망과 자살 암시	10

소단락⑩에서는 감옥에 들어가 맞이한 첫겨울의 추위를 서술했다. '삭풍은 늠늠하고 일월정기가 칼 같아 살기가 肅肅한' 추위에 '머리맡의 온도계("한난게")는 다만 5~6도에 넘나'들었다. '먹빛의 시뻘건 手足은 脈조차도 얼음'이어서 '千思萬慮 懷萬念'을 해봐도 生佛로 있을 수밖에 없다고 했다.

놀랍고나 별안간에 사면비풍 이러날제 / 노릭소리 우름소리 옥등을
뒤집는다 / 인듕자는 승천이라 빅단금지 슈업고나 / 게명산 츄야월에
당자방의 넉이완나 / 팔천명병 슬푼노릭 사향곡이 훗터진다 / 연료간

이 이곳인가 비가강기 흡사ᄒ다 / 완덕의 창광인가 궁도우름 분명코
나 / 고덤이의 통곡인가 방약무인 엇진일고 / 추연졍금 다시안자 여원
여소 드려보니 / 알겟구나 오날이야 구시딕의 녜셕이라 / 어엿쑤다 뎌
쳥연들 딕명일월 뉘뎐튼고 / 구졀간장 이닉소회 풍쳔지각 일반일세 /
허희셩을 놉히마소 독방사렴 사람죽닉 / 구만장쳔 문어져도 소셜길이
인난이라 / 비지무익 다버리고 과셰편안 ᄒ사이다

위는 除夜의 서정을 서술한 소단락⑪의 전반부이다. 별안간 노래
소리와 울음소리가 감옥을 가득 채우는데, 많은 사람이 모두 부르니
간수의 백단금지도 소용이 없었다[人衆者勝天]. 그 울음은 張子房의
넋이 온 것인지 팔천정병이 불렀던 사향곡의 悲歌慷慨와도 같고, 阮
籍이 멋대로 행동하며[猖狂] 벌인 '窮途우름'과도 같고, 高漸離의 傍若
無人한 통곡과도 같았다[14]. 옷깃을 여미고 고쳐 앉은[湫然正襟] 작가

---

14 '人衆者勝天'은 사람이 힘을 모으면 하늘을 이길 수 있다는 뜻이다. ; "댱자방의 넉
이완나 팔천명병 슬픈노릭 사향곡이 훗터진다 연됴간이 이곳인가 비가강기 흡사
ᄒ다"는 한나라 건국공신 張子房(張良)이 계명산에 높이 올라 옥통소를 불고 한나
라 군사가 사향곡을 부르니 사면에 초나라 노래가 들렸다는 고사를 말한다. 여기
서 "연됴간"은 연(燕)나라와 조(趙)나라 사이를 말한다. ; "완덕의 창광인가 궁도우
름 분명코나"는 삼국시대 위나라 말의 시인인 阮籍과 관련한다. 완적이 술을 마시
며 '가슴에 불덩어리가 있어서 술을 부어야 한다'고 했으며, 술에 취하여 길이 뚫린
대로 따라가다가 길이 다 되면 통곡하며[窮途우름] 되돌아왔다고 한다. ; "고덤이
의 통곡인가 방약무인 엇진일고"는 진시황을 살해하려 했으나 실패한 荊軻와 관
련한다. 형가는 연나라로 와서 두 사람의 친구를 얻었다. 한 사람은 高漸離라는 '축
(築)'의 명수이고 또 한사람은 宋意라는 자였다. 형가는 이 두 사람의 친구와 연의
시장에서 함께 술을 마시고 함께 노래를 불렀다. 술과 노래를 즐기는가 하면 갑자
기 큰 소리를 내어 우는 때도 있었다. 웃는 소리도 우는 소리도 세 사람이 목소리를
함께 내었다. 그야말로 주위의 시선을 아랑곳하지 않는 '傍若無人'의 태도였다. 얼
마 후 그는 진(秦)나라 정(政:뒷날의 진시황)을 암살하려 했으나 불행하게도 일은
실패로 끝났다.

는 그제서야 그 소리가 '구시대의 除夕'을 맞아 청년들이 부르짖는 '如怨如訴'의 소리임을 알게 되었다. 작가는 청년들을 향해 독방에 갇힌 자신이 그 소리에 간장이 끊어져 죽을 지도 모르니 '흐느끼는 소리[歔欷聲]'를 너무 내지 말라고 부탁했다. 그리고 구만리 장천이 무너져도 솟아날 길이 있으니 非智無益한 짓은 그만하고 過歲를 편안하게 하자고 했다. 작가는 청년들의 집단적인 노래와 울음을 '非智無益'이라고 나무라긴 했지만, 내심 우리의 명절에 간수의 금지에 아랑곳하지 않고 일제에 집단적으로 저항하는 청년들의 피 끓는 심정에 공감을 표하고 있는 것임을 알 수 있다. 위의 구절 이후에 작가는 '寢牀悲懷'로 송궁문과 축귀경을 외우며 잠을 이루지 못했다고 했다.

소단락⑫에서는 설날의 서정과 臥病을 서술했다. 설날 아침에 작가는 문중인이 모여 즐기는 고향 광경을 떠올렸다. 고향을 그리는 마음에 작가는 가슴에 '痞鬱腔腸'의 불덩어리가 치밀어 올라 '被髮佯狂'으로 기십일을 누어만 있었다. 그런데 자신의 '鬱鬱心思'에는 신설의 생이 처방한 가루약이 듣지 않아 냉수만도 못하다고 했다. 소단락⑬에서는 暮春의 서정을 서술했다. 날아가는 제비에게 화산 고향으로 날아가 옥중 소식을 전해달라고 하고, 고향에서 소식조차 끊어진 현실을 슬퍼했다. 그러던 중 그리운 형제[同氣連枝]로부터 편지가 왔는데, '옥누소식'이었다. 작가는 친척들의 정다운 이야기[悅親戚之情話]를 담은 '千絲萬縷'의 편지글[紙上繡作]을 기대했는데, '동상화촉 넷 마을에 고어우름(?)'의 소식을 담은 편지글이 날아왔으므로 낙담을 하고 말았다. 여기서 작가의 형제도 독립운동에 헌신하고 그 일로 투옥된 상태가 아닌가 추측이 된다.

소단락⑭에서는 3월 27일에 기일을 맞은 모친[愛我母氏 永慕之身]에 대한 생각을 서술했다[15]. 오랫동안 집을 떠나 외지에서 모친의 기일을 맞이했지만, 옥중에 있는 지금 하늘에까지 닿는 슬픔과 아픔이 더욱더 몸에 사무쳐[益附與身 窮天之慷], 심장을 칼로 도려내는[匕去心臟] 아픔보다 천백 배는 더 했다. 알뜰살뜰[恩斯勤斯] 기르신[顧我腹我] 은혜와 귀하게 복록을 누리며 살라고 축수한 모친의 뜻을 생각하며 만 번 죽어도 아깝지 않을 만큼 자신의 죄가 무겁다[萬死無惜]고 한탄했다. 이어 소단락⑮에서는 4월 30일에 70세 생신을 맞는 부친[七耋高堂 弧辰]에 대한 생각을 서술했다. 하나님께 부친의 만수강영을 빌고, 잠시 앉은 채로 잠이 들어 꿈에서 친척들이 모인 가운데 잔치를 벌이는 북당의 광경을 서술했다.[16]

소단락⑯에서는 단오날의 서정을 짧게 서술했다. 작가는 그네를 타며 떠들고 즐기는 소년들의 소리가 듣기 싫다고 했다. 그네를 타면서 이렇게 떠들썩한데 '해외풍조'인 비행기를 탄다면 안하무인이 될 거라고 하면서, '남의 속도 참 모른다'고 했다. 소단락⑰에서는 여름

---

15 필자는 소단락⑭를 모친의 기일을 맞이하여 서술한 것으로 해석했다. "익아모씨 영모지신 이십칠일 쏘왓고나 / 원수로다 이일월아 어이이리 즈로오나 / 익부여신 궁천지강 비거심장 천빅비라 / 역역면진 그림ᄒ니 톤톤간댱 ᄯᅳ어진다"에서 밑줄 친 "영모지신"은 '永慕之身'과 '令母[慈堂과 같은 말]之辰'으로 한자화가 가능하다. 전자일 경우 모친의 기일이 되고, 후자의 경우 모친의 생신이 된다. 그런데 위에 인용한 구절에서 드러나듯이 작가는 이 날을 비통해하고 있고, "그림ᄒ니"는 "그림[忌廉]ᄒ니"로 한자화할 수 있어 모친의 기일로 보는 것이 더 합당할 것으로 보았다.
16 "고아복아 기르실디 은ᄉ근ᄉ 이름말슴"에서 '顧我腹我(어머니 배 속에서 열 달 동안 애를 쓰시고)'는 『시경』소아편 〈蓼莪〉에 나오는 구절이다. '恩斯勤斯(알뜰살뜰 길러낸)'는 『시경』 빈풍 〈鴟鴞〉에 나오는 구절이다. ; "칠질고당 호신이라"에서 弧辰은 남자의 생일로 예전에 아들을 낳으면 문 왼쪽에 나무로 만든 활을 걸어놓은 데에서 유래한다.

날의 서정을 서술했다. 삼복염증에 겨울에 입던 청당삼을 입으니 발광이 날 지경이고[束帶發狂欲大叫], 만국이 홍로 중에 있는 것과 같고[萬國如在紅爐中], 바람이 부는 북창에서 희황 시절 사람이라 자랑할 때 햇볕이 작열하는 이 상황을 꿈에도 생각지 못했다고 했다. 그리고 작가는 "부싱"들을 향해 "한진셔퇴[寒進暑退]"하는 순환이 거듭되니[循環度數] 순식간에 더위가 물러날 것이라고 위로했다. 말 그대로 더위를 참고 견디자는 뜻이기도 하지만, 자신 스스로와 감방 동료들에게 참고 견디면 일제의 압제가 풀릴 것이라는 희망을 주고 있는 것이라고 할 수 있다.[17]

소단락⑱에서는 가을날의 서정을 장장 60여구에 걸쳐 서술했다. 칠석날의 간단한 서정 이후에 "오호오호 부오회라"를 중간중간 반복하면서 중국 고사를 지속적으로 인용하여 가을날의 슬픈 정조를 서술했다. 그러한 가운데 "영단고국[永斷故國] 가을왔네"에서 나라의 상황을 "괴롭고나 시일이여 炎陽변틔 괴롭고나 / 시일은 갈상인고 여급여로 희망인가[時日曷喪 予及汝偕亡]"라고 서술하여 일제가 점령한 당시의 시국이 망해버렸으면 좋겠다는 심정을 은유적으로

---

17 "쇽티발광 욕티규난 나를위히 이름이라"에서 '束帶發狂欲大叫'는 두보의 〈早秋高熱〉에 나오는 구절로 무더운 여름날 의관을 정제하고 앉아 있으려니 발광이 날 지경이어서 꽥 소리라도 지르고 싶다는 뜻이다. ; "만국도직 홍노듕은 이시틴를 이름인가"에서 '만국도직 홍노듕'은 王轂의 〈苦熱行〉에 나오는 구절인 '萬國如在紅爐中(만국이 벌건 화로 가운데 있는 것같다)'의 와전이다. ; "청풍셕일 북창흐에 희황인을 자랑할데 영양금일 이상틱를 몽둥으로 싱각힛쇼"에서 羲皇人은 중국 고대의 전설상의 임금인 희황씨 적 사람을 말하는 것으로 세상일을 잊고 한가로이 지내는 사람을 비유하기도 한다. "영양금일"은 '永陽今日'로 보이는데 '멈출 것같지 않은 햇볕이 내리 쬐는 오늘'이라는 뜻이다. ; "슌한도슈[循環度數]"는 순환이 거듭하는 횟수를 뜻한다.

표현했다. 그리고 "시흔덤에 봉천힝은 / 닐가자고 고둥트며"에서는
자유롭게 만주로 가서 독립운동을 하고 싶은 마음을 드러내기도 했
다. "사명업시 가는청춘 / 나를위히 지체컨나 / 시호시호 부직리라
활동시긔 느뎌간다"에서는 "금쪽갓치 귀흔광음"에 "철창"에서 헛되
이 시간을 보내고 있는 자신을 한탄했다. 그리고 달을 보며 『시경』,
백거이, 두보의 시 구절을 인용하여 멀리 있는 고향의 부친과 처자를
그리워하고, 시름에 젖은 자신의 서정을 서술했다.[18]

소단락⑲에서는 간수의 핍박을 서술했다. 새소리를 듣고 울고 있
는데, 간수의 벼락같은 엄금이 내려졌다. 그런데 그것으로 끝나지
않고 "雨波風波"를 겪는 고통이 가해졌다. 그리하여 작가는 간수에
게 賊人之惡을 하지 말라고 하고, 모든 일은 분수가 이미 정해져 있어
[時來風送騰王閣 運退雷轟薦福碑] 나쁜 마음이 가득 차면 하늘이 반드
시 벌을 내릴 것이라[惡鑵若滿 天必誅之]고 훈계했다.[19]

---

18 '時日曷喪 子及汝偕亡(이런 날은 언제 없어질 것인가. 우리는 너와 함께 망해버렸
   으면 좋겠다)'는 『孟子』에 나오는 구절이다. 이 구절에서 '日'은 임금을 상징하는
   것으로 백성이 임금의 통치를 싫어하여 한 말이다. ; 달을 보며 서술한 구절 중에
   "피미인혜 셔방지인[彼美人兮 西方知人(저 미인이시여 서방의 미인이로다)]"은
   『시경』 패풍 〈簡兮〉에 나오는 구절이다. "쳑피흔혜 쳠망흐던 빅슈돈안 어나곳고
   [陟彼岵兮瞻望父(저 산에 올라 아버지 계신 곳을 바라보니)]"는 『시경』〈陟岵〉에 나
   오는 구절이다. "쵸슈오산[楚水吳山] 깁픈곳에"는 백거이의 〈江南送北客因憑寄徐
   州兄弟書〉에 나오는 구절이다. "각간쳐즈 슈흐징오[卻看妻子愁何在(돌아가 처자
   를 만나면 무슨 걱정일까)]"는 杜甫의 〈聞官軍收河南河北〉에 나오는 구절이다.
19 "시릭풍송 등왕각과 우퇴뢰굉 천복비라[時來風送騰王閣 運退雷轟薦福碑]"는 『명
   심보감』에 나오는 구절이다. 때가 이르니 바람이 등왕각으로 보내고 운이 없으니
   벼락이 천복비를 때렸다는 것으로 모든 일은 분수가 이미 정하여져 있는데 세상
   사람들이 부질없이 스스로 바쁘게 움직인다는 뜻이다. ; "악관이 약만흐면 천필주
   지 흐나니라[惡鑵若滿 天必誅之]"는 『명심보감』에 나오는 구절이다. 나쁜 마음이
   가득 차면 하늘이 반드시 벌을 준다는 뜻이다.

사풍셰우 셕양천에 북녁쇼식 놀납고나 / 부자천륜 지듕ᄒ야 사지싱
봉 와셧다네 / 힝연칠십 무슨긔력 불원쳔리 어이신고 / 엄엄존안 뎌빅
발이 날노만연 빅발이라 / 빅발다시 못푸르니 쇽죄무로 어이릿고 / 듁
지못한 원슈목슴 욕급부형 죄로이다 / 천참만수 당당죄벌 쳔로무심 흔
시럽다 / 함누무어 도라셔니 힝노유쳬 아닐소가

위는 소단락⑳의 전문으로 부친의 면회를 서술했다. 바람이 치고
가는 비가 오는[斜風細雨] 저녁 무렵에 놀랍게도 이 '死地'에 '북에서
부터[北來]' 부친께서 면회를 오셨다. 대구에서 볼 때 안동은 북쪽에
있으므로 '北來'라고 한 것이다. 칠십의 나이에 기력도 없는데 감옥
까지 불원천리하고 오신 부친은 엄하면서도 백발이 만연했다. 부친
의 모습을 본 작가는 죽지도 못하고 부모에게까지 욕되게 한[辱及父
兄] 자신의 죄를 속죄할 길이 없었다. 그리고 천 번 참회하고 만 번 생
각해도[千懺萬思] 자신의 죄와 벌은 마땅한 것인데, "쳔로무심(?)[20]
흔시럽다"고 했다. 부친은 말없이 눈물을 참으며[含淚無語] 돌아서 가
시는데, 아마도 가시는 길에 눈물을 흘리실 것[行路流涕]이라고 했다.

소단락㉑에서는 공진회의 관람패에 대해 서술했다. 구월 구일이
되었는데 밖에 쇠북소리, 대포소리, 기차·마차·자동차 소리가 시끄
러웠다. 작가는 처음에는 천병만마가 쳐들어온 줄 알고 감옥부터 부
수고 한시바삐 자신을 죽여주기를 소원했다. 그런데 반갑지 않은 웃

---

20 "쳔로무심"은 정확한 뜻을 알지 못했다. '천로'는 天路(천당으로 가는 길), 天怒(하
늘의 노함), 淺露(얕아서 감추어지지 아니하고 겉으로 드러남), 泉路(사람이 죽어
서 가는 저승길) 등으로 한자화할 수 있다. '天怒'가 '무심'과 연결할 때 문맥적으로
가장 가깝다고 할 수 있지만 매끄럽지 못한 것은 사실이다.

음소리가 들려서보니 共進會의 관람패가 감옥관람을 온 것이었다. 여기서 말한 공진회는 1923년에 대구에서 개최한 전국특산품진열회를 말하는 것으로 보이는데[21], 감옥 근처에서 열려 떠들썩한 소리가 들렸던 것이다. 그리고 이 공진회에서 감옥을 관람하는 행사를 기획했던 것으로 보인다.

> 감옥관람 다해거든 감옥정도 말좀하게 / 이문안을 들어서서 범연갓다 한단말가 / 정신차려 살펴보면 쵸목상심 되오리라 / 금수강산 삼철이에 방방곡곡 구치감에 / 신성민족 이천만이 나나너나 미결수라 / 와신상담 못하렷들 활발기상 고이하다 / 무사통곡 못하렷들 넙덕우슴 무삼일고 / 열국문명 도회지에 굿보이로 다니는가 / 안방구석 안자스면 소사각각 귀골이라 / 천인이목 너무말고 지남지북 흐터가소 / 무군태평 일부지을 알고보니 너의배라 / 영합산이 유망해여 여불인위 차태로다

위에서 알 수 있듯이 작가는 관람패를 곱지 않은 시선으로 바라보았다. 관람패 가운데 감옥 안을 보고 '번뇌를 떠난 깨끗한 자리'[梵筵]라고 한 사람이 있었던 모양이다. 작가는 정신을 차리고 보면 첫눈에 마음이 상할 것[初目傷心]이라고 하며 불쾌해 했다. 그리고 우리나라 방방곡곡이 구치감이고 우리 민족 이천만인이 모두 미결수인데, 와신상담이나 무사통곡[無死痛哭]은 못할망정 활발한 기상으

---

21 요시미 순야, 이태문 옮김, 『박람회 근대의 시선』, 논형, 2004, 319~321쪽.

로 '넙덕웃음'이나 웃고 있다고 이들을 꼬집었다. 한편 관람패 중에는 여성도 있었던 모양이다. 작가는 여성들이 열국문명 도회지에 굿을 보이러 다닌다고 하면서, 안방구석에 앉아 있으면 모두[召史各各]가 귀골일 것이니 갇혀 있는 사람의 이목[遷人耳目]을 끌지 말고 흩어지라고 했다. 말세의 징조 중 첫 번째로 말하는 '나라가 없어도 태평하다[無君太平 一不知]'는 바로 너희 관람패를 두고 말하는 것이라고 하면서, '물에 빠져 죽을 망정, 차마 이런 꼴을 참을 수 없다[寧溘死以流亡兮 余不忍爲此態也]'고 한탄했다.[22]

소단락㉒에서는 再逢春의 서정을 서술했다. 세월이 유수같이 흘러 시월, 양역설, 그리고 신년을 지나 다시 봄을 맞이했다. 작가는 봄을 맞이하여 '천고역사를 지닌 우리고국의 運氣가 大吉'로 돌아서서 '그 운명이 새롭게 되면[其命維新]', 자신도 살 수 있을 것이라고 했다. 그리고 일제를 "이늠들라"라고 부르며 "權不十年"을 부르짖고 자신은 "안진뱅이 용맹"으로라도 '切齒腐心'하며 지내겠다고 다짐했다. 이렇게 봄을 맞아 작가가 나라의 운명에 희망을 품고 자신을 다잡았지만, 작가는 강제 처역을 당해 다시 낙담하고 마는데, 그것을 소단락㉓에서 서술했다. 일제는 "공판인지 농판인지 강재처역"을 집행했는데, "놀고먹어 못씬다고 직죠공장"으로 입학(?)을 시킨 것이었다.

---

22 "무사통곡[無死痛哭]"은 누가 죽지도 않았는데 통곡한다는 뜻이다. ; 소새[召史]는 良家의 아내를 말한다. ; "천인이목[遷人耳目]"에서 '遷人'은 귀양살이를 하는 사람을 의미하며, 여기서는 감옥에 갇힌 사람을 말한다. ; "무군태평 일부지[無君太平 一不知]"는 난세의 징조로 이야기되는 '八不知'의 첫 번째를 말한다. ; "영합산이 유망해여 여불인위 차태로다"는 屈原의 〈離騷〉에 나오는 "寧溘死以流亡兮 余不忍爲此態也(차라리 물에 빠져 흘러 없어질망정, 내가 차마 이런 꼴을 참을 수 있으랴)"라는 구절을 말한다.

그리하여 작가는 종일 베틀에 서서 고통스러운 노동에 종사하게 되었음을 서술했다.

> 병반부터 나갈지면 오날부터 결심잇다 / 압제인둘 고만되고 험한지방 너머서셔 / 사통오달 너른길로 자유활발 거려볼래 / 일지표락 곤오앗치 농셔쌍이 본일너라 / 나는가네 나는가네 낙엽귀근 돌라갈래 / 반도강산 잘잇거라 북망산쳔 수이보자 / 너을두고 내가간들 부모국을 영갈손가 / 철이동풍 다시부려 무궁화 꼿치필셔 / 노류장화 썩거쥐고 화풍가무 도라와셔 / 그날몽사 이러이러 일쇼장음 하오리라

위는 〈옥중가〉의 마지막인 소단락㉔의 전문이다. 이 가사를 쓴 날에 작가는 결심 하나를 하게 된다. 오늘 강제 노동을 위해 丙班부터 옥문을 나가게 되면 사통오달 넓은 길로 자유롭게 걸어가 "압제인"이 되는 것을 그만 두겠다는 결심이다. 작가의 이 결심은 탈옥, 즉 자살을 의미한다. 작가가 탈옥하여 죽음을 택하려 한 것은 "나는가네 나는가네 낙엽귀근 돌라갈래 / 반도강산 잘잇거라 북망산쳔 수이보자"에서도 확연히 드러난다. 낙엽이 썩어 땅으로 돌아가듯이 자신도 땅으로 돌아가고 '北邙山川'을 보겠다는 것이다. 그리하여 작가는 마지막으로 반도강산에게 잘 있으라고 하며 그렇다고 자신이 부모국을 영영 떠나는 것은 아니고 독립이 되는 날에 다시 와서 화풍가무하고 일소장음을 하며 즐기겠다는 것으로 끝을 맺었다. 여기서 작가는 '자유가 없는 압제인'의 처지를 벗어나기 위해서는 탈옥 밖에 길이 없다고 극단적인 판단을 하고 있다. 그만큼 작가는 일제가 강점한

이 현실에서 살 수가 없다는 심정, 즉 독립된 조국에서 살기를 희구하는 심정을 절실하게 서술하고 있는 것이다.

4. 〈옥중가〉의 가사문학사적 의의

〈옥중가〉의 작품세계는 작가의 감옥 생활과 그에 따른 서정이 중심을 이룬다. 작가는 자신의 출생과 성장, 개화기의 도래, 의병 활동, 을사조약과 경술국치, 독립운동가로서의 생활, 체포, 투옥, 감옥의 이모저모, 첫겨울부터 다다음해 봄까지의 생활과 서정 등을 철저하게 시간적 순서를 밟아가며 서술했다. 이러한 체계적인 서술구조는 작가가 매우 공을 들여 〈옥중가〉를 서술했다는 것을 말해준다.

〈옥중가〉는 매우 집약적이고 생동감 있는 표현을 보여주는데, 그것은 다채로운 문체를 통해 구현되었다. 보통 4자 4음보 연속의 기계적인 형식을 지닌 가사 작품은 비교적 단조로운 문체를 구성한다. 반면 〈옥중가〉는 정확하게 4자 4음보 연속의 기계적인 형식을 지니고 있음에도 불구하고 매우 다채로운 문체를 구성하고 있다. 〈옥중가〉의 다채로운 문체를 하나하나 살펴보도록 하겠다.

〈옥중가〉의 문체에서 가장 특징적으로 드러나는 점은 중국 한시, 중국 고사, 한자어 등을 많이 인용하여 고어체 문체를 이루고 있다는 것이다. 〈옥중가〉는 작품 전체에 걸쳐 "힝인임발 우기봉에 우기봉이 더듸든가[行人臨發又開封]"에서와 같은 중국 한시, "희쇼담낙 둘어안져 화봉인[華封人]의 튝ᄉ[祝辭]로셔"에서와 같은 중국 고사, "ᄉ불범

313

명[邪不犯正]" 및 "셩광ᄌ졀[成狂自絕]"과 같은 한자어 등이 난무하다
시피 한다[23]. 특히 〈옥중가〉는 한글 필사본만 전하는 상황에서『시경』,
이백, 두보, 장적, 소동파, 주희 등의 시 구절을 많이 인용함으로써 한
시를 전공한 연구자조차도 가사를 읽어 내려가면서 즉시 그 내용을
이해하기가 힘들 정도이다. 그리고 감옥에 갇혀 막막한 심정, 제야에
청년들의 울음소리를 들은 심정, 누구한테서도 소식이 없을 때의 심
정, 가을날의 슬픈 심정 등을 서술하는 부분에서는 '부분적 장면의
확대'처럼 중국 고사를 계속 나열하며 시상을 전개해나갔다. 이렇게
작가는 자신의 한학적인 지식을 총동원하여 가사의 내용을 표현하
는데 매우 공을 들임으로써 결과적으로 〈옥중가〉가 현대인이 내용을
파악하기 쉽지 않은 고어체 문체를 이루게 되었다.

그리고 〈옥중가〉에서 작가는 은유적 표현도 자주 사용했다. "경슐
년 칠월장마 방방곡곡 홍수로다", "평슈상봉 짝을지어 / 듸동강상 션
유ᄒ후 흔강으로 놀을뎌어" 등에서 알 수 있듯이 작가는 벌어진 일
을 짐작케 하는 최소한의 사실은 적되 나머지는 은유적으로 표현했
다. 이러한 은유적 표현은 대부분 중국의 고사나 시를 인용하는 수
법으로 이루어졌는데, 이러한 점은 일제 경찰과 작가와의 사이에 오
고간 물음과 답변에서 가장 잘 드러난다. 작가는 고향의 가족도 버

---

23 "힝인임발 우기봉[行人臨發又開封]"은 張籍의 〈秋思〉에 나오는 구절이다. ; "화봉인
[華封人]의 튝ᄉ[祝辭]로셔"는 국경지방인 화 땅을 지키는 사람, 즉 화봉인이 요임
금에게 와서 壽, 富, 多男子의 세 가지를 축수(祝手)한 것을 말한다. ; "ᄉ불범명[邪不
犯正]"은 바르지 못하고 요사스러운 것이 바른 것을 건드리지 못한다는 것으로 정
의가 반드시 이긴다는 말이다. ; "셩광ᄌ졀[成狂自絕]"은 미쳐서 스스로 죽는다는
뜻이다.

리고 일제에 저항하며 살아오다가 체포된 독립운동가였다. 〈옥중가〉
에서 은유적 표현이 자주 등장하는 것은 독립운동가 특유의 비밀스
러운 삶이 작동한 결과라고 볼 수 있다.

한편 〈옥중가〉의 표현은 짧은 구절에 많은 의미를 담는 매우 집약
적인 표현을 이루고 있는 것이 특징이다. 이러한 집약적인 표현성은
중국 한시, 중국 고사, 한자어 등을 인용한 고어체 문체나 은유적인
표현에만 드러나는 것이 아니라 우리말 표현으로 이루어진 부분에
서도 드러난다. 작가는 자신이 체험한 감옥 생활을 자세히 서술함으
로써 생동감 있는 우리말 표현을 이루기도 했는데 작가는 이러한 생
동감 있는 우리말 표현 속에서도 한자어를 적절하게 포함시켜 매우
능숙하게 4자 어구를 만들었다.

> 침침칠야 봉ㅅ거름 첩첩듕문 다다르니 / 쳔간집이 괴이ᄒ다 염나국
> 이 이안닌가 / 검은삽짝 털걱ᄒ며 구듕심쇄 털컥근다 / 감옥감옥 드럿
> 더니 쌈쌈지옥 이럿코나 / 삼사장간 빈우리가 상하사방 판목이라 / 이
> 틈더틈 바람소리 풍노긔가 완년ᄒ다 / 여긔겨긔 쇠광창은 셔리곳치 능
> 난ᄒ다 / 뎍뎍고나 인간잣취 그름자도 영멸이오

위는 작가가 처음으로 감옥에 들어갔을 때를 서술한 부분인데, 정
확하게 4자 4음보 연속의 형식을 유지하며 우리말 표현을 이루었다.
그런데 "침침칠야 봉ㅅ거름 첩첩듕문 다다르니 / 쳔간집이 괴이ᄒ
다 염나국이 이안닌가"라는 구절의 경우 '칠흑같이 어두운 밤이라
아무 것도 보이지 않아 봉사가 걷는 것처럼 걸어가 첩첩의 문 앞에

315

다다랐다. 많은 방들로 이루어진 감옥은 괴이하기 짝이 없어 염라국에 이른 것같았다'와 같이 길게 해석될 수 있는 것이다. 우리말로 이루어진 표현 속에서도 한자어를 적절하게 섞음으로써 매우 집약적이고도 생동감 있는 표현을 이루고 있는 것이다. 또 한 예를 들어보면 "삼사장간 빈우리가 상하사방 판목이라 / 이틈뎌틈 바람소리 풍노긔가 완년ᄒ다"도 '서너 丈 크기의 비어 있는 감옥방은 상하사방이 모두 판목으로 되어 있었다. 이 틈 저 틈으로 들어오는 바람 소리는 완연하게 怒氣를 띄었다'와 같이 우리말로 길게 해석될 수 있는 것이다. 이렇게 작가는 우리말 어구를 사용하여 장면을 묘사한다 하더라도 한자어를 적절하게 섞어 표현함으로써 전체적으로 의미의 집약을 꾀하면서 생동감 있는 표현을 이루고 있음이 드러난다.

이상에서 살펴본 바와 같이 〈옥중가〉는 4자 4음보 연속의 기계적인 형식, 중국 고사와 한시로 이루어진 고어체 문체, 은유적 표현, 집약적이고 생동감 있는 우리말 표현 문체 등을 동시에 지닌다. 비록 중국 고사, 중국 한시, 한자어 등을 많이 인용하긴 했지만 단순하게 한자어에 우리말 토를 달아 단선적인 문체로만 일관한 것이 아니고, 경우에 따라서는 우리말과 한자어를 적절하게 조합하여 의미의 집약을 꾀하며 빠른 호흡으로 시상을 전개해나갔다. 특히 〈옥중가〉의 우리말과 한자어를 섞어 이룬 집약적인 표현성은 〈관동별곡〉의 표현성을 연상하게 할 정도로 능숙하고 탁월하다고 할 수 있다. 이러한 〈옥중가〉의 다채로운 문체와 표현성은 작가가 내용을 표현하는 데에 각별히 공을 들인 데에서도 기인했겠지만, 기본적으로는 작가의 우리말과 한자어를 조합하여 말을 만드는 造語法, 즉 표현 능력이 탁월한 데서 기인했다고 할 수 있다. 이와 같이 〈옥중가〉는 4자 4음보 연속의 기계적인 형식 안에서도 다양한 문체를 사용하여 탁월한 표현 능력을 보여준 가사 작품이라는 가사문학사적인 의미를 지닌다.

한편 〈옥중가〉는 장장 440구에 걸쳐 한 독립운동가의 삶과 투옥 과정, 감옥에서의 생활과 에피소드, 감옥에서 느끼는 서정 등을 생생하게 담았다. 〈옥중가〉는 당대에 독립운동가에게 가했던 일제의 가혹한 고문, 당시 독립운동가를 가두었던 열악한 감옥의 환경, 당시 독립운동가의 수감 생활, 일제의 주도로 돌아갔던 당대의 문명적 사회상 등을 담았으며, 독립운동이라는 의로운 죄로 갇힌 한 독립운동가의 꺼지지 않는 항일정신도 그대로 담았다. 이렇게 〈옥중가〉는 한 독립운동가가 감옥에서 창작한 가사 작품이기 때문에 당대 독립운동가의 처절한 희생을 생생하게 증언하는 다큐멘터리로 기능한다. 그러므로 〈옥중가〉는 일제강점기 한 독립운동가의 저항활동과 일제의 탄압 현실을 생생하게 증언하는 다큐멘터리로 기능한다는 가사문학사적인 의의를 지닌다.

일제강점기에 전개된 독립운동의 초석을 다진 층은 혁신유림이라고 할 수 있다. 혁신유림은 19세기 중엽 즈음에 태어나 성장한 정통유림이면서 19세기 말과 20세기 초에 의병운동이나 애국계몽운동을 하고 1910년 이후에도 독립운동에 참여함으로써 전통에서 근대로의 혁신을 꾀한 유림을 말한다[24]. 그런데 이렇게 독립운동의 초석을 마련한 혁신유림은 전통적으로 가사문학을 창작하고 향유한 명

---

24 고순희, 「일제강점기 만주망명지 가사문학-담당층 혁신유림을 중심으로」, 『한국시가문화연구』제27집, 한국시가문화학회, 2011, 44~48쪽.

문대가의 일원이기도 했다. 그리하여 일제강점기의 독립운동가 중에는 가사문학을 창작하여 남기고 있는 분도 있었다. 특히 일제강점 초창기에 만주로 망명하여 독립운동을 이끈 독립지사는 안동을 중심으로 하는 경북지역에서 가장 많이 배출되었다. 그런데 당시 안동은 가사문학을 창작하고 향유했던 중심지였다. 그리하여 일제강점기에 혁심유림이 가장 많이 배출되었으며 가사문학의 창작 중심지였던 안동을 중심으로 한 경북지역에서 독립운동가의 가사문학이 많이 창작될 수 있었다.

〈옥중가〉는 작가를 특정하지는 못했지만 독립운동가의 작품임에는 틀림이 없다. 공식적으로 추서된 독립운동가의 가사 작품으로 전하는 것은 〈입산가〉(이중린), 〈분통가〉(김대락), 〈히도교거ᄉᆞ〉·〈정화가〉·〈간운사〉·〈조손별서〉(김우락), 〈문소김씨세덕가〉(김조식), 〈중광가〉〈이세가〉(나철), 〈뉴산일록〉(김락), 〈신의관창의가〉(신태식), 〈세덕가〉(김병윤), 〈인곡가〉(송기식) 등이 있다. 이들 가사의 작가는 나철 외에는 모두 경북지역의 인물이다. 이러한 독립운동가의 가사문학 작품은 나라를 잃은 현실을 정면으로 서술한 것도 있고 나라의 현실을 일부분에 수용한 것도 있어 그에 따라 작가의 독립운동 활동 및 인식의 서술 정도도 다르게 나타난다. 그렇지만 이들 독립운동가의 가사 작품에는 독립운동가의 작품답게 일제강점기 나라의 현실에 대한 개탄이 동일하게 나타난다. 독립운동가의 가사 작품 가운데 〈신의관창의가〉는 작가 신태식이 출옥한 이후에 창작한 작품이긴 하지만, 기나긴 의병 활동의 전말과 함께 감옥 생활과 투옥 당시의 서정도 서술했다. 이렇게 〈옥중가〉는 독립운동가가 창작한 가사 작품

의 하나이면서 신태식의 〈창의가〉와 함께 독립운동가의 감옥 생활과
투옥 당시의 서정을 담고 있다는 가사문학사적인 의의를 지닌다.

경술국치 후 일제강점기가 지속되면서 가사문학 작품 중에는 당
대의 역사·사회 현실을 수용한 작품도 많아지게 되었다. 1910년대에
는 나라를 잃은 지 얼마 되지 않은 시기라서 경술국치의 역사적 충격
을 담은 가사 작품이 많이 창작되었는데, 〈경술국치가〉, 〈한양가〉,
〈문소김씨세덕가〉, 〈신의관창의가〉, 〈대한복수가〉, 〈시절가〉, 만주망
명가사, 만주망명인을 둔 고국인의 가사 등 총 26편이나 전한다. 그
런데 1920년대에 이르면 〈이강슈포한가라〉, 〈몽유가〉, 〈산촌향가〉·
〈일월산가〉·〈울분가〉, 〈세덕가〉, 〈인곡가〉, 〈을해춘가〉 등의 가사 작품
이 확인되어 일제강점기의 역사·사회 현실에 대응한 가사 작품의 창
작이 다소 주춤해지는 경향을 보인다. 〈옥중가〉는 1920년대 일제강
점기의 역사·사회 현실에 대응한 가사 작품을 보다 풍부하게 해주고
있다. 그리하여 〈옥중가〉는 일제가 강점한 후인 1910년대에 이어
1920년대에도 역사·사회에 대응해 작품을 창작하는 가사문학사의
큰 흐름을 연속할 수 있게 한 중요한 작품이라는 가사문학사적 의의
를 지닌다.

5. 맺음말

이 논문에서는 〈옥중가〉의 작품론을 처음 시도하면서 작가를 추정
하고, 작품세계를 정리했으며, 그리고 작품의 가사문학적 의의를 규

명하였다. 필자는 국문으로 써진 〈옥중가〉의 중국고사나 한시 구절을 해석하려고 노력했지만 한학 지식이 일천한 탓에 아직까지도 일부 구절은 해독하지 못했다. 그리고 작가를 구체적으로 밝히려고 노력했지만 끝내 누구인지를 확정하지 못했다. 그럼에도 불구하고 여기에서 감히 〈옥중가〉의 작품론을 전개한 것은 〈옥중가〉를 이대로 방치해두기보다는 일단 학계에 가사를 소개하여 이후의 완벽한 해독과 확실한 작가 규명을 기대했기 때문이다. 이 논문이 계기가 되어 〈옥중가〉에 관한 보다 심도 깊은 작품론이 이어져나오기를 기대해 본다.

참고문헌

1. 자료

『나주정씨금성군파세보』, 1988.

『대한매일신보』1907년 5월 23일 자 신문.

『맹자』

『명심보감』

『시경』

『압해정씨대동보 17권지15 임오보』, 2002.

『의성김씨대동보 권지삼』

『의성김씨문충공파보 권하』

『鶴樵小傳』, 계명대학교 도서관 소장.

『鶴樵小集』〈鶴樵年譜〉, 계명대학교 도서관 소장.

『한국독립운동사자료 15 의병편』, 국사편찬위원회 편, 탐구당, 1970, 467쪽.

『황성신문』1906년 12월 17일, 1907년 2월 15일, 1907년 4월 19일 자 신문.

〈개세가〉, 한국가사문학관 홈페이지(http://www.gasa.go.kr/).

〈경계사라〉, 고전자료편찬실, 『규방가사Ⅰ』, 한국정신문화연구원, 1979, 72~79쪽.

〈경난가〉, 한국가사문학관 홈페이지(www.gasa.go.kr).

〈경세가〉, 『규방가사Ⅰ』, 한국정신문화연구원 고전자료편찬실, 한국정신문화연구원, 1979, 623~631쪽.

〈庚戌國恥歌〉, 임기중편, 『역대가사문학전집』제6권, 동서문화원, 1987, 199~235쪽.

〈경탄가〉, 김기탁, 「새 자료 소개」, 『서경가사연구』, 학문사, 1989, 203~290쪽.

〈고국가라〉, 한국가사문학관 홈페이지(http://www.gasa.go.kr/)

〈노경긔라〉, 임기중 편, 『역대가사문학전집』제35권, 아세아문화사, 1998, 415~433쪽.

〈대한복수가〉, 홍재휴 교주, 『(國譯)澗愚逸稿』, 발행자불명, 1986, 권지삼, 1~13쪽.

〈무두무미노릭〉, 한국가사문학관 홈페이지(http://www.gasa.go.kr).

〈무제(옥중가)〉, 한국가사문학관 홈페이지(http://www.gasa.go.kr/).

〈문소김씨세덕가〉, 천전김씨 문중, 비매품 소책자.

〈사친가라〉, 한국학중앙연구원 홈페이지(http://www.aks.ac.kr) 〉 한국학진흥사
    업(단) 〉 성과포털 〉 경상북도 내방가사 조사 정리 및 DB 구축.

〈상원별곡〉, 한국가사문학관 홈페이지(http://www.gasa.go.kr).

〈석봉가〉, 임기중 편, 『역대가사문학전집』제25권, 여강출판사, 1992, 34~59쪽.

〈싀골색씨설은타령〉, 고전자료편찬실, 『규방가사Ⅰ』, 한국정신문화연구원, 1979,
    112~117쪽.

〈시골녀자서름사정〉·〈시골여자서런사정〉, 임기중 편, 『역대가사문학전집』41권,
    아세아문화사, 1998, 144~163쪽.

〈시골여자설혼사정〉, 임기중 편, 『역대가사문학전집』25권 여강출판사, 1992,
    415~435쪽.

〈時節歌 시절가〉, 임기중편, 『역대가사문학전집』14권, 여강출판사, 1994, 72~91쪽.

〈時節歌 시절가〉, 임기중편, 『역대가사문학전집』25권, 여강출판사, 1992, 482~515쪽.

〈시절가〉, 한국가사문학관 홈페이지(http://www.gasa.go.kr).

〈時節歌〉, 이대준, 『안동의 가사』, 안동문화원, 1995, 358~389쪽.

〈시절가〉, 임기중편, 『역대가사문학전집』41권, 아세아문화사, 1998, 164~184쪽.

〈時節歌〉, 임기중편, 『역대가사문학전집』41권, 아세아문화사, 1998, 185~211쪽.

〈시절가〉, 한국학중앙연구원 홈페이지(http://www.aks.ac.kr) 〉 한국학진흥사업
    (단) 〉 성과포털 〉 경상북도 내방가사 조사 정리 및 DB 구축.

〈시절가〉, 조동일, 『국문학연구자료 2』, 박이정, 1999, 91~108쪽.

〈시절가시초〉, 임기중편, 『역대가사문학전집』41권, 아세아문화사, 1998, 212~247쪽.

〈시절가〉, 이화여자대학교 한국어문학연구회, 『한국문화연구원논총』제15집, 이

화여자대학교 한국문화연구원, 1970, 382~387쪽.

〈시절가〉, 임기중편, 『역대가사문학전집』14권, 여강출판사, 1994, 29~70쪽.

〈시절가〉, 한국학중앙연구원 홈페이지(http://www.aks.ac.kr) 〉한국학진흥사업
(단) 〉성과포털 〉경상북도 내방가사 조사 정리 및 DB 구축.

〈시절가라〉, 한국학중앙연구원 홈페이지(http://www.aks.ac.kr) 〉한국학진흥사
업(단) 〉성과포털 〉경상북도 내방가사 조사 정리 및 DB 구축.

〈시절가라〉, 임기중편, 『역대가사문학전집』25권, 여강출판사, 1992, 440~481쪽.

〈신의관창의가〉, 김용직, 「항일저항시〈신의관창의가〉」, 『한국현대시연구』, 일지
사, 1974, 405~432쪽.

〈尋心歌〉, 한국가사문학관 홈페이지(http://www.gasa.go.kr).

〈싱조감구가〉, 이화여대 한국어문학연구회, 「내방가사 자료」, 『한국문학연구원논
총』제15집, 이화여대 한국문화연구원, 1970, 410~423쪽.

〈싱조감구가〉, 임기중 편, 『역대가사문학전집』13권, 여강출판사, 1992, 91~125쪽.

〈싱조감구가〉, 임기중 편, 『역대가사문학전집』24권, 여강출판사, 1992, 561~601쪽.

〈애자가〉, 한국가사문학관 홈페이지(http://www.gasa.go.kr/).

〈여자해방가〉, 임기중 편, 『역대가사문학전집』41권, 아세아문화사, 1998, 592~599쪽.

〈오마이뉴스〉 2013년 8월 15일자. 사회면.

〈은사가(隱士歌)〉, 이대준, 『낭송가사집』, 세종출판사, 1998, 39~49쪽.

〈은사가〉, 이정옥, 『영남내방가사』제4권, 국학자료원, 2003, 16~32쪽.

〈은사가〉, 임기중편, 『역대가사문학전집』제44권, 아세아문화사, 1998, 87~100쪽.

〈은사가〉, 조동일, 『국문학연구자료Ⅰ』, 박이정, 1999, 532~542쪽.

〈隱士歌〉, 임헌도, 「은사가(隱士歌) 관견(管見)」, 『논문집』제18집, 공주사범대,
1980, 5~18쪽.

〈은사가〉, 한국가사문학관 홈페이지(http://www.gasa.go.kr/).

〈은삭가〉, 한국가사문학관 홈페이지(http://www.gasa.go.kr/).

〈은ᄉ가〉, 한국학중앙연구원 홈페이지(http://www.aks.ac.kr 〉한국학진흥사업
(단) 〉성과포털 〉「경상북도 내방가사 조사, 정리 및 DB 구축」

〈인ᄉ가〉, 한국가사문학관 홈페이지(http://www.gasa.go.kr/).

〈인산가(因山歌)〉, 홍경표·장성진·권영철·박혜숙, 「영사류가사 연구」, 『여성문제
연구』제14집, 대구가톨릭대학교 사회과학연구소, 1985, 47~49쪽.

〈因山歌〉, 「소암가사연구」, 『연구논문집』 제36집, 대구효성가톨릭대학교, 1988, 9~
  38쪽.

〈인산가〉, 이화여대 한국어문학연구회, 「내방가사자료-영주·봉화지역을 중심으
  로 한」, 『한국문화연구원논총』 제15집, 이화여대 한국문화연구원, 1970,
  397~398쪽.

〈인슌별곡〉, 이정옥, 『영남내방가사 제1권』, 국학자료원, 2003, 212~217쪽.

〈입산가〉, 이화여대 한국어문학연구회, 「내방가사 자료-영주·봉화지역을 중심으
  로 한」, 『한국문학연구원논총』 제15집, 이화여대 한국문화연구원, 1970,
  423~424쪽.

〈자심운수가〉, 한국가사문학관 홈페이지(http://www.gasa.go.kr/).

〈쳐사영결가〉, 한국가사문학관 홈페이지(http://www.gasa.go.kr).

〈쳔륜ᄉ〉, 임기중 편, 『역대가사문학전집』 제17권, 여강출판사, 1994, 279~308쪽.

〈폭도수괴 혐의자 인치에 관한 건〉, 1909년 9월 16일 작성 공문서.

〈학초전(鶴樵傳)〉, 박종두 소장.

〈희도교거ᄉ〉·〈정화가〉·〈정화답가〉, 성호경·서해란, 「만주 망명 여성가사〈희도교
  거ᄉ〉·〈정화가〉와 〈정화답가〉」, 『한국시가연구』 제46집, 한국시가학회,
  2019, 165~205쪽.

강명관, 고미숙 편, 『근대계몽기 시가 자료집 Ⅰ Ⅱ Ⅲ』, 성균관대학교 대동문화연구
  원, 2000년.

경남인물지 편찬위원회, 『경남인물지』, 전국문화원연합회 경상남도지회, 2003,
  653~664쪽.

김근수 편, 『한국개화기시가집』, 태학사, 1985, 1~8쪽.

김학길, 『계몽기시가집』, 한국문화사, 1990, 13~16쪽.

남해군지 편찬위원회, 『남해군지 상권』, 남해군, 2010, 338~343쪽.

독립운동사편찬위원회편, 『독립운동사자료집 10-독립군전투사자료집』, 독립유
  공자사업기금운용위원회, 1971, 747~751쪽.

디지털안동문화대전(http://andong.grandculture.net).

박한설 편, 『외당선생삼세록』, 강원일보사, 1983.

보훈처 공훈전자사료관(http://e-gonghun.mpva.go.kr).

소학섭, 『남곡유고(南谷遺稿)』, 〈行狀〉, 한국가사문학관홈페이지(http://www.gasa.go.kr/).

연안이씨 삼척공파 인터넷 족보(http://cafe.daum.net/yunanlee1).

임기중 편, 『역대가사문학전집』44권, 아세아문화사, 1998, 156~175쪽.

정다운, 『정감록』, 밀알, 1986, 1~376쪽.

창선면사 집필위원회, 『창선면사』, 창선면, 2007, 169~183쪽, 1250~1265쪽.

2. 연구논저

〈조선왕조 품계표〉, 『알기 쉽게 풀이한 우리의 전통예절』, 율곡원구원(구율곡학회), 1977, 175~189쪽.

강명관, 「조선시대의 성담론과 性」, 『한국한문학연구』제42집, 한국한문학회, 2008, 9~43쪽.

고순희, 「19세기 중엽 상층 사대부의 가사 창작」, 『국어국문학』, 국어국문학회, 2008, 109~132쪽.

고순희, 「근대기 국문실기〈학초전〉연구」, 『국어국문학』제176집, 국어국문학회, 2016, 341~369쪽.

고순희, 「동학농민군 지도자의 가사문학〈경난가〉연구」, 『한국시가연구』제41집, 한국시가학회, 2016, 197~227쪽.

고순희, 「민요 문체의 특징-어미부 형태를 중심으로」, 『고전 詩·歌·謠의 시학과 활용』, 박문사, 2017, 15~50쪽.

고순희, 「일제강점기〈시절가〉연구」, 『영남학』제66집, 경북대학교 영남문화연구원, 2018, 351~383쪽.

고순희, 「일제강점기 만주망명지 가사문학-담당층 혁신유림을 중심으로」, 『한국시가문화연구』제27집, 한국시가문화학회, 2011, 44~48쪽.

고순희, 「진주농민항쟁과 현실비판가사〈민탄가〉」, 『우리어문연구』제60집, 우리어문학회, 2018, 215~246쪽.

고순희, 『만주망명과 가사문학 연구』, 박문사, 2014.

고순희, 『만주망명과 가사문학 자료』, 박문사, 2014.

고은지, 「개항기 계몽담론의 특성과 계몽가사의 주제 표출양상」, 『우리어문연구』제18집, 우리어문학회, 2002, 219~255쪽.

권영철, 『규방가사각론』, 형설출판사, 1986.

권영철, 『규방가사연구』, 이우, 1980, 153쪽.

권태을, 『식산 이만부의 문학 연구』, 오성출판사, 1990, 1~225쪽.

김경애, 「동학의 여성관에 대한 재고찰」, 『한국사상사학』제20집, 한국사상사학회, 2003, 83~111쪽.

김남형, 「조선후기 기호실학파의 예술론 연구-이만부, 이익, 정약용을 중심으로」, 고려대학교 박사학위논문, 1988, 1~137쪽.

김미정, 「동학·천도교의 여성관의 변화」, 『한국사학보』제25호, 고려사학회, 2006, 357~390쪽.

김성기, 「갑오개혁 이후 탁지부 파견 둔토감관 연구」, 『대동문화연구』제89집, 성균관대학교 대동문화연구원, 2015, 429~472쪽.

김시업, 「近代民謠 아리랑의 성격 형성」, 『전환기의 동아시아 문학』, 임형택·최원식 편, 창작과 비평사, 1985, 233쪽.

김영민, 「한국 근대 초기 여성담론의 생성과 변모-근대 초기 신문을 중심으로」, 『대동문화연구』제95집, 성균관대학교 대동문화연구원, 2016, 223~260쪽.

김용직, 「항일저항시〈신의관창의가〉」, 『한국현대시연구』, 일지사, 1974, 390~404쪽.

김윤희, 「안동의 여성 독립운동가 김락의 가사〈유산일록〉에 대한 고찰」, 『한국문학과 예술』제22집, 숭실대학교 한국문학과 예술연구소, 2017, 93~117쪽.

김인구, 「세덕가계 가사에 대한 고찰」, 『국어국문학』제84집, 국어국문학회, 1980, 256~265쪽.

김정석, 「17세기 은일가사 연구」, 고려대학교 박사학위논문, 2002, 1~153쪽.

김주부, 「식산 이만부의 산수기행문학 연구-〈지행록〉과〈누항록〉을 중심으로」, 성균관대학교 박사학위논문, 2010, 1~211쪽.

김주부, 「이만부의〈남풍〉에 나타난 영남사인의 역사인식」, 『동양한문학연구』제32집, 동양한문학회, 2011, 207~248쪽.

김주부, 「이승연의 생애와〈영대〉에 나타난 영남인식」, 『대동한문학』제37집, 대동한문학회, 2012, 253~285쪽.

김철수, 「19세기 민족종교의 형성과 남조선 사상」, 『동양사회사상』제22집, 동양사회사상학회, 2010, 5~47쪽.

김탁, 『정감록 - 새 세상을 꿈꾸는 민중들의 예언서』, 살림, 2005, 211~213쪽.

류연석, 『한국가사문학사』, 국학자료원, 1994, 340쪽, 371~372쪽, 399쪽.

문숙자, 「조선후기 양반의 일상과 가족내외의 남녀관계-노상추의 〈일기(1763-1829)〉를 중심으로」, 『고문서연구』제28호, 한국고문서학회, 2006, 209~233쪽.

박애경, 「야만의 표상으로서의 여성 소수자들-제국신문에 나타난 첩, 무녀, 기생 담론을 중심으로」, 『여성문학연구』제19집, 한국여성문학회, 2008, 103~138쪽.

박요순, 「근대문학기의 여류가사」, 『한국시가의 신조명』, 탐구당, 1994, 291~322쪽.

박용옥, 『한국근대여성운동사연구』, 고려원, 1984, 148-154쪽.

박찬승, 「한말 역토·둔토에서의 지주 경영의 강화와 항조」, 『한국사론』제9집, 서울대학교 국사학과, 1983, 255~338쪽.

박한설 편, 『증보 외당선생삼세록』, 애국선열윤희순여사 기념사업추진위원회 간, 1995.

박한설, 「윤희순 의병가 연구」, 『강원의병운동사』, 강원의병운동사연구회 편, 강원대학교 출판부, 1987, 281~293쪽.

서영숙, 「개화기 규방가사의 한 연구-'싀골색씨 설은타령'을 중심으로」, 『어문연구』제14집, 어문연구학회, 1985, 297~314쪽.

서영숙, 「근대전환기 가사에 나타난 여성의 삶과 인식」, 『어문연구』제38집, 어문연구학회, 2002, 205~231쪽.

서준섭·손승철·신종원·이애희 역, 「평등과 자유」, 『의암 유인석의 사상』, 종로서적, 1984, 35~37쪽.

성호경·서해란, 「만주 망명 여성가사 〈히도교거스〉·〈정화가〉와 〈정화답가〉」, 『한국시가연구』제46집, 한국시가학회, 2019, 165~205쪽.

손승철, 「의병장 유인석 사상의 역사적 의의」, 『강원의병운동사』, 강원의병운동사연구회 편, 강원대학교 출판부, 1987, 231쪽.

신두환, 『(남인 사림의 거장) 식산 이만부』, 한국국학진흥원, 2007, 1~246쪽.

신승훈, 「식산 이만부의 〈세민전〉 연구」, 『한국한문학연구』제56집, 한국한문학회, 2014, 267~316쪽.

신영우, 「1894년 영남의 동학농민군과 동남부 일대의 상황」, 『동학학보』제30호, 동학학회, 2014, 149~210쪽.

신영우, 「1894년 영남 예천의 농민군과 보수집강소」, 『동방학지』제44호, 연세대학교 국학연구원, 1984, 201~247쪽.

신영우, 「경북지역 동학농민혁명의 전개와 의의」, 『동학학보』제12호, 동학학회, 2006, 7~46쪽.

신영우, 「경상감사 조병호와 갑오년의 경상도 상황」, 『동학학보』제35호, 동학학회, 2015, 81~138쪽.

신영우, 「영남 북서부 보수 지배층의 민보군 결성 윤리와 주도층」, 『동방학지』제77~79호, 연세대학교 국학연구원, 1993, 629~658쪽.

신용하, 「1894년 갑오개혁의 사회사」, 『사회와 역사』제50권, 한국사회사학회, 1996, 11~67쪽.

심상훈, 「1920년대 초 조선독립운동후원의용단의 활동과 이념」, 『안동사학』제8집, 안동사학회, 2003, 241~270쪽.

안동대학교 안동문화연구소, 『경북독립운동사Ⅴ-1920~40년대 국내 항일투쟁』, 경상북도, 2014, 183~189쪽.

여증동, 「고종시대 토왜의병 유홍석 지음〈외당가사〉연구」, 『낙은강전섭선생화갑기념논총 : 한국고전문학연구』, 1992, 181쪽.

오인택, 「18·19세기 진주부 창선목장 목족의 직역 변동과 그 성격」, 『부산사학』제35집, 부산경남사학회, 1998, 71~76쪽.

요시미 순야, 이태문 옮김, 『박람회 근대의 시선』, 논형, 2004, 319~321쪽.

유병덕·김홍철·김낙필·양은용, 「한국 근세 종교의 민중사상 연구」, 『한국종교』제14집, 원광대학교 종교문제연구소, 1989, 90쪽.

유병용, 「유인석 제천의병항쟁의 제한적 성격과 역사적 의의」, 『강원의병운동사』, 강원의병운동사연구회 편, 강원대학교 출판부, 1987, 252쪽.

이경수, 「식산 이만부의 청년기 시에 있어서의 은일 지향」, 『한국한시작가연구』제13집, 한국한시학회, 2009, 213~235쪽.

이배용, 「개화기 서양인 저술에 나타난 한국여성에 대한 인식」, 『한국사상사학』제19집, 한국사상사학회, 2002년, 539~569쪽.

이병규, 「경상도 북부지역 동학농민혁명 관련자료와 그 성격」, 『동학학보』제35호, 동학학회, 2015, 171~202쪽.

이상경, 「여성의 근대적 자기 표현의 역사와 의의」, 『한국근대여성문학사론』, 소명출판, 2002, 35~74쪽.

이상보, 「이옥의〈청회별곡〉연구」, 『어문학논총』제2집, 국민대학교 어문학연구소, 1982, 41~55쪽.

이상택, 「개화기 서사가사시고-생조감구가를 중심으로」, 『진단학보』제39호, 진단학회, 1975, 141~160쪽.

이재수, 『내방가사연구』, 형설출판사, 1976, 28쪽.

이천종, 「석봉가 연구」, 충남대학교 교육대학원 석사학위논문, 2004, 1~111쪽.

이태룡, 「고종시대 의병가 연구」, 경상대학교 박사학위 논문, 1998, 1~80쪽.

이항재, 「개화기의 여성교육」, 『인문과학논총』제1권 1호, 순천향대학교, 1995, 237~314쪽.

이형대, 「근대계몽기 시가의 역사의미론적 이해」, 『한국시가연구』제37집, 한국시가학회, 2014, 12쪽.

이혜순 외, 『한국고전여성 작가연구』, 태학사, 1999. 147~149쪽.

장인진, 「운포 이중린의 척사정신과 의병항쟁」, 『영남학』제9권, 경북대학교 영남문화연구원, 2006년, 245~293쪽.

전미경, 「개화기 규방가사에 나타난 여성의 시대인식에 관한 연구」, 『한국가족관계학회지』제6권 1호, 한국가족관계학회, 2001년, 85~108쪽.

전미경, 「개화기 규방가사에 나타난 여성의 일상에 대한 여성의 시각」, 『가족과 문화』제14집 제1호, 한국가족학회, 2002, 97~123쪽.

전미경, 「개화기 축첩제 담론 분석 : 신문과 신소설을 중심으로」, 『한국가정관리학회지』제19권 2호, 한국가정관리학회, 2001, 67~82면.

정영문, 「이본 대조를 통한〈한양가〉의 텍스트 확정 문제 - 박순호본〈한양오백년가〉를 중심으로」, 『한국문학과 예술』제10집, 숭실대학교 한국문학과 예술연구소, 2012, 61~97쪽.

정은진, 「18세기 서화제발 연구(2)-숙종, 경종시대:식산 이만부와 동계 조구명을 중심으로」, 『한국한문학연구』제44집, 한국한문학회, 2009, 323~377쪽.

정의영, 「여성가사에 나타난 의식 분석-개화기 이후 작품을 중심으로」, 『돈암어문학』제6집, 돈암어문학회, 1994, 79~93쪽.

정휘창·광복회 대구경북연합지구, 『항일독립운동사』, 경상북도, 1991, 211~214쪽.

정희찬, 「갑오개혁기(1894~96년) 상납 건체 문제와 공전의 환송」, 『한국사론』제57집, 서울대학교 국사학과, 2011, 255~316쪽.

조동일, 『한국문학통사 4』, 지식산업사, 1986, 180~182쪽, 188~189쪽.

최강현, 「왕조 한양가의 이본에 대하여」, 『국어국문학』제32집, 국어국문학회, 1966, 81~90쪽.

최희정, 「갑오·광무시기 징세체계의 변화와 경남 고성지역의 항세운동」, 『석당논 총』제66집, 동아대학교 석당학술원, 2016, 355~386쪽.

한국정신문화연구원, 『한국민족문화대백과사전 18』, 1991, 239~240쪽.

홍경표·장성진·권영철·박혜숙, 「영사류가사 연구」, 『여성문제연구』제14집, 대 구가톨릭대학교 사회과학연구소, 1985, 9~153쪽.

홍재휴, 「大韓復讐歌攷」, 발행자불명, 1986.

홍재휴, 「소암가사연구」, 『연구논문집』제36집, 대구효성가톨릭대학교, 1988, 9~ 38쪽.

황수연, 「조선후기 첩과 아내-은폐된 갈등과 전략적 화해」, 『한국고전여성문학연 구』제12집, 한국고전여성문학회, 2006, 349~380쪽.

제2부

자료편

일러두기

1. 자료는 이 책에서 처음으로 다룬 신자료를 중심으로 실었다.
2. 이 외의 자료는 본문의 주를 참조하면 소재지를 알 수 있다.
3. 이본이 많은 경우 대표 이본을 실었다.
4. 필사본에 표기된 그대로를 옮겨 적었다.
5. 〈시절가〉는 여러 이본을 참고한 교합본을 실었다.

제1장

〈경난가〉*

경난가 박학쵸경난가

차신이 불힝ᄒ야 망세예 싱장ᄒ이

등한이 보닌세월 갑오연 당두ᄒ이

잇씻는 칠월이라 사방에 난이난이

동난이 봉기ᄒ야 쳔운이 약시년가

방빅슈영 씰쩌업꼬 양반상인 분별업다

가련흔 세월이라 이말잠간 드러보소

각처에 진을치고 각읍에 취군ᄒ이

---

* 입력대본 : 한국가사문학관 홈페이지(www.gasa.go.kr). JPG 파일 필사본.

부모처ㅈ 서로일코 원근에 길이막켜
간듸마다 젼장이라 살곳지 어듸민요
이도죽고 저도죽고 죽난건 스람이라
이몸줌간 싱각ㅎ이 ㅈ신지계 하처넌고
영위계구 몸일망졍 무위우휴 쓰지잇셔
셔울이라 치치달나 세상구경 ㅎ여보제
쥭영에 길이막켜 츄풍영에 길이막켸
조영으로 작노ㅎ이 문경이라 싀원짜에
쥬졈은 질볘ㅎ고 진장터의 십이로셔
마포원 이십이라 산곡으로 분노ㅎ이
좌편는 이울영이요 우편는 조영산셩이라
종형을 춫ㅈㅎ이 계신곳지 어듸넌고
츙쳥도 목쳔짜에 조판셔으 집이로다
노졍긔을 뭇자ㅎ이 이울영이 졍노로다
십이각이 너분한질 요강원이 십이로다
오난스람 젼히업고 ㄱ난스람 허다ㅎ이
영볜칠읍 흉연으로 경쥬에 걸인이야
쳘이예 별어신이 이곳엇지 업실이요
일낙셔산 져문날에 요강원 슉소든이
남여업시 만이든이 두간이라 봉누방에
둘너본이 좌우에는 경쥬사람 모도로다
셕반바다 먹는모양 밥흔상에 셔이먹고

잠을ᄌᆞᄌ 누은직션 우난소리 ᄋᆞ히로다
제남편으 흔난소리 ᄋᆞ히소리 듯기실타
그거동을 잠간본이 칙은흔마음 졀노나셔
여보그말 ᄒᆞ지마오 그ᄋᆞ히 운난소리
시장ᄒᆞ여 우난비라 심장인나 상케마오
쳘이예 셔로만나 한방소실 되여신이
억제로 참ᄋᆞ견듸 아모구박 ᄒᆞ지마오
이날밤 줌을 자다가 소변보로 잠간깨여
문박게 나가션이 월식은 만졍이요
야반인젹 고요ᄒᆞ듸 난듸업난 부여흔나
뒤으로 늬달나셔 쥬져방황 ᄒᆞ난거동
나을보고 션듯ᄒᆞ야 연괴잠ᄀᆞ 무러본직
쳔연이 듸답ᄒᆞ되 흔방에자든 여인이요
본듸경쥬 사옵던이 나흔슈물 흔살이요
흉연을 오연만늬 일례을 오는바에
가난곳젼 정체업꼬 밋난바에 가장인듸
츌가흔 육연거지 통심졍 흔변못히
여자으 평싱소원 부모동싱 고장발여
민난바 흔나인듸 일부종사 ᄒᆞ자ᄒᆞ이
졍영흔 오평승이라 그안이 익달ᄒᆞ오
마참일이 잠간바도 우연이 좃쏘시펴셔
비록첩에 첩이되고 종에종이 되야도

335

ㅅ졍을 알고보면 싱젼에 원이옵고
오평싱이 안이될듯 열여졍졀 잇짜히도
졍졀이 허시라 그가장 좃스보면
고상도 씰씩업고 오평싱 할거신이
잠간보와도 평싱귀쳔이 흔변보게 달려스온이
원을푸러 살여쥬오 그모양을 즘간보이
장부으 욕심이야 옥슈을 넛짓잡고
잠간슈작 약허휴에 호련자심 싱각ᄒᆞ이
사람으 흔평싱의 영욕은 다이슨이
여자마암 이실이라 뇌으졍든 사든부부
이마음이 이슬넌지 모놀개 스람일니라
잠간쌧쳐 일너왈 세상스람 흔평싱이
흔변궁곤언 여시라 스람마다 인난겟이
곤박할씩 별노싱각 일반삼인식 ᄒᆞ여셔도
츠휴에 세상보면 불상흔쥴 셔로알고
옛말ᄒᆞ고 슨난이라 이를씩예 곤쳐가면
그만더 못ᄒᆞᄆᆞᆫ 자연쳔도라 힝복졍영 못할겐이
츠휴라도 그쯧마라 그마음이 뇌닷거든
나을다시 싱각ᄒᆞ야 ᄌᆞ신명을 경계ᄒᆞ라
조심ᄒᆞ야 조심ᄒᆞ야 그맘부뒥 뇌지말나
계집스람 뒥답보소 익달ᄒᆞ오 신명일네
그날밤 진닌휴에 개동초에 표개지고

셔울향히 지을넘어 십이간이 용바우요
오리간이 연풍읍셔 삼십이 칠셩바우
이십이 괴산읍간이 산즁개야 너는곳듸
물이론하 동셔흘에 셔으로 읍이되고
동편에 홍판셔집이라 풍속은 경긔로다
이십이 유목졍이 잠간드러 슉소ᄒᆞ고
사십이 삼걸리예 십이예 우레바우
이십이 구졍볘리 이십이 오굉장터
삼십이 목쳔가셔 안닉장터 다다른이
조판셔 듸소가이 동난에 피우ᄒᆞ야
셔울노 환고ᄒᆞ고 힝낭이 집을직켜
종형임으 소식드러 셔울이라 송현갓짜
할길업셔 밤을쉬고 흔양셩즁 ᄎᆞᄌᆞ갈식
개명초에 닉달나셔 교촌이라 권싱원집에
잠간드러 조반ᄒᆞ고 이곳풍속 드러본이
곳곳마다 동학이요 스람마다 이싯로다
십이간이 믹일짓는 초목은 마쳔이요
시졀는 단풍이요 바릭본이 북역게는
구름ᄀᆞ탄 산쳔이야 목ᄒᆞ로 보인곳듸
산슈인물 다초면에 스람ᄌᆞ최 싱각ᄒᆞ이
빅연사지 못ᄒᆞ인싱 각휴ᄌᆞ최 망연터라
슛쳥걸이 십이간이 ᄉᆞᄒᆞ쳐음 개야너라

이십이 홍경솔밧 너르고 나진산이
낙낙장송 드린솔은 보난바의 첨일너라
이십이 소사장터 잠간가며 살펴본이
호호탕탕 너른덜에 흔량업난 동셔로다
시절은 풍연이라 곡초는 단풍이요
남북으로 통흔딕로 딕로즁에 제일이요
야즁노방 살펴본이 청인왜인 젼장터에
장ᄉ군들 간딕업고 썰어진 의복이며
ᄉ람쥭은 피와무덤 목흔ᄉ개 약시ᄒ여
옛일을 싱각ᄒ이 졍희량으 픠진터요
고금변복 싱각ᄒ이 흥망이 자최업고
허다쥭은 싱명이야 쥭은터이 말이업데
십이간이 칠언쥬막 감쥬걸리 진닉가셔
개장거리 십이로셔 진의읍 다달른이
츄슈ᄒ든 롱부드리 졈심요긔 흔창일네
얼는진닉 도라셔면 잠간이라 드러본이
장ᄒ시다 흔부인이 나긔도 잘낫시되
그남편을 젼흔말이 저른손임 말유ᄒ야
임이익어 만는밥에 요긔ᄒ여 본닉시요
외쥬인으 부른말이 여보시오 여보시오
요긔조금 ᄒ고가오 딕강인ᄉ ᄒ온휴에
밥을바다 먹으면셔 잠간보고 싱각ᄒ이

일반인ᄉ 좃컨이와 부여마음 싱각ᄒ이
밥을취히 안이로다 그마음에 도량이야
이십젼 부여로셔 두렷ᄒ 모양힝ᄉ
휴복졍영 좃키되야 그남편으 되복일네
치ᄒᄒ고 쩌난휴에 경쥬여인 싱각ᄒ이
ᄉ람으 마음이야 쳔층만층 격역일네
십이간이 오미장터 즁밋간이 십이로다
이십이 되한교 다달은이 슈원이 십오리라
슈원치례 볼작시며 남문올나 구경ᄒ이
셩안셩외 누만호의 셔울이 비등ᄒ다
남문건늬 북문든이 치례단쳥 허다비각
엇써흔 명환드른 복역좃코 덕을깃쳐
제명ᄒ여 영세불망 고금에 ᄌ최넌고
그다음 진늬션이 못셜무화 경쳐되야
연화가 만발ᄒ이 가을경체 찬란ᄒ다
이십이 사근늬셔 십이간이 갈밋치라
십이간이 과쳔읍에 남퇴영을 넘어셔셔
셩방들 십이간이 동작강이 오리로다
강상에 쩟난빗는 오락가락 허다ᄒ다
표표쥬자 자바타고 강상에 높피셔셔
ᄉ면ᄉ쳔 살펴본이 가려흔 만학쳔봉
한양으로 긔운쥬와 십이안에 셔울이라

돌모운이 오리로셔 남디문이 역게로다

북송현 ᄎᄌ가셔 울니종형 만닉본이

반갑기가 층량업셔 흔졍업난 인졍이라

슌임ᄋ희 인ᄉ범절 모양조츳 긔이ᄒ다

유련혼 여러날에 장안셩즁 구경ᄒ고

이목에 허다구경 다어이 셩언할리

그즁에 ᄉ군친구 인졍이 긔이토다

날이만히 집싱각이 몽미예 잇지못히

판슈불너 문복ᄒ이 가졍소식 닉일노알지

그명일 바릭ᄭᆺ틱 손을잡아 하직ᄒ고

사평강을 건네셔셔 용인읍닉 다달른이

고향ᄉ람 황경쳔이 반계이 상봉ᄒ이

그사람으 일른말이 동난진이 쳐쳐막가잇고

조령손셩 문을닷고 포군이 슈셩ᄒ며

장ᄉᄋ이면 가지못ᄒ고 실언ᄒ면 목을치고

열노의 횡막비여 슉식이 어려옵고

귀틱안부 드러본이 약시약시 진닉온이

가졍염여 달이말고 열노에 조심ᄒ여 가시오

하직ᄒ고 도라셔셔 갈길을 싱각ᄒ이

문복도 할거시요 조심ᄒ여 갈이로다

열노변 살피본이 창황역싁 거동이야

불길은 빈터이며 ᄉ람업난 빈집이며

춍민스람 오락가락 십이오리 유진ㅎ이

민포에 가난스람 동학에 가난스람

허다봉칙 진늬셔셔 쥭슌에 다달른이

수빅명 병정드른 쥭산읍 유히잇고

수빅명 동학군은 무긔장터 유진ㅎ고

물안비을 다달른이 싀벳날 간난길에

멀이업난 송장은 동복을 가초입고

길을막아 허다눈듸 타너문면 싱각ㅎ이

모골이 소연ㅎ야 싸에발이 안이붓고

달리목을 건네션이 허다흔 왜병졍이

총집고 흔도츠고 좌우에 벼려셧듸

스람목을 너헐비여 악슉남걸 밋드라셔

각긔달아 흐른피는 비린늬음 승쳔이라

얼푼보고 압만보며 쳔연이 진늬올제

스람마음 목셕이 안이여든 엇지하야 무심할리

문경싀직 상문온이 셩문을 구지닷고

문틈으로 둘너본이 슈빅명 병정이 좌우에 버러션이

위염도 장할시고 진늬갈이 그뉠넌고

문을 쑤달이며 밥비열어 달나ㅎ이

그즁에 감토씬직 ㅎ졸을 분부ㅎ야

셩문을 열여쥬며 스람을 인도ㅎ야

진즁에 안쳐녹코 거쥬셩명이며

무신소간 어듸가시며 이목에 허다본일

무슈궁문 흔난즁에 힝장이며 쥬먼지며

역역히도 뒤져보고 듸답을 실쳑업시 다흐이

공연이 말유흐면 못가게 말유흔다

장부으 간담이야 업쏘보면 죽난게라

군졸달여 이른말이 아동지어 조션볍에

볍예는 일반이라 군즁에도 볍이잇거든

도적을 살피보와 난세을 틱평코져 할진듼

쳘이허다 힝인을 무단집탈 자불진듸

평세예 난이 일노붓터 날비라 이볍은 하볍인다

그즁에 듸장이 흐난말이 본늬라 양반이 분명흐다

관계말고 쎠나시오 장흐시요 양반임네

보는바 쳠이로소이다 흐직흐고 쎠나션이

셩문너이 간듸마다 이거동 진늬난이

굴모옹이 진늬션이 가든길 역게로다

용궁영동 나려와셔 가졍소식 자셔듯고

듸구감영 나려갈싀 여의골 다달른이

흔ᄉ람으 거동보소 이싀간난 경쥬사람

손을잡고 통곡흐이 통곡은 무삼일고

듸답업시 통곡흐이 보난ᄉ람 밀망흐다

이소연으 거동보소 우든소릭 진졍흐고

노방에 폐쳐안즈 진졍흐야 흐는말이

경쥬산다 ㅎ온이 동향지인이요

소회는 동이라 이시이시 가지마오

나도본ᄃᆡ ᄉ든모양 근근호구 걱졍업던이

진작안ᄌ 듯는말이 츙쳥상도 올나가며

흉연업고 밥죤곳ᄃᆡ 시초홋코 인심죳타ㅎ야

가ᄉᆞᆫ을 진ᄆᆡㅎ야 경보로 짐을믿이

짐군은 둘니요 소실른 셔인ᄃᆡ

모친나흔 셜른셔인ᄃᆡ 이심지경 쳥상이요

닉나홋 십팔이요 ㄴ자나흔 십구세라

열어빅이 올나간이 닉ᄌ 발병나셔

촌보도 갈길업쏘 히는셕양 운ᄒᆡ야

쥬졈은 삼십이 갈참인ᄃᆡ 절면쒸면 흔탄할제

맛참만닉 빈말쑨에 싹닷돈에 틱여갈식

치을지여 간난거동 이ᄉᆞᆫ모 저산모을

구름갓치 진닉간이 ᄯᅡ라갈길 졍이업셔

일모황혼 저문날에 갈쥬막을 차자간이

간ᄃᆡ업고 본이업셔 실쳐ㅎ고 도라션이

뒤례오든 짐쑨보소 모친을 발려두고

먼여간다 차차오라ㅎ고 도망을 쏘갓신이

차질길 졍이업셔 모자 셔로잡고

일장통곡 ㅎ고난이 밤은집혀 그ᄉᆞᆫ곡에

근쳐ㅎ편 바릭본이 창에불이 보이건날

불을싸라 츳자가셔 쥬인불너 간청ᄒ이
모친는 안에자고 나는 외당에자고
식벼날 개동초에 모친불너 가자ᄒ이
이런벤괴 어듸잇소 쥬인는 환부라
열세희 쳥상모친 이날밤에 회절ᄒ고
진정으로 ᄒ난말이 엇지할슈 업난이라
나난임이 이집ᄉ람 되야신이 너는이곳 고공인나 사라
이말잠간 듯고난이 모친안식 쳔연ᄒ다
통곡이 절노난다 사세을 싱각ᄒ이
어제ᄒ날 지물일코 고은안희 졍든모친
둘니모다 시집가고 늬ᄒ 몸만 나마신이
산쳔인물 다션곳듸 도라셔른 ᄒ몸이요
어보이식 가지마오 통곡을 다시ᄒ데
이구경을 잠간ᄒ이 부운갓탄 세상에
ᄉ람으 변복이여 시각이 잠간일에
효령당터 드러션이 군위의홍 취졈ᄒ이
바람에 긔발이야 일광을 히롱ᄒ고
다부원 드러션이 왜인는 집을짓고
인동션ᄉ 취졈군이 연로에 낙력ᄒ다
칠곡읍 드러션이 칠곡부ᄉ ᄉ곡역이
승젼ᄒ고 드론길에 횃불빗치 솟밧치라
듸구개명 드러션이 증청각 뒤방에난

조흔친구 동유ᄒ이 각쳐에 소식드러

영볜경쥬 흉연이요 긔외팔도 동학이라

젼나도 운봉이며 안의함양 등지와

진쥬셩쥬의 영으로 병정이 오락갈락

츙쳥도 괴슨이며 강원도 영월등지

ᄉ람쥭근 소식이야 참아엇지 드르이요

조사휴쳥 령소릭 조셕으로 개폐문은

볍영이 엄슉ᄒ고 만방흔 기싱들른

열어기싱 담빅질이 모다본이 귀신갓다

일엉절엉 세월가며 경쥬친구 드러본이

흉연에 다셔나고 흉연험은 알건이와

집도헐코 싸도헐코 안졍흔건 경쥬요

자근직물 크게차려 경쥬가 제일이라

세싁이 박두ᄒ이 가졍싱각 절노난다

고향을 온난길에 상쥬달미 드러간이

일가에 흔집이셔 인졍범빅 놀납더라

셧달 슈무날에 상쥬읍 졉젼ᄒ이

각읍에 소동이야 잠옥흡도 허다ᄒ고

슌흥이라 집을간이 피난군은 셔로오며

뉘기뉘기 쥭근즁에 울리부모 평안ᄒ이

불힝즁 다힝이라 허다경상 덥퍼녹코

경쥬로 나려올시 싀빈날 느지뫽이

남부어듸 온난길에 풍셜이 분분터라
삼빅여리 오자ᄒᆞᆼ이 연노에 거동보소
경쥬에 ᄉᆞ람이면 구박이 ᄌᆞ심ᄒᆞ다
안동싸 셥밧쥬막 쥬인졍희 슉소듣이
경쥬ᄉᆞ난 셩셔방이 절문가슉 어린자식
봉누방에 흔틔드러 구박모양 ᄌᆞ세본이
쳐자으 소즁이야 ᄉᆞ람마다 잇건만는
남여분별 젼히업소 가련경상 못볼너라
풍셜이 장유ᄒᆞᆼ이 하로갈길 여흘간다
잇ᄯᆡ는 을미이월이라 경쥬싸 긔계면에
치동에 초도ᄒᆞ야 여간가듸 젼장산이
고향으로 논지ᄒᆞᆼ이 가흘은 ᄒᆞ건마는
긔지을 살펴본이 ᄉᆞ슈는 셔츌동릐ᄒᆞ야
북향마을 되야신이 봉셔암 놉푼봉은
셔남간에 소사잇고 마봉손 션돌바우
빅호가 되여신이 임비장이 압피되고
윤묘등이 쳥용된이 그가운듸 늬으집이
흔ᄉᆞ유거 맛당ᄒᆞ나 북향이 흔탄이라
궁츈모양 드러보소 본형가진 ᄉᆞ람업다
사람ᄉᆞ난 마을마다 젼장터이 분명ᄒᆞ다
계견이 소릐업고 야불폐문 ᄉᆞ자ᄒᆞᆼ이
장장츈일 지고진날 로구질이 쉿 길쓀쩍

쥬린인싱 허다모양 죽거죽거 발닌효상
믹츄등장 바리던이 등믹이 되고본이
싼세상이 경쥬로셔 걸인이 부자어라
닉으싱계 빈운소업 신롱유업 약국이라
십연넘어 공부ㅎ야 스람으 경역으로
싱익을 걸어녹코 주미예 살진몸이
말업시 먼여알라 인심이 쥬장인딕
산쳔을 불너본이 스람은 우믹ㅎ고
싱익곳지 맛지못히 안동볍젼 갈야다가
친고흔나 지도ㅎ되 상ㅎ도이 판이ㅎ야
슈왈우믹 ㅎ온나 영볜지 칠읍즁에
경쥬가 스부향으로 경쥬지강 동강셔는
우극낙지라 ㅎ기로 듯는마암 역연ㅎ야
오월슈무 나홋날예 여간쳐솔 다리고셔
홍쳔싯터 회계사에 일초옥 빈집어더
걸인모양 머무던이 일삭이 못히여셔
그걸사 집이라고 가쥬가 차자와셔
쏘흔집을 어더간이 협시리라 닉권두고
홍슈자으 멀리방에 약을걸고 머문거동
쥬인슈직 버절삼아 빈쳔에 낙을붓쳐
세월을 본닉즌이 우슈은 싱싴일다
닉마음 모른스람 웃난거동 먼여알고

347

스람경역 ᄒ여본이 각자슈신 제일이요

방언과영 이ᄒ마션 상ᄒ도 판이ᄒ다

즁심을 논지ᄒ이 이마음 뉘알손야

산슈인물 사과녹코 살곳절 둘너본이

쩟쩰에 미도갓고 창파에 빗도갓다

츄풍이 불작시면 낙엽도 귀근이요

하물며 스람이야 낙지가 어딀넌고

스람마다 이른말이 늬고향이 낙지로다

싀도 길드린 가지을 갈이고 곡기도 노든물 조ᄒ ᄒ고

기력긔난 츠운듸 츠자간이 ᄒ물며 스람살곳

인걸은 지령이라 인심이 쥬장인듸

우션고상 싱각ᄒ이 기광이요 우슌거동

사람마다 늬으쳐디 귀흔쥬로 뉘모로른리

산슈인물 다섯곳듸 몸쑨이요 다업신이

자염ᄒ이 걸인이요 싱각ᄒ이 광부로다

소소쇄쇄 온난비난 쳘쳘츌츌 싀난집에

흔듸만 못흔 걸사 늬으집이 안이로다

영영청승 팔이소릭 솔솔기난 사갈이라

일낙셔산 저문날에 난이낫짜 목구소릭

쥬졍도 안이여든 과긱도 방불ᄒ다

싱견에 안이먹든 그믹반은 썩근휴에 싱각ᄒ이

호타하 믹반과 무루졍 두죽은

한광무도 ᄒ여신이 믹반총탕이야
옛셩인도 ᄒ여거든 고금비풍 싱각ᄒ이
기갈이 감식이요 시장이 반춘이라
비루ᄒᆫ 의복과 고초ᄒᆫ 싱싴은
ᄉ람마다 여싀라 억제로 젼듸다가
실인으 거동보소 칙망갓치 ᄒᆫ난말이
츌입이요 오입이요 이것도 팔즤잇가
조흔집 너른젼지 고로우마 짓던롱ᄉ
병든인ᄉ 춘난ᄉ람 쥬야령문 ᄒ여이셔
몹실시졀 틔평커든 얼는밥비 가ᄉ이다
그말말고 늬말듯소 상도에 동난이요
하도에 흉연일싀 쳔희가 일반이라
일어그려 세월가셔 츄칠월 슈무날에
쏘흔집에 이싀흔이 이싀가 세변이라
삼쳔지교 옛법인가 지형을 살펴본이
어릭산 일지믹이 셔츌이 동릭ᄒ이
북으로 치동이요 남으로 홍쳔인듸
부모형제 갈러이셔 간운보월 유회쳐요
압푸로 안강 너른덜은 동경고도 통희잇고
동셔로 통ᄒᆫ길은 영쳔홍희 통희잇고
일졈동산 송졍ᄒ에 졍결일촌 되야이셔
슈구가 무졍한이 장구흥복 모를너라

식슈가 멀어신이 졍구지인 결박이요
사월휴 칠월본이 벼리밥에 진살이요
롱부으 흔난소리 믹쥬에 취히쏘다
츄식이 등장ᄒ이 인심이 물풍이요
팔월츄석 십월묘ᄉ 이웃인졍 구경ᄒ이
싴싴이 가진음식 집집이 긔이ᄒ다
인졍에 남으음식 갑품이 업셔신이
마암조ᄎ 이져시며 ᄉ난범빅 의복모양
마암조ᄎ 츄비할니 늬심ᄉ 드러보소
ᄉ람으 먹고입난 숫치 잇쏘보면 쓰제업고
부자암만 좃타히도 불언마암 젼혜업고
싱젼에흔 작졍이 세가지 이셔신이
세가지는 무어신고 슐담비 잡기로다
십세젼 얼일ᄯᅥ예 남으세졍 즈셔본이
쳔셕만셕 ᄒ던집이 슐과잡기 픽가ᄒ여
일동거린 그ᄉ람이 지금거지 목견ᄒ고
담비라 흔난거시 츌체업난 음식이되
방탕코 숫치흔 거동 남으실체 간간본이
소연으 할빅 안인고로 삼십젼 작졍이요
쳔고에 조흔글을 가산이 마가되여
십육칠세 폐공ᄒ이 심즁에 깁푼흔이
남모로게 슈문마암 일단항심 쥬장으로

나지로 츌입할제 힝음쥬송 싱각ㅎ고
밤으로 사쳐ㅎ야 슈불셕권 싱각ㅎ며
쥬경야녹 동즁셔을 은근이 쓰제두고
이십세 넘어셔면 소업더옥 싱각ㅎ이
미물에 까치도 남걸물어 집을짓고
물에곡이 산에싀도 밥을보고 모허들고
하물며 스람이야 항심소업 할작신이
사롱공상 사업즁에 션비소업 무어신고
의약복슈 풍슈즁에 말근소업 ㅎ나인직
불위양상 원양의는 옛스람도 효측이라
신롱유업 상빅초을 일단정신 공부ㅎ야
스람에 경역ㅎ고 싱이을 ㅎㅈㅎ이
광디흔 쳔지간예 도처에 츈풍이라
쳐음에 셜약ㅎ야 츠츠광문 삼연간예
동셔남북 빅이안이 풍슌안예 용오읍에
오난스람 간난스람 경역되고 싱이넌이
이왕긔즁 길연이야 임진계사 갑오꺼지
오셜멋고 밤잠못즈 츠즈온난 졉인이야
써운밥상 물여녹코 스이업시 졉인이야
아모리 친흔스람 졍든슈작 여가업고
긴절보와 할롱감을 여가업셔 졉인이야
소소션악 귀쳔간에 거마가 명문이라

인기성이 제송ᄒ고 당기병이 제약ᄒ야

가고오면 바든돈이 심닉예 계합ᄒ이

일연닉예 천금전지 흥성ᄒ이 흔ᄉ람에 천인이 앙종이라

이를쩍 이운마에 감동지으 ᄒ는말이

사면으로 나라든다 돈잇쏘 병든ᄉ람

이약국에 나라든다 소연호걸 ᄒᄂ이요

쳔시가 불힝ᄒ야 갑오동난 익연이라

직물은 구름이라 바람예 붓쳐두고

소즁은 ᄉ람이라 심즁에 싱각ᄒ고

허다히 올나간ᄃ 유독히 나려와셔

산슈인물 다션곳ᄃ 무슈고상 달기견ᄃ

을미가을 ᄃ구영에 잠간보고 도라올제

싸은질고 비갠날에 영천청통 곡개넘어

귀경ᄒ나 드러보소 길가에 절문계집

펫쳐안ᄌ ᄃ성통곡 가련ᄒ 니팔지을

불너가면 익통ᄒᄂᆫ데 그것티 두ᄉ람은

말리업시 셧난지라 그저갈길 젼이업셔

연괴잠간 무러본이 우든소릭 긋치고셔

신세타령 ᄒᄂᆫ말이 귀쳔간 계집팔지

노름ᄒᄂᆫ 가장만닉 세상자미 젼히몰나

계집은 종누북 치듯ᄒ고 살임은 히마다 업셔간이

ᄉ람에 밧는쳔ᄃ 죽거몰나 작정일에

제2장

〈尋心歌〉*

尋心歌

심심가나 불너보세 각셜잇써
시화련풍 국틱민안 어넌시졀의 다시볼고
가련ᄒ고 가련ᄒ다 창션목장 되엿던
겨졔와 남희와 젹양과 창션새경 사ᄂ빅셩
무신죄로 일반국토 일반국민예
창션목장짜예 미어던고 불상ᄒ고 불상ᄒ다
우리새경 빅셩 그뉘긔씨가 살예닐고

---

* 입력대본 : 한국가사문학관 홈페이지(www.gasa.go.kr). JPG 파일 필사본.

죽자ᄒ니 긔화셰상 요슌국이 되어짜고 일너잇고

살자ᄒ니 왕화부도 니삼도중예 고상이 되난곤나

니글을 짓자ᄒ니 일도만코 말도만네

니일을 어니어니 ᄒ잔말고

ᄒ자ᄒ니 샤람흔낫 업셔잇고

안이ᄒ자 ᄒ니 사난지ᄂ 관쇽이요

기지샤겡 되난자ᄂ 우리빅셩 제로곤나

무지할샤 져위원나 니다민곤 윈일인야

말랴말랴 졔발말랴 준민고택 졔발말랴

준민고틱 몰리겨든 위원안자 싱각ᄒ오

좃고만현 위원으로 근삼심몡 관쇽이

윈일이며 육방관쇽 빅셜이 윈일이요

셩덕할샤 탁지아문 봉셰훌령

미겔예 젼듸동을 삼심양식 바든휴의

빅셩을 돌보앗고 렬닷양은 상납되고

렬닷냥은 관원관리 임니되여 민간침칙 업셔난듸

무상할사 궁니부난 어니ᄒ야 도셰봉상

한졍업시 위원니여 니다민곤 하단말고

마효마효 글리마효 문씨위원 죠위원과갓치

글리마효 죠위원과갓치 글리글리 말옵시셔

허다관쇽 다발리고 창션젹앙셔 윈한낫

남희양장셔 윈한낫 겨계칠장셔 윈이삼

합오육몡만 ᄒ야셔도 족차족이 될텨인듸
육방관쇽 오육십몡 왼일이며 니다민곤 그안니요
그관쇽 다업셰고 불과칠팔 두신휴의
육칠십몡 님이쎄여 졔셰민간 ᄒ야시면
득인심이 그안이요 인심을 엇고보면
쳔심을 엇것곤나 득인심과 득쳔심을
ᄒ고보면 셰상만샤 계계로다
글려ᄒ고보면 안과틱펭 하실련이와
글려텰 안니ᄒ면 인심이 쇼동ᄒ겻곤나
인심이 쇼동ᄒ고보면 그무어시 좃탄말리요
위원위원 문씨위원 글리알랴 쳐분쳐분 ᄒ옵시셔
안과틱펭 ᄒ옵시고 쏘흔말삼 일너보셰
위원위원 문씨위원 마효마효 글리마효
놀리샤○방 글리마효 졔리분방 위원이ᄒ몬 ᄒ야겻졔
도셔기 졔리분방 왼일인야
마효마효 위원마효 도셔기 시계
졔리분방 왼일이요 위원이안자
졔리분방 ᄒ고보면 리다민곤을 아시련만은
도셔기시계 분방ᄒ니 리다민곤을 아시단말가
글려커렴 일너조도 위원안자 몰나계시겨든
가만안자 들려보와 싱각ᄒ오
식마분방 갓컨이와 글로분방 되단말가

글로가 무어시요 우리셩상 모시난
글로가 글로넌가 우리위원 모시난
글로가 글로넌가 우리빅셩 셤기난
글로가 글로넌가 그만ㅎ면 알겻곤나
차차이ㅎ 봉젹이랴 말삼 일리두고 일옴이졔
궁뇌부는 우리셩상 쇽기엿고
위원주는 궁뇌부을 쇽기엿고
도셔기는 위원주와 우리빅셩 쇽여곤나
이졔야 알랴본니 차차이ㅎ 봉젹되여곤나
원통할샤 우리국왕 궁뇌부예 쇽키여셔
우리겨졔와 남희와 통령과 젹양창션
오겡빅셩 다죽기시네 원통할샤 궁뇌부는
좃고만현 죠위원의 말만듯고
다죽인다 다죽인다 우리샤도오겡 사는 빅셩
다죽인다 어니ㅎ야 죽단말가
원통할샤 궁뇌부는 좃고만코 좃고만현
죠위원의 말만듯고 일반국토 일반국민예
조션이십샤목 업셰시면 민겔차로 승총예로
민겔예 젼티동을 삼십양슥 봉셰는 올컨이와
좃고만현 죠위원과 관쇽의 말만 듯죠시고
도셰봉상 훌령닐썍 흔졍업고
분간업시 우리빅셩 다죽인다

어니ᄒ야 흔졍이 업단말고 흔졍이 잇고보면

육방나졸 빅셜ᄒ며 삼십몡 셔긔 잇단말가

마효마효 위원마효 리다민곤 글리마효

원통할샤 궁닉부ᄂ 흔졍업시 도셰봉상 홀령닉여

리다민곤 시길줄만 알랴 계시겻졔

우리빅셩 기지새겡 도탄중예 드난줄을 아단말가

무상ᄒ고 무상할샤 창선위원 창선관쇽 무상ᄒ다

계샤갑오 양련 미틱상납 쳔유여셕

목화상납 구빅여근 진임자상납 육칠셤과

겨닷미 빅유여셕 모화미 이빅샤십여셕

겍여미틱 삼빅유여셕과 대상납ᄃ뎐 빅유여금

양련미상납이 낫낫치 죠위원의 입예

튜졀ᄂ네 어니ᄒ야 튜졀이 낫단말고

죠위원의 힝샤보계 갑오 칠월일의

각읍슈령 긔멩ᄒ고 각진만호 업셰놋코

각목장 업셰줄로 조션팔도 리민간예 안난밧듸

갑오십월일의 자층목관 일너놋코

미틱상납 바다곤나 미틱상납 바든중예

목관관힝미 이빅여셕 틱일빅 육십여셕

목화육빅 구십여근 진임자 넉셤여슈

낫낫치 우리민중 불일독봉 무겨곤나

무겨시몬 그만인듸 야슉할샤 져위원이

무지흔 져관쇽을 암촉흐야

믜마차로 들려곤나 믜마차로 들려시면

싱마팔기는 올컨이와 샤마팔기 윈일인야

무지흐고 야쇽흐다 져관리야

우리 불상흐고 불상흔 빅셩의계

글리글리 야슉흐나 양련 미틱상납

분슉흐면 그만인듸 샤마싱증 윈일인야

샤마싱증 흐난줄을 관쇽안자 싱각할랴

금련이 무술 경월일랴 지금가지

쌀고중예든 마피가 윈일인야

셰상이 일려흐니 불상흐고 불상흔

우리빅셩 그여니 샬기을 발릐이요

니놈 빅득중아 네듯겨랴 윈일인야 윈일인야

가믜흔치 작도흔낫 우리 빅셩의계

네도셔기 예납차로 당납이 윈일인야

니젼창션 목관이방도 가믜흔치 작도흔낫

예납차로 우리빅셩의계 당납이 업셔겨든

네조고만현 위원주의 도셔기로

우리빅셩의계 가믜흔치 작도흔낫 역봉이 되단말랴

말랴말랴 네도셔기 죳키로 이기양양 글리말랴

나는 우리빅셩 도탄중만 알랴겻졔

문씨위원 글조와랴 샤문의 글을뼈셔

우리빅셩 돌볼나 훈난샤람

출입말나 훈난위원 알랴시며

위원의 샤문밧계 빅셩취회 훈다훈고

요놈조놈훈는 도셔기놈을 늬어니 아단말가

좃고만현 빅득중아 네듯겨라

단문인중 승천샤요 리다민곤

우리빅셩 도탄중을 네알랴나

네는일시 도셔기되고 나는일시 빅셩되여곤나

네는일시 도셔기로 민곤차로 리다훈니

네는등등 위풍남자되고 나는일시 빅셩으로

너의관쇽 계샤갑오 미틱상납 귀졍시계

우리빅셩 돌볼얏고 일리졀리 납데신니

녹녹광인 늬로곤나 그간의 뼝방관쇽 이셔곤나

그간 뼝방관쇽 도마조 마판주틱젼 빅여금과

봉마상납 마피상납차로 민간겔렴

츈츄양등 양련간의 슈슈빅금 낫낫치 훈야잇고

민간보젼 십오셰 이상 육십이훈 되는남자

미몡일련 훈양 닷도슥을 바다시나

호방뼝방 상납쇼은 일쳐일반 이로곤나

호방뼝방 글리알랴 좃쳐훈고

우리빅셩 로쇼임도 글리알랴 좃쳐딜 훈옵시고

쏘훈말샴 들려보쇼 니놈을 밋쳐다 말옵시고

윗덜도 말옵시고 집피집피 싱각ᄒ와
샤셰 글려할가 안이할가 말삼덜 ᄒ야보오
우리니씨왕 등극ᄒ시 휴의
조션팔도 각읍슈령이며 각딘만효벨장
빈셜ᄒ실쎤 관샤아샤 빈셜ᄒ샤
각읍각딘 회감니 니셔 계시견이와
우리창션목장 목관ᄂᆡ샤 목관월렴
회감니 업셔잇고 관샤회감 업셔기로
우리창션 일도중이 디탕할슈 업셔곤나
관힝육방 관쇽임의 마련할슈 업실쌕더려
아샤각항 고샤짓기 어려와랴 어업기로
겨졔ᄒᆞᆫ쪽 통령ᄒᆞᆫ쪽 남희ᄒᆞᆫ쪽 젹양창션
샤도중 오겡빅셩이 젤렴호렴 슈렴ᄒ야
니관샤야샤 각항봉셰 고샤 지여신니
그안니 우리오겡빅셩 샤샤집이 집이런가
우리오겡 샤ᄂᆞᆫ빅셩 로쇼 쳠원간의
니글을 보고보와 상ᄒ 샤셰 집피집피
글려할가 안니할가 싱각ᄒ와
말삼덜ᄒ야 보옵시고 희자파담 ᄒ야감셔
니셜음과 니고상을 집피집피 싱각ᄒ와
샤셰 글려할덧 ᄒ옵겨든 우리 오계빅셩
일쳐로 회좌ᄒ야 난상공의 ᄒ야감셔

우리셜음 풀려보쇼 아모리야 쟈셰 알이고
셰알이도 독장난몡 되어기로
우리챵션 남자샤람 잇고보면 니일져일 발키닉여
겨졔와 통령과 남회와 젹양샤경 샤난빅셩
동무좌슈 어인지공이 나시길가 발릐던니
우리도중 샤는 남자샤람 업샤와랴
니일을 셩샤할슈 젼이업셔
니글을 되강셜파 지여 면면장닉 올니온니
글리알랴 쳐분덜 ᄒ옵쇼셔
글리알랴 쳐분을 ᄒ옵시되
니닉업고 엿튼 쇼곈네는 달옴이 안니오랴
관샤아샤 각항고샤 이무우리 샤샤집이 되어잇고
힝여 회목이나 될가만니
삼샤련을 지달리고 지달이도 회목은 업셔지고
풍마우셰 기지회파 되어신니
니관샤 아샤을 어니할리
풍파우파회파 올커덜낭 그만두고
글려텰 안니커든 우리 오겅빅셩
샹통문자 ᄒ야감셔 일쳐로 모와안자 공론휴의
우리 관챨샤도 젼예 니련유을 샹쇼ᄒ와
득졔을 ᄒ온휴의 니관샤 져아샤 낫낫치 방민ᄒ고
계샤갑오 양련 미틔샹납 이무

361

죠위원과 김호방 화션의 입으로

튜졀이 낫겨곤나 어니ᄒ야 튜졀니 낫단말가

차쇼위 쳔위신조 그안니며

쳔작얼은 유가위언이와 자작디얼은 불가활리랴

말삼 일리두고 일옴이졔

죠위원의 욕심보쇼 갑오 칠월일의

목관펴지 되여잇고 십월일의 가층목관 되여와

미틔간의 관힝이랴 자층ᄒ고

삼빅어셕과 진임자와 목화근슈

상동갓치 묵어시면 족차족이 될터인듸

민간초조 지판되여 근본업ᄂ 팔십셕을

차지랏고 들려기로 우리빅셩

그련유을 장졍ᄒ니 졔음늬예 ᄒ야시되

계샤상납 쳥졍휴의 분간ᄒ자 낫겨곤나

창션유감 리슈집강니 졍칠ᄒᄂ 힝샤보쇼

졔랴삼쇼임 검듸ᄒ니 죳타ᄒ고

죠위원과 젼일 동심고계 되여닷고

찬조곌렴 독봉차로 창션리회 붓체곤나

관힝찬조 창션만 되단말가

우리겨계와 남희와 적양창션 샤겡이하몬

ᄒ야겻졔 창션만 되단말가

샤셰 글려할가 졀려할가 집피집피 싱각ᄒ오

의환의 슛놈보쇼 왈칵쑤여 나안지며 일온말리

요보효 요보효 니집강 요보호

읜말이요 읜말이요 이겨시 읜말이요

위원의제음 졀려흔듸 계샤상납쳥졍 흔말도 못흐고셔

곌럼효렴쇼리 되단말가 흐고난니

그졔야 빅셩마음 일편이 되여곤나

일편이 되여기로 통일차로 남양문션을 갓겨곤나

남양무션 가셔본니 창션관쇽 쇠을보호

문씨위원 보나야셔 죠씨위원 창션으로

모셰 왓겨곤나 의환의 겨동보쇼

계샤갑오 미틔상납 귀졍차로

각동빅셩 달리고셔 죠씨위원젼 갓겨곤나

계샤갑오상납 말물은니 죠씨위원 얼늬보쇼

계샤갑오양련 미틔상납 일션칙예 실어놋코

량이방과 량가샤람 흔낫 김가샤람 흔낫

삼아시계 쳘리겡셩 보늰휴의 나도올나

샤복시 제죠듸감씨젼예 상납흔말 분몡흐고

김효방 화션불너 상납분몡 말물은니

화션의 얼늬보쇼 어물어물 흐는말리

갑오승총 상납직촉니 분몡키로

상납을 흐여닷고 말을흐니

죠위원과 두리 말리 부동흐니 그안니 튜셜이며

곽호방 긔상납일을 두고보쇼

계샤상납 칙문이 분명ㅎ고 보겨더면

그어니ㅎ야 창션민간 임션자 전환 츄심차로

리즁민장 이셔시며 진주관찰 샷도젼예

민장이 이셔시며 본주군슈 샷도젼예

득졔ㅎ 민장이 이단 말리요

글려커럼 일너와도 못듯고 몰나 계시겨든

가만안자 리즁졔음 관찰샷도졔음 군슈샷도졔음

삼졔음을 낫낫치 들려보와 샤셰 글려할가 안니할가

파혹덜 ㅎ옵시고 니졔음 들려보오

昌창善션里리中즁 題졔音음狀장事샤 如여此차예

民민願원이 俱구歸귀ㅎ니 即즉為위推츄捧봉ㅎ아

以이補보結곌戶효布포 宜이當당事샤라 나셔잇고

觀관察찰使샤道도 題졔音음ᄂᆡᄂᆞᆫ 公공錢젼과 公공穀곡을

從죵中즁乾견沒몰타가 至디登등民민狀장ㅎ니

不불可가泯민黙묵이랴 捉착致치郭곽金김兩양吏리ㅎ야

逐츅条죠質질查샤 報보來ᄂᆡ事샤 군슈ᄆᆡ계 이셔잇고

郡군守슈使샤道도 題졔音음ᄂᆡᄂᆞᆫ 永영査샤措죠處쳐

毋무至지煩번訴쇼 宜이當당事샤랴 里리首슈ᄆᆡ계

이셔신니 그안니 튜셜인가 그만ㅎ면

양련상납 미상납이 분명ㅎ줄 알겨곤나

니샤도 오경샤ᄂᆞᆫ 빅셩동무 일시예

동심육역 발기ᄒᆞ야 니일져일 낫낫치 발키ᄂᆞ여

우리빅셩 살리ᄂᆡ셰 우리 빅셩동무 살리자몬

그중예 의기남자 잇고 이셔야만 할터인니

그중예 아모랴도 니글을 보고보와

샤셰 글려할덧 ᄒᆞ옵겨든 동몡과 셩씨와 몡자을

차차제몡 책포ᄒᆞ야 주옵시면

일휴의 종차 만닐날리 잇쇼온니

글리알랴 제몡칙포 ᄒᆞ옵쇼셔 제몡칙표 ᄒᆞ옵시되

니일을 ᄒᆞ야보고 안되겨든 죽기로 씸을뼈셔

우리 셩상젼예 올나가셔 니원졍을 올리ᄂᆞ여

우리 오겡샤ᄂᆞ 빅셩동무 아무쪼록 살려ᄂᆞ여

죽벡제몡 ᄒᆞ야쇼코 만셰무량 살랴보고

글리도 졀리도 못ᄒᆞ겨든 죽기로 씸을뼈셔

비나이다 비나이다 옥황상졔젼예 비나이다

니빅셩이 비나이다 몡쳔니 감동ᄒᆞ시샤

우리빅셩 살일차로 ᄋᆡ몡어샤씨와

신관찰ᄒᆞ실 쪼씨 관찰샷도임 젼예

니원졍과 니셜음을 낫낫치 션몽일너

우리오겡 샤ᄂᆞ빅셩 급피급피 살리주옵쇼셔

니빅셩 발리ᄂᆞ니 그쑌이요 쳔위신조 ᄒᆞ옵쇼셔

니말져말 다발리고 쏘흔말삼 일너보셰

위원위원 알라ᄒᆞ쇼 죠씨위원 알라ᄒᆞ되

우리 불상ᄒ고 불상ᄒ 겨계와 남ᄒᆡ와
통령과 창선과 젹양 오겡샤ᄂᆞᆫ 빅셩의계
원망말고 알라ᄒᆡ쇼 쇽담예 일온말삼
흥진비릐ᄒᆞ고 고진ᄒᆞ면 감ᄂᆡᄒᆞ다 일너신니
글리알라 쪼쳐ᄒ고 관찰관찰 우리신관
쪼씨관찰샤도 살피시요 살피시요
우리겡상도 샤ᄂᆞᆫ빅셩 골리골리 살리쇼셔
우리 겨계와 남ᄒᆡ와 챵션과 젹양샤겡
도슈쇼쇼 도중이나 경상도지겡 일반이요
통령쌍도 경상도지겡 일반니온니
오겡샤ᄂᆞᆫ 빅셩도 일반으로 골리골리 살피쇼셔
보쳔디ᄒ와 솔토디ᄂᆡ예 일반국토 국민이온니
일반으로 골리골리 살피시고 살리쇼셔
비나이다 비나이다 니빅셩이 비나이다
우리 신관찰 샷도젼예 비나이다
비ᄂᆞᆫ일리 달음이 안니오라 니몸쎨 니빅셩이
빅셩을 위할럇고 아모리 납데고 납데셔도
빅셩ᄒᆞᆫ낫 안납데고 안쌀은니
니원졍을 올리기ᄂᆞᆫ 지극미안 ᄒᆞᆸ고
지극황공 ᄒ오나 몡법관찰 ᄒ시ᄂᆞᆫ
샷도 임젼과 주샤임젼 좌디ᄒ의 집피집피
싱각ᄒᆞᆸ시셔 우리 오겡빅셩 살리주오

니셜음과 니원졍을 낫낫치 말삼을 몬고ᄒᆞ와

만디쟝셔 글을뼈셔 올리온니

질로이 말옵시고 집피집피 싱각ᄒᆞ옵시고 ᄒᆞ옵시셔

우리오졍 샤는 만빅셩의 쇼쇼잔명을

급피급피 구ᄒᆞ쇼셔 경상도 일도ᄂᆡ와

우리조션국 팔도중예 그어듸 우리오졍

샤는빅셩 도탄 갓탈이요

우리오졍 빅셩도탄을 낫낫치 탐지ᄒᆞ야

상쇼을 ᄒᆞ쟈ᄒᆞ니 니놈져놈 낫낫치 관속이라

니원샤을 아모리 탐문을 ᄒᆞ고할야 ᄒᆞ야도

탐문할슈 젼이업샤와 되강 되두샤만

알라 올리온니 우리몡볍 ᄒᆞ시는 쪼씨 관찰샤도

집피집피 통촉ᄒᆞ옵시고 통촉하와

니빅셩을 글으다 말옵시고 션졍션치 ᄒᆞ옵시셔

우리빅셩 관찰ᄒᆞ옵시고 탐관오리 관찰ᄒᆞ옵시셔

유죄무죄 분간ᄒᆞ옵시고 옥셕구분 지탄이 업계

졈시ᄒᆞ옵시셔 민무겨산지겡이 업계 ᄒᆞ옵쇼셔

멸고며다 쳘리겡셩 그어니 멸고면고

원통ᄒᆞ고 원통ᄒᆞ다 우리빅셩 쳘리겡셩을 나시면

우리 셩상젼예 빅알ᄒᆞ온 휴의

니셜음과 니원졍을 쇼피올예 위불위을 알련만은

쳘리겡셩이 멸고멸 쑌딜려 혈혈단신 니ᄂᆡ몸이

니곳셔도 혈혈단신이요 본주셔도 혈혈단신
관찰샷도젼과 주샤젼도 혈혈단신이라
니일을 어니어니 ㅎ잔말고
ㅎ자ㅎ니 니놈겨놈 슈다흔 괄리놈과
슈다흔 딕민덜은 통일차로 일펜이요
안니ㅎ자 ㅎ니 그알릭 쇼쇼잔민은
기지새겻 도탄중예 들려시나 그뉘기씨가 살리닐고
그중예도 엇더흔 빅셩덜은
일을 알고알라 입이야 잇견만은
형졔처자 만나기로 졔흔말도 못ㅎ얏고
니일을 어니어니 ㅎ잔말고
ㅎ자ㅎ니 니늬몸도 구쳔긱이 되기습고
안니ㅎ자 ㅎ니 우리 쇼쇼잔몡 다죽넌다
일리씨고 졀리씨고 니글씨을 씨고ᄂ니
눈물도 자로ᄂ다 니일을 어니어니 ㅎ잔말고
요보호 요보호 우리몡법 ㅎ시ᄂ 쏘씨 관찰샷도
니칙을 낫낫치 친심ㅎ신 휴의 질로이 말옵시고
집피집피 싱각ㅎ신 휴의 윗쏘시고
살려주오 살려주오 몡익환을 살려주오
니셰상예 슛놈 안니고야
불고져의 조상임과 부무임과 형졔쳐자 ㅎ고
니원졍을 기어이 지여올예 글리글리 납데잇가

집피집피 통촉ᄒᆞ옵시셔 살려주오 살려주오

읫환의 마음 글으겨든 경각타살 가컨이와

글으덜 안니커든 뎡읫환을 살려 주옵시고

만빅셩을 일시에 살려 주옵쇼셔

니말져말 다발리고 우리뎅법 ᄒᆞ시ᄂᆞᆫ 쪼씨관찰

말으시요 말으시요 부듸부듸 말으시요

젼등관찰 니씨갓치 챵션위원 죠위원을

암탁관찰 말으시오 위원암탁 말으시고

우리빅셩 관찰 부듸ᄒᆞ쇼

말옵시요 말옵시요 질로이 말옵시요

죳고만코 죳고만현 힌구챵싱 뎡읫환니

자토즁예 들려안자 제어니 어단셩장

고져을 알라씨며 샹ᄒᆞ군펭 글자을 모로온니

괘렴텰 말옵시고 집피집피 싱각ᄒᆞ옵시셔

글자을 분간ᄒᆞ와 쳐분을 ᄒᆞ옵시고

닌리쇼샤 닌리쇼샤 쳔인만인 젹덕젹션디심을

닌리와셔 광계챵싱 ᄒᆞ옵쇼셔

취디여일 망디여운 발릭ᄂᆞ니

우리진주 쪼씨관찰 샷도임닌

비나이다 비나이다 진주챵션 도즁샤ᄂᆞᆫ

죳고만코 죳고만현 읫환이가 죽기로뼈 비나이다

셩문고족 혈혈단신 읫환이가 망샤ᄒᆞ고 비나이다

달옴이 안니오라 우리명법 ᄒ시ᄂ 관찰 샷도임ᄂᆡ

니휴록ᄒ 제각샤을 친심ᄒ신 휴의

죠위원과 각계리을 착치 공정샤문ᄒ신 휴의

오겡빅셩 불너올예 샤셰 글려ᄒᆫ가 안니ᄒᆫ가

낫낫치 귀졍ᄒ옵시셔 우리 빅셩덜과

혈혈단신 뎡ᄋᆡ환을 살예줄나 ᄒ옵시겨든

불상ᄒ고 불상ᄒ 잔뎡 ᄋᆡ환을낭

옥즁으로 ᄂᆡ리와 가두쇼셔 어니ᄒ야

옥즁예 갓치기을 자원자쳥 ᄒ올잇가만은

달옴이 안니오라 져위원과 져관리덜리

일시예 달려들려 타살ᄒ면 그만이요

글려털 안니ᄒ야도 우리 빅셩의

원졍을 말을ᄒ면 탈살을 ᄒ랏고

달려드ᄂ 관리 이셔겨든

ᄒ물며 니칙과 니원졍을 우리 뎡법ᄒ시ᄂ

관찰샷도 임젼과 주샤임젼예 올리고보면

그어니 타살리 업시이요

글로알라 올리온니 집피집피 싱각ᄒ옵시셔

살려주오 살려주오 불상ᄒ고 불상ᄒᆫ

ᄋᆡ환을 살려주오 ᄋᆡ환ᄒ낫 죽고보면

그만인줄 아덜 말옵시요

겹ᄂᆡᄂ니 부모임과 형졔쳐자 권구로다

샤셰 글려 히기로 니일을 ᄒᆞ자ᄒᆞ니

고샹과 겻졍이 부모임과 형졔쳐자간예 될텨이요

안니ᄒᆞ자 ᄒᆞ니 쟝부마음 혀샤되고

기디샤졍 되ᄂᆞᆫ직ᄂᆞᆫ 우리오졍 샤ᄂᆞᆫ

쇼쇼잔민 졔로곤나 셰샹이 글려 히기로

아모리 안자 셰알리고 셰알이도

쳔싱만민 ᄒᆞ실쩌예 황자왕샹 ᄂᆡ이시고

각도각읍 관찰도와 슈령샷도 관원괄리 마련할졔

취리욕리 말으시고 션치민졍 하실랴고

차차이ᄒᆞ 봉즁 이셔시니

니일을 어니어니 ᄒᆞ잔말고 (셰알리고 우리)

관찰샷도 슈령샷도 션치민졍 ᄒᆞ시ᄂᆞᆫ

그마음과 그듯으로 니놈이 가지고셔

니지졍예 일려샤온니 부듸부듸 살려주오

어리고 얼인 의환의 마음이여

겨졔와 남희와 통령과 창션과 젹양 오졍ᄂᆡ가

창션은 일쟝ᄂᆡ요 젹양도 일쟝ᄂᆡ요

남희ᄂᆞᆫ 양쟝ᄂᆡ요 통령도 양쟝ᄂᆡ요

겨졔ᄂᆞᆫ 칠쟝ᄂᆡ라 합ᄒᆞ니 십삼쟝이 되여곤나

ᄒᆞᆫ쟝ᄂᆡ샤람 ᄒᆞᆫ둘슥 모우자ᄒᆞ니

슈십인니 될텨이라 난민이라 할텨인니

니일을 어니어니 ᄒᆞ잔말고

371

속담예 일온말삼 셩듸공 ᄒᆞᄂᆞᆫ자ᄂᆞᆫ 불모어중ᄒᆞᆫ다
일온 말삼 일리두고 일옴인가
싱각ᄒᆞ시요 싱각ᄒᆞ시오 우리몡법 ᄒᆞ시ᄂᆞᆫ
쪼씨 관찰샷도 샤셰 글려할가 안니할가
집피집피 통촉쳐분 ᄒᆞ옵시셔
살려주오 살려주오 우리오경 샤ᄂᆞᆫ 빅셩덜과
쇼쇼잔몡 뎡믜환을 살려ᄂᆡ여 만세무양ᄒᆞ계
졈시ᄒᆞ옵시고 쏘ᄒᆞᆫ말삼 알로이다
알로기ᄂᆞᆫ 지극황공 ᄒᆞ오나
올예주오 올예주오 상쇼ᄒᆞᆫ장 보장ᄒᆞᆫ장
두장만 올예주오 우리 셩상젼예
글리글리 마시랏고 상쇼ᄒᆞᆫ장 올예주옵시고
우리궁ᄂᆡ부 듸신젼예 글리글리 마시랏고
보장ᄒᆞᆫ장 두장만 올예주옵시요
제일예ᄂᆞᆫ 조션니 이십샤목인지
십이목장인지 이실쩌ᄂᆞᆫ 일반국민으로
봉마상납을 ᄒᆞᆫ닷고 젼여답예 제셰을
ᄒᆞ야주워 계시곤나 이무파목이 되어신니
일반국토예 민곌차로 곌셰듸젼 ᄆᆡ곌예 삼십양슥
봉셰ᄒᆞ시난양은 올예계시견이와
도셰젼을 답ᄆᆡ곌예 젼삼십오 앙이요
젼ᄆᆡ곌예 젼십칠양 오돈슥 바들랏고

위원늬여 가봉은 왼일이요

샤셰 글려할가 안니할가 집피집피

싱각ᄒ와 상쇼흔장 올리시고

졔이예ᄂ 우리 궁늬부 딕신젼예

갑오 유월일예 이무 십이목을 파ᄒ시고

신졍슉을 새로내샤 갑오유월 이젼을낭

각항 상납이며 각공젼을 이무혀민혀시을

ᄒ야계셔시니 도차상납 환츄봉을

글리글리 마시랏고 보장흔장 올예여셔

우리 겨계와 남히와 통령과

창션과 젹양오겡 샤난 잔밍을 구ᄒ쇼셔

쇽담예 일온말삼 열감샤 쳡보ᄒᄂ 일리

흔슈령 쳡보만 못ᄒ다 일너시나

그엇지ᄒ야 일도늬 관찰샷도 되시고야

죳고만코 죳고만현 죠위원의 쳡보을 몬당할이요

우리 만빅셩의 마음 글려텰 안니흔딕

아모리 관찰샷도 되여계신다 ᄒ야도

샤셰 쇼련치 안니ᄒ면 몬당하실련이와

샤셰 쇼련흔딕 그어니ᄒ야

죳고만현 죠위원의 쳡보을 몬당할이요

샤셰 글려할가 안니할가 질로이 말으시고

집피집피 싱각ᄒ옵시셔

373

우리 오졍샤는 만빅셩의 잔몡을 구ᄒ쇼셔
비나이다 비나이다 우리쏘씨 관찰샷도 임젼예
니빅셩이 망샤ᄒ고 비나이다 발리는니 그쑨이요
니말져말 다발리고 쏘흔말삼 올예보셰
불상ᄒ고 가련ᄒ다 져빅셩덜 우리쏘씨
관찰샷도 안니시면 그뉘기씨가 살예닐고
살예닉고 보면 당힝이 될련만은
그몬살리고 보겨더면 져빅셩은 어니ᄒ며
니익환이난 그부모임과 형제쳐자
다발리고 그어듸을 가잔말고
듸국을 가자ᄒ니 이주 투만강이 갈리왓고
호국졀국 가자ᄒ니 왜관왜복 싹발을 ᄒ겻곤나
왜관왜복 싹발이야 ᄒ나던나
살기나 삼상ᄒ제만은 그죽이고 보면 그무엇할리
알로기는 지극미안 ᄒ옵고 지극황공 ᄒ오나
쏘흔말삼 알로이다 달옴이 안니오라
니빅셩이 제각샤을 낫낫치 인차마련 씰텨이온나
단문ᄒ옵고 무슥ᄒ와 장흔장도 몬만드옵고
니말리 투셜닉면 샤셰위티 ᄒ옵기로
글을지여 칰을무여 올리오나
몬져할말 난중할말 션휴제차가 업샤온니
글리알랴 집피집피 통촉쳐븐 ᄒ옵시고

그나믄 제각샤는 휴록기을 올리이다
글리알라 쳐분ᄒ옵쇼셔

근대기 역사의 전개와
가사문학

제3장

〈쳐사영결가〉*

쳐사영결가

뇌가완뇌 뇌가완뇌 어이ᄒ여 못볼넌고

뇌가완뇌 뇌가완뇌 어이ᄒ여 말이업노

실푸다 못보고 말업신이 이거시 영결인가

허다흔날 다나두고 뇌업실쩌 이윈일고

오회라 신츅사월 슈무낫날 뇌싱견 싱일이라

쏫박게 뒤구일노 불시예 쎠날적에

뒤조찰밥 남은거설 나을위히 전한말이

---

* 입력대본 : 한국가사문학관 홈페이지(www.gasa.go.kr). JPG 파일 필사본.

한슐만 더쓰시오 더쓰시오 안즈ᄒ던 그모량이
안전에 별어거늘 쏘다시 ᄒ난말이
직지나셔 넘무넘무 시장ᄒ거 참지말고
돈넘무 악계말고 몸을부듸 상케말고
부듸부듸 축업시 단여오소 ᄌ조ᄌ조 부탁건날
우연이 늬한일이 늬가삼 늬가치며
듸ᄉ을 당두ᄒ여 걱정넘무 ᄒ지말게
걱정은 씰듸업고 늬가사라 잇거든
무신 근심할리 늬말글리 ᄒ여던이
이거시 영결인가 이거시 영결될쥴
늬정영이 몰나신이 어이ᄒ여 다시볼고
나는무ᄉ 단여완늬 어이ᄒ여 못볼넌고
갈ᄶ쌀인 약ᄒ쳡을 먹으라 밥바 못ᄒ일이
이제싱각 휴회여늘 늬나집에 이셔던들
약이나 늬원듸로 써셔나 보던들사
명은비록 직쳔인나 갑오연일 싱각ᄒ이
회싱인나 할넌지 잇달다 잇달다
실푸다 실푸다 왕ᄉ을 싱각ᄒ이
이얼쥴 엇지알이 갑오연 날례난
쳔희가 듸동지환이라 환난도 갓치적고
경쥬홍쳔 우졉ᄒ야 긔구고상 갓치적고
병신졍유에 의병난을 구경피란 갓치ᄒ고

궁곤흔 살임살이 빅골키도 갓치ㅎ고
ㅊㅊ호구 근근득에 조박셕죽 갓치ㅎ고
고장슌쳔 다발니고 나을싸라 경쥬오고
젼빈휴부 소즁흔이 늬엇지 이질손가
긔희연 구강이셔 늬병드러 슈삼삭에
죤병에 효즈업다 옛말에 일너건날
늬슈발 한난돌리 흔날에 흔시갓치
믜일에 슈다흔약과 믜일에 슈다흔미음을
밤이나 낫진나 흔 변도 실시업고
아몰이 실타히도 은근지셩 권흔모량
열변권희 열슐이요 빅변권희 빅슐이라
하믈며 골문듸죵 입으로 날로쌜졔
지극지셩 감쳔ㅎ야 늬몸이 사라신이
목하에 벌어건날 어이ㅎ여 다시볼고
남듸도록 금실인나 실속엇지 갓틀니요
세상이 알건이와 셋늬외 사자ㅎ이
일호투기 업서신이 스람마다 쉬울손가
적쇼도 활달심이 이안이 크단말가
삼싱가약 집푼언약 울이셔이 작졍ㅎ기
둘이흔맘 나을셤겨 늬마음 둘을갓치
싱젼경계 히온말이 마암편코 몸편키을
싱젼에 작졍턴이 이거시 윈일인고

익달다 익달다 이거시 윈일인고
닌외간 슘문졍이 어혹몸을 갓가ᄒ면
절이가소 절이가소 은근이 ᄒ난말이
화락ᄒ 그ᄯ지야 이안이 깁풀손가
빅연기약 ᄒ여던이 이거시 무삼일고
여아가 만츠ᄒ이 기츌갓치 경겨ᄒ면
얼이다 아희덜이 그본졍을 못바든이
약간거졍 불안타가 밤즈면 싣졍나고
실푸게 연연ᄒ모량 목ᄒ에 벌어거날
말이야 쉽건만난 사람마다 어렬서라
만슈야 글일너라 만슈야 글일너라
허다이 ᄒ던모량 목ᄒ에 벌어거날
ᄒ낫즈식 울이만슈 영화을 볼야ᄒ고
일싱글이 ᄒ던모량 어이ᄒ여 어듸간노
그듸온휴 만슈나셔 시연이 구세라
인역나이 쳥춘인듸 어거시 무삼일고
항상만슈 사량턴이 이제ᄶ지 길너닌여
셩츄을 못보고셔 이거시 무삼일고
인역기츌 안알망졍 쌀즈식 열어잇셔
실흔나 조흔나 허다이 거돠닌여
츌가히여 셩츄휴에 닌왕졍반 못보고셔
이다지 허스넌가 졍각ᄋ히 싱각ᄒ면

금연졍월 그름날이 싱젼에 영결인가

실푸다 시모임과 동셔간은 작연이월 영결인가

울이형졔 슈숙간는 이달초삼 영결인가

실푸다 모르는 스람일이 영결인쥴 몰나신이

고고이 실푼마음 졀졀이 익싁ᄒ다

닉계예 ᄒ던슈발 일일히 싱각ᄒ이

날 삼시밥비며 간혹에 불시슈는

스람마다 잇건이와 기달이 별유ᄒ개

염반에도 별미잇고 남물에도 별다른이

나지라 소소ᄒ썩 시장ᄒ일 슈슈할졔

남으게 말못ᄒ고 은근이 견딜젹게

맛츈다시 쥰난음식 슈을어이 다말할니

날날이 이슈난이 항상가라 흔난거시

양도에 허비업고 집은이 분요츤코

쳥츈히야 무어셜 드릿익가

드른직 입에맛기 먹글게요

만일무어 말을ᄒ면 얼는히여 온난모량

드신게 식지안히 히놔싸가 온거갓고

밤마다 집푼휴에 시장츤소 문난말이

하로밤에 두세변이 먹근휴에 긴졀ᄒ이

일싱일시 ᄒ던모량 어이ᄒ여 다시볼고

일이이셔 츌타ᄒ면 남모로게 졍셩드려

불피풍우 집푼밤에 지셩발원 뉘가할이
츌타걱졍 이실쎄예 그날밤 쑴에보면
만亽형통 젹실턴이 어이히여 다시볼고
싱견허다 ᄒᆞ던모량 엇지히여 다시볼고
부모각거 ᄒᆞ셔신이 ᄂᆡ마음 흔난돌이
뉘을위히 곡기살이 먹亽졋거 만이츰고
자슈셩업 낙빈츈이 조흔옷셜 입지못히
이두가지 흔탄이야 싱각흔이 휴회로다
자기혈육 지친자식 흔나이 업셔신이
금연명연 발ᄅᆡ다가 무신나히 만타ᄒᆞ야
이거시 윈일인고 쳥츈도 악갑거든
하물며 마암이야 뉘덜어 다할손야
세상에 알亽람이 ᄂᆡ흔나 쑨이라
세상에 낫던ᄌᆞ최 젼할거시 무어신고
먹던물 보든손은 의구이 잇건만는
그듸모량 업셔진이 ᄂᆡ마암 오작할니
저문봄 썰어진곳도 명연삼월 보건마는
그듸모량 다시업셔 ᄂᆡ마음 오작할니
셔산에 져간달도 오난밤 보건마는
그듸모량 다시업셔 ᄂᆡ마음 오작할니
가빈에 사현쳐라 ᄂᆡ마음 이질손가
궁모을 불망이라 ᄂᆡ마음 이질손가

효ᄌ 불여악쳐라 늬마음 이질손가
여고 금실이라 늬마음 이질손가
한변만 다시보면 말니나 다시할걸
흔변만 다시보면 원인나 젹을거셜
익싁다 늬마음 이를진듸 그듸들 무심할니
철쳔지 포원이야 필경에 이실게라
영결할써 견흔말이 큰어먼이 슈고슈발 ᄒ여신이
향복ᄒ소 향복ᄒ소 쏘흔말 잇다ᄒ고
늬가업셔 못하더라ᄒ이 늬역간졀 알고져든이
쑴에나 일너쥬고 얼골인나 다시보싁
실푸다 늬일이야 익싁다 늬일이야
늬집와가 셔열두고 남으집에 긱사말이
셩시여외 싱각ᄒ이 ᄉ람ᄌ최 기구ᄒ다
늬쎠난 열살만늬 그듸가 믹몰ᄒ고
그듸믹몰 열흘만늬 늬가허우 도라온이
녹음방초 구진비난 쳥츈원루 이안인가
일초방 먼여ᄎᄌ 지셩일장 통곡ᄒ이
산쳔도 말이업고 제초도 젹막ᄒ다
셕양쳔 져문날에 통곡이 무삼일고
아몰이 통곡흔들 말을흔나 들어보나
잠이드러 모로난가 실상몰나 말이업나
무졍ᄒ여 말이업나 무심ᄒ여 모로난가

더데온다 틀이셔야 이다지 믹몰한가
부모양친 계시거든 이통곡이 무삼일고
되장부으 통곡셩이 쳔지가 무심토다
스라인난 그되군모 지셩낙누 통곡ㅎ이
쳔심으로 나난마음 인졍으로 통곡이라
동졍식도 즁ㅎ거든 셋몸이 갓치스즈
흔금침에 스든졍이 임이못할 션휴로다
늬안와셔 그되위ㅎ 빅반일긔 삭망ㅎ여
통곡지셩 ㅎ엿단이 이졍지 싱각ㅎ면
영혼이 감통ㅎ야 복바들만 할지로다
실푸다 즈든방 금침은 의구이 잇건만는
졍든스람 보던모량 어듸가셔 못볼넌고
구강에 스든집은 언제다시 살라볼고
홍쳔안강 너른덜은 언제다시 구경할고
구강온난 노단직난 언제다시 넘어볼고
치동인난 되소가는 언제다시 살라볼고
츅장슨쳔 오든길은 사라언제 나가볼고
가던길 오든물은 언제다시 가셔볼고
아든스람 친흔스람 언제다시 되희볼고
하물며 늬외졍지 언제다시 되희볼고
벌리예 슈문호박 이흔을 쒸여잇고
모이조셔 굴킨달건 저문날에 츳즈들고

보던집 노든터에 안진자리 비여신이
만지든 의롱상즈 역게젹게 노혀잇고
만지든 긔명등물 역게젹게 노혀잇고
만지든 의복가지 슈젹조츠 잇건만는
실푸다 어듸간노 언제나 다시볼고
롱스슈발 지은밥을 나는이셔 먹건만는
금연롱스 슈문모을 보든스람 어듸간노
갈쎄좃키 원혼삼을 조흔들 다시할가
고초장 된장이며 담아녹코 어듸간노
역게젹게 노흔옹슨 노흔스람 어듸간노
집안에 씨셜거지 언제나 졍이할고
만슈만슈 불으던이 언제다시 들러볼고
시부모 간혹오시면 염반에도 효성심과
언스화창 흔난모량 언제나 다시볼고
늬일가 진스참봉 긔희연 허다객괴
흔변도 원셜업고 잘되기 츅슈턴이
이마암도 긔이ᄒ다 언제나 다시볼고
을미졍월 동난시예 남듸골 쑤립박골
고상도 ᄒ여시며 경쥬올쎄 빙판길에
나을위히 짜르던이 언제나 다시볼고
치스살임 ᄒ난볌졀 엄동셜안 집흔밤과
침침칠야 어둘쎄도 나셔볼걸 다살피고

385

여혹기침 개지셔도 걸문을 다거던이
아모리 싱각흔들 언제다시 흐여볼고
금옥이 좃타히도 이스람만 못할게요
여혹싱졍 잇짜흔들 구경만 할작손가
실푸다 언제나 다시볼고 익익다 언제나 다시볼고
한변만 다시보면 할말이 만큰만난
다시못볼 싱각흐이 통곡이 졀노난다
통곡을 흐ᄌ흐이 되장부으 힝싴으로
남으이목 짐작흐이 썩느란이 슈심이라
일염에 늬포원이 임종을 갓치못히
늬게인난 허다약을 늬원듸로 못흔 일과
말다시 못드른이 익달고 원통흐다
삼삼흔 졍든얼골 다시못볼 이원일고
신츅오월 초팔일이 졀명인쥴 뉘알넌고
이날영결 익통흔듸 젼긔영결 늬원일고
초종을 늬못본이 셔우흐미 츙량업다
인역쓴 마포로셔 칠쳑명쥬 구득흐야
약간모량 흔거시야 초종관곽 못흔거시
임이실슈 셔우흐나 늬휴요량 할건이와
실푸다 영결이야 굽비굽비 싱각흔이
고은살 졍든몸을 어이히여 다시볼노
셔로ᄋ라 길든마음 어이히여 다시볼노

밋고미든 빅연언약 이다지 미몰흔가
구연동거 깁푼졍이 이다지 미몰흔가
심즁에 쳡쳡ᄒ고 목ᄒ에 삼삼ᄒ다
싱각흔이 아련ᄒ고 이질난이 어려올사
문박게 걸어온는 듯도ᄒ고
방안에 누어보는 듯도ᄒ고
어듸갓다 도라온이 마조보는 것도갓고
말이업시 웃는것도갓고 술이ᄒ여 물르는거갓고
귀예 징징은 날노좃ᄎ ᄒ가지요
눈에 삼삼은 시로좃ᄎ ᄒ가지라
손에써든 은지환은 언제ᄒ변 쩌셔볼고
질으든 멀이빈여 보고셔 두더란이
늬으심즁 싱각흔이 은빈여 ᄒ여줄나
슈문마음 먹근쓰졀 뉘을위ᄒ 다시할고
신어든 가쥭신는 악기다가 남아신이
이방져방 살핀들사 어이ᄒ여 다시볼이
밥을바다 싱각ᄒ이 쩌마다 싱각이요
나는밥을 먹근만는 밥안먹고 어듸간노
공슌이 젹막흔듸 어이ᄒ여 누어는고
여름날 비가온이 싱각이 더옥나고
밤드러 도라눈이 싱각이 더옥나고
목마르고 시장흔이 싱각이 더옥나고

옷시썸고 츄비ᄒ이 싱각이 더옥나고

실푸다 실푼말 다못ᄒ고 싱각흔이

싱각흔말 다못할다 가련타 스람으 영결이요

무심타 세상이 쑴갓토다

영혼이거든 스든졍 잇지안이 할지라

부득 스세라 엇지할슈 업신이

쑴인나 ᄌ조보와 만스을 되게ᄒ고

일개 만슈을 슈복이 구존케ᄒ야

인신이 상의ᄒ고 유명이 상조ᄒ여

쌀라가면 조흔길 인도ᄒ고

살피보와 험ᄒ일 피케히여

졍은 신으로 직키고 마암은 근본으로 아라

오호라 구쳔타일에 단단이 상봉ᄒ식

제4장

〈여자해방가〉[*]

여자혜방가

어와울리 여셩들라 나의말삼 들려보소
태극초판 하온후의 음양오힝 졍긔바다
울리인싱 삼겨스니 칙임도 듕할시고
만물듕의 영장이라 가련할수 여셩들라
사람은 일반이라 이목구비 다름업고
오장육부 갓치잇셔 인의예지 본셩이요
총명지각 차등업다 지공하신 쳔지조화

---

* 입력대본 : 임기중 편, 『역대가사문학전집』 41권, 아세아문화사, 1998, 592~599쪽.

남여귀쳔 분간업시 공평하게 늬엿건만
남녀칠시 부동셕은 야심가의 헌법이라
자유을 물시하고 인권을 유린한니
가련하다 울리여ᄌ 이시상 쳐음날쎤
사랑하신 부모님도 여식이라 말을하며
조금도 희싀업시 이마살을 찝푸리고
낙망하는 그의안싀 첫인ᄉ가 섭섭하다
팔구시 겨우되면 외인상듸 안이하고
지옥갓흔 규문안의 유예집힝 죄인갓치
육칠년 고싱타가 여필종부 법을ᄎᄌ
당ᄉ자는 볼것업시 부모님의 자단으로
아무려나 출가한이 시부모의 엄명이며
가군의 구속이라 일동일졍 자유업고
일언일구 조심이라 날리시면 음식지졀
밤이되면 침션방직 한시도 유가업시
진심갈력 하건마넌 싀졍업는 남셩들은
포악이 자심하다 언어힝동 조심업고
음식지졀 무지하다 식식으로 긔흉하며
인졍사졍 조금업시 견아갓치 학듸한이
오장속의 싸인불평 졀치운심 하는마는
귀가먹고 눈이머려 반항한변 못히보고
조흔듯시 차마간이 가련하다 여ᄌ일싱

운명이 의쑨인가 젼직의 구속이라
식식이 싱각하면 만힝누수 한심하다
인간칠십 고릭희라 빅년을 다사라야
삼만육쳔 날리로다 식월은 무한하고
인싱은 유한하다 유수갓치 가는식월
육칠십년 잠관가면 옥부방신 고은몸의
듀렴살리 잡펴오고 쳥운녹발 머리우의
산셜리 헛날이며 시호시호 부직릭라
깅소년이 쉬울손가 일싱을 힉여보면
멀지안는 이식상의 자유는 어딕가고
이듕삼듕 압박이라 가셕하다 우리여즈
깅셩자유 물르고셔 남자의 부속되여
죽이든지 살니든지 나의몸 일싱이라
당신이 쳐결하소 오빅년 긴동안을
이와갓치 지닉왓닉 여보시오 동무들라
울리도 사람인이 여직몸을 한탄말고
사람갓치 차자보식 만물리 유젼하고
시디가 변쳔한니 순환진니 업실손가
날리가면 밤이오고 겨울가면 봄이온다
일년삼빅 육십일릭 듀야환셔 되는것다
자연의 법측이라 가련하다 울리여셩
악마갓흔 구도덕의 말근졍신 메지말고

잠을씨고 눈을써셔 시상형편 살펴보소
근우의 자유종은 경성의다 놉히달고
십삼도을 막나하여 남여평등 부릇찌고
웅장하기 울니온듸 곤한잠을 씨우친다
문명한 이시듸을 혼돈시계 아지마소
부상의 쓰는헤가 동방구을 빗쳐잇고
테셔에 말근바람 향구의 불러온다
씨가왓늬 쎄가왓늬 남존여비 업셔지고
남녀평등 씨가왓늬 칠야 깁히든잠
날신듈 몰르고셔 잠곳듸을 씨지말고
어셔밧비 꿈을씨여 사람노릇 하여보시
남녀평등 된다헤도 자연으로 되올손가
지식이나 얼논이나 남자와 갓고보면
듸장부요 아당부라 억지하리 뉘잇스리
농속든 시와갓치 날고날근 구도덕의
일신을 담겨놋코 헹복을 꿈쑤든가
모든용긔 다하여셔 이사회을 긔억할듸
마음이 열열한들 모로면 소용업다
어와울리 여즈님늬 배울학자 명심하여
가삼속의 삭여두고 학문주을 츠자가시
이식이 충분하면 모든문지 헤결이라

제5장

〈시절가(時節歌)〉*

시절가(時節歌)

여보소 동류님네 바랜소문 들어보소
남문열고 바라보니 계명산이 밝아오네
가면가고 말면말지 시절구경 가자서라
서울이라 치치달려 남대문을 들어가니
二七火가 남문이요 一六水가 북문이라
四九金이 서문이요 三八木이 동문이라
일국승지 터를닦아 팔십리에 도읍삼고

문명한 산수간에 新皇帝 萬歲基라

삼각산이 주룡이요 종남산이 주작이라

황학산이 청룡이요 인왕산이 백호로다

무학산이 현무되고 팔각산이 안대로다

남산의 줄뽕나무 울울창창 密密하고

三公六卿 宰相들은 선유가를 지어내니

桂櫂兮 蘭槳兮여 놀기좋다 선유로다

駕一葉之 扁舟兮여 놀기좋다 부평이라

물화상통 거래하니 만물풍년 여기로다

산수풍경 좋은곳에 열국각새 우짖는다

청산고국 두견새는 不如歸로 우짖는다

듣기좋은 경기노래 팔산곡을 부르던가

어와세상 동류님네 시절가를 들어보소

억만장안 검은구름 뭉게뭉게 피어나서

춘당대 높은곳에 이화도화 만발터니

어제새벽 풍우소래 낙화만지 되단말가

부용당상 연화잎이 陰風서리 지단말가

公子王孫 有遺村에 雨雪風霜 지단말가

金盤玉階 제자화는 구월풍상 만났도다

綠水秦京 二世황제 仁主노릇 보와서라

虛築防胡 만리성에 亡秦者를 몰랐던가

인심소동 삼십년에 망국조를 일삼던가

부유같은 슬픈동류 일엽편주 타단말가
사해팔방 넓은들에 帆帆中流 띄워놓고
구가팔결 맥도령아 부탁노래 일삼더라
이리저리 지나다가 濟世후에 출세하자
우리신세 돌아보고 고국사를 생각하소
군신유의 멀어지고 부자유친 끊어져서
상하분별 간데없고 시서백가 간곳없다
공회형제 불화하고 부부유별 갈라져서
삼강오륜 간데없다 인의예지 끊어져서
下賤平等 무슨일고 三家九族 쓸데없다
여보소 동류님네 시절구경 이러하다
탁해상 검은비에 살기를 바래서라
수수백발 너의부모 座而待死 어이할고
망망대해 급한풍파 천리만리 멀어졌네
先人墳墓 古今塚은 이산저산 묵어있고
팔도강산 周遊村에 이집저집 허사로다
여보소 동류님네 세상구경 이러하다
어찌타가 살아나서 人間得名 좋을시고
不知聾盲 아올런가 차차이말 두고보소
삼산봉에 해가지고 계산봉에 달이뜬다
불상하다 창생들아 死生間에 들어보소
사해팔방 그물前에 求人求穀 속히하소

草芥같은 이세월에 무지하온 저동류는
만년같이 생각하고 아니먹고 아니노네
錢穀으로 틈이나서 부자형제 불화하고
인심잃고 모은재물 重賈주고 田地사네
중가주고 사지말고 土價完定 내알거니
驚砲擅有 夜泊時에 錢귀하고 穀귀하다
萬石토지 무엇할고 일푼일입 아끼소서
이내作隻 害할사람 이곳저곳 聚黨하여
천만재물 달라하면 돈없으면 목숨가네
무지하다 동류네야 田畓時價 들어보소
말만한 저논대기 삼사백량 무슨일고
전답산다 較計말고 作者대접 후히하소
동양천지 검은비에 음풍불어 무너지고
濁海만리 저문날에 광풍불어 쓰러지고
분분울울 험한세계 甲辰乙巳 겪어보소
매국하는 오역적은 사직종묘 어이할고
무지하다 너희들이 오조약은 무슨일고
일이났네 일이났네 이화촌에 일이났네
삼각산 백운대에 백학이 높이떴네
사대문 팔십리에 화륜거 높이떴네
五軍門 날랜군사 삼천칠백 높이떴네
육조제신 좋은관복 내사싫다 높이떴네

팔자좋은 정벌장은 二十八宿 높이떴네
구중심처 백학동에 開明소리 높이떴네
범같은 五大將은 천운화도 높이떴네
여보소 동류님네 사는사가 이러하다
반석같이 노던세월 沙汰같이 무너지네
삼천리라 좋은강산 한붓끝에 원통하다
보기싫고 참혹하다 우리신세 거동보소
부모유체 중한몸에 감태같이 검은머리
비수같이 드는칼로 일조일석 끊단말가
둥글둥글 모양새는 옛때얼굴 어디갔노
보국안민 보기싫고 開明소리 듣기싫다
중아중아 신연중아 부처님네 염불하나
사람살릴 부처님이 골골마다 계시든가
남대흑사 털배자에 홀처토수 무슨일고
양사붉은 외학사에 무지개로 선초둘러
양모풍체 고운털의 장갑지는 무슨일고
흑달영 내리치기 단추고리 무슨일고
남대흑사 검은신에 발버선은 무슨일고
양단도 호랑수건 목도리는 무슨일고
흑의장삼 검은색에 非僧非俗 분분하다
명명천지 일월하에 日暮동방 어이할고
목탁없이 염불하니 백팔염주 어디두고

만가제술 슬픈날에 悲懷悲愴 감회로다
인심소동 해동국에 만가곡성 끝이없다
추상같이 급한전령 뉘가있어 거역하리
청사후배 흑의신랑 婿東婦西 되단말가
문무의관 좋은태도 폐복되기 무슨일고
우리혼취 좋은문의 통혼되기 무슨일고
수령방백 놀던곳에 이국인물 범탄말가
세상인심 변커니와 산천조차 같을소냐
초한시절 만났던가 팔년풍진 무슨일고
삼국시절 당했던가 三分世界 무슨일고
四海進兵 처량한데 어느사람 도피하리
우룩주룩 가는비에 상문방에 모였던가
양사왜청 양단포에 霜刃같이 빛난칼로
面面村村 일어나며 방방곡곡 일어난다
천석만석 저부자야 부디먹고 남은재물
봉제하고 접빈하고 유리걸식 생각하소
악한사람 달려들때 그대성명 가련하다
이놈저놈 불러다가 고시사를 어이할고
부모처자 화순하고 이웃형제 불화마소
사랑손님 拒客말고 문전걸객 후이하소
노인대접 극진하소 비복대접 구박마소
여러會中 出班말고 시절소문 누설마소

세상인심 간여마소 돌아서면 물러오네
내것먹던 저사람이 이내인심 흘날이네
그럭저럭 흙은말이 비명횡사 수이하네
이내자랑 높이나면 禍亂중에 살고나네
적선한지 오래되면 必有餘慶 아니되며
적악한지 오래되면 必有餘殃 아닐런가
求家興仁 누가하며 積德子孫 구할소냐
삼각산중 옥의인이 天干獨貴 되단말가
南隣北村 동류들아 장무산천 가까운데
無名악질 독한병에 閉門哭聲 어이할고
약이사 있건마는 芝草오매 구해다가
소주한잔 煎服하면 백에하나 살겠손야
陶唐시의 시절인가 九年大水 무슨일고
천붕지탕 흐른물에 물가田地 水敗하고
成湯시의 시절인가 七年大旱 무슨일고
삼각산이 卜定이요 팔대강이 삼분이라
곽태박탁 모였던가 팔도붕당 무슨일고
前古今이 다를소냐 어양가기 불상하다
한고조의 시절인가 雲氣風氣 일어나네
三南門이 열었으니 인간사태 무슨일고
광문황제 시절인가 號砲상인 되단말가
태산독거 못살래라 放砲소리 겁나더라

여보소 동류님네 살아날일 망연하다
천둥같은 윤거소리 단단모발 겁나더라
면해나소 면해나소 중한머리 면해나소
보전하소 보전하소 上冠상투 보전하소
그럭저럭 같이되면 화약지고 불로드네
이리저리 깍고보면 섶을지고 불로드네
좌이불거 어이할고 음풍만나 죽단말가
여보소 동류님네 동서남북 보와서라
개가짖네 개가짖네 북삼도의 개가짖네
鐵騎三千 날랜군사 일등명장 오인일세
북적북적 괴는술이 淸酒사 떴건마는
母酒막지 탁한술에 남정인들 안취할까
火가났네 火가났네 삼남삼도 火가났네
兩山通道 철로길의 기계준비 재촉하네
뭉글뭉글 타는불이 연기사 떴건마는
雷火같은 급한불에 玉石인들 아니타랴
변괴났네 변괴났네 인천제물 변괴났네
번들번들 창금날에 깃발이사 떴건마는
夜泊擅有 십만대병 개가짖고 달려드네
물이넘네 물이넘네 해동조선 물이넘네
울렁출렁 검은비에 남조선은 떴건마는
春風三月 좋다마소 동해인민 가련하다

삼대같이 쓰러지고 쑥대같이 자빠진다
구월풍상 낙엽같이 三春風雨 낙화같이
高家垣墻 무너지듯 앞산모래 沙汰같이
饑死하고 自死하니 일망타진 가이없다
불상하다 동류님네 來頭事를 생각하소
도탄중에 있는백성 뉘라서 건져주리
十良八吉 잇단말가 세상운운 들어보소
장자방의 묘한술법 決勝千里 자아내어
계명산 秋夜月에 옥퉁소 슬피불어
회향곡조 자아내어 고국사를 화답하니
팔천제자 흩어지니 우리신세 가련하다
南陽草堂 제갈선생 荊益圖를 그려내여
白羽扇子 한번들고 濟世經綸 생각하니
三分天下 가를때에 漢宗室이 미약하다
출사표를 지어내여 吳越道로 건너달려
八陣圖를 벌어내여 七縱七擒 하올적에
무상하기 방송하니 不復叛이 되단말가
불상하다 창생들아 세월대로 살고보세
之南之北 다니다가 현묘지처 가고보세
壬寅年에 그럭저럭 임의대로 살아나서
癸卯年을 다다르니 개묘하에 못살래라
게눈같은 이집저집 이때골갈 어이할고

甲辰年을 다다르니 값진저분 어디갔노
정신없이 앉았다가 外國水賊 어이할고
乙巳年을 다다르니 을사절사 십분역적
삼천리 강토팔아 오조약은 무슨일고
丙午年을 다다르니 병이나고 병이나니
이골저골 병명색 丙午春에 못살네라
丁未年을 다다르니 정신없이 미지하다
일체공공 정미년에 丁未春에 이별이라
戊申年을 다다르니 무슨소문 전했던고
무고인명 살해하니 인심세월 무심하다
己酉年을 다다르니 겨우그려 사는몸이
동분서주 기유년에 인물구경 겨우하네
庚戌年을 다다르니 경솔하니 내신세야
방불광인 경술년에 합방의논 경솔하다
辛亥年을 다다르니 신정식은 무슨일고
신물나는 신해년에 인심소동 심화로다
壬子年을 다다르니 임자주장 없는세월
八十條目 뉘라내어 임자라고 이르던고
癸丑年을 다다르니 계축천축 제일축에
임자없는 저영장을 癸丑에나 하여볼까
甲寅年을 다다르니 家貧해도 餘恨마소
紛紛未定 갑인년에 家貧하니 思賢妻라

乙卯年을 다다르니 日暮狂風 저문날에
乙乙弓弓 허사로다 을묘년을 좋다마소
丙辰年을 다다르니 병든장사 무병하다
동남대병 병진년에 火砲鐵馬 쓸데없다
丁巳年을 다다르니 政事좋은 우리성상
堯舜같은 丁巳年에 시화세풍 정사로다
여보소 동류님네 죽지말고 살아나소
살기를 바라거던 吉人을 구해서라
益者三友 좋다말고 損者三友 외다마소
일즉삼인 찾아보면 知心동무 동지로다
甲午乙未 양년간에 입산패가 몇몇인고
가자오자 선봉되여 가자오자 後輩되여
携手同志 가던길에 정신없이 돌아섰네
誤入山村 그릇갔네 귀신덮어 인도하네
耳目두고 聾盲되어 총명없이 잘못갔나
무슨일로 저리되어 지식없이 쫓겼구나
千兩乞人 萬兩乞人 중도참에 모였든가
崑崙一支 백두봉은 이전주인 만날적에
동국산천 그려내여 각국祕訣 구해다가
弓弓乙乙 둘러치니 身入穴이 분명하다
무지한 동류님네 궁궁이수 찾지마소
초진명을 지어내니 活我者가 누구런고

403

도이지를 생각하면 彼地此地 분명하다
화우이수 생각하면 야외계변 막을세라
小頭無足 어이할고 三人一夕 좋을시고
寺畓七斗 落지고 兩百二水 분명하다
石鼎곤지 기탁하니 精脫其右 분명하다
몽매하온 저동류야 十勝地를 찾지마소
이이미미 어디메뇨 천장지방 광활한데
六月飛霜 어이할고 문전걸식 당할소냐
壬癸年에 오합졸이 십승지를 찾아갈제
풍기땅을 다다르니 금계촌이 어디메뇨
화산땅을 찾아가니 소태백이 어디메뇨
내성땅을 돌아드니 활분곡이 어디메뇨
속리산을 찾아가니 이화촌이 어디메뇨
례천땅을 찾아드니 금당곡이 화려하다
팔공산을 찾아드니 양수강이 어디메뇨
영월땅을 찾아드니 선유촌이 어디메뇨
무주땅을 찾아드니 덕유산이 거룩하다
부여땅을 찾아드니 계룡산이 至近하다
가야산을 찾아가니 만수봉이 장원하다
백마강을 찾아가니 내포촌이 어디메뇨
안성땅을 찾아드니 호암동이 어디메뇨
상주땅을 찾아가니 선화촌이 번성하다

두류산을 찾아가니 백운산이 最吉하다
능주땅을 돌아드니 도화촌이 다곡이라
장백촌을 찾아가니 도학동이 명당이요
상주땅을 개도하니 우복동이 천험이라
이곳저곳 포련하니 積德者가 임자로다
活人福德 비친곳에 明哲保身 살아나네
有主하고 無主한데 쓸데없이 가는사람
명명천지 밝은날에 눈을뜨고 잘못가네
불상하다 창생들아 살기를 바라서라
청송이라 불노한들 도적자가 과반이요
진보라 다옥한들 걸식자가 태반이요
영양이라 곡천한들 기사병사 구산이요
례안이라 좋다마소 수사병사 어이할꼬
안동이라 편타마소 積尸如山 몇곳인고
봉화라고 믿지마소 九仞九曲 어이하리
풍기순흥 가지마소 살해인명 불상하다
문경이라 가지마소 積死者가 과반이요
용궁례천 살지마소 秋收冬藏 누가하리
의흥대구 살지마소 잠시留滯 어렵도다
상주선산 가지마소 남의代命 어이할고
군위비안 들지마소 一粒穀을 구할소냐
의성이라 가지마소 잠든아기 불상하다

405

언양량산 밟지마소 남의목숨 代命가네
청도밀양 살지마소 밤새평안 뉘가알리
장기영일 지체마소 쓸데없이 죽단말가
신녕영천 찾지마소 主人보기 드물드라
경주땅을 생각마소 不意之變 뉘가알리
흥해청하 묻지마소 주장분인 어디갔노
영해영덕 좋다마소 살아나야 장담하제
영월평해 들지마소 宿所站이 막달났네
강릉삼척 서지마소 평사심이 되단말가
홍성적곡 서지마소 울렁출렁 면할소냐
양양간성 가지마소 나래있어 날아가나
연변칠읍 사는동류 잘먹고도 잘놀아라
그대살날 몇날인고 근염하고 근염하소
영동사읍 사는동류 잘입고도 잘놀아라
四節生前 놀던친구 죽어지면 그뿐이라
인정두고 잘놀아라 썩어지면 그뿐이라
일배주나 나누어라 엎어지면 그뿐이라
鰥寡孤獨 불상하다 넘어지면 그뿐이라
대면시에 拒人마소 돌아서면 말하나니
남의인사 묻지마소 이편일도 그뿐이라
타동인심 들어보소 이리가면 그뿐이라
타골인심 들어보소 저리가면 그뿐이라

팔도인심 자세듣소 함께가면 그뿐이라
타국新聞 자세듣소 들어가면 그뿐이라
불상하다 동류들아 일자심양 찾아보소
중화사연 이러하니 이렇게도 험하던가
대한천리 동류들아 二十八宿 天文보니
복덕성이 비치더라 길성방이 열였더라
생사문을 들어보니 九宮八卦 河洛之圖
六甲理數 풀어내어 개문택일 십육수라
선기옥형 기삼백을 생문사문 수를놓아
先天八卦 태극도에 음양이수 정오행을
九宮중의 들여다가 생사문을 찾아보세
복덕방이 열었으메 병정문이 생문이요
활인방이 열었으메 손자문이 휴문이요
명당방이 열였으메 갑오문이 경문이요
천당방이 열었으메 태중문이 천문이요
규성방이 열였으메 병오문이 생문이요
위성방이 비쳤으메 갑인문이 두문이요
회인방이 열였으메 술회문이 상문이라
화병방이 열렸으니 임자문이 축문이라
자계방이 열였으메 임계문이 회문이라
절처방이 비쳤으메 회자문이 절문이요
유혼방이 비쳤으메 축간문이 사문이라

407

화해방이 비쳤으메 신유문이 화문이요
정명방이 열였으메 미신문이 절문이요
귀혼방이 비쳤으메 경유문이 귀문이라
인묘진월 길방수는 신좌인향 가려보고
사오미월 길방수는 곤좌간향 가려보고
신유술월 길방수는 인좌신향 가려보고
해자축월 길방수는 오좌자향 가려보고
갑을일에 신피하소 병정일에 신피하소
임자일이 대흉이요 임신일이 대흉이라
신자신생 가진사람 인묘진방 피치마소
해묘미생 가진사람 사오미방 피치마소
인오술생 가진사람 신유술방 피치마소
사유축생 가진사람 해자축방 피치마소
입문방수 요란하면 사중구생 뉘알소냐
살아나면 만세계라 피신하기 괴이하다
피신하기 분주마소
다른동류 알고보면 불청객이 自來로다
귀야귀야 까마귀야 복색이사 검다마는
북방자래 갈가마귀 두만강을 어이날고
烏수효사 많건마는 일당백을 어이할고
月明星希 南飛夜에 趙孟德을 찾아왔나
연화다숙 저문날에 야야反哺 그려왔나

인피삼백 공송하던 報怨雪恥 하러왔나
동명춘우 저문날에 만산송죽 찾아왔나
인왕산 관솔남게 낙락장송 나려왔나
金盤玉食 좋은밥에 감상관에 매겨왔나
예의동방 좋은곳에 依託하려 날아왔나
인의예지 좋은말에 理學하려 날아왔나
열국각새 우짖는데 분취맡고 날아왔나
귀야귀야 까마귀야 이농사 짓건마는
구월추수 당해보면 서산나귀 실러오네
십년공부 아미타불 남의농사 짓단말가
귀야귀야 까마귀야 대마도를 언제볼고
旗幟槍劍 저문날에 투덕투덕 나려진다
새벽서리 찬바람에 다리목에 얼어죽네
새야새야 청조새야 청천낙수 나려왔나
나래사 좋건마는 일춘부생 여기로다
약간재주 믿지마라 나래위에 발이있다
해동삼춘 푸른날에 후리깃치 흘러간다
서왕모의 하직년에 편지서찰 가져왔나
서풍슬슬 고든날에 바람길에 부쳐왔나
육출기산 저문날에 오월노수 건너왔나
이리가면 날아가나 저리가면 솟아가나
소매강산 낯선곳에 가도오도 못할래라

해동청산 보라매가 청천백일 높이떴네
예서번듯 후리소리 계서덜렁 鳴禽소리
사면팔방 일어나니 昇天入地 비할소냐
번개같이 날래날아 承允甲胄 털쳐입고
三尺匕首 드는발톱 이리차면 살해나네
화살같은 엄발끝이 저리차면 죽음나네
새야새야 청조새야 고국사를 이별하고
금의환향 하려더니 해동보래 차여간다
개야개야 요동개야 압록강을 건너왔나
위풍이사 좋건마는 이리저리 귀찮더라
해동수 따라나와 워리공공 불러왔나
요동접경 회수땅에 이웃출입 건너왔나
고월비문 장관보고 북삼도를 찾아왔나
망국인물 도회청에 썩는냄새 맡고왔나
개야개야 짖지마라 잠든맹호 일어난다
조선산수 험한곳에 너의용맹 쓸데없다
용산석벽 반석위에 백호한쌍 웅크린다
천근망치 쐐방망이 이리치면 두통이야
번개같이 벼락주먹 저리치면 복통이라
개야개야 불상하다 신체전장 어디할고
개야개야 승승터니 제산백호 지쳐가네
꽃아꽃아 이화꽃아 만국화친 이화꽃아

꽃이사 좋건마는 녹음방초 어이할고
인간공도 늙은세월 백일홍도 쓸데없다
서리춘광 좋은바람 이십사절 불어낼적
동방화초 無籬野에 삼악일맥 화산되야
灼灼桃李 좋은꽃에 탐화봉접 모여들어
천리강산 벌인기화 더운바람 들이부니
춘풍삼월 놀던곳에 온갖나무 일어나네
녹수청산 풀잎속에 만산화초 연달래야
꽃이사 좋건마는 내사싫다 보기싫다
좌전낙화 탄식한들 동성도리 되단말가
사해봉접 날아드니 꽃염에 기울였네
꽃아꽃아 梨花꽃아 사천년 이화꽃아
꽃이지면 풀이피네 적세건곤 높이오네
오산벽오 푸른가지 南風歌를 지어내니
고고행출 나올적에 철마무성 어이할고
금의공자 출진할때 만산도리 성발하니
梧桐楊柳 만화춘에 가지가지 번성터라
혈혈단신 梨桃花야 紛紛白雪 보기싫다
불상하다 이화꽃아 孤守金城 어이할고
일편다출 실중배는 비상같은 정중으로
가도오도 못하여서 不避風雨 진퇴되다
탐화하던 저봉접이 이화촌을 찾아가니

411

옛승지를 찾아왔나 건내터를 찾아왔나
금수강산 좋은궁궐 積尸如山 되단말가
녹음방초 승화시에 만산백화 일어난다
한라산에 畜草하고 구월산에 화전간다
속리산에 풀이피고 태백산에 백이나네
지리산에 불이나고 금강산에 물이끓네
天子之頎 하신일을 이화꽃이 당할쏘냐
형제동기 거동보소 유혈창생 가련하다
誰怨誰咎 하단말가 오호통재 가련하다
꽃이지고 늙어지니 탁해세월 가련하다

제6장

〈은사가(경술국치가)〉*

庚戌國恥歌

[오호라 아해들아 은사가 들어바라]
이내몸 생장하여 이리될줄 아랐으랴
태조대왕 즉위후에 한양서울 배설할제
정삼봉이 터를보고 무학이 향배내니
삼각산이 주산이요 종남산이 안산이요
좌청룡 우백호에 자좌오향 정긔받아
한강수 너른들은 외명당을 여러놓고
이십사방 둘러보니 사파도국 분명하다

* 입력대본 : 임기중편, 『역대가사문학전집』제6권, 동서문화원, 1987, 199~235쪽.

구중궁궐 높은집은 불일성지 지어놓고
동서남북 사대문을 인의예지 여러노코
경복경 세대궐은 문명하고 찬란하다
성자신손 어진임군 계계승승 나실적에
금지옥엽 오얏꽃은 억만세지 칭춘이라
금관조복 국녹신은 만조백관 버려두고
강능같이 축수하고 송백같이 무성하니
내삼천 외팔백을 차래로 내실적에
리호례 병형공은 륙죠에 버서있고
수령방백 병수들은 팔노에 흩어보내
공신자손 명신자손 셰록지신 차자스니
교목셰신 우리집에 대대마다 청환이라
한양쳔지 이왜로다 고관달작 훤혁하다
주상견하 만만세로 반석같이 굳은기업
옥야천리 쳔부토를 변통없이 짜서쓰고
동국산천 둘러보니 막강지국 아니던가
억조창생 먹온마음 전지무궁 하잣드니
천운이 불행하여 경술년 추칠월에
난대없난 서북풍이 한양서울 불어든다
놀라울사 놀라울사 천리호풍 놀라울사
백만장안 우리백성 물끓듯 하난고야
아까울사 리화일지 준색이 처량하다

통곡성중 둘러보니 풍진이 자욱하다
삼십육계 좋은꾀가 주위상책 아닐런가
가자서라 가자서라 피란길로 가자서라
불고전후 가난사람 그무었을 애낄소냐
사모관대 다뜨더서 불에여허 다태우고
은영총탕 다뜨더서 한강물에 다던지고
가장지물 다버리고 은금보화 다버리고
구명도생 가난사람 이것저것 생각하랴
가첩적어 품에품고 자식손자 앞세우고
세데삿갓 수껴쓰고 죽장망혜 신들메고
불원천리 가자셔라 망문투지 가자셔라
피란길로 가자하니 남부여대 업고지고
동조정에 노든친구 손잡고 이른말이
새세상이 되거덜랑 다시보자 작별하고
삼각산아 삼각산아 통곡재배 하직하고
종남산아 종남산아 다시보자 하직하고
동대문 썩나서서 한강수 잠간건네
세계를 둘러보니 갈길이 아득하다
십승지지 못밧거던 풍긔봉화 어이알며
냥백지간 모르거던 소태백산 어이알며
초행노숙 험한길에 촌촌젼진 가노라니
연연약질 신부녀가 열발가락 다깨지고

행년칠십 늙은내가 근력조차 시진하니
발끗치 가난대로 차츰차츰 들어가니
태백산 만경대에 금션동이 여긔로다
벽항궁쳔 신긔잡아 사면을 살펴보니
산은첩첩 세가지고 물은철철 흐르는데
수목은 참쳔하여 일월을 가리우고
기암괴석 층층하야 병풍체로 둘러있고
만학천봉 높이솟아 비조라도 못올네라
유명한 이산중에 신령인들 없을소냐
백반쳥쥬 정케지어 산령께 제사하고
남무비어 두지짜고 새강비어 개초엮어
향양한 바우밑에 초옥삼간 나짓지어
꾸부리고 들어가서 오그리고 앉았으니
한중일월 만났으니 졍이건곤 더욱좋다
인적부도 숨어스니 별유쳔지 분명하다
아미산이 높았든가 반륜츄월 보기좋다
봉내도가 기폈던가 백운만지 쓰지마라
소부허유 귀쓰을제 긔산영수 어럿턴가
장한이강 동거하니 순갱노회 어럿턴가
도쳐사 귀거사가 율니촌이 좋트런가
엄자릉 밭갈적에 부춘산이 이렇든가
진한적 피란때에 무릉도원 이렇든가

북행땅 방맹이도 도망하여 은신하고

회계땅 매복이도 도망하여 피란하니

금션동 깊은곳에 리참봉을 그뉘아리

도화야 도화야 물에둥둥 뜨지마라

어쥬자 알개되면 차자오기 쉬우리라

삽살개야 삽살개야 시문밖에 짖지마라

셰속손님 알게되면 운심부지 찾으리라

인심좋고 풍속좋아 태고순풍 더욱좋다

십리오리 산중이웃 늙은동유 젊은친구

최첨지 방서방은 허교하고 자네하니

사면춘풍 물타놓고 상하삼판 놀기좋다

화류장안 노든사람 살매망태 의관삼아

리참판 리참봉을 파경하고 놀아보세

셔속탁주 감자적을 한옹차라 긋득놓고

이리오소 저리오소 죠모상대 만내앉아

인호상이 자작하야 취포토록 먹은후에

생남생녀 가취하니 쥬진촌이 이아니냐

노르사심 내벗이요 호랑토끼 내친구라

흐가하고 흥날젹에 률시한장 외와놓고

만사불구 온포외하니 차신안쳐 차심안이라

낙화방초 무심쳐에 별건곤이 좋다마는

수십권구 내소솔이 벽곡방을 모르거던

417

불사약 없었거던 그무었을 먹자말고
인삼녹용 많건마는 복약한들 무었하리
당귀천궁 많건마는 시장한대 쓸대없네
광이메고 호미잡아 산중농사 못할소냐
슈묘셕전 자갈밭에 셔속갈고 팥숨어서
풍년만네 잘익거든 노적하야 쌓아놓고
참나무 회장작과 동싸리 마른남걸
임의대로 실어온들 금할사람 뉘이스랴
이글이글 불을때여 화집같은 큰방안에
조밥우에 팥을썸어 부들부들 먹기좋다
묵나물노 갱을끼려 향긋향긋 먹기좋다
강낭밥 감자국수 만드러 포식하니
고량진미 젼때짐이 이맛을 당할소냐
룡미봉탕 팔진미가 꿈엔들 생각하랴
강능포 베이불과 삼쳑포 베젹삼을
입고덥고 드신방에 만사태평 누어스니
분분하다 이셰상에 세상소식 내몰래라
만국개화 풍진셰계 하세계가 되었든고
장장춘일 긴긴날에 한무사한 이내몸이
마가짝지 둘너집고 만경대나 올라보자
후유후유 올라앉아 장안을 둘러보니
국파군망 생각하니 통곡이 절로난다

수양산 고사리는 백이숙졔 충졀이요
동해산에 밝은달은 노중년의 고졀이요
부상목에 뜨난날은 뉵수부의 단심인가
이군불사 굳은뜻은 졔왕쵹에 넜일런가
대장부의 충분이라 졀치부심 극분하다
육국적 시졀에도 손빈오긔 명장나고
초한적 시졀에도 하참평발 모신나고
삼국적 시졀에도 제갈관우 있건마는
조션이 적다해도 모신맹장 많건마는
시모르고 때몰라서 은신하고 못나서니
육도삼약 나난장수 용무지지 없을소냐
억죠창생 저백성이 도탄중에 다빠저서
오오한 저모양이 일시가 급건마는
어쳔만셰 사직종묘 보국안민 어이할고
삼쳔리 저강산이 임자없이 되단말가
오백년 의관문물 피발좌임 되단말가
츄로동방 군자국이 한심코 가련하다
삼강이 끊쳐지고 오륜이 없어지니
군신유의 그뉘알며 부자유친 그뉘아리
두쳔죽지 허다인생 온세상에 둘너보니
사람하나 못만내서 산금야수 뿐이로다
예전법을 다폐하고 개화법을 새로배와

아까울사 소즁화가 합방하여 일보되니
내직벼슬 다고쳐서 탁지부로 시행하고
수령방백 다고쳐서 군수관찰 시행하니
문관급제 없어지니 목부사를 뉘가살며
호반급제 없어지니 병수사를 뉘가살며
감영도를 다셜니고 대장소가 무어시며
읍즁장가 다셜니고 병참소가 무어시며
아젼관속 없어지고 면장리장 무었이며
상토관망 좋건마는 삭발하기 무삼일고
청의도포 좋건마는 감동복장 무삼일고
양모배자 좋건마는 쪼끼적삼 무삼일고
공맹셔가 좋건마는 학교기예 수삼일고
농사본망 좋건마는 장사하기 무삼일고
상평통보 좋건마는 지화잡젼 무삼일고
꿈젹꿈젹 사난인생 유심하고 살펴보니
모장하기 그지없고 악독하기 그지없다
일가친척 없어지고 부모동생 몰라보고
상하분별 없어지니 냥반상인 같을소냐
예의염치 모르고서 죤비귀천 있을소냐
일푼돈을 도토오니 재물밖에 다시없다
아해야 아해야 명심각골 들어서라
우리도 이산중에 피란하로 왔아오니

산높다고 피란하며 물깊다고 피란하랴
피란하고 못하기는 제마음에 있나니라
산전쪼아 농사하니 수십권구 생리도야
조반석죽 먹은후에 주경야독 하여서라
만장같이 드신방에 관속가지 코끓불에
삼분오서 책을놓고 밤새도록 읽어서라
읽으다가 조으거던 슈염슈염 읽어서라
우리도 서울살아 대대명신 자손으로
글배와 과거하여 조상덕에 청환하니
아모리 난세라도 본마음을 잃지말고
사대부의 뽄을받아 내마음을 내가지고
두문불출 깊이앉아 산중출입 하지말고
종적을 감추우고 성명삼자 숨겨놓고
성인군자 뽄을받아 해인지심 먹지말고
지성으로 수분하야 직심으로 견디다가
잘살아도 내복이요 못살아도 내복이라
농사하고 글읽으니 본방으로 알아셔라
쳔금재물 만금재물 욕심내여 탈취말고
층낭험탄 다건네서 풍상겹겨 다지내면
고진감래 순리대로 전구보처 하온후에
천운이 순환하여 복덕성이 비치거던
룡비구오 새세상에 태평세월 희호세계

강구연월 격양가로 요순세계 다시만나
춘당대 높은집에 만인과 보이거던
장원급제 득의추에 입신양명 할것이니
연소한 아해들은 한때보고 사련마는
칠십년 늙은인생 불상하고 원통하다
태평세계 나가지고 난세상에 죽단말가
서산에 석양같고 츄풍에 상엽같다
오날이면 오날살고 내일이면 내일살고
사난대로 사자하니 낙심되고 흥심없다
촌쳘간장 굳은뜻이 억울지심 뿐이로다
적막한청 창하에 은사가 지어스니
피란하고 살아나서 우리자손 두고바라.

임인년

제7장

〈慨世歌〉*

慨世歌

天地玄黃 肇判後에 古今人物 싱겨쯰나

人生이야 만타마는 立德成功 몃실넌고

虛妄하다 虛妄ᄒ다 帝王富貴 虛妄ᄒ다

可憐ᄒ다 可憐ᄒ다 生民塗炭 可憐ᄒ다

草堂春睡 쌔야보니 古今世事 桑田碧海 도야쯰나

우습도다 우습도다 矍矍靑盲 우습도다

平生學業 안배업시 四面墻壁 向對ᄒ고

---

* 입력대본 : 한국가사문학관 홈페이지(www.gasa.go.kr). JPG 파일 필사본.

終日空堂 臥起ᄒ야 咫尺不辨 恨歎ᄒ다
실푸도다 실푸도다 男㒵白髮 실푸도다
小少功名 ᄒ배업시 萬卷書册 頓忘ᄒ고
多年苦海 出沒ᄒ야 草木同情 衰老ᄒ다
蜉蝣가튼 우리人生 一時功業 업실찐댄
飮食衣服 보자ᄒ들 堯舜世界 이무멀고
仁義道德 듯자ᄒ들 孔孟時節 아니로다
如許天地 廣大ᄒ나 一身難處 니아인가
東望西顧 갈듸업서 號于中野 逃遭ᄒ다
何是天下 紛競ᄒ고 萬國風濤 浩蕩ᄒ네
寒心ᄒ다 寒心ᄒ다 世無管仲 寒心ᄒ다
우리 禮義東方 五百年 衣冠文物
駃舌 左衽이되고 우리 遠近同胞
億萬民 父母妻子 飢寒塗炭에 ᄲ저쏘다
嘻嘻乎 噫噫乎라 七雄山河 春秋戰國時가
五季風雨 朝暮混塵世라
宇宙에 비겨서셔 一塲太息 支離ᄒ고
楚水吳山 질을너머 獨樂園中 차자가니
自古雲林 是非업다
箕山을 바릐보니 巢父許由 간듸업고
三更明月 홀로쓰고 首陽을 불너보니
伯夷叔齊 어듸가고 萬古淸風 나마분다

어이ᄒ리 어이ᄒ리 悵望千秋 一灑淚요

蕭條異代 不同時라 말씨어다 말씨어다

悠悠蒼天아 此何人哉오 獨樂園이 조타ᄒ나

너무과이 孤寂ᄒ다 不如太平 同樂地라

仰天痛哭 一問兮여 堯舜孔孟 언제볼게

근대기 역사의 전개와
가사문학

제8장

⟨노졍긔라⟩*

노졍긔라

실푸고도 우숨할사 우리고향 친척내야
마차안 쳘노즁에 젼후말 긔록하니
일변은 노졍긔요 일변은 가사체라
어와친척 고국내야 이내소회 드러보소
새상에 풍진난새 온천하가 일체로다
이엇지 관게데랴 오날형새 이러할가
일평생에 먹은써지 타도타관 원하랴고

* 입력대본: 임기중 편, 『역대가사문학전집』제35권, 아세아문화사, 1998, 415~433쪽.

조코조흔 원구일량 실은다시 마다하고
고딕광실 조흔집을 포진천물 메메하고
허다한 가진세간 허산바산 헛처부고
원근친척 다바리고 백발노모 원별하고
이어데로 가잔말고 어마어마 우리어마
오날날 나애행지 참괴하고 해참하다
심력셔기 어이하면 행역하기 멕낭일세
신해납월 초사일노 써날일자 완정한이
싀동생게 병환이셔 수삼일간 즁한병새
근심되고 수심이라 엇천만사 간금하고
불피풍한 쥬션타가 임시병환 낭페로다
완정한날자 파쌔하고 사방에 문약한니
백약이 무효로다 살들이 구병하야
회복쳔하 축원하고 동행원노 바랫든이
병새점점 위즁하와 초육일 당하메
긔연이 별세한이 오호참회 이윈일고
유유한 창천이여 지호도 악착하다
통곡하신 부모임네 상명지통 가이업고
못견데온 백씨님은 할반지통 안이런가
연연상봉 아야심새 참지최 무산죄고
못잇칠사 우리동셔 이내마음 살들이 원통하다
만장으로 소션비회 부모동긔 당할손야

인후하신 성품으로 청츈요사 가석하다
가사도 이려할샌 세석가 박두하나
졍초로 경영한이 행장치송 안이업고
백간구비 극심하다
종속 권연하고 써나기을 완정하니
신해납월 십구일은 일긔풍세 괴상하야
싀어루신 젼일행차 즁노에 무사한가
슬푸다 오날이여 고향산쳔 써낫도다
삼십구연 생장곳을 만연으로 아랏던이
일조에 써날일이 이내심회 엇더하면
연첨비옥 조모상데 벅연의지 하잣든이
아연작별 어이할고
무심한 남자들은 교자하인 제촉하야
써나기을 단속한이 지처하고 쥬저하야
누수방방 이네소회 면면이 일반일세
잘잇거라 언제볼고 잘가거라 다시보자
셔로작별 하난소리 몰풍경이 오날일다
즁구봉화 원구촌은 이내생장 곳이로다
번화제족 만큰만은 백수육노 우리어마
살들이도 못잇처라 새상에 이내몸이 여자데여
무한한 부모자에 만분지일 갑플손가
원구일양 상망지예 삭삭히 왕네하야

한업시 노잣든이 오날날 행장이야
근쳘이 타도길에 언제다시 만나볼고
잘잇거라 우리엄마 누수방방 못금할듯
오매불망 나에조실 시월망간 작별할데
어마어마 우리어마 아무데 갈지라도
이내나을 차자보소 아연작 하올적에
슬흐말고 잘가서 잘잇다가 명연츈에
다시봄을 쳘셕갓치 미덧든이
여자로 삼긴몸이 부가에 메엿시니
엇지암행을 쉬울손가 길백이를 머다하고
쥬쥬야야 한햇든이 반쳘리예 갈나안자
오매불망 한을한들 모책업난 한이로다
쳥츈이 머럿시니 혈마다시 반길도리 업실손야
늘근시부모 압헤모셔 무사덕달 축원하고
만고현부 뒤서우고 어린자식 즁즁하야
암시럽기 긔지업다 그남은 둘집소솔
이십여명 너문소솔 즁즁이 가근마은
슬푸다 셕일을 생각하니 비참심회 갈발업네
아람업난 저혼백을 압서우고 가근마은
한말슘 업사시니 유명이 무어신고
풍운에 날인다시 근근 지쳐하고
풍세점점 더하야서 북암촌 잠관드러

쥬동까지 근근가서 숙소로 당참한이
쥬인도 어설푸고 잠자리도 한심하다
어와 우숩도다 이어데로 가잔말고
다정하신 시고종이 신실이 동행하와
혐에업시 쥬선하니 극진하고 미드울사
이십일날 계명시예 영덕업을 잠관지나
삼시랑을 다다르니 촌양은 어슬푸나
교자쥬럼 열고본이 망망한 대해즁의
만경창파 쳔지즁 가득하다
묘묘한 일엽션은 낙수갓치 써여잇고
울컥절컥 파도소리 작객회포 도우난듯
남편을 바라본이 바다속에 장기쌉살
운무즁에 은은하고 해수북천 바라본이
고향산천 점점멀고 오륙체 가난교자
울넝츌넝 불원철리 이어데로 가잔말고
진불촌 다다르니 인물은 생명이요
촌양은 흥성하다 사십여명 가난동행
한시각단 요기하고 지경촌 얼픤지내
무인지경 십이장관 허위허위 바라본니
화산이 여기련가 우력촌 잠관더르
져녁숙소 하온후의 청하업 지낼쎄는
일지월색 지낸노라 아득히 믈넷도다

임천등에 술참녹코 흥해접경 다다르니
경치도 찰난하다 성내로 바로드러
울넝출넝 가난행차 위의도 되단하다
촌촌이 구경숀은 벌쩨갓치 버러젓내
함생을 잠관더러 순식간 요기하고
포항을 직경더러 교자에 나려보니
촌양은 흥흥하나 잠시유키 어렵도다
사방에 외인들은 젼후좌우 둘럿난되
청청누각 장한모양 쳔하만물 버려녹코
압뒤골목 동태소래 우룩쑬룩 위엽하고
망막한 되해즁에 화륜션이 놉피썬내
일변은 고생이나 날마다 구경이라
교자하인 들일젹에 마차을 등되하니
아연한 원근족친 쥼노작별 어이할고
원통하다 나에노속 사오인이
마차쥬렴 터러잡고 악수통곡 하난거동
목석갓한 내마음이나 온전하리 오홉다
너에들아 노쥬된지 이십여년이 넘으시되
쳔연으로 아랏든이 생이사별의 들코
분한마음 다기록 못할거다 잘가그라
부데가서 잘잇거라 다시볼되 잇시리라
한마차에 오륙식솔을 잡고 안자본이

울넝츌넝 가난마차 정신이 아득하고
일신이 다츄인다 혐모르는 아희들은
우숨소레 야단일세 이내정신 아득한쥴
너난엇지 모르너냐 경쥬쌍 양자동은
오백여 대촌이라 회제집은 어데련고
인물은 빈빈하고 촌양은 흥성하다
고향서 더렷더니 과연금일 목견하나
마차안 번게갓치 몽과츈삼 그안인가
이내몸 남자련들 오날엇지 일과하랴
경쥬업 다다르니 동도고게 여기련가
한칸차 봉덕종은 소래도 웅장하다
봉황대을 비겨서서 첨성대을 바라본이
쳔연왕사 원망한일을 누을비겨 물어볼고
살기팔괴 어대련고 사십왕사 즁즁하다
이내몸 여자라도 가복지회 업살손냐
경쥬쌍 하직하고 닷샛날참 어듸련고
영천업 잠관지나 마차안에 안자본이
산쳔은 긔묘하고 강수난 잔잔하다
말리장광 전긔선은 골골마다 쌔처시니
청천백일 우뢰소래 왕왕가다 나넌구나
영천업 숩평이셔 요긔참 잠관하고
하양업 넘진지닌 노실촌 다다러서

져녁숙소 하여볼가 삼심이 듸구길을
식전에 덕달하니 이십뉵일 당앳도다
대구셩애 다다라서 마차쥬렴 반만열고
사방을 둘너본이 졍신이 어질하고
안졍이 젼혀업서 져셩인가 이셩인가
긔지과관 하도다
반가울사 시어루신 마즁을 나오시니
생도가 오날인가 반갑기도 긔지업다
신실한 쥬인집에 하로밤 지체하고
아홉골 다지늬서 츙청도로 향하엿고
사시긔차 등듸하야 혼솔이 올낫도다
긔차철노 말만덕고 엇더한고 하얏든이
오날과연 이내몸이 긔차철 올나본이
부인계명 오날일세 여즁호걸 이안인가
긔차가 엇더한고 형용을 못할네라
고동이 쩌난소래 천지가 진동하고
화통에 셕탄연기 운무즁에 이안인가
걸상에 놉피안자 유리령창 열고본이
히한하고 기절하다 이내몸이 어대련고
반공즁에 쩌엿난가 전선은 배을달고
노루쳥산 왕네한다 호항마차 탓슬셰는
일신이 취컨만은 대구긔차 올라보니

사지가 안정하고 행세 번게로다
데구서 삼벡리을 낫후점직 데전와 요기하니
일역은 다데가고 성전촌은 어데련고
일모후 삼십리을 전지도지 더러간이
파축시가 되엿도다 금수강산 조흔곳이
성전촌이 여긔로다 열두골을 다지나서
오성전 덕달한이 슬푸다 오날이야
기구과관 우리행지 우숩고도 가소롭다
풍진세계 이럿커든 장네만복 츅원이로다
집이라 차자든이 삼칸초옥 쩌적문에
벡가지 구비하다 어와지척 고국네야
어나쩨나 다시볼고 새월이 무궁하니
다시만나 반깁시다 전후전말 이가사을
자서히 살피시고 청풍명월 호시절과
세세연연 노달기예 날본다시 반기시요
끗

근대기 역사의 전개와
가사문학

제9장

〈고국가라〉*

고국가라

실푸다 대한인민 고국소식 어대련고
한양천지 잇근마는 천국산하 걸럿도다
삼각산이 평지대고 종남산이 저무련내
장여한 경복궁은 뉘를위해 놉하시면
광명한 대한문은 뉘를위헤 여련난고
육노거리 적막하고 오강수가 오열하다
덕수궁에 광문황제 시위를 뉘가하며

---

* 입력대본 : 한국가사문학관 홈페이지(www.gasa.go.kr). JPG 파일 필사본.

창덕궁애 유히황제 정치가 무삼일고
삼철이 산하지방 소국이 대다말가
십삼도 우리강토 새락을 어대하며
이천만 우리동포 민적을 어대하노
대명일월 잇근마는 강한조송 글넛도다
천우 어수한니 재왕이 흥망하다
초양애 필부등이 살신순국 어렵도다
후연애 초개화는 태양을 알근마는
초목만 못하야서 망국민족 데낸달가
동서양 새개상애 만국이 지명한니
조화도 무궁하고 안목이 새롭도다
벙개갓치 가는기차 철이가 지척이요
화륜선 고동소래 만경풍파 평지로다
살같은 차행거는 인해중에 헛처가고
비행하는 풍윤거난 천상으로 올라가고
벽상애 자명종은 천시를 분간하고
종누애 정기등은 일시애 명낭하고
철리애 전보대는 만국소식 전해주고
방물희사 천하장광 물품도 긔긔하고
전장애 사난병긔 조화사 막측하다
다재를 상상하니 금고애 상등이라
우매한 평소국이 자주동닙 어이하리

소학교 대학교는 무삼죄로 조롭하며
군자소 면장소는 무삼정사 쇠쇠하리
천만가지 허다새금 정정을 어이하리
천만가지 허다장정 변별을 다할소냐
실푸다 대한인민 고국이 어대매뇨
고국이 잇건마는 주인이 안이로다
주인이 잇것마는 국운이 다햇도다
가자서라 가자서라 고국차자 가자서라
불주산이 어댈는고 채미가도 적막하고
도정절을 쏟을바다 지룡초를 매고지고
명나수를 황회서고 어복춘혼 조상하고
명산이 어댈는고 한석지어 위로하고
동해산 발근달애 노중년을 보고지고
면암선생 충호예택 고국으로 도라오고
충경공애 고 수간죽이 청청하고
만고열심 안중근이 심상견운 설시히고
한산선친 일편단심 불석주속 남남하다
금고애 무수충열 역역키 기록하리
천문이열 당연하나 불신이 어렵도다
천병만마 시석중에 필부용맹 실대업다
강진비가 모든남아 연초지상 뵈회하고
고백원주 놉히걸고 부재인간 하고지고

가자서라 가자서라 어자개방 가잔말고
사면에 화망이요 동청애 함정이라
서안국을 가자하니 길방이 어대련고
우주에 비겨서서 고드름 바래보나
막막한 지구상애 갈길이 아득하다
태백산중 유발승이 고백회 업훈후애
인양초당 놉히누워 신정애 천고여한
대령가 화답하니 한관루애 다시볼가

제10장
〈익자가라〉*

익자가라

○금자동아 옥자동아
인싱일셰 만사즁에 츙군익국 졔일이라
일신부귀 탐득ᄒ야 미국젹은 되지말고
경국졔민 ᄒ야볼가 어화둥둥 니아달
○금자동아 옥자동아
쳔싱즁민 ᄒ실쩌에 이무궐리 쥬셧거늘
타인노예 되지말고 니의이무 진역ᄒ야

---

* 입력대본 : 한국가사문학관 홈페이지(www.gasa.go.kr), JPG 파일 필사본.

자유권리 회복홀까 어화둥둥 닉아달
○금자동아 옥자동아
인이불학 ᄒ고보면 우마굼거 무리ᄒ며
기반사역 난면이니 각종학문 연구ᄒ야
지식발달 ᄒ여볼고 어화둥둥 닉아달
○금자동아 옥자동아
되장부의 뎌힝사가 뢰뢰낙낙 광명ᄒ야
청천빅일 갓치ᄒ고 간활소인 효측말며
정확군자 되여볼까 어화둥둥 닉아달
○금자동아 옥자동아
젹직불용 ᄒᄂᆫᄌᆞ는 돈견불약 수젼로라
자션가로 목젹ᄒ고 공익사업 다슈ᄒ야
사회셩입 ᄒ여볼까 어화둥둥 닉아달
○금자동아 옥자동아
경징시되 싱존ᄒ야 모험심이 업고보면
일보지를 난진이라 싁사고락 관계말고
위국헌신 ᄒ여볼까 어화둥둥 닉아달
○금자동아 옥자동아
고금역젹 시관ᄒ라 무식흔놈 별무ᄒ니
노예흑은 빅지말고 국슈쥬이 시창ᄒ야
정국사범 되여볼까 어화둥둥 닉아달
○금자동아 옥자동아

딕한독입 ᄒᆞᄂᆞᄂᆞᆯ에 틱극긔를 놉히들고
딕무딕에 진왕홀졔 질풍폭우 심ᄒᆞ야도
빅졀불회 ᄒᆞ여볼까 어화둥둥 닉아달

기미이월 초십일 등본이라 동복 동상 니딕쳔 가약와당 소장
이라

근대기 역사의 전개와
가사문학

제11장
〈ᄌᆞ심운수가〉*

ᄌᆞ심운수가

슴오이팔 붕우들아 이닉소희 들어보소
쳔지만물 슴긘후의 인○일스 쳠졔ᄒᆞ미
영화귀쳔 뉘○○며 궁쳔지통 다잇시나
오의신셰 고혈함은 타인의셔 ᄊᆞ여난다
인셰부모 싱휵할졔 일남○여 ᄲᅵᆫ이로ᄃᆡ
기기히 난형난졔 ○○듕지 비옥이오
쥬슈즁 긔친이니

---

* 입력대본 : 한국가사문학관 홈페이지(www.gasa.go.kr), JPG 파일 필사본.

그○즁의 째디난이 차인혼ᄌ 쓴일넌이
지화직득 박복ᄒ고 여앙이 미딘ᄒ여
익운이 다닷난쥴 쑴의나 싱각든가
하희갓튼 우리부군 ○슨가치 미더던이
조물이 시기○○ 일월이 무광ᄒ야
당조일셕 이별한이 익익통곡 이ᄂᆡ셜움
육셰젼 조여싱손 어ᄃᆡ 잇슬손야
필종여 우리형졔 이셰오셰 양유아로
쳘윤지졍 어이ᄒ며 슨슈갓치 싸인셜움
어나○○ 비ᄒ올고 관옥지풍 나의우○
구셰혈혈 고죡단신 어나뉘을 막기시고
그덧무심 ᄒ시난일 촌즁이 슬아지고
슴혼이 간ᄃᆡ업ᄂᆡ
명활ᄒ신 우리ᄌ당 관후한 셩덕이야
인인이 츙츈ᄒ여 만ᄉ가 여흡흠은
만고할 밋더던니 속졀업시 되고
엉만심징 녹이ᄂᆡ이 그안이 통곡체야
ᄎ인의 불효ᄒ미 구쳔의 슴목○고
은지부왕 다으신가 ᄒ날도 무심ᄒ고
지신도 야속ᄒ다 초목금수 무지흠이
이ᄃᆡ지도 ○○흔가 ᄃᆡ쳔명 우리가
팔도의○ 우리로ᄃᆡ 시운이 불길ᄒ여

삼ᄃᆡ독ᄌᆞ 윈일리며 오족이촌 무의ᄒᆞ미
저저리도 통분ᄒᆞ다 슬푸도다 오룬동긔
전싱의 무ᄉᆞ죄로 혈혈 된단말가
인후ᄒᆞ신 우리ᄌᆞ당 귀중ᄒᆞᄉ 나의우형
엄친의 교훈업시 추음도절 가라친재
치울세라 더울시라 오ᄆᆡ불망 조심ᄒᆞ여
일만이ᄌᆞᆼ 초초심회 가지가지 썩어○○
○○훗처 긔빅린고 눈물○○ 히수된다
그러그러 십오셰의 요조숙여 맛ᄌᆞ온이
천승선여 이안인가 출천지효 극진홀분
정정흔 힝실리야 무어슬 흠홀손야
화월성풍 조흔얼굴 빙옥방신 고은몸의
독질리 침노흔이 고항의 드러신이
외로온 우리소처 ᄌᆞ외ᄒᆞ신 나의편친
남다른 부모자식 누기통곡 어이할고
요조숙여 현군ᄌᆞᄂᆞ 하날이 ᄂᆡ신비라
발고발근 유유창쳔 엇지안이 감동ᄒᆞ리
션시션약 불노초가 일야지간 날일거살
무ᄉᆞ한이 잇슬손야 감축할ᄉᆞ 나의우형
포포한 골격이여 슴츈셩화 이안인가
비범한 풍광이난 학우신션 분명ᄒᆞ고
효셩우ᄋᆡ 쎵여날 본지학의 유여함은

447

이티빅이 셜왓든가 변화한 필법이야
왕희지을 조롱할가 그이한 체격이야
쥬밍부랄 쏜밧든가 단아흔 옥안영풍
뉘안이 충츤하리 그림소리 분분ㅎ여
귀싸의 열낙한이 오가의 쾌흔정싀
이밧게 쏘잇난가 츳회라 동유드라
북당의 빅슈노친 가연이 몃몃히야
믄쳡슌즁 져소남근 사시풍경 쳥춘이
인싱빅연 만타흔들 빅발되기 즘간이세
불효하다 이인싱이 셩질리 편협ㅎ여
우리부모 운무심경 일졈화기 솟붓치고
불효랄 기치오니 젼싱여질 ㅎ릴업닉
원이로다 원이로다 남즛못된 원이로다
어와 붕우드라 광딕흔 쳔지간의
부유갓틋 우리인싱 여즛몸이 딕여난바
말셰예 나단말가 놀고보싀 놀고보싀
쳥츈의 못다노라 빅슈의 여흔말고
습츈화시 싯필씌의 즉즉도화 만발ㅎ고
초목은 무셩흔딕 가지가지 입피피여
곱고은 벽도화난 스랑압힌 반겨ㅎ니
쇠소리난 왕닉ㅎ고 쌍나위난 츔을츄며
츈풍은 드리부러 곳흘난화 웃게ㅎ고

양유쳥쳥 슈양가지 금ᄉᆞ랄 ᄌᆞ사시니
경긔더욱 조흘시고 호흥 반취ᄒᆞ니
ᄉᆞ유화 ᄒᆞᆫ곡조의 화젼노름 가자셔라
혓부고 가소롭다 본ᄃᆡ흉ᄒᆞᆫ 이ᄂᆡ얼골
홍낭의 물망으로 흉케 되여시니
ᄎᆞ난나의 팔ᄌᆞ로ᄃᆡ 그려도 골슈지원
픏고지 젼혀업ᄂᆡ 졀ᄃᆡ가인 분여드리
ᄎᆞ레로 모혀들졔 지지박식 이픔골노
좌셕의 참예ᄒᆞ니 슈괴지심 견ᄃᆡᆯ손야
옥안영픙 나의현질 귀희요조 우리형즁
동셔남북 요란ᄒᆞ니 셰상의 원ᄌᆞ다시 ᄌᆡ봉ᄒᆞ여
히히낙낙 즐겨볼고 두루심회 갈발업다
ᄌᆞ탄가 ᄂᆡ버리고 시졀가나 불너볼가
틱평셰게 우리나라 왕운이 불길텬가
쳔운이 막비텬가 무지ᄒᆞᆫ 강국이니
ᄉᆞᆷ쳘이랄 업혀시니 억조충싱 만은인민
어나뉘가 건져닐고 영웅호걸 명현달ᄉᆞ
시간이 다못ᄎᆞᆫ가 무죄ᄒᆞᆯ사 우리동포
앗가울사 목슘이여 츄풍낙엽 되단말가
만고영웅 관운즁도 ᄉᆞᆷ국픠읍 못ᄒᆞ여셔
견즁원혼 되여잇고 역발산 긔긔셰도
소승고혼 되엿거든 하물며 우리나라

무용지물 쑨이로다 동국지환 당두함은
여천만이 한가지나 절졀이도 통분함은
혼ᄌ다시 이들도다
명현문 뒤가ᄌ손 망명도쥬 거동보소
고뒤광실 조흔ᄀ사 남젼북답 너른젼지
고국산쳔 이별ᄒ고 말이타국 쎠나갈졔
일가친척 게분묘랄 마음뒤로 젼송ᄒ니
그도ᄎ역 통곡체오 명문쳥가 일뒤소연
슈신졔가 젼폐ᄒ고 단발ᄀ명 윈일이며
상ᄒ분별 기쳔디고 무법쳔지 어이할고
슬푸다 붕우드라 연연약질 우리인명
초로갓치 ᄌ라나믜 삼오이팔 여계로다
분유한 이셰ᄒ의 쳥츈홍안 우리면목
초옥즁의 잇단말가
구경가쉬 구경가쉬 한별남복 ᄀ○○고
일필나귀 밧비모라 팔도강슨 구경가쉬
슴각슨 졔일봉의 경ᄀ졀승 구경ᄒ고
졀릉슨 도라드러 별궁터랄 구경ᄒ며
십승지 차ᄌ가셔 싱할곳 보고오나
빅슈노친 자별동긔 긔무잇계 믜셔다가
편켸뉘화 ᄒ로희희 잘잇다가 평은셰계 만나거든
고향슨쳔 도라와셔 격양가나 불너보쉬

이리져리 구앙ㅎ여 아모리 싱각히도
ㅅ남ㄷ로 읍즁가의 완젼여구 잇다가난
일진광풍 당두ㅎ야 억만군ㅅ 기격즁
발펴쥭지 아니홀가 망망ㄷ히 깁푼물의
슈즁고혼 아닐넌가 여광혼 이심ㅅ가
아모리 실승히도 유익이 젼혀업ㄴ
쓸곳업난 이ㄴ몸이 션학이 되엿시면
일편ㅈ모 편히뫼셔 만즁풍을 소ㅅ올나
션궁의 득달하여 옥계ㅎ이 복지ㅎ고
십연그린 우리부군 영화로이 다시만나
흑발숑친 엄훈하의 호홍으로 잇고지고
젼싱소원 식슈지지 엇지ㅎ야 ㅊ자갈고
풍조월셕 ㅅ가되여 나라가셔 피화홀가
구만장쳔 빅운되야 써나가셔 피화홀가
운간명월 놉히올나 쳔ㅎ만국 쥬류ㅎ고
불노초 어더가 젼당동기 보양ㅎ여
빅슈향연 기약ㅎㅅ 원슈로다 원슈로다
임진연 왜난젹의 이여송이 원슈로다
놉고거준 져명ㅅ의 ㄷ지혈을 싣어시니
션인들리 어이나며 질병인들 업실손야
갈ㅅ록 원통흠은 역역희슈 나난쏘다
조흘시고 우리ㅊ형 신병이 쾌ㅊㅎ여

451

구가로 도라올시 길일얼 간퇵ᄒ니
츄구월 망일이라 다만츅슈 ᄒ난바난
외로온 나의우형 문명ᄉ게 만나거던
일인지ᄒ 만인즁의 일국명ᄉ 션명으로
영화부지 극진흠은 격부양을 압두ᄒ며
셩ᄌ신손 게게승승 빅ᄌ쳔손 만딕유젼
복녹이 무궁ᄒ여 만인지ᄉ 될거시고
츈당지 알셩급제 용우의 츔예ᄒ여
인금을 바다시면 ᄎ례로 ᄒ난벼살
엇지다 기록ᄒ고 홍문관 교리슈찬
부국판셔 영의졍의 부원군 봉힝ᄒ여
우리부모 평싱 쾌히쾌히 일울거살
무산ᄒ이 쏘잇ᄉ며 지원소싱 남은바난
초당의 빅슈노친 낙슨ᄒ슈 만슈ᄒ여
쳔만 부귀즁의 신신흔 복녹이야
씃씃치 보압기랄 츅슈츅슈
포한지심 만ᄒ기로 소회랄 그리ᄂᆡ니
우슈마발 다○지고 ᄂᆡᄂᆡ막심 무안무안
타인볼가 낫슬○삽 아모나 보시난이
미미흔 우슴이야 엇지능히 참으울고

이 가ᄉ난 봉딕 강소졔 십육셰 방신으로 등흔한 직직 아니라

유○흔 필법을 널이 구경 씨기여 변역ᄒ여시니 보난 직 초을
아니리 업스리라. 우리 조은 모임게셔난 져의 히구흔 필을 ᄉ
랑이 아르시고 번셔ᄒ여 달나 ᄒ시기로 무가ᄂ라 ᄒ엿시나 보
시난 직 뉘실지라도 깁 눌너짐즉ᄒ압. ᄉ랑흔 우리 종질부 숙
질 수다 호귀호귀흔 종식 노람 중 보앗쥬홉습. 병딘삼월십칠
필경ᄒ엿노라.

근대기 역사의 전개와
가사문학

제12장

〈옥중가(무제)〉*

○○○○ ○○○○ ○○○○ ○○로다

○○○헤 긔기셰로 쳔지망망 무가네라

우혜우혜 불넛스니 초픠왕의 이별이라

슈양산 그를속에 키고키니 고사리라

가이요의 노릭ᄒᆞ니 빅이슉졔 졀기로다

쳘환쳔하 제셰경륜 공부자의 길얼막어

봉혜봉혜 노릭ᄒᆞ니 초광졈어 지죠로다

망션각 놉흔곳에 봉닉쇼식 돈졀할데

분슈츄풍 노릭ᄒᆞ니 한무졔의 빅발이라

---

* 입력대본 : 한국가사문학관 홈페이지(www.gasa.go.kr), JPG 파일 필사본.

거셰기탁 아독쳥은 지사불변 결심으로
창낭곡을 노리 니 굴삼여의 단츙이라
풍소소혜 역슈흔에 아방궁을 바라보고
일거불반 오렬 니 행댱사의 칼노리라
아미산월 반륜추에 신선갓치 놉피안자
사군불견 탄식 니 리뎍션의 달노리라
뎍벽쳥풍 긔망월에 뇨죠삼쟝 외와두고
망미인혜 노리 니 쇼자쳠의 빗노리라
흉후추달 놉흔바람 와룡션싱 흠앙할데
출사표 노리 니 호치당의 취흥이라
핑퇴영을 마다 고 상경송국 잘잇더냐
귀거리혜 노리 니 도연명의 뎡뎔이라
심양강 발근밤에 비파셩이 쳐량할데
윤락지음 화답 니 빅낙쳔의 쇼회로다
그남아 허다쇼회 넷곡됴라 자미업다
가쇼가비 쳔틱만샹 옥듕타령 에잇노라
차홉다 부유인셰 사싱고락 츈몽이라
문노니 숨긔평싱 다소역사 무엇인고
사쳔연 예의동방 오빅연릭 문치로셔
츄로지향 틱여나니 사디부지 원림이라
츙군뎨쟝 웃듬이오 입신양명 의당싀라
시화셰풍 듁마시뎔 당구풍월 읍퍼올데

녹슈진경 뎌길우에 압션사람 그누긔냐
금관죠복 게나도라 댱듕물노 자랑터니
셰강쇽말 어언간에 츈당듸하 셕양이라
학셔불검 거들치니 이팔광음 허시로다
초당춘수 느짓씌니 댜댜위리 신셰게라
슌지도난 쳔댱부오 쳑지도가 상등이라
무뎐쳔지 소영웅은 션각자의 말일런가
쓴공듕에 누른금은 질독자의 션득이라
히인의긔 아니거든 도듀슴치 못할손냐
십년활게 헛당담이 가도사벽 우습고나
그나마 십년풍파 창낭자취 이아닌가
거목산하 달낫으니 왕실여희 잇써로다
뉵임지년 미친원수 골수에 깁헛고나
오듸역이 탁난할데 을스됴약 통분ᄒ다
승상사당 푸른듸는 엽엽히 호쇼ᄒ고
히아로 오는소식 쳔고렬스 비그럿네
합이빈두 벽역불에 자든눈을 번쩍씌니
국사무쌍 간곳엽고 슈운첩첩 이러난다
경슐년 칠월장마 방방곡곡 홍수로다
익인싱지 다간헤여 무거쳔지 망망이라
불분심쳔 험흔쎄을 쳔방지축 무산일고
구년지슈 도량업셔 과문불립 ᄒ단말가

빅발북당 뎌바리고 강호낙덕 부지럽다
흔긔쳐즛 다던지고 포식난의 싱각겟나
객스풍상 다격것다 촉도란어 상천ᄒ니
검슈도산 곳곳지라 흔거름이 자차런들
천잉깅감 몃몃번고 쳔신만고 부둑ᄒ야
십싱구사 잇씨로다 잇씨는 어느씨냐
익운이 임슐이라 중일월지 긔ᄒ련고
시셰시월 망간이라 평슈상봉 쌱을지어
듸동강상 션유흔후 흔강으로 놀을뎌어
금오강두 돗지우고 팔공산 덤은날에
달셩공원 올나셔니 비풍은 슬슬ᄒ고
낙목은 소소흔데 인영이 직지어를
앙견ᄒ니 명월이라 쳘리향회 못익이여
힝가상답 건이더니 난데업는 우리소회
일진광풍 일어난다 동변셔훌 번긔기운
사람이냐 귀신이냐 불문곡직 덜이치니
뎌셩ᄎ사 네아니냐 쳔지망아 무가네라
한곳을 당도ᄒ니 고등게라 셋글자가
두렷이 쌱엿고나 심심옥문 드러셔셔
좌우빅렬 살펴보니 의관인물 싱수할쑨
셩음듯차 토월이라 이궈저궈 칼총이오
와룩좌룩 형구로다 의긔등등 푸린셔슬

딕호잡는 형상이라 연연약질 이일신을
곱게곱게 자랏더니 구지박지 오날날에
반분인들 사명잇나 쳘창쳘갑 물논이오
독쇄항쇄 가튜엇다 멸협납치 무엇이냐
경상얼독 다뎌치고 지독차독 무형악벌
골멸이 다녹는다 쳔쪽만쪽 씨진옷깃
혈흔이 반반ᄒ고 혼비빅산 빈덩치난
누수에 잠겨잇다 싱지사지 고만도라
죄명이나 알고보자 덥흘공산 치안방ᄒ
됴건됴건 문답한다 십직경영 직업업시
불고가사 바로하라 별간예를 다ᄒ나보
강산인물 류람힛지 오ᄆᆡ불망 죤쥬의리
노련명을 싱각ᄒ지 도동희의 졀긔업서
지빅지신 뒤를짜라 복어교ᄒ 쇠를힛지
칠신위죄 아니거든 복교힝긱 뭇엇신고
손빈갓흔 황홀수단 마릉빅셔 분병ᄒ지
일긔복명 쥰비업셔 빅이셔지 만무ᄒ다
박낭사둥 비밀게교 창희역수 보로갓지
반근쳘퇴 업는힝장 역수본들 무엇ᄒ나
흔상무의 음모로셔 됴말등단 권ᄒ엿지
쳑비업는 빈듀먹이 무얼주어 권할손가
그나마 허다답문 엿차엿차 맛친후에

비슈검이 번쓴ᄒ니 단발영이 추상이라
차홉다 이의관은 삼쳔에의 탕젼할데
일기혈식 긔렴이오 신쳬발부 귀듕함은
부모님쎄 바닷노라 이익부모 구로지퇵
한터리도 난듕커든 구사에도 사명이오
난례에도 톄면이라 궁지극지 무산일로
일지이심 이지경고 부앙쳔지 ᄒ소ᄒ니
텬ᄒ언진 지ᄒ언고 판결ᄉ싱 발악ᄒ니
사사싱싱 도무싀라 사자ᄒ니 불평이오
듁자ᄒ니 쳥츈이라 앙쳔일소 허허ᄒ니
비승비속 가련ᄒ다 침침칠야 봉ᄉ거름
쳡쳡듕문 다다르니 쳔간집이 괴이ᄒ다
염나국이 이안닌가 검은삽싹 털걱ᄒ며
구듕심쇄 털컥근다 감옥감옥 드럿더니
쌈쌈지옥 이럿코나 삼사장간 빈우리가
상하사방 판목이라 이틈더틈 바람소리
풍노긔가 완년ᄒ다 여기져긔 쇠광창은
셔리꼿치 능난ᄒ다 뎍뎍고나 인간잣춰
그름자도 영멸이오 쑥쑥쓰른 피흐덕은
문지속에 어리엿다 침셕흔입 듕단이오
금침흔긔 동벽히라 슈승비승 목통안에
단표듀박 씌여잇고 두션어장 규칙칙은

됴목됴목 창검이라 첫됴목에 긔거동작
관리명영 준힝할ᄉ 다음둘긔 음아질타
자유권리 젼폐할ᄉ 농모젼톄 꼼작말고
일졀주의 숨긔업시 제반규칙 억일지면
의률시힝 운운이라 싀믜갓흔 감독간수
밤난창에 붓혀셔셔 눈한번만 자칫ᄒ면
벼락불이 나려진다 졀간에간 싀시쳐럼
심늬걱정 혼자말로 독방차지 흔갓다힝
헌화엄금 잇젓스나 호흘간에 안즌잣은
들킬지면 큰일이오 독감이나 걸이온들
깃침소리 밍낭ᄒ다 쳬신쓰긴 깐보다가
운동체조 긔관이라 열아홉번 시집ᄉ리
어귀즁비 만나구나 올연독좌 손을부니
삼시싱활 무엇인고 틔반속반 돌을썩어
반싱반숙 두어덩이 연화긔난 젼혀업고
어름갈긔 어리엿다 귀골쳔골 뉘뉘련고
예의염치 우습구나 긔갈이 감식으로
팔진미는 무엇인고 삼순구식 장타마소
틔평시딕 호강이오 믹반총탕 앙상의는
이뎨싱각 션미런가 십년와굴 소듕낭은
모뎐이나 먹어건만 털긔업는 집방셕은
우마라도 써리겐네 그듕에 빅쳑간두

뎌쳐름 심동이라 쳐지궁음 모여드니
삭풍은 늠늠하고 일월졍기 칼갓흐니
살긔는 슉슉ᄒ다 이방져방 두셩두셩
앗침젼역 감시로다 뎐무후무 몹슬치위
뎐감옥을 털나보다 소소빙굴 일귀물이
두말업시 쏙둑엇다 머리맛테 한난게는
오륙도에 넘나들고 먹빗갓치 단수둑은
믜도조차 어름이라 쳔ᄉ만려 회만념이
싱불밧게 다시업다 놀랍고나 별안간에
사면비풍 이러날뎨 노릭소리 우름소리
옥듕을 뒤집는다 인듕자는 승쳔이라
빅단금지 슈업고나 게명산 츄야월에
댱자방의 넉이완나 팔쳔뎡병 슬푼노릭
사향곡이 훗터진다 연됴간이 이곳인가
비가강긔 흡사ᄒ다 완뎍의 창광인가
궁도우름 분명코나 고뎜이의 통곡인가
방약무인 엇진일고 추연졍금 다시안자
여원여소 드려보니 알겟구나 오날이야
구시딕의 뎨셕이라 어엿쑤다 뎌쳥연들
딕명일월 뉘뎐튼고 구졀간장 이닉소회
풍쳔지각 일반일세 허희셩을 놉히마소
독방사렴 사람죽닉 구만장쳔 문어져도

소셜길이 인난이라 비지무익 다버리고
과세편안 ᄒ사이다 삼읍궁귀 이러나서
숑궁문을 외온후에 침승비회 쳔만ᄉ가
불사자ᄉ 삼경이라 한숨소리 ᄲ쳐지니
사고뎍요 잇씨로다 비비우셜 찬소리는
쳘창을 ᄯ다리고 경경불멸 뎐긔등은
연광을 지촉할떼 은은한 귀곡셩은
듸들보로 나려온다 유형무형 반벙어리
오오렬렬 호소흔다 쳘셕간댱 아니거든
슈란심회 엇들손고 우지마라 뎌귀신아
ᄉ불범뎡 모르나냐 호쇼마라 늬알겟다
삼시악식 못익여셔 아ᄉᄒ든 원귀거나
엄동셜흔 이쓰음에 동ᄉᄒ든 원귀거나
그아니면 독방원옥 셩광ᄌ졀 원귀리라
너의짐작 나뎡상이 동유과부 셜겟나냐
빅졀불굴 구든마음 이맛고로 못듁겟다
너동유 나아니라 쇽거쳘리 물어가라
특귀경을 파흔후에 뎐뎐반측 비겻드니
멀이오는 계명셩이 구비구비 고향이라
반갑고나 뎌달쇼리 고향사를 네가아나
고당헌슈 오날앗침 잔을드러 뉘가빌며
오듕죵죡 화슈노름 누긔누긔 모혓든고

폭듁셩즁 옥믜화난 몃몃숑이 피엿으며
툑빅듀와 도쇼듀는 몃몃쳐구 취힛든고
알고져라 고향소식 가고져라 고향산슈
비울강장 이불덩이 어이하면 시원컨나
팔진도를 못벌리니 괴위남튤 가망업고
피발양광 말도마라 진찰방법 ᄌ진ᄒ다
오두빅과 마두각도 법률시딕 쇼용업고
관법이 각박ᄒ니 계명셩도 허ᄉ로다
빅무일칙 울울심ᄉ 여광여취 병이되여
불셩인ᄉ 긔십일ᄉ 튤몰귀관 누엇으니
고국인물 보든면목 김이ᄒ나 자취업닉
신셜의싱 가로약은 닝슈마도 못ᄒ고나
천고영결 지듕연분 면면악슈 깃거ᄒ고
원근죤몰 허다관심 사몽비몽 경겁이라
부모회듕 어린싱각 빅빅심슝 식룝고나
쳔금만금 국육지선 옥듕고혼 되단말가
우지마라 우지마라 뎨혈삼경 두견시야
너원뎡을 닉알지오 나원뎡을 네알지라
불여귀 흔소리에 흑발쳥츈 빅발된다
듀듀야야 고통으로 어언간에 모춘이라
덤덤슈운 구름밧게 뎨비흔쌍 나라간다
나라가는 뎌뎨비야 너어듸로 나라가나

화산고국 들가든 옥듕소식 뎐희다고
승평일월 어나츈풍 고가문벌 일럿더니
경경혈혈 철퇴죽엄 호국인도 슬허ㅎ네
야쇽고나 다쇼지뎡 쇼식동차 영결이라
일누잔명 잇슬동안 근자상면 ㅎ스이다
유뎡고이 기연인가 무뎡고이 막치로다
억례간운 빅일면에 빅일면이 잇덧든가
독슉공방 누여우에 누여우이 잇덧든가
힁인임발 우기봉에 우기봉이 더듸든가
북셔부지 안무뎡에 안무뎡이 그럿흔가
홍교일단 무쇼식에 무쇼식이 못살겟네
일일이 여삼추로 만스무렴 지나더니
낙동강상 듯던쇼리 형산빅흔 나라온다
뎐ㅎ더야 편지보자 반갑고나 뉘듀너냐
슈항으로 뎍신됴히 동긔연지 에잇고나
여슈지션 원혜혜여 이여신신 완년ㅎ다
몃몃희를 그린뎡회 옥누쇼식 이아닌가
쳔스만루 지상수작 열친쳑지 뎡화터니
동상화쵹 녯마을에 고어우름 원쇼린고
병침검누 삼쇼몽이 바이허스 아니런가
유뎡쳔고 쳘쳔원이 반자비회 못익여라
셔왕모의 곡도튠을 금의환향 바라더니

무졍세월 십년창상 만산풍촉 오날이라
오락가락 우는시은 낙화과음 시름ᄒ고
연연비릭 양유화난 고원츈싴 앗가워라
부슬부슬 흔난비에 함누묵묵 안자스니
잌아모씨 영모지신 이십칠일 쪼왓고나
원수로다 이일월아 어이이리 즈로오나
잌부여신 궁쳔지강 비거심장 쳔빅비라
역역뎐진 긔렴ᄒ니 툔툔간댱 슫어진다
고아복아 기르실딕 은ᄉ근ᄉ 이름말슴
수명으란 동방삭과 셕슝왕긔 부를밧고
공자왕숀 귀와갓치 여송지무 여빅지셩
왕ᄉ당뎐 봄빗트로 진진복녹 누릴지면
사무여흔 너의어미 죠션들쎄 영광을세
양게갓치 질기리라 듀쇼원언 이른의를
만분지일 못밧삽고 음음쳔딕 오날날에
쳑쳑유감 엇지실고 죄로이다 쳔흔목숨
만ᄉ무셕 죄로이다 욕ᄉ이ᄉ 불승비로
몃날몃밤 경과할뎨 사월이라 삼슌일는
칠질고당 호신이라 빅슈의려 이날뎡경
불언가상 어이살고 등피셔산 못ᄒ오나
쳑피빅운 비나이다 비나이다 비나이다
하나님뎐 비나이다 남극셩을 뎜뎨ᄒᄉ

여강여통 비나이다 북힉듄을 기우리스
만슈강영 비나이다 각분남북 홋친골륙
쳔우신죠 모으신가 좌우쥬진 여러덕분
덕막지나 안으신가 녹고녹는 일쳔간장
넉시일코 안잣더니 빅듀혼흔 난간몽이
북당광경 경스롭다 경사롭다 북당광경
션가일월 부렵잔네 삼체연상 션풍도골
좌훈우지 즐기실사 연지화발 ㅈㅈ숀숀
오쇡반에 츔빗흐로 빗고빗전 군산쥬를
유하굉에 밧쳐드려 힉욱튠광 싸은잔딕
굉듀교착 흐터놋코 그나마 원근친쳑
희쇼담낙 둘어안져 화봉인의 튝스로셔
분분칭송 치ㅎ하네 십슈년딕 일가단원
회불자승 오날이라 면면그린 탐탐뎡회
쳔언만스 미료할뎨 뎡모르는 황죠일셩
씩고나니 허식로다 녹음방초 승화시를
덧업시도 다보나니 쳔듕가멸 튜쳔쇼리
벽공으로 쩌들은다 듯기실타 져쇼년들
무슨호기 뎌갓튼고 쳘모르를 뎌쇼년들
힉외풍됴 살펴바라 비힁긔나 틱엿으면
안하무인 되겟고나 울발흉듕 셕일지감
남의쇽도 참모른다 이리뎌리 비극으로

사는세상 지리ㅎ다 쓰고쓰는 몹쓴불꼿
삼복염증 쏘닷첫네 오월에 피양구는
쏘나이셔 입건마는 사시댱쳔 쳥당삼은
불분ㅎ셔 우습고나 쇽딕발광 욕딕규난
나를위히 이름이라 만국도직 홍노듕은
이시딕를 이름인가 쳥풍셕일 북창ㅎ에
희황인을 자랑할데 영양금일 이상틱를
몽듕으로 싱각힛쇼 밋들마라 부싱드라
튜몽건곤 밋들마라 딕담마라 부싱들아
극낙싱이 딕담마라 상뎐벽히 번복수단
됴물아히 시긔ㅎ고 한진셔퇴 슌한도슈
슌식간에 곳닷친다 고히하다 지닌밤에
바람쇼리 슈상터니 오날ㅅ벽 쳘창밧게
오동일렵 써려진다 쳔상가긔 인간가멸
칠월칠셕 이안닌가 오작교변 션ㅈ드른
쳔지무궁 좃컨마는 풍우셩듕 일지화는
쇼슬튜회 이러난다 이러나니 ㅈ오회라
오호일곡 부르노라 오호오호 부오호회라
쳔하지튜 잇씨로다 봄이갓네 봄이갓네
션리동풍 봄이갓네 가을왓네 가을왓네
영단고국 가을왓네 남풍지훈 부러셔니
환우셩이 쳐량할데 부귀영화 간곳업고

지앙상엽 다달낫네 방슈강에 춤나븨는
곳틀일코 훗터지고 상임원즁 노든공작
임흘보고 슬피운다 쇼상강의 기력이
일셩고귀 나라가고 초패왕의 우는넉시
고셩듸셩 목이쉬네 시흔뎜에 봉쳔힝은
늴가자고 고둥트며 뎌셔산에 걸인달은
늴기다려 비회ᄒ나 오호오호 부오회라
지ᄉ비튜 어난씐뇨 뎡슈쇼쇼 뎌변방에
고긱션문 잇쎠런가 겸가창창 뎌물가에
쇼회이인 잇쎠런가 문묘고퇵 슬허ᄒ든
숑옥비튜 잇쎠런가 완월루상 쇼슬ᄒ든
유신승담 잇쎠런가 사벽퉁셩 탄식ᄒ든
여름독셔 잇쎠런가 만리고범 이별ᄒ든
장흔강동 잇쎠런가 쳥쇼림이 ᄉ가ᄒ던
파쵹고신 이쎠런가 익오싱지 슈유ᄒ든
통쇼긱이 이쎠런가 씩는다시 왓것마는
인걸들은 어데갓노 일부황툐 쇼슬쳥산
만년유퇵 뎍막ᄒ다 멸듸무쌍 호걸들도
흔번가면 뎌럿코나 오호오호 부오회라
부유인싱 몃몃씐고 어뎡어뎡 몽과빅년
초목동시 쉽겟구나 사뎡업시 가는쳥츈
나를위히 지체컨나 시호시호 부지릭라

활동시긔 느뎌간다 반싱허수 다쇼경륜
일분여의 트러두고 금쪽갓치 귀흔광음
쳘창허도 어인일고 일덤이덤 가는시게
쇼리쇼리 힌터리라 쳔겹만겹 둘인안긔
뭉울뭉울 가슴이라 덕덕무인 이귀굴에
뉘를보아 동뎡ᄒ라 오호오호 부오회라
지아회자 뎌달이야 달아달아 발근달아
너를보아 이르노라 춍위부운 이귀굴에
장안불견 어데믜뇨 만호도의 일편월아
너는분명 보오리라 피미인혜 셔방지인
옥누한링 근여하오 동졍금피 쳘리월아
너는분명 아오리라 쳑피흔혜 쳠망ᄒ던
빅슈돈안 어나곳고 흔가령에 변죠월아
너는분명 베오리라 쵸슈오산 깁푼곳에
각간쳐ᄌ 슈ᄒ지오 복피영에 유표월아
너는분명 빈취리라 셔쳔튠지 낙ᄉ ᄒ든
형급뎨의 산지사방 동원도리 긔렴월아
너는분명 듸ᄒ리라 산아아헤 슈양양에
동병지음 어데어데 쳔리오듀 상ᄉ월아
너는분명 뎐ᄒ리라 뎐ᄒ여라 곳곳마다
이쇼회를 뎐ᄒ여라 괴롭고나 시일이여
염양변틱 괴롭고나 시일은 갈상인고

여급여로 희망인가 티창창아 차하인을
싱하심이 사ᄒ심고 오호오호 부호회라
쳔실 위지ᄒ오 오호일곡 목이메여
유루방방 비겻더니 셔벽간에 은은ᄒ다
유심지라 뎌노릐여 날드르라 우는고나
죠죠멸멸 은영듕에 안회곡이 이안인가
반갑고나 그누구야 지아자쟈 네왓느냐
불힝지즁 힝으로셔 사싱동고 ᄒ여볼세
나울지면 너노릐오 너울지면 나노릐라
동셩상응 할됴화는 쳔지자지 아지리니
부지불각 벼락엄금 모즌눈길 거슬첫다
설상가상 고통으로 우파풍파 쏘격것네
의리업는 뎌호죵아 범수뎐도 못드럿나
슈칙즈의 문안할뎨 빅골난망 그안인가
고싱싯혜 영화롬은 너는분명 짐작커든
사둥구싱 못하련들 덕인지악 ᄒ단말가
흔쳔셔력 밋들마라 차일시오 피일시라
시릭풍숑 등왕각과 우퇴뢰굉 쳔복비라
뉵국통일 만리셩도 불츈이셰 문어덧고
근듸무쌍 독일풍죠 은감불원 못보앗나
악관이 약만ᄒ면 쳔필주지 ᄒ나니라
앙쳔틱식 이러나니 듕츄물싀 뎜으렷다

471

사풍셰우 셕양쳔에 북닉쇼식 놀납고나
부자쳔륜 지듕ᄒ야 사지싱봉 와셧다네
힝연칠십 무슨긔력 불원쳔리 어이신고
엄엄죤안 뎌빅발이 날노만연 빅발이라
빅발다시 못푸르니 쇽죄무로 어이릿고
듁지못한 원슈목슴 욕급부형 죄로이다
쳔참만ᄉ 당당죄벌 쳔로무심 흔시럽다
함누무어 도라셔니 힝노유쳬 아닐소가
소소쳘극 단는빅구 구월구일 향회로다
남원녹슈 뎨시업는 뉘를위히 불것으며
동이ᄒ에 누른국화 뉘을위히 곳치열며
지향ᄒ든 흔작들은 뎍뎍무인 우스리라
이리공듕 걸인혼이 만ᄉ망양 두류할데
쇠북소리 둥둥ᄒ며 함셩고각 이러난다
우당투당 듸포쇼리 건곤쵸목 진동한다
쎳다바라 풍륜거는 반공듕에 소리친다
우룩쑤룩 긔차마차 산명곡응 셔들오고
부욱부욱 자동차는 동셔남북 횡힝한데
뎔컥뎔컥 병마잣취 쳔병만마 쓸어든다
올타올타 장쾨ᄒ다 졍말날네 나나보다
제발적선 저날예야 감옥부터 봐수워라
분기생새 이세월은 일분일각 지리하다

천변도삽 여호물색 보자으면 상책이오
난만격설 찌진소리 듯자으면 양약이라
어서어서 죽여다고 한시밧비 죽이여라
북방재배 이려나셔 쳘창박을 둘려볼새
아셔라 생각마라 분외행복 바랠소냐
전장귀신 되엿든들 남자죽음 썻덧하게
반갑자는 우슴소리 공진회의 관람패라
실업고나 져잡패들 맹아수렴 무얼아나
관람하는 저친구들 물퇴인정 물어보세
동물원을 단여올씩 동물상태 엇든튼고
쳘망안에 걸인범을 보고분명 우셧스리
안이라 그짐생이 셕일산군 이안인가
감옥관람 다해거든 감옥정도 말좀하게
이문안을 들어셔서 범연갓다 한단말가
정신차려 살펴보면 쵸목상심 되오리라
금수강산 삼쳘이에 방방곡곡 구치감에
신셩민쥭 이천만이 나나너나 미결수라
와신상담 못하렷들 활발기상 고이하다
무사통곡 못하렷들 넙덕우슴 무삼일고
열국문명 도회지에 굿보이로 다니는가
안방구셕 안자스면 소사각각 귀골이라
쳔인이목 너무말고 지남지북 흐터가소

무군태평 일부지을 알고보니 너의배라
영합산이 유망해여 여불인위 차태로다
유수갓치 가는광음 슐넝슐넝 잘도간다
시월실솔 우는소리 거년회포 들시로다
그달그믐 다보나니 양역셜이 쏘왓나야
도리납작 못지한개 츅화신년 맛보라네
어엽부다 저일월라 츈하츄동 박구웟다
쳔무이일 이엇거든 일년하사 재봉츈고
만감비회 못이기여 앙창앙창이 울읍터니
어언간에 오는소식 갑작츈풍 다달낫네
어허어허 반갑고나 츈왕졍월 네아니야
우리고국 쳔고역사 갑작운기 대길이라
기명유신 도라오면 나도분명 살겟고나
오야오야 이늠들라 권불십년 견대바라
안진뱅이 용맹으로 졀치부심 도실릴대
허허세상 별일보소 길운죠차 쓸곳업네
쥭어쥭어 걸인목슴 일층풍파 쏘일나네
공판인지 농판인지 강재쳐역 집행한다
난데업는 흥쳘육은 득셩이래 파역이라
놀고먹어 못씬다고 직죠공장 입학한다
치량치량 벼틀우에 노심골골 죵일토록
만고수심 짜셔내니 오리오리 고통이라

칠십에 능참봉은 신명소죠 일넛거든
불노불소 반평생에 이안이 별일인가
한평생을 살고보면 별별일을 다보게네
병반부터 나갈지면 오날부터 결심잇다
압제인둘 고만되고 험한지방 너머서셔
사통오달 너른길로 자유활발 거려볼래
일지표락 곤오앗치 농셔쌍이 본일너라
나는가네 나는가네 낙엽귀근 돌라갈래
반도강산 잘잇거라 북망산쳔 수이보자
너을두고 내가간들 부모국을 영갈손가
쳘이동풍 다시부려 무궁화 꼿치필씨
노류장화 썩거쥐고 화풍가무 도라와셔
그날몽사 이러이러 일쇼장음 하오리라

근대기 역사의 전개와
가사문학

저자 약력

┃고 순 희

현 부경대학교 국어국문학과 교수.

저서
『교양한자 한문 익히기』(2004)
『고전시 이야기 구성론』(2006),
『만주망명과 가사문학 연구』(2014)
『만주망명과 가사문학 자료』(2014)
『조선후기 가사문학 연구』(2016)
『고전 詩·歌·謠의 시학과 활용』(2017)
『현실비판가사 연구』(2018)
『현실비판가사 자료 및 이본』(2018)
『근대기 국문실기 〈을사명의록〉과 〈학초전〉』(2019)

공동저서
『신작로에 선 조선여성』(2020)
『여성, 한글로 소통하다』(2021)
『가사문학의 어제와 내일』(2021) 외 다수.